這個詞原來是這個意思

全新修訂精選輯

365+1

許暉 著

目次

「一寸光陰」為什麼是用「寸」來衡量？

「一寸光陰一寸金，寸金難買寸光陰」比喻時間的寶貴，勸諭人要珍惜時間。可是，時間為什麼要用「寸」來衡量呢？

中國古代用來測日影定時刻的計時儀器叫做日晷（ㄍㄨㄟˇ）。日晷由銅製的指針和石製的圓盤組成。銅製的指針叫「晷針」，垂直地穿過圓盤中心，好像一根立竿，因此，晷針又稱作「表」；石製的圓盤叫「晷面」，安放在石臺上，南高北低，平行於天赤道面，上端指向北天極，下端指向南天極。晷面的正反兩面刻劃出子、丑、寅、卯、辰、巳、午、未、申、酉、戌、亥十二個大格，每個大格代表兩個小時，一共是二十四小時。當日光照在日晷上時，晷針的影子就會投向晷面；太陽由東向西移動，投向晷面的晷針的影子也慢慢地由西向東移動。於是，移動的晷針影子就像是今天鐘錶的指針，晷面則是鐘錶的表面，以此來顯示時刻。「寸晷」即一寸長的日影，「寸陰」即晷針的影子移動一寸所耗費的時刻。

用「寸陰」來比喻時間寶貴，出自《淮南子．原道訓》：「聖人不貴尺之璧，而重寸之陰，時難得而易失也。」魏晉時期的向秀在著名的《思舊賦》中寫道：「悼嵇生之永辭兮，寄餘命於寸陰。」《晉書．陶侃傳》中還有關於「寸陰」的有趣分類：「大禹聖者，乃惜寸陰；至於眾人，乃惜分陰。」大禹是聖人，因此珍惜「寸陰」；至於普羅大眾跟平頭百姓，只需珍惜「分陰」就可以了。

「一寸光陰一寸金」來自唐人王貞白的詩〈白鹿洞〉。白鹿洞位於今江西省境內廬山五老峰南麓，春天的時候，詩人在此隱居讀書，寫下了這首詩：「讀書不覺已春深，一寸光陰一寸金；不是道人來引笑，周情孔思正追尋。」詩人專心讀書，不知不覺春天就快過完了；要不是道人來逗詩人玩，他還在周公和孔子的思想中漫遊呢。

●「一日三餐」原來始於漢代——●

一日三餐，一天三頓飯，今人視之為理所當然，殊不知在漢代之前，人們一天只吃兩頓飯！

古人對吃飯有著非常嚴格的規定，據《論語·鄉黨》記載，其中有一條是：「不時，不食。」意思是不到吃飯時間不能「食」。《孟子》中說：「賢者與民並耕而食，饔飧而治。」饔（ㄩㄥ）和飧（ㄙㄨㄣ）是都熟食，區別是早餐稱「饔」，晚餐稱「飧」。有個成語叫「饔飧不繼」，意思是吃了早飯沒有晚飯，形容窮困。古人把太陽行至東南方的時間稱作「隅中」，也就是近午時分，這時才吃早飯；晚餐申時（下午四點）乃食。殷代甲骨文中有「大食」、「小食」之別，即早餐、晚餐，這和古人「日出而作，日入而息」的生活習慣是相符的。

第一頓飯又稱「朝食」，有個成語叫「滅此朝食」，意思是殲滅了敵人再吃早飯，以展示必勝的決心。《史記·項羽本紀》載：「項羽大怒，曰：『旦日饗士卒，為擊破沛公軍！』」旦日指太陽剛出的時候，天剛亮就吃飯，為的是犒賞士卒，激發士氣。雖然不符合「不時，不食」的規定，但這是戰時的特殊行為，由此也可反觀出古人一日兩餐的習俗。

漢代之後，一日兩餐制開始逐漸改為一日三餐制。東漢學者鄭玄說：「一日之中三時食，朝、夕、日中時。」早餐仍叫「朝食」，天色微明時進食；午飯叫「晝食」；晚飯叫「晡（ㄅㄨ）食」，也就是申時（下午四點）吃飯。

早飯唐代又稱「點心」，唐人孫頠（ㄨㄟˇ）所著《幻異志》中有一篇〈板橋三娘子〉的故事，其中寫道：「有頃雞鳴，諸客欲發，三娘子先起點燈，置新作燒餅於食床上，與客點心。」可見吃「點心」之早。之所以稱之為「點心」，是因為飢餓心慌，用燒餅等小食「點」一「點」，略微安慰一下飢腸而已。今天仍把早餐稱作「早點」，即是「點心」的遺意。

「一抔黃土」為什麼是指墳墓？

人們常常把「一抔黃土」誤寫作「一杯黃土」。「抔（ㄆㄡˊ）」原本是動詞，用手捧，後來演變成了計量的詞，即一捧黃土的意思，即言其少。

這個詞出自《史記．張釋之馮唐列傳》。張釋之在漢文帝時期擔任公車令的官職，負責掌管宮門警衛。有一次，太子和梁王共乘一輛車入朝，經過皇宮外門司馬門的時候沒有下車，張釋之立刻追上太子和梁王，阻止他們進宮，並立刻呈上一道奏章，指控太子和梁王入司馬門不下乃不敬之罪。太后聽說了這件事，向漢文帝詢問，漢文帝脫掉自己的帽子謝罪道：「子不教，父之過，我對此負全責。」道歉之後，太后方才召太子和梁王入宮。

經過這件事，漢文帝覺得張釋之是個鐵面無私的人才，於是升了張釋之的官。

有一次有人偷了漢高祖劉邦高廟裡神座前的玉環，逮捕歸案後交給張釋之審理。張釋之根據漢朝的法律，判決將罪犯殺了後「棄市」，扔到大街上不准收屍。漢文帝看到這個判決，登時大怒，責問道：「此人大逆無道，居然敢偷盜先祖高廟裡的東西，我要將他滅族！」

張釋之一看漢文帝發雷霆之怒，立刻脫下帽子跪到地上，回答道：「我這樣判決是嚴格按照法律來執行的。況且偷盜高廟的東西不過是祭品的萬分之一，假如有愚民取了漢高祖長陵的一抔土，陛下將如何治罪？」「取長陵一抔土」是避諱的話，意思是盜漢高祖的墓。張釋之的意思是要是盜了漢高祖的墓才該滅族。因此，「一抔黃土」的詞義從一捧黃土就演變成了墳墓的意思。

•「一頓飯」為什麼是用「頓」來計算？——•

我們常說「吃一頓飯」、「一天三頓飯」、「罵了一頓」等等，說起來習以為常，但是仔細一想問題就出來了：為什麼用「頓」作為計量單位呢？「頓」是一個會意兼形聲的字，從頁，屯聲。「頁」是頭部，「屯」是聚集、滯留之意，因此「頓」會意為叩頭至地而止，引申為放置、屯駐。

《隋書．煬帝紀》記載：「帝性多詭譎，所幸之處，不欲人知，每之一所，輒數道置頓，四海珍饈殊味，水陸必備焉。」這裡的「頓」是名詞，宿食之所，住宿和飲食之處；又叫「頓所」，指駐紮的營房或館舍。「頓」當作量詞就是由此而來，在「頓所」裡吃飯，自然就有一頓、兩頓、三頓之謂，後來也引申為一次、一回。《世說新語．任誕》篇描述襄陽人羅友出身寒門，「嘗伺人祠，欲乞食，往太早，門未開。主人迎神出見，問以非時，何得在此？答曰：『聞卿祠，欲乞一頓食耳。』遂隱門側，至曉，得食便退，了無怍容」。羅友想趁著祭神的時候乞食，但到得太早，還沒開門。主人家問他，還不到時候你在這裡幹嗎，羅友回答道：「聽說您要祭神，我只是想乞一頓飯而已。」怍（ㄗㄨㄛ）容是慚愧之色，羅友即使乞食也沒有慚愧之色，因此被列入「任誕」的行列，果然，有奇才、不拘小節的羅友後來得到了重用。古時有九種跪拜的禮節，稱作「九拜」，其中第二拜叫「頓首」，叩頭至地，不加停留，一觸地就抬頭，「頓」一下而已。由此引申出「頓」當作量詞使用的「一次」，與屯駐的「頓所」之「頓」，同為作為計量單位的語源。

•「人中翹楚」為什麼是指傑出的人？——•

傑出的人被美譽為「人中翹楚」。「楚」是什麼東西？「楚」可不是楚國，而是一種落葉灌木或小喬木，開花時呈青色或紫色的穗狀小花，葉子可入藥，枝幹堅硬，古人拿它來做杖。「楚」又名荊或牡荊。

早在《詩經》中就出現了這種植物的影子。〈漢廣〉：「翹翹錯薪，言刈其楚。」「翹（ㄑㄧㄠˊ）」的本義是鳥尾上的長羽，這裡比喻雜草叢生，「錯」，雜；「刈（ㄧˋ）」，收割。〈漢廣〉是一首詩人追求漢水遊女，終於失望的戀歌。這兩句詩的字面意思是：眾多錯雜的薪柴中，我只收割其中最高的荊樹，意為眾多的女子都很貞潔，而我只選取追求其中最高潔的漢水遊女。

有趣的是，「楚」因為枝幹堅硬，還用來製成刑具，不過這種刑具最早用在念書的兒童身上，類似於戒尺的功能。《禮記．學記》規定：「夏、楚二物，收其威也。」「夏」是山楸木，跟荊樹一樣堅硬，用這兩種樹的枝幹製成杖，以對付那些不好好學習的頑童，調皮搗蛋的時候懲戒一下。後來「夏楚」連用，泛指用棍棒進行體罰，主要用於未成年人，成年人的刑具比這個可怕多了。

至此，「人中翹楚」的意思就非常明白了：「翹」可不是翹起來，而是眾多，「翹楚」是指眾多的人中那位最高的人。就這個詞的本義來說，用「翹楚」來稱呼職籃明星姚明最合適，因為他的個子最高，是真正意義上的「人中翹楚」。不過，常用的是「人中翹楚」的喻義，人群當中最傑出、最優秀的方才能夠稱作「翹楚」。從喻義上來說，姚明仍然堪稱「人中翹楚」。

「楚」的本義還用在「楚楚可憐」這個成語上面。人們用「楚楚可憐」來形容女孩子嬌弱可愛的樣子，這種用法是正確的。那些雨打梨花、哭哭啼啼之後的女孩子，常常被男朋友稱作「楚楚可憐」，這就屬於誤用了，因為「楚楚可憐」跟眼淚沒有任何關係。

「楚楚」的本義是植物叢生、繁盛茂密的樣子，《詩經》中有「楚楚者茨」的詩句，意思就是田野裡生長著茂盛的蒺藜。「楚」比別的植物都長得高，眾多植物之中，最先看見的就是它，因此「楚楚」又引申為鮮明的樣子，比如「衣冠楚楚」，即衣服鮮明，整齊漂亮。

由此可知，「楚楚可憐」一詞最初並不能用在人身上，更別說女孩子了，而是用在植物身上。此語出自《世說新語．言語》。東晉名士孫綽蓋了幾間房子，過隱居的生活，在房子前面種了一棵松樹，親自培土澆水。鄰居高世遠有一天對他說：「松樹子非不楚楚可憐，但永無棟樑用耳！」高世遠用「楚楚可憐」來形容剛栽下的幼松纖弱可愛的樣子，但是又用松樹並非棟樑之才來暗喻孫綽。孫綽應聲回答道：「楓柳雖合抱，亦何所施？」楓樹和柳樹即使有合抱那麼粗，又有什麼用呢？孫綽這個回答是表達自己的抱負，不願做棟樑之才，只想安安靜靜地隱居而已。

到了清朝，許豫所著《白門新柳記》一書用「楚楚可憐」來形容妓女患病後的樣子，從此之後，「楚楚可憐」一詞開始用在女人身上，跟今天的意思一樣。

「人有十等」是哪十等？

俗語中常有「人分十等」的說法，人們通常以為「十」只是一個約數，不一定真的有十個等級。但其實這裡的「十」恰恰是實數。

周朝時將人分為十等，這一記載出自《左傳．昭公七年》：「天有十日，人有十等，下所以事上，上所以共神也。故王臣公，公臣大夫，大夫臣士，士臣皁，皁臣輿，輿臣隸，隸臣僚，僚臣僕，僕臣臺。馬有圉，牛有牧，以待百事。」「人有十等」即王、公、大夫、士、皁、輿、隸、僚、僕、臺。需要說明的是，這十等的分類並不包括全部的社會階層，僅僅就居官者而言，比如養馬的奴隸稱「圉（ㄩˇ）」，養牛的奴隸稱「牧」，比這兩個地位更低的階層就沒有列入等級制之中。

王、公、大夫、士這前四等人可以稱為貴族階層，而且含義非常明確，此處不再解釋。對後六等人的解釋，歷代以來分歧就比較大了，此處僅介紹通常的解釋。

第五等人為「皁」（ㄗㄠˋ）。「皁」的本義是黑色，因為管理養馬事宜的低級官員身著黑色服飾而得名。「圉」也是養馬的，他和「皁」的區別在於：「皁」是編制之內的低級官員，還屬於國家公務員的範疇；而「圉」是編制外的，類似於臨時工。每個「圉」只負責餵養一匹馬，十二匹馬為一皁，也就是說「皁」管理的馬匹一定要在十二匹以上，因此，通俗地說，「皁」是養馬官，「圉」是養馬人。

第六等人為「輿」。「輿」的本義是車廂的意思，因此把軍隊中造車、駕車的士兵稱作「輿人」。

第七等人為「隸」。「隸」的成分比較複雜，大致來說，那些或因被俘，或因犯罪而被罰做官奴從事勞役的人都可以稱為「隸」。這些人在作「隸」之前都有一定的身分，因此也可以擔任比較低級的官員，所謂「賤官」。凡為「隸」的，都享受微薄的俸祿。

第八等人為「僚」。「僚」是出苦力的役徒中地位低下的人，地位接近奴隸，但還沒有淪落為真正的奴隸。

第九等人為「僕」。「僕」在甲骨文中的字形像一個罪人兩手端著畚箕，意為從事卑賤勞動的奴隸，即家奴。

最後一等人為「臺」。「臺」是家奴中最低賤的奴隸，比「臺」更卑賤的還有「陪臺」，清朝學者俞正燮解釋說「陪臺」是做了奴隸後逃亡又被抓回來的人。

魯迅先生在〈燈下漫筆〉一文中寫道：「但是『臺』沒有臣，不是太苦了麼？無須擔心的，有比他更卑的妻，更弱的子在。而且其子也很有希望，他日長大，升而為『臺』，便又有更卑更弱的妻子，供他驅使了。如此連環，各得其所，有敢非議者，其罪名曰不安分！」因此，他得出這樣的結論：「但實際上，中國人向來就沒有爭到過『人』的價格，至多不過是奴隸，到現在還如此，然而下於奴隸的時候，卻是數見不鮮的。」可見，這種「人有十等」的殘酷的等級制度包含著多少罪惡！它與「人人生而平等」的天賦人權的理念背道而馳，要把它牢牢地釘在歷史的恥辱柱上。

「人妖」原來是指人為的災禍

今日世界，以泰國人妖最為出名，「人妖」被定義為專事表演的從小服用雌性激素而發育的男性，也就是說，「人妖」專指變性的男人。但中國古代的「人妖」一詞，與現代含義卻迥然不同。

「人妖」的重點在於「妖」，那麼，究竟何為「妖」？《左傳．宣公十五年》中說：「天反時為災，地反物為妖，民反德為亂，亂則妖災生。」所謂「地反物為妖」，是指人間反常怪異的事物或現象，比如《漢書．五行志》記載有草妖、鼓妖、夜妖、詩妖，這些都不是今天理解的妖怪，而是指反常怪異的現象：草妖指「隕霜不殺草」，降下的霜不能使草枯死；鼓妖指聲響巨大如同擊鼓的怪異之聲；夜妖指「雲風並起而杳冥」，令白晝如同黑夜的大風、地震之災異；詩妖指「怨謗之氣發於歌謠」。

因此，「人妖」一詞即指人間的反常現象，進而形容人為的災禍。《荀子．天論篇》詳細探討了這些人為的災禍：「物之已至者，人祆則可畏也：楛耕傷稼，楛耨失歲，政險失民；田穢稼惡，糴貴民饑，道路有死人，夫是之謂人祆。政令不明，舉錯不時，本事不理，勉力不時，則牛馬相生，六畜作祆，夫是之謂人祆。禮義不修，內外無別，男女淫亂，則父子相疑，上下乖離，寇難並至，夫是之謂人祆。」

「人祆」即「人妖」，「楛（ㄎㄨˇ）」是粗劣之意，「耨（ㄋㄡˋ）」指鋤草，「糴（ㄉㄧˊ）」指買米。疑難字既明，這段話的意思就很好理解了，這是說在已經出現的事情中，所舉的這三種情況都屬於「人妖」，即人為的災禍，這才是最可怕的，因此荀子評價道：「三者錯，無安國。」

到了南北朝時期，「人妖」的稱謂開始移用到人的身上。《南史．列傳第三十五》中記載了當時的一則新聞：「東陽女子婁逞變服詐為丈夫，粗知圍棋，解文義，遍游公卿，仕至揚州議曹從事。事發，明帝驅令還東。逞始作婦人服而去，嘆曰：『如此之伎，還為老嫗，豈不惜哉。』此人妖也。」這裡的「人妖」是指東陽女子婁逞變裝扮為男人，與今天指變性的男人恰恰相反。

這就是「人妖」一詞的變遷，古今含義迥然不同，甚至剛好相反，真是有趣！

「人面獸心」原來是在罵匈奴

外貌是人，心腸卻像野獸一樣狠毒，俗語稱作「人面獸心」。鮮為人知的是，這個俗語最早是對匈奴的蔑稱。匈奴是游牧民族，種種生活習慣和禮儀跟中原的農耕民族大異其趣，從農耕民族眼中看來，簡直就像禽獸一樣還沒有開化，因此古人稱匈奴為「人面獸心」。語出《漢書‧匈奴傳》：「夷狄之人貪而好利，被髮左衽，人而獸心，其與中國殊章服，異習俗，飲食不同，言語不通。」

在中原地區，人們衣服的前襟都要向右，只有死人的前襟向左，表示永遠不需要脫衣服了，而邊遠地區的蠻夷民族剛好相反，是「左衽」。僅僅因為各種習俗不一樣就稱匈奴為「人而獸心」，顯然是一種先入為主的偏見，也是對匈奴這個游牧民族的歧視。

東晉時期，大臣桓溫把持朝政，為了分散和抗衡桓溫的權力，朝廷因此提拔殷浩。殷浩以平定中原為己任，曾經上書要求北伐，大臣孔嚴勸說殷浩道：「觀頃日降附之徒，皆人面獸心，貪而無親，難以義感。」孔嚴批評殷浩收留的降徒都是「人面獸心」之輩，不足以感化。至此，「人面獸心」這個俗語和成語完全定型，成為人們的日常口語了。

•「人浮於事」原來是廉潔的行為

「人浮於事」這個成語的演變很有意思，今天的意思是機構重疊，人員過多，或者人多事少，人人都像浮在事情的表面一樣，真正做事的人反而很少。因此，這是一個不折不扣的貶義詞。不過在古代，「人浮於事」卻是一個不折不扣的褒義詞。

此語出自《禮記．坊記》：「子云：『君子辭貴不辭賤，辭富不辭貧，則亂益亡。故君子與其使食浮於人也，寧使人浮於食。』」這段話是孔子說的，「食」指俸祿，古代的俸祿以糧食計算，故稱「食」。「浮」不是浮起來，而是超過。這段話的意思是：如果人人都像真正的君子一樣，寧願推辭掉富貴，安貧樂道，那麼天下就不會出什麼亂子了。如果所得的俸祿超出了自己的能力和奉獻，那就類似於貪汙，為君子所不齒；只有自己的能力和奉獻超出了該得的俸祿，才能稱得上廉潔。因此，君子寧肯少拿工資，使「人浮於食」，也不願意「食浮於人」。

由此可知，「人浮於事」最早應該寫作「人浮於食」，是指個人的能力和所作的貢獻超出了該得的俸祿。只有「人浮於食」，才能稱作君子的風範，所以說這是一個不折不扣的褒義詞。大約到了清朝，人們已經不理解這個詞最初的含義了，加上「食」和「事」同音，於是望文生義地改成了「人浮於事」，人好像浮在事情的表面一樣，這個詞從此就變成了一個貶義詞，真是令人浩嘆！

●「人盡可夫」原來不是形容女人淫蕩——●

「人盡可夫」一詞，今天用來形容淫蕩的女人，可以跟任何一個男人上床，隨便哪個男人都可以做她的丈夫。但是在古代，這個詞卻浸透了親情。

《左傳．桓公十五年》講述了一個故事，是「人盡可夫」一詞最早的出處。鄭厲公即位後，對把持朝政、專斷獨行的大臣祭足非常不滿，於是跟祭足的女婿雍糾合謀，準備殺掉祭足。雍糾設了一計，打算在郊外宴請祭足的同時發難。雍糾的妻子雍姬得知了丈夫的計畫，回去問母親：「父與夫孰親？」父親和丈夫哪個更親呢？雍姬的母親回答道：「人盡夫也，父一而已，胡可比也？」雍姬母親的意思是：父親只有一個，而天下的男人多得是，從理論上來說，任何一個男人都可以作為選擇的對象，二者完全不能比。

聽了母親這番話，雍姬下定了決心，對父親透露了丈夫的陰謀：「雍氏舍其室而將享子於郊，吾惑之，以告。」雍姬的話說得很委婉：丈夫不在自己家裡宴請父親您，卻把宴請的場合定到了郊外，我覺得很困惑，所以才告訴您。

祭足是著名的謀略家，焉能聽不懂女兒的這番話？於是先下手為強，殺了女婿，並且將屍體陳列在鄭國大夫周氏的水塘裡。這種舉動無疑是向鄭厲公示威。「公載以出，曰：『謀及婦人，宜其死也。』」鄭厲公逃亡到蔡國的時候還不忘載著雍糾的屍體，感嘆說：「謀之於自己的女人，真是死得活該！」

這就是「人盡可夫」一詞的最早出處。「人盡夫也，父一而已」其實是一句大實話，而且充溢著先秦時人的溫柔敦厚之旨，根本沒有對女人淫蕩的指控，後世的豎儒們別有用心地斷章取義，惡毒地詛咒他們心目中淫蕩的女人，真是令人浩嘆！

•「入流」原來是古代官制——•

今天我們在日常口語中有「入流」、「不入流」的說法，意思是達到或者沒有達到某一層次、級別，比如說某人的言論不入流，即指言論層次低下。這兩個日常俗語來源於古代的官制。

隋唐時期的官制有流內、流外之分，一品至九品官通稱「流內」，九品以外通稱「流外」。唐代著名史學家杜佑所著《通典．職官》中記載：「隋置九品，品各有從。自四品以下，每品分為上下，凡三十階，自太師始焉，謂之流內。流內自此始焉。大唐自流內以上，並因隋制……又置勳品九品，自諸衛錄事及五省令史始焉，謂之流外。流外自此始。」「勳品」又叫「勳官」，是授給有功官員的一種榮譽稱號，沒有實職。

「流外」本身也有品級，經考核後可遞升進入「流內」，這就叫「入流」。南宋學者洪邁所著《容齋隨筆》中說：「唐開元十七年，國子祭酒楊瑒（ㄔㄤˊ）上言：『省司奏限天下明經、進士及第，每年不過百人，竊見流外出身，每歲二千餘人。』」隋代始置明經、進士兩科，明經考的是經義，進士考的是詩賦。這兩科每年不過百人，而「流外」竟至於兩千多人，可見要想從流外「入流」難度之大。流外因此也稱「未入流」或「不入流」。

宋元時期著名學者馬端臨所著《文獻通考．選舉考》中記載了一則趣事，可見流內、流外之界限森嚴。「張元素少為刑部令史，太宗嘗對朝臣問之曰：『卿在隋何官？』對曰：『縣尉。』又問未為縣尉時，曰：『流外。』又問何曹，元素辱之，出閣殆不能步，色如死灰。」流外出身竟至於讓已升入三品官的張元素「色如死灰」，由此可見門第觀念之根深柢固。

●「入幕之賓」為什麼是指男同性戀？——●

「龍陽之興」、「斷袖之歡」、「斷袖之癖」、「分桃之癖」都是男同性戀的代名詞，當然也都有各自的典故。

《戰國策．魏策》記載：魏王和龍陽君關係十分密切，是眾所周知的同性伴侶，二人同床共枕，甚為歡愛。某日，兩人同船釣魚，龍陽君釣到了十幾條魚之後，不料他竟然大放悲聲。魏王問其所以，龍陽君鬱鬱地說道，他剛開始釣到一條魚很高興，後來釣到更大的魚，就想把之前釣到的小魚丟掉，因而聯想到四海之內，美貌的人一定很多，將來有一天，魏王得到了別的美人，也一定會把他拋棄。他無法抵擋對於未來的恐懼，不由自主地就哭了。聽完此話，魏王大為感動，當即發誓絕對不會發生龍陽君所擔心的事情，魏王還甚至下令在全國境內禁止談論美人，犯禁的便要全家抄斬，用此來表白自己和龍陽君之間的情感。從此，同性戀就被稱為「龍陽之興」。

據《漢書．佞幸傳》記載：董賢曾任郎官，為人秀美且好修飾，後為漢哀帝所見，甚愛之。於是帝出則陪乘，入則侍奉，十餘日過後，他收到的賞錢就數以萬計。董賢常與帝一道睡臥。一次，董賢與皇帝午睡時，壓住了皇帝的衣袖，帝欲起身，見賢未醒，不忍驚動他，遂斷袖而起。此之謂「斷袖之癖」或者「斷袖之歡」。

《韓非子》則記載了這樣一個故事：衛靈公很喜愛一個美男子彌子瑕，有一天，彌子瑕與衛靈公在果園遊玩，彌子瑕吃到一個很甜的桃子，便把吃剩下的一半給衛靈公吃，衛靈公竟然不顧君臣之禮，甘心吃這半顆餘桃。此之謂「餘桃之癖」。

可是還有一個很令人費解的稱謂——「入幕之賓」。一般的辭典都把「入幕之賓」解釋為關係親近的人或參與機密的人，甚至還有解釋說用來指與女人有不正當關係的男人。其實這個成語同樣也是同性戀的代稱，出自《晉書．郗超傳》。郗超是權臣桓溫的參軍，深受器重，桓溫府中說他「能令公喜，能令公怒」，桓溫常常讓郗超留宿。桓溫的野心是篡晉自立為皇帝，郗超是他最信任的心腹和謀士。

有一次謝安和王坦之到桓溫的帳中議事，郗超還在睡覺沒有起床，不巧風吹動了帳幕，眾人都看見了郗超，謝安含笑說道：「郗生可謂入幕之賓矣。」如果說《晉書》的記載有為尊者諱的話，那麼《世說新語》對此事的記載就更加明顯直白了。據該書〈雅量〉篇記載，桓溫和郗超商量要裁撤政府官員，當夜同宿。第二天早起，桓溫叫來謝安和王坦之議事，此時郗超尚在帳中睡臥。王坦之看了桓溫的名單之後，立刻擲還，說：「要裁撤的太多了！」桓溫於是拿筆就要往下刪減，郗超在帳中聽得著急，忍不住給桓溫出意見，謝安於是含笑說了「入幕之賓」的話。謝安此言語帶雙關，既指郗超是桓溫的謀士，又暗指兩人的同性戀關係。「入幕之賓」從此就成了同性戀最隱晦的代稱。

●「八拜之交」真的是拜了八次？——●

「八拜之交」是指有世交的兩家子弟拜見對方長輩時的禮節，異姓兄弟結拜也稱為「八拜之交」。其實古代並沒有八拜的禮節，兩人相對互拜四拜即算八拜。

雖然古代沒有八拜的禮節，但是，「八拜之交」這個成語的出處卻是真的拜了八拜。宋朝邵伯溫在《邵氏聞見錄》講了一個故事。國子博士李稷自恃才高，目中無人，待人接物非常傲慢。李稷的父親曾經做過文彥博的門人，文彥博聽說李稷的言行舉止後，決定好好教訓一下這個後生小子。

文彥博擔任北京守備後，按照禮節，李稷應當前來慶賀。等李稷來了，文彥博故意不出來接待，讓李稷在大廳裡乾等了很久，文彥博這才出來待客。一見面，李稷就要行禮，文彥博坐在那裡，大剌剌地說：「你爹是我的朋友，你是我的晚輩，你就對我拜八拜吧。」

照理說沒有八拜之禮，可是既然長輩發話了，李稷沒有辦法，只好忍著氣拜了八拜。就這樣，李稷的傲氣被徹底地挫敗了。

從此之後，人們就用「八拜之交」來形容世世代代有交情的兩個家庭子弟拜見對方長輩時的禮節。

「十八層地獄」是哪十八層？

「十八層地獄」通常用在詛咒仇人時，詛咒他不得好死，死後會被打入「十八層地獄」，也用來比喻極其糟糕的境地。地獄分為十八層這一觀點最早是從古印度婆羅門教演變而來，再進入佛教的。

「十八層地獄」是指哪十八層有各種不同的說法，本文僅介紹流傳最廣的一種說法。

第一層是拔舌地獄，凡生前誹謗別人的人，死後要墮入拔舌地獄，被鬼將舌頭拔出來，用釘釘死，以示懲戒。

第二層是剪刀地獄，凡生前教唆寡婦再嫁或唆使婦女勾引別人的人，死後要墮入剪刀地獄，被鬼用剪刀將十根手指剪斷。

第三層是鐵樹地獄，凡生前離間別人骨肉，挑唆父子、兄弟、姐妹不和的人，死後要墮入鐵樹地獄，被樹上的利刃從後背刺入，吊在鐵樹上。

第四層是孽鏡地獄，凡生前犯罪而用種種手段逃過懲罰的人，死後要墮入孽鏡地獄，從鏡中照出所犯的罪，再打入不同的地獄受罪。

第五層是蒸籠地獄，凡生前喜歡造謠生事、播弄是非、以訛傳訛、誹謗陷害別人的人，死後要墮入蒸籠地獄，被投入蒸籠薰蒸，蒸過之後再用冷風吹。

第六層是銅柱地獄，凡生前縱火致人死亡，或者毀滅罪證，報復殺人的人，死後要墮入銅柱地獄，抱著炙熱的銅柱，類似炮烙之刑。

第七層是刀山地獄，凡生前褻瀆神靈、殺生的人，仗勢凌人的人，死後要墮入刀山地獄，被鬼驅趕著攀登刀山，還沒到山頂就會被利刃一層層地割傷。

第八層是冰山地獄，凡生前謀害親夫、與人通姦、惡意墮胎的婦人，或者不孝敬父母、不仁不義的人，死後要墮入冰山地獄，被鬼驅趕著裸體攀登冰山。

第九層是油鍋地獄，凡生前賣淫嫖娼、盜賊搶劫、欺善凌弱、拐騙婦女兒童、誣告誹謗他人的人，或謀占他人財產、妻室的人，死後要墮入油鍋地獄，被滾油煎熬。

第十層是牛坑地獄，凡生前隨意屠殺牲畜的人，死後要墮入牛坑地獄，被許多牛輪番地踐踏、被牛角牴。

第十一層是石壓地獄，凡生前出於各種原因將剛出生的嬰兒溺斃、拋棄的，死後要墮入石壓地獄，被巨石反覆地砸。

第十二層是舂臼地獄，凡生前糟蹋和浪費糧食的人，死後要墮入舂臼地獄，投入大石臼中被反覆地舂搗。

第十三層是血池地獄，凡生前不尊敬他人、不孝敬父母、不正直、搞歪門邪道的人，死後要墮入血池地獄，投入血池中反覆地淹。

第十四層是枉死地獄，凡生前自殺的人，死後要墮入枉死地獄。

第十五層是磔刑地獄，凡生前盜人墳墓的人，死後要墮入磔刑地獄。磔（ㄓㄜˊ），用車分裂身體。

第十六層是火山地獄，凡生前損公肥私、行賄受賄、偷雞摸狗、搶劫錢財、放火的人，或者犯戒的和尚、道士，死後要墮入火山地獄，被鬼驅趕著攀登火山。

第十七層是石磨地獄，凡生前糟蹋五穀、欺壓百姓的人，賊人小偷、貪官污吏，吃葷的和尚和道士，死後要墮入石磨地獄，磨成肉醬。

第十八層是刀鋸地獄，凡生前偷工減料、欺上瞞下、買賣不公的人，拐誘婦女兒童的人，死後要墮入刀鋸地獄，被鬼用利鋸反覆地鋸。

「十八層地獄」的信仰最遲在南北朝時期已經盛傳中國民間，並最終演變成一種象徵意義進入日常口語中。

•「十惡不赦」是哪十惡？

「十惡不赦」這個成語是形容一個人罪大惡極，不可饒恕，但是在今天，「十惡不赦」中的「十惡」並非真的指十種惡，而是泛指重大的罪行。也就是說，「十惡不赦」到底有哪「十惡」，現在已經不詳細追究了。

在古代，「十惡」所指卻非常明確。「十惡」最初是佛教用語，指十種可招致地獄、餓鬼和畜生這「三惡道」苦報的惡業，因此又稱「十惡業道」。具體的「十惡」，《佛說未曾有經》中說：「起罪之由，為身、口、意。身業不善：殺、盜、邪淫；口業不善：妄言、兩舌、惡口、綺語；意業不善：嫉妒、嗔恚、驕慢邪見。是為十惡，受惡罪報。」殺生、偷盜、邪淫、妄語、兩舌、惡口、綺語、嫉妒、瞋恚、邪見為「十惡」。別的都好理解，「綺語」是指涉及閨門、愛欲等華豔辭藻及一切雜穢語，為四口業之一。

古代的刑法中也有「十惡」，不過最初不叫「十惡」，而叫「十重罪」。北齊的《齊律》這樣定義：「列重罪十條：一曰反逆，二曰大逆，三曰叛，四曰降，五曰惡逆，六曰不道，七曰不敬，八曰不孝，九曰不義，十曰內亂。其犯此十者，不在八議論贖之限。」這十條重罪不在赦免和贖罪之列。

到了隋文帝開皇初年，「十惡」之名才由佛教用語進入律法，「十惡」遂成為沿革久遠的刑名。《隋書．刑法志》載：「又置十惡之條，多採後齊之制，而頗有損益。一曰謀反，二曰謀大逆，三曰謀叛，四曰惡逆，五曰不道，六曰大不敬，七曰不孝，八曰不睦，九曰不義，十曰內亂。

犯十惡及故殺人獄成者，雖會赦，猶除名。」唐朝名臣長孫無忌在《唐律疏議》中議論說：「周齊雖具十條之名，而無十惡之目。開皇創制，始備此科。」即是指隋文帝開皇初年。

隋朝的「十惡」跟北齊的「十重罪」稍有不同。以下對「十惡」稍加注釋。

一曰謀反，企圖推翻現政權。這一條歷來都是「十惡」之首。

二曰謀大逆，危害君父、宗廟、山陵、宮闕等罪行。

三曰謀叛，背叛朝廷。

四曰惡逆，毆打及謀殺祖父母、父母，殺死伯叔父母、姑、兄、姊、外祖父母、夫、夫之祖父母、父母。

五曰不道，殺死一家三人且被殺者未被判死罪，將人肢解，造毒物殺人，用邪術詛咒人等。

六曰大不敬，冒犯皇帝的尊嚴，偷盜皇帝祭祀的器具和皇帝的日常用品，偽造御用藥品以及誤犯食禁。

七曰不孝，對祖父母或父母不孝。

八曰不睦，親族之間互相傷害。

九曰不義，殺本屬府主、刺史、縣令、現受業師；吏卒殺本部五品官以上官長；聞夫喪匿不舉哀，守喪期間作樂、穿吉服及改嫁。

十曰內亂，親族之間通姦或強姦。

從此之後，「十惡」成為古代社會不可饒恕的重罪，「十惡不赦」也成了人們的口頭禪。

•「丈夫」的稱謂是怎麼來的？——•

「丈」在古代是一個長度單位，周朝時，計量長度是以手掌撐開時，拇指與中指間的距離為一尺，一尺等於六寸，一丈等於十尺。當時的婚姻制度不像現在一夫一妻制，而是尚有原始社會婚姻制度的遺存，即「搶婚」、「掠奪婚」、「野合」、「走訪婚」、「對偶婚」等各種婚姻型式並存。《周易》裡面就有一段著名的「搶婚三部曲」：搶親者騎著白馬，穿戴著華麗的服飾，攜帶著弓箭，前呼後擁趕往女家。他們不是強盜，而是求婚者。快到女家的時候，怕驚動對方，左顧右盼，彷徨不前。騎馬的人紛紛而來，他們不是強盜，而是求婚者。被搶走的新娘騎在馬上盤旋不前，哭泣得血淚漣漣。

因此，女子在選擇夫婿的時候，一定要看這個男人的高度，一般以身高一丈為標準。只有這麼高的男人，才可以抵禦搶婚者。

「夫」是象形字，在甲骨文中，像站著的人形，上面的「一」表示頭髮上插了一根簪子。男子到了二十歲要行冠禮，冠禮就是男子的成年禮，這時要把頭髮紮起來，紮成一個髻，插上一根簪子，戴上帽子。只有加冠之後，這個男子才具備了擇偶成婚的資格，可以找女朋友下聘禮了。因此，「夫」即可以娶親的成年男子的代稱。

「丈」和「夫」聯在一起，於是就成為女子夫婿的稱呼了。

「三寸金蓮」是誰發明的？

「金蓮」當然指古代女人的小腳。世人大多都把三寸金蓮的發明權歸於南唐後主李煜，其實大謬不然，李煜只不過是這一發明的繼承人，最早的專利權卻並不屬於他。

「金蓮」的專利持有人是南朝齊皇帝蕭寶卷。蕭寶卷是一個古怪的男人，更是一個荒唐的皇帝。他當上皇帝的時候才十六歲，一生幹盡了無數的壞事。譬如沈公城裡有一位產婦無法行動，蕭寶卷率領大批隨從走進她的家門，問她為什麼一個人在這裡，產婦回答說即將臨盆。蕭寶卷就命左右剖開產婦的肚子看是男是女。就是這個混蛋，讓他的寵妃潘妃「鑿金為蓮花以貼地，令潘妃行其上，曰：『此步步生蓮花也』」。

四百餘年之後，蕭寶卷的發明被同樣建都南京的南唐李煜（即李後主）繼承了。不過相對於蕭寶卷的「鑿金為蓮花以貼地」，李煜更加以改進。李煜做的金蓮高六尺，不光是用純金打造，而且飾以寶物，用瓔珞纏繞，蓮花座上又置了一朵「品」字形的瑞蓮，極盡想像之能事。和潘妃不一樣的是，並沒有資料記載潘妃已經開始纏足裹腳，而李煜「纖麗善舞」的宮嬪窅娘，則正式開始裹腳：用帛層層纏繞，使腳纖小，而且往上屈成弓形，像新月的形狀一樣，然後穿上素襪，翩翩起舞。李煜不愧是一位大詞人，他居然能從窅娘的舞姿上品賞出像在雲中一樣的舞蹈，而且舞姿的迴旋「有凌雲之態」。

宮廷裡的風尚流傳到了民間，人人相效，以不為者為恥。由此可見，「金蓮」的發明人是蕭寶卷，改進者和纏足的發明人卻是李煜。兩人聯手使中國婦女的悲慘命運延續了一千多年，真可稱得上是中國婦女的災星。

李煜之後，到宋朝時，纏足僅僅是貴族女子的時尚，至明朝，纏足的風氣方始大張，產生了推波助瀾的作用，在後世文人當中，甚至形成了一種專門的學問：對女人的腳和鞋的專門研究。清朝的方絢甚至自稱「評花御史」和「香蓮博士」，著有《品藻》一書，對女人的「香蓮」進行細緻入微的點評和分類，並區分品相的高下。蘇東坡〈菩薩蠻〉的詠足詞更是這種「小腳文學」的登峰造極之作：「塗香莫惜蓮承步，長愁羅襪凌波去。只見舞回風，都無行處蹤。偷立宮樣穩，並立雙趺困。纖妙說應難，須從掌上看。」「纖妙說應難，須從掌上看」的名句引領了一千多年金蓮鑒賞的時尚。直到一九〇一年，慈禧太后下達了「勸禁纏足」的懿旨，「天足運動」方才在朝廷和民間達成共識。

「三生有幸」是如何變成客套話的？

「三生」是佛教語，指前生、今生、來生。佛教中有三生石的傳說，據說三生石上可以照出人前世的模樣。現實生活中也有一塊著名的三生石，位於西湖岸邊，與飛來峰連接的蓮花峰東麓，高約十米，峭拔玲瓏，上刻「三生石」三個碗口大小的篆書以及《唐．圓澤和尚．三生石跡》的碑文。碑文記述了這塊三生石的由來，講述了一段動人的友誼。

唐朝時，圓澤和尚跟李源是好朋友，兩人相約前往峨眉山拜佛。圓澤提議從長安走斜谷道入蜀，李源則提議從荊州走水路，可以一覽三峽盛景。圓澤拗不過李源，於是二人攜手走水路。這一日到了南浦，只見一位懷孕的婦女在河邊打水。圓澤潸然淚下，對李源說：「我之所以不願走這條路，就是因為這個緣故，我早就預知會轉世為這位婦女的嬰兒，今天終於逃不掉了！三天後你再來，我會以一笑作為憑證，並且和您約定十二年之後在錢塘天竺寺外相見。」

說完這番話，圓澤就圓寂了。三天後，李源登門拜訪，見到了婦女的嬰兒，嬰兒果然對他一笑。十二年後，李源依約前往杭州天竺寺，中秋月下，只聽見井畔有位牧童叩擊著牛角高歌：「三生石上舊精魂，賞月吟風不用論。慚愧情人遠相訪，此身雖異性常存。」李源知道這就是圓澤了，趕緊上前問候：「您還好吧？」牧童回答道：「李公真信士也！我與君殊途，切勿相近，唯以勤修勉之。」說完又高歌一曲：「身前身後事茫茫，欲話因緣恐斷腸。吳越江山尋已遍，欲回煙棹上瞿塘。」一唱完揚長而去。

前生、今生、來生都非常幸運，所謂「三生有幸」，當然是比喻極度的幸運了。此語出自古代兒童的啟蒙讀物《幼學瓊林》：「事有奇緣，曰三生有幸。」據《韻府》一書記載，一位在朝中任職的省郎，某日遊京國寺，做了一個夢，夢見自己到了碧巖下一位老僧面前，只見老僧面前點了一炷香，煙焰雖然微弱，但是一直沒有熄滅。老僧對省郎說：「這是您結願的香，煙焰尚存，而您已經歷三世了。第一生唐玄宗時劍南安撫巡官，第二生憲宗時西蜀書記，第三即今。」省郎恍然而醒。

今天「三生有幸」變成了一句客套話，比如說：「能夠認識您真是三生有幸！」

「三姑六婆」是哪三姑跟哪六婆？

俗語中把不務正業的婦女稱作「三姑六婆」，姑和婆本來是親屬之間的正常稱謂，為什麼在這個俗語中會含有貶義呢？「三姑」又是哪「三姑」？「六婆」又是哪「六婆」呢？它們是形容還是真有所指？相信有很多人都不太清楚。

「三姑六婆」乃真有所指，出自元末明初著名學者陶宗儀的《南村輟耕錄》一書。「三姑」是指尼姑、道姑、卦姑；「六婆」則是指牙婆、媒婆、師婆、虔婆、藥婆、穩婆。以下分別詳細解釋「三姑六婆」的來歷和各自的職責範疇。

尼姑是中國民間對女性佛教徒的俗稱，佛教教義中並沒有這個稱謂，正式的稱謂是比丘尼，指已經受了具足戒這種佛教戒律的女性修行者，未受具足戒的女性修行者稱為沙彌尼。東漢時已經有了女性佛教徒，不過還沒有「尼姑」這個稱謂。東晉時期有個叫阿藩的女人出家，被人呼作「尼姑」，直到這時才有「尼姑」之稱。道姑即女道士，卦姑是以占卜、算命為生的女人。古代社會是男權社會，按照傳統觀點，女人應該足不出戶方為守婦道，而尼姑和道姑出家修行，卦姑行走江湖，向來被視作異類。宋元以來，市民階層興起，粗俗文化大行其道，尼姑、道姑和卦姑更是成了男人們攻擊、誣衊的對象。明朝著名的話本小說「三言二拍」中就有大量的描寫尼姑、道姑「淫行」的故事，因此尼姑、道姑和卦姑方才穩居「三姑六婆」的前三名。

牙婆是指以介紹人口買賣為業而從中牟利的婦女，買賣經紀人和仲介稱「牙」；媒婆自不必說，誰都知道是幹什麼的；師婆即巫婆；虔婆指妓院的鴇母；藥婆指女巫醫；穩婆是接生婆。「六婆」本非不良分子，不過由於她們見多識廣，又能深入良家婦女的家庭，為了牟利，常常用欺騙的手段行騙，久而久之就成了人人喊打的過街老鼠，「三姑六婆」因此也成為了一個蔑稱。陶宗儀就評論道：「人家有一於此，而不致奸盜者，幾希矣。若能謹而遠之，如避蛇蠍，庶乎淨宅之法。」

清朝李汝珍的小說《鏡花緣》描寫得更加傳神：「吾聞貴地有三姑六婆，一經招引入門，婦女無知，往往為其所害，或哄騙銀錢，或拐帶衣物。」這當然是一種偏見，不過也是一種當時存在的真實現象。

●「三長兩短」原來是捆棺材的方法——●

在日常口語中，人們忌諱直接說死亡，於是會委婉地用「三長兩短」來代替。「三長兩短」同時還用來指意外的災禍或事故。這個成語為什麼會具備這樣的含義呢？

原來，在古代「三長兩短」竟然是指棺材的捆縛方法！

《禮記．檀弓上》對棺材的形制有這樣的規定：「棺束，縮二，衡三；衽，每束一。」唐代學者孔穎達對這些形制進行了詳盡的解釋：

棺束：「古棺木無釘，故用皮束合之。」古時候的棺木沒有釘子用，於是就用皮革將棺材和棺蓋捆束在一起，這就叫「棺束」。

縮二：「縮，縱也，縱束者用二行也。」縱的方向木板短，因此只需捆兩道即可。

衡三：「橫束者三行也。」「衡」和「橫」是通假字，橫的方向木板長，因此必須捆三道。

衽：「小要也。其形兩頭廣，中央小也。漢時呼衽（ㄖㄣˋ）為小要也。」「衽」本來指衣襟，是衣服兩片的連接處，因此引申為連接棺蓋與棺木的木楔，兩頭寬中間窄，作用是「既不用釘棺，但先鑿棺邊及兩頭合際處作坎形，則以小要連之，令固棺」。將「衽」插入棺口兩旁的坎中，使蓋與棺身密合。「衽」的位置恰是整個棺木的中段要處，因此漢代時又稱作「小要」，「要」和「腰」是通假字，比附於人的腰部。

每束一：「並相對每束之處，以一行之衽連之，若豎束之處，則豎著其衽以連棺蓋及底之木，使與棺頭尾之材相固。」其意甚明，皮革捆束的每一道都用「衽」連起來，衽與皮條聯用，就是為了緊固棺蓋。

這就是「三長兩短」最初的出處。到了後來，人們開始使用釘子將棺材和棺蓋釘合起來，既方便又快捷，不僅「衽」被逐漸淘汰，而且捆束的皮繩也隨之消失了。但是「三長兩短」這句話卻流傳了下來，成為人們的日常用語，只是再沒有人知道它為什麼作為替代死亡的委婉用語了。

●「三隻手」的稱謂是怎麼來的？

「三隻手」這個詞在民間俗語的意思人盡皆知，就是指小偷、扒手。但鮮為人知的是，漢字中竟然真的有這個字！這個字就是「掱」（ㄆㄚˊ），正好是由三隻手組成。

原來，最早小偷不叫「扒手」，而是叫「掱手」，後來大概因為這個字不好寫不好認，雖然非常具象，但還是改成了同音的「扒手」。當然，「扒手」這個稱呼也很具象，用手扒拉著從人們的口袋裡偷錢。

晚清宣鼎在《夜雨秋燈錄》「小癩子」一條中記載：「今有人焉，於光天化日之中，九陌通衢之地，公然攫財物，使行道者耳如不聞，目如不見者誰歟？即北之剪綹（ㄌㄧㄡˇ），南之扒兒手也。」晚清時已經把小偷叫做「扒兒手」了。宣鼎稱南方叫做「扒兒手」，北方卻稱作「剪綹」，其實南方也有「剪綹」的稱呼。剪綹跟扒手意思相同，指剪破他人衣衫掏取財物，清人沈太侔《東華瑣錄》：「京城歲時廟會，以遊人填塞，故多草竊剪綹之事。蓋乘人不覺，以剪竊物，其術百端，其徒極眾，且出沒不時，雖有巡緝街市兵卒，每難以弋獲。」「剪綹」一詞的起源比扒手要早得多，至遲到元代時已經開始使用。元代雜劇作家岳伯川《鐵拐李》：「這老子倒乖，哄的我低頭自取，你卻叫有翦綹的，倒著你的道兒。」

清人徐珂所著《清稗類鈔》中有一個「盜賊類」的類別，其中「掱手」一條說：「滬人呼剪綹賊曰掱手，猶言扒手也，亦曰癟三碼子。非專以剪綹為業也，可竊則竊，否則行乞。」又在「垂髫女為掱手」一條中描述了尚未成年的女掱手，衣著整潔，舉止大方，常常在人家結婚的時候尾隨而進，別人誤以為是女方的賓客，也不加阻攔，女掱手趁機行竊，甚至還有的女掱手行竊完後，不慌不忙地飽餐一頓才出門揚長而去，可見舊時的上海灘盜賊之多。

「三教九流」實際是指哪些職業？

我們在閱讀古代戲曲、話本小說和通俗文學時，常常見到「三教九流」這個詞。這個詞是指從事各行各業的人，在古代的民間俗語中，「三教九流」常常含有貶義，給人的感覺好像是不入流的底層社會，好像是上流社會人士俯視著芸芸眾生而對他們的蔑稱。今天的日常用語也還常常使用這個詞，因此就很有必要梳理一下何謂「三教」、何謂「九流」。

在佛教傳入中國之前，「三教」有兩個含義，一是漢朝的儒家將夏、商、周三朝各自崇尚的國家觀念稱為「三教」，即「夏尚忠，殷尚敬，周尚文」。孔子就曾經說過：「郁郁乎文哉，吾從周。」「文」是指人間的禮儀制度，以區別於商朝的信天敬神。孔子的意思就是說周朝的禮儀制度豐富多彩，他表示贊同和效法。「三教」的另外一個含義是儒家的施教內容，包括六德、六行、六藝，合稱「三德」或「三教」。六德是智、仁、聖、義、中、和，六行是孝、友、睦、姻、任、恤，六藝是禮、樂、射、御、書、數。只有這「三教」齊備，才算是窮盡了人間的道理。

佛教傳入中國之後，「三教」的含義發生了巨大的變化。三國時期，吳主孫權向尚書令闞澤詢問儒、道、佛三教的高下，闞澤推崇佛教，此為「三教」之始。從此就把儒、道、佛稱為「三教」。北朝周的周武帝曾經召集百官和儒、道、佛的傑出人物辯論三教的高下，最後核定為儒教為先，道教次之，佛教為後。元末陶宗儀的《南村輟耕錄》一書也記載了元世祖詢問侍臣三教高下的問答，侍臣的回答是：「佛教如黃金，道教如白璧，儒教如五穀。」元世祖很疑惑，問道：「如此說來，儒教最賤？」侍臣回答道：「黃金白璧都是奢侈品，沒有也無妨；五穀怎可一日或缺？」

同「三教」的演變一樣，「九流」也有一個變遷的過程。「九流」最初指先秦時期的九個學術流派，《漢書．藝文志》概括為儒家者流、道家者流、陰陽家者流、法家者流、名家者流、墨家者流、縱橫家者流、雜家者流、農家者流，合稱「九流」，再加上小說家者流，又稱為「諸子十家」。後來「九流」漸漸指各行各業和各色人物。中國民間有上、中、下九流的分類：上九流是帝王、聖賢、隱士、童仙、文人、武士、農、工、商，中九流是舉子、醫生、相命、丹青、書生、琴棋、僧、道、尼，下九流是師爺、衙差、秤手、媒婆、走卒、時妖、盜、竊、娼。

•「上下其手」是調戲女性嗎？

報刊常常用「上下其手」形容男人對女人的猥褻，殊不知這個詞完全不是這回事。

這個詞出自《左傳．襄公二十六年》。楚康王和秦國人聯合去攻打鄭國，鄭國的大夫皇頡出城和楚國的縣尹穿封戌交戰，結果戰敗後被俘。楚共王的兒子、楚康王的弟弟公子圍想爭功，硬說是自己俘虜了皇頡。穿封戌和公子圍爭執不下，就去找伯州犁（晉國大夫、楚國太宰）作裁決。伯州犁出主意說咱們一起去問問俘虜吧，聽他怎麼說。

於是三人把皇頡帶了過來，伯州犁對皇頡說：「他們二人所爭奪的對象就是您，請您說出實話。」

公子圍是楚康王的弟弟，伯州犁當然要向著他，於是伯州犁向皇頡「上其手」，就是高舉一手指著公子圍介紹說：「這一位是我國的王子公子圍，也是我們國君尊貴的弟弟。」然後，伯州犁又「下其手」，就是把手壓得低低的，指著穿封戌說：「這一位穿封戌，是我們國家方城外的縣官。」然後伯州犁問皇頡：「他們兩位是誰俘虜了您？」

皇頡可不是傻子，伯州犁「上下其手」的暗示那麼明顯，他怎能不理解？皇頡假裝垂頭喪氣地回答道：「唉！誰讓我遇見了貴國的王子呢？我是被他打敗的。」

穿封戌聽了大怒，拿著長戈去攻擊公子圍，結果公子圍跑得快，沒有被追上。這場功勞就此算在公子圍身上了。

由於伯州犁的這番有心安排，於是後人就用「上下其手」來形容互相勾結，玩弄手法，串通作弊。比如《官場現形記》：「統通換了自己的私人，以便上下其手。」就是這樣的意思。今人望文生義，竟然把這個詞用於男女之間的猥褻，實在是令人浩嘆！

•「上乘」原來指四馬共駕一車

今天把上品、上等稱作「上乘」，比如上乘佳作是指最上等的好作品；相應的，下品、下等稱作「下乘」，比如落入下乘是指落入最下等。此處「乘」的讀音為（ㄔㄥˊ），但是在古代，「上乘」的「乘」讀音為（ㄕㄥˋ），而且含義跟今天完全不同。

《左傳・哀公十七年》載：「十七年春，衛侯為虎幄於藉圃，成，求令名者，而與之始食焉。大子請使良夫。良夫乘衷甸兩牡，紫衣狐裘，至，袒裘，不釋劍而食。大子使牽以退，數之以三罪而殺之。」

虎幄，以虎紋為飾的幄幕；藉圃，園圃之名；令名，好名聲；大子，太子；良夫，渾良夫，衛侯的男寵；袒裘，袒露開皮衣，按照禮制，裘上要加裼（ㄒㄧˊ）衣，裼衣上再加朝服，脫掉衣服的時候，只能袒露出裼衣，如今渾良夫吃飯吃得熱了，居然在衛侯面前袒露出裘，這是越禮之舉。

至於「衷甸兩牡」，兩牡是兩匹公馬，衷甸即「中乘」，兩匹馬拉的車子。孔穎達注解說：「以四馬為上乘，兩馬為中乘。大事駕四，小事駕二，為等差故也。」因此，「上乘」為四馬共駕一車，「中乘」為兩馬共駕一車。乘坐「中乘」而來赴約的渾良夫居然連犯三罪，穿只有國君才能穿的紫衣，袒裘，帶劍而食，太子當然有理由殺了他。

•「上當」原來是指上當鋪典當

「上當」是指中了別人的奸計而受騙吃虧，人盡皆知，但是為什麼把受騙吃虧叫做「上當」呢？

關於「上當」一詞的權威解釋來自清朝學者徐珂編撰的《清稗類抄》一書。在「自上當」這則條目中，徐珂記載了一個有趣的故事：

江蘇清河有個非常富有的王氏家族，他們最大的生意是在城裡開的當鋪，經過幾代的經營，當鋪的規模越來越大，王氏家族也越來越富有。隨著子孫綿延，家族中很多人都靠當鋪吃飯，源源不斷地投入巨資到當鋪生意中，成為當鋪的股東。但是王氏家族中的人都不擅長或者不耐煩實際的經營事務，他們歷來的作法就是公推一個職業經理人，代表家族來打理當鋪的營業事務。到了光緒年間，家族公推的職業經理人叫王錫祺。王錫祺是一位歷史地理學家和藏書家，字壽萱，自號書樓為「小方壺齋」，輯刊有《小方壺齋輿地叢鈔》行世，至今對考證古地理還很有參考價值。

王錫祺乃是一位學者，精力都集中在刻書、藏書上，哪裡還能在當鋪的經營上動腦子呢。但王氏家族的人認為王錫祺主持當鋪多年，一定收入頗多，才有更多的金錢用在刻書、藏書上，就很嫉妒他。這些股東們想了一個餿主意，將自己家裡有用沒用的東西都拿到當鋪裡去典當，預先估算的價格一定高於實際價值。當鋪的夥計們一看股東們親自來典當，哪裡敢駁回呢，只好按照股東自定的高價如數給付。一來二去，當鋪的資本漸漸就被抽空，王錫祺沒辦法，只好靠借貸維持當鋪的營運。時間久了，當鋪終於宣告破產。

清河的人為此編了一句順口溜：「清河王，自上當。」諷刺王氏家族自己上當鋪典當，最終導致破產。從此之後，民間就把受騙吃虧稱為「上當」，殊不知最早的「上當」原來是「自上當」。

●「下作」原來是對賤民的詛咒 ————●

「下作」是日常口語中的一個詈詞，罵人下作，等同於罵人卑鄙、無恥、下流、不要臉、沒有教養等等，語感甚至更重。「作」是義項最多的漢字之一，但和「下」組合在一起為什麼可以用作詈詞，所有的辭典都沒有提出準確的解釋。

「下作」一詞出自春秋時期齊國政治家管仲所著《管子》一書，在〈輕重己〉篇中，管仲論述了對不事農耕之人的處罰措施：「以冬日至始，數九十二日，謂之春至。天子東出其國九十二里而壇，朝諸侯卿大夫列士，循于百姓，號曰祭星。十日之內，室無處女，路無行人。苟不樹藝者，謂之賊人。下作之地，上作之天，謂之不服之民。處里為下陳，處師為下通，謂之役夫。三不樹而主使之。天子之春令也。」

樹藝，種植莊稼；里、師，皆為行政區劃的單位；下陳、下通，即下位，皆指地位卑賤。

這段話的白話譯文如下：「從冬至開始，數九十二天，叫作春分。這時，天子要出東郊，在距離國都九十二里的地方築起祭壇，讓諸侯、卿、大夫、列士朝見，巡視百姓，並祭祀星辰，稱作祭星。春分前後的十天之內，家裡不能有女人，路上不能有行人，都要在田地裡勞動。如果有不從事農耕的人，稱作賊人；必下詛咒於地，上詛咒於天，稱作不服之民；在里中、師中都處於卑賤的下位，稱作卑賤的役夫。這三種不從事農耕的人，官府一定要用法令驅使他們歸農。這是天子春天的政令。」

「下作之地，上作之天」，清代學者俞樾在《諸子平議》一書中解釋說：「兩『作』字皆讀為『詛』，古字通用。《詩．蕩篇》『侯作侯祝』，釋文曰：『作，本作詛。』是其證也。此言有不樹藝者必下詛之於地，上詛之於天，明其為不服之民，蓋以神道設教之意。若依本字讀之，則不可通矣。」

俞樾所引的詩句「侯作侯祝」，出自《詩經．大雅．蕩》，「作」和「祝」都是詛咒的意思，區別在於：以言告神謂之「祝」，請神加禍謂之「作（詛）」。這句詩是指殷紂王和大臣們互相猜疑，互相詛咒。

春秋戰國時期，不從事農耕的人都被視為有罪之人，因此管仲才用賊人、不服之民和役夫稱呼他們，這三種人屬於平民中最低一等的人，本該「下作之地，上作之天」，受到詛咒，「下作」之所以成為一個詈詞，即由此而來。

語感更重的詈詞還有《紅樓夢》裡劉姥姥罵板兒的「下作黃子」，猶言「下作胚子」，「黃子」指胚胎，斥罵板兒娘胎裡就是個該詛咒的「下作」人。

同樣的詈詞還有「作死」、「不作不死」，都是從「作」即詛咒而來。

•「下馬威」原來叫做「下車威」——•

「下馬威」這個俗語最早的意思是指官吏剛到任時嚴厲對待屬員，並加以責打，以顯示自己的官威，後來泛指初見面時藉故給人出難題，以顯示自己的權威。

「下馬威」最早應該叫做「下車威」。西漢時，定襄這個地方的豪強無視法度，橫行無忌，於是班伯毛遂自薦，被任命為定襄太守。班伯素有威名，加上定襄的豪強們聽說他主動請纓來治理定襄，人人都很害怕，「畏其下車作威」，因此個個都加以收斂。

班伯「下車作威」顯然是為了震懾豪強，不過最早的「下車」卻是施仁政。「下車」一詞出自周武王。《禮記．樂記》載：「武王克殷，反商，未及下車而封黃帝之後於薊，封帝堯之後於祝，封帝舜之後於陳；下車而封夏后氏之後於杞。」

這段話是說周武王滅了商王朝之後，「未及下車」便開始分封黃帝、堯和舜的後裔，「下車」之後又分封夏王室的後裔，周武王的仁政有效地穩定了社會秩序。後來就把初即位或者剛到任稱作「下車」，也才有了「下車伊始」這個成語。

「下馬威」這個俗語出自清初黃六鴻《福惠全書》。一位管理河道的下等書吏，上任之初，先派一名手下拿著一根叫做「巴棍」的棍子，馳馬先到，將下屬痛打一頓，「遂執所攜巴棍而毒毆之，名曰打下馬威」。

從此之後，這個俗語開始流行開來，每個剛上任的官員都喜歡「打下馬威」，不僅讓下屬對自己效忠，更重要的是顯示官威。這種陋習直到現在還能在官場上看到。

●「下榻」原來是真的把床放下來——●

「下榻」是指客人住宿，而且不分國外元首、高官顯貴還是平頭百姓，只要去住宿，一概可以用「下榻」某酒店、某旅館的說法。

但是「下榻」最早的用法卻大不相同。這個詞出自東漢有名的耿直大臣陳蕃。陳蕃最為人所知的名言就是那句「不掃一屋而掃天下」。陳蕃十歲的時候，曾經自己住過一間屋子，也不打掃，到處都髒兮兮的。一天，父親的朋友來看他，一看這種情形，不由得皺起了眉頭，批評陳蕃說：「你這小子也太懶了吧，怎麼不把屋子打掃一下接待賓客？」陳蕃應聲答道：「大丈夫處世，當掃除天下，安事一室乎！」十歲小兒的口中居然冒出來了這句志向遠大的話，令父親的朋友大為震驚，從此對陳蕃刮目相看。這就是「一屋不掃何以掃天下」這一俗語的出處。

陳蕃後來果然做了大官，任樂安太守，即一郡的最高行政長官。陳蕃為官清廉，他的上司青州刺史李膺剛到任的時候，因為素有鐵腕治官的名聲，屬下的貪官污吏們一聽李膺要來了，紛紛辭官而去，或者改到別的地方任職，惟有陳蕃問心無愧，「我自巋然不動」，繼續當他的太守。郡中有一個叫周璆的隱士，乃是一位高潔之士，眼睛幾乎長到了額頭上，沒有多少人能讓他看得上眼、願意交往，連前任和後任的太守招他去聊天都不去，別的官員就更不用說了，八抬大轎都請不動他。這樣一個驕傲的人，卻對陳蕃另眼相看，陳蕃每次叫他去聊天喝酒，周璆必定欣然前往。陳蕃還在家中專門為周璆設了一張臥榻，以便聯床夜話。這張榻平時都懸起來，只有周璆住宿的時候才放下來，故稱「下榻」。周璆一走，這張榻就又懸起來了。

陳蕃有「下榻」癖，後來改任豫章太守的時候，又重演了「下榻」一幕。豫章郡中同樣有位隱士，叫徐穉（ㄓˋ），家裡非常貧窮，靠種地為生。但是徐穉的道德品行卻非常高尚，恭儉義讓，大有儒家之風，因此名聲傳得很遠。政府請他出來做官，徐穉潔身自好，堅決不答應。陳蕃平時為了避嫌，從來不在自己家裡接待賓客，卻惟獨像對待周璆一樣經常請徐穉來喝酒，而且也仿照周璆的待遇，為徐穉特設一榻，徐穉一來就「下榻」，把這張榻放下來，徐穉一走就又懸起來了。

這就是「下榻」一詞的來歷，原來是對待貴客的待遇，後來演變成了住宿即為「下榻」。

•「丫鬟」的稱謂是怎麼來的？——•

在宋朝之前，「丫鬟」從來沒有被當做婢女的代稱。「丫鬟」本來寫作「鴉鬟」，是古代女子的一種髮式，李白有詩〈酬張司馬贈墨〉：「上黨碧松煙，夷陵丹砂末。蘭麝凝珍墨，精光乃堪掇。黃頭奴子雙鴉鬟，錦囊養之懷袖間。今日贈予蘭亭去，興來灑筆會稽山。」王綺注：「雙鴉鬟，謂頭上雙髻，色黑如鴉也。」頭上雙髻很像「丫」的形狀，因此又寫作「丫鬟」。因為是頭上的髮式，故又稱「丫頭」。劉禹錫〈寄贈小樊〉：「花面丫頭十三四，春來綽約向人時。」〈樂天寄憶舊遊因作報白君以答〉：「丫頭小兒蕩畫槳，長袂女郎簪翠翹。」可見唐朝時「丫頭」是對青春少女的美稱，沒有任何貶義成分。

李商隱〈柳枝詩序〉：「柳枝丫鬟畢妝，抱立扇子，風障一袖。」馮浩注引陳啟源曰：「謂丫鬟頭上梳雙髻，未適人之妝也。」

這裡就說得更明白了，「丫鬟」乃是對還沒有嫁人的少女的稱呼。「丫鬟」一詞即出自李商隱〈柳枝〉一詩的詩序。這篇詩序很長，講述了一個淒美的愛情故事。

十七歲的洛陽美眉柳枝，有一次偶然聽到鄰居李讓山吟誦堂弟李商隱的詩作〈燕台詩〉，不覺為之傾倒，驚問李讓山：「這首詩是誰寫的？」李讓山據實以告。柳枝姑娘伸手拽斷了身上的衣帶，綰了一個結，央求李讓山轉贈李商隱乞詩。

第二天，李商隱來到柳枝姑娘住的巷子裡，只見「柳枝丫鬟畢妝，抱立扇下，風障一袖」。柳枝說自己三天後要去河邊洗裙子，邀請李商隱在河邊約會。李商隱當然滿口答應下來。大概李商隱回去後對狐朋狗友們吹噓了一番，有一個朋友居然把他的行李偷走，先跑到長安去了。沒了行李連覺都睡不成，李商隱隨後追趕朋友，就此錯過了和柳枝姑娘的約會。

冬天的時候，李讓山趕到長安城，告知李商隱，柳枝姑娘被東方某地的封疆大吏娶走了。於是李商隱寫了五首〈柳枝詩〉，緬懷這段如煙飄散的未遂愛情。

後來有人考證說，柳枝因為和李商隱有約在先，執意不從封疆大吏，被賣到湖楚之地當了煙花女子，李商隱還曾經兩次去江浙一帶尋訪，最終無果。

宋代人王洋為自己的詩作的注解中說：「吳楚之人，謂婢女為丫頭。」婢女大多都是年輕女孩，因此，「丫頭」、「丫鬟」從宋朝開始就成為了婢女的代稱，一直沿用到民國時期。《紅樓夢》中就描寫了許許多多令人印象深刻的丫鬟。

•「乞丐」僅僅指乞討之人嗎？——•

很多城市都禁止乞丐在公共場合行乞，乞丐也被視為社會最底層的人。但是，「乞丐」一詞在東漢以前並不像今天是泛指行乞的人。

乞，向人求討；「丐」卻同時有求討和給予、施捨的意思，比如《漢書》中說：「盡取善繪，丐諸宮人。」把精美的繪畫作品都給了宮人。在唐朝韓愈的一篇文章中，這個字的用法最為明白無誤：「出庫錢一千萬，以丐貧民遭旱不能供稅者。」那時，「乞」和「丐」這兩個字還沒有連用。

「乞丐」最早連用應該是在《後漢書．獨行列傳》中，有一個叫向栩的人是個狂生，不愛說話，喜歡長嘯，「或騎驢入市，乞丐於人」。雖然「乞丐」兩字第一次連用，但是仍然含有求乞和施捨兩種意思，向栩是一個狂生，「乞」到即「丐」，求乞到再施捨給別人，不過是狂生的慣有狂行罷了。

「乞丐」特指乞討的一個特殊群體是從宋朝的《太平廣記》開始的：「出於深坊僻巷，馬醫酒保、乞丐傭僕及販賣兒童輩，並是其狗。」這時，乞丐方才和馬醫、酒保、人販子並列，成為社會最底層的人群，同時也被視為最壞的階層。

•「千金」原來是指男孩兒

在今天，家有嬌女稱為「千金」。「千金小姐」特指未婚女子，女子結婚之後，身價立刻縮水，不能再被稱為「千金」了。不過在古代，「千金」最早卻是指男孩兒。

「金」是古代的貨幣單位，秦始皇統一六國之後，也統一了幣制，規定貨幣分為兩種：黃金為上幣，計量單位為「鎰」，一鎰等於二十兩或者二十四兩；銅則為下幣。但是古人卻不用鎰或兩來稱呼貨幣，而是用「金」稱呼，比如「馬一匹百金」之類。漢代以一斤黃金為一金。《史記．項羽本紀》載：「項王乃曰：『吾聞漢購我頭千金，邑萬戶。』」項羽的頭值一千斤黃金，可見有多貴重。後來「千金」就引申為貴重的意思，並誕生了諸如「一字千金」、「一諾千金」、「春宵一刻值千金」、「五花馬，千金裘」等等許多典故。

據《南史．謝弘微傳》記載，南朝梁的著名文學家謝朏（ㄈㄟˇ），字敬沖，陳郡陽夏（今河南太康）人，是謝莊的兒子。謝朏小時候非常聰明，謝莊很喜歡這個兒子，常常讓他跟隨左右，外出遊玩的時候也帶上他。謝朏十歲就能寫一手好文章，有一次謝莊帶著他去土山遊玩，讓謝朏寫一篇命題作文，謝朏拿過筆來一氣呵成，謝莊看了之後，不由得大喜過望。謝莊的朋友對謝莊說：「你這個兒子真是神童，將來一定發達。」謝莊撫著兒子的後背，心花怒放地說：「真吾家千金。」

那時南朝宋還沒有被齊、梁兩個朝代取代，謝朏的名聲甚至傳到了宋孝武帝的耳裡。有一次宋孝武帝去姑蘇（蘇州）遊玩，特意命謝莊帶上謝朏一起前往，並指定以〈洞井贊〉為題讓謝朏寫了一篇作文，謝朏輕輕鬆鬆就完成了，宋孝武帝看完之後感歎道：「雖小，奇童也。」後來，謝朏果然成為了著名文學家，官至尚書令，「千金」這個比喻也流傳了下來，但卻專指男孩兒。

到了元朝，張國賓所作《薛仁貴榮歸故里》一劇中才把「千金」和女孩兒聯在一起：「小姐也，我則是個庶民百姓之女，你乃是官宦人家的千金小姐，請自穩便。」顯然，在張國賓寫作此劇之前，民間已經改換了「千金」一詞的原始含義，而用來指稱女孩兒了，張國賓只是在劇中使用了「千金小姐」這一稱謂而已。一直到今天，「千金」一詞的含義早已定型專指未婚女子了。

「口實」原來是陪葬品

「口實」一詞，今天只當作藉口講，為什麼會有這種用法呢？我們來看看這個詞在古代豐富的內涵和演變過程。

「實」的本義是充滿，因此，顧名思義，「口實」最早的含義就是充滿口中的東西。能夠充滿口中的東西是什麼呢？首先當然是食物，《周易》中有一個「頤」卦：「觀頤，自求口實。」「頤」是下巴，吃飯時下巴要咀嚼，因此引申為保養。此卦的意思是：觀察研究養生之道，就要看他吃什麼食物，拿什麼來養活自己。孔穎達解釋說：「求其口中之實也。」高亨解釋說：「須自求口中之食物。」《漢官儀》也說：「口實，膳饈之事也。」都是這個意思。因此「口實」又可以引申為俸祿，《左傳・襄公二十五年》：「臣君者，豈為其口實，社稷是養。」這句話的意思杜預解釋得很清楚：「臣不徒求祿，皆為社稷。」

口中充滿食物，這是活人的專利，死人就不一樣了。跟活人一樣，死人也有「口實」。據《春秋公羊傳》記載，西元前六二三年，魯文公的祖母去世，「王使榮叔歸含且賵」。賵（ㄈㄥˋ）是送給辦喪事人家的東西，主要是車馬束帛。「含」是什麼呢？《公羊傳》說：「含者何？口實也。」經學家何休繼續解釋說：「孝子所以實親口也，緣生以事，死不忍虛其口。」這是古人一項獨特的習俗，死者入殮時口中要含著一些東西，所謂「死不忍虛其口」是也。而且這種口含之物，根據地位的高低而不同，劉向《說苑．修文》：「口實曰唅。天子唅實以珠，諸侯以玉，大夫以璣，士以貝，庶人以穀實。」珠、玉、璣、貝、穀，等級分明。

「口實」既為口中的食物，那麼口中經常議論、誦讀的內容也可以稱作「口實」。《尚書．仲虺之誥》：「成湯放桀於南巢，惟有慚德，曰：予恐來世以台為口實。」仲虺（ㄏㄨㄟˇ）是成湯的左相，他在這篇誥中說：成湯滅夏，將夏桀流放到南巢這個地方，思考自己的行為，很慚愧地說：我恐怕後代天天拿我這種行為來議論。孔安國解釋說：「恐來世論道我放天子，常不去口。」「口實」因此引申為話柄和談笑的資料。

「口實」又是如何引申為藉口的呢？《禮記．表記》中記載了孔子的一句話：「口惠而實不至，怨災及其身。」口中答應施恩惠於人，實際的利益別人卻得不到。正像杜預說的那樣：「口實，但有其言而已。」從口中說出來的，只有一些噴著口沫的話而已，並沒有什麼實質的行動。因此「口實」引申為藉口，成為今天最常使用的義項。

•「大快朵頤」為什麼是形容大飽口福？

「大快朵頤」並沒有收入成語辭典，但是在報刊和書籍中的使用率卻非常高，意思就是大飽口福，痛痛快快地吃一頓。其中「朵」和「頤」兩個字非常有意思，而且這兩個字結合在一起的情形更加好玩。

朵，《說文解字》解釋道：「樹木垂朵朵也。」「朵」是一個象形字，下面是「木」，上面像花實的形狀，因此又可釋義為樹木枝葉花實下垂的樣子。清朝學者段玉裁解釋道：「凡枝葉花實之垂者皆曰朵。」既然是花實下垂的形狀，那麼，花兒當然就可以稱為「花朵」了。

至於「耳朵」這一稱謂，大約可作兩種解釋：一是耳垂下墜的形狀跟花實下垂的形狀相似，「樹木垂朵朵」的說法可以逕自改為「耳垂朵朵」，故稱「耳朵」；一是花實下垂在樹木旁邊，因此「朵」字引申出兩旁的意思，比如古人將正樓兩側的樓喚作「朵樓」，大殿的左右走廊喚作「朵廊」，均屬這樣的用法。耳朵剛好位於頭部兩旁，故稱「耳朵」。

「朵」還可以用作動詞，意思是「動」，這是因為花實纍纍下垂，輕風一吹就會隨風拂動的緣故。我們知道有些人生具異能，能夠讓兩隻耳朵輕輕擺動，像小扇子一樣。長沙馬王堆漢墓出土的帛書中有《黃帝四經》一書，其中《十六經．正亂》一文中寫道：「我將觀其往事之卒而朵焉，待其來事之遂形而私焉。」這兩句話的意思是：我將要考察蚩尤過去的所作所為而採取行動，靜待蚩尤將來壞事做盡再配合採取行動。這裡的「朵」就是動詞。

頤，本義是下巴，比如「頤指氣使」這個成語，意思是不說話，光用下巴示意對方或下屬如何如何做，傲慢的樣子多麼傳神！還有「解頤」這個詞，意思是開顏歡笑，高興得下巴都張開了。不過古時候的下巴包括口腔上下兩部分，即上頜和下頜，而今天更多的僅僅指下頜。咀嚼食物的時候，上下頜要共同運動，因此「頤」這個字就跟飲食扯上了關係。《周易》中專門有一卦，第二十七卦，就叫「頤」卦，通篇講的就是飲食營養的養生之道，其中第一次出現了「朵頤」一詞：「初九，舍爾靈龜，觀我朵頤，凶。」靈龜用於占卜，因此非常珍貴，用來比喻財寶。「朵頤」即鼓動下巴或腮頰咀嚼食物。這一卦是勸諭之辭，意思是你不愛惜自己最珍貴的東西，反而捨棄自己的財富，豔羨地來看我鼓著腮幫子吃東西，這就十分凶險了！

鼓著腮幫子大嚼特嚼的食物必定是美食，因此「朵頤」一詞又引申為嚮往、饞羨的意思。明朝文學家沈德符在《萬曆野獲編》一書中曾經描述過一個官位空缺的有趣場景：「辛丑年，浙江吏部缺出，朵頤者凡數人。」用「朵頤」來形容覬覦官位的猴急模樣，實在是太逼真了！

僅僅「朵頤」還不過癮，古人又在前面加上了一個程度更深的「大快」，非常快活，那麼這頓盛宴一定是大飽口福了！

●「大放厥詞」原來是讚美文章寫得好●

「大放厥詞」是一個成語，指夸夸其談，大發謬論，是一個地地道道的貶義詞。不過，這個成語最早卻是一個道道地地的褒義詞！

這個成語出自韓愈所寫的〈祭柳子厚文〉。柳子厚即唐朝著名的文學家柳宗元，字子厚。柳宗元的散文豐富多彩，是公認的散文大家。他死後第二年，韓愈為他寫了一篇祭文，其中有這樣兩句：「玉佩瓊琚，大放厥詞。」玉佩和瓊琚都是古人佩戴的玉製裝飾品，韓愈用這兩種精美的玉器來比喻柳宗元的文章。「厥」是代詞，他的，「大放厥詞」意思就是柳宗元文章文采斑爛，鋪陳的辭藻華麗。

明朝名臣劉伯溫為宋景濂文集寫的序言能夠更清楚地看到「大放厥詞」的語義：「先生天分至高，極天下之書無不盡讀，以其所蘊，大肆厥辭。」

這個對文人的文章極盡讚美之能事的成語，演變到今天，居然成了一個語感很重的貶義詞！真是匪夷所思。

•「大駕光臨」原來只能用於皇帝•

今天客套話說的「大駕光臨」、「勞您的大駕」，在古代可是不能隨便用的，因為「大駕」專用於皇帝，是皇帝的代稱，除了皇帝之外，任何人都不准使用。

這一代稱跟皇帝出行時隨扈的儀仗隊有關，此儀仗隊共分三種，分別是大駕、法駕、小駕。

「大駕」的規模最大，公卿駕車在前充當導引車，太僕為皇帝御馬，大將軍在右邊陪坐，跟隨的車輛共有八十一輛。「法駕」的規模次之，導引車、御馬和陪坐官員的級別都相應地要低一級，跟隨的車輛共有三十六輛。「小駕」是祭祀宗廟或者參加喪禮的時候使用，因此規模最小，唐代時的規模僅僅是乘坐四望車（四面有窗可以觀望），侍衛清道而已，到了宋真宗時期，則把「小駕」的名稱改為「鸞駕」。

因為「大駕」的規模最大，最為隆重，因此皇帝就被尊稱為「大駕」，相應地，陪同皇帝出行的官員稱作「護駕」。皇帝到某處或者某地視察，稱作「駕臨」、「駕到」。發生戰爭，需要皇帝親自上前線督戰，這叫做「大駕親征」，後來也叫做「御駕親征」。

同樣，皇帝死了叫做「駕崩」。「崩」的本義是山倒塌，古人把皇帝的死看得很重，就像山倒塌下來一樣，因此從周代開始帝王之死稱「崩」，也稱「駕崩」。「崩」或「駕崩」只能專用於天子或皇帝。《禮記．曲禮》規定：「天子死曰崩，諸侯曰薨（ㄏㄨㄥ），大夫曰卒，士曰不祿，庶人曰死。」其中最有意思的是士之死名為「不祿」，有人把「不祿」解釋為死了就沒有俸祿了，簡直是笑話！「祿」的本義是福氣，福運，鄭玄解釋「不祿」為「不終其祿」，沒有福氣繼續當官了！把「不祿」解釋為沒有福氣還有一個旁證，《禮記．曲禮》規定夭折也叫「不祿」，當然是沒有福氣繼續活著的意思。士是貴族階層中最低的一個等級，從「不祿」的稱呼中也可以看出來其地位之低下，僅僅比普通老百姓的「死」高出一個等級。

•「子虛烏有」原來是兩個人

「子虛烏有」是指虛構的、不存在的事情。但「子虛」是什麼？「烏有」又是什麼？

原來，子虛和烏有是兩位先生，這兩位先生是著名文學家司馬相如虛構出來的人物，因此後人就用「子虛烏有」代稱不存在的人或事。不過，在司馬相如的《子虛賦》中，這兩位先生可是愛辯論、愛鬥嘴的傢伙。

《子虛賦》寫道：楚王派子虛出使齊國，齊王調遣了國家所有的士卒，準備了眾多的馬車，帶著子虛一起前去打獵。打完獵後，子虛去拜訪烏有先生，恰巧「亡（無）是」先生也在座。這三位可好，一個「子虛」，一個「烏有」，一個「無是」，三個虛構的人物開始鬥嘴鼓了。

落座後，烏有先生詢問子虛先生：「今天跟著齊王一起打獵快樂嗎？」

子虛回答：「快樂。」

烏有又問：「收穫多嗎？」

子虛回答：「不多。」

烏有問道：「既然捕獲的獵物不多，那你瞎高興什麼？」

子虛回答道：「我高興的是齊王向我誇耀他的車騎之眾，而我卻對以雲夢之事。齊王的排場如此之大，不由得十分驕傲地問我：『你們楚王的排場比得上我嗎？』我回答他說：『我只不過是楚國的山野之人，哪裡見過什麼世面。幸而當了楚王十幾年的侍衛，時常跟隨楚王一起出遊，獵場就在皇后的後園，即使這樣我還沒有看完，哪裡夠資格描述楚國那麼多的大澤盛景呢！』」

然後子虛就向齊王吹噓了楚國七個大澤中最小的一個雲夢澤的盛景，無非是方圓九百里、山勢險峻、物產豐富、美女們爭奇鬥豔等等華麗的排場—這些排場的鋪排和描繪自然是司馬相如的強項。然後，子虛總結說：「我認為，齊王您的排場比不上我們楚王的排場。」齊王一聽非常掃興，默默無語地返回了宮中。

烏有先生聽完子虛的這番吹噓，責備他說：「您話說得太過分了！您不遠千里出使齊國，齊王為了取悅您，動用了這麼多的人力物力，您怎能認為這是齊王在炫耀呢！您不趁機稱頌楚國的德政，相反卻誇誇其談地誇耀楚國的物產和楚王打獵的排場，大談淫游縱樂之事，而且炫耀奢侈靡費，這樣必定會被齊王輕視，楚國的國際形象也會因此受到影響。況且齊國地大物博，人口眾多，像雲夢那樣的大澤，即使吞下九個也能容納得下。然而齊王實行的是德政，因此不願陳說游獵和嬉戲的歡樂、苑囿的廣大，您怎能據此就認為齊王是嫉妒得無話可說了呢！」

子虛先生和烏有先生都只顧著誇耀自己國土的廣大，物產的豐富，目的只想占到對方的上風，所以後人就把他們兩人合到一起，用「子虛烏有」來表示虛構。

•「小丑」原來是指微賤之輩•

今天的「小丑」一詞，用來比喻那些醜惡之徒，比如「鬼鬼祟祟的小丑」之類用法。但是在明清之前，這個詞絕無此義；而明清之後，這個詞又只用來稱呼戲曲中的丑角。「小丑」作為詈詞，不過是從丑角形象演化而來的。

《國語．周語》中記載了一個故事：「恭王遊於涇上，密康公從，有三女奔之。其母曰：『必致之于王。夫獸三為群，人三為眾，女三為粲。王田不取群，公行下眾，王御不參一族。夫粲，美之物也。眾以美物歸女，而何德以堪之？王猶不堪，況爾小丑乎？小丑備物，終必亡。』康公不獻。一年，王滅密。」

周恭王到涇水邊遊玩，密康公隨從，有三個同姓的女子私奔而來。密康公的母親對他說：「你一定要把她們獻給周恭王。三隻野獸成群，三個人成眾，三位女子成粲。天子打獵的時候，不盡取群獸，諸侯對眾人行事要謙下，天子娶妃嬪要選三個不同姓的女子。粲是美好的事物，眾人把美好的事物獻給你，你有何德可以承受呢？天子尚且不能承受，更何況你這個小丑呢？小丑德小而兼備眾物，最終一定會滅亡。」

密康公哪裡捨得將三位美女獻給周恭王？結果一年後周恭王就滅了密國，應驗了他母親的預言。

小丑，韋昭解釋說：「丑，類也。王者至尊，猶且不堪，況爾小人之類乎？」原來，這裡的「丑」是「類」的意思，「小丑」即小人之類，微賤之輩。《禮記．學記》中說：「古之學者，比物丑類。」孔穎達解釋說：「古之學者，比方其事以丑類，謂以同類之事相比方，則事學乃易成。」則「丑類」亦不同於今日對壞人的蔑稱，而是指以同類之事相比。

《後漢書．蓋勳傳》載：「董卓廢少帝，殺何太后，勳與書曰：『昔伊尹、霍光權以立功，猶可寒心，足下小丑，何以終此？』」《文苑列傳》載，黃香被任命為東郡太守，他上疏辭讓，其中自稱「臣香小丑」，這些用法都是指微賤之輩，並非貶義詞。

明清時期，扮演滑稽角色的喜劇人物被稱作「小丑」，就是從微賤的小人引申而來。京劇中也把丑角稱作「小花臉」，屬於插科打諢、狡猾奸詐的小人物，於是「小丑」的稱謂就移用於比喻醜惡之徒，從此失去了原意。

「小李」原來是扒手的代稱

年輕的李姓小輩，人們往往親暱地稱之為「小李」。這麼簡單的一個稱謂，難道還有什麼有趣的掌故和故事不成？事實正是如此，而且鮮為人知，原來在明清時期的都城北京城裡，人們管扒手叫「小李」。這個稱謂到底是怎麼來的呢？

明代官員、藏書家葉盛所著《水東日記》中有「小李」一條，替這個稱謂提出解答：「程明道先生外舅彭侍郎思永行狀云：『蜀人以交子貿易，藏腰間，盜善以小刃取之稠人中如己物。公捕獲一人，使疏其黨，得十餘輩，黥流之，盜遂絕。』此即今京師小李之類。小李云者，意為昔時此賊之首，猶健訟者所云鄧思賢耳。」

宋真宗時，張詠鎮蜀，擔心鐵錢過重不利於貿易，因此發明了名為「交子」的紙幣，當然也就給扒手盜取提供了便利。「黥（ㄑㄧㄥˊ）」是刻面塗墨之刑。葉盛將「京師小李」比之於蜀地之盜，可見當時的北京城裡已經通行「小李」之稱了。葉盛認為之所以將扒手稱作「小李」，是因為過去京師扒手的首領姓李，因此京師人引申而將一切扒手都以「小李」代稱。

葉盛又用「猶健訟者所云鄧思賢耳」來比附解釋「小李」這個代稱的現象。鄧思賢是誰？北宋學者沈括在《夢溪筆談》卷二十五中記載：「世傳江西人好訟，有一書名《鄧思賢》，皆訟牒法也。其始則教以侮文；侮文不可得，則欺誣以取之；欺誣不可得，則求其罪劫之。蓋思賢，人名也，人傳其術，遂以之名書，村校中往往以授生徒。」原來鄧思賢是江西的一位訟師，他將自己搬弄訟詞的經驗寫成一本書傳授生徒，人們就取名為《鄧思賢》，「鄧思賢」其名遂成為一切健訟者的代稱，「小李」的代稱正與之相同。

這一稱謂直到清代還在使用。清代學者沈濤所著《瑟榭叢談》載：「近世竊鉤之徒，竄身都市，潛於人叢中割取佩物，俗呼『剪綹』……京師則稱為『小李』。國初釋借山元璟《京師百詠》有〈小李〉詩：『都門喧熱名利區，白日奔走良可虞。中有小李善剽竊，如鬼如蜮滿路隅。』」

古代有許多有趣的俗語還沒有被發掘出來，因此不為人所知；不過，自本書出版之後，天下姓李的「小李」們可要當心啦！

「小鳥依人」原來是形容男人

「小鳥依人」今天專用於那些嬌小可愛的女孩子，把她們跟在男朋友身邊的樣子稱作「小鳥依人」。不過，這個俗語最早卻是用在男人身上。

《說文解字》：「雀，依人小鳥也。」這是「小鳥依人」一語最早的出處。麻雀之所以「依人」，當然是因為凡人所居之處都能找到吃的，因此麻雀還有一個別稱叫「嘉賓」，形容牠們棲宿在人家裡，狀若賓客。如今有些「小鳥」專門尋找有錢的金主去「依」，跟麻雀的形態非常相像，當然也是在金主身邊吃得好穿得好的緣故。

「小鳥依人」第一次用在人身上出自唐太宗李世民之口。有一次唐太宗和大臣長孫無忌閒聊，唐太宗品評當朝人物，評論到褚遂良時，李世民說：「褚遂良鯁亮，有學術，竭誠親於朕，若飛鳥依人，自加憐愛。」

「尸位素餐」的「尸」原來不是指屍體

「尸位素餐」是一個常用的成語，形容空占著職位，空食著俸祿，卻什麼事也不做。很多人都把「尸位」理解成屍體所占的位置，這是錯誤的。在古代，「尸」是非常重要的祭祀禮儀。

《說文解字》：「尸，陳也，像臥之形。」這個「尸」的本義可絕對不是屍體，而是「陳也」。什麼叫「陳」？段玉裁解釋道：「祭祀之尸本象神而陳之。」原來，「尸」的本義是祭祀時代表死者受祭的活人。《禮記·曾子問》載，曾子曾經詢問孔子：「祭必有尸乎？」孔子回答道：「祭成喪者必有尸，尸必以孫，孫幼則使人抱之；無孫，則取於同姓可也。」古人認為祭祀的目的在於和祖先的靈魂感通，用孫子來代表死去的先祖受祭，可以凝聚先祖之氣，這種祭祀稱作「尸祭」。

顏師古解釋說：「尸位者，不舉其事，但主其位而已。」代表先祖受祭的孝孫，在祭祀時僅僅是先祖的替身，是先祖靈魂的附體，自己什麼事也不用做，只需要坐在神位上，「但主其位而已」。如果把「尸位」理解成屍體所占的位置，人死不能復活，怎麼還能空占著職位呢？

「尸位」一詞出自《尚書·五子之歌》：「太康尸位以逸豫，滅厥德，黎民咸貳。」夏朝君主太康空占著國君的位置，卻只知道享樂，於是百姓都背叛了他。

「素餐」一詞出自《詩經·伐檀》：「彼君子兮，不素餐兮！」「素」是空的意思。清人陳奐在《毛詩傳疏》中解釋得最為明白：「今俗以徒食為白餐。餐，猶食也。趙岐注《孟子·盡心篇》云：『無功而食，謂之素餐。』」有人把「素餐」誤解為素食，這也是錯誤的，正確的解釋是「無功而食」，即顏師古所說：「素餐者，德不稱官，空當食祿。」

漢代人將這兩個片語合在一起，用來比喻居位食祿而不盡職。比如《漢書·朱雲傳》：「今朝廷大臣上不能匡主，下亡以益民，皆尸位素餐。」

●「不分軒輊」的「軒輊」是什麼東西？

「不分軒輊」是一句成語，意思是不分高下輕重。為什麼會有這個意思？「軒輊」又是什麼意思呢？

「軒」是前頂較高、後頂較低而有帷幕的車子，供大夫以上的等級乘坐；「輊」則剛好相反，是前頂較低、後頂較高的車子。

簡言之，「軒」是前高後低，「輊」是前低後高。「軒輊」連用，即指高低、輕重、優劣。語出《詩經・小雅・六月》：「戎車既安，如輊如軒。」朱熹解釋道：「輊，車之覆而前也；軒，車之卻而後也。凡車從後視之如輊，從前視之如軒，然後適調也。」「戎車既安」是說戰車已經準備停當；「如輊如軒」是說前後俯仰，調整到了最合適的狀態，隨時可以出擊。

《後漢書・馬援傳》中，馬援向光武帝劉秀上書表白自己的心志，其中有這樣的話：「居前不能令人輊，居後不能令人軒，與人怨不能為人患，臣所恥也。」軒前高後低，自然較輕；輊前低後高，自然較重。馬援的意思是說我居於人前，別人不會看重我；我居於人後，別人也不會看輕我。言外之意就是我在別人眼中根本無足輕重，因此馬援引以為恥。後人就從這句話中提取出了「不分軒輊」這個成語。

「軒」既是前高後低，自然視野開闊，因此引申出高大之意。很多以「軒」組成的詞都跟這個意思有關，比如「氣宇軒昂」形容氣概不凡；「軒然大波」是高高湧起的大波濤。

●「不肖子孫」原來不是指子孫不孝順——●

今人常常將「不肖」和「不孝」混用，「不肖子孫」因此也就被解釋為不孝順的子孫。其實，「不肖」和不孝順一丁點關係都沒有。

《說文解字》：「肖，骨肉相似也。」什麼叫「骨肉相似」？肉可見，骨不可見，因此「肖」這個字不僅形容外表的相似，更用以形容本質特點上的相似。許慎又說：「不似其先，故曰不肖也。」也就是不像先輩叫做「不肖」。

在為《禮記》所作的注疏中，鄭玄解釋說：「肖，似也，不似，言不如人。」鄭玄的意思是言子不如父。子不如父，因此「不肖」引申為不成材的意思。《禮記．射義》：「孔子曰：『射者何以射？何以聽？循聲而發，發而不失正鵠者，其唯賢者乎！若夫不肖之人，則彼將安能以中？』」這段話的意思是：射箭的人循著樂聲而發，能夠射中靶心的是賢者，不成材的人怎麼能夠射中呢？古人常將「賢」與「不肖」對舉，可見「不肖」就是不賢、不成材之意。正如顏師古所說：「不肖者，言無所象類，謂不材之人也。」

《莊子．外篇》中〈天地〉一章，有關於「不肖」的更清楚的解釋。「孝子不諛其親，忠臣不諂其君，臣子之盛也。親之所言而然，所行而善，則世俗謂之不肖子；君之所言而然，所行而善，則世俗則謂之不肖臣。」這段話的意思是：孝子不奉承他的父母，忠臣不諂媚他的國君，這是大臣和人子最高的品德。父母說的都認為對，做的都認為好，這就是世俗所說的不肖之子；國君說的都認為對，做的都認為好，這就是世俗所說的不肖之臣。

郭象解釋說：「此直違俗而從君親，故俗謂不肖耳。」很顯然，「違俗」才叫「不肖」；按照通常的說法，順從父母才叫孝順，可是「親之所言而然，所行而善」竟然被稱作「不肖子」，可見「不肖子」跟不孝順毫無關係，乃是不成材之謂。

清代學者王應奎《柳南續筆》中有「不肖子」一條，其中說：「今世人子喪中用帖，稱『不肖子』。」父母死後，兒子在居喪期間自稱「不肖子」。那麼這是自稱不孝順的兒子嗎？王應奎緊接著質疑道：「然大約是謙光之詞。吾邑嚴觀察韋川云：『近世士大夫不明此意，凡中科甲及仕宦中人，皆改稱不孝，非儼然自謂勝其親乎？』按家禮，喪稱哀子、哀孫，祭稱孝子、孝孫，從未有稱不孝者。且五刑之屬三千，而罪莫大於不孝，豈可以此自居！」其義甚明，「不肖」乃是自謙之詞，絕不能跟「不孝」混用。

唐宋間詩人孫光憲所著《北夢瑣言》一書中說：「不肖子弟有三變：第一變為蝗蟲，謂鬻（ㄩˋ，賣）莊而食也；第二變為蠹魚，謂鬻書而食也；第三變為大蟲，謂賣奴婢而食也。」這是對不成材子弟的尖銳諷刺，但是跟「不孝」同樣毫無關係。

•「不倒翁」原來是勸酒的用具——•

作為玩具，最常見的「不倒翁」的樣子是一位翹著鬍鬚、笑哈哈的老翁，翻來覆去、上下搖晃而不倒，逗孩子們開心。如今市面上有各式各樣的「不倒翁」，但既為「不倒翁」，那麼「翁」一定指老翁，只要不是老翁形象的「不倒翁」，都失去了「翁」的原意。

這位搖來晃去的「不倒翁」到底是怎麼造出來的呢？鮮為人知的是，「不倒翁」的最初功用，竟然是勸人喝酒的用具。

清代學者趙翼所著《陔餘叢考》卷三十三有「不倒翁」一條，詳細考證了「不倒翁」的由來：「兒童嬉戲有不倒翁，糊紙作醉漢狀，虛其中而實其底，雖按捺旋轉不倒也……考之《摭言》，則唐人已有此物，名酒胡子，乃勸酒具也。盧汪連舉不第，賦《酒胡子》長篇以寓意，序曰：『巡觴之胡，聽人旋轉，所向者舉懷，頗有意趣。然傾倒不定，緩急由人，不在酒胡也。乃為之作歌。』按此則其形制與今所謂不倒翁者正相似，特其名不同耳。」

「酒胡子」的稱謂出自五代學者王定保所著《唐摭言》一書，書中載有盧汪《賦酒胡子長歌》一詩。在這首詩的序中，盧汪稱「酒胡子」這種勸酒具的模樣乃是「巡觴之胡人」，即根據胡人的相貌所制，拿胡人的相貌來取樂。

北宋竇革在《酒譜》一書中記載：「今之世酒令其類尤多，有捕醉仙者，為禺人，轉之以指席者。」「禺人」即「偶人」，「捕醉仙」乃是木偶。兩宋間學者張邦基所著《墨莊漫錄》卷八載：「飲席刻木為人，而銳其下，置之盤中，左右欹側，僛僛然如舞狀，久之力盡乃倒，視其傳籌所至，酬之以杯，謂之『勸酒胡』……或有不作傳籌，但倒而指者當飲。」「僛僛（ㄑㄧ）」是形容醉舞歪斜之貌。「勸酒胡」的稱謂顯然是傳承「酒胡子」而來。

明代才子徐文長有一首題為《不倒翁》的詩：「烏紗白扇儼然官，不倒原來泥半團。將汝忽然來打碎，通身何處有心肝。」由此可知，明代時人們將「不倒翁」做成戴烏紗帽的官員模樣，已經迥異於「酒胡子」的胡人相貌了，「不倒翁」也因此開始形容那些八面玲瓏、善於保持權位的官場之人，俗稱「扳不倒」。「不倒翁」遂從玩具的稱謂變成了一個極具諷刺意義的貶義詞。

「不稂不莠」是貶義詞嗎？

稂（ㄌㄤˊ）是一種叫作狼尾草的野草，莠（ㄧㄡˋ）是一種叫作狗尾草的野草。這兩種野草都是惡草，形狀像禾苗而不結實，間雜生長在禾苗中間，奪取禾苗的養分，禾苗沒有吐穗時根本無法辨別。

「良莠不齊」也是同樣的意思，都是指好人壞人混雜在一起，無法分清。不過，「良莠不齊」的意思非常明白，而且從古到今的意思都是一樣的，並沒有什麼變化，「不稂不莠」可就不一樣了，古時候的意思跟現在的意思完全相反。

「不稂不莠」出自《詩經．小雅．大田》：「既方既皁，既堅既好，不稂不莠。去其螟螣，及其蟊賊，無害我田穉。」這幾句詩，余冠英先生的譯文是：「穀粒長了穀殼，長得結實完好，沒有稂草莠草。除去青蟲絲蟲、蝗蟲和它的同夥，別禍害我的幼禾。」在這裡，「不稂不莠」是指沒有狼尾草和狗尾草等雜草，禾苗長勢良好。可是，到了現在，人們卻用「不稂不莠」來比喻沒出息、成不了材的人，真是和原意大相逕庭。

《紅樓夢》第八十四回就是這個詞演變後的說法：「賈政道：『老太太吩咐的很是，但只一件，姑娘也要好，第一要他自己學好才好，不然不稂不莠的，反倒耽誤了人家的女孩兒，豈不可惜。』」賈政的意思是說賈寶玉既不是狼尾草，也不是狗尾草，不稂不莠，但是又不像真正的禾苗，看不出有什麼出息。

「不稂不莠」本來是一個褒義詞，幾經演變，卻變成了一個貶義詞，中文詞義的變遷真是令人驚訝啊！

•「不齒」的「齒」原來是排座次——•

「不齒」表示極端地鄙視，為什麼用牙齒的「齒」來表達這個意思呢？「不齒」最初的詞義又是什麼？

《釋名．釋形體》：「齒，始也，少長之別始乎此也，所以齒食多者長也，食少者幼也。」「齒」因此引申用來指人的年齡，比如年齒就是年齡，齒列是按照年齡排列，「不齒」的本義也就是不按照年齡排座次前後，定尊卑之別。

周代有黨正的官職，職責之一是祭祀飲酒的時候，要負責「正齒位」，即按照年齡的大小來定座次。對於有官爵的人來說，還有這樣的規定：「一命齒於鄉里，再命齒於父族，三命而不齒。」

什麼叫一命、再命、三命？周代的官爵分為九等，稱作「九命」。一命是最低級的官吏，比如天子的下士和公侯伯的士；再命是比一命高一級的官吏，比如天子的中士和公侯伯的大夫；三命又是比再命高一級的官吏，比如公侯伯的卿……依此類推，天子的三公（太師、太傅、太保）是八命的官爵，出封時加一命，稱為上公，這是最高的九命的官爵。

那麼，「一命齒於鄉里，再命齒於父族，三命而不齒」的意思就是：有一命這個最低官爵的人，要和同鄉的眾賓序齒，按照年齡排座次；有再命這個官爵的人，要和父親的親族序齒，按照年齡排座次；有三命官爵的人，則「不齒」，因為官爵高的緣故，因此不按照年齡排座次，而是安置在坐席的東邊，以示尊敬。這就是「不齒」最初的詞義。

有趣的是，本來是出於尊敬而不排座次的「不齒」一詞，竟然可以引申為對罪人的懲罰！周代規定，犯罪的人關到監獄裡，如果能夠改過自新，「返於中國，不齒三年」。「返於中國」指返回罪人的家鄉，「不齒」，鄭玄解釋說：「不得以年次列於平民。」意思是不能按照年齡的大小列於平民之籍，而是打入另冊，表現好的話才能「列於平民」。

《周禮·王制》中規定，對於鄉里不遵循教導的人，如果反覆教導之後仍然不改，先「移之郊」，距國百里為「郊」，再不變則「移之遂」，遠郊之外為「遂」，再不變就要「屏之遠方，終身不齒」，遠方指九州之外，「不齒」，鄭玄解釋說：「齒猶錄也。」孔穎達解釋說：「以年相次是錄其長幼，故云『齒猶錄也』。」因此這裡的「不齒」一詞指不收錄於鄉里的戶籍。

「不得以年次列於平民」，「終身不齒」，這都是對罪人的懲罰，因此「不齒」引申為極端地鄙視。

•「丹書鐵券」原來是免死的憑據——•

舊小說中常有「丹書鐵券」一詞，比如《水滸傳》第五十一回〈李逵打死殷天賜／柴進失陷高唐州〉，小旋風柴進的叔叔柴皇城被高唐州知府的妻舅殷天賜毆打，起因是要侵佔柴皇城家裡的花園，柴皇城對殷天賜說：「我家是金枝玉葉，有先朝丹書鐵券在門，諸人不許欺侮，你如何敢奪占我的住宅？」柴家是前朝後周的皇室，宋太祖趙匡胤特賜「丹書鐵券」，因此柴皇城才敢說「有先朝丹書鐵券在門，諸人不許欺侮」。「丹書鐵券」到底是什麼東西？為什麼會有這麼大的神通？

先說「丹書」。「丹書」本來是記載犯人罪狀的文書，以朱筆書寫。據《左傳．襄公二十三年》載，晉國大夫欒盈發動內亂，范宣子擁著晉平公退守固宮，形勢十分危急。欒盈手下有一位勇士督戎，衝鋒陷陣，無人可敵。正當此時，有一位叫斐豹的奴隸挺身而出：「初，斐豹隸也，著於丹書。欒氏之力臣曰督戎，國人懼之。斐豹謂宣子曰：『苟焚丹書，我殺督戎。』宣子喜，曰：『而殺之，所不請於君焚丹書者，有如日！』」

斐豹對范宣子說：「如果焚燒了我的丹書，我就替你殺督戎。」杜預解釋說：「蓋犯罪沒為官奴，以丹書其罪。」孔穎達進一步解釋說：「以斐豹請焚丹書，知以丹書其籍。近世《魏律》緣坐配沒為工樂雜戶者，皆用赤紙為籍，其卷以鉛為軸，此亦古人丹書之遺法。」「丹書」其實就相當於罪犯的戶籍。斐豹殺督戎而焚丹書，從而成為自由之身。

再說「鐵券」。「鐵券」又稱「鐵契」，是一種鐵製的契券，上面用丹砂書寫誓詞，由朝廷授給功臣，世代保存。

「丹書鐵券」這一制度乃漢高祖劉邦始創。據《漢書．高帝紀》載：「天下既定……與功臣剖符作誓，丹書鐵契，金匱石室，藏之宗廟。」「剖符」又稱「剖竹」，將竹符剖分為二，朝廷和受賜者各存一半，以為信證；「金匱」指銅製的櫃子。漢高祖定天下之後，賜予功臣分封的符信和丹書鐵券，封進金匱和石室，藏之於宗廟之中，以示後代將永享封爵。

「丹書鐵券」之制即由此而來。有趣的是，「丹書」上書寫的免死文字，恰是春秋時期犯人罪狀的轉義。唐代之後，不再使用丹書，而是「券詞黃金鑲嵌」，形狀像瓦。明初更分為七等，清人凌揚藻所著《蠡勺編》中說：「洪武初，太祖欲封功臣，遣使取其式而損益之。其制如瓦，第為七等……外刻歷履恩數之詳，以記其功；中鐫免罪減祿之數，以防其過。字嵌以金。凡九十七副，各分左右。左頒功臣，右藏內府，有故，則合之以取信。」

隨著清王室的覆滅，帝制下的特權產物「丹書鐵券」從此退出了歷史舞臺。

「五服」之親是什麼親？

如果讀者有在農村生活的經驗，就知道在今天的農村，還常常被人問到是否和某某某是出了「五服」的兄弟，這種說法通常被理解為五代之內的血緣關係，其實是不對的。「五服」是中國古代服喪制度所要求的五種服飾。

中國古代服喪制度的規格、時間等是按照嚴格的親疏遠近來制定的，從重到輕，依次分為斬衰、齊衰、大功、小功、緦（ㄙ）麻五種，此之謂「五服」。

規格最重的是斬衰。「衰」這個字通「縗（ㄘㄨㄟ）」，是指用粗麻布做成的喪服。這種喪服不能縫邊，要用刀子隨手斬取幾塊粗麻布，胡亂拼湊縫合在一起，所以稱為「斬衰」。這種喪服一穿就要穿三年，用於直系親屬和最親近的人之間，比如兒子為父親服喪，妻子為丈夫服喪。喪服之所以是胡亂拼湊的，意思是指最親的人死了，我是多麼的悲傷啊，連衣服都沒有心情製作了，就讓我胡亂披著幾塊麻布為您服喪吧。

其次是齊（ㄗ）衰。齊衰是用生麻布做成的喪服，能縫邊，把邊縫齊，所以叫「齊衰」。這種喪服穿的時間長短不一，可以是三年，也可以是一年、五個月、三個月等。比如為繼母服喪是三年，孫子為祖父母服喪、丈夫為妻子服喪是一年，為曾祖父母服喪是五個月，為高祖父母服喪是三個月。

再次是大功。大功是用熟麻布做成的喪服，比齊衰稍細，比小功稍粗。「功」同「工」，意思是做工很粗，故稱「大功」。這種喪服要穿九個月。比如為堂兄弟、未婚的堂姊妹以及已婚的姑、姊妹、侄女等服喪，已婚女為伯父、叔父、兄弟、侄以及未婚姑、姊妹、侄女等服喪，都要穿這種喪服。

再次是小功。小功也是用熟麻布做成的喪服，比大功稍細，故稱「小功」。這種喪服要穿五個月。比如為本宗的曾祖父母、堂姑母、已出嫁的堂姊妹等服喪，為母系一支中的外祖父母、母舅、母姨等服喪，都要穿這種喪服。

最輕的叫緦麻。緦麻是指用細麻布做成的喪服。這種喪服只需穿三個月即可脫掉。比如為本宗的高祖父母、族兄弟、還沒有出嫁的族姊妹等服喪，或者為外孫、外甥、岳父母等服喪，都要穿這種喪服。

「五服」是中國古代社會中等級關係的一個縮影。

「五雷轟頂」是五種雷還是被雷轟五次？

在民間，對一個人恨到了極點，常常詛咒他出門遭「天打五雷轟」；形容一個人遭到巨大的打擊，是「五雷轟頂」。遭到雷擊是自然現象，被一個雷轟了一下就夠受的了，怎麼還要「五雷轟」？「五雷」到底是真的有五種雷，還是被雷轟五次？

《太平廣記》從《神仙感遇傳》中輯錄了一則故事，是「五雷」的來源。這則叫〈葉遷韶〉的故事是一個神話故事，講述唐朝時一個叫葉遷韶的人，幼年時有一次到野外放牧，在大樹下避雨，剛好這棵樹被雷劈了，不過被雷劈開的地方隨即又癒合了。這一癒合不打緊，竟將雷公夾在了樹中間。雷公伸胳膊蹬腿，吹鬍子瞪眼，醜態出盡也出不來。葉遷韶看著好笑，拿了一塊石頭劈開樹幹，雷公這才脫身，臨走前向葉遷韶千恩萬謝，並約定過幾天再在這棵樹下見面。

到了那一天，二人見面後，雷公拿出一卷墨篆送給葉遷韶，對他說：「你按照墨篆中的辦法可以致雷雨，祛疾苦，立功救人。我共有兄弟五人，你需要雷的時候，只需呼喚一聲雷大、雷二，我們立刻就會趕來打雷。不過雷五性格暴躁，如果沒有什麼危急的事情，不要輕易叫他。」從此之後，葉遷韶行符致雨，做了很多好事。有一次葉遷韶在吉州市喝得大醉，太守抓住了他，準備打他的屁股。葉遷韶大呼雷五，此時郡中正當大旱，只聽霹靂一聲，震耳欲聾，果然是雷五趕來，連續下了兩天兩夜的大雨，因而解除了旱情。葉遷韶也就沒有挨上這頓板子。

還有一次，葉遷韶遊歷到滑州的時後，正好碰上黃河氾濫，當地官員為治水忙得焦頭爛額。葉遷韶在岸邊立了一道符，只見洪水遠遠高出堤岸，但就是不敢越出那道符，沿著河道洩了下去。

葉遷韶就這樣在江浙間周遊，做的全是這種好人好事。後來他的法術傳了下來，被稱為「五雷法」。宋徽宗時的溫州道士林靈素就懂得這種法術，不過法術不是太高明，《宋史》記載道：「惟稍識五雷法，召呼風霆，間禱雨有小驗而已。」僅僅小有靈驗。

這就是「五雷」一詞的來歷，原是指雷公兄弟五人。後來「五雷法」成為道教的一種修煉方法，「五雷」更進一步被理論化為金木水火土的五行之雷：東方木雷，南方火雷，西方山雷，北方水雷，中央土雷。

「五福臨門」是指哪五福？

「五福臨門」是民間的一句吉慶用語，過春節相互拜年的時候經常使用，更是頻繁地出現在春聯上。不過，「五福」到底是哪五種福氣，能夠說得上來的人就很少了。

「五福」出自《尚書．洪範》：「一曰壽，二曰富，三曰康寧，四曰攸好德，五曰考終命。」「康寧」是指身體安康，沒有疾病；「攸好德」是修習美好的德行；「考終命」的「考」是老的意思，「考終命」即盡享天年，壽終正寢。東漢學者桓譚在所著《新論》中進一步解釋道：「五福：壽，富，貴，安樂，子孫眾多。」這「五福」濃縮了中國人的終極理想，現代人仍然兢兢業業地遵循，只不過「子孫眾多」的欲望弱了不少。

值得注意的是，「五福」中並沒有「貴」。《尚書》原來稱作《書》或者《書經》，漢代以後改稱《尚書》，意思是上代之書。《尚書》是中國第一部上古歷史檔和部分追述古代事蹟著作的彙編，它記載的內容，上起堯、舜，下至春秋時期的秦穆公，包括了夏、商、周三代。由此可見，在大一統的集權制度出現之前，人們並不以做官為福，「大福大貴」的叫法是後來的事，「福壽雙全」才是上古時期中國人的追求。

「五福」中有兩福（壽、考終命）都跟壽命有關，這也是遠古人類的原始衝動。古人把人的壽命分成上壽、中壽、下壽三種，三種壽命的年齡說法不一，《莊子．盜蹠》說：「人上壽百歲，中壽八十，下壽六十。」唐代學者孔穎達說：「上壽百年以上，中壽九十以上，下壽八十以上。」高壽既是古人的追求，也是最大的福氣，所以按照古代的禮節，活到八十歲以上壽終正寢的，送禮不用白布，而是用紅色的輓聯和紅色的帳子，稱為喜喪，也就是把喪事當作喜事辦。

「井水不犯河水」原來是天文學術語

「井水不犯河水」是一個使用率非常高的日常俗語，井水管井水的，河水管河水的，二者各不相犯。看似沒有問題，但是仔細一想問題就出來了：第一，井水抽取的是地下水，如何能與河水相「犯」？第二，假如河水水位高，相應的，地下水的水位也就高，井水也就越充足，井水和河水又如何能夠不相「犯」？第三，在什麼情況下，井水能夠「侵犯」到河水呢？這樣一想，這句俗語就非常令人迷惑了。古人到底是怎樣創造出這個俗語的呢？

原來，「井水不犯河水」這個俗語，並非是指地面上的井水和河水，而是古代的一個天文學術語，對應著天上的星象，並且含有有趣的象徵意味。

「井」是二十八宿之一的井宿，屬於南方朱雀的第一個星宿，位於現在的雙子座之內，又稱天井、東井。井宿共有八顆星，排列的形狀就像一個「井」字。《史記．天官書》：「東井為水事。」什麼叫「為水事」？《晉書．天文志》解釋說：「東井八星，天之南門，黃道所經，天之亭候，主水衡事，法令所取平也。王者用法平，則井星明而端列。」古人比照人間秩序，把天上的星座都賦予了不同的職守，東井八星的職守就是用水的平衡來比喻人間法令的公平，法令公平則井星明亮，反之則黯淡。

「河」指銀河。井宿八星緊靠著銀河北岸，井宿的東北和東南相距不遠處，各有北河和南河兩個著名的星座。《晉書．天文志》：「南河、北河各三星，夾東井……兩河戍間，日月五星之常道也。河戍動搖，中國兵起。」北河和南河又稱北河戍和南河戍，顧名思義，這兩個星座位於銀河東岸，像兩座崗樓一樣，戍守著銀河渡口。這兩個星座之間，是日月和五星來往的通道，如果戍守不力，「河戍動搖」，就會引發戰爭。

井宿和北河、南河的職守都是象徵意義，它們周圍還存在著諸如水府、水位、積水、積薪、四瀆、闕丘等星座名，提示著銀河河水的氾濫現象，從而對應於地面的河水氾濫現象，水府和水位的職守就是監看水位從而防洪。因此，「東井為水事」，其實象徵著在銀河北岸開挖的水井，當河水氾濫成災的時候，東井還能「主水衡事」，不與河水相「犯」，在防洪的同時保證供水；「法令所取平也」是引申義，也是形容井水的持平作用。

這就是「井水不犯河水」一語的原始含義。「犯」是星座相侵的專用術語，古籍中有許許多多「某星犯某星」的記載，井宿之水「犯」兩河之水的「犯」也是這個意思。兩不相犯才能天下太平，一旦相犯，則預示著人間的災難。《史記．天官書》載：「（月）行南北河，以陰陽言，旱水兵喪。」《史記正義》解釋說：「南河三星，北河三星，若月行北河以陰，則水、兵；南河以陽，則旱、喪也。」就是月亮「犯」南河和北河的具體寫照。

明清學者顧炎武曾經感嘆道：「三代以上，人人皆知天文……後世文人學士，有問之而茫然不知矣。」隨著古代天文學的衰落，「井水不犯河水」的語源也早就失傳了，今人但知地面的井水和河水，卻對天文學術語的井水和河水「茫然不知矣」！

•「介紹」原來是一種傳話的禮儀——•

「介紹」是今天常用的口頭語，把某人介紹給某人，為居中引見、溝通之意。這個詞的源頭非常古老，乃是聘問時的一種禮儀，而且有著今人所無法想像的複雜程序。

所謂聘禮，今天的含義非常狹窄，專指訂婚時所備的財禮，但是最初的時候，聘禮是指諸侯與諸侯之間相互聘問之禮。諸侯之間派遣卿、大夫互相通問稱「聘」，小規模的聘稱「問」，通稱「聘問」。

既然聘問，就要有一定的禮節，本文以《禮記·聘義》為例，簡單講解一下相應的禮節。

「聘禮，上公七介，侯伯五介，子男三介，所以明貴賤也。」周代的爵位分為五等，即公、侯、伯、子、男。什麼叫「介」？原來，「介」是指賓客的隨從，擔當在賓客和主人之間通報、傳達的任務。按照聘禮的規定，爵位為上公的諸侯，派遣使者出聘的時候要用七個「介」，爵位為侯、伯的諸侯要用五個「介」，爵位為子、男的諸侯要用三個「介」。這就是等級制所要求的「明貴賤」。

「介紹而傳命，君子於其所尊弗敢質，敬之至也。」「紹」是繼承、接續之意，「介紹」即用來形容幾個「介」一字排開，一個挨著一個並列站立的情景。眾「介」並列站好，然後才傳達自己國君的命令，這是表示君子對於他所尊敬的人不敢以平等地位自居，而是表現得極其尊敬。

「三讓而後傳命，三讓而後入廟門，三揖而後至階，三讓而後升，所以致尊讓也。」諸侯派遣的使者要辭讓三次才傳達自己國君的命令，再辭讓三次才進入對方國君的宗廟之門，進門之後，與對方國君互行三次揖禮才來到階前，再辭讓三次後，對方國君率先登上臺階，使者才跟著登上臺階。這些禮節都是尊敬、謙讓的表示。

「卿為上擯，大夫為承擯，士為紹擯。」這是指主國派出的迎賓之人。「擯」通「儐」，代表主人接迎賓客並贊禮的人，地位和「介」相當，所謂「主有擯，客有介」是也，今天婚禮中的男、女儐相就是這個角色。主國的卿擔任「上擯」；大夫擔任「承擯」，「承」是輔佐的意思；士擔任「紹擯」，接續「承擯」的意思。

此外還有許許多多繁複的禮儀，不再贅述。

「介紹而傳命」，這就是「介紹」一詞的原始語義，「介」一個挨著一個並列站立的場景栩栩如生，如在眼前；後世刪繁就簡，早就已經不再使用這種種極其煩瑣的禮儀，因此「介紹」的本義也就不再為人所知，而僅僅演變成幾句話的引見了。

•「元寶」的「元」原來是指年號•

現在常說的「元寶」、「金元寶」等稱謂，為何用「元」來命名，沒有人能夠說得清楚，甚至有人誤解為圓形的錢幣，大錯而特錯。其實，「元寶」之「元」，乃是指朝代、皇位更迭後所改的年號，或者皇帝任期內所改的年號，不僅今人不知，而且從唐代一直誤用到了今天。

《舊唐書．食貨志》將這種誤用解釋得清清楚楚：「高祖即位，仍用隋之五銖錢。武德四年七月，廢五銖錢，行開元通寶錢……初，開元錢之文，給事中歐陽詢制詞及書，時稱其工。其字含八分及隸體，其詞先上後下，次左後右讀之。自上及左回環讀之，其義亦通。流俗謂之開通元寶錢。」

原來，唐高祖李淵即位後，廢除了隋代的五銖錢，改鑄「開元通寶」錢。武德是唐代的第一個年號，因此稱「開元」，是開始新的紀元、開國的意思，這就是「開元通寶」中「開元」的來歷；「寶」是珍寶，用為錢幣之名；「通」是通行、通用之意。著名書法家歐陽詢親自書寫「開元通寶」四字鑄在錢上，四個字的分布是：「開」在上，「元」在下，「通」在右，「寶」在左。本來應該按照「先上後下，次左後右」的順序讀作「開元通寶」，但民間卻往往按照更順眼的順時針順序讀作「開通元寶」。雖然《舊唐書》說「其義亦通」，但其實是不通的，因為「開元通寶」意為開國通用之寶，而「開通元寶」如何解釋呢？「元」字就沒了著落。

到了宋代，據《宋史．食貨志》記載：「太祖初鑄錢，文曰『宋通元寶』。」宋太祖的第一個年號是建隆，但他已經不明白「元」是建元之意，因此誤為「宋通元寶」，意思是宋代通用的元寶。這時的「元寶」一詞，已經成為所鑄錢的代名詞。

到了宋太宗時期，據《宋史．食貨志》記載：「初，太宗改元太平興國，更鑄『太平通寶』，淳化更鑄，又親書『淳化元寶』，作真、行、草三體。後改元更鑄，皆曰『元寶』，而冠以年號，至是改元寶元，文當曰『寶元元寶』，仁宗特命以『皇宋通寶』為文，慶曆以後，復冠以年號如舊。」這可真夠混亂的，一會兒是正確的「通寶」，一會兒又是錯誤的「元寶」，從此就再也分不清兩者的區別了，「元寶」的稱謂遂以訛傳訛、將錯就錯地沿用下來。

•「公子」原來是指諸侯的庶子——•

「公子」之稱人盡皆知，古典戲曲和古裝電視劇中常常出現這個稱謂，或者有權有勢，或者富貴人家的子弟都可稱「公子」，甚至還可以是對一切年輕男子的尊稱。鮮為人知的是，在演變為此類泛稱之前，「公子」的語義極為單一。

帝王和諸侯的嫡長子稱「世子」。《春秋公羊傳．僖公五年》中解釋說：「世子貴也，世子猶世世子也。」東漢學者班固所撰《白虎通義》中解釋得更加清楚：「所以名之為世子何？言欲其世世不絕也。」因此，「世子」其實就是太子。

嫡長子以外的諸子統稱為「眾子」；再細分的話，妾所生之子稱「庶子」，「庶」即庶出之意。諸侯的庶子，即諸侯的妾所生之子方才稱「公子」。《禮記．玉藻》篇中規定：「公子曰臣孽。」「公子」對自己的國君自稱「臣孽」。樹木的旁支和被砍伐的樹木再生的新芽都叫「蘖（ㄋㄧㄝˋ）」，與此比附，庶子和家族的旁支亦稱「孽」。

諸侯的妾所生之子為何稱「公子」呢？這是因為諸侯的封號是「公」，爵位的最高一級，「公」的嫡長子既然已經有了專用的稱謂「世子」，嫡長子以外的諸子也已經有了專用的稱謂「眾子」，那麼，為了加以區分，就把諸侯的庶子稱作「公子」。比如戰國時期著名的信陵君魏公子無忌，乃是魏昭王的小兒子，太子安釐王的異母弟，因此稱他為「魏公子」。

《儀禮．喪服》篇中規定：「公子為其母，練冠，麻，麻衣縓緣。」「練冠」指用粗布做成的冠；「麻」指服喪時繫在頭部或腰部、用麻製成的帶子；「麻衣」指白布深衣，上衣、下裳相連，純用白布，不加彩飾，即《詩經．國風．蜉蝣》吟詠的「麻衣如雪」；「縓（ㄑㄩㄢˊ）」是淺紅色；「縓緣」即指淺紅色的邊飾。

這幾句話是指「公子」為生母服喪的禮制。鄭玄注解說：「公子，君之庶子也。」國君的妾所生之子為生母服喪，所穿的喪服不在「五服」制度之中，這是因為「君之所不服，子亦不敢服也」，國君不為妾服喪，妾之子也要比附國君，即使是生母，也不能按照正統的「五服」制度來為生母服喪。可見「公子」的地位之低下。

有趣的是，諸侯之女則稱「女公子」。《左傳》中「女公子」的稱謂僅一見，這就是《莊公三十二年》的一則記事：「初，公築臺，臨黨氏，見孟任，從之。閉。而以夫人言，許之，割臂盟公。生子般焉。雩，講于梁氏，女公子觀之。圉人犖自牆外與之戲。子般怒，使鞭之。公曰：『不如殺之，是不可鞭。犖有力焉，能投蓋於稷門。』」

這段記事的意思是：起初，魯莊公建造高臺，可以看到黨家。在臺上看到黨家的大女兒孟任，就跟著她走。孟任閉門不接受莊公。莊公答應立她為夫人，孟任就同意了，割破手臂與莊公盟誓。後來就生下了子般。「雩（ㄩˊ）」指雩祭，為求雨而舉行的祭祀。有一次要舉行雩祭，事先在大夫梁氏的家裡演習，莊公的女公子觀看演習。「圉（ㄩˇ）人」指養馬人，名叫「犖（ㄌㄨㄛˋ）」，從牆外對她進行調戲。子般發怒，讓人鞭打犖。莊公說：「不如殺了他，這個人不能鞭打。他很有力氣，能舉起稷門的城門扔出去。」

西晉學者杜預注解說：「女公子，子般妹。」子般是魯莊公的妾孟任所生之子，故以「公子」名之，可見「女公子」之稱也是指諸侯庶出的女兒。

這就是「公子」和「女公子」稱謂的語源，最初只能稱呼諸侯庶出的兒子和女兒，後來才將詞義擴展，實行一夫一妻的婚姻制度之後，人們就更不懂得這兩個稱謂的原始語義了。

•「公主」的稱謂是怎麼來的？

「公主」就是皇帝的女兒，人盡皆知，可是為什麼稱「公主」，相信很多人都不知道。周代的時候，周天子的女兒稱王姬，周的國姓為「姬」，故稱「王姬」。「公主」這個稱謂是從戰國時期開始的。天子下嫁自己的女兒，貴為至尊，不能親自主婚，只能由同姓的諸侯主婚，諸侯國的國君爵位是「公」，「公」來主婚，故稱「公」。諸侯的女兒也可以稱作「公主」，《史記·吳起列傳》：「公叔為相，尚魏公主。」意思是說公叔當上了國相，娶魏國諸侯的女兒為妻。

從漢朝開始，「公主」只能用於皇帝的女兒，諸侯的女兒稱作「翁主」，顏師古注解說：「天子不親主婚，或謂公主；諸侯王即自主婚，故其主曰翁主，翁者，父也，言父自主其婚也。」皇帝的姐妹稱「長公主」，姑母稱「大長公主」。到了東漢和晉朝，「公主」也稱「縣主」或「郡主」，因為公主都有封地，公主封號之前都是縣名或郡名，比如漢武帝的姑母劉嫖稱館陶公主，館陶在河北，現在還叫館陶縣。晉武帝的女兒稱平陽公主，平陽為郡名。隋唐時期，太子的女兒稱郡主，諸王的女兒稱縣主，都不能稱公主。

電視清宮劇裡充斥著「格格」的稱呼，其實是一種不十分嚴謹的稱謂，起源於滿清的前身後金時期，國君和諸王的女兒都稱「格格」，有時未嫁的普通女子也可以稱「格格」，並沒有嚴格的等級區分。

關於公主的出嫁，唐高宗曾經特別下詔，稱「出降」或「下降」，娶公主稱「尚公主」。公主出嫁時，皇帝都賜給華麗的甲第、山莊、園林，還允許設府自置官吏。這些都是公主的特權。

公主的丈夫稱「駙馬」。《說文解字》：「駙，副馬也。」漢武帝時期設有駙馬都尉一職，顏師古注解道：「駙，副馬也。非正駕車，皆為副馬。」指跟隨皇帝的車駕。「駙馬」一詞雖然早就有了，但是把公主的丈夫稱作駙馬是從三國時期的何晏開始的。何晏娶了曹操的女兒金鄉公主，被封為駙馬都尉，從此之後，只要做了公主的丈夫，一定要封為駙馬都尉，成為常例。何晏是著名的美男子，史書形容他「美姿儀，面至白」，粉盒不離手……何晏的形貌被活靈活現地描述為一個窈窕女子。所有的人看到何晏手裡拿著粉盒，想當然地認為何晏之所以臉白如斯，一定是隨時隨地在臉上抹粉。魏明帝曹睿也不例外。為了滿足自己的好奇心，同時也是為了出何晏的洋相，魏明帝特意在酷暑盛夏突然宣召何晏進宮，賞賜給他一碗熱湯餅，讓他當場吃完。當時一旁盡是無數看熱鬧的大臣，但何晏毫不怯場，旁若無人地吃完。只見他大汗淋漓，撩起朱衣擦臉，非但沒有擦下來脂粉，反而「色轉皎然」，更增嬌豔。這一下所有的人都服了氣。這一場金殿喝湯，造就了何晏的盛名，從此就以「粉郎」或「粉侯」稱呼何晏。同時，這兩個稱呼也順理成章地成了駙馬的別稱。

●「公社」原來是指官家的祭祀場所●

一個共同體內有許多成員，大家生活在一起，共同生產，共同消費，這樣的共同體稱之為「公社」。歷史上最著名的「公社」是一八七一年的巴黎公社，不過這是譯名，而最為中國人所熟知的則是中國大陸一九五八年開始出現的「人民公社」，毛澤東說：「人民公社這個名字好，包括工、農、商、學、兵，管理生產，管理生活，管理政權。」二十世紀八〇年代，人民公社退出歷史舞臺。

「公社」這一稱謂起源極早，據《禮記．月令》載：「（孟冬之月）天子乃祈來年於天宗，大割祠於公社及門閭，臘先祖五祀，勞農以休息之。」這是冬季的第一個月天子所舉行的祭祀，祭祀的目的是「勞農以休息之」，讓百姓休養生息，準備過冬。

「天宗」指日月星辰。「大割」，鄭玄解釋說：「大殺群牲割之也。」即宰割牲畜。「門閭」指城門和裡門。「臘」，鄭玄解釋說：「謂以田獵所得禽祭也。」孔穎達解釋說：「臘，獵也，謂獵取禽獸，以祭先祖五祀也。」「五祀」則指門、戶、中霤（ㄌㄧㄡˋ）、灶、行這五種住宅內外的神，其中「中霤」本指室中央，因土在中央，因此引申指土神，「行」指路神。

公社，孔穎達解釋說：「以上公配祭，故云公社。」這是說天子祭祀「天宗」的時候，要以上公來配祭。「上公」是誰？我們來看看《左傳．昭公二十九年》中晉國太史蔡墨的一段話：「故有五行之官，是謂五官，實列受氏姓，封為上公，祀為貴神。社稷五祀，是尊是奉。木正曰句芒，火正曰祝融，金正曰蓐收，水正曰玄冥，土正曰后土。」據此則「上公」之土正為后土，后土即土地神，「社」也是土地神，因此將后土配祭的地方稱作「公社」。

《漢書．郊祀志》載：劉邦立為漢王的第二年冬，「因令縣為公社，下詔曰：『吾甚重祠而敬祭。今上帝之祭及山川諸神當祠者，各以其時禮祠之如故。』」顏師古注引李奇曰：「猶官社。」那麼則每縣都有祭祀土地神的「公社」，這一制度就是後世「公社」的來源，不同的是：前者乃是祭祀土地神的場所；既為祭祀，則人群聚集，後世遂引申為共同體的名稱。

●「凶器」原來是喪葬器具

今天的「凶器」一詞只有一個義項：行兇時所用的器具。這個現象非常有趣，因為隨著時間的流逝，大多數語詞的義項會越來越豐富，而「凶器」則逆其道而行之，以至於到了今天，竟然只剩下唯一的一個義項！

我們來看看「凶器」一詞本來都具備哪些義項。

據《周禮》記載，周代有「閽（ㄏㄨㄣ）人」一職，「掌守王宮之中門之禁」，負責掌管王宮中門出入的事宜，職責之一是：「喪服、凶器不入宮，潛服、賊器不入宮，奇服、怪民不入宮。」

鄭玄注解說：「喪服，衰絰也。凶器，明器也。潛服，若衷甲者。賊器，盜賊之任器，兵物皆有刻識。奇服，衣非常。」「衰（ㄘㄨㄟ）」指粗麻布製成的喪服；「絰（ㄉㄧㄝˊ）」指用麻製成的喪帶，繫在頭上的稱「首絰」，繫在腰上的稱「腰絰」；「明器」指陪葬的器物，以使死者通達神明，故稱「明器」；「潛服」、「衷甲」指將鎧甲暗藏於衣內；「賊器」、「任器」指盜賊所使用、任用來傷人的兵器，古時的兵器上都有標記；「奇服」指不尋常的新奇的服飾；「怪民」指性情古怪、精神失常的人。以上皆不准進入王宮。

《禮記．曲禮下》篇中也有類似的規定：「書方、衰、凶器，不以告，不入公門。」孔穎達注解說：「『書』謂條錄送死者物件數目多少，如今死人移書也。方，板也。百字以上用方板書之，故云『書方』也。」也就是說，「書方」指記錄送給死者物件數目多少的方板。「凶器者，棺材及棺中服器也。」「凶器」即棺材以及棺材中的陪葬物。臣子死於宮中，以上喪葬器具必須入宮，以便收殮，但必須事先向國君告知，如果沒有告知，則不准入宮。

出售喪葬用具的店鋪稱「凶肆」，「肆」即店鋪。唐人白行簡所著傳奇《李娃傳》中有對凶肆情形的具體描述：「二肆之傭凶器者，互爭勝負。其東肆車輿皆奇麗，殆不敵，唯哀挽劣焉。其東肆長知生妙絕，乃醵錢二萬索顧焉。其黨耆舊，共較其所能者，陰教生新聲，而相贊和。」

兩家凶肆都出售喪葬用具，也就是「凶器」，互爭勝負，東肆的車輿非常華麗，別的店鋪都比不上，只有輓歌唱得差。「醵（ㄐㄩˋ）」是湊錢的意思，東肆的老闆知道一位公子的輓歌唱得妙絕，於是湊錢兩萬僱傭他。公子同伙中的老前輩把最拿手的本事傳授給他，暗中教公子新的唱法，還為他伴唱。

近代學者尚秉和先生在《歷代社會風俗事物考》一書中評論道：「夫曰肆，曰傭凶器，則唐已有槓房。曰車輿，則唐時仍輓靈車，而非若今日之抬槓。曰其黨耆舊，則是輓靈輿、執繐帷、吹簫、唱挽歌之人有專業者，遇事則凶肆召集之，無事則散。遊手好閒，與凶肆二而一，一而二，一切均與今日同。」

「繐（ㄙㄨㄟˋ）帷」指用細而疏的麻布縫成的靈帳，「槓房」指出售、出租喪葬用具和提供人力、鼓樂等的店鋪，「槓」即抬棺材的粗棍。不過唐代的時候還是用人力牽挽靈車前行，不像今天抬著棺材走。順便說一句，「抬槓」這一民間俗語即由此而來，用槓子抬棺材的時候要互相較力，因此引申指爭辯、頂牛。

以上就是「凶器」的原始語義，即指包括棺材在內的喪葬器具。

北宋大型類書《太平廣記》卷一百七十二引五代王仁裕所著《玉堂閒話》「殺妻者」一條，其中寫道：「某於一豪家舉事，具言殺卻一奶子，於牆上舁過，凶器中甚似無物，見在某坊。發之，果得一女首級。」「奶子」指乳母，「舁（ㄩˊ）」是抬的意思。此人到一豪貴之家辦理喪事，都說一位乳母被殺，但是從牆上抬過的時候，卻覺得棺材裡面好像沒有屍體，結果發現裡面只有一顆人頭。這裡的「凶器」就是指棺材，可見五代時仍然稱棺材為「凶器」。

《莊子．人間世》篇中引孔子的話說：「名也者，相軋也；知也者，爭之器也。二者凶器，非所以盡行也。」名聲是互相傾軋的原因，智慧是互相爭鬥的工具。這兩樣東西都是凶器，不能盡行於世。這裡的「凶器」屬於抽象用法，比喻能夠引起禍端的不祥的東西。

《國語．越語》篇中記載了范蠡的一段話：「夫勇者，逆德也；兵者，凶器也；爭者，事之末也。陰謀逆德，好用凶器，始於人者，人之所卒也；淫佚之事，上帝之禁也，先行此者，不利。」這是將兵器視為「凶器」，也就是今天「凶器」的唯一義項的來源。

「天之驕子」是指誰？

我們常常把幸運兒稱做「天之驕子」，但鮮為人知的是，在古代，「天之驕子」一詞可不能隨便亂用，而是有其固定所指。

「天之驕子」這一稱謂最早出自匈奴首領狐鹿姑單于之口，時間遠在西元前八十九年。這一年，匈奴在和大漢的爭戰中佔了上風，於是狐鹿姑單于傲慢地寫了一封信給漢武帝，要求與大漢通關貿易，娶漢女為妻，並索求貢品。在這封信中，一開頭單于就聲稱：「南有大漢，北有強胡。胡者，天之驕子也，不為小禮以自煩。」狐鹿姑單于自稱匈奴人是「天之驕子」，這一稱謂絕非狐鹿姑單于一時心血來潮，信口開河，而是跟匈奴最高統治者的稱號有關。據《史記》、《漢書》記載，匈奴國號為「撐犁孤塗單于」，「撐犁」是天的意思，「孤塗」是子的意思，「單于」是廣大的意思。就像中原的皇帝自稱「天之子」一樣，匈奴的最高首領也自稱「撐犁孤塗單于」，即廣大的天之子。因此，狐鹿姑單于才把匈奴民族稱作「天之驕子」。

從此之後，中文就用「天之驕子」泛指強盛的邊地少數民族或其首領，也可簡稱為「天驕」，一直到二十世紀上半葉，從未用來指稱除此以外的任何人群。《全唐詩》中出現了大量的「天驕」辭彙，無一例外全部指胡人。王維〈出塞〉：「居延城外獵天驕，白草連天野火燒。」李白〈幽州胡馬客歌〉：「天驕五單于，狼戾好凶殘。」杜甫〈留花門〉：「北門天驕子，飽肉氣勇決。高秋馬肥健，挾矢射漢月……」

除了匈奴之外，其他少數民族也都自稱「天驕」或「天之驕子」。《舊五代史》記載回鶻民族：「唐天寶中，安祿山犯闕，有助國討賊之功，累朝尚主，自號『天驕』，大為唐朝之患。」到了成吉思汗橫行天下的時候，蒙古族更是自稱「天之驕子」了，蒙古族的最高首領稱「大汗」或「可汗」，就是上天的意思。明朝也不例外，詩人何景明有詩〈漢將篇〉：「共看拔劍追驕子，自許彎弓射左賢。」當然，最為人所熟知的，就是毛澤東的〈沁園春．雪〉了：「一代天驕，成吉思汗，只識彎弓射大雕。俱往矣，數風流人物，還看今朝。」如今「天之驕子」的稱謂早已失去了當初專指的含義了。

•「天字第一號」的來歷是什麼？

「天字第一號」是一句家喻戶曉的俗語，人人都知道是比喻第一等的、第一流的、最高的、最強的和最大的。可是「天字」是什麼？它怎麼就能代表「第一號」呢？

原來，這句俗語出自古代的科舉考試。科舉考試都在貢院進行，貢院裡的每一間號房都要編號。為便於管理，但這個編號的依據不是現在的「一二三四」或者「ＡＢＣＤ」，而是《千字文》。《千字文》每四字一句，共二百五十句，一千個字，故稱「千字文」。《千字文》行文流暢，氣勢磅礴，辭藻華麗，內容豐富，是古代最優秀的啟蒙讀物。《千字文》第一句是「天地玄黃」，也就是說，「天」這個字是《千字文》的第一個字，貢院裡那些號房的編號就是用《千字文》裡的每一個字來編號的，「天」因為是第一個字，因此第一排的第一間號房就是「天字」號房，也就是「天字第一號」。這就是這句俗語的最早來源。

古人對數目大的東西或者事物，都是拿《千字文》來編號。比如宋真宗時期編成了一部四千五百六十五卷的《道藏》，分裝在四百多函中，每一函都按《千字文》的順序編號，起於「天地玄黃」的「天」字，終於「宮」字，所以人稱這部《道藏》為《大宋天宮寶藏》。

《儒林外史》第二回〈王孝廉村學識同科，周蒙師暮年登上第〉中有一段話描寫了一位屢試不中的周進參觀貢院號房的場景：「到了龍門下，行主人指道：『周客人，這是相公們進的門了。』進去兩塊號房門，行主人指道：『這是天字號了。你自進去看看。』周進一進了號，見兩塊號板擺得齊齊整整，不覺眼睛裡一陣酸酸的，長嘆一聲，一頭撞在號板上，直僵僵不省人事。」屢試不中，不管是天字第幾號，都成了舉子的終生夢魘。

「天衣無縫」原來是佛教用語

「天衣無縫」是一個成語，比喻詩文自然渾成，毫無雕琢的痕跡，也用來比喻計畫周密，一點兒破綻都沒有。

這個成語最初來自佛教用語。在佛經中，「天衣」指天上的人所穿的衣服，重量極輕，而且天越高，衣服的重量越輕。中國三大佛經翻譯家之一的鳩摩羅什在後秦王朝生活，他翻譯的《大智度論》中詳細描述了「天衣」的重量：「四天王衣十二銖（二十四銖為一兩），忉（ㄉㄠ）利天衣六銖，夜摩天衣三銖，兜率天衣一銖半，化樂天衣一銖，他化自在天衣半銖，色界天衣無重相，欲界天衣從樹邊生，無縷無織，譬如薄冰，光曜明淨，有種種色，色界天衣純金色，光明不可稱知。」從《大智度論》的記載中可知，天越高，天衣的重量也越輕。

不過，中國本土也有關於「天衣無縫」的記載。五代前蜀牛嶠所著《靈怪錄》中，講了一個神話故事，雖然是古代文人常見的意淫老套，不過故事很美。太原書生郭翰是個美男子，才華出眾。盛暑的一天深夜，郭翰躺著賞月，清風徐來，香氣撲鼻，一位絕代美眉從天而降，自稱是織女，很久沒有男朋友了。天帝看她寂寞，就讓她來人間尋找豔遇。找來找去她看中了郭翰，想跟他「一夜情」。男人都是花心大蘿蔔，更別說美男子了，郭翰欣然同意。二人雲雨一番之後，織女凌雲而去。不料織女愛上了郭翰，每天深夜都前來幽會。有一次郭翰戲問她：「牛郎先生難道不在你身邊，怎麼敢天天來跟我幽會？」織女回答道：「天上的事你哪裡懂得！即使他知道了也沒關係，你就放心吧！」每次歡會，郭翰看到織女的衣服都沒有縫線，有次織女解釋說：「天衣本非針線為也。」這句話就是中國本土版「天衣無縫」的原始出處。

至於郭翰和織女的結局，相信每位讀者都能猜到，因為都是老套了：忽然有一天，歡好之後，織女黯然流涕，原來這是她跟情郎過的最後一夜，天帝命她結束豔遇生涯，回到天上繼續做淑女。這一對露水夫妻珍重道別，織女贈以七寶碗，郭翰回贈一對玉環，從此永訣。二人雖然永訣了，「天衣無縫」的成語倒是流傳了下來，供我等俗人思天衣而盼佳人。

●「太平」原來是指連續二十七年豐收——●

安寧和平、平靜無事謂之「太平」，這樣的「太平盛世」乃是中國古代從皇帝到士大夫再到平民百姓的共同理想和追求。「太」是「泰」的重文，即重出的異體字，因此「太平」最初寫作「泰平」。

《漢書．食貨志》載：「民三年耕，則餘一年之蓄。衣食足而知榮辱，廉讓生而爭訟息，故三載考績。孔子曰『苟有用我者，期月而已可也，三年有成』，成此功也。三考黜陟，餘三年食，進業曰登；再登曰平，餘六年食；三登曰泰平，二十七歲，遺九年食。然後至德流洽，禮樂成焉。故曰『如有王者，必世而後仁』，由此道也。」

古代中國是農業社會，這段話生動地記載了農業社會的週期規律，以及由此而生的治國理念。

「民三年耕，則餘一年之蓄」，此即古時的「耕三餘一」制度。《禮記．王制》：「三年耕，必有一年之食；九年耕，必有三年之食。」耕種三年才能積餘下一年的糧食，耕種九年才能積餘下三年的糧食。因此西漢學者桓寬在《鹽鐵論．力耕》中議論道：「故三年耕而餘一年之蓄，九年耕有三年之蓄，此禹、湯所以備水旱而安百姓也。」《論語》記孔子所言「苟有用我者，期月而已可也，三年有成」，如果有任用我為政的國家，一年就可以使禮制完備，「三年有成」，即指「三年耕，必有一年之食」。

古代官員的考核制度即由此生發而來。「三載考績」，三年考核一次官員的政績；「三考黜陟」，「黜（ㄔㄨˋ）」指降職或罷免，「陟（ㄓˋ）」指晉升，「三考」指考核三次共九年，然後決定官員的升降。

「三考黜陟，餘三年食，進業曰登」，顏師古注引鄭氏曰：「進上百工之業也，或曰進上農工諸事業，名曰登。」有了三年的糧食積蓄才可能發展百工之業，這叫「登」。登者，升也，進也，指進一步發展。《漢書．梅福傳》有「升平可致」一語，顏師古注引張晏曰：「民有三年之儲曰升平。」因此有三年的糧食積蓄也叫「升平」。

「再登曰平，餘六年食」，連續十八年豐收，積蓄六年的糧食，這叫「平」。平者，成也。孔子的「三年有成」是指有成效，而此處的「平」則指已經成功。

「三登曰泰平，二十七歲，遺九年食」，連續二十七年豐收，積蓄九年的糧食，這就叫「泰平」。泰者，大之極也，大到了極點。只有到了「泰平」時期，才最終達到了「至德流洽，禮樂成焉」的盛世。因此孔子說：「如有王者，必世而後仁。」古人以三十年為一「世」，如果有以王道治天下的君主，一定也要等到三十年然後才能完成仁政。孔子的論斷即從接近三十年的「泰平」而來。這也就是「太平盛世」這一稱謂的來歷，太平三十年方能稱「盛世」。

連續的太平盛世叫做「承平」，故《漢書．食貨志》有「累世承平」之語。承者，相承也；累者，接連不斷也；一個三十年又相承一個三十年，接連不斷地相承下去，此之謂「累世承平」。

「太師椅」原來是以秦檜的官銜命名

我們今天所見到的太師椅幾乎都是扶手椅，靠背寬大，風格穩重。人們常常疑惑：「太師椅」為何以「太師」命名？這個「太師」究竟有沒有具體所指？答案是：不光「太師」具體有所指，而且最初發明出來的「太師椅」也跟現在的完全不一樣。

「太師」是官職名稱，周代始置三公，太師、太傅、太保，乃是輔佐國君之官，雖然歷代相沿，但多為榮譽官銜，加於重臣以示恩寵而已，並無實職。「太師椅」的這位「太師」則具體指秦檜。

據南宋張端義所著《貴耳集》載：「今之校椅，古之胡床也，自來只有栲栳樣，宰執侍從皆用之。因秦師垣在國忌所偃仰，片時墜巾，京尹吳淵奉承時相，出意撰制荷葉托首四十柄，載赴國忌所，遣匠者頃刻添上。凡宰執侍從皆有之，遂號太師樣。今諸郡守倅必坐銀校椅，此藩鎮所用之物，今改為太師樣，非古制也。」

「校椅」即「交椅」，腿交叉，有靠背，能折疊；三國時期從胡人傳入，故又稱「胡床」；隋文帝楊堅忌諱胡人，改稱「交床」。「栲栳（ㄎㄠˇ ㄌㄠˇ）」是指將柳條或竹篾彎曲而編成的盛物器具，最初的交椅都是這個樣子，沒有靠背可以憑依，因此秦檜坐在上面俯仰的時候頭巾才會掉落。「師垣」是宰相的代稱，秦檜時任宰相，加太師銜。「國忌」指帝、后的忌日。「守倅（ㄘㄨㄟˋ）」指郡守及其副職。

據此記載，「太師椅」乃是京官吳淵為奉承太師秦檜所創制，故稱「太師椅」。此椅形制與後世不同，最主要的區別在於有「荷葉托首」，用荷葉狀的頭托承在腦後。

岳飛的孫子岳珂在《桯史》「優伶詼語」條中記載了一則秦檜的趣事。秦檜搬入新居的時候，賓客雲集，有一位參軍上前吹捧秦檜，「一伶以荷葉交倚從之」。荷葉交椅就是太師椅。參軍拱揖退後，將要坐到椅子上的時候，頭巾忽然掉了，於是他結成髮髻，用雙疊的環紮住。伶人立刻問道：「此何鐶？」參軍答道：「二勝鐶。」伶人拿著樹枝照頭就打，說道：「爾但坐太師交倚，請取銀絹例物，此鐶掉腦後可也。」原來，伶人用「二勝」諧音被擄到金國的徽、欽二聖，諷刺秦檜只顧坐太師椅，卻將二聖掉落腦後。秦檜大怒，將此伶人下獄處死。

明代學者沈德符在《萬曆野獲編》中說：「椅之桮棬聯前者，名太師椅。」「桮」通「杯」，「棬（ㄑㄩㄢ）」是曲木製成的飲器，「桮棬」是用木製的杯子的形狀來比喻三面連環圈圍起來的椅子。可見從明代起，「太師椅」的形制已不同於南宋時的「荷葉交椅」，凡是帶有靠背和扶手的寬大座椅都可以稱之為「太師椅」了。

「弔唁」原來是兩件事

弔唁是傳統的中國喪葬禮儀，是指祭奠死者並安慰死者的家屬，因此，「弔」和「唁」這兩種不同的行為，今天早已沒有什麼區別了。不過在古代，這種區別卻非常重要。

「弔」在甲骨文中，是一個人手持弓箭的造型。手持弓箭跟死人有什麼關係？原來，上古時期，人們普遍實行薄葬，人死了，往野外一埋就算了事，連棺材都沒有。在埋下去之前，死者就這樣無遮無擋地躺在曠野，禽獸常常會發現死者的屍體，循跡而來，對死者的屍身完整損害很大。於是，人們就派人手持弓箭守候在死者身邊，禽獸來了，劈頭就是一箭，以此維護死者遺體的尊嚴。「弔」這個字既然是這麼造出來的，那麼毫無疑問，「弔死曰弔」，哀悼死者才能叫「弔」。

至於唁這個字，「弔生曰唁」，對死者家屬慰問叫「唁」。其實「唁」的本義是對遭遇非常變故者的慰問，因此，古代有很多「唁」的形式，比如國君失去了君位要「唁」，國家被征伐了要

「唁」，諸如此類。總而言之，「唁」針對的是生者，因此有唁電、唁函等慰問形式，死人是不需要發唁電和唁函的；「弔」針對的是死者，因此有弔喪、弔孝等形式。「弔」和「唁」就像一枚硬幣的兩面，不能分開。

很多人不理解傳統社會那種大張旗鼓、非常誇張的葬禮，覺得都是演給活人看的，很虛偽，這都是不瞭解中國式的「弔唁」所致。的確，「弔唁」的重點不在「弔」，而在「唁」，即對生者的慰問，看起來虛偽的葬禮其實正是對死者家屬內心的一種撫慰。從上古的薄葬制度，從莊子在妻子死後鼓盆而歌的行為，從陶淵明「死去何所道，托體同山阿」的詩句，在在都可以看出古人對死亡的通達。死者已矣，重要的是活著的人，這才是弔唁的核心所在。

「心腹」和「爪牙」原來是讚美的詞

「心腹」和「爪牙」今天都是貶義詞，意思跟狗腿子、走狗差不多，不過在古代，這兩個稱謂都是道道地地的褒義詞。

先說「心腹」。「心腹」的本義是心和腹，《戰國策．秦策》：「秦韓之地形，相錯如繡。秦之有韓，若木之有蠹，人之病心腹。天下有變，為秦害者莫大於韓。」這是范雎對秦昭王的分析，韓國西近秦國，南臨楚國，戰略地位非常重要，一旦發生戰事，韓國加盟哪一方對秦國的影響很大，因此范雎說秦韓兩國就像木頭和裡面的蠹蟲，又像人的心和腹生病一樣，息息相關。因此而有「心腹之患」這個成語，《後漢書．陳蕃傳》：「寇賊在外，四肢之疾；內政不理，心腹之患。」

「心腹」後來引申為要害部位，又引申為親信，即身邊值得信任能參與機密的人。《後漢書．竇融傳》：「既平匈奴，威名大盛，以耿夔、任尚等為爪牙，鄧疊、郭璜為心腹。」這裡「爪牙」和「心腹」同時出現，並沒有任何貶義的成分，反而是讚美之詞。古人從來沒有把「心腹」當作貶義詞使用過。

再說「爪牙」。「爪牙」本來是一個中性詞，用來描述人的指甲和牙齒或動物的尖爪和利牙，比如《呂氏春秋．恃君》：「凡人之性，爪牙不足以自守衛。」《荀子．勸學》：「螾（ㄧㄣˇ，即蚯蚓）無爪牙之利，筋骨之強，上食埃土，下飲黃泉，用心一也。」這些用法都是「爪牙」一詞最原始的本義。

不過，「爪牙」更常被當作褒義詞使用，用來比喻勇士、衛士和武臣，也形容勇武。《詩經．小雅．祈父》：「祈父，予王之爪牙，胡轉予於恤，靡所止居？」祈父是掌管兵權的官員，即大司馬。這句詩的意思是：祈父啊，我是王的衛士，為何讓我去征戍，沒有住所，一點兒都不安定？鄭玄注解「爪牙」一詞為「此勇力之士」。《漢書．陳湯傳》：「戰克之將，國之爪牙，不可不重也。」這些用法都是褒義詞，國家的衛士、武將才有資格被稱為「爪牙」。《國語．越語》：「雖無四方之憂，然謀臣與爪牙之士，不可不養而擇也。」這裡的「爪牙」形容勇將，也是讚美之詞。

「爪牙」最早被當作貶義詞使用，出自司馬遷的《史記》。在《酷吏列傳》一文中，司馬遷針對酷吏張湯寫道：「是以湯雖文深意忌不專平，然得此聲譽，而刻深吏多為爪牙用者。」這段話的意思是：張湯雖然執法嚴酷，內心嫉妒，處事不純正公平，卻得到了好名聲，那些執法酷烈刻毒的官吏都被他用為屬吏。這裡「爪牙」一詞即黨羽、幫凶之意。

●「心懷鬼胎」的「鬼胎」原來是指畸形胎兒——●

「心懷鬼胎」這個成語如今只用作比喻義，比喻不可告人的念頭。這個成語當然是由「鬼胎」演變而來，那麼，究竟什麼是「鬼胎」？

「鬼胎」本來是中醫學術語，出自隋代巢元方所著《諸病源候論》一書：「夫人腑臟調和，則血氣充實，風邪鬼魅，不能干之；若榮衛虛損，則精神衰弱，妖魅鬼精，得入於臟，狀如懷娠，故曰鬼胎也。」「榮」指血之迴圈，「衛」指氣之周流，「榮衛」因此泛指氣血。

五代時期南唐人尉遲偓所著《中朝故事》載：「代說鄭畋是鬼胎，其母卒後與其父亞再合而生畋。」鄭畋是唐末鎮壓黃巢起義軍的宰相。尉遲偓所記當然屬於鬼神故事，傳說鄭畋的母親死後與其父鄭亞魂交而生下鄭畋，可見民間早有鬼神與人相交而生「鬼胎」的說法。

南宋著名文學家洪邁在《夷堅志》中記載了一位名叫楊道珍的神醫，為一位官人懷孕八個月的寵妾診斷後說：「此非好孕，正恐是鬼胎耳。」用藥後「乃產一物，小如拳，狀類水蛙，始信為鬼胎不疑」。

明末清初思想家唐甄在《潛書》中也記載了當時的民間之語：「腹大虛消，或產非人形，俗謂之鬼胎。」吳謙編撰、乾隆皇帝御制欽定的大型綜合性醫書《醫宗金鑑》中先記「鬼胎總括」：「邪思情感鬼胎生，腹大如同懷子形，豈緣鬼神能交接，自身血氣結而成。」然後注解道：「鬼胎者，因其人思想不遂，情志相感，自身氣血凝結而成，其腹漸大如懷子形狀。古云實有鬼神交接，其說似屬無據。」

吳謙說得太客氣了，豈止「其說似屬無據」，根本是民間的鬼神思想所致。所謂「鬼胎」，其實就是現代醫學所說的「葡萄胎」，是指婦女懷孕後，胚胎組織發育異常，在子宮內形成葡萄狀的透明水泡，胎兒多死亡，吳謙認為乃是「氣血凝結而成」。

這就是「鬼胎」一詞的來歷。民間把畸形胎兒稱作「鬼胎」，原本是迷信思想作祟，但這個詞卻就此流傳了下來。隨著醫學漸漸發達，人們認識了「葡萄胎」的致病原理，於是就只使用「鬼胎」的比喻義，比喻壞念頭，從而誕生了諸如「心懷鬼胎」、「各懷鬼胎」等成語。

「支吾」的複雜由來

以「支吾」為核心，產生了一大批辭彙：支吾、支支吾吾、吱吱唔唔、左支右吾、牴牾。這些詞現在常用的是形容說話含混，躲躲閃閃，閃爍其辭，搪塞，不敢說個俐落話。這種語義是如何形成的呢？過程非常有趣。

其實，「支吾」最早的原型寫作「枝梧」，出自《史記．項羽本紀》。秦國攻打趙國，楚懷王任命宋義為上將軍，項羽為副將，前去救趙。不料宋義按兵不動，項羽氣憤之下，砍下宋義的人頭，對眾將謊稱宋義與齊國聯合，意欲謀反，楚懷王暗中命令自己殺了宋義。「當是時，諸將皆慴服，莫敢枝梧。」西晉學者傅瓚解釋道：「小柱為枝，斜柱為梧。」支撐屋子的小柱子叫「枝」，小柱子旁邊，與「枝」一起產生輔助作用的斜柱子叫「梧」；單獨的「枝」或「梧」都不足以支撐，必須合二為一才能發揮支撐作用，因此「枝梧」連用，表示支撐、支持之意，引申而為抗拒。項羽殺了宋義，諸將懾於項羽的霸氣，誰都不敢抗拒。這就是「枝梧」一詞的來歷。

《舊五代史．孟知祥傳》載：「知祥慮唐軍驟至，與遂、閬兵合，則勢不可支吾。」這裡的「支吾」是抵擋之意，是指孟知祥匯合遂州和閬州的兵馬，勢力大張，不可抵擋。

但是，「枝梧」或者「支吾」又是怎麼演變成說話含混的「支支吾吾」或者「吱吱唔唔」的呢？還是要來看「枝梧」這個原始形態。前面說過，光只有「枝」或者「梧」都無法單獨支撐，也就是說二者都不能自主，說話含混，躲躲閃閃的樣子跟這種無法自主的形態是多麼相像啊！因此人們就把「支吾」跟吞吞吐吐說話的樣子聯想到了一起，又衍生出疊字的「支支吾吾」和「吱吱唔唔」來，真是太傳神了！

「左支右吾」意為左右抵拒，手忙腳亂，窮於應付，也是由此而來。李邴是宋高宗的大臣，曾為高宗指點天下大勢，其中建議「由登、萊泛海窺吳、越，以出吾左；由武昌渡江窺江、池，以出吾右，一處不支則大事去矣，願預講左支右吾之策」。結果高宗沒聽他的，倒是流傳下來了「左支右吾」這個成語：左邊要用「枝」，右邊要用「梧」，鬧得手忙腳亂，一處支撐不住房屋就要倒塌，狼狽之狀可以想見。

至於「牴牾」這個詞，是矛盾、牴觸之意，原本寫作「柢梧」，「柢」是木頭的根，「梧」要斜著把這個根給緊緊抵住，於是引申出牴觸的意思。

「文身」原來是為了避蛟龍之害

蔡元培先生在〈民族學上之進化觀〉一文中說：「例如未開化的民族，最初都有文身的習慣，有人說，文身是一種圖騰的標記，有人說，文身是純為裝飾。然即前說可信，亦必兼合裝飾的動機。文身之法，或在身體各部塗上顏色，或先用針刺，然後用色。」

蔡元培先生所說的文身的兩種功能，「圖騰的標記」和「純為裝飾」，也許符合世界上絕大多數「未開化的民族」的行為，但是卻不符合中國古代文身的目的。

《禮記．王制》中論四夷居處言語衣服飲食不同之事：「東方曰夷，被髮文身，有不火食者矣；南方曰蠻，雕題交趾，有不火食者矣；西方曰戎，被髮衣皮，有不粒食者矣；北方曰狄，衣羽毛穴居，有不粒食者矣。」火食，吃熟食；雕題，以丹青雕刻其額；交趾，兩足相向內交；粒食，以穀物為食。由此可見，東夷和南蠻都有文身的習俗。

孔穎達注解道：「按《漢書．地理志》文，越俗斷髮文身，以辟蛟龍之害，故刻其肌，以丹青涅之。以東方南方皆近於海，故俱文身。」《左傳．哀公七年》載，周太王有三個兒子：太伯，仲雍，季歷。周太王最喜歡幼子季歷，於是太伯和仲雍就主動避位，從渭水之濱來到東南沿海一帶，因為經常要下海，所以「斷髮文身，裸以為飾」，避蛟龍之害。

《漢書．地理志》則認為夏代第六任國君少康的庶子「封於會稽，文身斷髮，以避蛟龍之害」。東漢學者應劭注解道：「常在水中，故斷其髮，文其身，以象龍子，故不見傷害也。」龍子乃龍王之子，由此記載可知龍子的慣常裝扮就是「斷髮文身」，人們模仿龍子，蛟龍就不會在水中傷害他們了。

這就是中國人最早「文身」的原因，既不是「圖騰的標記」，也不是「純為裝飾」，而是為了適應東南沿海生活的需要，為避蛟龍之害才發展出來的習俗。

●「文獻」原來是指典籍和賢人●

「文獻」一詞，各種辭典的解釋都大同小異，指具有歷史價值的典籍資料，更進而擴展為「記錄有知識的一切載體」，知識性、記錄性、物質性是「文獻」的三大基本屬性。

「文獻」的這一定義源自於宋、元之際著名學者馬端臨，在他的巨著《文獻通考》的自序中，馬端臨寫道：「凡敘事則本之經史，而參之以歷代會要，以及百家傳記之書，信而有證者從之，乖異傳疑者不錄，所謂『文』也；凡論事則先取當時臣僚之奏疏，次及近代諸儒之評論，以至名流之燕談，稗官之紀錄，凡一話一言可以訂典故之得失，證史傳之是非者，則采而錄之，所謂『獻』也。」

從馬端臨關於「文」和「獻」的定義可以看出，所謂「文獻」，必須是有文字記載，包括經史、會要、傳記、奏疏以及形諸文字的評論、閒談、紀錄等等在內的一切物質載體，反過來說，凡是沒有文字記載的，比如口耳相傳、民間傳聞等等，都不能稱為「文獻」。

「文獻」二字，「文」很容易理解，舉凡文字、文章、圖畫、經典、法令、音樂，皆可稱「文」，涵蓋了一切領域的典籍；那麼，「獻」到底是什麼意思？各種辭典都沒有具體、詳細的解釋，馬端臨「所謂『獻』」所列舉的條目也沒有講清楚為何以「獻」為名。

我們先來看看「文獻」一詞的出處。《論語．八佾》篇共有二十六章，主要內容都是關於「禮」的問題，「佾（ㄧˋ）」是古代樂舞的行列，縱橫人數相等，天子用八佾，即八八六十四人，諸侯用六佾，即六六三十六人，不得僭越。

《八佾》篇中記載了孔子的這一段話：「子曰：『夏禮，吾能言之，杞不足徵也；殷禮，吾能言之，宋不足徵也。文獻不足故也。足，則吾能徵之矣。』」

這段話的意思是：「夏代的禮我能夠談論，而夏的後代所封的杞國卻不足以取證；殷代的禮我能夠談論，而殷的後代所封的宋國卻不足以取證。這是因為杞國和宋國的文獻都不足的緣故。如果文獻充足，那麼我就能夠取證了。」

三國時期魏國學者何晏注引東漢學者包咸的注解說：「杞、宋，二國名，夏、殷之禮，吾能說之，杞、宋之君不足以成也。」又注引東漢學者鄭玄的注解說：「獻，猶賢也。我不以禮成之者，以此二國之君文章、賢才不足故也。」也就是說，雖然杞國和宋國分別是夏、商的後裔所封之國，保存了夏、商之禮，但因為這兩國的國君闇弱的緣故，所以文章和賢才都不足，因此無法從這兩國取證古禮。

根據這一注解，則「獻」指賢才。《尚書．益稷》篇中記禹和帝舜討論做君臣的道理時，禹說了這麼一段話：「帝光天之下，至於海隅蒼生，萬邦黎獻，共惟帝臣，惟帝時舉。」意思是：「舜帝啊，普天之下，旁及四海之隅的百姓，各諸侯國的眾賢人，都是您的臣子，您要善於推舉、任用他們。」

這段話中的「黎獻」，「黎」是眾多之意，比如「黎民」即眾百姓，「黎獻」即指眾百姓中的賢人。這是古代典籍中第一次將賢才稱作「獻」。那麼，為什麼「獻」可以指代賢人呢？「獻」的本義是用犬作為祭牲，來祭祀宗廟，引申為獻祭、進獻。北宋學者邢昺在為《爾雅．釋詁》所作的注中說：「致物於尊者曰獻。」這當然也是從進獻引申而來，進獻的對象一定是尊者，因此「獻」才能夠引申為賢才、賢人之意。

綜上所述，「文獻」一詞的原意就是孔子所說的「文獻不足」的解釋，指文章和賢才不足，「文」指物質性的文章，而「獻」則指人，記憶、熟悉古代禮制和掌故的賢人，正如清代學者劉寶楠在《論語正義》中的釋義：「『文』謂典冊，『獻』謂秉禮之賢士大夫。」只有二者同時存在，孔子才能夠從中取證古禮。

直到宋代，「文獻」一詞還維繫著原意，陸游《謝徐君厚汪叔潛攜酒見訪》詩中的頭幾句是：「我雖生亂離，猶及見前輩。衣冠方南奔，文獻往往在。」周必大美稱文化望族的家學淵源為「文獻相承，衣冠不絕」，都將「文獻」與指代士大夫的「衣冠」對舉。再往後，「文獻」逐漸偏向「文」，而「獻」的含義則不為人所知了。

●「斤斤計較」原來是稱讚人明察秋毫——●

「斤斤計較」的意思是過分計較瑣碎細小、無關緊要的事情。這裡的「斤」不是指一斤兩斤，因此「斤斤計較」也不是對一斤兩斤過分計較。「斤斤」是形容明察秋毫的樣子，由此可知，「斤斤計較」本來是個讚美的詞，現在卻變成了貶義詞。

「斤」的本義是伐木的斧，引申為砍削，當動詞使用。砍削的時候自然要看得分明，否則一不留神就會砍到自己的手，因此「斤斤」引申為明察之意。這個詞出自《詩經．執競》。〈執競〉是合祭周武王、成王和康王的詩篇，其中稱頌「自彼成康，奄有四方，斤斤其明」，意思是從成王和康王的時代起，擴張領土，擁有了天下四方，得益於成康的英明善察。《漢書．敘傳》中也有「平津斤斤」的記載，表揚平津侯公孫弘明察秋毫。

經過漫長的語義演變，「斤斤」跟「計較」連用到了一起，成了一個貶義的成語。「斤斤計較」有個同義詞「錙銖必較」，不過跟「斤斤」相反，這個成語中的「錙銖」倒的確是計量單位，「錙」是一兩的四分之一，「銖」是一兩的二十四分之一，因此「錙銖」比喻極其微小的數量。

「方丈」原來是一座山

人們都知道一寺之長稱作「方丈」，也叫住持。至於為什麼稱作「方丈」，相信很多人都不清楚。

早在春秋戰國時期就出現了「方丈」一詞，不過那時的「方丈」是一座仙山。據《史記》記載，渤海中有蓬萊、方丈、瀛洲三座仙山，山上禽獸的顏色全是白色，宮闕都是黃金建成，裡面住著仙人，還有許許多多不死之藥。歷朝歷代的國君都曾經派人尋找過這三座仙山，最有名的是秦始皇派遣的徐福，可是沒有任何一個人能找得到它們。

道教引入了三座仙山的傳說，並且最早將自己的最高領導人稱作「方丈」。至於為什麼叫「方丈」，大致有兩種說法，一種說法是人心方寸，天心方丈，故稱「方丈」。另外一種說法是「方」者，道也；「丈」者，長也，對長輩的尊稱，「方丈」意即道長。佛教傳入中國後，借用了道教的稱謂，可是今天的人們只知佛教「方丈」，而不知道教的「方丈」了。

佛教中，「方丈」一詞的來源也有不同的說法。南朝時期編著的《昭明文選》收有王簡棲〈頭陀寺碑〉一文，其中說：「宋大明五年，始立方丈茅茨，以庇經像。」大明是南朝劉宋孝武帝的年號，大明五年即西元四六一年。原來，最早的「方丈」是用來遮蔽佛像、避免被風吹雨淋的建築。李善注解道：「堵，長一丈，高一丈，回環一堵為方丈。」由此可知，「方丈」的形制為四面環繞的土牆，每面牆長和高都是一丈，故稱「方丈」。「方丈」上面還要蓋上「茅茨」，即茅草頂，可見「方丈」最初的形制是多麼的簡陋。還有一種說法，唐高宗顯慶年間，王玄策出使西域，在毗耶黎城參觀了著名的維摩詰居士的居處，非常狹窄。王玄策好奇地丈量了一下，長寬高都是一丈，因此命名為「方丈」。後來就把佛寺住持的居處稱作「方丈」，不久，住持也被稱作「方丈」了。

需要辨析的是，一些武俠小說中常常出現「方丈大師」的稱謂，這種稱謂是錯誤的，因為「方丈」一詞的原始含義為「道長」，則「方丈」一詞本來就含有大師之意，「方丈大師」的稱謂屬於語意重複，是不瞭解「方丈」一詞的含義而產生的誤稱。

●「方舟」原來是大夫所乘的船

《聖經．創世紀》：「你要用歌斐木造一隻方舟，分一間一間的造，裡外抹上松香。」這是上帝對諾亞說的話。諾亞方舟據說是一隻巨大的方形船，故稱「方舟」，乃避難之舟。但是在漢語中，「方舟」卻並非方形船的意思，而且也沒有任何可供避難的作用。

先秦時期叫「舟」，漢以後稱「船」。《爾雅．釋水》：「天子造舟，諸侯維舟，大夫方舟，士特舟，庶人乘泭。」造舟，薛綜注：「以舟相比次為橋也。」維舟，「維連四船」，將四艘船連在一起成橋，這是諸侯之禮；方舟，「兩舟相並」，這是大夫之禮；特舟，一隻舟，這是士之禮；泭（ㄈㄨˊ），「編竹木曰泭」，就是小筏子，這是普通百姓之禮。等級制社會的尊卑觀念，即使在乘船上也體現得淋漓盡致。

東漢班固《西都賦》中有「方舟並鶩，俯仰極樂」的句子，更能看出「方舟」的本義。鶩（ㄨˋ），疾馳；「方舟並鶩」，當然是形容兩船相並疾馳的樣子，一隻船無法「並鶩」。隨著時間的流逝，「方舟」的等級制含義漸漸消滅，渡河而使用「方舟」，取其穩妥，兩船相並，總比一隻船來得平穩。莊子在〈山木〉篇中講過一則與「方舟」有關的故事，含有很深刻的哲理在內。

市南子對魯侯說：「方舟而濟於河，有虛船來觸舟，雖有惼心之人不怒。有一人在其上，則呼張歙之；一呼而不聞，再呼而不聞，於是三呼邪，則必以惡聲隨之。向也不怒而今也怒，向也虛而今也實。」惼（ㄅㄧㄢˇ）心，心地狹隘急躁；歙（ㄒㄧˋ），吸氣。

這段話的意思是：兩船相並渡河，突然有條空船撞過來，即使心地狹隘急躁的人也不會發怒。但是假如船上有一個人，就會張口閉口呼喊來船後退；喊一次沒回應，喊兩次沒回應，第三次呼喊，必定會痛罵不絕。剛才不發怒而現在卻發怒，只是因為剛才船上沒人而現在船上有人的緣故。

於是市南子得出這樣的道理：「人能虛己以遊世，其孰能害之！」人如果能夠忘掉自我，遨遊世間，誰還能夠傷害他呢！

•「月老」為什麼是指媒人？——•

「月老」又稱「月下老人」，是神話傳說中專管婚姻的神，直到今天，很多地方還都建有月老祠，可見人們對這位媒人的熱愛。

「月下老人」第一次現身人間是在唐朝，唐人李復言所著《續幽怪錄》記錄了「月下老人」的這次現身。杜陵人韋固想早點娶妻，可是一直沒有找到合適的。貞觀二年（西元六二八年），韋固要去清河，旅途中住在宋城南店。朋友給他介紹了潘司馬的女兒，約定第二天早上在南店西邊龍興寺門口相見。

韋固心情急切，天還沒亮就出了門，一看斜月尚明，有位老人倚著布袋子坐在臺階上，就著月光在翻書。韋固悄悄靠近，想看看這麼熱愛學習的老人讀的是什麼書。一看之下，不由得大吃一驚，自己一個字都不認識！

韋固滿懷敬意地詢問老人讀的是什麼書，老人回答道：「幽冥之書。」

韋固吃驚地問道：「既是幽冥之人，怎麼到了人間？」

老人幽默地回答道：「不是我不該來，而是你起得太早了才碰上我。況且路上走的人和鬼各一半，不容易辨認出來哪個是人，哪個是鬼。」

韋固又追問道：「那麼，請問您是負責管什麼的？」

老人回答道：「主管天下婚姻。」

韋固一聽不由得大喜，立刻就問：「我還沒有娶妻，朋友給我介紹了潘司馬的女兒，您幫我查查看能不能成？」

老人檢索了一番手中的書，回答道：「和潘司馬的女兒不成。你妻子今年才三歲，等到她十七歲的時候才會進你的門。」

韋固探頭看看老人的布袋子，問道：「這裡面是什麼？」

老人回答道：「紅繩子啊！是用來拴夫妻兩人的腳的。即使是仇敵之家，貧富懸殊，天各一方，只要繫上這根紅繩子，從此就解不掉了！你的腳早就被我繫上了，你為何還向別處去尋找，有什麼用呢？」

韋固趕緊探問道：「那麼，我的妻子現在在哪兒？」

老人回答道：「在此店以北，一個賣菜婦的女兒。」

韋固問道：「我能見見她嗎？」

老人回答道：「天亮了她媽會抱著她來賣菜，你跟我走，我帶你去見見她。」

天亮後，潘司馬的女兒沒有依約前來，韋固就跟著老人來到菜市場。老人指著一位瞎了一隻眼睛的婦女。該婦女剛好抱著一個三歲大的小女孩，長得十分醜陋，老人對韋固說：「這就是你將來的妻子。」

韋固一見大失所望，問老人：「我要殺了她，可以嗎？」

老人答道：「此女將來大富大貴，你怎能殺得了她？」說完這句話，月下老人就不見了。

韋固回去後，便磨利了一柄小刀，對僕人說：「如果你能為我殺了那個小女孩，我將賜給你一萬錢。」

重金之下必有勇夫，第二天，僕人揣著刀到了菜市場，一刀刺中了小女孩。市場一片混亂，僕人趁亂跑了回來。韋固問他刺中了沒有，僕人說：「本來是想刺她的心臟的，誰知手一滑，僅僅刺中了兩眉之間。」

此後韋固苦苦求親，卻一直無法成親。十四年後，韋固擔任相州參軍，刺史很欣賞他，將自己的女兒許配給了韋固，時年十七歲，容貌豔麗。韋固非常滿意。唯一的遺憾是，妻子兩眉之間總是貼著一片花鈿，洗澡的時候也不取下來。一年後，韋固實在好奇得忍不住了，追問妻子到底是什麼緣故。妻子潸然淚下，回答道：「我只是刺史的養女。當我還在襁褓裡的時候，父母和兄長都去世了，乳母陳氏帶著我在宋城城南居住，離南店很近，乳母就在挨著南店的菜市場賣菜為生。我三歲的時候，在市場中被狂賊刺傷了眉間，只好拿花鈿貼上。」

韋固一聽，便問道：「陳氏是不是瞎了一隻眼睛？」

妻子回答道：「對啊，你怎麼知道？」

韋固說：「刺你的人就是我啊！」於是原原本本地把事情的經過講了一遍。從此之後，夫妻兩人更加相親相愛，韋固並且將南店題名為「定婚店」。

韋固的故事流傳開來，人們就用「月下老人」或者簡稱「月老」來稱呼媒人了。

•「月黑風高」原來是出自兩項罪名——•

「月黑風高」這個成語比喻極其險惡的環境。月黑，黑夜無月光，比如王昌齡詩「其時月黑猿啾啾，微雨沾衣令人愁」；風高，風大，比如杜甫詩「秋晚嶽增翠，風高湖湧波」。那麼，沒有月光的夜晚和大風天氣為什麼能夠比喻險惡的環境呢？這個成語出自一個非常有趣的故事。

元代署名為輾然子所著的《拊掌錄》記載了這個有趣的故事：「歐陽公與人行令，各作詩兩句，須犯徒以上罪者。一云：『持刀哄寡婦，下海劫人船。』一云：『月黑殺人夜，風高放火天。』歐陽云：『酒粘衫袖重，花壓帽檐偏。』或問之，答云：『當此時，徒以上罪亦做了。』」

歐陽修和朋友一起喝酒行酒令，約定所作的兩句詩必須是「犯徒以上罪者」。「徒」即徒刑，將犯人拘禁起來服勞役。據《隋書．刑法志》載，這項罪名始於北周五刑：一曰杖刑，二曰鞭刑，三曰徒刑，四曰流刑，五曰死刑。徒刑服刑的年數為一至五年，隋時改為一至三年。歐陽修和朋友們行的酒令就是詩中必須有徒刑以上，即流刑和死刑的罪名。

一位朋友的詩是：「持刀哄寡婦，下海劫人船。」另一位朋友的詩是：「月黑殺人夜，風高放火天。」可見宋代時這四種行徑都屬於徒刑以上的罪名，「月黑風高」的成語即由此而來。

輪到了歐陽修，只聽他慢條斯理地吟道：「酒粘衫袖重，花壓帽檐偏。」眾人一聽大惑不解，就問他這算是什麼罪名。歐陽修答道：「當此時，徒以上罪亦做了。」原來，「酒粘衫袖重」是形容飲酒大醉，以至於衣袖都覺沉重；「花壓帽檐偏」的「花」指美人，和美人雲雨，以至於帽檐都被壓偏了。酒壯慫人膽，色膽包天，有此兩種情況，徒刑以上之罪，犯起來就很容易了。歐陽修真幽默！

「月黑風高」這個成語就是從這場酒令遊戲中誕生的，可惜《拊掌錄》沒有記錄下作者的名字，僅僅當作歐陽修軼事的陪襯者而已。

●「比翼鳥」到底是什麼樣的鳥？——●

白居易《長恨歌》中的名句「在天願作比翼鳥，在地願為連理枝」，「連理」是指不同根的草木，枝幹相連在一起，此乃吉兆，因此用來比喻夫妻恩愛。那麼，「比翼鳥」到底是什麼樣的鳥呢？

《山海經》中多次出現並描述了這種鳥的模樣和特性。《西山經》載：「崇吾之山……有鳥焉，其狀如鳧，而一翼一目，相得乃飛，名曰蠻蠻，見則天下大水。」《海外南經》載：「比翼鳥在其東，其為鳥青、赤，兩鳥比翼。」《大荒西經》載：「有比翼之鳥。」

郭璞注解說：「比翼鳥也，色青赤，不比不能飛，《爾雅》作鶼鶼鳥也。」由此可知，「比翼鳥」的別名還有蠻蠻、鶼鶼（ㄐㄧㄢ），形狀像「鳧（ㄈㄨˊ）」，即野鴨。這種鳥類很多，比如雌雄一同出沒的鴛鴦，也是兩種顏色，但「一翼一目，相得乃飛」卻屬於比翼鳥的獨特特徵。

有趣的是，《爾雅．釋地》中還記述了五方之地各種相「比」的奇異生物：「東方有比目魚焉，不比不行，其名謂之鰈；南方有比翼鳥焉，不比不飛，其名謂之鶼鶼；西方有比肩獸焉，與邛邛岠虛比，為邛邛岠虛齧甘草，即有難，邛邛岠虛負而走，其名謂之蟨；北方有比肩民焉，迭食而迭望；中有枳首蛇焉。」

東海中出產的比目魚叫「鰈（ㄉㄧㄝˊ）」，郭璞注解說：「狀似牛脾，鱗細，紫黑色，一眼，兩片相合乃得行。」

南方出產比翼鳥，《逸周書．王會》篇中也有南方的巴人向周王室貢獻比翼鳥的記載。西方出產的比肩獸叫「蟨（ㄐㄩㄝˊ）」，這種獸前低後高，因此需要和前高後低的邛邛岠虛搭檔，取甘草以食，有危險時則被邛邛岠虛背負著逃跑。

北方出產比肩民，所謂「迭食而迭望」，郭璞注解說：「此即半體之人，各有一目、一鼻、一孔、一臂、一腳，亦猶魚鳥之相合，更望備驚急。」一半取食的時候，另一半守望。中間之地則出產「枳首蛇」，「枳（ㄓˇ）」即「歧」，「枳首蛇」即歧頭蛇，也就是兩頭蛇。

「比」意為靠近、挨著，「比目」即兩隻眼睛相並，「比翼」即翅膀挨著翅膀，「比肩」即並肩而行。不知道上古時期是否真的出產過這些奇異的生物，不過「比翼鳥」的傳說卻寄託了古人的美好願望。

到了元人伊世珍的筆下，「比翼鳥」一雌一雄甚至還各有名字，他所著的《琅嬛記》引《博物志餘》載：「南方有比翼鳳，飛止飲啄不相分離，雄曰『野君』，雌曰『觀諱』，總名曰『長離』，言長相離著也。此鳥能通宿命，死而復生，必在一處。紂時集於長桐之上，人以為雙頭鳥不祥，及文武興，始悟曰：『此並興之瑞也。』」將比翼鳳比作周文王和周武王並興，不過是後人的附會而已。

「毛病」為什麼跟「毛」有關？

在日常生活中，「毛病」這一詞出現的頻率非常高，比如出毛病、挑毛病、老毛病等。「毛病」既可以當作疾病解，也可以比喻缺點、錯誤。人們常常順口說出的這個俗語，如果仔細想一想，就會產生疑惑：為什麼要把缺點叫作「毛病」呢？「毛病」跟「毛」又有什麼關係呢？

原來，「毛病」最早的意思是指牲畜的毛色有缺陷，語出唐朝詩人李商隱所著《雜纂》一書，該書列舉了六大「怕人知」，分別為：「流配人逃走歸，買得賊贓物，藏匿奸細人，同居私房蓄財物，賣馬有毛病，去親戚家避罪。」由此可見，唐朝時「毛病」一詞已經使用了，不過專指馬的毛色不好。明朝徐咸的《相馬經》中寫道：「馬旋毛者，善旋五，惡旋十四，所謂毛病，最為害者也。」古人相馬真是仔細，連馬的旋毛旋轉了幾圈都有講究，旋轉五圈的是好馬，旋轉十四圈的就是劣馬，會對主人造成極大的危害。「惡旋十四」即為「毛病」。

「毛病」的含義擴大，從專指馬的毛病到泛指人或物的毛病，大約始於宋朝。宋人吳泳在〈答徐安札書〉中寫道：「蓋文學毛病，如春草漸生，旋劃旋有，不厭朋友切磋也。」黃庭堅在《山谷老人刀筆》一書中也有「乃是荊南人毛病」的說法。朱熹和弟子的問答錄《朱子語類》中同樣有這個詞：「有才者又有些毛病，然亦上面人不能駕馭他。」說明宋朝時「毛病」一詞開始形容人的缺點。

一直到今天，「毛病」漸漸失去了原來的意思，人們使用這個詞的時候，只知其然而不知其所以然了。

●「水性楊花」的「楊花」原來是柳絮——●

「水性楊花」是一個歧視性的成語，比喻女人作風輕浮浪蕩，用情不專一。「水性」容易理解，即水性隨勢而流；「楊花」到底是什麼花？如果僅僅按照字面意思釋為楊樹之花，則不可解。楊樹多生於北方，主要種植在大道兩旁，用來防風、遮陽或綠化；或者種植在墓地，楊樹葉大，無風自動，甚至聲如濤湧，可以陪伴寂寞的逝者，兼以招魂。而且楊樹挺拔，富有陽剛之氣，跟「水性」搭配在一起，殊為不倫不類。

再者，「楊柳」是古代詩文中常見的意象，比如《詩經．小雅．采薇》中的名句：「昔我往矣，楊柳依依。今我來思，雨雪霏霏。」很多人望文生義，以為楊柳就是楊樹和柳樹的合稱，其實大謬不然。如上所述，楊樹樹形高大，枝幹挺拔，何來「依依」的嬌弱之態？南朝詩人費昶也有詩：「楊柳何時歸，嫋嫋復依依。」楊樹同樣也沒有「嫋嫋」的嬌弱之態。

原來，「楊花」之「楊」即指水楊，也就是蒲柳，「楊花」即柳絮。

《說文解字》：「柳，小楊也。」北宋學者陸佃在《埤雅》一書中解釋說：「柳柔脆易生之木，與楊同類，雖縱橫顛倒植之皆生。」段玉裁則注解說：「楊之細莖小葉者曰柳。」這種種說法都是把楊和柳視為兩種不同的樹種，其實都是錯誤的。《爾雅．釋木》：「楊，蒲柳。」北宋韻書《廣韻》：「楊，赤莖柳。」可見最早的時候楊和柳是一個樹種，楊是柳的一種，即蒲柳。

《戰國策．西周策》中講了一個故事：「楚有養由基者，善射，去柳葉者百步而射之，百發百中。」後來被總結為「百步穿楊」這個成語。養由基射的明明是柳葉，為何稱為「穿楊」？這就是因為楊和柳是同一樹種的緣故。

唐代還有一個很好玩的故事，也很能夠說明楊柳一體。據唐代名臣李泌的兒子李繁為父親所作的傳記《鄴侯家傳》記載，李泌寫詩諷刺楊國忠道：「青青東門柳，歲晏復憔悴。」楊國忠拿著詩去向唐玄宗李隆基告狀，唐玄宗笑著說：「賦柳為譏卿，則賦李為譏朕可乎？」楊國忠明明姓楊，唐玄宗卻說「賦柳為譏卿」，同樣是楊柳一體的明證。

唐人傳奇《煬帝開河記》中提供了一個生動有趣的傳說。汴梁（今開封）的大渠修成後，為了避暑，隋煬帝親自動手，和群臣及百姓將兩岸都栽滿了垂柳，當時的歌謠唱道：「天子先栽，然後百姓栽。」栽畢，隋煬帝御筆寫賜垂柳姓楊，曰「楊柳」也。雖然是民間傳說，但也間接證明了楊柳一體。

《說文解字》：「蒲，水草也。」因此稱「蒲柳」或「水楊」。生長在水邊的蒲柳，一到春天，柳絮漫天飛舞，落入水中，隨水流而俱去，此之謂「水性楊花」。需要說明的是，柳絮並非「柳花」，明代著名醫學家李時珍所著《本草綱目》引述唐代醫家陳藏器的話說：「花即初發時黃蕊，其子乃飛絮也。」柳絮原來是柳樹的種子，被一層絮狀的綿毛所包裹，故稱「柳絮」。

「水性楊花」本來是一種自然現象，明代之後卻被粗俗的市民文化比附到女人身上，真是對女性的汙辱！

●「犬子」原來不能指別人的兒子——●

在日常生活中，我們經常會說「這是我的犬子」、「這是我家犬子」之類的話。但這種稱呼其實是錯的，因為「犬子」就已經是「我的兒子」的意思，再加上「我的」、「我家」就重複了。就好比「凱旋」本身意思就是勝利歸來，再說「凱旋而歸」就重複了，道理相同。

「犬子」是對自己兒子的謙稱，但只能在和別人說話的場合使用。這和「犬子」的原始語義有很大差別。「犬子」最早其實是西漢著名文學家司馬相如的小名，《史記．司馬相如列傳》記載：「司馬相如者，蜀郡成都人也，字長卿。少時好讀書，學擊劍，故其親名之曰犬子。」「犬子」本來是指「未成毫」的小狗，即身上還沒有長出長毛的小狗。司馬相如的父母之所以給兒子取了這麼個小名，一來是因為司馬相如尚未成年，就像毛還很短的小狗；二來非常寵愛這個兒子，不想在他淘氣的時候叫著名字斥責他，因此取了這個低賤的小名，斥責的時候就叫他的小名，好像罵的不是自己兒子一樣。這也是一種心理安慰吧。

司馬相如是有歷史記載的第一個「犬子」，但「犬子」卻並非司馬相如父母的發明，而是蜀郡的民間習俗。據《蜀中廣記》載，蜀人因為喜愛兒子而把兒子稱為「犬子」。可見在司馬相如的前後，一定有過很多小名叫「犬子」的男孩了，只不過司馬相如後來名氣大了，被史書立傳，他的小名才流傳了下來。

要注意的是，只有對別人才能稱自己的兒子為「犬子」，千萬不要以為「犬子」既然是對自己兒子的暱稱，就想當然也以為可以稱呼別人的兒子叫「犬子」，那樣就變成罵人話了，好像是在罵別人兒子是「狗崽子」一樣。

歷史上曾經因為稱別人兒子為「犬子」而引發過一場大規模的戰爭。三國時期，關雲長鎮守荊州，孫權想讓兒子娶關雲長的女兒為妻，兩家聯姻，共同對抗曹操。不料媒人諸葛瑾到荊州提親，關雲長一聽來意立刻大怒，回答道：「吾虎女安肯嫁犬子乎！」關雲長真是不客氣，你不願聯姻就算了，居然罵孫權的兒子為「犬子」，孫權哪能嚥下這口氣？於是和曹操結盟，終於奪取了荊州，而關雲長也因為這一句罵人話最終敗走麥城，喪了性命。由此可見，「犬子」的稱呼如果用在別人兒子的身上，後果有多麼嚴重。

•「世代」到底是指多長的時間——•

「世代」一詞通常是泛指，義項包括諸如很多年代、好幾輩等等。但「世」和「代」本來有著巨大的區別，而且都有精確的時間段規定，並不像後來的泛泛而言。

《說文解字》：「世，三十年為一世。」《論語．子路》篇中有這樣一段對話：「子適衛，冉有僕。子曰：『庶矣哉！』冉有曰：『既庶矣，又何加焉？』曰：『富之。』曰：「既富矣，又何加焉？』曰：『教之。』子曰：『苟有用我者，期月而已可也，三年有成。』子曰：『善人為邦百年，亦可以勝殘去殺矣。誠哉是言也！』子曰：『如有王者，必世而後仁。』」

這段話的意思是：孔子帶著弟子冉有一起到了衛國，孔子感嘆道：「衛國真是繁榮啊！」冉有趕緊問：「既然已經如此繁榮了，還需要再做什麼呢？」孔子回答：「還需要使百姓富有。」冉有緊接著又問：「富有之後呢？」孔子回答：「還需要教化百姓。」孔子繼續感嘆道：「如果用我去執政，一年的時間就差不多了；而要真正按照我的政治理想去治理國家，三年就將會有大成果。前人說：『善人治理國家百年，感化殘暴的人使其不再作惡，便可廢除死刑，天下太平。』這句話說得真是太正確了！如果有以王道治天下的君主，必須經過三十年仁政才能成功。」「必世而後仁」的「世」即指三十年。

「一世」從三十年引申而指「一代」，語出《左傳．昭公元年》：「一世無道，國未艾也。」意思是一代國君無道，國家的命運還不會完全衰落。因此而將父子相繼稱為「世」，即「一代」之意。

為什麼「世」會具備父子相繼的含義呢？《禮記．曲禮上》篇中有這樣的規定：男子「三十曰壯，有室」。《禮記．內則》篇中同樣有男子「三十而有室，始理男事」的記載。也就是說，儒家理想中的男子的結婚年齡是三十歲，三十歲結婚生子，就有了下一代，因此，本義為三十年的「世」就順理成章地引申為父子相繼的含義。

王力先生在《王力古漢語字典》中詳細辨析了「世」和「代」的區別及其演變軌跡：「上古漢語『世』、『代』不同義。父子相傳為一世，朝代相替為一代。『三世』指祖孫三世，『三代』指夏商周三代。唐人避唐太宗諱，遇『世』字多改用『代』字，甚至世宗亦改稱代宗。從此以後，『代』字變為『世』的同義詞。」

《宋史・張詠傳》中記載了一則關於「一世」的有趣故事，更有助於廓清「一世」的原始語義：「初，詠與青州傅霖少同學，霖隱不仕。詠既顯，求霖者三十年不可得，至是來謁。閽吏白傅霖請見，詠責之曰：『傅先生天下賢士，吾尚不得為友，汝何人，敢名之？』霖笑曰：『別子一世尚爾邪，是豈知世間有傅霖者乎？』詠問：『昔何隱，今何出？』霖曰：『子將去矣，來報子爾。』詠曰：『詠亦自知之。』霖曰：『知復何言。』翌日別去。後一月而詠卒，年七十。」

北宋名臣張詠和傅霖小時候是非常要好的同學，長大之後，張詠做了大官，傅霖卻隱居不仕，張詠苦苦尋覓了傅霖三十年而不得。三十年後，傅霖才來拜訪早已顯貴的張詠，門房向張詠通報有一個叫傅霖的人前來拜訪，張詠呵斥道：「傅先生乃是天下賢士，我尚且得不到他的青睞交朋友，你是什麼人，竟敢直呼其名！」傅霖笑著說：「我和你分別了『一世』三十年，世間哪裡還有知道我名字的人呢！」原來，傅霖之所以前來拜訪，乃是預知了張詠的死期，故特來相告，沒想到張詠也已經預見到了自己的死期，傅霖遂別去。一月後張詠就去世了。

●「兄台」為什麼是對朋友的敬稱？——●

朋輩之間相互敬稱「兄台」，這個稱謂至今還在使用，更常用在書面語或書信之中。很多人並不清楚這個稱謂到底是怎麼來的，甚至還有人解釋為兄在台上我在台下，因此用來表示敬意。這種解釋非常可笑，原因在於不懂得「台」字的特殊含義。

《後漢書．楊震列傳》開篇就講了一則楊震出仕前的故事：「後有冠雀銜三鱣魚，飛集講堂前，都講取魚進曰：『蛇鱣者，卿大夫服之象也。數三者，法三台也。先生自此升矣。』年五十，乃始仕州郡。」

冠雀，即鸛雀；鱣，通「鱔」，鱔魚；都講，古代學舍中協助博士講經的儒生。李賢注解說：「鱣魚長者不過三尺，黃地黑文，故都講云『蛇鱣』，卿大夫之服象也。」漢代卿大夫的官服乃「黃地黑文」，黃色的底色，黑色的花紋，和鱔魚的模樣相同，故以此作比喻。

楊震是著名學者，矢志問學而不願做官。這一天他講學時，有鸛雀銜著三條鱔魚飛到講堂前，協助楊震講學的都講上前說：「蛇和鱔魚都是卿大夫官服上的形象，三條鱔魚象徵著三台之位，先生要發達了。」果然，楊震後來官至太尉。

什麼叫「三台」？《晉書．天文志》載：「三台六星，兩兩而居，起文昌，列抵太微。一曰天柱，三公之位也。在人曰三公，在天曰三台，主開德宣符也。」原來，「三台」是星名，地上的「三公」就是比照著天上的三台星而設置的。周代以太師、太傅、太保為三公，東漢以太尉、司徒、司空為三公，是僅次於皇帝的最高官員。周代宮廷外種有三棵槐樹，三公朝見天子時，面向槐樹而立，因此也稱三公為「三槐」。「三台」、「三槐」合稱「台槐」，代指宰輔之位。

「台」這個字因此成為敬稱，用於稱呼對方或對方的行為。比如「台鑒」是請對方審察、裁奪的敬詞，「台安」表示對收信人的問候，「台諱」是詢問對方名字的敬詞，「台甫」則是詢問對方表字的敬詞，等等。朋輩之間互稱「兄台」也是敬稱，是恭維對方很快就要做大官的意思。這就是

「兄台」這一稱謂的由來，跟台上、台下毫無關係。

●「充耳不聞」的「充耳」原來是耳塞——●

「充耳不聞」這句成語，字面意思是塞住耳朵不聽，形容專心致志以至於什麼聲音都聽不見，或者形容故意聽不見因而拒絕聽取別人的意見。但是鮮為人知的是，「充耳」竟然是古時候耳塞的稱謂！

《詩經．淇奧》：「有匪君子，充耳琇瑩，會弁如星。」《毛傳》解釋說：「充耳謂之瑱；琇瑩，美石也。天子玉瑱，諸侯以石。」瑱（ㄊㄧㄢˋ），美玉，用絲帶佩在冠冕兩旁，下垂到兩耳之側，作用是塞住耳朵避聽，故又稱「塞耳」。按照禮制，瑱為天子所用，諸侯則用美石，即琇瑩。弁是帽子，「會弁如星」是指帽子的接縫處也鑲嵌著美麗的寶石，像星星一樣閃閃發亮。這幾句詩是極言君子的服飾之盛。

《詩經．旄丘》：「叔兮伯兮，褎如充耳。」褎（ㄧㄡˋ），服飾華美的樣子。《毛傳》解釋說：「褎，盛服也；充耳，盛飾也。大夫褎然有尊盛之服而不能稱也。」這句詩是諷刺叔伯雖然衣衫和耳飾華美，但是德行卻不能與之相稱，正如鄭玄所說：「如見塞耳，無聞知也。人之耳聾，恆多笑而已。」這已經是引申義了。

荀子在〈禮論〉篇中描述人死後的禮儀，其中寫道：「充耳而設瑱，飯以生稻，啥以槁骨，反生術矣。」古時，人死後要在口中填滿一些東西，這叫「飯唅」，根據地位的高低而不同。荀子描述的顯然是士階層以上的貴族等級：用瑱塞到耳朵裡，口中含有生稻和槁骨，槁（ㄍㄠˇ）骨就是貝類。所謂「反生術矣」，是指這樣的作法是模仿他生前的裝飾而來，可見這位貴族生前也是「充耳而設瑱」。

「充耳」本來是天子和貴族的玉耳塞，一則是有裝飾的作用，二則在必要的時候塞耳避聽，但這些位高尊貴之人往往「褎如充耳」，徒然有服飾之盛，德行卻不相配，因此在〈旄丘〉一詩中，「充耳」就用來諷刺這些大人物塞住耳朵裝耳聾。後人早已不懂得「充耳」本來就叫「塞耳」，是塞住耳朵的玉耳塞，於是自作聰明地又給加上了「不聞」二字，變成了今天常常使用的「充耳不聞」這一成語，殊不知卻是畫蛇添足之舉。古人用詞、達意之簡潔，殆非後人所想像，此為一極好的例證。

●「冬烘先生」為什麼要叫做「冬烘」？——●

「冬烘」是民間俗語，日常口語中常用來諷刺人迂腐淺陋。「冬烘先生」當然就是指迂腐淺陋的人，過去常用來諷刺私塾裡不問世事的教師。「冬烘」一詞的意思很多人都知道，但是為什麼要稱「冬烘」，不僅人們不知道，所有的辭典也都沒有解釋。

「冬烘」一詞出自唐代一個有趣的故事。五代時人王定保所著《唐摭（ㄓˊ）言》一書，保存了唐代文人雅士的許多遺聞佚事，其中「誤放」一條中記載：「鄭侍郎薰主文，誤謂顏標乃魯公之後。時徐方未寧，志在激勸忠烈，即以標為狀元。謝恩日，從容問及廟院。標，寒畯也，未嘗有廟院。薰始大悟，塞默而已。尋為無名子所嘲曰：『主司頭腦太冬烘，錯認顏標作魯公。』」

顏真卿，唐代宗時被封為魯郡公，人稱「顏魯公」。顏真卿不僅是著名書法家，而且還是一代名臣，安史之亂時，顏真卿率兵抵抗，被推為十七郡盟主，有效地阻止了安祿山的攻勢。唐德宗時，淮西節度使李希烈叛亂，顏真卿奉命前往勸諭，面對李希烈的勸降，威武不屈，結果以七十七歲的高齡被李希烈縊殺。

這是「錯認顏標作魯公」一詩的背景。話說唐宣宗時的禮部侍郎鄭薰主持科舉考試，有個考生名叫顏標，鄭薰誤以為他是顏真卿的後人，剛好當時藩鎮割據，為了激勵忠烈，遂取顏標為狀元。顏標拜見鄭薰謝恩的時候，鄭薰詢問他的「廟院」，「廟院」也就是名門望族世有官祭的宗祠。豈知顏標乃「寒畯（ㄐㄩㄣˋ）」，即寒微之士，哪裡有什麼「廟院」！這一下鄭薰方才醒悟過來，但名次已定，無法更改，鄭薰是啞巴吃黃連，有苦說不出。有人於是作詩嘲笑他：「主司頭腦太冬烘，錯認顏標作魯公。」

出典既明，那麼「冬烘」一詞該作何解呢？原來，這是從鄭薰的名字上化出的。薰，燒灼，烘烤，恰好與「烘」同義；冬烘，冬天烘烤，恰好又符合「薰」的和暖、溫和之意。因此，「冬烘」即化用鄭薰名字中的「薰」字來加以諷刺。這就是「冬烘」這個俗語和「冬烘先生」這個稱謂的由來。

「出恭」為什麼是指上廁所？

委婉語不僅是一種語言現象，也是一種社會文化現象，考慮到避諱、禁忌、禮貌等問題，而採用一種婉轉或溫和的語言方式，以減輕粗俗的程度。比如要表述上廁所，在今天的日常口語中，使用最多的委婉語是「解手」，通常的說法是明初北方大移民，官吏將移民的手綁在一起，串成一串，押解上路，防備他們逃跑，上廁所的時候需要將捆綁的繩子解開，故稱「解手」，一直沿用到今天。

但是古時還有一種更文雅的委婉語，叫「出恭」。上廁所為什麼稱作「出恭」呢？有幾種不同的說法。

其一，據《古今筆記精華》所引〈劉安別傳〉記載：「安既上天，坐起不恭，仙伯主者奏安不敬，謫守都廁三年。按：今人謂如廁曰出恭，當本此，因不恭而訛為出恭也。」

其二，近人孫錦標在《通俗常言疏證》中解釋說：「今人以屙屎為出恭，非也。當作出共，共即糞字之省耳……糞字既從共，後世遂省為共字。以糞與共分二義，共、恭古本通用，故共又訛為恭，竟不知此共字從糞省矣……出共二字，其義如此，不可誤作出恭矣。」

其三，清人顧張思所著《土風錄》載：「如廁曰出恭。呂藍玉《言鯖》謂出於恭敬之外。是前明已有此語。」

其四，出恭是「出弓」的諧音，矢（箭）出於弓，「矢」和「屎」乃通假字，比如《史記》中描寫廉頗「頃之三遺矢矣」。出恭由此輾轉諧音而來。

不過，以上四種解釋都沒有確鑿的文獻支持，都是個人的臆測之詞，雖可聊備一說，但不能作為定論。

最具有說服力的解釋，是源於元明兩代國子監的監規。國子監是最高學府，據《大明會典》記載，洪武二十年（西元一三八七年）制訂的監規中有一條是：「每班給與出恭入敬牌一面，責令各班值日生員掌管，凡遇出入，務要有牌，若無牌擅離本班，及敢有藏匿牌面者，痛決。」「出恭入敬牌」是為了管理生員出入，上廁所當然更是最重要的「出」的理由，於是生員們就把上廁所戲稱為「出恭」。南北朝學者何胤說：「在貌為恭，在心為敬。」貌是外貌，因此出則貌恭；心是內心，因此入則心敬。此之謂「出恭入敬牌」的本意。

雖然元代典籍中沒有「出恭入敬牌」的記載，但是元雜劇中已經有了「出恭」的說法，比如關漢卿《錢大尹智勘緋衣夢》第三折：「俺這裡茶迎三島客，湯送五湖賓。喝上七八盞，敢情去出恭。」鄭光祖《三戰呂布》第三折：「你可不曾見那廝殺，兩匹馬滾在一處，我要下馬出恭，百忙裡拴了個關門鐙絆住腳，急的我要不的。」可見元代時「出恭」一詞已經成為民間的通用語了。

「匆匆」原來是「匆匆」之誤

今天人們口語中的「匆匆」一詞，是形容急急忙忙的樣子。但其實這是一個誤用了一千多年的詞，正確的用法是「勿勿」。

《說文解字》：「勿，州里所建旗。像其柄，有三遊。雜帛，幅半異。所以趣民，故遽。」雜帛指雜色的裝飾物；幅半異指半幅為紅色，半幅為白色，殷的正色為白色，周的正色為赤色，故為半赤半白之色；趣民是催促百姓，古代旗幟，純色代表緩，雜色代表急，因此用「勿」這種雜色旗催促百姓趕緊聚集。段玉裁說「州里」應該是「大夫士」，按照周禮的規定，大夫士所建的旗幟才是「勿」。「所以趣民，故遽」，因此急遽、匆忙稱作「勿勿」。

《禮記．禮器》：「洞洞乎其敬也，屬屬乎其忠也，勿勿乎其欲其饗之也。」這是講的祭祀宗廟的時候，容貌洞洞然，恭敬的樣子，心中屬屬然，忠誠的樣子。鄭玄解釋說：「勿勿，猶勉勉也。」即勤懇不懈的樣子，盼望神來享用祭品。這個義項也是從急遽、匆忙引申而來的。

在著名的《顏氏家訓》中，顏之推表達過這樣的疑問：「世中書翰，多稱勿勿，相承如此，不知所由，或有妄言此忽忽之殘缺耳。」顏之推當然知道許慎的解釋，因為緊接著就用許慎上述的話加以解說。可見今人書信結尾處常用的「匆匆」一詞，古時卻寫作「勿勿」。比如王羲之的〈章草帖〉：「皇象章草，旨信送之，勿勿，當付良信。」皇象是三國時期吳國的著名書法家；旨信，書信。這幾句話的意思是：皇象的章草作品，用書信寄給您了，此際匆忙，容後閒暇時再派遣好的信使前去。

到唐代的時候，「勿勿」和「匆匆」已經並用。杜牧〈遣興〉詩：「浮生長勿勿，兒小且嗚嗚。」這是用的「勿勿」，形容浮生之匆遽。「匆匆」則用得非常多，比如牟融〈送客之杭〉詩：「西風吹冷透貂裘，行色匆匆不暫留。」

「匆匆」為什麼會誤寫為「匆匆」呢？有兩種說法：一種出自宋代學者黃伯思《東觀餘論》：「今世流俗，又妄於勿勿字中，斜益一點，讀為悤字，彌失真矣。」另一種說法是表示急遽的「悤悤」或「怱怱」一詞省寫為「匆匆」。因此明代著名學者楊慎在《丹鉛續錄》中感嘆道：「好古者但知『勿勿』而笑『悤悤』，逐俗者又但知『悤悤』而駭『勿勿』，皆謂非也，是以學者貴博古而通今也。」

●「半老徐娘」為什麼姓徐？

「半老徐娘」又寫作「徐娘半老」，形容那些年長色衰但是風韻猶存、打扮風騷的婦女，含有一定的貶義。為什麼非得姓「徐」而不是別的姓呢？很多人可能都不太清楚。

原來，這個稱謂出自南朝梁元帝蕭繹的妃子徐昭佩。徐昭佩雖然出身名門望族，但是長相卻很一般，史書稱她「妃無容質」，不是漂亮美眉，因此在生下一子一女之後，蕭繹便很少再來徐昭佩的住處，兩三年才會跟她行一次房。徐昭佩又生氣又妒忌，好像變了一個人似的。蕭繹是獨眼龍，瞎了一隻眼睛，每逢蕭繹興致大發，來到徐昭佩住處的時候，徐昭佩就只畫半面妝，藉以諷刺蕭繹只有一隻眼睛看得見。這一招未免過於惡毒，對蕭繹的心理打擊可想而知，於是蕭繹更加惱怒，一看見半面妝立刻就離開。李商隱曾有一首〈南朝〉的詩描寫這一場景：「地險悠悠天險長，金陵王氣應瑤光。休誇此地分天下，只得徐妃半面妝。」徐昭佩還酗酒，大醉後如果碰見蕭繹前來，就故意嘔吐在蕭繹的衣服上。徐昭佩這種種不合人情的行為都是心理變態所致。

深宮寂寞，歲月漸漸流逝，徐昭佩的年齡也越來越大。為了填補內心的空虛，她開始尋找面首。她先和瑤光寺的智遠道人私通，又和蕭繹的大臣暨季江私通，接著又跟賀徽在尼姑庵裡暗通款曲，並互相把海誓山盟的情詩寫在白角枕上相贈。這種事情本來是徐昭佩和情人之間的隱私，但是暨季江卻憋不住，經常暗地裡向別人感嘆道：「柏直狗雖老猶能獵，蕭溧陽馬雖老猶駿，徐娘雖老猶尚多情。」意思是說柏直這個地方的獵狗老了還能逮到獵物，溧陽的馬老了還是駿馬，徐昭佩這位徐娘雖老猶尚多情。這就是「半老徐娘」的最早出處。

像很多后妃一樣，徐昭佩的妒忌心也很強，平時喜歡和那些不受寵的妃子來往，但是一旦發現該妃子懷了孕，立刻醋海翻騰，甚至親手拿刀殺了對方。後來蕭繹寵愛的妃子王氏產子後病逝，蕭繹懷疑是徐昭佩下的毒手，逼她自盡，徐昭佩遂投井而死。死後蕭繹還把她的屍體送回娘家，稱作「出妻」，即使死後還要跟她離婚，可見蕭繹對徐昭佩的厭惡。蕭繹甚至還寫了一首〈金樓子〉的詞敘述徐昭佩的淫蕩行徑。

徐昭佩死了，可是「半老徐娘」這個稱謂卻流傳了下來，「徐娘半老，風韻猶存」也成為了人們的日常用語，其中的調侃意味直逼暨季江的感嘆。

•「半截入土」原來是指已經過了半年——•

「半截入土」這句俗得不能再俗的日常俗語，用來比喻人老得已經快要到壽終的時候了。這句俗語的描述看似非常具象，但仔細一想問題就出來了：哪個人會閒得無聊，在地上刨個坑，然後站進去比畫一下自己的下半截身體入土呢？既然不會有人這麼做，那麼「半截入土」這一形象到底是怎麼來的呢？

原來，這句俗語來自蘇軾所著的《東坡志林》一書，在該書的第十二卷，蘇東坡給著名詩僧道潛講述了一個有趣的故事：「桃符仰視艾人而罵曰：『汝何等草芥，輒居我上！』艾人俯而應曰：『汝已半截入土，猶爭高下乎！』桃符怒，往復紛然不已。門神解之曰：『吾輩不肖，方傍人門戶，何暇爭閒氣耶！』」

南朝梁學者宗懍所著《荊楚歲時記》載：「（正月一日）造桃板著戶，謂之仙木……帖畫雞戶上，懸葦索於其上，插桃符其傍，百鬼畏之。」古人辭舊迎新的時候，要用兩塊桃木板畫上神荼和鬱壘兩位門神的樣子，將畫有雞的紙貼在門上，然後將用葦草編成的葦索懸掛於其上，再把桃符插在門的兩邊，可以避邪。

《荊楚歲時記》又載：「五月五日……采艾以為人，懸門戶上，以禳毒氣。」古人認為五月是毒月，要採來艾草紮成人形，懸掛於門上，以祛除毒氣。

在蘇軾所講的這個故事中，顯然已經過了五月五日，艾人懸掛起來非止一日。桃符插在門框兩邊，艾人懸掛在門戶上方，桃符需要仰視艾人，因此非常生氣，才口出惡言；艾人則諷刺桃符今年已經過了半年，你只剩下半年的壽命，到了辭舊迎新之際，主人就要把你換掉，埋進土裡去了。這就是「半截入土」的原始含義。

更有趣的是，桃符上的神荼和鬱壘兩位門神被吵得煩悶，看不下去，遂當起了和事佬，從他倆的勸解之言中又誕生了一個成語「傍人門戶」，而且實在是這幾位避邪之物的如實寫照。

不過，從這個故事中產生的「半截入土」和「傍人門戶」這兩個日常俗語和成語，今天只具有比喻義了。

•「四不像」原來是麋鹿——•

「四不像」這個俗語用來比喻不倫不類的事物，不過在古代，「四不像」最早是一種動物的名字，這種動物就是麋鹿。麋鹿是中國特有的動物種類，因為長得頭似鹿，蹄似牛，尾似驢，頸似駱駝，合起來一看又誰都不像，故稱「四不像」。

麋鹿的活動範圍在黃河流域一帶，黃河流域同時也是人類繁衍之地，因為人類的大肆捕捉，野生的麋鹿早就滅絕了。值得慶幸的是，周代的時候就已經開始在皇家獵苑馴養野生的麋鹿，一代一代綿延不絕，一直到清朝乾隆年間，北京南海子的皇家獵苑裡還遺存有兩百多頭。一八六五年，法國博物學家阿爾芒・戴維德（Armand David）神父在北京考察時發現了這種奇特的動物，世人才第一次從學術角度知道麋鹿。此後，麋鹿開始輸往國外。一八九四年，永定河洪水氾濫，沖垮了南苑的圍牆，四處逃散的麋鹿成了饑民果腹的口中之物。一九〇〇年，八國聯軍入侵北京，剩餘的麋鹿全部被殺光。一九八五年，中國從英國迎回了二十頭年輕的麋鹿，放養在南海子，麋鹿終於回到了故鄉。

古書中也稱麋鹿為「麈（ㄓㄨˇ）」，麈是麋鹿中個頭最大的駝鹿，是鹿群中的領頭鹿，鹿群遷徙的時候，都跟在麈的後面，隨著麈的尾巴轉動的方向行動。古人把麈尾巴上的毛剪下來製成扇子，用來驅趕蚊蠅，這種扇子稱作「毛扇」或者「麈尾」。魏晉南北朝的亂世，清談成風，「麈尾」也開始流行起來，名士們清談的時候，人人手執一把「麈尾」輕輕揮舞，煞是風雅，因此又稱清談為「麈談」。諸葛亮手中那把著名的扇子，其實既不是鵝毛扇，也不是羽扇，而是「麈尾」。

麋鹿在古代是神奇的動物，也是吉祥的動物，《封神榜》中姜太公騎的就是麋鹿。古人還把麋鹿分出了陰陽：麋屬陰，鹿屬陽；麋的角向後長，鹿的角向前長；麋在冬至這一天因為感受到陽氣，角開始脫落；鹿在夏至這一天因為感受到陰氣，角開始脫落。

「左支右絀」原來是射箭的方法

「左支右絀」這個成語在今天的書面語中還經常使用，字面意思是應付了左面，右面又覺得不夠，形容顧此失彼，窮於應付的窘況，尤其用於財力不足或理虧而窮於掩蓋的場合。那麼，到底什麼是「支」，什麼是「絀」呢？相信很多人都不清楚。

「左支右絀」最早寫作「支左屈右」，語出《戰國策．西周策》「蘇厲謂周君」一節。戰國末年，周王室內亂，京畿之內以伊洛河交會處為界，又分為西周、東周二侯國，本節的「周君」即指西周侯國之君，蘇厲是著名說客蘇秦和蘇代的弟弟。當時秦將白起攻勢極猛，先後敗韓、魏，緊接著進攻魏國都城大梁（今河南省開封市西北），大梁是西周侯國王城洛陽的門戶，大梁一破，洛陽指日可下，因此蘇厲決心替西周之君遊說白起。

蘇厲遊說白起的一段話極富智慧，他先以楚國神射手養由基作比：「楚有養由基者，善射，去柳葉者百步而射之，百發百中。左右皆曰善。有一人過曰：『善射，可教射也矣。』養由基曰：『人皆善，子乃曰可教射，子何不代我射之也？』客曰：『我不能教子支左屈右。夫射柳葉者，百發百中，而不已善息，少焉氣力倦，弓撥矢鉤，一發不中，前功盡矣。』」

養由基對過客的態度很不滿，於是傲慢地詢問過客是否善射，結果過客回答說：「您射柳葉固然百發百中，但是卻不趁著射得好的時候休息一下，等會兒氣力衰竭，弓拉不正，箭身搭得彎曲的時候，一發不中則前功盡棄了。」

其中「支左屈右」一詞，「支」即支撐，指左臂支撐拉弓，「屈」即屈曲，指右臂彎曲扣箭控弦。西漢著名學者劉向在《列女傳．晉弓工妻》一篇中記載：「左手如拒石，右手如附枝，右手發之，左手不知，此蓋射之道也。」左手撐持如同推拒大石頭，右手輕捷如同拉滿小樹枝。《越絕書》中亦有「左手如附太山，右手如抱嬰兒」的記載，同樣是「支左屈右」的具象寫照。

《史記．周本紀》引述這則故事時，將「支左屈右」寫作「支左絀右」，「絀（ㄔㄨˋ）」亦即彎曲之意。再後來位置調換，於是就變成了今天使用的「左支右絀」這個成語，但是射箭之法的本義卻早已失去了。

蘇厲對白起的遊說還沒有結束：「公之功甚多。今公又以秦兵出塞，過兩周，踐韓而以攻梁，一攻而不得，前功盡滅，公不若稱病不出也。」白起您的功勞已經很多很大了，但是這次您率軍出塞，中途需要經過兩周和韓國，然後才能攻梁，就好比養由基一樣，萬一一攻而不得，豈非前功盡棄了嗎？所以您最好稱病不出。

蘇厲雖然沒有兩位哥哥的名氣大，但從遊說白起的這段話中也可看出他的智慧和功底。

「巨無霸」原來是人名

「巨無霸」一詞，今天用來形容龐然大物，甚至還有美式漢堡也以此為名。有趣的是：「巨」者，巨大也；「無霸」，不霸或沒有霸主。既巨大無匹而又不能稱霸或者不能充任霸主，豈非自相矛盾？

原來，「巨無霸」是一個人名。《漢書．王莽傳》載：王莽篡漢建立新朝後，與周邊少數民族政權關係緊張。這一年，夙夜太守韓博上書說：「有奇士，長丈，大十圍，來至臣府，曰欲奮擊胡虜。自謂巨毋霸，出於蓬萊東南，五城西北昭如海瀕。軺車不能載，三馬不能勝。即日以大車四馬，建虎旗，載霸詣闕。霸臥則枕鼓，以鐵箸食，此皇天所以輔新室也。願陛下作大甲高車，賁育之衣，遣大將一人與虎賁百人迎之於道。京師門戶不容者，開高大之，以視百蠻，鎮安天下。」

海瀕，近海之地，即海濱；軺（ㄧㄠˊ）車，一馬所駕的軍車；賁（ㄅㄣ）育，戰國時勇士孟賁和夏育的合稱；虎賁，勇士之稱。

韓博上書中稱用巨毋霸一人即可「以視百蠻，鎮安天下」，王莽認為是在諷刺自己，於是命巨毋霸留在原地，將韓博下獄處死。王莽又將巨毋霸更姓為「巨母氏」。這一更改很有意思：王莽的姑母王政君是漢元帝的皇后，漢元帝死後升級為皇太后，王莽登基後，尊為「新室文母太皇太后」。王莽本人字巨君，因此顏師古解釋「巨母氏」意味的是：「莽字巨君，若言文母出此人，使我致霸王。」將巨毋霸視為應文母太皇太后而出的祥瑞。

王莽「更其姓曰巨母氏」，這一更改清楚地說明了「巨毋霸」其名的由來：複姓巨毋，因身軀巨大故名「霸」。至此，上述「巨」而「無霸」的矛盾迎刃而解。

《後漢書．光武帝紀》載：「時有長人巨無霸，長一丈，大十圍，以為壘尉；又驅諸猛獸虎豹犀象之屬，以助威武。自秦、漢出師之盛，未嘗有也。」

「巨毋霸」之名，《後漢書》稱之為「巨無霸」。這位巨人終於被王莽派上了用場，而且巨無霸不僅身軀巨大，竟然還有一項驅趕猛獸作戰的本領！不過一場大戰之後，王莽的軍隊兵敗如山倒，「虎豹皆股戰」，雖然史書沒有記載巨無霸的下落，但毫無疑問死於亂軍之中。

巨無霸雖死，但他的名字卻流傳了下來，用來指代龐然大物。比如清代詩人趙翼所作《大石佛歌》，其中吟詠道：「巨無霸頭大枕鼓，狄僑如眉高見軾。」狄人僑如也是一位巨人，「軾」是車前供人憑依的橫木，僑如的眉毛寬得就像車前橫木一樣。這兩句詩都是對大佛巨大體量的比喻。

●「市儈」最早是罵人話嗎？——●

今天如果稱呼一個人為「市儈」，那是非常嚴重的罵人話。唯利是圖的奸商，凡是貪圖私利的人，政治上隨波逐流、道德上虛假偽善、作風上粗鄙庸俗的人都可以稱作「市儈」。但是這個稱謂經歷了漫長的演變過程。

「儈（ㄎㄨㄞˋ）」是指兩夥人之間的中間人或代理人。《聲類》：「合市人也。」即市場上撮合雙方實施買賣的人。《史記．貨殖列傳》：「子貸金錢千貫，節駔儈。」在這句話中，「子」是利息；「節」是節制、管理、估定價格；「駔（ㄗㄤˇ）儈」即指從牲畜交易中謀利的人。這句話的意思是：還有一千貫放高利貸的利息，以及估定價格促成牲畜交易的掮客。

「駔儈」合指馬匹交易的經紀人，後來泛指市場經紀人。「駔」和「儈」的含義是一樣的，《呂氏春秋．尊師》：「段干木，晉國之大駔也。」注解說：「干木，度市之魁也。」「度市之魁」即估定市場價格的人，也就是中間人。許慎注：「駔，市儈也。言魏國之大儈也。」「儈」又稱「牙儈」、「牙子」、「牙人」。用「儈」可以指稱不同的買賣，比如儈牛是從中撮合牛的買賣，儈家是從中撮合豬的買賣。

《新唐書．食貨志》中記載了當時的規定：「鬻兩池鹽者，坊市居邸主人、市儈皆論坐。」在中國古代，鹽是官賣品，私人不得販鹽，如果有販兩池鹽的，坊市居所的主人和介紹私鹽買賣以收取傭金的中間人（即「市儈」）都要連坐受到懲罰。直到清朝，「市儈」一詞還只具有社會經濟的含義，並不是一個貶義詞，清人梁紹壬在《兩般秋雨庵隨筆》中寫道當時的風俗：「近俗市儈牙人，俱有別號。」「市儈」和「牙人」都是中間人的意思。因此之故，後來「市儈」也泛指商人，比如林則徐《錢票無甚關礙宜重禁吃煙以杜弊源片》：「且市儈之牟利，無論銀貴錢貴，出入皆可取贏，並非必待銀價甚昂然後獲利。」這裡的「市儈」就是泛指商人。

大概因為中間人往往翻手為雲，覆手為雨，信譽不好的緣故，再後來「市儈」一詞開始變味，借指貪圖私利、投機取巧的人，一直延續到今天，詞義最終才確定下來。

●「布袋」原來是上門女婿的謔稱

「布袋」就是布做的袋子，一望便知，難道還有什麼別的講究不成？答案是：還真有別的講究，而且非常之有趣，「布袋」竟然是對招贅女婿的謔稱！

兩宋間學者朱翌所著《猗覺寮雜記》載：「世號贅婿為『布袋』，多不曉其義。如入布袋，氣不得出。頃附舟入浙，有一同舟者號李布袋，篙人謂其徒曰：『如何入舍婿謂之布袋？』眾無語。忽一人曰：『語訛也，謂之補代。人家有女無子，恐世代自此絕，不肯嫁出，招婿以補其世代耳。』此言極有理。」

由此可知，北宋和南宋時期，民間對招贅上門的女婿有一個別稱叫「布袋」，但人們都不知道為什麼稱「布袋」，有人認為贅婿上門，地位很低，就像「如入布袋，氣不得出」，活脫脫一個受氣包。朱翌則認為「補代」之說更為合理，「補其世代」，以免絕了後。

不過，明末清初學者褚人獲所著《堅瓠（ㄏㄨˋ）集》六集中引述宋代無名氏《潛居錄》的說法：「馮布少時，絕有才幹，贅於孫氏，其外父有煩瑣事，輒曰畀布代之。」「外父」即指馮布的岳父，「畀（ㄅㄧˋ）」是給的意思，「畀布代之」即讓馮布替自己去做事。按照這種說法，「布袋」之「布」乃指馮布，「袋」是「代」的音訛，原本應該寫作「布代」。

褚人獲又說：「至今吳中謂贅婿為『布代』。」從宋代到清代，「布袋」的稱謂從來沒有廢棄過，可見生命力之頑強。

褚人獲還提供了一個更有趣的贅婿的別稱：「俗又呼『補代』為『野貓』，謂銜妻而去也。旋作『野冒』，即『補代』之意。」將贅婿比作銜著妻子逃跑的「野貓」的稱呼過於可笑，也過於粗俗，因此才改稱「野冒」，冒充之意則近於補而代替之意了。

中國民間俗語之豐富多彩，從贅婿的各種稱呼上即可見一斑，當然，對其語源的研究更是一件快事！

•「平易近人」原來是形容政事簡易——•

今天使用的「平易近人」這句成語，是形容人的態度謙和，對人和藹可親，沒有架子，使人容易親近。但是最早的時候，「平易近人」卻不是形容人，而是形容政事簡易。

「平易近人」語出《史記．魯周公世家》。周公輔佐武王滅商後，先封於周，又遷於魯，周公的長子伯禽就任魯國的第一任國君，三年後才向周公彙報魯國的政事。周公奇怪地問他：「為什麼這麼遲才彙報？」伯禽回答說：「變其俗，革其禮，喪三年然後除之，故遲。」伯禽在魯國變風俗，革舊禮，推行子為父服喪三年才能除掉喪服之制，因此彙報得遲了。

而姜太公受封齊國的時候，五個月就來向周公彙報政事了。當時周公也很奇怪地問他：「為什麼這麼快就來彙報了？」姜太公回答說：「吾簡其君臣禮，從其俗為也。」姜太公將君臣之禮加以簡化，政事一仍齊地舊俗而不加更改。

兩相對比，周公長嘆一聲：「嗚呼，魯後世其北面事齊矣！夫政不簡不易，民不有近；平易近民，民必歸之。」周公嘆息說：政事不簡約易行，百姓就不會親近；政事平和易行，民心一定會歸附。魯國政事繁瑣，齊國政事簡易，長此以往，魯國國力就趕不上齊國了。

從周公的語氣來看，政事和政策「平易」的目的是為了「近民」，正如義大利著名政治思想家馬基維利在《君王論》中所說：「對於被征服的地方，如果想要保留，那就採取兩種手段——第一種就是把舊君的血統滅絕；第二種就是不改變法律，也不改變賦稅。」伯禽近似於前者，而姜太公則採取了後者，統治的效果也就完全不同。

從政事的「平易近民」演變為為人處事的「平易近人」，詞義的差別真是有趣！

「打秋風」為什麼是形容敲詐？

明憲宗在位期間，長江下游的北岸新設置了一個縣，叫靖江縣，靖江縣原本是江陰縣治下，俗稱馬馱沙。第一任知縣姓郭，剛來到治所，屁股還沒坐熱，就有拜客送上一柄罕見的扇子，郭知縣立刻在扇子上題詩一首：「馬馱沙上縣新開，城郭民稀半草萊。寄與江南諸子弟，秋風切莫過江來。」命人原扇退回。郭知縣的意思很明白，靖江縣乃是新開的縣，衙門裡面還沒有油水，千萬別來這裡「打秋風」！

從這個故事中可以看出，「打秋風」這一俗語在明朝以前早就流行開了，假借各種名義向人索取財物被稱為「打秋風」。那麼，為什麼叫「打秋風」呢？

不光今天的人有這個疑問，明朝人郎瑛也有這個疑問。郎瑛，藏書家，仁和（今浙江杭州）人。因身患疾病，而淡於功名。稍長，乃博覽藝文，探討經史。家藏圖書有經史文章、雜家之言、鄉賢手跡等，每日坐於書齋中誦讀，攬其要旨，撮取精華，辨同異，考謬誤，著《書史袞鉞》六十卷。另著有《萃忠錄》兩卷、《七修類稿》五十五卷。

在《七修類稿》一書中，郎瑛如此解釋道：「俗以干人云『打秋風』，予累思不得其義，偶於友人處見米芾札有此二字，『風』乃『豐熟』之『豐』，然後知二字有理，而來歷亦遠。」郎瑛在著名書法家米芾的手札中看到「打秋風」其實寫作「打秋豐」，意思是秋天豐收之後索取財物。但是在清朝人翟灝編的《通俗編》一書中，「打秋風」乃是「打抽豐」一詞的諧音。他在「貨財」條中解釋道：「《野獲編》載都城俗事對偶，以『打秋風』對『撞太歲』，蓋俗以自遠干求曰『打秋風』，以依託官府賺人財物曰『撞太歲』也。《暖姝由筆》載靖江郭令辭謁客詩，有『秋風切莫過江來』之句。《七修類稿》米芾札中有『抽豐』二字，即世云『秋風』之義，蓋彼處豐稔，往抽分之耳。」按照翟灝的解釋，「打秋風」其實應該寫作「打抽豐」，「豐」是「豐收」，豐收了之後自然油水就多，採用種種藉口、假借種種名義索取財物的人前去抽取一部分，這叫「打抽豐」。

「打秋風」是古代官場的惡習，清朝酌元亭主人所著《照世杯》中有非常生動的描述：「抽豐一途，最好納汙藏垢，假秀才，假名士，假鄉紳，假公子，假書貼，光棍作為，無所不至。今日流在這裡，明日流在那裡，擾害地方，侵漁官府，見面時稱功頌德，背地裡揑禁拿訛。遊道至今大壞，半壞於此輩流民，倒把真正豪傑、韻士、山人、詞客的車轍，一例都行不通了。歉的帶壞好的，怪不得當事們見了遊客一張拜帖，攢著眉，跌著腳，如生人遇著勾死鬼一般害怕。若是禮單上有一把詩扉，就像見了大黃巴豆，遇著頭疼，吃著泄肚的。就是衙役們曉得這一班是惹厭不討好的怪物，連傳帖相見，也要勒壓紙包。」真是個奇怪的現象！

●「打草驚蛇」原來是形容兩個貪官——●

打草而驚蛇，比喻計畫不周密，走漏了風聲，結果驚動了對方，就像蛇一樣溜之大吉。這個比喻義是今天使用的義項，但是與這個成語最初的義項並不完全相同。

「打草驚蛇」一詞出自由南唐入仕宋的學者鄭文寶所著《南唐近事》一書：「王魯為當塗宰，頗以資產為務。會部民連狀訴主簿貪賄於縣尹，魯乃判曰：『汝雖打草，吾已蛇驚。』為好事者口實焉。」

南唐時期，當塗縣令是一個叫王魯的人，此人「頗以資產為務」，這是一種委婉的說法，意思當然就是貪汙受賄。適逢當塗百姓連名上狀，向縣令控訴主簿貪賄。主簿是類似於文書的官員。王魯接到狀子，不由得吃了一驚，因為他這位縣令其實跟主簿一樣貪汙受賄啊！不過王魯很可愛，提筆就在狀子上批道：「汝雖打草，吾已蛇驚。」你們雖然打的是主簿這根草，可是我這個縣令已經像草叢中的蛇一樣受驚了。

明代藏書家郎瑛所著《七修類稿》卷二十四的記載稍有不同：「『打草驚蛇』，乃南唐王魯為當塗令，日營資產，部人訴主簿貪汙，魯曰：『汝雖打草，吾已驚蛇。』」王魯擔任縣令，惟一做的事就是「日營資產」，這個評價就很不客氣了。上有所好，下必甚焉，縣令如此，他手下的主簿又怎能清廉呢？

清人唐訓方所著《里語徵實》則直指王魯「黷貨為務」，「黷貨」即貪汙納賄。唐訓方在引述了這個故事之後注解道：「言汝訴主簿貪賄如打草，則我為蛇之被驚已知戒矣。」這個注解非常準確地傳達出了王魯判詞的含義：你們向我控訴主簿貪賄，我一定要懲罰對方；但同時你們也提醒了我，原來我的行為跟主簿一樣，我也因此受到了警戒。

這就是「打草驚蛇」一詞的最初含義，今天只用來比喻做事洩密而驚動對方，失去了這個成語中的自警自戒成分，王魯在狀子上的公開判詞豈非成了無源之水無本之木？

●「旦角」的稱謂原來出自妲己之名——●

中國戲曲角色中有一個非常奇怪的稱謂，就是將扮演婦女的角色稱作「旦角」，細分的話還有正旦、花旦、閨門旦、武旦、老旦等不同的行當。這個稱謂到底是怎麼來的呢？數不清的學者們都探討過「旦角」之「旦」的語源，但都沒有富說服力的論證。

清人徐珂編撰的《清稗類鈔》一書中總結了各種說法。有「反言說」：「旦為婦人，昏夜所用，故反言旦。」有「省筆說」：「伶人粗傖，識字無多，始而減筆，繼而誤寫，久之一種流傳，遂為專門之名詞，明知其誤而不可改矣……小旦，小姐也，先去女旁，後又改且為旦，但圖省筆而已。」清人翟灝所著《通俗編》一書中則有「動物說」：「狚，猿之雌者，其性好淫，今俗訛為旦。」

王國維在《古劇腳色考》中認為：「旦名之所本雖不可知，然宋金之際，必呼婦人為旦；故宋雜劇有裝旦，裝旦之為假婦人，猶裝孤之為假官也。至於元人，猶目張奔兒為風流旦，李嬌兒為溫柔旦（《青樓集》），此亦旦本伎女之稱之一證。」按照王國維的說法，「旦」最初乃是對伎女或妓女的蔑稱。但為什麼「宋金之際，必呼婦人為旦」？卻沒有進一步的考證。

清人吳長元所著《燕蘭小譜》中則說：「元院本色目云：旦之命名，義取於『狚』。蓋狐之淫者。狐狸頂骷髏向月而拜，則變為人形。」此說同於翟灝，但翟灝認為「狚」是雌猿，而吳長元認為「狚」是雌狐。吳長元的觀點極富啟發性，「狐之淫者」這一句話讓我們想起歷朝歷代關於狐狸精的傳說。

「旦」其名最早出自南宋詞人周密《武林舊事》一書，此書追憶南宋臨安城的風貌，其中記載當時的舞隊，舞隊中有「粗妲」、「細妲」的角色。這個「妲」字很奇怪，因為這是殷紂王寵妃妲己的專用字，除了「妲己」的名字之外再未用於別處，而且「妲」字最初的讀音就是「旦」。這是一筆非常重要的記載。

日本京都大學藏本、署名六朝時「梁大夫司馬李邏」所注的《纂圖附音增廣古注千字文》，在注「周伐殷湯」一句時寫道：「乃以碓剉之，即變作九尾狐狸。」這是最早關於妲己乃九尾狐狸化身的記載，由元代話本《武王伐紂書》繼承，至明代小說《封神演義》始廣為人知。其實，六朝之後的唐代大詩人白居易《古塚狐》一詩就已經將妲己和狐狸聯繫在一起：「女為狐媚害即深，日長月增溺人心。何況褒妲之色善蠱惑，能喪人家覆人國。」「褒」指周幽王的寵妃褒姒，「妲」即妲己。可見唐宋時早已流傳著妲己乃是九尾狐化身的傳說。

南宋吳自牧所著《夢粱錄》載：「細旦戴花朵肩、珠翠冠兒，腰肢纖嫋，宛若婦人。」這是對周密「細妲」角色的補充，「宛若婦人」，可見是男性所扮，同時也印證了王國維「裝旦之為假婦人」的觀點。明人沈德符所著《萬曆野獲編》則說得更清楚：「旦皆以娼女充之，無則以優之少者假扮。」

考證至此，「旦角」稱謂的來歷就很清晰了。宋代之所以有「粗妲」、「細妲」之稱，實是民間將流傳已久的妲己乃是九尾狐狸的傳說融進了歌舞、戲曲之中，用妖嬈的伎女或俊俏的男子來扮演，故有「妲」的角色稱謂。元代詞曲家夏庭芝所著《青樓集》中說：「凡妓以墨點破其面者為花旦。」以妓出演，更是「妲」的本意，「狐之淫者」，原意就是要用伎女或妓女來扮演喪家亡國的妲己。後人已經不懂得「粗妲」、「細妲」的來歷，從而將「妲」省寫作「旦」，以致再也不知道「旦角」這一稱謂的語源了。

●「正室」跟「側室」原來不是指妻跟妾——●

「正室」指妻，又稱正房；「側室」指妾，又稱偏房。稍有些歷史常識的人都知道，但這種稱謂是漢代以後的事情，在先秦時期，「正室」、「側室」可不是這個意思。「正室」指祖廟，用來供祀祖先；「側室」指燕寢旁側之室。燕寢是供休息的宮室，正寢在前，燕寢在後，側室還要在燕寢之旁。

《周禮》中有小宗伯一職，職責之一是「掌三族之別，以辨親疏，其正室皆謂之門子，掌其政令」。鄭玄解釋說：「正室，嫡子也，將代父當門者也。」正室原是卿大夫的嫡子，因為要「代父當門」，「掌其政令」，故又稱「門子」。《禮記．文王世子》中這一段話說得更清楚：「公若有出疆之政，庶子以公族之無事者守於公宮，正室守大廟。」出疆指朝覲會同之事，國君不在國內的時候，同族中無事的庶子守宮室，而嫡子則要守太廟。太廟是最重要的祭祀場所，地位遠遠高於宮室，因此派嫡子鎮守。「正室」之所以作為嫡子的稱謂，就是從供祀祖先的太廟引申而來。

《左傳．桓公二年》載：「天子建國，諸侯立家，卿置側室。」杜預解釋說：「側室，眾子也。」即嫡子之外的庶子。天子建國之後要分封諸侯，諸侯設家臣卿大夫，卿大夫則設置側室一職，由庶子出任。《左傳．文公十二年》載：「趙有側室曰穿。」杜預解釋說：「側室，支子。」孔穎達解釋說：「正室是適子，知側室是支子，言在適子之側也。」適子就是嫡子。趙穿是趙氏的旁支，因此可以出任「側室」一職；「言在適子之側也」，剛好符合「側」的本義。

這就是「正室」和「側室」的本義。到了漢代，「側室」開始引申為妾。《淮南子．修務訓》中有「楚莊之琴，側室爭鼓之」的記載，這裡的「側室」即是「側室之寵人」。據《漢書》載，漢文帝自稱「朕，高皇帝側室之子」，顏師古說「言非正嫡所生也」，當然就是妾。南朝宋號稱文壇四友之一的何長瑜作詩嘲諷陸展：「陸展染鬢髮，欲以媚側室。青青不解久，星星行復出。」陸展將鬢髮染黑以取悅寵妾，不久又復星星矣！可發一笑。

「側室」既引申指妾，「正室」當然也就順理成章地指嫡妻了。

●「正襟危坐」原來是指跪姿————●

「正襟危坐」這個成語是比喻人和人相處時的拘謹或者嚴肅之態。「正襟」是指拉一拉衣襟使其端正，今天穿西裝的人經常會使用這個動作，即「正襟」的遺制；「危坐」到底是怎麼坐？相信很多人都不瞭解「危坐」的細節。

眾所周知，魏晉以前，古人皆席地而坐，地上先鋪一層「筵」，「筵」上再鋪「席」。筵大於席，作用是使坐在席上的人接觸不到地面，因此古人入室必先脫鞋。

而古人的坐姿則分為兩種，一種就叫「坐」。這種「坐」可不同於今天的垂腿而坐，而是兩膝著地，臀部壓在腳跟上。朱熹曾解釋這種坐姿為：「兩膝著地，以尻著膝而稍安者為坐。」換言之，「坐」是指屁股坐在腳後跟上，身體向後而兩膝向前，可想而知這種坐姿很舒服，即朱熹所說的表現得安逸之狀。《儀禮．士相見禮》的描述則是：「坐則視膝。」採用這種坐姿，因為身體向後的緣故，因此能夠看到自己的兩膝。

第二種就叫「跪」。《釋名．釋姿容》：「跪，危也。兩膝隱地，體危倪也。」朱熹則解釋說：「伸腰及股而勢危者為跪，因跪而益致其恭。」兩膝著地，臀部抬起，伸直腰股，以示尊敬。這種坐姿因為身體挺直的緣故，因此看不到自己的兩膝。又稱「長跪」、「跽」。「長跪」的「長」並不是指跪了很長時間，而是形容伸直腰股，上身好像加長了一樣。跽，「見所敬忌，不敢自安也」，也是表示尊敬之意。

所謂「危坐」，指的就是這種跪姿。「危」是端正之意，「危坐」即端坐，正坐。《史記．日者列傳》載，西漢時，宋忠任中大夫，賈誼任博士，有一次二人遊於卜肆，即占卜的鋪子，聽楚人司馬季主侃侃而談，「分別天地之終始，日月星辰之紀，差次仁義之際，列吉凶之符，語數千言，莫不順理」。

緊接著，司馬遷生動地寫道：「宋忠、賈誼瞿然而悟，獵纓正襟危坐。」古人必戴冠，冠有冠纓，也就是帶子，用來繫在頷下，起固定作用。「獵纓」指用手把冠纓收攬捋齊，然後正襟危坐，聆聽司馬季主的教誨。二人「獵纓正襟危坐」之前的坐姿，一定是第一種「坐」，聽到司馬季主如此淵博，方才「瞿然而悟」，趕緊從「坐」改為「跪」，以示尊敬。

魏晉之後方才有垂腿而坐的坐姿，跟今天一樣。垂腿而坐，上半身雖然也能挺腰「危坐」，但尊敬或者嚴肅的意味比古時已經差得太遠了。

•「玉樹臨風」的「玉樹」原來是槐樹

「玉樹臨風」這句成語是形容男人像玉樹一樣風度瀟灑，秀美多姿。比如杜甫的名作〈飲中八仙歌〉，其中讚歎崔宗之「宗之瀟灑美少年，舉觴白眼望青天，皎如玉樹臨風前」。但是「玉樹」到底是什麼樹？很多人都以為真的是玉製成的樹，各種辭典也從不多加解釋，默認了這種誤解。

揚雄在《甘泉賦》中吟詠道：「翠玉樹之青蔥兮。」此處的「玉樹」典出《漢武故事》一書。

漢武帝窮奢極欲，在宮外起神明殿九間，「前庭植玉樹。植玉樹之法，葺珊瑚為枝，以碧玉為葉，花子或青或赤，悉以珠玉為之，子皆空其中，小鈴鎗鎗有聲」。但是左思在《三都賦》的序中諷刺說「揚雄賦甘泉而陳『玉樹青蔥』」，乃是「假稱珍怪，以為潤色」，「考之果木，則生非其壤；校之神物，則出非其所」。最初出典的「玉樹」確實是玉製成的樹，但因為過於奢侈而遭到了後人的批評。

不過，六朝時撰寫的《三輔黃圖》一書卻提供了不同的說法：「甘泉谷北岸有槐樹，今謂玉樹，根幹盤峙，三二百年物也。楊震《關輔古語》云：『耆老相傳，咸以為此樹即揚雄《甘泉賦》所謂玉樹青蔥也。』」這是第一次出現「玉樹」即槐樹的說法。劉餗（ㄙㄨˋ）所著唐代筆記小說集《隋唐嘉話》中也有記載：「雲陽縣界多漢離宮故地，有樹似槐而葉細，土人謂之『玉樹』。」由此可見，漢代以槐樹為「玉樹」。

至於以「玉樹」比人，出自《世說新語．言語》：「謝太傅問諸子侄：『子弟亦何預人事，而正欲使其佳？』諸人莫有言者，車騎答曰：『譬如芝蘭玉樹，欲使其生於階庭耳。』」謝安問道：「你們子弟又關我們父母輩什麼關係呢？為什麼我們父母輩總希望你們成才？」謝安的侄子謝玄回答道：「這就像芝蘭和玉樹，人們都想讓它們生長在自己家的庭院裡。」芝蘭是香草，和玉樹並舉，那麼玉樹就不可能是玉製成的假樹，而應該是真樹，即槐樹。

周代宮廷外種有三棵槐樹，太師、太傅、太保這三公朝見天子時，要面向槐樹而立，後來就用三槐代指三公，再後來也泛指士階層，士死後，墳上要種植槐樹。鄭玄說：「槐之言懷也，懷來人於此，欲與之謀。」

有一種槐樹叫「守宮槐」，《爾雅．釋木》：「守宮槐，葉晝聶宵炕。」聶，合；炕，張。郭璞解釋道：「槐葉晝日聶合而夜炕布者，名為守宮槐。」晉人杜行齊說：「在朗陵縣南，有一樹似槐，葉晝聚合相著，夜則舒布而守宮也。」這種槐樹的葉子，白晝閉合，夜晚張開，就像在夜晚守護著宮室一樣，故稱「守宮槐」。

不僅「槐」取「懷」的意思，而且槐樹還能守護皇家宮室，因此槐樹就作為士階層的代稱；相應的，士階層中風度瀟灑、秀美多姿的男子就以槐樹為喻。古人認為玉有仁、義、智、勇、潔五種德行，而「君子比德於玉」，代表士階層的槐樹於是就美稱「玉樹」。

這就是「玉樹臨風」一詞的輾轉由來。

•「瓜葛」為什麼是指遠親？•

「瓜」是蔓生植物，「葛」也是蔓生植物，纏繞到別的植物或物體上才能生長，因此「瓜葛」用來比喻輾轉相連的親戚關係或社會關係。《談徵》將「瓜葛」條定義為：「蔓延相及屬之綿遠者云瓜葛。」

蔡邕《獨斷》載：「四姓小侯，諸侯家婦，凡與先帝先后有瓜葛者……皆會。」「瓜葛」是指親戚無疑，但卻是指遠親，因為「四姓小侯」和「諸侯家婦」跟皇帝的親戚關係可想而知遠到了何種程度。「瓜葛」之親也被稱作「葭莩之親」。《漢書．中山靖王劉勝傳》：「今群臣非有葭莩之親，鴻毛之重，群居黨議，朋友相為，使夫宗室擯卻，骨肉冰釋。」顏師古注：「葭，蘆也。莩者，其筒中白皮至薄者也。葭莩喻薄。」葭是蘆葦，莩是蘆葦裡非常薄的那層白色的薄膜，因此「葭莩」一詞就用來比喻親戚關係疏遠淡薄。唐人權德輿在〈奉和韋曲莊言懷貽東曲外族諸弟〉詩中寫道：「小生忝瓜葛，慕義斯無窮。」對外族諸弟而自稱「瓜葛」之親，可見親戚關係的確非常遠。章炳麟這段話寫得更是清楚：「其在同黨，雖無葭莩微末之親，一見如故。」「葭莩之親」即微末之親，其意甚明。

東晉開國功臣王導的大兒子王悅喜歡下圍棋，有一次王導跟王悅對弈，王導下了一步棋後想反悔，王悅按住父親的手指不讓他悔棋，王導開玩笑說：「相與有瓜葛，你我還是有些瓜葛的，你哪能這樣不講人情呢！」蔡邕注解道：「瓜葛，疏親也。」即遠親。

因為「瓜」和「葛」都是蔓生植物，因此「瓜葛」牽纏在一起也指夫妻。魏明帝曹叡〈種瓜篇〉：「與君新為婚，瓜葛相結連。」元人白樸〈牆頭馬上〉：「果若有天緣，終當做瓜葛。」都是意指夫妻。

「甘露」到底是什麼東西？

甘露是一種植物，學名甘露子，多年生草本，可供藥用，後來演變為傳統文化中的一種神物，「神靈之精，仁瑞之澤」，並且把它和龍、鳳、龜、麟等瑞徵並列，「天下升平則甘露降」。這是大的方面。從小的方面來說，這天賜的美物還是延年益壽的聖藥，「其凝如脂，其甘如飴」，吃了這種天酒、神漿，可使人「長壽者八百歲」。

甘露太好了，於是從帝王到貧民，都在苦求甘露。漢宣帝劉詢、吳國歸命侯孫皓、西晉前秦苻堅等，都直接以甘露為年號。東吳甘露元年（西元二六五年）在鎮江北固山所建的甘露寺，更因為劉備曾在此招親聞名遐邇。劉備向東吳借了荊州後，一直不想歸還，周瑜遂設下美人計，欲以孫權的妹妹孫尚香為釣餌，引誘劉備到東吳與孫尚香成親，然後扣為人質，逼迫劉備歸還荊州。不料諸葛亮神機妙算，最後東吳「賠了夫人又折兵」，「甘露寺劉備招親」的故事從此膾炙人口。

夢想吃到甘露的皇帝就更多了，漢武帝曾在建章宮內建造一座高達七米的銅仙承露盤，乾隆也一心要求得甘露，就在北海公園瓊島西北半山之上建有同樣的銅仙承露盤，兩個皇帝想長壽都想瘋了。

到底有沒有這些傳說中的天酒神漿，有的話又是什麼東西呢？原來，這神物確是有的，就是一種蚜蟲的排泄物。這蚜蟲也並不是太有名，而是遊蟻、地蚤、母虱、油蟲等等這一類毫不起眼的小東西隨機走過而拉下的尿，或者說，是很多這種小蟲集體拉下的尿，也許是因為少，所以才難得。

甘露的祕密早在明朝就被學者杜鎬揭穿了：「此多蟲之所，葉下必多露，味甘，乃是蟲之尿也。」

「生日」的過法古今有別

在唐朝之前，中國人是從來不過生日的，僅止於在孩子出生的時候聚集親朋好友慶祝一番。《禮記．內則》載：「子生，男子設弧於門左，女子設帨（ㄕㄨㄟˋ）於門右。」生了男孩，要在大門左側掛上一把弓；生了女孩，要在大門右側掛上一條佩巾。比如劉邦和盧綰同日出生，出生的這一天，鄰里們都攜帶著羊和酒來慶賀，這僅僅是慶賀孩子的出生，而不是像今天一樣年年過生日。

古人非但不過生日，在自己生日的這一天還要齋戒，感念父母的生養之恩。南朝梁元帝蕭繹生於八月六日，每到這一天，他都要齋戒，然後舉辦佛教集會，宣講佛法。他的父母都篤信佛教，因此蕭繹就用宣講佛法來過自己的生日，同時也表示孝順父母、感念他們生養之恩的意思。喪父的男子更是不能在自己的生日宴飲作樂。隋文帝楊堅也曾經下詔，要求全國人民在六月十三日自己生日的這一天舉國吃素，藉此儀式來追思自己的雙親。

唐太宗李世民登基後，有一年在自己的生日，他召來心腹、開國功臣長孫無忌，對他說：「今天是朕的生日，世俗之人在自己出生的這一天都很快樂，以能降生在這個花花世界上為幸事。可是朕每當到了這個日子，心裡卻都非常感傷。為什麼呢？你看朕如今早已經君臨天下，富有四海，想幹什麼就幹什麼，看起來多麼愜意！可是仍然有一件事讓朕很引以為憾，那就是朕永遠無法在父母膝下承歡了！朕的心情就和孔子的好學生子路一樣。子路當年為了讓父母吃上白米飯，不惜來回奔波一百里地為父母送去白米；父母去世之後，每每吃飯的時候就想起了雙親，以至於淚流滿面，無法下嚥。《詩經》中說：『哀哀父母，生我劬（ㄑㄩˊ）勞。』他們勞苦了一輩子，再也無法享受宴飲之樂了！這就是朕的畢生恨事啊！」

唐太宗說完這番話，涕泗橫流，群臣也都跟著流眼淚，紛紛上前去安慰他。唐太宗即使貴為人主也未曾過過生日。帝王過生日大擺宴席始於唐玄宗。開元十七年（西元七二九年）八月五日，唐玄宗慶祝自己的四十五歲生日，在花萼樓下大擺酒宴，把自己親自培養的梨園弟子們叫來，奏樂演戲。宴會結束，文武百官上表，大拍皇帝的馬屁，請求把這一天定為「千秋節」，昭告天下。這一天必須設宴奏樂，並且放假三天。從此之後，歷朝歷代皇帝和百官們都開始聲勢浩大地過起了生日。

民間過生日的習俗始於南北朝末期的江南一帶。當地的風俗是，孩子出生後，一歲生日這一天要沐浴乾淨，換上新衣服，各自在男孩面前擺上弓箭紙筆，女孩面前擺上刀尺針線，讓他們隨意拾取，以探知未來的志向，稱之為「試兒」，這一習俗今天仍然延續。親友們都來參加這個好玩的儀式，相聚而成宴會。這就是民間過生日的起始。顏之推在著名的《顏氏家訓》中感嘆世風日下，人們只知道在自己的生日大吃大喝，酣暢聲樂，卻不知道有所感傷，感念父母的生養之恩了。今天過生日當然跟古風更加背道而馳了。

●「白日見鬼」原來是指清水衙門——●

白天看見鬼當然是一件不可能的事情，因此就用「白日見鬼」這個俗語來比喻虛妄怪誕或者極端離奇之事，有時候人們辦事不順心，或者輕易就能辦好的事偏偏出了錯，也會來上一句：「真是大白天撞見鬼了！」

不過，鮮為人知的是，這個俗語的原始含義卻並非如此。像很多民間俗語一樣，「白日見鬼」同樣出自民間流傳的民謠，陸游在他那本著名的《老學庵筆記》中記錄下了這些民謠，不僅給後人留下了「白日見鬼」的俗語，而且還提供了鮮明的歷史見證。

北宋時期的中央官制沿襲唐制，分為六部，即吏部、戶部、禮部、兵部、刑部、工部。北宋後期的一首民謠對六部的職能和日常狀態進行了有趣的調侃。先錄民謠再解釋：「吏勳封考，筆頭不倒；戶度金倉，日夜窮忙；禮祠主膳，不識判硯；兵職駕庫，典了襏（ㄅㄛˊ）褲；刑都比門，總是冤魂；工屯虞水，白日見鬼。」

六部每部各有四個司，六部共有二十四個司，合稱「二十四曹」。這首民謠每句前面都是各司的名稱：「吏勳封考」，吏部相當於今天的人事局、銓敘部等部門，掌管官員的升遷等人事，所以總是地方官的孝敬對象，故曰「筆頭不倒」，天天忙得要命。「戶度金倉」，戶部相當於今天的財政部，可想而知事務繁忙，故曰「日夜窮忙」。「禮祠主膳」，禮部相當於現在的教育部、外交部、文化局、新聞局等部門，不過北宋時期的禮部清閒得很，沒什麼文書可寫，故曰「不識判硯」。「兵職駕庫」是兵部的四個司，不過北宋時期兵部的軍事大權都被樞密院所剝奪，因此兵部窮得要典當「襏褲」，襏褲即雨褲。「刑都比門」是刑部的四個司，刑部相當於今天的司法院，掌管法律刑獄，不過審判權歸大理寺，刑部只負責複查等事，故曰「總是冤魂」。「工屯虞水」是工部的四個司，工部相當於今天的營建署、水利署、農委會等部門，不過凡是有油水的重大工程都被宮中的內府搶去了，工部變成了一個清水衙門，衙門裡清閒冷落，人跡稀少，大白天甚至都可以看見鬼在遊蕩，故曰「白日見鬼」。

這是「白日見鬼」這個俗語的最早出處，原意是形容衙門的冷落，跟今天的意思迴異。有趣的是，陸游又記錄下了宋室南渡之後南宋初期的一首民謠，承接上一首民謠而來，從中可見南宋初期六部和北宋時期的異同：「吏勳封考，三婆兩嫂；戶度金倉，細酒肥羊；禮祠主膳，淡吃齏麵；兵職駕庫，咬薑呷醋；刑都比門，人肉餛飩；工屯虞水，生身餓鬼。」

宋室南渡，一片混亂，很多官員都丟了做官的憑證，需要驗明正身，補辦文憑，因此吏部油水豐厚，吏部官員人人都能夠娶到三妻四妾，故曰「三婆兩嫂」。戶部掌管財政，可想而知更加富裕，天天「細酒肥羊」。禮部照樣清閒，無油水可撈，只能就著酸菜吃麵，連鹽都吃不起，故曰「淡吃齏麵」。兵部仍然掌握不了軍事大權，只好「咬薑呷醋」。刑部可就厲害了，因為軍事開支巨大，賦斂日益沉重，刑獄也就多了起來，刑部趁機撈油水，甚至拿人肉包餛飩吃，這當然是誇張的形容。工部不但和以前一樣「白日見鬼」，還變本加厲，人人都成了活著的餓死鬼。

這兩首民謠具體地描繪出了兩個不同時期六部的狀態，「白日見鬼」這一俗語也就此流傳了下來。

「皮裡陽秋」原來是稱讚人的詞

「皮裡陽秋」這個成語本來寫作「皮裡春秋」，到了東晉，簡文帝司馬昱的母親鄭太后名叫阿春，為了避她的諱，遂改為「皮裡陽秋」。皮指外表，裡指內心，春秋即指孔子所修的史書《春秋》。「皮裡陽秋」的意思就是表面上不作評論，內心卻有所褒貶。

《春秋》為什麼會有褒貶之意呢？《春秋》是魯國史書，相傳為孔子所修，後來成為儒家經典之一。經學家們認為《春秋》一書每用一字，必寓褒貶，因此而把行文曲折但是暗含褒貶的文字稱作「春秋筆法」。《左傳》的作者左丘明曾經歸納過這種「春秋筆法」：「《春秋》之稱，微而顯，志而晦，婉而成章，盡而不汙，懲惡而勸善，非賢人誰能修之？」也就是稱頌「春秋筆法」是用詞細密而含義顯豁，如實記載而含蓄深遠，婉轉而有條理，窮盡而無所歪曲，懲惡而勸善。司馬遷在《史記》中也曾說：「至於為《春秋》，筆則筆，削則削，子夏之徒不能贊一詞。」

孔子修《春秋》一書，講究的是微言大義，深刻的道理要包含在含蓄微妙的言語之中，因此行文中不直接闡述對人物或者事件的看法，而是通過細節描寫、修辭手法和材料的篩選，委婉而微妙地表達自己的褒貶之意。這是古人修史的獨特之處，但也正因為如此，孔子去世後，《春秋》中的微言大義再也沒有人懂得了，後世才湧現出許許多多闡述孔子微言大義的著作。

後人常常把「皮裡陽秋」用作貶義詞，比喻一個人虛偽，當面不願作評論，以免得罪人。比如《紅樓夢》中薛寶釵詠螃蟹的詩作：「桂靄桐陰坐舉觴，長安涎口盼重陽。眼前道路無經緯，皮裡春秋空黑黃。」就是對那些無法無天、詭計多端的世人的刻毒諷刺。不過，「皮裡陽秋」早先是用作褒義詞，古人講究禮節，當面指摘別人的缺點當然不符合禮節。《世說新語．賞譽》記載，東晉官員桓彝稱讚名士褚季野「皮裡陽秋」，謝安也稱讚他「褚季野雖不言，而四時之氣亦備」，都是形容褚季野雖然不任意褒貶，但是心裡卻非常明白是非。

「交椅」原來是一種小矮凳

古代通俗小說中常常出現「第一把交椅」的說法，只有首領才能坐上這「第一把交椅」。比如《水滸傳》梁山泊上的忠義堂裡就擺放著許多把「交椅」，這些打家劫舍的強人們分別按照級別坐進屬於自己的「交椅」裡，可見「交椅」代表了一種等級制。那麼，「交椅」到底是什麼樣的椅子，為什麼會變成權力的象徵呢？

原來，「交椅」起源於馬紮，馬紮又叫交杌（ㄨˋ），杌是一種小矮凳。「交椅」的上半部是椅子的形狀，下半部前後兩腿交叉，故稱「交椅」。漢代之前，中國人沒有坐具，人們都是席地而坐，前面擺著几案。古書中常常出現的「箕踞」一詞，就是張開雙腳，兩膝微曲地坐著，是一種傲慢無禮的坐姿。漢代以後，從北方游牧民族那裡傳入了「胡床」，這裡的「床」是指坐具，不是今天睡覺用的床，睡覺用的床在唐代以後才出現。杜甫的〈樹間〉一詩中寫道：「幾回沾葉露，乘月坐胡床。」詩人在戶外的兩棵大樹之間賞月，坐的就是這種「胡床」。

到了隋朝，隋高祖楊堅本人就有胡人血統，因此忌諱說「胡」字，凡是帶「胡」字的一律要改成別的字，「胡床」於是就被改成了「交床」。後來出現了帶靠背的坐具，因為有靠背可以倚靠，故稱「椅子」，「交床」隨即又被叫做「交椅」。這就是「交椅」一詞的變遷。

「交椅」傳入中國後，因為可以摺疊起來便於攜帶，因此成為上層社會青睞的日常用具，不僅在居室中使用，更多的還是用於狩獵、郊遊、出行和行軍作戰。宋朝皇帝出行時，「金交椅」是儀仗中非常重要的一項，而且只能皇帝專用。「交椅」的使用有著嚴格的等級制。高官顯貴們使用的是圈背交椅，上半部是圈椅的形狀，下半部是馬紮的形狀；文人富紳們使用的是直靠背帶扶手的交椅；鄉村中使用的是直靠背不帶扶手的交椅。

梁山泊上的強人們坐的應該是最高等級的圈椅，因此論資排輩坐的是第幾把交椅就成了權力和地位的象徵。

•「伉儷」是形容哪種夫妻？

「伉儷」這一稱謂在今天泛指夫妻，不管什麼樣的夫妻都可以稱為「伉儷」，通常用在書面文字。但是在古代，「伉儷」一詞可不能隨便使用，是非常有講究的。

這個稱謂最早出自《左傳．成公十一年》。魯國權臣聲伯的父親，是魯宣公的弟弟。聲伯的母親成婚的時候沒有依禮媒聘，所以不能算是明媒正娶。她的嫂子，也就是魯宣公的妻子穆姜因而看不起她。因此，她生下聲伯之後就被休了，又嫁給了齊國的管于奚。生下一子一女後，管于奚一命嗚呼，她無依無靠，只好回來依靠大兒子聲伯。

聲伯既是長子，就得負擔起同母異父的弟妹們的事情。當時同母異父的弟弟稱「外弟」，同母異父的妹妹稱「外妹」。聲伯讓外弟擔任大夫的官職，把外妹嫁給了施孝叔，這是兄長之道，是聲伯應該做的。可是晉國的國卿郤犨（ㄒㄧˋ ㄔㄡ）也看上了聲伯的外妹，前來求親。雖然不在同一個國家，但是聲伯仍然不敢違逆權勢赫赫的晉國國卿，就命令外妹離婚。外妹臨走前對丈夫說：「鳥獸猶不失儷，子將若何？」意思是說鳥獸還不願意失去配偶呢，你打算怎麼辦？外妹的丈夫也不敢得罪國卿，說：「老婆，你就去吧，我還不想死呢！」外妹就這樣嫁給了郤氏。

世事無常，外妹為郤氏生下兩個兒子後，郤氏也一命嗚呼了。聲伯的母親和外妹不知道為什麼命都這麼硬，專剋老公。如此一來，郤氏的族人又把聲伯的外妹送了回來，外妹就這樣又回到了前夫施孝叔的身邊。施孝叔這人膽量小，心眼也小，竟然把妻子跟郤氏生的兩個兒子沉到河裡淹死了！外妹既傷心又憤怒，心想這樣的男人要來做什麼，於是說：「己不能庇其伉儷而亡之，又不能字人之孤而殺之，將何以終？」（「你自己既不能庇護你的伉儷，結果讓我被人奪走，又不能撫養人家的孤兒，反而殺了他們，我倒要看看你會有什麼樣的結果！」）於是堅決不嫁給施孝叔。

孔穎達解釋道：「伉儷者，言是相敵之匹偶。」什麼是「相敵之匹偶」？《左傳．昭公二年》有詳細的解說。晉平公的寵妾少姜死了，魯昭公前往晉國弔唁，到了黃河邊，晉平公派士文伯來辭謝，說：「非伉儷也。請君無辱。」意思是少姜不是正室，按照禮節不需要魯昭公親自來弔唁。孔穎達疏：「言少姜是妾，非敵身對偶之人也。」「相敵之匹偶」首先是身分相匹敵的夫妻，少姜是妾，當然跟晉平公身分不合，不能稱為「伉儷」。

「伉」本義是匹敵、相當；「儷」本義是配偶。「伉儷」即相匹敵的配偶。由此可知，事業各自有成，生活情趣又相仿的夫妻才能稱為「伉儷」。

「全軍盡墨」原來是形容全軍穿喪服

「全軍盡墨」雖然不是一個辭典中收錄的成語，但在書籍和報刊中的使用頻率卻相當高，用來形容軍隊在戰爭中全部覆滅，也可以用來比喻在體育競賽或選舉等競爭性項目中一敗塗地。那麼，問題就來了：很顯然，「墨」是這個詞彙的中心詞，但它為什麼會具備死亡或者失敗的義項呢？

「墨」從土從黑，這表明它是一種黑色的礦物顏料，因此《說文解字》中說：「墨，書墨也。」書寫所用之墨。但既然從黑，當然也可以表示黑色，比如五刑之一的墨刑，就是指在額上刺刻，然後塗以黑色，作為罪犯的標誌。

不過，「墨」和戰爭發生關係，還要追溯到春秋時期起源於晉國的一項鮮為人知的制度。對這一制度的記載出自《左傳・僖公三十三年》。秦穆公即位後，秦國國勢強盛，於是就想圖謀中原，但東進的道路卻被強大的晉國所阻斷。西元前六二八年冬，春秋五霸的第二位霸主晉文公去世，秦國看到機會來臨，就於第二年春東進，打算越過晉國攻打鄭國，但鄭國已有防備，秦軍只好滅掉鄭國的近鄰滑國後滿載戰利品而還。

此時，晉文公尚未下葬。在是否要和這支班師的秦軍作戰的問題上，晉國的將帥們發生了激烈的爭論，中軍將先軫力排眾議，認為秦國置晉文公的喪事於不顧，企圖越境攻打同姓的鄭國，實屬無禮，說服剛剛即位的晉襄公與秦國決戰。於是，「遂發命，遽興姜戎。子墨衰絰，梁弘御戎，萊駒為右。夏四月辛巳，敗秦師於殽，獲百里孟明視、西乞術、白乙丙以歸，遂墨以葬文公，晉於是始墨」。

姜戎是晉國南部的附庸，兩國聯手，在今河南西部的殽山設下埋伏，大敗秦軍，孟明視、西乞術、白乙丙這三位秦軍主將被俘，史稱「殽之戰」。

在上面的這段引文中，「子墨衰絰」，「子」指即位的晉襄公，因晉文公尚未下葬，他還不能稱「公」，只能稱「子」。「衰（ㄘㄨㄟ）」指用粗麻布製成的喪服。「絰（ㄉㄧˊㄝ）」指用麻製成的喪帶，繫在頭上的稱「首絰」，繫在腰上的稱「腰絰」。所謂「墨衰絰」，杜預注解說：「以凶服從戎，故墨之。」也就是說，此時的晉襄公還在居喪期，身著白色的喪服，按照禮儀規定不能從戎，但這一仗又必須得打，因此將喪服染成戎服的黑色。

晉軍凱旋後，「遂墨以葬文公」，晉襄公就穿著這身黑色的喪服為父親下葬。「晉於是始墨」，杜預注解說：「後遂常以為俗。」從此之後，晉國就用黑色的喪服為常制。七十八年之後，也就是魯襄公二十三年（西元前五五〇年），晉悼公夫人的哥哥杞孝公去世，晉國國卿范宣子「墨縗冒絰」服喪。「冒」指冒巾。范宣子穿的喪服、冒巾和腰絰都是黑色的，效仿的正是這一常制。

這就是「墨」的來歷，本來指在家居喪時穿著白色喪服，但是遇到戰爭或者其他突發事故不能守喪的時候，就用黑色的粗麻布衣服代替喪服，後人將這個含義引申並加以擴展，全軍覆滅就比之以盡皆穿著黑色喪服，不正是軍隊死亡或失敗的生動寫照嗎？

•「冰清玉潤」原來是翁、婿的美稱•

摯峻，字伯陵，西漢時期的隱士，與司馬遷交好。司馬遷做官之後，給他寫了一封信：「遷聞君子所貴乎道者三，太上立德，其次立言，其次立功。伏惟伯陵材能絕大，高尚其志，以善厥身，冰清玉潔，不以細行荷累其名，固已貴矣。然未盡太上之所由也。願先生少致意焉。」

司馬遷勸摯峻出山做官，「太上立德」，但被摯峻拒絕了。「冰清玉潔」這個成語即由此信而來。三國時期，曹植在為光祿大夫荀彧所寫的悼文中，稱讚荀彧「如冰之清，如玉之潔」，這是對「冰清玉潔」的最好解釋。

不過，還有一個成語，跟「冰清玉潔」只有一字之差，含義卻大相徑庭。這個成語叫「冰清玉潤」。

《世說新語．言語》篇載：「衛洗馬初欲渡江，形神慘悴，語左右云：『見此芒芒，不覺百端交集。苟未免有情，亦復誰能遣此！』」著名美男子衛玠時任太子洗馬，中原戰亂，衛玠渡江遷居南方。民國著名學者余嘉錫先生在為《世說新語》所作的箋疏中說：「當將欲渡江之時，以北人初履南土，家國之憂，身世之感，千頭萬緒，紛至遝來，故曰不覺百端交集，非復尋常逝水之嘆而已。」

南朝梁學者劉孝標注引《衛玠別傳》：「裴叔道曰：『妻父有冰清之資，婿有璧潤之望，所謂秦晉之匹也。』」《晉書．衛玠傳》的記載則是：「玠妻父樂廣，有海內重名，議者以「冰清玉潤」原來是翁、婿的美稱為『婦公冰清，女婿玉潤』。」

這就是「冰清玉潤」一詞的來歷，後人遂用作翁婿的美稱，也省稱為「冰玉」。蘇軾因「烏臺詩案」被貶，友人王定國亦受牽連，蘇軾心中甚為不安，寫了一封《與王定國書》安慰友人，其中說：「知今日會兩婿，清虛陰森，正好劇飲，坐無狂客，冰玉相對，得無少澮否？」「冰玉相對」即翁婿相對。

因為這個典故，後人也用「玉潤」或「潤玉」來作為女婿的美稱。清代著名戲曲家李漁所作《風箏誤》第四齣「郊餞」，描寫布政官戚天衮為應朝廷徵召的同榜弟兄詹烈侯餞行，詹烈侯以二女婚事相託戚天衮，戚天衮回答道：「承台命，我中心敬領，定搜尋一雙潤玉配清冰。」「潤玉」即指女婿，「清冰」即指詹烈侯。

「吃茶」原來是指女子受聘

今人叫「喝茶」，古人稱「吃茶」。除了指真正的喝茶之外，「吃茶」還有一個鮮為人知的意思：過去女子受聘叫做「吃茶」。

「吃茶」跟女子受聘有什麼關係呢？明人郎瑛的《七修類稿》中提供了一個非常有趣的說法：「種芝麻，必夫婦同下其種，收時倍多，否則結稀而不實也。故俗云：『長老種芝麻，未見得者。』以僧無婦耳。種茶下子，不可移植，移植則不復生也。故女子受聘謂之『吃茶』，又聘以茶為禮者，見其從一之義。」

原來，茶籽種下後就不能再移植，否則就不能活，因此用來比喻女子「從一之義」，民間也因此而有「一家女不吃兩家茶」的諺語。

明人許次紓在《茶疏》一書中也有相似的記載：「茶不移本，植必子生。古人結婚必以茶為禮，取其不移植子之意也。今人猶名其禮曰下茶。」

古時女子受聘，有「三茶六禮」的儀式。「三茶」之說久已失傳，一般認為或指訂婚時的「下茶」，結婚時的「定茶」，同房時的「合茶」；或指舉行婚禮時的三道茶儀式。

「六禮」之說則記載甚詳：納采，問名，納吉，納徵，請期，親迎。納采是男方向女方送求婚禮物；問名是男方託媒人請問女方的名字和生辰，女方回覆；納吉是男方占卜得到吉兆後，備好禮物通知女方，決定締結婚姻；納徵是擇日將備好的聘禮送到女家，民間俗稱過定，意思是正式訂婚了；請期是男方行聘之後，卜得吉日，請媒人告知女家成婚日期；親迎是女婿親自到女家去接新娘來拜堂成親。

只有履行了「三茶六禮」的完整儀式，方才稱得上明媒正娶。

●「吃醋」的由來是什麼？——●

眾所周知，「吃醋」就是嫉妒，男女之間因為出現了第三者而產生嫉妒的情感。那麼，為什麼用「吃醋」來比喻嫉妒呢？最常見的說法是唐太宗要為功臣房玄齡納妾，但房玄齡的夫人堅決不同意，唐太宗一怒之下賜給房夫人一壺毒酒，房夫人寧願喝了這壺毒酒也不願答應納妾。結果喝了之後卻發現是一壺醋！

這種說法是後人的穿鑿附會，因為在這個故事的原始記載中並沒有出現毒酒變醋的喜劇性場面。

這個故事出處有二：

一是唐朝著名文學家張鷟（ㄓㄨㄛˊ）所著的《朝野僉載》，原文很淺顯，照錄於下：「唐初，兵部尚書任瓌（ㄍㄨㄟ），敕賜宮女二，女皆國色。妻妒，爛二女頭髮禿盡。太宗聞之，令上宮賫金胡瓶酒賜之，云：『飲之立死。瓌三品，合置姬媵。爾後不妒，不須飲之；若妒即飲。』柳氏拜敕訖曰：『妾與瓌結髮夫妻，俱出微賤，更相輔翼，遂致榮官。瓌今多內嬖，誠不如死。』遂飲盡。然非鴆也，既睡醒，帝謂瓌曰：『其性如此，朕亦當畏之。』因詔二女，令別宅安置。」這個故事被冠在了任瓌的頭上。

二是唐朝劉餗（ㄙㄨˋ）所著的《隋唐嘉話》，文字也很淺顯，照錄於下：「梁公夫人至妒，太宗將賜公美人，屢辭不受。帝乃令皇后召夫人，告以媵妾之流，今有常制，且司空年暮，帝欲有所優詔之意。夫人執心不回，帝乃令謂之曰：『若寧不妒而生，寧妒而死。』曰：『妾寧妒而死。』乃遣酌卮酒與之，曰：『若然，可飲此鴆。』一舉便盡，無所留難。帝曰：『我尚畏見，何況于玄齡！』」這個故事又被冠在了房玄齡的頭上。

在這兩個故事中，同樣都是唐太宗賜毒酒，同樣都是假毒酒，卻沒有任何一處出現「醋」這一關鍵字，「吃醋」的說法出自唐太宗所賜，可見是穿鑿附會，沒有根據。但是，「吃醋」這種表示嫉妒的含義確實出自唐朝，白居易的弟弟白行簡所著的〈天地陰陽交歡大樂賦〉中寫道：「醋氣時聞，每念糟糠之婦；荒淫不擇，豈思枕席之姬。」第一次明明白白地把「吃醋」和「嫉妒」的語義聯繫在一起了。

•「同室操戈」和「入室操戈」原來大不同——•

「同室操戈」和「入室操戈」都是成語，而且只有一字之差。同一室內操戈跟進入室內操戈，看起來似乎沒有什麼區別，但其實這兩個成語的含義天差地別。

「同室」的字面意思是同處一室，引申而指一家人。《左傳．昭西元年》講述了一個有趣的故事。鄭國上大夫公孫黑是堂兄，下大夫公孫楚是堂弟。公孫楚的未婚妻非常漂亮，結果被堂兄公孫黑給看上了，非要強行下聘禮。公孫楚未婚妻的家族不敢得罪公孫黑，只好讓美女自己選擇。

到了選親的那一天，公孫黑「盛飾入，布幣而出」，穿著華麗的衣服，放下豐厚的聘禮就出去了。而公孫楚則「戎服入，左右射，超乘而出」，穿著軍服進來，左右開弓射了兩箭，一躍而上戰車就出去了。美女嘆道：「子皙信美矣，抑子南夫也。夫夫婦婦，所謂順也。」子皙是公孫黑的字，子南是公孫楚的字。公孫黑確實一表人才，但公孫楚更像一位男子漢。丈夫要像丈夫，妻子要像妻子，這就叫「順」。於是嫁給了公孫楚。

公孫黑大怒，不久之後的一天，將皮甲藏在外衣裡面去見堂弟。「子南知之，執戈逐之，及衝，擊之以戈。」公孫楚知道堂兄想殺掉自己，執戈追逐公孫黑，追到繁華的十字路口，擊傷了堂兄。

兄弟爭妻的這樁案子轟動了鄭國，公孫黑詭辯說：「我好見之，不知其有異志也，故『同室操戈』和『入室操戈』原來大不同傷。」我友好地去見他，沒想到他卻懷有二心，因此受了傷。此案判決的結果是公孫楚擊傷堂兄有罪，流放吳國。

公孫黑和公孫楚是堂兄弟，後人就把這個故事總結為「同室操戈」這個成語，比喻兄弟相殘或內部紛爭。

「入室操戈」則出自《後漢書．鄭玄傳》。何休和鄭玄都是東漢末年的著名經學大師。「何休好公羊學，遂著《公羊墨守》、《左氏膏肓》、《穀梁廢疾》。」春秋三傳中何休獨獨推崇《公羊傳》，將之比作墨子守城，不可駁難；而將《左氏春秋》比作膏肓之疾，《穀梁傳》更應該廢棄。鄭玄則與他相反，「玄乃發《墨守》，針《膏肓》，起《廢疾》」。

於是：「休見而嘆曰：『康成入吾室，操吾矛，以伐我乎！』」康成是鄭玄的字。何休感嘆鄭玄借助自己的著作來反駁自己，就像進入自己的內室，拿起自己的戈來討伐自己一樣，但又非常佩服。後人從這個故事中總結出「入室操戈」這個成語，比喻就對方的觀點反駁對方。

「同室操戈」是兄弟之間真的執戈而戰，造成了嚴重的後果；「入室操戈」僅僅只具有比喻義，而且還有一種佩服之情在內。這就是這兩個表面上看起來極其相似的成語的區別。

「名」和「字」原來是兩回事

除了老派的長輩，今人的名字就只有一個，見面互相詢問、介紹的時候，無非多說一個姓而已。但是在古代，「名」和「字」卻是兩個完全不同的概念，當然，「名」和「字」之間也有著非常有趣的關聯。

《禮記．檀弓上》規定：「幼名，冠字。」孔穎達解釋說：「名以名質，生若無名，不可分別，故始生三月而加名，故云『幼名』也。『冠字』者，人年二十，有為人父之道，朋友等類，不可復呼其名，故冠而加字。」其義甚明。

《說文解字》：「名，自命也。從口從夕。夕者，冥也。冥不相見，故以口自名。」許慎說的是已經取好「名」之後的情形：晚上相見，看不清楚，因此自稱「名」，生怕別人把自己當鬼，嚇著了別人。人出生三個月，父母就要取個名字，以分別於他人。

等長到了二十歲，要舉行成年禮，這個成年禮稱作「冠禮」，挽起頭髮，戴上帽子，表示成人了，這時還要再取一個「字」，此「字」由冠禮的正賓所取。《儀禮．士冠禮》解釋說：「冠而字之，敬其名也。」意思是尊重父母為他取的「名」。因此「君父之前稱名，至於他人稱字」。這個「字」又稱作「表字」，意思是用這個「字」來表其德行，凡人相敬而呼，必稱其表德之字。這就是所謂「名以正體，字以表德」。女性則是十五歲舉行笄（ㄐㄧ）禮的成年禮時取「字」。

由此可見，平輩之間甚至一般關係的尊長對晚輩都必須以「字」來稱呼對方，以示尊重，自稱則必須用「名」。比如諸葛亮字孔明，別人稱呼他時，必須稱「孔明」，他自稱時，必須稱「亮」，絕對不能反其道而行之。由此也可見「指名道姓」即是不尊重對方的表現。

「名」和「字」之間又有著非常有趣的關聯。《白虎通義》說：「聞名即知其字，聞字即知其名，蓋名之與字義相比附故。」「名」和「字」的含義絕非毫無聯繫，而是有著相同、相近、相反、相承、相補、相延等關係，這就是「名之與字相比附」。舉例而言：岳飛，字鵬舉，「飛」和「舉」含義相同；杜甫，字子美，「甫」是對男子的美稱，和「美」含義相近；韓愈，字退之，「愈」是「進」的意思，剛好和「退」含義相反；于謙，字廷益，「滿招損謙受益」，「謙」和「益」是相承關係；孔丘，字仲尼，孔子生於山東曲阜附近的尼山，又稱尼丘，「丘」和「尼」是相補關係，「仲」又點出了孔子排行第二；杜牧，字牧之，這是相延關係。

最奇特的是，竟然還有「名」和「字」完全相同的！顧炎武《日知錄》有「字同其名」一條，其中說：「名、字相同，起於晉、宋之間。史之所載：晉安帝諱德宗，字德宗；恭帝諱德文，字德文；會稽王道子，字道子；殷仲文，字仲文；宋蔡興宗，字興宗；齊顏見遠，字見遠；梁王僧孺，字僧孺；劉孝綽，字孝綽……之類，至唐時尤多。」真乃特立獨行！

●「名列前茅」的「前茅」原來是軍旗——●

「名列前茅」這句成語的意思是考試、評比時名次列在前面。那麼「茅」是什麼東西？是指茅草嗎？如果是指茅草，那麼茅草為什麼會置於前面呢？

原來，這句成語中的「茅」不是指茅草，而是一個通假字，通「旄」，也就是竿頂用旄牛尾作裝飾的旗幟，又叫「茅旌」或「旄旌」。

《公羊傳．宣公十二年》載：楚莊王討伐鄭國，「鄭伯肉袒，左執茅旌，右執鸞刀，以逆莊王」。肉袒，敞開上衣，表示謝罪。茅旌，何休解釋說：「祀宗廟所用迎道神，指護祭者。」茅旌就是祭祀時導神的旗幟。鸞刀，何休解釋說：「宗廟割切之刀，環有和，鋒有鸞。執宗廟器者，示以宗廟不血食，自歸首。」和、鸞都是鈴鐺。鄭襄公知道打不過楚國，於是將宗廟祭祀所用的茅旌和鑾刀都拿了出來，意思是投降，宗廟裡也不再受享祭品了。這是謝罪的表示，故稱「自歸首」。

《左傳‧宣公十二年》載：「軍行，右轅，左追蓐，前茅慮無，中權，後勁。」這段話詳盡描述了楚國軍隊出行的規制：右轅，右軍跟從將軍的車轅而進退；左追蓐，蓐（ㄖㄨˋ）是宿營時鋪在地上躺臥的草墊，左軍打草製蓐以備宿營之用；前茅慮無，前軍以茅旌開路以防意外；中權，中軍負責謀劃全局；後勁，後軍以精兵壓陣。

這就是「前茅」一詞的出處。古時軍制，必以前軍開道，使用不同的旗幟告知後軍前方的情況，比如《禮記‧曲禮上》中規定：「前有水，則載青旌；前有塵埃，則載鳴鳶；前有車騎，則載飛鴻；前有士師，則載虎皮；前有摯獸，則載貔貅。」前面發現有水，則舉起畫有青雀的旗幟，青雀是水鳥，故以此示警；前面發現有塵埃，則舉起畫有鳴鳶的旗幟，鳶鳴而風生，風生而塵埃起，故以此示警；前面發現有成隊的車馬，則舉起畫有鴻雁的旗幟，雁群成行飛行，與車騎相似，故以此示警；前面發現有兵眾，則舉起虎皮置於旗上，取虎威猛之意，故以此示警；前面發現有兇猛的野獸，則舉起畫有貔貅的旗幟，貔貅也是猛獸，故以此示警。

「前茅」由前軍所舉的茅旌引申為先頭部隊，再引申為考試、評比時名次列在前面的「名列前茅」這句成語，不過早已失去了「茅旌」的本義，後人因而只知其然而不知其所以然了。

「在下」原來是裹腿布

「在下」是用於自稱的謙詞，但這個詞的詞源卻從未搞清楚過。大部分辭典都解釋為古時飲宴等場合的坐席，尊者在上，卑者在下，故用作自謙。臺灣教育部辭典則解釋為「稱自己處於下賤的職位」。這些解釋都缺乏有力的文獻支持，要麼屬於臆測，要麼屬於引申義。

其實，「在下」一詞出自《詩經》，而且跟古人的一種服飾密切相關。

《詩經．采菽》是一首諸侯來朝之詩，其中第三段鋪排了諸侯朝見天子時的情景：「赤芾在股，邪幅在下。彼交匪紓，天子所予。樂只君子，天子命之。樂只君子，福祿申之。」

「芾」通「韍（ㄈㄨˊ）」，熟皮製成，用於祭祀、朝見等隆重場合，遮在禮服的膝前，故又稱「蔽膝」。紅色的蔽膝即「赤芾」，乃大夫以上所服，再細分的話，「天子純朱，諸侯黃朱」。《毛傳》稱「大夫以上，赤芾乘軒」，〈采菽〉一詩中諸侯朝見天子而「赤芾在股」，就是這種禮儀的生動呈現。

「邪」通「斜」，古人用一塊布斜著裹在小腿上，這就叫「邪幅」。《毛傳》：「邪幅，偪也，偪所以自偪束也。」「邪幅」又稱「偪（ㄅㄧ）」，取其緊裹在小腿上，逼束之意。鄭玄進一步注解說：「邪幅，如今行縢也，偪束其脛，自足至膝，故曰在下。」漢代時稱「行縢（ㄊㄥˊ）」，也就是後世所說的裹腳布，緊緊裹著腳，以便於騰跳，故稱「行縢」。

「在下」一詞即出自「邪幅在下」。鄭玄說：「彼與人交接，自偪束如此，則非有解怠紓緩之心，天子以是故賜予之。」這是說諸侯與人交接之際，深自約束自己，一切都要按照禮制來行事，不能逾禮，治理政事的時候也就不會有懈怠舒緩之心，因此天子才會賜予「赤芾」和「邪幅」，「彼交匪紓，天子所予」就是這個意思。「在下」因此引申為人際交往時的謙詞，其實本義是像緊緊的裹腿布一樣「逼束」自己依禮行事而不能失禮。

這就是「在下」這一謙稱的詞源。古人重視禮儀一至於此，是今天的人們所無法想像的。

•「在劫難逃」的「劫」是多久？——•

「在劫難逃」是一個經常使用的成語，意思很明白：命中註定的災禍逃也逃不掉。「劫」除了搶劫的意思之外，還是一個非常重要的佛教用語。

「劫」是一個時間概念，是梵語「劫波」的簡稱，意為極久遠的時節。古印度傳說世界經歷若干萬年毀滅一次，重新再開始，這樣一個週期叫作一「劫」。佛教引進了這個概念，認為世界從形成到毀滅這個過程是不斷循環、周而復始的，從形成到毀滅的過程被稱為一大劫，這一大劫中又包含了四劫，即成、住、壞、空。成劫就是產生的時期，住劫就是存在的時期，壞劫就是毀滅的時期，空劫就是毀滅之後、再造之前的空虛階段。在相對穩定的住劫的末期，將會興起三種災難，稱作小三災，分別是刀兵、疫癘、饑饉；在世界毀滅的壞劫的末期，也將會興起三種災難，稱作大三災，分別是火災、水災、風災。

在壞劫之末，世界被火災、水災、風災次第破壞。先是七日並出，萬物悉成灰燼；然後是水災，一片汪洋；最後是風災，將天地吹散。在這大三災的過程中，包括人類在內的下界眾生都躲避到天界，開始新一輪循環後的成劫階段，再重新進入下界。

很多包含有「劫」的辭彙和成語都跟這個過程有關，比如劫數難逃、劫後餘生、劫火、浩劫、渡盡劫波等。劫火後的餘灰叫「劫灰」。《高僧傳》記載了一個有趣的故事：漢武帝鑿穿昆明池，發現池底全是黑灰，大臣們都不知道這是什麼東西，就向著名的博物學家東方朔詢問。東方朔建議漢武帝詢問西域胡人。剛好高僧法蘭來了，眾人向他請教，法蘭回答道：「世界終盡，劫火洞燒，此灰是也。」原來這就是「劫灰」，後人就用「劫灰」來比喻大火或者戰亂後的殘跡。

．「地主」原來是土地神

在中國大陸的政治術語中，「地主」是剝削階級的主要代表，「地主」被附加上政治色彩，從而成為剝削階級的代名詞。

但在古代中國，「地主」這個稱謂可從來沒有這樣的政治汙名化，恰恰相反，「地主」最早的語義竟然是指一尊神，而且還是一尊極為重要的神。

中國第一部國別體著作《國語．越語》篇中記載：越國滅掉吳國後，范蠡「遂乘輕舟以浮於五湖，莫知其所終極」，但是越王句踐並沒有忘記范蠡的功勞：「王命工以良金寫范蠡之狀而朝禮之，浹日而令大夫朝之，環會稽三百里者以為范蠡地，曰：『後世子孫，有敢侵蠡之地者，使無終沒於越國，皇天后土、四鄉地主正之。』」

浹（ㄐㄧㄚˊ）日，古代以十天干、十二地支相配紀日、紀年，十天干甲、乙、丙、丁、戊、己、庚、辛、壬、癸循環一周稱「浹日」，也就是十天。越王句踐命工匠用良金鑄成范蠡的雕像，自己親自參拜，還命大夫們十天朝拜一次。

「皇天」指天或天神，「后土」指地或地神。「四鄉地主正之」，三國時期吳國學者韋昭注解說：「鄉，方也。天神地祇、四方神主當征討之，正其封疆也。」子孫後代如果有敢於侵犯范蠡的封地的，天神地祇、四方神主都要來征討。韋昭稱「地主」即神主。

我們再來看《史記．封禪書》中的記載：秦始皇統一天下之後，「遂東遊海上，行禮祠名山大川及八神，求仙人羨門之屬」。「羨門」指墓門，秦始皇巡遊到東方的海邊，祠祭名山大川和八神，尋找仙人的墓門，以求長生不死之道。

何謂「八神」？司馬遷接著寫道：「八神：一曰天主，祠天齊。天齊淵水，居臨菑南郊山下者。二曰地主，祠泰山梁父。蓋天好陰，祠之必於高山之下，小山之上，命曰『畤』；地貴陽，祭之必於澤中圜丘云。三曰兵主，祠蚩尤。蚩尤在東平陸監鄉，齊之西境也。四曰陰主，祠三山。五曰陽主，祠之罘。六曰月主，祠之萊山。皆在齊北，並勃海。七曰日主，祠成山。成山斗入海，最居齊東北隅，以迎日出云。八曰四時主，祠琅邪。琅邪在齊東方，蓋歲之所始。」這一大段的意思是：

第一神名「天主」，要在臨淄南郊山下的天齊泉祠祭，祠祭的祭壇命名為「畤（ㄓˋ）」。

第二神名「地主」，要在泰山下一座叫梁父的小山祠祭，地貴陽，因此必須在澤中的圓丘之上祭祀。

第三神名「兵主」，也就是祠祭戰神蚩尤，在齊國的西境。

第四神名「陰主」，祠祭蓬萊、方丈、瀛洲三座神山。

第五神名「陽主」，祠祭之罘（ㄈㄨˊ）山。

第六神名「月主」，祠祭萊山。以上三神皆在齊國的北境，渤海之濱。

第七神名「日主」，祠祭成山。「斗」通「陡」，形容成山陡峭入海，居於齊國的東北境，日出之地。

第八神名「四時主」，祠祭琅邪山，居於齊國的東境，一年的起始，主四時。

有讀者朋友可能會問：「八神」為什麼都在齊國境內呢？司馬遷解答了這個疑問：「八神將自古而有之，或曰太公以來作之。」太公指輔佐周武王滅商的姜太公，封地為齊國，「八神」既為姜太公所命名，當然都位於齊國境內了。

古代帝王祭天地的大典稱「封禪」。在泰山上築土為壇，報天之功，稱「封」；在泰山下的梁父山闢場祭地，報地之德，稱「禪」。「封」是增高祭天，故築土堆成祭壇；「禪」是加廣祭地，故除草整治土地。合為祭天地之禮。

由此可知，「八神」之二、在梁父山祠祭的「地主」其實就是土地神，因此許慎在《說文解字》中解釋說；「社，地主也。」「社」也是土地神。

這就是「地主」一詞的本義。土地神管理土地，因此順理成章地引申而將本地、當地的主人稱為「地主」。《左傳．哀公十二年》記載了諸侯會盟的禮節：「諸侯之會，事既畢矣，侯伯致禮，地主歸餼，以相辭也。」「餼（ㄒㄧˋ）」指活的牲口。諸侯會盟已畢，要由諸侯之長的侯伯為賓致禮，所會盟的當地主人向賓饋贈活的牲口，然後互相以禮辭讓。這裡的「地主」即指主人，「地主歸餼」的行為就是後世所稱的「盡地主之誼」。

稱田地的主人為「地主」也是由此引申而來，但只是一個中性詞，並沒有今天政治上的貶義成分。

●「地老天荒」的「天」到底有多「荒」？——●

一說起「地老天荒」這句成語，腦海裡立刻就會浮現出一幅類似史前時代那樣遙遠荒涼的畫面。「地」和「天」本是空間概念，配上「老」和「荒」之後居然變成了時間概念，極言歷時之久遠。

「老」本用之於人，七十曰老，轉而用之於地和天，形容衰老，比如李賀「天若有情天亦老」的詩句。因此，天地若老必須有情，或天地本身有情，或觀照天地的人有情，正如湯顯祖戲曲《紫簫記》中的名句：「合影連心，昆明池館。織女臨河，仙郎對岸。地老天荒，海枯石爛。永劫同灰，無忘旦旦。」男女同誓，其情可知。

「老」義既明，那麼，「天荒」的「荒」到底有多「荒」呢？《說文解字》：「荒，蕪也，一曰草淹地也。」這是「荒」的本義，又可以引申為「遠」，而且遠的距離有非常具體的所指。據《尚書‧禹貢》記載，上古時期，以王畿為中心，五百里為一區畫，由近及遠共分為甸服、侯服、綏服、要服、荒服，合稱「五服」，「服」乃服事天子之意。據此則荒服為二千五百里之外。

古時交通不便，如此遙遠的距離，在古人的心目中已經遠在天邊之外，賈誼〈過秦論〉稱秦孝公「有席捲天下、包舉宇內、囊括四海之意，併吞八荒之心」，荒服本已極遠，而竟至於「八荒」，可見野心之大。因此古人將「荒」配以天，稱作「天荒」，極言遠在天外。王充在《論衡‧恢國篇》中說：「匈奴時擾，正朔不及，天荒之地，王功不加兵，今皆內附，貢獻牛馬。」匈奴相比漢朝當然極遠，故稱「天荒之地」。

「天荒」甚至還比附於人事。五代王定保所著《唐摭言》記載了這樣一個故事：「荊南解比，號『天荒』。大中四年，劉蛻舍人以是府解及第，時崔魏公作鎮，以破天荒錢七十萬資蛻。蛻謝書略曰：『五十年來，自是人廢；一千里外，豈曰天荒。』」劉蛻是荊南人（今湖南長沙一帶），在唐朝的科舉考試中，荊南地區五十多年來從無一人中舉，時人號為「天荒」。唐宣宗大中四年（西元八五〇年），劉蛻終於考中進士，荊南節度使崔鉉特地獎勵他七十萬貫錢。劉蛻寫信致謝，說：「五十年來只因荊南人不爭氣才沒有中進士，況且荊南離長安也只有一千里的路程，怎能稱為『天荒』？」

這就是「地老天荒」的來歷，同理也可以寫作「天老地荒」。

「奸細」的稱謂是怎麼來的？

為敵方刺探消息的人被稱為「奸細」，最早具有這個意義的字眼是「諜」。「諜」的歷史非常悠久，據《左傳》記載，夏朝時就已經出現了「諜」：「使女艾諜澆。」夏王朝被后羿和寒浞取代，澆是寒浞兒子的名字，後來復國的少康在澆的身邊安插一個叫女艾的間諜。這是中國有記載以來的第一個間諜。不過「諜」的意思跟今天間諜的意思還是有區別的，「諜」是一個形聲字，形從言，既然從言，當然就要說話，因此《說文解字》解釋道：「諜，軍中反間也。」使用反間計當然需要三寸不爛之舌，這是「諜」的本義。

「間」怎麼會跟「諜」聯繫起來了呢？「間（ㄐㄧㄢˋ）」本來寫作「閒」，乾隆舉人段玉裁為《說文解字》所作的注釋說：「開門月入，門有縫而月光可入。」因此「間」的本義就是門縫，泛指縫隙，有縫隙就可以使用反間計了，故稱「間諜」。《孫子兵法》中把間諜分為「五間」：因間（敵國的鄉民），內間（敵國的官員），反間（本來是敵國的間諜，為我所用），死間（向敵方提供假情報，事發後被敵方處死的人），生間（完成任務後活著返回的人）。

間諜為什麼又稱為「奸細」呢？原來間諜在古代叫「細作」，「細」的本義是微、小，地位卑微的人就稱為「細人」，平常百姓叫「細民」；「作」是事情、事業，間諜工作不屬於正面戰場的大規模作戰，而是偷偷摸摸的，像是地位卑微的事情，故稱「細作」。唐朝著名詩人白居易在〈請罷兵第二狀〉的上疏中寫道：「臣伏聞回鶻、吐蕃皆有細作，中國之事，小大盡知。」

「奸細」一詞至遲在晉朝就已經出現，不過那時是指奸詐小人。《晉書・王敦傳》載：「望兄獎群賢忠義之心，抑奸細不逞之計。」這裡「奸細」的意思就是奸詐的人。孫光憲《北夢瑣言》：「是知外國來廷者，安知非奸細乎？」孫光憲是五代時人，至遲五代時就已經把間諜稱作「奸細」了。

●「如花似玉」原來是形容男子——●

「如花似玉」這個成語用來形容女子極其美麗，就像花兒和玉一樣。「如花」好理解，像花兒一樣美麗；「似玉」就有些奇怪了，因為最早的時候，「玉」是和男子的德行聯繫在一起的。

《說文解字》：「玉，石之美，有五德者：潤澤以溫，仁之方也；鰓（ㄙㄞ）理自外，可以知中，義之方也；其聲舒揚，專以遠聞，智之方也；不撓而折，勇之方也；銳廉而不忮，潔之方也。」古人認為玉具備了仁、義、智、勇、潔五種德行，因此「君子比德於玉」。《詩經．小戎》：「言念君子，溫其如玉。」《禮記．曲禮下》中甚至規定：「君無故，玉不去身。」可見，將君子比作「玉」，乃是形容男子的德行。

「如花似玉」的原型出自《詩經．汾沮洳》。這是一首女子思慕男子的詩篇，其中吟詠自己的意中人「彼其之子，美如英」，「彼其之子，美如玉」。《說文解字》：「英，草榮而不實者。」草木開花還沒有結實叫「英」，因此「英」的本義就是花。這兩句詩讚美自己的意中人，容貌就像花兒一樣美，德行就像玉一樣美。

「玉」由形容男子的品行引申為敬詞，比如《禮記．祭統》載：「國君取夫人之詞曰：『請君之玉女，與寡人共有敝邑，事宗廟社稷。』」鄭玄解釋說：「言玉女者，美言之也。君子以玉比德焉。」可見「玉女」之稱是「如花似玉」原來是形容男子敬詞，美言國君所娶夫人的德行如玉，並非是誇讚「玉女」的容貌。

這就是「如英」、「如玉」的本義，一形容容貌，一形容德行。隨著詞義的演變，「玉」漸漸失去了德行的含義，而突出了潤澤、光鮮的外表，後人於是就將美麗女子的容貌比附於美玉，誕生了「如花似玉」這個成語，但都是比喻容貌，跟古人最注重的德行一點兒關係都沒有了。

•「宇宙」原來是指屋簷和棟樑•

今天使用的「宇宙」一詞，是指包括一切天體在內的無限空間，這個含義是近代以來才賦予的。而在古代，這個詞所表示的範圍非常狹小，甚至到令人吃驚的程度。不過即使如此，這個詞也包含著今天這個義項的因數。

《說文解字》：「宇，屋邊也。」《周易．繫辭下》說：「上古穴居而野處，後世聖人易之以宮室，上棟下宇，以待風雨。」「棟」是屋的正樑；「宇」是屋的四垂，即屋簷。《詩經．七月》

中吟詠蟋蟀的名句「七月在野，八月在宇，九月在戶，十月蟋蟀入我床下」，也是「宇」為簷下之證。

《說文解字》：「宙，舟輿所極覆也。」舟車所能夠到達的極限地。許慎所說為引申義，本義應為棟樑。《淮南子．覽冥訓》中說：「鳳凰之翔至德也，雷霆不作，風雨不興，川谷不澹，草木不搖，而燕雀佼之，以為不能與之爭於宇宙之間。」高誘解釋說：「宇，屋簷也；宙，棟樑也。」燕雀不能理解鳳凰志在高遠，以為自己比鳳凰還要矯健，以為鳳凰不能跟自己爭勝於屋簷和棟樑之間。這就是「宇宙」的本義。

將屋簷和棟樑的範圍加以擴大，即如高誘所言：「四方上下曰宇，古往今來曰宙，以喻天地。」同樣的意思，莊子說得更加有趣：「有實而無乎處者，宇也；有長而無本剽者，宙也。」意思是：有具體的形體卻看不到確切的處所，這是「宇」；有成長卻看不到成長的始末，這是「宙」。如此一來，「宇宙」一詞就具備了空間和時間的因素，已經跟今天使用的義項非常接近了。

在古代，「宇宙」還代指天下、國家。南朝著名文學家沈約有詩：「秦皇御宇宙，漢帝恢武功。」這是由「中國中心論」延伸而來的觀點。

●「扛鼎」到底要怎麼「扛」？——●

「扛鼎之作」比喻非常有分量的作品，鼎乃國之重器，隨隨便便就能「扛」起，那該有多大的力氣！因此「扛鼎」比喻有大才，能堪重任。那麼，「扛鼎」到底是怎麼「扛」的呢？有的讀者朋友一定會質疑，「扛鼎」不就是用肩膀扛起來嗎？讓我們重溫一下《史記‧項羽本紀》中對青年項羽的描述：「籍長八尺餘，力能扛鼎，才氣過人，雖吳中子弟皆已憚籍矣。」被吳中子弟忌憚的項羽奮力用肩膀扛起了鼎，這個畫面怎麼想怎麼可笑，力氣如此之大，竟然還要借用肩膀，怎能服眾？

原來，「扛鼎」的「扛」不讀（ㄎㄤˊ），而是讀（ㄍㄤ）。《說文解字》：「扛，橫關對舉也。」什麼叫「橫關對舉」？段玉裁進一步解釋說：「以木橫持門戶曰關，凡大物而兩手對舉之曰扛。項羽力能扛鼎，謂鼎有鼏（ㄇㄧˋ），以木橫貫鼎耳而舉其兩端也。即無橫木而兩手舉之亦曰扛，即兩人以橫木對舉一物亦曰扛。」鼏是鼎蓋，有鼎蓋就有鼎耳，用木頭橫貫鼎耳舉起來才叫「扛鼎」。請試想一下，兩手舉起鼎和用肩膀扛起鼎這兩種方式，哪一種更能表現出項羽「力拔山兮」的氣勢呢？毫無疑問是兩手舉鼎，而且兩手舉鼎也比用肩膀扛起鼎更有美感。

南朝齊的著名文學家王融在〈三月三日曲水詩序〉中吟詠道：「影搖武猛，扛鼎揭旗之士。」「揭」的本義是高舉，「揭旗」和「扛鼎」並列而言，當然也都是高舉的意思。

「汗青」原來是烤青竹

文天祥〈過零丁洋〉詩中「人生自古誰無死，留取丹心照汗青。」是膾炙人口的名句，其中「汗青」一詞，很多人都知道是「史冊」之意，但是為什麼要將史冊稱為「汗青」呢？

蔡倫還沒有發明紙張之前，古人最早在竹簡上刻字。竹簡由上等的青竹做成，新鮮的青竹含有許多水分，如果直接刻上字，時間長了會被蟲蛀，因此在刻字之前，先要用火把青竹內的水分烘烤出來。烘烤時，青竹像出汗一樣滲出水分，於是人們就把這道工序稱作「汗青」，後來乾脆就把竹簡叫做「汗青」了。再後來，記錄歷史的竹簡也被叫做「汗青」，「汗青」於是成為史冊的代名詞。

這道工序也被稱為「殺青」，劉向注解道：「殺青者，直治竹作簡書之耳。新竹有汁，善朽蠹。凡作簡者，皆於火上炙乾之。」李賢注《後漢書》：「殺青者，以火炙簡令汗，取其青易書，復不蠹，謂之殺青，亦謂汗簡。」後來「殺青」被引申為著作完成。

雖然「汗青」、「殺青」、「汗簡」都出於烘烤青竹這道工序，但是後二者卻又多了一道程序，即青竹出汗後，要用刀子刮去青竹的表皮，露出裡面的竹白，在竹白上刻字，字跡吃進竹白後不容易磨滅，「殺」就是刮的意思。

在竹簡上刻字，可想而知有多麼麻煩，比如司馬遷的《史記》共有五十多萬字，這要刻到哪一年啊！因此又誕生了「汗青頭白」這個詞。唐朝學者劉知幾在《史通．忤時》中寫道：「每欲記一事載一言，皆擱筆相視，含毫不斷。故頭白可期，而汗青無日。」描寫的就是史官們記載歷史時一事一言的艱難程度，頭髮都白了，而汗青的完成還遙遙無期。紀曉嵐在編完《四庫全書》後賦詩一首：「檢校牙籤十萬餘，濡毫滴渴玉蟾蜍，汗青頭白休相笑，曾讀人間未見書。」可見在沒有紙張和電腦之前，書寫歷史是一項多麼繁重的體力活兒啊！

「百姓」原來是指官員

「百姓」，今天的意思是相對於政府官員而言的普通人，官員和百姓是對立的關係。但在最早的時候，「百姓」卻是指官員。

在周代之前，只有貴族才有姓，普通老百姓是沒有姓的。因此那時的「百姓」是指貴族和官員，「百」是概數，言其多，所以眾多的貴族和官員合稱「百姓」。《尚書》是中國第一部彙編上古歷史檔案和部分追述古代事蹟的著作，其中〈堯典〉篇中說：「九族既睦，平章百姓。」「平章」是辨別、彰明的意思。這句話的意思是：九族既然已經和睦了，接下來就該辨別百官，彰明各自的職責了。

春秋後期，各諸侯國之間征戰不休，進入亂世，介於貴族和庶民之間的士階層的地位開始上升，宗族逐漸衰落，「百姓」開始失去貴族的意義，地位也就與庶民相當了。戰國之後，「百姓」就開始泛指平民。

當「百姓」是指官員的時候，常常與「黎民」對句。「黎民」就是現在的老百姓這個意思。為什麼叫「黎民」呢？有兩種解釋：一種說法是黎者，眾也，因百姓眾多而稱為「黎民」。另一種說法是，「黎」是「黧」的通假字，黑色。「黎民」又稱「黎首」，臉部是黑色的，這是指受過黥刑的犯人。黥刑又稱墨刑，乃五刑之一，指刺刻面額，用墨染成黑色，作為罪犯的標記。這部分人就被歧視性地稱為「黎民」或「黎首」。相應的，普通百姓則被稱為「細民」，「細民」即平民，可見「黎民」的地位比「細民」還要低，因為「黎民」是受過刑的犯人的緣故。

受過刑的犯人刑期滿了，或者因立功而抵消刑期，就可以升為「細民」；同時，「細民」犯了罪也有可能成為「黎民」，慢慢的，二者之間的差別變得越來越小，「黎民」也逐漸演變為普通百姓的通稱。

「黎」指黑色這個意思還用於「黎明」一詞，「天將明而猶黑也」，故稱「黎明」。

•「竹報平安」為什麼是指報平安的家信？——•

在某一年的春節聯歡晚會上，主持人董卿說過這麼一番話：「中國有句古話叫『竹報平安』，雖然現代人早已不把報平安的家信寫在竹簡上了，但這青青翠竹在傳統文化裡一直被視為堅貞高潔、虛心向上的君子形象。」董卿把「竹報平安」理解為「把報平安的家信寫在竹簡上」，這是典型的望文生義。「竹報平安」的確是指報平安的家信，但「竹報」之「竹」卻並非竹簡。

這個成語出自唐代著名博物學家段成式所著《酉陽雜俎續集．支植下》：「衛公言：『北都惟童子寺有竹一窠，才長數尺。相傳其寺綱維每日報竹平安。』」

衛公指唐代中期名臣李德裕，賜封衛國公。李德裕早年曾在北都太原任職，太原西南的龍山上有一座始建於北齊年間的童子寺，寺裡有一叢數尺高的竹子。「綱維」指寺廟中的司事僧，因為北方不產竹，所以童子寺裡的這叢竹子就顯得十分珍貴，司事僧才每天向寺裡報告竹子還平安活著呢。正如清代學者鄭志鴻在《常語尋源》一書中所說：「北都即今太原地，無竹，故珍貴如此。」

正是因為這個典故，後人就把家信雅稱為「竹報」，「竹報平安」於是順理成章地代指報平安的家信。南宋詞人韓元吉在《水調歌頭（席上次韻王德和）》中寫道：「月白風清長夏，醉裡相逢林下，欲辨已忘言。無客問生死，有竹報平安。」此處的「竹」已非童子寺之實指的「竹」，更不是董卿所理解的竹簡，而僅是象徵意義，代指家信。如果繼續使用此詞的原型「報竹平安」，相信人們就不會理解錯誤了。

從此之後，「竹報平安」一語不僅進入了漢語的詞彙庫，而且竹子還成為中國民俗中吉祥平安的象徵物，逢年過節時張貼的對聯上屢屢出現「竹報平安，花開富貴」等吉祥用語，吉祥圖案中也屢屢描繪竹子的形象以祈求平安吉祥。

•「老夫」的稱謂是怎麼來的？——•

古裝電視劇中常常可以聽到「老夫」的稱謂，是年老男子的自稱，不過不是哪個歲數的老年男子都可以自稱「老夫」的，《禮記．曲禮上》中有著嚴格的規定：「大夫七十而致事，若不得謝，則必賜之几杖，行役以婦人，適四方，乘安車，自稱曰老夫。」大夫七十歲的時候要主動向國君提出退休的申請，如果沒有得到批准，國君就要賜給他可以倚靠著休息的几杖。有公事出差的時候，允許他使用公款帶上婦人，以便路上照顧起居。出使諸侯國時特賜乘坐安車的待遇。安車是一種可以坐著的小車，乃皇家專用。只有從這時候開始才可以自稱「老夫」，周禮規定七十歲稱「老」，故稱「老夫」。

《左傳．隱公四年》講述了一個大義滅親的故事，其中很傳神地描寫了「老夫」這個稱謂。石碏（ㄑㄩㄝ）是東周時期衛國的大夫，他兒子石厚跟太子州吁的關係很好。這一年，州吁夥同石厚發動叛變，弒父自立為國君。不過州吁沒有治理國家的才能，再加上沒有統治合法性，無法安定民心，於是就授意石厚去向老爹請教。

石碏對兒子說：「如果能夠朝見周天子，得到周天子的承認，那麼國君之位就穩固了。」石厚問道：「周天子可不是誰想見就能見到的，怎樣才能見到周天子呢？」石碏出主意說：「陳桓公正受周天子的寵信，陳國和衛國的外交關係一向很好，是睦鄰友好的兄弟國家，如果能夠去陳國請陳桓公幫忙，一定能夠得到周天子的接見。」

州吁聽從了石碏的建議，帶著石厚一起到了陳國。州吁和石厚剛一入陳，另一頭石碏立刻也派親信到了陳國，對陳桓公說：「衛國國土狹小，老夫耄矣，無能為力了。來的這兩個人正是殺害衛國國君的兇手，犯了弒君之罪，請您把他們抓起來，為衛國國君報仇雪恨！」

弒君之罪可是大罪，陳桓公當然站在石碏這一邊，所以派人抓住了州吁和石厚，押送著他們引渡到衛國。衛國則派了一個叫丑的右宰（官名）在濮這個地方殺了州吁，石碏派遣自己的家臣獳（ㄖㄨˊ）羊肩在陳國境內殺了兒子石厚。

石碏自稱「老夫耄矣」，通常八十歲曰耋（ㄉㄧㄝˊ），九十歲曰耄（ㄇㄠˋ），因此長壽的老年人稱「耄耋之年」。石碏已經九十歲了，而且身為退休的大夫，當然可以自稱「老夫」。這個稱謂自從禮崩樂壞之後就開始混亂使用，以至於稍微年長一點的人也口口聲聲「老夫」如何如何了。

●「老鴇」為什麼變成妓院老闆娘的蔑稱？——●

明清小說和口語中，管妓院的老闆娘叫「老鴇」、「鴇母」或者「鴇兒」，今天的口語中也還在使用這個詞。為什麼叫「老鴇」呢？

鴇（ㄅㄠˇ）是鴇科的中型和大型狩獵鳥類，是現存鳥類中體型最大、身體最重的一種，頭小脖子長，長得跟鶴很像，不善飛行，善於在陸地上奔跑，食物是大量害蟲的幼蟲，所以是一種益鳥。這種鳥現在屬於稀有動物，也是中國的國家一級保護動物。《詩經》中有一首名為〈鴇羽〉的詩，每段的前面兩句分別是：「肅肅鴇羽，集於苞栩。」「肅肅鴇羽，集於苞棘。」「肅肅鴇羽，集於苞桑。」這是形容鴇鳥飛翔和棲息的樣子。宋朝陸佃的〈埤雅〉中說：「鴇性群居如雁，自然而有行列。」這些都是鴇鳥的習性。

身為益鳥，居然被用來作妓院老闆娘的名稱，到底是何原因呢？原來，鴇鳥雌雄不易分辨，古人觀察不仔細，就認為這種鳥只有雌的，沒有雄的，雌鳥要生育，只要別的品種的鳥向牠求偶，牠就會答應，然後上演一番轟轟烈烈的交配大戲。古人看得眼花撩亂，心頭小鹿一般亂跳，就把鴇鳥認作淫鳥，認為牠是最淫蕩的鳥兒。古語中有「鴇合」一詞，專用於形容男女之間淫亂，起源就是指鴇鳥和別的鳥淫亂。

最早把鴇鳥和妓院老闆娘連起來的是明朝劇作家朱權的《丹丘先生論曲》，其中說：「妓女之老者曰鴇。鴇似雁而大，無後趾，虎紋。喜淫而無厭，諸鳥求之即就。」朱權也真是的，好好的曲子不去評論，怎麼又多管閒事，研究起鴇鳥和妓院老闆娘的關係了？不過也許兩者的相似關係早就流傳於民間了。

鴇鳥背上了淫鳥的惡名，從此就和妓院老闆娘撇不清干係了，這是對這種鳥兒的最大污辱。鴇鳥堪稱天下第一冤屈的鳥兒。

‧「老頭子」原來在戲指乾隆‧

「老頭子」是一個民間俗語，年老的男子通常被稱為「老頭子」，老夫老妻之間，妻子也可以暱稱丈夫為「老頭子」，幫會裡面的首領也常常被稱為「老頭子」。不過，鮮為人知的是，清代時這個詞還是對乾隆皇帝的戲稱。這個有趣的故事記錄在《清朝野史大觀》之中。

紀昀（ㄩㄣˊ），字曉嵐，清代著名學者，學識淵博，才思敏捷，深為乾隆皇帝所激賞，任命他為《四庫全書》總纂官。紀曉嵐身體肥胖，所以最害怕的就是夏天，一到酷暑季節，人們常常看見紀曉嵐身上的衣服總是濕漉漉的，不知道內情的人還以為紀曉嵐掉進了池塘裡呢。

在南書房陪同乾隆皇帝吟詩作畫雖然是榮耀之事，但紀曉嵐卻視如畏途，因為裡面太熱，自己汗流浹背的樣子實在太過狼狽。因此一出了南書房，紀曉嵐第一件事就是直奔旁邊的便殿，把濕漉漉的衣服脫個精光，納完涼後才出門回家。

乾隆皇帝聽貼身的太監說過紀曉嵐的這個習慣，有一次想故意戲弄紀曉嵐，趁紀曉嵐和別的大臣們在便殿裡裸體聊天的時候突然出現在便殿。一看皇帝駕到，大臣們趕緊手忙腳亂地穿衣服，偏偏紀曉嵐是個近視眼，乾隆走到跟前才看見，這時已經來不及穿上衣服了。紀曉嵐就這樣赤裸著肥胖的身體跪在地上，不停地喘息著，一動不敢動。乾隆皇帝一直待了兩個小時，坐在那裡不言不語。紀曉嵐終於忍不住了，跪在地上偷偷張望，可是看不清乾隆到底還在不在殿裡。過了一會兒，紀曉嵐實在忍無可忍了，小聲問身邊的大臣：「老頭子走了沒有？」眾人大笑，乾隆皇帝也忍不住笑了起來。

乾隆命太監為紀曉嵐穿上衣服，吩咐他跪在地上，問道：「你為什麼如此輕薄地稱呼朕？太過無禮！今天你必須說出個子丑寅卯，否則就砍了你的頭！」

紀曉嵐回答道：「『老頭子』不是我的發明創造，京城裡的人都這麼稱呼您。大家都稱陛下您『萬歲』，『萬歲』還不老嗎？皇帝又叫『元首』，『元首』不就是頭嗎？皇上是天之子，而又以萬民為子，因此叫『子』。合稱『老頭子』。」

聽了紀曉嵐的這番詭辯，便殿裡哄堂大笑，乾隆皇帝也笑得合不攏嘴。紀曉嵐既為自己解了圍，順便也大大地拍了乾隆皇帝的馬屁，真是機智，弄得乾隆皇帝沒辦法怪罪他。

●「血氣方剛」原來不是形容年輕人——●

各種辭典都把「血氣方剛」解釋為形容年輕人精力正旺盛，這種解釋完全是錯的，原因在於對「方」這個字的釋義錯誤。

「血氣方剛」一詞出自孔子之口。在《論語．季氏》章中，孔子說過這麼一段話：「君子有三戒：少之時，血氣未定，戒之在色；及其壯也，血氣方剛，戒之在鬥；及其老也，血氣既衰，戒之在得。」孔子說得明明白白：「及其壯也，血氣方剛」，分明指的是中年人；「血氣未定」才是對青年人的形容；至於老年人「戒之在得」，是指戒的是貪得無厭。

那麼，為什麼會產生這種誤解呢？「血氣方剛」的「方」字又該作何解釋？《說文解字》：「方，並船也。」按照許慎的解釋，「方」的本義是兩船相並，引申為並列。《爾雅．釋水》中有「大夫方舟」的規定，兩舟相並曰方舟，這是大夫乘舟之禮。在古人的心目中，「血」和「氣」是兩種不同的東西，朱熹說：「血氣，形之所待以生者，血陰而氣陽也。」因此，「血氣方剛」的「方」是並列之意，「血氣方剛」即血、氣並剛，都很強盛。少年人的體質當然不可能達到這樣的地步，所謂「血氣未定」，所以「血氣方剛」只能指的是中年人。

隨著字義的演變，「方」的本義漸漸很少使用，作為副詞的才、正等義項反而使用得更多，這就是造成人們誤解的原因所在。但是，按照古人的研究，即使血氣正剛，也不能用來形容青年人，因為青年人血氣未定，如何談得上「正剛」呢？所以何晏才會解釋說：「『少之時，血氣未定，戒之在色』者，少，謂人年二十九以下，血氣猶弱，筋骨未定，貪色則自損，故戒之。『及其壯也，血氣方剛，戒之在鬥』者，壯，謂氣力方當剛強，喜於爭鬥，故戒之。」

•「作家」原來是管理家務•

「作家」的稱謂，在今天是指文學創作有成就的人，但是在古代，這個詞就是它的字面意思：作，為也；作家，即治家、理家，和管理家務。

「作家」一詞最早出自裴松之為《三國志》作注的時候所引東晉習鑿齒《襄陽記》一書。楊顒（ㄩㄥˊ）擔任諸葛亮的主簿，主管各種文書，但是諸葛亮卻事必躬親，總是親自校驗簿書。楊顒於是勸諫道：「為治有體，上下不可相侵，請為明公以作家譬之。」然後楊顒講述了一番應該各司其職的大道理，諸葛亮深為嘆服。這裡的「作家」一詞是動詞，楊顒就是用管理家務來作譬喻。

據《晉書．食貨志》載：「帝出自侯門，居貧即位，常曰：『桓帝不能作家，曾無私蓄。』」漢靈帝評價上一任皇帝漢桓帝不會治家，以至於毫無積蓄，因此自己不願步其後塵，廣開賣官之路。這裡「作家」的意思更加顯豁。

「作家」當作今天的意思講，始於唐代，而且還有一個非常有趣的故事。

據《太平廣記》引述唐人盧言所著《盧氏雜說》載：「唐宰相王璵好與人作碑誌，有送潤毫者，誤扣右丞王維門，維曰：『大作家在那邊。』」王維諷刺王璵是「大作家」，這位「作家」卻是專門為人寫作碑文和墓誌銘的！可見，起碼在王維眼中，專門作碑誌的「大作家」根本不值一提。

自王維之後，「作家」的稱謂才開始具備今天的意思，不過，「作家」最初卻是作碑誌的專家的諷刺之意卻早已消失了。

●「作梗」原來是指鬼害人——●

「作梗」原來是指鬼害人「作梗」一詞，今天的意思是從中阻撓、搗亂，讓人做不成某件事，但是最早的時候卻不是這個意思，而是指鬼害人，鬼物使人患病。

「作梗」一詞出自東漢著名學者張衡所著《東京賦》，其中吟詠道：「度朔作梗，守以鬱壘（ㄩˋ ㄌㄩˋ），神荼（ㄕㄨ）副焉，對操索葦。」三國學者薛綜解釋說：「東海中度朔山有二神，一曰神荼，二曰鬱壘，領眾鬼之惡害者，執以葦索而用食虎。」唐代學者李善則解釋說：「《風俗通》曰：『黃帝書，上古時有神荼、鬱壘昆弟二人，性能執鬼。度朔山上有桃樹，下常簡閱百鬼，鬼無道理者，神荼與鬱壘持以葦索，執以飼虎。是故縣官常以臘祭夕，飾桃人垂葦索，畫虎於門，以禦凶也。』毛詩傳曰：『梗，病也。』謂為人作梗病者。」

神荼、鬱壘兄弟就是後世的門神，因為他們的職責是「簡閱百鬼」，發現沒有道理就禍害人的，立刻用葦草編成的繩索捆起來去餵虎，因此人們就把他們的畫像貼在門扇上，左神荼，右鬱壘，以驅鬼辟邪。

在這個故事中，所謂「度朔作梗」，就是說百鬼在度朔山下「作梗」。「作」是發起、興起的意思；還有一說是「作」通「詛」，詛咒，怨謗，百鬼就用這種方式使人患病。那麼「梗」是什麼意思呢？李善引用《毛傳》的說法：「梗，病也。」這是一筆非常重要的記載，「作梗」原來是指鬼害人。

《詩經．桑柔》篇中有「誰生厲階，至今為梗」的詩句，「厲階」指禍端，「梗」就是病。孔穎達進一步解釋說：「言其誰生厲階，明是病於此惡，故以梗為病。」意思是誰橫生的禍端，到今天還為病為災。

據《周禮》記載，周代有女祝一職，職責是「掌以時招、梗、禬、禳之事，以除疾殃」。其中「招」指招取善祥；「梗」指「禦未至也」，防禦還沒有到來的災殃；「禬（ㄍㄨㄟˋ）」指除去現在之災；「禳（ㄖㄤˊ）」指推知災殃的變異。可見「梗」由病的含義引申為災殃之意。

這就是「作梗」一詞的原始含義：「作」是動詞，興起或詛咒；「梗」是名詞，疾病或災殃；「作梗」即百鬼用詛咒等方式發起、興起疾病或災殃，使人遭此疾病或災殃，因此神荼、鬱壘兄弟才對此類鬼物痛下殺手，「執以飼虎」。「作梗」當作從中阻撓、搗亂講，只不過是其引申義而已，而且語感也比本義輕多了，僅僅阻撓和搗亂，大概還不至於拉去餵老虎吧！

●「別來無恙」是怎麼變成問候語的？——●

「別來無恙」是舊時通行的問候語，朋友們相見或者寫信時通常總會來上一句「別來無恙」，表示問候。人人都知道「恙」是疾病，但是「恙」到底是什麼病，為什麼古人見面時都要問一句「別來無恙」？

戰國時期的《易傳》一書如此解釋「無恙」：「上古之世，草居露宿。恙，噬人蟲也，善食人心，故俗相勞問者云無恙，非為病也。」按照《易傳》的說法，「恙」是一種在草叢中聚居的蟲子，這種蟲子的特點是「善食人心」，簡直像食人蟲，而不是一種疾病。

《易傳》的說法過於聳人聽聞。從醫學上來說，「恙」其實就是恙蟲，又稱恙蟎，可引起恙蟎皮炎，傳播疾病。恙蟲病就是感染後的恙蟎幼蟲叮咬人體所引起的一種急性傳染病，臨床特徵為發病急驟、持續高熱、皮疹、皮膚受刺叮處有焦痂和潰瘍、局部或全身淺表淋巴結腫大等。恙蟎寄生的地方通常是雜草叢生的野外環境，上古時期衛生條件差，人們露宿野外，因此常常會患上恙蟲病。

恙蟲病既然是一種急性傳染病，古人見面的時候，生怕傳染給自己，於是先互相問一句「別來無恙？」——親愛的，您身上到底有沒有恙蟲啊？如果有的話可得說實話，千萬別傳染給我啊！久而久之，「別來無恙」失去了最原始的含義，由生怕傳染的擔心變成了一句透著親熱和關切的問候語。

「含沙射影」的竟然是種怪蟲

「含沙射影」這個成語用來比喻耍陰謀，暗中誹謗中傷、攻擊陷害別人。

這個成語出自《搜神記》卷十二載：「漢光武中平中有物處於江水，其名曰『蜮』，一曰『短狐』，能含沙射人。所中者，則身體筋急、頭痛、發熱，劇者至死。江人以術方抑之，則得沙石於肉中。詩所謂『為鬼為蜮』，則不可測也。今俗謂之『溪毒』。先儒以為男女同川而浴，淫女，為主亂氣所生也。」

「漢光武中平」應為「中元」，因為漢光武帝只有「中元」的年號，沒有「中平」的年號。出沒於江水中的這種怪物叫「蜮」，又叫「短狐」，大概是因為它的樣子像狐但是又比狐小的緣故吧。這種怪物的特點是能夠含著沙子射人，一旦被它射中，輕者頭痛發熱，重者甚至會死去。人們找法師作法，結果在這種怪物的肉中發現了很多沙石，看來這種怪物在身體內部儲存了許許多多沙石，隨時準備襲擊人類，不知道它跟人類有什麼深仇大恨。其實《詩經．小雅．何人斯》中就早已出現了這種怪物的「倩影」：「為鬼為蜮，則不可得。」意思為是鬼是蜮，行徑難以測度。從這句詩裡衍生了人們慣用的「鬼蜮」一詞，指暗中害人的鬼和蜮，因為鬼和蜮都不敢明目張膽地出現，總是躲在暗處偷偷給人致命一擊。因此，用「鬼蜮」來形容那些用心險惡、暗中害人的小人。

《搜神記》又說這種「蜮」俗稱「溪毒」，並引用先儒的解釋，說是男女在同一條河中洗浴，發生了性關係，淫亂之氣（「溪毒」）導致了這種怪物的產生。先儒的想像力真是相當的豐富！

白居易〈讀史（其四）〉寫道：「含沙射人影，雖病人不知。巧言構人罪，至死人不疑。」可見「蜮」含沙射的不光是人，甚至射到人的影子上都會使人受到傷害。

●「含糊」原來是「含胡」之誤——●

「含糊」一詞，今天最常用的義項有兩個：一是形容說話口齒不清或者意思表達不明確，二是形容辦事敷衍馬虎，不認真。

「含糊」為什麼會具備這樣的義項呢？「糊」的本義是稠粥，有人據此認為「含糊」的意思是嘴巴裡含著稠粥，所以說話不清楚。這個說法不僅無出處，而且也很不合理。含著稠粥口齒不清，難道含著別的東西口齒就清楚了？那麼為什麼不用含著別的東西來比喻呢？

原來，「含糊」乃是「含胡」之誤。「含胡」一詞出自《新唐書・顏杲卿傳》。「安史之亂」時，顏杲卿任常山太守，後被安祿山叛軍攻破，顏杲卿被俘，押至洛陽，因為以前曾做過安祿山的下屬，安祿山以背叛相責，遭到顏杲卿的痛罵，「祿山不勝忿，縛之天津橋柱，節解以肉啖之，罵不絕。賊鉤斷其舌，曰：『復能罵否？』杲卿含胡而絕，年六十五」。

「節解」指斷裂四肢、分解骨節。顏杲卿的舌頭被割斷之後，無法再罵，也無法咬舌自盡，於是「含胡而絕」。什麼叫「含胡而絕」？這要從「胡」是指什麼東西講起。

《說文解字》：「胡，牛頷垂也。」頷（ㄏㄢˋ）指下巴。段玉裁解釋說：「牛自頤至頸下垂肥者也。」因此「胡」的本義是指牛脖子下面的垂肉，引申而指一切獸類脖子下的垂肉。

《詩經・狼跋》中「狼跋其胡，載疐其尾」。跋（ㄅㄚˊ）是踐踏之意，疐（ㄓˋ）是絆倒之意。這兩句詩形容老狼前行時踩到了頸下的垂肉，後退時又被尾巴絆倒了的窘態。《漢書・郊祀志》中有一段著名的記載：「黃帝采首山銅，鑄鼎於荊山下。鼎既成，有龍垂胡髯下迎黃帝。」顏師古解釋說：「胡，謂頸下垂肉也；髯，其毛也。」這就是「胡」的本義，現代漢語中早已廢棄不用。

張舜徽先生在《說文解字約注》中說：「頤下下垂者為胡，人亦有之，惟至耄耋始見。故頤下之鬚稱鬍鬚。」日常生活中人們都見過老年人頸部的垂肉，這是肌肉鬆弛造成的，顏杲卿死時年六十五歲，因此亦有垂肉。「含胡而絕」，就是咬著這塊垂肉而死。清代學者鄭志鴻在《常語尋源》一書中的解釋甚為合理：「胡，頷下肉也。斷舌故憤氣含於胡。」斷舌之後只求速死，因此顏杲卿才會做出這樣的動作。

這就是「含糊」一詞的來龍去脈，「胡」誤為「糊」之後，這個詞的語源再也不為人所知了。

「吹噓」原來是指互相幫助、提拔人才

「吹噓」就是吹捧，不管是吹捧自己還是吹捧別人，都可以叫「吹噓」。這是一個不折不扣的貶義詞。

「吹」和「噓」雖然都跟吐氣有關，但是兩者的區別很大，直接影響到各自的組詞方式。《聲類》如此解釋這兩者的區別：「出氣急曰吹，緩曰噓。」《正韻》則進一步解釋道：「蹙唇吐氣曰吹，虛口出氣曰噓。吹氣出於肺，屬陰，故寒；噓氣出丹田，屬陽，故溫。」

綜上所述，「吹」的動作非常用力，因此可以組成吹牛、吹法螺、吹得天花亂墜、吹鬍子瞪眼

睛等詞語，又因為「吹」的是冷風，可以組成風吹雨打、吹風等詞語；而「噓」的動作較緩慢，「噓」出的又是熱風，因此可以組成噓寒問暖、噓嘆等詞語，日常生活中阻止別人安靜也用一聲「噓」。

「吹噓」一詞早在魏晉時期就已經開始使用，不過含義跟今天大有區別。揚雄在《方言》一書中解釋道：「吹，扇，助也。」東晉學者郭璞注釋：「吹噓，扇拂相佐助也。」因此，「吹噓」最早的含義是指互相幫助，獎掖後進，提拔人才，都屬於職責範圍之內的正當行為，並沒有像今天「吹噓」帶有空口說白話的含義。《宋書．沈攸之傳》：「故司空沈公以從父宗蔭，愛之若子，卵翼吹噓，得升官秩。」古代社會講究門第，沈司空為侄子「吹噓」的行為也談不上什麼不光彩。唐代詩人李頎有詩：「高道時坎坷，故交願吹噓。」張謂有詩：「價以吹噓長，恩從顧盼深。」杜甫有詩：「揚雄更有河東賦，唯待吹噓送上天。」這裡的「吹噓」都沒有任何貶義，而是表達了同僚或者朋友之間的互相提攜之情。

不過，「吹噓」用作貶義，起源也很早。南北朝時期，北齊顏之推所著的《顏氏家訓》一書中寫道：「有一士族，讀書不過二三百卷，天才鈍拙，而家世殷厚，雅自矜持，多以酒犢珍玩交諸名士，甘其餌者，遞共吹噓。」吹噓的結果是，此人有一次在文人雅士聚會的場合露了餡。這裡的「吹噓」就是名實不符的瞎吹一氣。

今天的「吹噓」再不是一個中性詞，而是貶義詞，形容誇張、過分地吹捧，沒有事實依據地空口說白話。

●「呆若木雞」原來是指凶猛的鬥雞——●

「呆若木雞」是一個常見的成語，指臉上的表情呆板得像木頭雞一樣，用來形容因恐懼或驚訝而發呆的樣子。可是，這個成語最早卻是形容一頭凶猛的鬥雞。

《莊子．達生》中講了這頭鬥雞的故事。周宣王喜歡鬥雞，高薪聘請了一位鬥雞專家，叫紀渻（ㄕㄥˇ）子。紀渻子有一套祖傳的訓練鬥雞的方法。十天之後，周宣王問紀渻子鬥雞訓練得怎麼樣了，紀渻子回答說：「還不行，這隻雞正洋洋得意，以為自己天下第一，驕傲著呢！」又過了十天，周宣王又詢問紀渻子鬥雞訓練得怎麼樣了，紀渻子回答說：「還不行，這隻雞聽到動靜就叫，看見什麼影子就逃。」

又過了十天，周宣王又詢問紀渻子鬥雞訓練得怎麼樣了，紀渻子這回終於點頭了，回答說：「嗯，差不多了，現在即使別的雞打鳴，它也不會跟著亂叫了，而且連動都不動一下，看上去就像一隻木頭雞，不像一隻真雞了。」

周宣王非常高興，興匆匆地帶著這隻雞到處找人鬥雞。沒想到這隻雞一出現在鬥雞場上，牠那種「呆若木雞」的神態，讓別的鬥雞一見到牠就望風而逃，沒有一隻敢上前應戰，弄得周宣王很掃興，真是找不到對手啊！

「呆若木雞」本來是鬥雞的最高境界，現在卻拿來形容一個人因為恐懼或者驚訝而發呆的樣子，真是南轅北轍，可嘆！

「妖孽」原來不是形容女色

「妖孽」這個稱謂，如今是比喻邪惡的人，尤其比喻女色。一提起「妖孽」，男人們的眼前立刻就會浮現出一位豔麗而妖冶的女子模樣，這是男權社會所產生的男性性心理的潛移默化。但是在古代，「妖孽」最初卻不能用來形容人。

《禮記．中庸》有一句著名的話：「國家將興，必有禎祥；國家將亡，必有妖孽。」孔穎達注解道：「禎祥，吉之萌兆。祥，善也。言國家之將興，必先有嘉慶善祥也。」但「禎」和「祥」還是有細微的區別：「國本有今異曰禎，本無今有曰祥。何為本有今異者？何胤云：『國本有雀，今有赤雀來，是禎也；國本無鳳，今有鳳來，是祥也。』」其義甚明。

與之相反，「妖孽，謂凶惡之萌兆也」。不過「妖」和「孽」的區別非常之大。先說「妖」。《左傳．宣公十五年》說：「天反時為災，地反物為妖，民反德為亂，亂則妖災生。」所謂「地反物為妖」，是指人間反常怪異的事物或現象，比如《漢書．五行志》記載有草妖、鼓妖、夜妖、詩妖，這些都不是今天所理解的妖怪，而是指反常怪異的現象：草妖指「隕霜不殺草」，降下的霜不能使草枯死；鼓妖指聲響巨大如同擊鼓的怪異之聲；夜妖指「雲風並起而杳冥」，令白晝如同黑夜的大風、地震之災異；詩妖則是指「怨謗之氣發於歌謠」。

再說「孽」。《說文解字》：「孽，庶子也。」庶出之子、妾所生的兒子叫「孽」。段玉裁進一步解釋說：「凡木萌旁出皆曰蘖，人之支子曰孽，其義略同。」「妖」和「孽」的分別，許慎則解釋得更加清晰：「衣服、歌謠、草木之怪，謂之妖；禽獸、蟲蝗之怪，謂之孽。」由此可見，

「妖」和「孽」都不是用來形容人的，而且還有一點值得注意的是，作為「庶子」的「孽」竟然跟「禽獸、蟲蝗之怪」相提並論，可見庶子地位之低，真是令人嘆息。

這就是「妖孽」一詞的本義，至於用來形容人則是唐代之後的事情了。元稹所作《鶯鶯傳》傳奇，借張生之口無恥地說：「予之德不足以勝妖孽。」直把「始亂終棄」之後的崔鶯鶯視作「妖孽」，遂開後世以「妖孽」比喻女色的先河。

•「孝子」是指孝順的兒子嗎？

「孝子」在今天的語義中是指孝順的孩子，除此之外再無別的意思。但是這個詞最古老的語義卻不是這個意思，是孔子把「孝」的內涵擴大了。

《禮記》這樣定義「孝」：「祭稱孝子、孝孫，喪稱哀子、哀孫。」父親或母親剛去世的時候，非常哀痛，哭得上氣不接下氣，稱作「哀子」；過了一段時間，哀痛慢慢減輕了，停止了哭泣，這時再祭奠去世的父親或母親，稱作「孝子」。因此，「孝子」是祭奠的時候才使用的稱謂。後來一概把居喪的男子稱作「孝子」。由此可見，這個詞的本義跟「孝順」沒有任何關係。你也許會問：若不孝順，幹嘛還給父母守喪？道理很簡單：在古代社會裡，父母死而不服喪，那是一種犯罪行為，要受到法律的懲罰。

後來從為父母服喪逐漸引申出了「孝順」的詞義。孔子如此定義他心目中的「孝」即「無違」，即孝順；「能養」，即孝養，供養父母；「敬」，即孝敬。孔子的定義也就是今天「孝子」的定義。值得注意的是，孔子所說「無違」（即孝順）有兩層含義：「生，事之以禮；死，葬之以禮，祭之以禮。」父母活著的時候，要孝順他們；父母去世之後，要按照禮儀舉行葬禮，按照禮儀按時祭奠他們。第二層意思就是「孝子」最本原的語義。

如果不瞭解「孝子」最本原的語義，古人書中的很多記載就看不懂。比如晉朝王綏的父親被人捉走了，生不見人死不見屍，王綏日常飲食都只降低一級標準，當時人諷刺他是「試守孝子」—試著為父親守孝。南北朝時期劉宋王朝的後廢帝劉昱性情殘暴，有一次他母親王皇后賜給他帶有玉柄的羽毛扇，劉昱嫌扇子的玉柄太粗糙不華麗，因此就想害死母親。這頭已經命令太醫去煮毒藥了，劉昱的左右人等趕緊勸他：「若行此事，官家便作孝子。」意思是：您要是真的把太后毒死了，那您就要做「孝子」為母親守孝了，怎能繼續到處去遊樂？劉昱一聽有道理，於是罷手。南北朝亂世，北魏和南齊征戰，南齊有一個將領叫成買，他出戰前說：「不殺賊就被賊殺，我的幼子不為世子，便為孝子。」世子是指高官貴族的子弟。此處如果將「孝子」理解成「孝順的兒子」就解釋不通，因為緊接著成買又說：「做世子可以在門上塗赤赭色的塗料，做孝子只能在門上塗白土粉（比喻服喪）。」

這些例子都是使用「孝子」最原本的語義。

●「忌諱」原來不能用在活人身上●

避諱是中國傳統文化的特有現象，為了顯示國君、皇帝或尊親的威嚴，說話不能直呼其名，連書寫時也不能直寫其名，需要用同義的字去代替。比如「雉」這個字本來就是指野雞，但是漢代呂后名叫呂雉，為了避她的諱，管野雞只能叫野雞而不能叫「雉」。漢武帝名叫劉徹，為了避他的諱，「徹」字統統改成「通」字。漢光武帝名叫劉秀，為了避他的諱，「秀」字一律改成「茂」字，因此「秀才」在東漢時期就稱「茂才」。漢明帝名叫劉莊，「莊」字一律改成「嚴」字。司馬遷的父親名叫司馬談，因此司馬遷遇到「談」字就用「同」字代替……。更有甚者，唐代官員馮宿被任命為華州刺史後，堅決不肯去上任，要求改派他地，因為他的父親名叫馮子華，跟華州都有一個「華」字！諸如此類，不一而足。

避諱始於周代，周代之前不存在避諱一說。最初的避諱是關於命名的限制，有所謂「六避」：名字中不能使用國名，不能使用日月，不能使用隱疾（身體上不便告人的病，如性病、天閹、黑臀之類），不能使用山川，不能使用牲畜，不能使用器帛。不過這個要求執行得並不嚴格，比如莊子名周，還是天子的國名，也沒見誰打過他的屁股。

漢代以後，避諱按照等級分為三類：國諱，避帝王之諱；聖諱，避聖人之諱；家諱，避列祖列宗之諱。國諱如漢高祖劉邦，漢代用「國」代替「邦」字；聖諱如孔子名孔丘，姓「丘」的人就被改成姓「邱」；家諱如杜甫的母親名海棠，杜甫終身不作詠海棠的詩。

俗話說「不知道忌諱」，形容恣意妄言，沒有一點兒顧忌。很早就有學者指出這句話被濫用了，「忌諱」不能用在活人身上。「忌諱」一詞出自《周禮》，其中提到「小史」這個官職的職責之一是「若有事，則詔王之忌諱」。鄭玄注：「先王死日為忌，名為諱。」先王當然是指已經死去的國君，先王死的那一天稱「忌」，也就是我們常常說的「忌日」一詞的由來；先王只有死了之後，他的名才能稱「諱」。因此，「不諱」可以當作死亡的婉詞，還有「諱死不諱生」的說法，都是指「忌」和「諱」乃死人專用。

「名諱」一詞也是這樣的用法：「生前曰名，死後曰諱。」分開使用的時候，一定不能弄混；合在一起使用的時候，指尊長或所尊敬之人的名字，含有敬意。

「忌諱」使用於活人身上，始於魏晉以後。魏晉亂世，諂媚以保身的人很多，因此畏懼權勢而對一些字眼或者舉動加以「忌諱」，於是這個詞義就一直沿用到今天。

「戒指」原來是皇帝寵幸后妃的標誌

人人都知道「戒指」，但是「戒指」為什麼用「戒」來定義呢？

「戒指」最早的稱謂是指環。《詩經・靜女》中有「靜女其孌，貽我彤管」的詩句，孌（ㄌㄨㄢˊ）是美好之意，彤管是「赤管筆」，即杆身漆成紅色的筆，古代女史記事所用。《毛傳》解釋這句詩說：「古者後夫人必有女史彤管之法，史不記過，其罪殺之。后妃群妾以禮御於君所，女史書其日月，授之以環，以進退之。生子月辰，則以金環退之。當御者，以銀環進之，著於左手；既御，著於右手。事無大小，記以成法。」

這段話說得很明白：對於懷孕的后妃，宮中的女官要授給她一枚金環，表示不能與皇帝同床；要和皇帝同床的后妃呢，就授給銀環，戴在左手表示即將和皇帝同床；戴在右手表示已經和皇帝同床過了。

東漢衛宏所著《漢舊儀》中有對帝王寵幸后妃的更詳細的記載：「刻盡，去簪珥，蒙被入禁中，五刻罷，即留。女御長入，扶以出。御幸賜銀環，令書得環數，計月日無子，罷廢不得復御。」賜給后妃銀環的目的，在於根據所得銀環的數量來計算時日，如果一直不能懷孕，該后妃就會被冷落。

金環、銀環都是指環，據《晉書．四夷列傳》記載，大宛國「其俗娶婦先以金同心指環為娉」，可見這時已經有同心形狀的指環。

因為指環戴在手上，因此又有別名「手記」；指環環束於指，因此又有別名「約指」；古時射手將指環戴在右手拇指上用以控弦，因此又有別名「彄（ㄎㄡ）環」，《西京雜記》載漢高祖劉邦寵愛的戚夫人「以百煉金為彄環，照見指骨」。

至於「戒指」這個稱謂，至遲元雜劇中就已經開始使用，明代都卬《三餘贅筆》中列有「戒指」一條，其中說：「今世俗用金銀為環，置於婦人指間，謂之戒指。」可見明代時「戒指」早已成了通用的稱謂。為什麼用「戒」字來定義呢？這還要追溯到《毛傳》的解釋，清代學者王應奎在《柳南隨筆》中簡要地加以概括：「相傳古者婦人，月經與娠則帶，否則去之。」接著他又感慨道：「今人常帶在手，既昧戒止之義，甚至男子而亦帶之，若為飾手之物，尤可怪矣。」原來，「戒指」取戒止之意，嬪妃妊娠或者月經期即戴戒指，表明不可與帝王同房。

王應奎「尤可怪也」的感慨很有道理，「戒指」本來是戒止之物，什麼時候開始作為愛情和婚姻的信物了呢？如今能夠追溯到的最早記載就是《晉書》所說大宛國「其俗娶婦先以金同心指環為娉」，唐詩中有王氏婦〈與李章武贈答詩〉之二：「撚指環，相思見環重相憶。願君永持玩，迴圈無終極。」鮮明地道出了指環和戒指為什麼能夠成為愛人之間的信物，即象徵著愛情「迴圈無終極」。

●「扶老」原來是拐杖的雅稱

「扶老」在今天不是一個單獨使用的詞彙，而是與「攜幼」組合成一個常用的成語「扶老攜幼」，形容所有的人都出動了，連老人、小孩兒都不例外。不過，鮮為人知的是，古時「扶老」一詞不僅可以單獨使用，而且竟然還是拐杖的雅稱！

最初的時候，古人將一些質地堅硬，可以做手杖的樹木、藤類、竹類命名為「扶老」，這一命名流行於魏晉時期。

《詩經．大雅．皇矣》的第二段吟詠了周部族的先祖古公亶父遷居岐山之下的周原之後開闢荒莽的動人景象，其中有「啟之辟之，其檉其椐」的詩句，「檉（ㄔㄥ）」即檉柳，落葉小喬木，耐乾旱。「椐（ㄐㄩ）」是一種多腫節的小樹，三國時期吳國學者陸機注解說：「節中腫，似扶老，今靈壽是也。今人以為馬鞭及杖。」因此又稱「靈壽木」。

《山海經·中山經》中載龜山「多扶竹」，兩晉學者郭璞注解說：「邛竹也。高節實中，中杖也，名之扶老竹。」此竹因產於邛都（今四川西昌東南）而得名「邛竹」，邛竹所製的手杖最為有名，稱「邛杖」或「邛竹杖」，甚至遠銷中亞的大夏王國，《史記》載張騫出使西域時就曾經在大夏見過。

顧名思義，「扶老」之所以可以作為手杖或拐杖的雅稱，當然是因為可供老人憑藉扶持的緣故。古人非常重視奉養老人，歷朝歷代都頒布有養老制度。據《周禮》記載，周代有「羅氏」一職，職責之一是：「中春，羅春鳥，獻鳩以養國老。」「中春」即「仲春」，指陰曆二月；「國老」指告老退職的卿、大夫、士。羅氏仲春時要設網羅捕捉春鳥。那麼為什麼要向國老獻鳩呢？鄭玄注解說：「春鳥，蟄而始出者……是時鷹化為鳩，鳩與春鳥變舊為新，宜以養老助生氣。」古人認為仲春的時候，鷹化而為鳩，獻鳩於國老，乃是變舊為新、助養生氣之意。

唐代大型類書《藝文類聚》卷九十二引東漢學者應劭《風俗通》佚文載：「《周禮》羅氏獻鳩養老，漢無羅氏，故作鳩杖以扶老。」古人認為鳩能聚集陽氣，又是不噎之鳥，因此才向國老獻鳩。而漢代沒有羅氏一職，於是象徵性地製作了「鳩杖」賜給老人以「扶老」。「扶老」一詞始出於此。此即《後漢書·禮儀志》所載：「年始七十者，授之以王杖……王杖長九尺，端以鳩鳥為飾。鳩者，不噎之鳥也。欲老人不噎。」之所以在杖頭雕刻鳩的形狀，是因為鳩乃傳說中的不噎之鳥，吃東西不會噎著，因此才賜給老者，提醒他們吃飯時千萬別噎著。

李時珍則在《本草綱目》中提出了醫學的解釋：「鳩能益氣，則能明目矣，不獨補腎已爾。古者仲春羅氏獻鳩以養國老，仲秋授年老者以鳩杖，云鳩性不噎，食之且復助氣也。」

「鳩杖」的來歷還有一種說法，同樣出自《藝文類聚》卷九十二所引《風俗通》佚文：「俗說高祖與項羽戰，敗於京索，遁叢薄中，羽追求之，時鳩正鳴其上，追者以鳥在，無人，遂得脫，及即位，異此鳥，故作鳩杖，以賜老者。」

楚漢相爭時，項羽和劉邦在河南滎陽南打了一場大仗，史稱「京索之戰」，漢軍由名將韓信指揮，把項羽的楚軍打得大敗，漢軍因此一舉扭轉了不利的局勢，重振旗鼓，得以和楚軍長期相持。不過，在戰役初期，劉邦有一次兵敗，仗著鳩鳥方才逃過性命，因此而製作了「鳩杖」。

有趣的是，「扶老」還是一種名為「禿鶖」的水鳥的別稱。據西晉學者崔豹所著《古今注・鳥獸》篇載：「扶老，禿秋也，狀如鶴而大，大者頭高八尺，善與人鬥，好啖蛇。」不過，宋代無名氏所著《采蘭雜志》中卻駁斥了這一說法：「山中老人以禿鶖頭形刻杖上，謂之扶老，以此鳥能辟蛇也。《古今注》以禿鶖為扶老，甚謬。」也就是說，在山中生活的老人，為了避蛇患，將禿鶖頭部的形狀刻在手杖上，禿鶖因此而得名「扶老」，崔豹則顛倒了因果關係。

以上即為「扶老」作為手杖或拐杖雅稱的來歷。

賞賜「鳩杖」的習俗一直延續到清代，據清人昭槤所著《嘯亭續錄》記載：「康熙癸巳，仁皇帝六旬，開千叟宴於乾清宮，預宴者凡一千九百餘人。乾隆乙巳，純皇帝以五十年開千叟宴於乾清宮，預宴者凡三千九百餘人，各賜鳩杖。」規模之大，令人歎為觀止！

「折枝」原來是為長者效勞

「折枝」一詞，今天的日常用語和書面語中都不再使用，按說原無辨析的需要，但這個詞卻很有趣，因為字面意思一望便知：折枝者，折斷樹枝也。如此明白無誤的字面意思，莫非竟然還有別的解釋？當然有，否則我們也不用在這裡白費口舌啦！

「折枝」這個說法出自《孟子・梁惠王上》篇中孟子和齊宣王的一段對話。孟子在向齊宣王講解為人君者為什麼不能推恩於百姓的時候，舉了這樣兩個例子來加以論證：「挾泰山以超北海，語人曰：『我不能。』是誠不能也。為長者折枝，語人曰：『我不能。』是不為也，非不能也。故王之不王，非挾泰山以超北海之類也；王之不王，是折枝之類也。」

「折枝」原來是為長者效勞「為長者折枝」，歷代學者共有三種解釋。

其一為東漢學者趙岐，他解釋說：「折枝，案摩，折手節，解罷枝也。少者恥是役，故不為耳，非不能也。」按照趙岐的解釋，「枝」通「肢」，「折枝」就是為長者按摩。「折手節」指舒展長者雙手的關節；「解罷枝」，「罷」通「疲」，解除長者四肢的疲勞。年少者以之為恥，因此不是不能，而是不願意做這樣的事。

北宋學者孫奭（ㄕˋ）繼承了這種觀點：「如為長者按摩手節，而語人曰：『我不能為長者按摩手節。』是恥見役使但不為之耳，非不能也。」

其二為南宋學者陸筠，宋元間學者馬端臨在《文獻通考・經籍考》中引用了陸筠在《翼孟音解》中的解釋，他認為「折枝」為「磬折腰肢」。「磬（ㄑㄧㄥˋ）」是一種玉製或石製的樂器，懸掛在架上，擊之而鳴。磬的形狀曲折，因此而有「磬折」一詞，形容行禮時屈身如同磬一樣曲折，表示恭敬之意。

其三為南宋著名學者朱熹，他解釋說：「為長者折枝，以長者之命折草木之枝。言不難也。」這一解釋就是「折枝」的字面意思。但為長者折取草木之枝，實屬毫無意義的舉動，折下這根枝條做什麼用呢？因此朱熹的解釋最不可取。

趙岐所說「折枝」即按摩也不可取，因為「折」的本義是用斧頭砍斷樹木，引申義也根本沒有按摩之意；如果非要用其本義來比附按摩，那麼這種用砍斷樹木來比附的按摩未免過於兇猛可怕。

因此陸筠的解釋最為可取。「折」為磬折；「枝」通「肢」，腰肢。即使貴為一國之君，也應該尊敬長者，向長者行禮。孟子就是用這樣的比喻來勸諭齊宣王，後人遂以之作為為長者效勞的典故。比如明代散文家歸有光在《君子尊德性而道問學》中寫道：「折枝之命，受之者不敢委；抱關之位，居之者不敢懈。」「抱關」指掌管城門的門閂，職位低微，恰好對應以卑對尊的「折枝」一詞。

「杏林」為什麼用來指醫界？

「杏林」是醫界的代稱，醫生往往以「杏林中人」自居，醫生世家往往也被稱為「杏林之家」。但「杏林」一詞是怎麼來的呢？

這個稱謂出自三國時期福建名醫董奉。據葛洪《神仙傳》載，福建名醫董奉住在山中，為人治病從來不收錢，如果治癒的是重病患者，就吩咐他們在自己住處附近種五棵杏樹，如果治癒的是輕病患者，則種一棵杏樹。數年之後，他的住處附近杏樹就有十餘萬棵，成為一片鬱鬱蔥蔥的森林了。森林中百禽群獸極多，每天在林間嬉戲，和董奉相處得像一家人。

董奉在林中還建了一座糧倉，當杏子成熟的時候，就對附近的人們說：「如果你們想來買杏子，不需要花錢，只需用穀子來換，拿多少穀子來就換多少杏子。」若遇到有貪小便宜的人拿比較少的穀子卻取走比較多的杏子，森林裡的老虎就主動出林，大吼著驅趕此人，這些貪小便宜的人嚇得慌慌張張地逃跑，回到家一秤，多取的杏子全撒在路上了，帶回來的杏子竟剛好跟帶去的穀子一樣多。遇到有偷杏子的人，老虎就會一直跟蹤到那個人家裡，活活將他咬死，家人知道他是因偷杏而死，趕緊把偷回家的杏子送還給董奉，叩頭謝罪，董奉施展他的絕妙醫術，再把被虎咬死的人救活。

董奉並不是個守財奴，用杏子換回來的穀物，董奉用它接濟窮人，旅途中沒有乾糧的行人也常常得到董奉的接濟。

有一次董奉治好了縣令女兒的怪病，縣令把女兒許配給董奉為妻，董奉經常出門行醫，妻子於是領養了一個女兒一起生活。十幾年之後，董奉忽然成仙而去，據仙去之前最後看見董奉的人回憶，董奉看起來就像三十多歲的年輕人，而其實董奉在人間已經三百多年了。

董奉成仙後，妻子和女兒就靠著這片杏林為生，有想來欺負這對孤女寡母的，林中的老虎就出來逞威風，趕走那些壞人。

董奉雖然離開了人間，但他的杏林仍然護佑著妻女。為了紀念這位行醫濟世的名醫，當地人在杏林中設壇祭祀，又在董奉隱居處修建了杏壇、真人壇、報仙壇。時間一長，「杏林」便漸漸成為醫家的專用名詞，人們還常常愛用「杏林春暖」、「譽滿杏林」之類的話來讚美那些像董奉一樣具有高尚醫風的名醫。

●「步驟」原來是指由慢走到快跑

「步驟」一詞，今天最常用的義項是步伐和事情進行的程序、次第，不過在古代，「步」和「驟」分別指慢走和快跑，而且還用之於比喻政事。

「步驟」一詞出自《荀子．禮論》：「故君子上致其隆，下盡其殺，而中處其中。步驟、馳騁、厲鶩不外是矣。是君子之壇宇宮廷也。」隆，隆重；殺，簡省；鶩（ㄨˋ），奔馳。這段話的意思是：因此君子對隆重的禮儀就要極盡其隆重，對簡省的禮儀就要極盡其簡省，對適中的禮儀就要作適中的處置。慢走和快跑、縱馬馳騁、劇烈奔馳都越不出這個範疇。這就是君子活動的範圍。

據《後漢書．曹褒傳》載，漢章帝所下的詔書中有「三五步驟，優劣殊軌」之句。什麼叫「三五步驟」？李賢在所作的注中引《孝經鉤命決》說：「三皇步，五帝驟，三王馳。」宋均解釋說：「步謂德隆道用，日月為步；時事彌順，日月亦驟；勤思不已，日月乃馳。」這是講隨著歷史的發展，人類的物質欲和占有欲越來越強烈，純真本性漸漸喪失的過程。三皇時期，德行與自然相和諧，日月就走得慢；五帝時期，時事越發順利繁雜，日月就走得快；夏商周三代時期，為繁雜的政事勤苦思考，日月就走得更快以至於疾行。所謂「三五步驟」，即指三皇的「步」和五帝的「驟」，其政事之優劣顯而易見。

後人又對「三皇步，五帝驟，三王馳」加以補充：「五霸鶩，七雄僵。」春秋五霸奔馳得更快，到了戰國七雄的時候，因奔馳得太快而竟至於仰面向後倒下了。

據明代學者楊慎在《楊升庵集》中的記載，南宋著名理學家陸九淵還有更有趣的說法：「三皇垂策，五帝繁手，禹湯馳轅，五霸覂駕，六國摧輈。」三皇垂下馬鞭子，代表無為而治；五帝治理政事的手法十分繁雜；夏禹和商湯駕轅奔馳；覂（ㄈㄥˇ），覆，春秋五霸跑得更快以至於翻車；輈（ㄓㄡ），車轅，六國時期跑得更快以至於連車子都折斷了。

古人講究無一字無來歷，即使比喻治理國家的政事也這麼有趣，可惜今天的「步驟」一詞，雖然還有循序漸進的含義，但是「步」的慢走和「驟」的不奔馳而快跑的義項體現不出來了。

●「沆瀣一氣」為什麼會變成貶義詞？●

「沆瀣一氣」比喻臭味相投的人勾結在一起。「沆（ㄏㄤˋ）」是白色的靄氣，「瀣（ㄒㄧㄝˋ）」是夜間的水氣。「沆瀣」合在一起即指夜間的水氣，露水。

不過，在「沆瀣一氣」最早的出處裡，沆瀣卻並不是夜間的水氣的意思，而是指兩個人。這兩個人同姓，都姓崔，一個叫崔沆，一個叫崔瀣。崔沆是唐僖宗時的宰相，乾符二年（西元八七五年）主持進士科考試，剛好有一個考生叫崔瀣，文章作得非常好，崔沆愛不釋手，遂錄取了崔瀣。按照常規，考生中試後要面見主考官（叫「座主」）致謝，崔沆非常欣賞崔瀣，於是二人談了很久，相互知心。事情就有這麼巧，二人名字中的「沆」和「瀣」合在一起居然是一個有意義的詞，即「沆瀣」，也就是夜間的水氣的意思，於是當時的人們把二人的名字連在一起，造了兩句歌謠來打趣二人：「座主門生，沆瀣一氣。」這兩句歌謠絲毫沒有貶義，純粹是靈機一動所造出來的文字遊戲。

這個故事出自北宋王讜編輯的《唐語林》一書。幾經演變，「沆瀣一氣」從文字遊戲變成了貶義詞。

又可惜了一個好詞！

「沐猴而冠」是給猴子洗澡嗎？

很多人把「沐猴而冠」理解成給猴子洗完澡後，再給牠戴上帽子，其實大謬不然。這個成語出自《史記．項羽本紀》：「人言楚人沐猴而冠耳，果然。」秦末亂世，劉邦率先攻進了秦朝的都城咸陽，按照事先的約定，誰先攻進咸陽誰就做關中王。但是項羽的實力要比各路諸侯都強，項羽因此大怒，在鴻門宴劉邦道歉之後，項羽引兵進入咸陽，燒殺搶掠，不僅殺了投降的秦王子嬰，而且把秦朝的宮殿付之一炬，其中就包括著名的阿房宮。大火在咸陽燒了三個月都沒有滅。

幹完這一切壞事之後，項羽樂呵呵地收拾起搶來的金銀財寶，準備回到他的家鄉楚地。有人勸說項羽：「關中地勢險要，土地肥沃，應該在這裡建都稱霸。」誰知沒出息的項羽回答道：「富貴不歸故鄉，如衣繡夜行，誰知之者！」富貴了不回到家鄉炫耀一番，就如錦衣夜行，誰知道你啊！那位說客於是感嘆道：「人言楚人沐猴而冠耳，果然。」沐猴，楚地之人把獼猴叫作沐猴，而不是指給猴子洗澡。這句話很惡毒，是形容項羽就像獼猴戴上了人的帽子一樣，看著是人樣，骨子裡仍然是一隻野獸。

有人向項羽轉述了說客對他的這句評價，「沐猴而冠」的項羽一聽登時大怒，立刻派人抓住了那位說客，投到大鍋裡活活給煮死了。

「牢騷」原來是刷馬時的哀嘆

在日常用語中，「牢騷」和「發牢騷」都是指發洩煩悶不滿的情緒。到底什麼是「牢騷」呢？這兩個字又是怎麼組合在一起的？

「牢」，是象形指事，在甲骨文的字形中，「牢」的下面是一隻牛，上面像養牛的圈。因此「牢」的本義是關養牛馬等牲畜的圈。《說文解字》解釋道：「牢，閑，養牛馬圈也。」比如「亡羊補牢」這個成語就是羊跑了，還要把羊圈補好的意思。古代還把祭祀或者宴享時的牲畜稱為「太牢」、「少牢」，牛羊豬各一隻叫「太牢」，羊豬各一隻叫「少牢」；天子祭祀叫「太牢」，諸侯祭祀叫「少牢」。

「騷」是形聲字，從馬，蚤聲，《說文解字》解釋道：「騷，摩馬。」段玉裁注：「人曰搔，馬曰騷，其意一也。摩馬，如今人之刷馬。」引申為「擾也」，馬擾動的樣子，再引申為因紛擾不安而導致的憂愁。屈原所作的「離騷」就是離憂的意思。

「牢騷」和「發牢騷」，毫無疑問最早都和畜圈裡的馬有關。馬和馬車是古代最重要的交通工具，趕馬車的人被稱為御者，因為幹的是體力活兒，所以地位低下。一天勞累下來，晚上還要在馬圈裡刷馬。伴隨著馬的擾動，御者不免哀嘆自己的身世，有抱負的人更有懷才不遇之感。

而這一職位造就了中國史上四個著名的詞：

「御用」。即用於御，用為王的御者，為王前驅。如此責任重大且辛苦，卻得不到應有的待遇，反而被人看不起；御者在馬圈裡哀鳴的時間久了，言為心聲，歌以詠志，遂誕生了「馬圈文學」，純粹幹體力活兒的御者慢慢就轉變成了專事歌詠的「御用文人」。

「輿論」。輿者，車也，車上的言論。黃帝最早設計了車服，御者被分為三六九等，奠定了等級制的基礎。既有等級就有不滿，御者駕車的時候不免嘟嘟囔囔，抱怨車服配不上自己的技術。時間長了，御者的言論漸漸密集起來，形成了一個獨特的言論圈子，後世就用「輿論」這一專門術語來命名這個獨特的言論圈子。

「騷人」和「騷客」。特指詩人。從「馬圈文學」脫胎而出的御者，春風得意之後，「激揚文字，指點江山，糞土當年萬戶侯」，開始了不切實際的妄想。雖然河山還是以前的河山，但揣著俸祿遊山玩水看到的河山，顯然跟駕車時看到的河山大異其趣。

「秀眉」原來是形容老年男性的長眉

今天稱讚女人秀美的眉毛為「秀眉」，如果一個男人膽敢聲稱自己的眉毛為「秀眉」，一定會遭到恥笑。殊不知這個稱謂在古代卻絕不能用來稱呼女人的眉毛，而且只能用來稱呼老年男性。

《詩經．南山有台》是一首頌德祝壽的宴飲詩，其中有「樂只君子，遐不眉壽」的詩句。《毛傳》：「眉壽，秀眉也。」《詩經》中屢屢出現「眉壽」一詞，比如〈七月〉：「十月獲稻，為此春酒，以介眉壽。」《毛傳》：「眉壽，豪眉也。」孔穎達進一步解釋說：「人年老者，必有豪毛秀出者，故知眉謂豪眉也。」據此則「秀眉」等同於「豪眉」。

「秀」的本義是穀物抽穗揚花。南唐學者徐鍇解釋說：「秀，禾實也。有實之象，下垂也。」三國時期的字書《廣雅》則解釋說：「秀，出也。」老人的眉毛中有特出的長眉，長則下垂，因此就把老人之眉稱作「秀眉」或「豪眉」，並用「眉壽」來形容老人長壽。

西漢學者桓寬所著《鹽鐵論．散不足》篇中說：「古聖人勞躬養神，節欲適情，尊天敬地，履德行仁。是以上天歆焉，永其世而豐其年。故堯秀眉高彩，享國百載。」這是稱讚帝堯沒有那麼多欲望，又以德行治國，因此得以長壽。帝堯不僅「秀眉」，而且「高彩」，《淮南子》稱「堯眉八彩」，高誘解釋說：「堯母慶都……年二十無夫，出觀於河，有赤龍負圖而至，與慶都合而生堯，視如圖，故眉有八彩之色。」這當然是對帝堯的神化，但也可從中看出古人對老人的尊敬。

「秀眉」只能用於形容老年男性，還有一個例證。漢獻帝建安二年，袁紹為大將軍，有一次大宴賓客，著名經學大師鄭玄也應邀出席並上坐，《後漢書．鄭玄傳》形容他「身長八尺，飲酒一斛，秀眉明目，容儀溫偉」。鄭玄這一年已經七十歲，因此才用「秀眉」來稱讚他的儀容。

到了唐代，「秀眉」一詞才從老年男性的專用稱謂擴展開去，但也絕不能用之於女人，而是專門形容年輕男性。《新唐書．楊元琰列傳》形容唐代名臣楊元琰「及長，秀眉美鬚髯，崇肩博頤」。「崇肩」指肩膀高，「博頤」指下巴寬。「秀眉」一詞則指楊元琰成年後眉目清秀，已經失去了「秀」的本義，只是當作形容詞來使用了。

「赤子」原來是指嬰兒

我們形容一個心地純潔、毫無雜念的人，常常說這個人有「赤子之心」；對那些遠在海外卻始終心懷祖國的人，也常常用「海外赤子」來形容。「赤子」到底是什麼意思？為什麼它會具備這樣的含義呢？

「赤子」最早是老子所用的比喻，在《道德經》第五十五章中，老子寫道：「含德之厚，比於赤子。毒蟲不螫，猛獸不據，攫鳥不搏。骨弱筋柔而握固。未知牝牡之合而朘作，精之至也。終日號而不嗄，和之至也。」老子的意思是說：道德修養深厚的人，就像「赤子」一樣，毒蟲不螫他，猛獸不傷害他，鷹隼不搏擊他；他雖然筋骨柔弱，但是兩個小拳頭卻能握得緊緊的；他雖然不懂得男女交合的事情，但是他的生殖器卻勃然舉起，這都是因為他精氣充沛的緣故；整天號哭嗓子卻不會嘶啞，這都是因為他和氣醇厚的緣故。這段話裡有兩個生僻字：「朘（ㄗㄨㄟ）」是男孩的生殖器，「嗄（ㄕㄚˋ）」是聲音嘶啞。

按照老子的形容，「赤子」毫無疑問是指嬰兒。《尚書．康誥》中說：「若保赤子，惟民其康乂（ㄧˋ）。」孔穎達疏：「子生赤色，故言赤子。」原來嬰兒剛生下來的時候是赤色的，故稱「赤子」。顏師古注《漢書》：「赤子，言其新生未有眉髮，其色赤。」這是同一個意思。但是清人李慈銘在《越縵堂讀書記》「槎庵小乘」一節中提供了全新的解釋：「尺字古通用赤……赤子者謂始生小兒僅長一尺也。」這種解釋很新鮮，只是不知道李慈銘依據什麼說「尺字古通用赤」。

「赤子」後來被引申為皇帝統治下的子民。《漢書．龔遂傳》：「故使陛下赤子，盜弄陛下之兵於潢池中耳。」這裡的「赤子」就是指皇帝的子民。據《資治通鑒》記載，唐太宗貞觀年間，為了抵禦邊境的騷擾，李世民每天都讓數百人演習武藝，自己親自坐鎮觀看。群臣擔心他的安全，勸他回避這種場合，李世民說：「王者視四海如一家，封域之內，皆朕赤子，朕一一推心置其腹中，奈何宿衛之士亦加猜忌乎！」李世民的意思是天下的百姓都是我的「赤子」（子民），我與他們推心置腹，為什麼要猜忌他們呢？這裡「赤子」的意思更加顯豁，而且從這句話裡衍生了一個後來的常用詞－「海內赤子」（「封域之內，皆朕赤子」），慢慢就演變成了「海外赤子」這個常用詞。

《孟子．離婁下》說：「大人者，不失其赤子之心者也。」這是第一次出現「赤子之心」。「赤子之心」即嬰兒之心，嬰兒之心當然純潔無瑕，沒有絲毫雜念。今天「赤子之心」的含義跟孟子所說完全相同。

「走後門」出自滑稽戲？

誰都知道「走後門」是什麼意思，但這句俗語是怎樣來的，起源於何時？

這句俗語出自北宋年間的一齣滑稽戲。

宋徽宗崇寧元年（西元一一〇二年），用蔡京為相，蔡京開始嚴酷迫害元祐黨人。所謂元祐黨人是指宋哲宗元祐年間反對變法的舊黨，以司馬光為首，包括蘇軾、蘇轍、黃庭堅等人。蔡京擬出了一個一百二十人的龐大名單，稱作奸黨，宋徽宗親自書寫姓名，刻於石上豎在端禮門外，史稱「元祐黨人碑」。凡是元祐黨人的子孫，一律不許留在京師，不許參加科考，而且碑上列名的人一律「永不錄用」，而且一概不許出現和提到「元祐」的字眼。

洪邁《夷堅志》記載了一則〈優伶箴戲〉的故事。有一次宋徽宗和蔡京等大臣看戲，一個伶人扮作宰相，坐著宣揚朝政之美。一個僧人請求他簽署准許游方的文件，宰相一看僧人的度牒，是元祐三年頒發的，立刻收繳毀掉，還讓僧人還俗。一個道士丟了度碟，宰相一問也是元祐年間頒發的，立刻剝掉道士的道服，讓他做平頭百姓。一個士人是元祐五年獲得薦舉的，按照對元祐黨人的政策，應該免掉薦舉，負責管理官員的禮部不予錄用，把他趕走了。過了一會兒，宰相家主管私家財庫的官員附在宰相的耳邊小聲說：「今天在國庫，申請相公您的料錢一千貫，沒想到撥下來的全部都是元祐年間所鑄的錢，我來向您請示這些錢咱們到底要不要？」宰相低頭想了半天，悄悄對官員說：「從後門搬入去。」旁邊的伶人舉起手中所持的棍棒，照著宰相的脊背就打，一邊打一邊罵道：「你做到宰相，原來也只要錢！」

宋徽宗和諸大臣看到這裡，大家不約而同地噗哧一笑，不知道蔡京笑了沒有。如此辛辣的諷刺，在古代也只能出現在這種滑稽戲裡面。從此之後，「走後門」就成為以權謀私的代名詞，一直流傳到現在。

「足下」為什麼是尊稱？

「足下」是一個敬辭，下對上或者同輩之間都可以尊稱對方為「足下」，意思跟今天的「您」相近。

《戰國策．燕策》中收錄有投奔趙國的燕國大將樂毅回覆燕惠王的一封信，開篇就寫道：「臣不佞，不能奉承先王之教，以順左右之心，恐抵斧質之罪，以傷先王之明，而又害於足下之義，故遁逃奔趙。」「斧質」是古代一種酷刑，將人放到砧板上，用斧頭砍死。

這段話的意思是：臣不才，不能遵循燕國先王的教誨，來順應大王您左右官員之心，恐怕犯下斧質之罪，這樣既傷害了先王的英明，又有害於足下您的仁義，因此遁逃投奔了趙國。樂毅是臣，燕惠王是君，這是「足下」之稱用於下對上。同輩之間互稱「足下」的例子則更多，此不贅言。

人們會覺得這個敬稱很奇怪：既然是尊敬的稱呼，怎麼能把對方稱為腳下呢？原來，這個稱謂的由來還有一個令人心酸的故事呢。

晉人嵇含所編撰的《南方草木狀》中引述了一條西漢幽默大師東方朔在《瑣語》中的記事：「木履起於晉文公時。介之推逃祿自隱，抱樹而死。公撫木哀嘆，遂以為履。每懷從亡之功，輒俯視其履曰：『悲乎足下！』足下之稱，亦自此始也。」

南朝宋的劉敬叔所著《異苑》卷十中也有類似的記載：「介子推逃祿隱跡，抱樹燒死。文公拊木哀嗟，伐而製屐。每懷割股之功，俯視其屐曰：『悲乎，足下！』足下之稱，將起於此。」

再後來，南朝梁的文學家殷芸所著《小說》一書中則寫道：「介子推不出，晉文公焚林求之，終抱木而死。公撫木哀嗟，伐樹制屐。每懷割股之恩，輒潸然流涕視屐曰：『悲乎足下！』足下之言，將起於此。」

綜上所述，這個故事源自晉文公和介子推（也寫作「介之推」）。

春秋時期，晉國的公子重耳被逼逃亡國外十九年，顛沛流離，有時候在流亡路上實在沒有食物可吃，只好吃野菜。侍從介子推看到這種情形，就不聲不響地割下大腿上的一塊肉，燉成一鍋肉湯，端給重耳吃。

回到晉國之後，重耳當上了國君，即著名的晉文公。剛剛即位，晉文公就開始大行封賞，把逃難時期跟隨自己的人都封了大官，這些人也毫無愧色地接受，介子推引以為恥，和母親二人隱居到了今山西省介休市的綿山裡面。

為了逼介子推出山，晉文公下令放火燒山，沒想到介子推十分倔強，竟然抱著一棵樹活活給燒死了。晉文公非常悲傷，撫摸著這棵樹痛哭不止。哭完了，晉文公令人伐下這棵樹，讓鞋匠做成一雙木屐，天天穿到腳上，以此紀念介子推的割股之功，還常常看著腳下的木屐說：「悲乎，足下！」後人因此就用「足下」表示對對方的尊稱。

不過，在為《史記．秦始皇本紀》所作的集解中，南朝學者裴駰引述蔡邕的解釋說：「群臣士庶相與言，曰殿下、閣下、足下、侍者、執事，皆謙類。」如此說來，「足下」之稱，意味著不敢直視對方，猶如說：我只敢盯著您的腳下說話。

東方朔《瑣語》、劉敬叔《異苑》和殷芸《小說》都是小說家言，更原始的文獻《左傳》和《史記》中都沒有介子推被燒死的記載。因此這個流傳久遠的故事很可能是杜撰出來的，蔡邕的解釋則更為可信。但是不管怎樣，「足下」的稱謂卻就此流傳了下來，一直沿用到今天，不過更多是用在書面語或者書信之中。

更有趣的是，清明前一日或二日的寒食節竟然也跟這個莫須有的故事扯上了關係。東漢學者桓譚在《新論．離事》篇中寫道：「太原郡民，以隆冬不火食五日，雖有疾病緩急，猶不敢犯，為介子推故也。」「火食」即吃熟食。這顯然是太原郡所轄的介休一帶的風俗。

《後漢書．周舉傳》中也有類似的記載：「太原一郡，舊俗以介子推焚骸，有龍忌之禁。至其亡月，咸言神靈不樂舉火，由是士民每冬中輒一月寒食，莫敢煙爨，老小不堪，歲多死者。舉既到州，乃作吊書以置子推之廟，言盛冬去火，殘損民命，非賢者之意，以宣示愚民，使還溫食。於是眾惑稍解，風俗頗革。」

所謂「龍忌」，「龍」指二十八星宿中的東方青龍七宿，其中的心宿二乃大火星，寒食禁火，故稱「龍忌」。「爨（ㄘㄨㄢ）」指燒火做飯。根據這則記載，可見東漢時的寒食節在盛冬季節，而且長達一月之久！周舉革除了這一陋俗之後，久經演變，才最後定型為春季，歷代相沿。

不過，據《周禮》載，周代時已有禁火之制：「中春，以木鐸修火禁于國中。」用木鐸警示眾人實行火禁，這是因為仲春時節天乾物燥的緣故。這才是寒食節的真正起源，晉人將之附會到介子推身上，無非是為了紀念他而已。

介子推的「割股之功」竟然一舉敷衍出影響中國兩千多年的兩大事件——「足下」的敬辭，寒食節的民間習俗——真可以稱得上前無古人後無來者！

「身懷六甲」為什麼是表示懷孕？

「身懷六甲」表示女人懷孕，但六甲到底是什麼東西，六甲為什麼又跟懷孕扯上關係，所有的辭典和語言學家都沒有解釋清楚。更多的都是根據傳說，比如說甲子、甲戌、甲申、甲午、甲辰、甲寅，這六個甲日是上天創造萬物的日子，也是婦女最容易受孕的日子，故稱女子懷孕為「身懷六甲」。比如說六甲六丁神，六甲是陽神，六丁是陰神，六甲六丁剛好是陽一半陰一半，在中國人的觀念中，都希望生一個男孩子，故稱「身懷六甲」。

這些說法都缺乏文獻支持，只能視作傳說或口耳相傳的附會之言。真正的解讀應該從文字學入手。

《隋書．經籍志》將以下幾種書列為一類：《六中貫胎書》、《產乳書》、《產經》、《推產婦何時產法》、《推產法》、《雜產書》、《生產符儀》、《產圖》、《雜產圖》。這幾種書都跟婦女生產有關，因此也是文獻中第一次將六甲與懷孕聯繫起來的記載。破解「身懷六甲」的關鍵就在於《六甲貫胎書》這個書名。

先說「六甲」。十天干和十二地支相配計算時日，其中由「甲」帶頭的六種組合，依次為甲子、甲戌、甲申、甲午、甲辰、甲寅。在《六甲貫胎書》這個書名中，「六甲」用以計日，「六甲」輪完一圈為六十天，也就是整整兩個月的時間。

再說「貫」。《說文解字》：「貫，錢貝之貫也。」指穿錢的繩子，引申為貫通、連續。

最後說「胎」。《說文解字》：「胎，婦孕三月也。」古人認為懷孕三月才成胎。

那麼，所謂「六甲貫胎」，就是說從兩個月連貫到成胎的三個月時間。《六甲貫胎書》雖然已經失傳，但是從字義上來看，毫無疑問是講從可以診斷出的兩個月懷孕時間，到成胎的三個月時間，如何判別、保養的方法，因此列在講述生產、哺乳的方法之前。

「身懷六甲」一詞即由此而來。最初的時候，它寄寓著剛診斷出來懷孕的女人盼望著成胎、貫胎的焦急心情和美好祝願，後來才用作泛指，用來表示女人懷孕。至此，無數人為之百思不得其解，從來沒有權威解釋的「身懷六甲」的稱謂之謎，徹底得以破解。

•「兔死狐悲」原來不是比喻物傷其類——•

俗話說「兔死狐悲，物傷其類」，此話自古至今流傳甚廣，以至於如今的各種辭書都把「兔死狐悲」這句成語解釋為：比喻因同類的滅亡而感到悲傷。但是兔子和狐狸，一個是食草動物，一個是食肉動物，而且兔子還是狐狸的口中之食，怎麼可以歸為同類呢？雖然有人提過這個疑問，但是卻從來沒有人解釋清楚過。

要想解釋清楚兔子死了狐狸為什麼會悲傷，就必須瞭解古人心目中兔子和狐狸的兩種相似習性。

老子的弟子文子所著《文子》一書中說：「飛鳥反鄉，兔走歸窟，狐死首丘，寒螿得木，各依其所生也。」寒螿（ㄐㄧㄤ）即寒蟬，夏末秋初時在樹上鳴叫。在古人看來，飛鳥飛得再遠也要還鄉，兔子跑得再遠也要歸窟，狐狸死了頭也要朝向出生的山丘，寒蟬鳴於樹上，這都是動物的天性。

其中「狐死首丘」被稱為狐狸的德行之一。《禮記．檀弓》載：「太公封於營丘，比及五世，皆反葬於周。君子曰：『樂，樂其所自生；禮，不忘其本。古之人有言曰：狐死正丘首。』仁也。」孔穎達解釋說：「所以正首而向丘者，丘是狐窟穴根本之處，雖狼狽而死，意猶向此丘，是有仁恩之心也。」比起老虎、獅子，狐狸雖然是微小的獸類，但對自己藏身的丘窟念念不忘，死的時候，一定要把頭朝向丘窟，表示不忘本。後人遂以「狐死首丘」比喻不忘本或對鄉土的思念。

正如「狐死首丘」不忘本一樣，「兔走歸窟」同樣表示不忘本。這是古人心目中兔子和狐狸的兩種相似習性，都是「仁恩之心」的表現。那麼，兔子死後再也無法歸窟，這一場景會令捕食者狐狸聯想起自己死後的「正首而向丘」，同樣的命運使狐狸觸景生情，當然也就會「兔死狐悲」了。這是相應的，狐狸死了的場景也會令兔子觸景生情，因此古時還有一個相對的成語「狐死兔泣」。這是一對捕食者和被捕食者之間的惺惺相惜，雖為天敵，亦足以感懷。

這就是「兔死狐悲」和「狐死兔泣」這兩個成語的真正語源，跟同類毫無關係，也絕不是因同類的滅亡而感到悲傷。此一語源從來沒有被揭示出來過，直到本文才算徹底破解，真乃快事！

•「兔崽子」原來是對男妓的蔑稱——•

「兔崽子」這個罵人話，如今更多用來罵討人嫌的男孩，或者罵人卑賤，有時對極端仇恨的成年人也使用這個詈詞。兔子明明是非常可愛的動物，為什麼偏偏拿來罵人呢？

原來，從宋代開始，兔子就成為妓女的隱語，到了明代，一轉而指稱男妓，順理成章地，清代時「兔崽子」這個稱謂也開始作為男妓或孌童的隱語。

南宋陳元靚所著《事林廣記續集》卷八「文藝類」〈綺談市語〉收錄了當時市民階層流行的各類切口，其中寫道：「娼婦，妓者：水表，妲老。」「水表」和「妲老」都是妓女的隱語，「水表」的「表」後來寫作「婊」，含義就更加明確了。

南宋時期，蹋球（蹴鞠）的藝人成立了專門的組織，稱作「圓社」，《圓社錦語》一書就是記載蹴鞠行業隱語行話的集子，其中蹴鞠業就稱娼妓為「水表」，與《事林廣記》的記載一致。這一稱謂一直延續到明代，元末明初無名氏所著《墨娥小錄》中〈行院聲嗽〉一章也收錄了這一稱謂：「水表：兔兒。」也就是說，元、明時期不僅把娼妓稱作「水表」，還稱作「兔兒」。

為什麼把妓女和兔子聯繫起來呢？原來，這與古代中國對兔子習性的錯誤認識有關。

對兔子習性的錯誤認識最早可以追溯到東漢學者王充所著的《論衡》，在〈奇怪篇〉中，王充寫道：「兔吮毫而懷子，及其子生，從口而出。」西晉張華所著《博物志》則寫道：「兔舐毫望月而孕，口中吐子。舊有此說，余目所未見也。」傳說雌兔舔舐雄兔的毫毛，望著月亮就可以受孕，然後從口中生出幼兔。張華很誠實地說自己並沒有親眼見到過這種景象。

從此之後，這一荒誕不經的傳說竟然就成了定論。北宋學者陸佃在《埤雅》一書中集其大成：「兔口有缺，吐而生子，故謂之兔。兔，吐也。舊說兔者明月之精，視月而孕，故《楚辭》曰『顧兔在腹』，言顧兔居月之腹，而天下之兔望焉，於是感氣。」更有甚者，陸佃還說：「咀嚼者九竅而胎生，獨兔雌雄八竅。」意思是兔子只有八竅，因此只能從口中生子。

對兔子習性的這一錯誤認識導致古人認為兔子血統不純正，博學如蘇東坡，甚至也認為「野人或言兔無雄者，望月而孕」，於是兔子就被比附為婦女的「不夫而妊」。

元末明初學者陶宗儀所著《南村輟耕錄》卷二十八記一富家，「家富饒，田連阡陌，宗族雖盛衍，而子孫多不肖」，於是郡人戲題一律：「興廢從來固有之，爾家忒煞欠扶持。諸墳掘見黃泉骨，兩觀番成白地皮。宅眷皆為撐目兔，舍人總作縮頭龜。強奴猾幹欺凌主，說與人家子弟知。」所謂「撐目兔」，就是指兔子望月。「撐目兔」和「縮頭龜」對舉，可見乃是諷刺這戶人家的女眷盡皆淫亂。因此陶宗儀總結道：「夫兔撐目望月而孕，則婦女之不夫而妊也。」

就是基於對兔子習性的這一錯誤認識，古人才將「不夫而妊」的淫亂女性比之於兔子，而娼妓則首當其衝，此即宋、元、明時期稱娼妓為兔兒、兔子的來龍去脈。而男伶或孌童「將男作女」，恰似無雄之兔，因此從明代開始，兔子一變而為男妓或孌童的隱語。比如馮夢龍所著《情史・情外類》有「萬生」一條，記萬生喜歡一位姓鄭的男孩，而「邑少年以為，是兔子者，而亦挾童耶」，因此嘲笑萬生。這裡的「兔子」即指孌童。晚清豔情小說《品花寶鑒》第五十回更是將兔子和婊子並列：「婊子無情，兔子無義，你的錢也乾了，他的情也斷了。」

作為詈詞，「兔崽子」的語感比兔子更加嚴重。男妓或孌童通常都為年輕男子，因此添加了一個「崽」。

吳趼人所著晚清四大譴責小說之一的《二十年目睹之怪現狀》第八十三回，描寫兩湖總督侯制軍的學生、武昌巡撫言中丞為了巴結老師，答應將女兒許配給侯制軍的男寵朱阿狗，結果言夫人大怒，痛斥丈夫：「你便老賤不揀人家，我的女兒雖是生得十分醜陋，也不至於給兔崽子做老婆！」「幸而你的師帥做個媒人，不過叫女兒嫁個兔崽子；倘使你師帥叫你女兒當娼去，你也情願做老烏龜，拿著綠帽子往自己頭上去磕了！」將「兔崽子」和「娼」對舉，可見「兔崽子」的稱謂在清代時就是指男妓或孌童。

第八十四回則說得更加清楚：侯制軍給朱阿狗改名侯虎，升他當了統領，於是有人議論道：「就如那侯統領，哪個不知他是個兔崽子？就是他手下所帶的兵弁，也沒有一個不知他是兔崽子，他自己也明知自己是個兔崽子，並且明知人人知道他是個兔崽子。無奈他的老斗闊，要抬舉他做統領，那些兵弁，就只好對他站班唱名了，他自己也就把那回身就抱的旖旎風情藏起來，換一副冠冕堂皇的面目了。」

男妓倚為靠山之人稱為「老斗」。這番形容，好一副栩栩如生的孌童模樣，真讓人忍俊不禁。「兔子」和「兔崽子」作為罵人話即由此而來，雖然古今含義已經不同，但語源卻是一致的，如果不信，你罵人一句「兔崽子」試試？

●「咄咄怪事」原來是無聲的抗議——●

「咄（ㄉㄨㄛ）」是嘆詞，本義是相呼、呵斥之聲，「咄咄」因此用來表示感慨、責備或者驚詫之意。既然如此，那麼當人「咄」或「咄咄」的時候，一定會發出聲音，否則怎麼能夠讓人看出自己的感慨、責備或者驚詫呢？

比如「咄咄逼人」這句成語，出自《世說新語．排調》。有一次，東晉大將桓玄和荊州刺史殷仲堪等人遊戲，規定每人都要說出一句「危語」，也就是令人害怕的話。桓玄說：「矛頭淅米劍頭炊。」用矛頭淘米用劍頭煮飯。殷仲堪說：「百歲老翁攀枯枝。」著名畫家顧愷之說：「井上轆轤臥嬰兒。」殷仲堪有一位幕僚在座，隨口也來了一句：「盲人騎瞎馬，夜半臨深池。」殷仲堪一聽，大喊一聲：「咄咄逼人！」原來殷仲堪年輕時瞎了一隻眼睛，因此才會覺得幕僚出語傷人，是在諷刺自己。

但是在「咄咄怪事」這句成語中，「咄咄」卻並非發自於口，而是無聲的抗議。這句成語出自《晉書》和《世說新語．黜免》，而且竟然也跟殷家有關，是殷仲堪的堂叔殷浩的故事。

殷浩時任中軍將軍，以收復中原為己任，無奈屢屢兵敗，被名將桓溫上奏朝廷，貶為庶人。殷浩雖然被貶，卻終日無怨言，依然談論《老子》和《周易》不輟。除此之外，殷浩還「終日恆書空作字，揚州吏民尋義逐之，竊視，唯作『咄咄怪事』四字而已」。「咄咄怪事」本來應該連聲驚呼稱怪，殷浩卻只是拿筆在空中書寫這四個字，有牢騷而不敢或不願發，只能採用這種方式表達自己無聲的抗議。有一次送別外甥韓伯，觸景生情，隨口吟詠了曹攄（ㄕㄨ）的兩句詩：「富貴他人合，貧賤親戚離。」可見殷浩心中的鬱悶。

由這個故事還產生了另外一個成語「咄咄書空」，用來形容失志懊恨之態。

●「和尚」的稱謂是怎麼來的？——●

人們習慣上把所有的男性出家人通稱為「和尚」，不過，漢傳佛教語中的「和尚」專指受戒者的師表，因此，弟子對師父的尊稱、德高望重的出家人或者寺院住持方丈，才可以稱為「和尚」。

「和尚」這一稱呼源自古代西域對梵語「塢波地耶」的誤譯。「塢波」意為近，「地耶」意為讀，「塢波地耶」的原意即弟子所親近習讀的尊師，又稱「親教師」。佛教是透過西域傳入中國的，于闐人把「塢波地耶」誤譯為「和上」；傳入中土之後，著名翻譯家鳩摩羅什改譯為「力生」，指弟子依師而生道力，但沒有能夠流傳下來。

用中文翻譯外來詞彙時，能夠貼近中文原有的使用習慣才能廣泛流行，比如「塢波地耶」一詞，你能想像人們見了出家人就開口稱「塢波地耶」嗎？這種稱呼太不方便了，遠遠比不上「和尚」這稱呼朗朗上口。再加上「和尚」一詞本身還具備一定的含義，比如可以理解為「和睦尚賢」，因此「和尚」才成為了中文的流行語。明朝學者李卓吾解釋道：「千里相聚曰和，父母還拜曰尚。」這是典型僅就字面的解釋，跟原義已經無關了。

「和尚」還有一個稱呼「阿闍（ㄕㄜˊ）梨」，《大智度論》：「白衣來欲求出家，應求二師：一和上，一阿闍梨。和上如父，阿闍梨如母；以棄本生父母，當求出家父母。」「阿闍梨」是梵文的直譯，意為教授弟子，使其行為端正合宜，而自己又堪為弟子的楷模，又稱「導師」。「阿闍梨」和「和尚」的稱呼可以通用。

●「夜貓子」原來是指鴟鵂這種怪鳥——●

「夜貓子」這個日常俗語，今天只用來比喻那些喜歡熬夜的人，但在古代，「夜貓子」卻是一種真的鳥兒，而且名字很古怪，叫做「鴟鵂（ㄔ ㄒㄧㄡ）」。

晚清文康所著話本小說《兒女英雄傳》第五回〈小俠女重義更原情怯書生避難翻遭禍〉中寫道：「這老梟，大江以南叫作貓頭鴟，大江以北叫作夜貓子，深山裡面隨處都有。這山裡等閒無人行走，那夜貓子白日裡又不出窩，忽然聽得人聲，只道有人掏牠的崽兒來了，便橫衝了出來，一翅膀正搧在那騾子的眼睛上。」

《詩經．瞻卬》中有「為梟為鴟」的詩句，「梟（ㄒㄧㄠ）」和「鴟」都是貓頭鷹一類的鳥，古人認為這種鳥是惡鳥，又說「梟」是不孝之鳥，長大後會吃掉自己的母親。

三國時期魏人張揖編纂的《廣雅》中說：「鴟鵂，怪鴟也。」北宋學者陸佃所著《埤雅．釋鳥》中說：「鵂鶹，《釋鳥》所云怪鴟是也。其鳴即雨，為遊可以聚諸鳥。一名隻狐，晝無所見，夜即飛啖蚊虻、鴞服、鬼車之類。」「鴞（ㄒㄧㄠ）」也是鴟一類的鳥，楚人稱「鴞」為服鳥，故稱「鴞服」。「鬼車」俗稱九頭鳥，從名字即可看出，也是一種能製造災殃的怪鳥。

這就是鴟鵂的特性。《莊子．秋水》篇中寫道：「鴟鵂夜撮蚤，察毫末，晝出瞋目而不見丘山，言殊性也。」鴟鵂夜裡能抓到跳蚤，明察毫毛之末，白天瞪大眼睛也看不見山丘，說「夜貓子」原來是指鴟鵂這種怪鳥的是秉性不同。

《廣雅》又說：「今江東通呼此屬為怪鳥。」清代乾隆年間學者王念孫在為《廣雅》所作的疏證中說：「怪鴟頭似貓而夜飛，今揚州人謂之夜貓。」可見至遲到清代初年，揚州民間已經將鴟鵂這種怪鳥稱作「夜貓」了。文康是晚清時人，「大江以南叫作貓頭鴟，大江以北叫作夜貓子」的記載並不準確。不過從中也可看出，「夜貓子」這一稱謂此時已經傳遍江南江北，成為中國民間的共用俗語了。

後人對前人的分類之細多不耐煩，因此將鴟、梟一類的鳥統稱為貓頭鷹。又因為貓頭鷹的習性乃晝伏夜出，因此移用於喜歡熬夜的讀書人身上，稱之為「夜貓子」，以至於今人但知「夜貓子」的比喻由貓頭鷹而來，而不知其實是由鴟鵂這種怪鳥而來。

•「姓」和「氏」原來有差別——•

「姓氏」一詞，如今只當作姓名或姓來使用，也就是說，「姓」和「氏」是一回事，但是在古代，「姓」和「氏」卻有著天壤之別，而且與人的身份密切相關。

《說文解字》：「姓，人所生也。古之神聖母，感天而生子，故稱天子。從女從生，生亦聲。」由此可見，「姓者，生也，人所秉天氣所以生者也」，本來是代表有共同血緣、血統、血族關係的族號。段玉裁進一步解釋說：「神農母居姜水因以為姓，黃帝母居姬水因以為姓，舜母居姚虛因以為姓是也。感天而生者母也，故姓從女生會意。」其義甚明。

而「氏」則是「姓」的分支，由於子孫繁衍，一個家族分為若干分支，遷居各地，每一分支都有一個特殊的稱號作為標誌，稱為「氏」。比如周代為姬姓，為了有效地控制被征服的地區和部落，分封姬姓貴族、功臣和異姓的聯盟為諸侯，於是產生了溫、鄭、召、姒（厶）、姜等「氏」。

因此可以這樣說：「姓」本來是母親一系的血緣關係，「氏」本來是父親一系的血緣關係。宋代學者鄭樵在《通志．氏族略》中說得非常清楚：「三代之前，姓氏分而為二，男子稱氏，婦人稱姓。氏所以別貴賤，貴者有氏，賤者有名無氏……姓所以別婚姻，故有同姓、異姓、庶姓之別。氏同姓不同者，婚姻可通；姓同氏不同者，婚姻不可通。三代之後姓氏合而為一。」之所以「貴者有氏，賤者有名無氏」，這是因為「氏」從君主的封地、賜爵、所任的官職，或者死後的諡號而來，比如周文王第四子姬旦，姓姬名旦，因為封地在周，故稱周公。平民百姓不可能有以上特權，因此「有名無氏」。這也就是所謂「氏所以別貴賤」的含義。

「三代之後姓氏合而為一」，顧炎武在《日知錄》「氏族」一條中說：「姓氏之稱，自太史公始混而為一。本紀於秦始皇則曰姓趙氏，於漢高祖則曰姓劉氏。」此時姓、氏已不分。顧炎武又說：「氏一再傳而可變，姓千萬年而不變。」一針見血地點出了姓、氏的本質性區別。

有趣的是，漢代以後反其道而行之，「姓」居然成為父系血緣的代號，「氏」居然成為母系血緣的代號！比如「劉氏」即指劉姓人家的媳婦。先秦時期的「同姓不婚」原則，本來指同一母系血統不能成婚，後來居然指同一父系血統不能成婚！「姓氏」的變遷實在是充滿了戲劇性。

●「孟婆湯」的「孟婆」原來是風神——●

中國民間傳說，人死後走上黃泉路，經過一座奈何橋後，有一位老婆婆在賣湯，這碗湯就叫做「孟婆湯」，喝了它可以忘卻前世所有的愛恨情仇。這碗湯如此之有名，以至於成為各種文藝作品中爭相吟詠的物件。可是，古代文獻中所記載的「孟婆」卻與這碗湯沒有一丁點兒關係。

最早的記載出自南朝宋人沈懷遠之手，他著有《南越志》一書，雖然早已散佚，但還有一些片段保存了下來。書中說：「颶母即孟婆，春夏間有暈如虹是，蓋颶神也。」這是中國古籍中最早的關於「颶風」的記載。南越地區俗稱颶風為「孟婆」。

人們都以為「孟婆」姓孟，其實大謬不然。清代大型類書《佩文韻府》載：「宋徽宗詞『孟婆好做些方便，吹個船兒倒轉』，蔣捷詞『春雨如絲，繡出花枝紅嫋，怎禁他孟婆合早』。按北齊李騊駼（ㄊㄠˊ ㄊㄨˊ）聘陳，問陸士秀曰：『江南有孟婆，是何神也？』士秀曰：『《山海經》：帝女遊於江，出入必以風雨自隨，以其帝女，故曰孟婆。』」

清人王弈清在《歷代詞話》卷八中也有「俗謂風曰孟婆」，「江南七八月間有大風……野人相傳以為孟婆發怒」的記載。之所以稱作「孟婆」，「孟」不是姓，古人排行以伯（孟）、仲、叔、季為序，天帝的女兒最大，因此用排行中的老大「孟」來稱呼。

由以上記載可知，「孟婆」乃是風神。明人朱鼎臣所作小說《南海觀音菩薩出身修行傳》第十三回〈妙善魂遊地府〉中寫道：「閻君與六曹俱在孟婆亭作別而去。」清人沈起鳳在《諧鐸》一書中描寫錦屏女子葉佩纕十六歲去世，埋在後園碧梧樹下，有青蟲千百攢集葉上，咬出了「冥中八景詩」，其三即《孟婆莊小飲》：「月夜魂歸玉佩搖，解來爐畔執香醪。可憐寒食瀟瀟雨，麥飯前頭帶淚澆。」無論是孟婆亭還是孟婆莊，還都沒有出現「孟婆湯」這一神奇的飲品，之所以以「孟婆」命名，大概是因為此地風大的緣故，恰好符合「孟婆」風神的身分。

直到晚清王有光所著《吳下諺聯》一書中才出現「孟婆湯」其名，作者寫道：「人死去第一處是孟婆莊，諸役卒押從牆外經過赴內案完結。生前功過，注入輪迴冊內，轉世投胎，仍從此莊行過。有老嫗留進，升階入室，皆朱欄石砌，畫棟雕樑，珠簾半卷，玉案中陳。嫗呼女孩，屏內步出三姝：孟姜、孟庸、孟戈，皆紅裙翠袖，妙常笄，金縷衣，低喚郎君，拂席令之坐。小鬟端茶，三姝纖指捧甌送至，手鐶丁丁然，香氣襲人，勢難袖手。才接杯便目眩神移，消渴殊甚，不覺一飲而盡。到底有渾泥一匙許，抬眼看時，嫗及三姝皆僵立骷髏，華屋雕牆，多變成荒郊，生前事一切不能記憶。一驚墮地，即是懵懂小孩矣。此茶即孟婆湯，一名泥渾湯，又名迷魂湯。」

按照王有光的描述，「孟婆」姓孟，無疑是孟姜、孟庸、孟戈三個女孩的母親，可見此時已經不解為何稱「孟婆」的來龍去脈了，因此才附會出一個「孟婆莊」，又把風神孟婆附會為莊主，以至於這個誤解一直流傳到了今天。

●「尚方寶劍」的「尚方」原來是官署名——●

「尚方寶劍」也可以寫作「尚方劍」、「上方劍」。古代小說、戲曲，和今天的古裝戲中都常常能夠聽到這一稱謂，皇帝賜給欽差大臣一柄「尚方寶劍」，如同賜予了皇帝本人的權力，可以先斬後奏，其威懾力令貪官們聞風喪膽。那麼，「尚方」到底是什麼東西？為什麼稱作「尚方寶劍」呢？

原來，「尚方」是官署名。尚，主也，特指為皇帝本人掌管各種事務，比如秦代置有尚冠、尚衣、尚食、尚沐、尚席、尚書這「六尚」，專門負責皇帝的私人事務。「尚方」也是秦代始置，漢代因襲。

據《漢書・朱雲傳》載，為人狂直的朱雲屢屢上書抨擊朝臣，有一次要求漢成帝「臣願賜尚方斬馬劍，斷佞臣一人，以厲其餘」，顏師古注解道：「尚方，少府之屬官也，作供御器物，故有斬馬劍，劍利可以斬馬也。」「尚方」是少府的屬官，職責是「作供御器物」，就是製作供給皇帝本人使用的各種器物。「尚方斬馬劍」即「尚方寶劍」，普通的劍斬人即可，此劍之鋒利竟至於能夠斬馬，可見「尚方」的製作都屬奢侈品。

除了「尚方寶劍」之外，我們再來看看「尚方」還能製作什麼器物。

《史記．絳侯周勃世家》：「條侯子為父買工官尚方甲楯五百被可以葬者。」周亞夫被封為條侯，他的兒子為父親準備各種葬具，在「尚方」掌管工務的官員處買了五百具盔甲和盾牌，但「尚方」製作的器物只供皇帝本人使用，這一舉動屬於僭越，因此周亞夫被下獄致死。此即顏師古所說「尚方主作禁器物」，既為「禁器物」，那麼只能供皇家專用。

《漢書．韓延壽傳》：「延壽又取官銅物，候月蝕鑄作刀劍鉤鐔，放效尚方事。」韓延壽用官銅鑄造刀劍鉤鐔，以候月食而作法。既云仿效尚方之事，可見這也是「尚方」的日常職責。

《漢書．郊祀志》：「欒大，膠東宮人，故嘗與文成將軍同師，已而為膠東王尚方。」顏師古注解道：「主方藥。」

綜合「尚方」所作器物或職責，顏師古有一個最為準確的解釋：「尚方主巧作。」「巧作」即是「尚方」的「方」字的本義：奇巧之方。「尚方寶劍」也屬於「巧作」的奢侈品，雖然鋒利，但只是一個至高無上的象徵，真的要用來殺人，推想皇帝應該捨不得。

「岳父」為什麼是對妻子父親的尊稱？

女婿管妻子的父親為岳父。這個稱呼是怎麼來的呢？唐代筆記小說《酉陽雜俎》講了一個很有趣的故事。

唐玄宗李隆基要去泰山封禪，任命張說為封禪使。封禪是古代帝王祭天地的大典，一般都在泰山舉行。在泰山上築土為壇祭天，這叫「封」；在泰山下的梁父山開闢場地祭地，這叫「禪（ㄕㄢˋ）」。張說身為封禪使，全權負責封禪大典的準備工作和各種儀式。按照慣例，封禪後三公以下的官員都升遷一級，張說的女婿鄭鎰本來是九品官，按說只該升遷為八品官，張說大權在手，假公濟私，趁機將女婿升為五品官，五品官官服的顏色為紅色。封禪後，唐玄宗舉行盛大的宴會，慶祝封禪順利結束，席間，唐玄宗看到鄭鎰穿著紅色官服，不明白他怎麼一下子升到了五品官，就詢問鄭鎰，鄭鎰無言以對。性好詼諧的樂工黃旛綽在一旁打圓場，說道：「此泰山之力也。」意思是鄭鎰的升遷是借助封禪泰山的機會，被張說破格提拔的。

從此之後，人們就把男人妻子的父親稱為「泰山」，妻子的母親順理成章地被稱為「泰水」。又因為泰山乃五嶽之首，號稱「東嶽泰山」，故此又稱為「岳父」，妻子的母親也順理成章地被稱為「岳母」。

岳父、岳母還有一個別稱：丈人、丈母。「丈」本來是古代對長輩男子的尊稱，男人年滿七十歲可以得到官府賞賜的拐杖。「拐杖」的「杖」最早寫作「丈」，因此「丈人」就是手持拐杖的老人，受賜拐杖是一種榮譽，故以此尊稱老年男子，後來慢慢演化為對妻子父親的專用稱呼，妻子的母親也就順理成章地被稱為「丈母」或者「丈母娘」了。

●「怪哉」原來是一種訴冤的蟲子——●

「怪哉」是奇怪的意思。魯迅先生在〈從百草園到三味書屋〉這篇散文中寫道：「不知從哪裡聽來的，東方朔也很淵博，他認識一種蟲，名曰『怪哉』，冤氣所化，用酒一澆，就消釋了。」所以「怪哉」這種奇怪的蟲子，漢代的時候就已經存在了。

《太平廣記》引《小說》載：「漢武帝幸甘泉，馳道中有蟲，赤色，頭、牙、齒、耳、鼻盡具，觀者莫識。帝乃使東方朔視之，還對曰：『此蟲名怪哉，昔時拘繫無辜，眾庶愁怨，咸仰首嘆曰：怪哉怪哉。蓋感動上天，憤所生也，故名怪哉。此地必秦之獄處。』即按地圖，信如其言。上又曰：『何以去蟲？』朔曰：『凡憂者，得酒而解，以酒灌之當消。』於是使人取蟲置酒中，須臾糜散。」

這是一個非常神奇的故事，同時也是對秦暴政的控訴。漢武帝到甘泉宮去遊玩，在專供皇帝行走的馳道上發現了一種蟲子，全身都是紅色的，像人一樣有頭有牙有齒有耳有鼻子，可是誰都沒見過這種蟲子，也沒人認識。漢武帝於是派著名的博物學家東方朔前去察看。東方朔回來向漢武帝稟報說：「此蟲名叫『怪哉』，是被關押到監獄裡的無辜之人憂愁抱怨、仰首嘆息的時候發出的聲音。這種哀怨的聲音就是『怪哉怪哉』，因此感動上天，誕生了這種蟲子。此地一定是當年秦朝的監獄。」漢武帝派人按圖查索，果然確認是秦朝的監獄所在。漢武帝又問東方朔怎麼才能消解掉「怪哉」，東方朔回答道：「酒能解憂，用酒一澆灌，牠們就消失了。」果然，按照東方朔的辦法一試，「怪哉」立刻就不「怪哉」，而是紛紛解體，無法再向上天訴說怨情了。

由此可見，「怪哉」乃是身陷囹圄不得自由的無辜犯人發出的哀鳴，今天的人們動不動就對奇怪的事情表示「怪哉」，簡直是身在福中不知福啊！

●「抽屜」原來是一種棺材●

人們日常生活中使用得非常頻繁的家具「抽屜」，顧名思義，就是可以抽出來的一層層的屜子。不過「屜」是後起字，「抽屜」最初寫作「抽替」，岳飛的孫子、南宋學者岳珂在《寶真齋法書贊》中收錄的黃庭堅的一封書信，其中寫道：「彼有木工，為作一抽替藥羅，長尺一、闊六寸許便可。」「藥羅」即藥箱，「抽替藥羅」即可以抽出來的藥箱。

南宋詞人周密所著《癸辛雜識後集》有「修史法」一條：「昔李仁甫為《長編》，作木廚十枚，每廚作抽替匣二十枚，每替以甲子志之，凡本年之事，有所聞，必歸此匣，分月日先後次第之，井然有條，真可為法也。」李燾，字仁甫，兩宋間史學家，《長編》指《續資治通鑑長編》

九百八十卷，卷帙浩繁，因此採用「抽替匣」之法。

「抽替」這個詞很奇怪，「抽」乃抽動、抽進抽出，「替」作何解呢？原來，「抽替」的原型竟然是一種棺材，叫做「通替棺」。

據《南史．后妃列傳》載，南北朝時期，宋世祖孝武皇帝劉駿的寵妃殷淑儀死後，「帝常思見之，遂為通替棺，欲見輒引替睹屍，如此積日，形色不異」。《說文解字》：「通，達也。」《易經．繫辭》：「往來不窮謂之通。」「替」的本義是廢棄，引申為代替。所謂「通替棺」，即指殷淑儀的棺材分為兩格或裡外兩層，一格或外層為正式的棺木，下葬時使用；另一格或裡層放置屍體，劉駿思念她的時候，就把這一格拉出來觀看。這一格可以沒有阻礙地拉進拉出，此之謂「通」；這一格的作用是代替正式的棺木，此之謂「替」。後來也可以省作「通替」。

北宋詩人孔平仲在所著《孔氏雜說》中引述了劉駿的發明之後說：「俗呼抽替。」可見宋代時已經使用「抽替」的稱謂，正是由「通替棺」或簡稱的「通替」而來。「通替棺」既不吉利，簡稱的「通替」又不好理解，後人遂用更具象、更好懂的「抽屜」一詞取代了「通替」，以至於「抽屜」這個稱謂的語源再也不為人所知了。

●「拐杖」的稱謂是怎麼來的？

拐杖最初稱作「鳩杖」。鳩（ㄐㄧㄡ）是鳩鴿科部分鳥類的統稱。古人把鳩分為五種，稱作「五鳩」，即祝鳩、雎（ㄐㄩ）鳩、鳲（ㄕ）鳩、爽鳩、鶻（ㄍㄨˇ）鳩。祝鳩即鵓鴣；雎鳩就是《詩經》裡最為人耳熟能詳的「關關雎鳩」，即魚鷹；鳲鳩即布穀鳥；爽鳩是鷹類；鶻鳩即斑鳩。五帝之一的少昊用鳥名來命名官員的名稱，其中管理百姓的官員就是「五鳩」：祝鳩氏是管理土地的司徒，雎鳩氏是掌管軍權的司馬，鳲鳩氏是負責興建工程的司空，爽鳩氏是主管刑獄的司寇，鶻鳩氏是負責農業生產的司事。

可能很少有人注意過，今天老人手持的拐杖，杖頭部分很像鳩這種鳥類的形狀。原來，古時候拐杖稱作「鳩杖」，在杖頭雕刻鳩鳥的形狀作為紋飾。「鳩杖」的發明者乃是漢高祖劉邦。楚漢相爭時，項羽和劉邦在河南滎陽南打了一場大仗，史稱「京索之戰」，漢軍由名將韓信指揮，把項羽的楚軍打得大敗，漢軍因此一舉扭轉了不利的局勢，重整旗鼓，得以和楚軍長期相持。不過在戰役初期，劉邦有一次兵敗，被項羽緊跟在後面追趕，情急之下，劉邦鑽進了高高的雜草叢中，項羽窮追不捨。剛巧劉邦藏身的草叢上有一隻鳩在鳴叫，項羽追到此處，看到鳩叫得正歡，以為草叢裡不會有人躲藏，因為如果有人，鳩就會被驚飛，於是掉頭而去，劉邦這才保住了一條小命。

劉邦登基後，為了感念鳩的救命之恩，發明製造了「鳩杖」，專用於賞賜給老者，老者也以得到「鳩杖」的賞賜為榮。不過，賞賜「鳩杖」有著嚴格的年齡限制，必須年滿七十歲才可以受賞。這種「鳩杖」是用玉製成的，可見有多麼珍貴。

關於「鳩杖」，還有一種說法是，之所以要在杖頭雕刻鳩的形狀，是因為鳩乃傳說中的不噎之鳥，吃東西不會噎著，因此才賜給老者，提醒他們吃飯時千萬別噎著。這種說法流傳很廣，不過跟劉邦的故事已經沒有關係了。

賞賜「鳩杖」的習俗一直延續到明清，乾隆皇帝有一次開「千叟宴」宴請老人，參加宴會的老者多達三千九百多人，人人都獲賞賜了一根「鳩杖」，令人歎為觀止。

今天的拐杖，形制更加多樣化，可是拐杖的起源早已被人忘記了。

●「拔河」拔的為什麼是「河」？——●

作為一個競技體育項目，「拔河」的稱謂非常古怪，明明是兩群人在角力，為什麼偏偏要叫「拔河」呢？這項體育運動跟「河」有什麼關係？

原來，「拔河」還真的跟「河」有關係呢！據《隋書．地理志》載，「拔河」原是楚地的風俗，古稱「牽鉤」。「（南郡、襄陽）二郡又有牽鉤之戲，云從講武所出，楚將伐吳，以為教戰，流遷不改，習以相傳。鉤初發動，皆有鼓節，群噪歌謠，振驚遠近，俗云以此厭勝，用致豐穰。」「厭勝」是一種巫術，用詛咒的方法來壓服人或物。楚將伐吳，皆為水戰，水軍在河面上拖拔船隻，既可健身娛樂又可「講武」、「教戰」，這一運動流傳到民間，從「講武」、「教戰」變成了厭勝之術，用來壓服鬼怪，祈禱豐年。

其實，所謂「牽鉤」之「鉤」，乃是古代的一種兵器，這種兵器叫「鉤拒」。據《墨子．魯問》篇記載：「公輸子自魯南遊楚，焉始為舟戰之器，作為鉤強之備，退者鉤之，進者強之。」「鉤強」即「鉤鑲」，別稱「鉤拒」，其作用即是「退者鉤之，進者強之」。由此可知，舟戰之時，敵船若敗退，即用「鉤拒」鉤住敵船往回拉，正是水戰的利器。

「拔河」之「河」，即由水戰而來，形容在河面上鉤拔敵船。至遲到唐代，「牽鉤」之名已經更易為「拔河」，而且流傳入宮廷，成為朝野上下人人都喜愛的一項運動。

唐人封演所著《封氏聞見記》中有「拔河」的條目，其中寫道：「拔河，古謂之牽鉤。襄漢風俗，常以正旦望日為之。相傳楚將伐吳，以為教戰……古用篾纜，今民則以大麻絙，長四五十丈，兩頭分繫小索數百條，掛於前。分二朋，兩朋齊挽。當大絙之中，立大旗為界，震鼓叫噪，使相牽引。以卻者為勝，就者為輸，名曰拔河。」

封演所說的「古用篾纜」，「篾纜」指細纜繩；唐代時則用「大麻絙（ㄍㄥ）」，也就是大繩索。水戰所用的鉤拒一變而為篾纜和大麻絙，從中可以看出由兵器轉變為遊戲器具的演變痕跡。

封演接著寫道：「玄宗數御樓，設此戲，挽者至千餘人，喧呼動地。蕃客士庶觀者，莫不震駭。」唐玄宗極其喜愛這項遊戲，拔一次河竟至於動用了千餘人之多，「喧呼動地」的場景如在眼前。

這就是「拔河」這一稱謂的來歷，原指在河面上鉤拔敵船，漸漸演變為民間的遊戲，只要有一塊平坦的土地就可以進行，已經跟「河」毫無關係，久而久之，人們也就不理解「拔」的為什麼是「河」了。

‧「拙荊」為什麼是謙稱自己的妻子？——‧

古時候，稱呼自己的妻子，有許多種說法：內人、賤內、糟糠、拙荊等等。其中內人、賤內、糟糠都好理解，「拙荊」實際是什麼意思就鮮為人知了。

「拙荊」是在外人面前對自己妻子的謙稱。拙當然就是笨拙，荊就是荊棘，一種小灌木。至於「荊」為什麼會變成妻子的代稱，其中大有學問。

古今中外的女人都一樣，都愛美，不管是達官貴婦還是貧寒之家，女人對美的追求都是無法扼殺的。在古代，貧寒之家的女人買不起金釵，於是聰明的女人們就到家門前的荊棘叢裡，砍下一根荊棘的枝條，做成一根釵子。因為荊棘的枝條十分堅硬，做成釵子插到頭髮上不會掉下來。

同「荊釵」一樣，貧寒之家的女人也買不起綾羅綢緞，只好用粗布做成裙子，雖然沒有綾羅綢緞那樣的裙子飄逸，但也顯示了女人的愛美之心。於是，這樣的家境就誕生了一個令人心酸的詞——「荊釵裙布」，意指婦女樸素或貧寒的服飾。

演變到後來，男人們就把自己的妻子稱作「拙荊」。這當然是一個謙稱，因為並不是所有男人的妻子都戴著「荊釵」，這個稱呼也表達了父權社會中婦女的地位低下。

「招搖」原來是一顆星星

《史記．孔子世家》載：「靈公與夫人同車，宦者雍渠參乘，出，使孔子為次乘，招搖市過之。」古人乘車，尊者在左，御者在中，另有一人在右陪坐，稱「參乘」或「車右」。孔子五十六歲時到了衛國，居住一個多月，衛靈公與夫人南子同坐一輛車，宦官雍渠陪侍車右，讓孔子坐在第二輛車上跟隨，一行人大搖大擺地從街市上招搖走過。有感於這樣的場景，孔子自言自語地感嘆出了一句名言：「吾未見好德如好色者也。」引以為醜，於是離開了衛國。

「招搖過市」這個成語是指在街市上故意招搖，虛張聲勢，炫耀自己，以期引起別人的注意。不過，鮮為人知的是，「招搖」本來是一顆星星的名字。一顆星星的名字為什麼會演變成炫耀、張揚的意思呢？

「招搖」是北斗七星的第七星，又叫搖光、瑤光或招遙。北斗是由天樞、天璿、天璣、天權、玉衡、開陽、招搖七星組成的，其中第七星「招搖」又被附會為破軍星。既為破軍，就跟軍事有關。《禮記．曲禮上》有規定：「行，前朱鳥而後玄武，左青龍而右白虎，招搖在上。」這指的是軍隊出征時的儀仗。

朱鳥又稱朱雀，是二十八宿的南方七星構成的鳥形，象徵南方；玄武是二十八宿的北方七宿構成的龜蛇相纏之形，象徵北方；青龍是二十八宿的東方七星構成的龍形，象徵東方；白虎是二十八宿的西方七星構成的虎形，象徵西方。這四面旗幟要按照前、後、左、右的次序豎立起來，居中的則為最重要的「招搖」旗。所謂「招搖在上」，用第七星「招搖」代指北斗，行軍時要在居中的這面旗幟上畫出北斗七星，同其他四面旗幟一起使用，以確定行軍的方向和佈陣的方位。

招搖旗居中而又高高在上，可以想見在這面旗幟的指引之下，千軍萬馬浩浩蕩蕩開赴前線的盛況，因此「招搖」被附會為破軍星，又引申出張揚的意思，「招搖過市」自然就成了一種恢弘氣勢的象徵。但在漫長的語言演變中，「招搖」和「招搖過市」漸漸變成了一個貶義詞，「招搖」的本義也就徹底被遺忘了。

•「放肆」原來是指死人——•

如果在尊長面前，言語和舉動表現得很囂張，就會受到這樣的斥責：「放肆！」辭典對「放肆」的解釋是輕率任意，毫無顧忌，是一個貶義詞。可是，「放肆」最早卻專指死人。

「肆」的本義是擺設，陳列。《周禮》規定，「小宗伯」這個官職負責的事情是掌管王國祭祀的神位。祭祀的時候，小宗伯要做一件在今天看來稀奇古怪的事，這件事叫「大肆」——「王崩，大肆以秬鬯湖。」秬（ㄐㄩˋ）是黑黍，古人把黑色的黍子視作嘉穀，吉祥的作物；鬯（ㄔㄤˋ）是一種香酒，用黑黍和香草合釀而成的香酒就叫「秬鬯」，祭祀的時候使用，也用來賞賜有功的諸侯。湖（ㄇㄧˇ）是動詞，清洗屍身。「王崩，大肆以秬鬯瀰」這句話的意思是：天子駕崩之後，小宗伯要先「大肆」——把天子的屍身陳列出來，然後用香酒來清洗天子的屍身。周代還有「肆師」的官職。肆師的任務是陳列祭祀時的位置，擺設祭祀所用的各種器具和祭品。

「大肆」既然是陳列屍體，後來就把處死刑後陳屍示眾也叫做「肆」。《論語．憲問》：「吾力猶能肆諸市朝。」我的力量能夠將他殺了，然後陳屍於市場示眾。《周禮》規定，被處死刑的人要「肆之三日」，陳屍示眾三天，以表示鄙棄之意。「放肆」的「放」是驅逐、捨棄的意思，因此，「放肆」一詞的本義就是棄市，把人犯殺了之後，屍體丟棄到人多的市場上陳列。

中國傳統文化強調尊重長輩和長官，如果在長輩和長官面前顯得過分地囂張，就威脅說要把他「放肆」，殺掉棄市。久而久之，這句威脅的話就變成了今天斥責的意思。

「明目張膽」原來是讚美的詞

「明目張膽」這個成語今天只用作貶義詞，形容公開作惡，無所畏忌。這也是一個典型的由褒義詞轉變為貶義詞的例子。

「明目張膽」最早是形容有膽有識，敢作敢為。此語出自《晉書．王敦傳》。王敦是東晉初年的權臣，個性冷酷，野心很大，晉明帝即位後，王敦起兵反叛朝廷，不料在這個節骨眼上生了重病，臥床不起。於是王敦任命哥哥王含為元帥，率兵三萬攻打國都建康（今南京）。晉王室這方面則任命王敦的堂弟王導為大都督。王導的態度很明朗，那就是盡忠高於親情，堅決支持晉王室的討逆行動。王含率領的叛軍到達建康城外，王導給王含寫了一封信，其中說道：「今日之事，明目張膽為六軍之首，寧忠臣而死，不無賴而生矣。」王導的這番話慷慨激昂，表示自己世受皇恩，要「明目張膽」，敢作敢為地率領六軍跟叛軍戰鬥到底，寧願當忠臣而死，不願偷生。

兩軍一交戰，王含首戰失利，王敦竟至於憂憤而死，叛軍遂告瓦解。

這就是「明目張膽」這個成語的出處。

唐高宗和武則天統治時期的重臣韋思謙剛正不阿，他擔任監察御史的時候，中書令褚遂良利用職權賤買田地，韋思謙上書彈劾，褚遂良被貶官。不久後，褚遂良又官復原職，對韋思謙進行打擊報復，將他趕出京城，貶為一個小小的清水縣令。韋思謙一點兒都不後悔自己的舉動，對別人說出了一番豪言壯語：「大丈夫當正色之地，必明目張膽以報國恩，終不能為碌碌之臣保妻子耳。」

明目，瞪亮眼睛；張膽，放開膽量。王導和韋思謙口中的「明目張膽」都是褒義詞。大約到了明清時期，「明目張膽」才由褒義詞演變成了貶義詞，意思猶如明火執仗幹壞事，一直到今天還是這樣使用，跟這個成語最早的用法完全不一樣了。

●「東床快婿」最早是指誰？——●

人們常常用「東床快婿」來形容自己滿意的女婿。在今天，未來的準女婿第一次到女方家一定畢恭畢敬，所謂「毛腳女婿上門」，大氣都不敢出一口。誰料到第一次被稱為「東床快婿」的這個人卻反其道而行之。

據《世說新語・雅量》記載，東晉時期，琅邪王氏是豪門望族，王導又是當朝丞相，太尉郗鑒想攀附王氏家族，派門生為自己的女兒去向王導求親。王導對前來的門生說：「我們王家青年才俊很多，你自己去東廂房考察吧，看中誰都行。」

王家的子弟聽說當朝太尉前來求親，太尉的女兒又是出名的美女，個個喜不自勝，梳妝打扮，穿上最漂亮的衣服，在東廂房裡等待，人人都盼望自己接住這個繡球。

那位選美的門生在東廂房裡轉了一圈，回去向太尉郗鑒稟報這一趟的見聞：「王家真是藏龍臥虎！王家的子弟聽說我去選婿，個個都打扮一新，人人都矜持得不得了。不過只有一個人是個例外，此郎在東床上敞著上衣，坦腹而臥，就像沒事人一樣，你說奇怪不奇怪。」

太尉郗鑒一聽，手往大腿上一拍，興奮地說：「著啊！此郎正是我的好女婿啊！」派人一查訪，這個在東床坦腹的青年，原來就是王羲之。郗鑒立刻就把漂亮女兒嫁給了他。

這就是「東床」的來歷。

「快婿」的「快」是高興的意思，見了女婿就高興，當然堪稱「快婿」了。第一位被稱為「快婿」的人叫劉昞。劉昞字延明，東晉十六國時期敦煌人，著名學者。他十四歲的時候師從博士郭瑀求學，郭瑀門下共有弟子五百多人，其中通曉儒家經典的就有八十多人，可謂一時之盛。郭瑀有個女兒，已經十五歲，看上了人品和才華都出眾的劉昞。於是有一天郭瑀在課堂前面專門設了一個座位，對弟子們說：「吾有一女，年向成長，欲覓一快女婿。誰坐此席者，吾當婚焉。」劉昞抖了抖衣服，搶在眾人之前，飛「快」地坐到了這個座位上，神態嚴肅地說道：「向聞先生欲求快女婿，昞其人也。」郭瑀對劉昞的毛遂自薦非常欣賞，加上劉昞又是寶貝女兒的意中人，欣然將女兒許配給了劉昞，成就了這一樁姐弟戀。

人們還把「快婿」叫做「乘龍快婿」，比喻稱心如意的女婿就像龍一樣，供女兒乘坐在上面。「乘龍快婿」故事的最早雛形見於西漢劉向的《列仙傳》：春秋時期，有位叫蕭史的帥哥擅長吹簫，一曲未罷，孔雀和鳳凰就飛到他的庭院裡來了，可見他的簫聲有多麼動聽。秦穆公把自己的女兒弄玉嫁給了蕭史，蕭史每天都教弄玉吹簫，用簫聲模仿鳳凰的鳴叫，後來果然有許多鳳凰飛來，秦穆公於是為夫妻二人建造了一座鳳臺，數年後，蕭史和弄玉隨鳳凰飛去，得道成仙。

不過這個故事中還沒有出現龍的身影，直到唐末五代時期的道教學者杜光庭所著《仙傳拾遺》一書，這個故事的面貌才開始完備：「蕭史不知得道年代，貌如二十許人，善吹簫作鸞鳳之響，而瓊姿煒爍，風神超邁，真天人也。混跡於世時，莫能知之。秦穆公有女弄玉，善吹簫，公以弄玉妻之，遂教弄玉作鳳鳴。居數十年，吹簫似鳳聲，鳳凰來止其屋，公為作鳳臺，夫婦止其上，不飲不食不下數年。一旦，弄玉乘鳳，蕭史乘龍，升天而去。」

到了明朝末年，馮夢龍在《東周列國志》中對這個故事加以發揮，使得蕭史和弄玉成仙的故事情節更加生動曲折，從而也更加深入人心，因此而把佳婿稱作「乘龍快婿」。

●「河東獅吼」是誰在吼？

「河東獅吼」是形容悍婦、妒婦發怒的情形，大家都知道，可是為什麼非得是「河東」的獅子吼，而不是河西或者別的地方的獅子吼呢？這一點想來很多人就不大明白了。

這個俗語出自蘇東坡〈寄吳德仁兼簡陳季常〉一詩中的四句：「龍丘居士亦可憐，談空說有夜不眠。忽聞河東獅子吼，拄杖落手心茫然。」龍丘居士即陳季常，是蘇東坡的好友，隱居在黃州的岐亭（今湖北麻城），自號龍丘居士。蘇東坡貶官黃州，和陳季常過從甚密。

陳季常的妻子姓柳，是河東人氏。河東即今山西永濟，古代是柳姓望族世居之地，因此柳氏被稱為「河東夫人」。陳季常嗜酒好劍，揮金如土，常常自稱一世豪士。這樣的性格當然喜歡結交朋友，結交朋友就要喝酒，喝酒就要召妓，這是古代文人的傳統作風。另外陳季常還蓄有小妾，善妒的柳夫人常常為此跟丈夫生氣。蘇東坡這四句詩就是取笑陳季常徹夜不眠地跟朋友們飲酒高談闊論時，柳夫人不耐煩了，像一頭母獅子一樣大吼一聲。可憐的陳季常一陣哆嗦，拄著的手杖都嚇掉了，心中茫然，戰戰兢兢。可見陳季常平時是多麼懼內。

陳季常的小妾叫秀英。蘇東坡酒量很淺，但是卻喜歡喝酒，一喝就醉，一醉就開始出洋相。有一次喝醉後，蘇東坡給陳季常寄了一封信，酒醒後什麼都不記得了。蘇東坡的夫人告訴丈夫，信中寫的是「乞秀英君」，居然要跟秀英一夜情！蘇東坡嚇了一跳，趕緊又給陳季常寫信謝罪，並詼諧地自嘲道「所謂醉時是醒時語也」，意思是我平常就眼饞秀英，醉後吐了真言。這當然是蘇東坡的幽默。在古代，妾根本就沒有什麼地位，主人甚至常常讓妾陪自己要好的客人睡覺。河東夫人的嫉妒是出了名的，所以蘇東坡這封信謝罪信其實是寫給柳夫人看的，由此可見柳夫人的嫉妒不是針對丈夫，而是針對小妾—她雖然嫉妒丈夫寵愛小妾，但當丈夫的朋友乞求小妾的時候，她更是會嫉妒小妾的美貌居然讓丈夫的朋友都著迷。

這樁公案是這樣結束的：陳季常收到信後，贈給蘇東坡一方「揞（ㄢˇ）巾」，「揞巾」是用來擦拭用的。蘇東坡順水推舟，回了一首詩〈謝陳季常惠一揞巾〉，以自嘲收尾。

黃庭堅也是陳季常的好朋友，在一封通信中，黃庭堅調侃道：「聽說柳夫人又生病了？季常你年事已高，只求清淨，再也沒有納過妾，那麼柳夫人這病是怎麼得的呢？」又有一封信說：「你遊山玩水的時候有小妾跟著，可以調理飲食起居，使病情減輕，河東夫人卻不知道憐惜你，怎麼還是這麼不懂事啊！」可見柳夫人善妒的名聲有多麼響亮！

「狗拿耗子」原來沒有多管閒事

俗話說：「狗拿耗子，多管閒事！」即指把狗去捉拿耗子視為不務正業。可是，在古代，狗的主要職責之一就是捉拿耗子。

貓的馴化遠遠沒有狗那麼早，先秦的時候，貓還屬於山林動物，逍遙自在地在山林之間遊蕩，跟寵物絲毫沾不上邊。貓的主食是出沒於農田之中的田鼠，而不是家鼠。周朝歲末舉行祭祀時，迎請的八種神之一就有貓，並且將貓和老虎歸為一類，可見貓還是野生動物。

那麼，早就猖獗的鼠患是怎麼解決的呢？答案是：訓練捕鼠犬。周朝的官員中專門設有犬人一職，掌管相犬、牽犬的事宜。相犬就是給狗相面，看它適合不適合捕鼠。據《呂氏春秋．士容》記載，齊國有一個很有名的相犬師，他的鄰居委託他買一隻能夠捕鼠的狗，相犬師經過一年才替鄰居買到，送給鄰居的時候，相犬師說道：「這是一隻好狗，你可要善待牠。」

鄰居很聽相犬師的話，因此餵這隻狗吃很好的伙食。奇怪的是，一連幾年，這隻狗連一隻老鼠都沒有捉拿歸案。鄰居去質問相犬師，相犬師來到鄰居家，仔細地觀察了一番，然後對鄰居說：「哎呀，我看錯了，這是一隻獵犬啊！牠的志向是捕捉獐、野豬和麋鹿，而不是小小的老鼠。你想要牠捕鼠，就把牠的後腿綁起來，讓牠明白自己的任務到底是什麼。」

鄰居依言而為，將狗的後腿綁了起來，狗果然開始捕鼠。

最晚到西漢時期，貓已經被馴化，專門用來捕鼠。唐朝貓開始被大規模地繁衍起來，家家戶戶都養貓捕鼠。到了今天，貓更被當作寵物飼養，捕鼠的功能逐漸退化。狗呢，看見老鼠目不斜視，動都懶得動一下，當年捕鼠的主要職責大概早就從基因中刪除了。

「虎威」竟然是老虎身上的骨頭

俗話說「冒犯虎威」，虎威當然本指老虎的威風，後來才用到人身上，比喻英雄氣概。不過，鮮為人知的是，「虎威」本來是老虎身上的一塊骨頭！

唐朝著名博物學家段成式在《酉陽雜俎》一書中記載道：「虎威如乙字，長一寸，在脅兩旁皮內，尾端亦有之，佩之臨官佳，無官人所媢嫉。」根據段成式的說法，「虎威」這塊骨頭的形狀像一個「乙」字，在腋下至肋骨盡頭的虎皮內藏著，尾巴的末端也有，當官的人佩戴著這塊骨頭，老虎的威風就會附在他身上；沒當官的人如果得到這塊骨頭也佩戴上，大伙兒就會嫉妒他。可見，「虎威」好像是專門為官員量身打造的，以顯示官威一樣。清朝《兒女英雄傳》中的描述更接近白話，意思也因而更清楚：「大凡是個虎，胸前便有一塊骨頭，形如乙字，叫做虎威，佩在身上，專能避一切邪物。」

段成式在同書中還有更加邪門的記載，據他說，荊州陟屺寺有位叫那照的僧人，他最擅長的本領是夜間能夠根據野獸眼睛發出的光判斷這是一頭什麼野獸。那照說：如果夜間遇到老虎，會看到三隻老虎一起向你撲過來，這其實不是三隻老虎，仍然是一隻，只不過因為距離太近，老虎縱躍所造成的幻覺。此時不要害怕，瞄準中間的那隻老虎狠狠刺去，方才能夠刺中。老虎被刺死後，那塊叫作「虎威」的骨頭就潛入了地下，把它挖出來，佩戴在身上，可以避百邪。老虎剛死時，要牢牢記住虎頭所枕的位置，等到沒有月亮的夜晚去挖掘，挖到二尺左右，可以發現一塊像琥珀一樣的東西，是老虎的目光掉進地下所形成的，佩戴它也可以把老虎的能量聚集在自己身上，即顯示出「虎威」。

這種說法如此神奇，怪不得當官的都千方百計尋找這塊骨頭，好在官場上樹立起自己的「虎威」呢！

●「長跪」原來跟謝罪無關●

「長跪」一詞，今天一概當成「跪了很長時間」來講，通常用來表示謝罪。但是在古代，「長跪」卻是古人普通的坐姿而已，跟謝罪毫無關係。

魏晉之前，古人皆席地而坐，地上先鋪一層「筵」，「筵」上再鋪「席」。筵大於席，作用是使坐在席上的人接觸不到地面。因此古人入室必先脫鞋。「筵席」一詞後來就指酒宴時的座位和陳設。

坐姿分兩種，一種是「坐」。這種「坐」可不同於今天的垂腿而坐，而是兩膝著地，臀部壓在腳跟上。另一種就是「跪」，兩膝著地，臀部抬起，伸直腰股，以示尊敬。這種坐姿又叫做「長跪」、「跽（ㄐㄧˋ）」。「長跪」的「長」並不是指跪了很長時間，而是形容伸直腰股，上身好像拉長了一樣。跽，「見所敬忌，不敢自安也」，也是表示尊敬之意。

古人一般採用「坐」的姿勢，可想而知這種姿勢比較舒服，但為表示敬意或者遇到特殊情況時，就會採用「長跪」的姿勢。《戰國策・魏策》記載了一個著名的故事：秦王欲以五百里地換取魏國的安陵，唐雎奉命出使秦國，兩人對坐，面對咄咄逼人的秦王，唐雎恐嚇說：「若士必怒，伏屍二人，流血五步，天下縞素，今日是也。」說著拔劍而起。秦王立刻緊張起來，把「坐」姿改成了「長跪」的姿勢，但並不是謝罪求饒，而是表示對唐雎的尊重。

除了坐和跪之外，還有一種坐姿，叫做「箕踞」，臀部著地，兩腳向前伸展，兩膝微曲，狀如簸箕。這是一種表示傲慢或不拘禮節的不恭敬坐姿。荊軻刺秦王不中，「倚柱而笑，箕踞以罵」，這是表示對秦王的蔑視。莊子的妻子死了，莊子「箕踞鼓盆而歌」，這是表示不拘禮節，對生死的超脫。

「門外漢」原來是指蘇東坡

「門外漢」一詞是形容外行的人。「漢」是男人的俗稱，「門外漢」最初當然是指男人，而且這個男人大名鼎鼎，他就是宋朝最著名的文學家蘇東坡。蘇東坡那麼大學問，那麼大名氣，怎麼會被稱作「門外漢」呢？

蘇東坡遊廬山東林寺，和照覺禪師討論禪學，深有感觸，第二天向東林寺的長老獻上一首名為〈贈東林總長老〉的詩：「溪聲便是廣長舌，山色豈非清淨身。夜來八萬四千偈，他日如何舉似人。」「廣長舌」指佛的舌頭，據說佛的舌頭廣而長，能一直伸展到面部和髮際，「廣長舌」是佛陀善於說法的象徵。蘇東坡這首詩的意思是：大自然中無處不存在著佛理，比如潺潺溪流的水聲，徹夜不停地宣講著佛陀教導的佛理；青青山色，明明白白地呈現著佛陀的清淨法身。一夜之間，溪水就講出了八萬四千偈，無窮無盡，三寸之舌怎能將其中的佛理妙義盡皆講給別人聽呢？

看到蘇東坡的這首詩偈，諸禪師紛紛發表讀後感，一位禪師說：「『便是』、『豈非』、『夜來』、『他日』全是廢話，應該刪掉。」另一位禪師說：「依我看，『廣長舌』、『清淨身』也是廢話，也應該刪掉，只保留『溪聲』和『山色』即可。」另一位禪師說：「依我看，『溪聲』和『山色』也都應該刪掉，只需嗯哼一聲就足夠了。」

證悟禪師隨即也作一偈：「東坡居士太饒舌，聲色關中欲透身。溪若是聲山是色，無山無水好愁人。」這首偈才是徹悟之語。因此禪師們對蘇東坡最終的評價是：「是門外漢耳！」可憐一代大師蘇東坡，在偉大的禪師們眼中，竟然是個「門外漢」！

蘇東坡這個「門外漢」還鬧過類似的笑話。他聽說玉泉皓禪師機鋒便給，很不服氣，於是微服求見禪師。一見面，禪師問：「尊官貴姓？」蘇東坡回答道：「姓秤，秤天下長老的秤。」玉泉皓禪師一聽，原來這是故意來較量的，立刻大喝一聲，然後問道：「那你秤一秤我這一聲喝有多重。」蘇東坡頓時目瞪口呆，一句話都說不出來了，只好恭恭敬敬地行禮。

「門神」的來歷是什麼？

「門神」乃護門之神，中國民間常常在門上貼「門神」的畫像，藉以驅逐妖魔鬼怪。「門神」的由來十分久遠，早在《山海經》裡就有記載：「東海度溯山有大桃樹，蟠屈三千里，其卑枝東北曰鬼門，萬鬼出入也。有二神，一曰神荼，一曰鬱壘，主閱領眾鬼之害人者。」神荼和鬱壘這兩位神專門負責管理眾鬼，眾鬼中有去害人的，二神就將它們捉拿歸案。東漢學者王充在《論衡．訂鬼篇》中也有記載：「上有二神人，一曰神荼，一曰鬱壘，主閱領萬鬼。惡害之鬼，執以葦索，而以食虎。於是黃帝乃作禮以時驅之，立大桃人，門戶畫神荼、鬱壘與虎，懸葦索以禦凶魅。」可見，至遲在黃帝時期，民間就已經有了在門戶上畫神荼和鬱壘二神的風俗。

在另外一篇文章中，張衡又聲稱二神乃是親兄弟。這對兄弟的位置為神荼在左，鬱壘在右，農曆一年過完的時候，就將這對兄弟請上門戶，擔當守門神的角色。如今的「門神」風俗早已簡化了，只需買上一對神荼、鬱壘兄弟貼上即可，但是在古代，這個程序使用的道具還要更多。晉干寶《搜神記》載：「今俗法，每以臘終除夕，飾桃人，垂葦索，畫虎於門，左右置二燈，象虎眠，以驅不祥。」《太平御覽》引《典術》：「桃者，五木之精也，故壓伏邪氣者也。桃木之精生在鬼門，制百鬼，故今作桃人梗著門以壓邪，此仙木也。」請注意最早的時候，神荼、鬱壘二兄弟的生活背景是一株伸曲三千里的大桃樹，桃木因此也具備了驅鬼的功能，古人將二神的畫像畫在桃木板上，再懸掛在門上，叫作「桃符」。王安石的名篇〈元日〉：「爆竹聲中一歲除，春風送暖入屠蘇。千門萬戶曈曈日，總把新桃換舊符」，就是描寫這種風俗。除此之外，還要垂掛著一條葦索，葦索是神荼、鬱壘二神捉拿惡鬼的工具；還要畫一隻虎，虎是二神懲罰惡鬼的刑罰，將惡鬼交給老虎吃掉；虎旁邊還要懸掛兩盞燈，象徵著虎在睡覺，惡鬼不要來驚動牠，否則就會被虎吃掉。

後來「門神」的種類越來越多，為人熟知的有鍾馗、秦瓊、尉遲恭、趙雲、青龍白虎等。到了今天，「門神」就只具備象徵意義了，代替它們的是春聯，形式越來越簡化，「年」的味道也越來越淡薄了。

●「青梅竹馬」原來是一種遊戲——●

人們若形容男女兩個人從小就在一起玩耍，感情深厚沒有芥蒂，一般不會用這麼多的字去描述，只要用「青梅竹馬，兩小無猜」八個字就可以完全表達，沒有歧義。但「青梅竹馬」指的是什麼，則說來話長。

這句話出自李白的〈長干行〉：「妾髮初覆額，折花門前劇。郎騎竹馬來，繞床弄青梅。同居長干里，兩小無嫌猜。」開頭這幾句講的是一女子因丈夫遠行，她在思念之中回憶與丈夫兒時共同玩耍的情形。「青梅竹馬」一詞從此廣為流傳。

「青梅竹馬」是在玩什麼？先看女孩：「妾髮初覆額，折花門前劇」，那時頭髮剛剛長到能蓋住額頭的我，正艱難地想折下門前的花朵——「劇」，《說文解字》解釋為「尤甚也」，在《康熙字典》中發展出增、艱的意思—因為我的個子很小，摘花還夠不到。竹馬，是男孩子的遊戲，拿竹竿當馬騎。「郎騎竹馬來，繞床弄青梅」就很有意思了，「床」在《說文解字》中是「安身之坐也」，後發展為坐臥之具。另外還有一個意思，就是井上圍欄。既然是在門前，旁邊還有青梅，那麼，騎著竹馬所繞的，當是井欄更合邏輯。「弄」有「設法取得」的意思。男孩子騎著竹馬來到我家門前，繞著井上圍欄想辦法摘取青梅。

女孩摘花，男孩取梅，已經是很美好安寧的畫面了，其實，後面還有一層意思，需要費心才能猜到男孩是在替女孩摘青梅。從詩句中看，竹馬和青梅都與男孩的動作有關，而兩個詞結合在一起，卻形容的是兩個孩子之間感情深厚長久，那麼，其中必有一詞涉及到女孩。青梅一詞，在古詩詞中與人相伴出現時，除「青梅煮酒」外，大部分意象都與女性相關，這樣的例子有很多，如「妾弄青梅憑短牆」（白居易〈井底引銀瓶〉），「倚門回首，卻把青梅嗅」（李清照〈點絳唇〉），「摘青梅、猶自怕嘗」（李太古〈戀繡衾〉），「粉牆閒把青梅折」（李之儀〈菩薩蠻〉）。青梅幾乎成為女孩專有的零食與玩具，那麼，替個子不高、摘花都很艱難的小姑娘摘青梅，就是男孩子責無旁貸的事情了。

「青樓」原來是帝王的居所

「青樓」即妓院的溢美之詞。妓院太難聽，太赤裸裸，人們於是用「青樓」這個詞替妓院遮羞。提到「青樓」，最有名的是杜牧那首〈遣懷〉詩：「落魄江湖載酒行，楚腰纖細掌中輕。十年一覺揚州夢，贏得青樓薄倖名。」

但一開始「青樓」可不是專指妓院，而是用青漆塗飾的豪華精緻的樓房，專指帝王的居所。《南史．齊本紀》載：「武帝興光樓上施青漆，世人謂之『青樓』，帝曰：『武帝不巧，何不純用琉璃。』」齊武帝建了一座興光樓，樓上都用青漆塗飾，時人稱之為「青樓」，這是「青樓」一詞的最早來源。全部用青漆塗飾的「青樓」本來就已經夠豪華的了，南齊的廢帝東昏侯蕭寶卷還嫌不夠豪華，說：「武帝還是不夠巧，幹嘛不全部用琉璃裝飾？」這樣窮奢極侈的皇帝，怪不得南齊要亡在他手中呢！

「青樓」因其豪華，因其專指帝王的居所，所以屢屢在古人的詩文中出現。曹植的〈美女篇〉中寫道：「借問女安居？乃在城南端。青樓臨大路，高門結重關。」唐朝詩人張籍的〈妾薄命〉詩中寫道：「君愛龍城征戰功，妾願青樓歡樂同。」李白的〈宮中行樂詞〉之五寫道：「綠樹聞歌鳥，青樓見舞人。」這些用法都是指精緻豪華的居所，跟妓院一點兒關係都扯不上。

古人詩文中第一次將妓院比作「青樓」，見於南朝梁劉邈的〈萬山見採桑人〉一詩：「倡妾不勝愁，結束下青樓。逐伴西蠶路，相攜東陌頭。葉盡時移樹，枝高乍易鉤。絲繩掛且脫，金籠寫復收。蠶饑日已暮，詎為使君留。」「倡」這個字本義為歌舞藝人，後來用作妓女的專稱。在劉邈之前，「青樓」肯定已經用來指妓院了，劉邈不過因襲前人，將「青樓」一詞入詩了而已，因此袁枚在《隨園詩話》中說：「齊武帝於興光樓上施青漆，謂之『青樓』，是青樓乃帝王之居。故曹植詩〈青樓臨大路〉，駱賓王詩〈大道青樓十二重〉，言其華也。今以妓為青樓，誤矣。梁劉邈詩曰：『倡女不勝愁，結束下青樓。』殆稱妓居之始。」不過，這一誤就誤了一千多年。

●「哄堂大笑」原來是出自一項有趣的制度——●

許多人同時發聲叫「哄」。「哄堂」原來是出自唐代御史臺一項有趣的制度。據唐人趙璘所著《因話錄》記載，御史臺是監察機構，轄下共分三院：臺院，殿院，察院。御史臺的最高長官由正三品御史大夫出任臺長，副長官的官銜是侍御史知雜事，在御史臺的稱呼是「雜端」。御史臺有自己的廚房，吃飯時大家都集中到公堂，如果沒有公事要討論，同僚們都只是互相拱手作揖而已。如果有公事要討論，就要按照官銜的等級分主次坐好，即使每個人都舉著筷子，也不能說笑，正襟危坐。吃完飯後，由「雜端」主持，開始討論本臺的公事，誰誰誰犯了什麼錯，祕書詳細記錄下來。因為都是同僚，討論過程中免不了出現一些可笑的事情，但是任何人都不能笑，只有「雜端」失笑的時候，大家才能跟著一起大笑，這叫「哄堂」，在這種情況下笑的人可免於處罰。

「哄堂」也寫作「烘堂」。「烘堂大笑」一語則出自歐陽修所著《歸田錄》一書。歐陽修講了一個很好玩的故事：五代時，馮道、和凝二人同朝擔任宰相，有一天在中書省的官署中，和凝詢問馮道腳上穿的新靴子花多少錢買的，馮道抬起左腳對和凝說：「九百文。」和凝性子急，立刻轉過頭去訓斥隨從說：「我的靴子怎麼花了一千八百文！是不是你小子貪污了！」絮絮不休嘮叨了半天。這時，馮道又抬起右腳，徐徐對和凝說道：「這只靴子也是九百文。」眾人「烘堂大笑」起來，弄得和凝非常尷尬。歐陽修評論道：「宰相如此，何以鎮服百僚。」

歐陽修在同書中還記載了他和梅聖俞、范景仁等六人詩酒唱和的場景。六人群居終日，天天都舉行賽詩會，「間以滑稽嘲謔，形於諷刺，更相酬酢，往往烘堂絕倒，自謂一時盛事，前此未之有也」。

「烘」和「哄」是通假字，因為後人便用「哄堂大笑」取代了「烘堂大笑」，形容滿座的人聽到詼諧有趣的事情而同時大笑。

●「城府」為什麼是比喻人有心機？——●

形容一個人很有心機、不坦率叫做「胸有城府」或「城府很深」，而且通常帶有貶義；相反就叫「胸無城府」。但為什麼城府會和心機有關聯呢？

「府」的本義是古時候國家收藏文書或財物的地方，後來引申為官署，「百官所居曰府」。漢魏南北朝時，「府」多指高級官員和諸王治事之所，唐代開始設置府級行政機構。「城府」一詞最早指的就是官府。《後漢書．逸民列傳》載：「龐公者，南郡襄陽人也。居峴山之南，未嘗入城府。」龐公是一位隱士，志向高潔，當然一向就不屑進入官府。

大約從晉代開始，「城府」開始跟人的心機產生關聯。干寶《晉紀》稱讚司馬懿「性深阻有如城府，而能寬綽以容納」，「深阻」是指性情深沉而不外露，其中的「深」字用來形容「府」，「阻」字用來形容「城」。古代的城池都建立在交通要道，往往據險以守，以防被敵軍輕易攻破，因此城池的主要功能就是「阻」，險阻；管理百姓的官府為了宣示政治權威，不僅占地極廣，而且非常幽深，只有這樣才顯得神祕，才會讓平民百姓摸不著裡面的虛實，從而保持對官府的敬畏之心，因此官府給人的感覺就是「深」。名句「侯門一入深似海」，用「海」來比喻官府和權貴府邸之深，真是太貼切了！

•「城隍廟」的「城隍」是什麼神？——•

城隍廟在全國各地都很常見，這座廟裡到底供的什麼神，為什麼稱「城隍」的廟呢？

「城」是城牆，「隍」是沒有水的護城壕溝。古人建城，一定要在城牆四周開挖護城河，挖成之後，尚未蓄水的稱「隍」，蓄水的稱「池」。「城池」一詞就是這樣來的，表示護城河裡的水滿滿地圍繞著城牆。只有護城河裡蓄滿了水，這座城才能稱為「城池」，否則只能稱為「城隍」。

「城隍」的起源很早。周朝農事完畢之後，要在歲末的十二月舉行盛大的祭祀，十二月是臘月，故稱「臘祭」。「臘祭」要祭祀八神，八神分別是：先嗇（神農氏）、司嗇（農業神后稷）、農（農夫）、郵表畷（ㄓㄨㄛˋ）（井田交界處豎立的標木，用來做標記）、貓虎、坊（堤防）、水庸、昆蟲。其中的第七個神「水庸」就是「城隍」。「水」指護城河，即「隍」；「庸」通「墉」，城牆。因此「水庸」即「城隍」。

在古人心目中，「城隍」是自然神，因此凡是城池必有城隍神，就要建城隍廟祭祀祂。第一個城隍廟是三國時期吳國的蕪湖城隍廟，始建於西元二三九年。南北朝和隋唐時期，文獻多有祭祀城隍神的記載。宋朝以後，城隍神開始人格化，多以去世的英雄或者名臣作為本地的城隍神，加以祭祀。比如，北宋宋神宗熙寧初（約西元一〇六八年），越南的李朝謀劃進攻大宋，邕州（今南寧）乃抵禦的第一線，宋神宗任命蘇緘為邕州知州，領導邕州人民抗擊越南，但寡不敵眾，邕州最終落入了越南人手中。蘇緘自焚而死，越南人找不到他的屍體，竟然大肆屠城。後來，邕州的百姓就把蘇緘稱作「蘇城隍」，為他立祠，把他視為本地的保護神。

各地的城隍廟都有大規模的廟會，就起源於祭祀城隍神的活動，漸漸演變成當地最重要的民間習俗。

「客氣」是如何變成客套話的？

「客氣」這句俗語來源於春秋時期的一場戰爭。據《左傳．定公八年》記載，魯定公八年的春天，魯國以陽虎為大將侵略齊國，在廩丘這座城的外城，兩軍發生了激戰，魯軍猛攻城牆，守衛的齊軍則用火焚燒攻城的戰車。眼看戰車陷入了敵軍的火攻陣，魯軍中有聰明人想出了一個主意，把粗布衣服浸濕用來滅火。這一招果然奏效，魯軍很快攻破了廩丘外城。不料，守衛內城的齊國守軍一看再無退路，背水一戰，反而從內城裡殺將出來，魯軍阻擋不住拚了命的齊軍，只好撤退。陽虎著了急，急中生智，假裝沒有看見本國最有名的勇士冉猛就在軍中，自言自語地大聲說道：「假如冉猛在這裡，一定可以打敗齊軍！」這招激將法果然激勵了冉猛，只見他駕著戰車，哇哇暴叫著就向齊軍衝了過去。還沒有衝到一半，冉猛回頭一看，卻發現沒有一個人跟上來，心裡一下就膽怯了，趕緊假裝沒站穩，從戰車上摔了下來，一瘸一拐地回來了。陽虎遙遙望見這一幕，不由得說道：「盡客氣也！」

對陽虎口中的「客氣」一詞，西晉軍事家杜預解釋說：「言皆客氣，非勇。」楊伯峻解釋說：「客氣者，言非出於衷心。」本軍戰敗，身為有名的勇士，冉猛本來就該奮不顧身地上前衝鋒，可是冉猛沒有，而是很「客氣」地待在軍中。直到陽虎點名激將，為了維護勇士的名譽，冉猛才不得不衝上前去；哪知發現沒有跟隨者之後，冉猛心生膽怯，上演了一齣「假摔」的鬧劇，最終還是灰頭土臉地回來了。因此，陽虎評價他「盡客氣也」，是說冉猛兩次都不是出於內心真實的想法去行動，只不過「客氣」一下、應付一下而已，哪裡稱得上是勇士？

這就是「客氣」這句俗語的來源和本義。陽虎為什麼會想到使用這個詞呢？我想也許跟他的親身經歷有關。陽虎是魯國權臣季氏的家臣，必然深諳為「客」之道，也一定見慣了數不清的門客、客人的嘴臉。本來周禮對主客之道有詳細的規定，客人上門只需按照禮節即可，但到了春秋亂世，禮崩樂壞，主客之道早就變得不倫不類了，因此很多客人養成了非常不好的壞習慣，包括反覆無常、言行虛誇、謙讓過度等。客人的這種習氣給人們的印象一定非常深刻，因此除了陽虎口中的「客氣」之外，中醫也把侵入人體的邪氣稱作「客氣」。人們還用「客」來命名新發現的星或者彗星，這就是「客星」一詞的由來：「客星，非常之星，其出也無恒時，其居也無定所，忽見忽沒，或行或止，不可推算，寓於星辰之間，如客，故謂之客星。」這段解釋「客星」的話，倒非常像是對反覆無常的客人的描述。

今天「客氣」這個詞已經變成了一個中性詞，含有彬彬有禮、謙讓之意，只有在說「您千萬別過分客氣了」的場合，才含有一絲貶義，指光講場面話，不吐真言。同義詞「客套」就說得更加明白了：「客」的全是套話，沒有一句真心實意的話！這個時候就需要灌上二兩老酒，看你怎麼客氣！

「屋漏」原來是指屋子的西北角

如果我還要在這裡饒舌解釋「屋漏」這個詞，肯定會被讀者們罵作白癡。但是中文的博大精深，常常會出其不意地讓我們感到震撼，比如「屋漏」這個詞，本義根本不是屋頂上破了一個洞漏雨了，而是指屋子的西北角。

古人把室內的四個角稱作「隅」，成語「向隅而泣」就是對著牆角哭泣。《論語．述而》：「子曰：舉一隅不以三隅反，則不復也。」孔子說：一個學生，給他講解了屋子的一個角，他卻不能聯想推知其餘的三個角，這樣的學生就是笨蛋，不必再費心思教他了。

房子裡的四個角都有各自專用的稱呼，《爾雅》解釋說：「西南隅謂之奧，西北隅謂之屋漏，東北隅謂之宧（ㄧˊ），東南隅謂之窔（ㄧㄠˇ）。」「奧」是西南角，「屋漏」是西北角，「宧」是東北角，「窔」是東南角。「奧」和「窔」都有黑暗、幽深的意思，這是因為古人的房子坐北朝南，陽光從南邊的窗戶射進來，屋子裡照不到陽光處為西南角和東南角。也因此有「一窺堂奧」一詞，「堂奧」即指堂的深處，也用來比喻深奧的義理，深遠的意境。

屋子裡的東、西、南、北四個方向還有尊卑之分。以鴻門宴的座次為例：「項王、項伯東向坐，亞父南向坐，沛公北向坐，張良西向侍。」坐西朝東的方向最尊貴，因此項羽和他叔叔項伯坐西朝東（東向）；坐北朝南的方向次之，因此項羽的謀士亞父范增坐北朝南（南向）；坐南朝北的方向又次之，因此沛公劉邦坐南朝北（北向）；張良是劉邦的謀士，只能屈居最卑的坐東朝西方向了（西向）。這些座次的禮節一點兒都錯不得。

坐西朝東既然最尊貴，古人出面為子女聘請老師，雙方討價還價談妥待遇之後，主人宴請老師，就請老師坐在這個方向，所以受業的老師尊稱為「西席」；主人坐東朝西作陪，東面是主人的位置，故稱「東家」、「做東」，「房東」、「股東」等稱呼也是因此而來。

屋子裡的四個角中，以「奧」（西南角）的方位最尊貴，「尊長之處也」，因此《禮記．曲禮》中規定：「為人子者，居不主奧。」父母都健在的兒子，不能住在西南角，這個方位只能父母居住。

「屋漏」的這個西北角有很重要的用途。祭祀時先在「奧」——即最尊貴的西南角舉行儀式，祭祀完畢後要在「屋漏」即西北角安放木製的神位，上書祖先的名諱，定時上供。這個地方必須隱祕，不能被外人看見，因此還要設一面帷帳遮擋。「屋」這個字的本義是小的帳幕，後來指稱房屋的時候又另造了個「幄」字來指帷帳；「漏」的意思是隱藏；「屋漏」即用帷帳來隱藏神位。這就是「屋漏」代表西北角的由來。因為西北角位置最隱祕，所以後來就用「屋漏」泛指屋子裡面最深暗的地方。《詩經．抑》一詩中有這樣的句子：「相在爾室，尚不愧於屋漏。」看看你在自己屋子裡做的事，雖然沒有別人能看見，但是仍然要無愧於西北角的神位，即所謂頭上三尺有神明。

知道了「屋漏」的含義，杜甫的名篇〈茅屋為秋風所破歌〉中的名句「床頭屋漏無乾處，雨腳如麻未斷絕」的意思就要重新理解了。「床頭屋漏無乾處」是指床頭和西北角最隱祕的神位那個位置都被雨淋濕了，而雨腳如麻，還在不停地下著。西北角最隱祕的神位比床頭要尊貴得多，如果僅僅將「屋漏」解釋為屋子漏雨，把床頭都打濕了，並不能更加渲染「寒士」貧窮的生活條件；只有連最尊貴的神位都不能倖免，才能更貼切地形容寒士居住的地方是多麼的破舊，詩歌後面「安得廣廈千萬間，大庇天下寒士俱歡顏，風雨不動安如山」的期盼才會更加動人，才更具有藝術感染力。

•「急急如律令」原來是公文用語——•

道教的咒語或者符籙，結尾處常常用一句「急急如律令」，勒令鬼神按照符令執行，今天我們仍然耳熟能詳。「律令」毫無疑問是指法令，本來是用在人的身上，怎麼轉而施之於鬼神了呢？

宋人趙彥衛所著《雲麓漫鈔》中說：「急急如律令，漢之公移常語，猶今云『符到奉行』。張天師漢人，故承用之，而道家遂得祖述。」原來，「如律令」、「急急如律令」乃是漢代的詔書或檄文上的慣常用語，結尾處用這句話，催促交辦人員要按照法令火速辦理。道教的創始人張天師是東漢時人，就把這句公文的慣用語傳承下來，用到了道教的咒語和符籙上。

趙彥衛在《雲麓漫鈔》中抄錄了一則漢代的檄文：「永初二年六月丁未朔，廿日丙寅，得車騎將軍莫府文書，上郡屬國都尉，二千石守丞，廷義縣令三水，十月丁未到府受印綬，發大討畔羌，急急如律令。馬四十匹，驢二百頭，日給。」因為要征討叛亂的羌人而「急急如律令」，可見催促之急。

漢末著名文學家陳琳所寫〈為袁紹檄豫州文〉，歷數曹操的罪狀，結尾是：「布告天下，咸使知聖朝有拘迫之難。如律令！」這是用之於檄文的末尾。

有趣的是，唐人李濟翁所著《資暇集》中說：「律令是雷邊捷鬼，學者豈不知之，此鬼善走，與雷相疾速，故云如此鬼之疾走也。」按照李濟翁的說法，「律令」竟然是雷神身邊疾走之鬼的名字！如此一來，「急急如律令」的意思就是：趕緊像這隻疾走鬼一樣快跑吧！

•「怨女」原來就是古代的「剩女」——•

「剩女」是大陸教育部於二〇〇七年八月公布的漢語新詞之一，指那些超齡未婚的女青年。這當然是網路時代漢語新詞彙的豐富和發展，但是鮮為人知的是，古時也有專門的詞彙來指稱「剩女」，這個詞彙就是大家耳熟能詳的「怨女」。

「怨女」一詞，出自《孟子．梁惠王下》篇中齊宣王和孟子的一段對話：

王曰：「寡人有疾，寡人好色。」對曰：「昔者太王好色，愛厥妃。詩云：『古公亶父，來朝走馬，率西水滸，至於岐下，爰及姜女，聿來胥宇。』當是時也，內無怨女，外無曠夫。王如好色，與百姓同之，於王何有？」齊宣王說：「我有一個毛病，我好色。」孟子回答道：「過去周太王好色，愛他的妃子。《詩經》中說：『周太王古公亶父，清晨縱馬奔馳，沿著西邊的河岸，到了岐山腳下，帶著妻子姜氏，來察看新居。』那個時候，內無沒出嫁的女子，外無娶不到妻的男子。大王如果好色，像周太王一樣讓百姓也能嫁娶，對大王有什麼難的呢？」

北宋學者邢昺注解說：「皆男、女嫁娶過時者，謂之怨女、曠夫也。」所謂「嫁娶過時」，是指到了適婚年齡而沒有成婚。從此之後，就把這樣的男女稱作「曠夫怨女」，也就是今天所說的「剩男剩女」。

不過，為什麼女稱「怨」，男稱「曠」？邢昺沒有提出解釋。我們再來看《詩經．國風．雄雉》這首詩的漢代題解，也就是所謂的《毛詩序》：「《雄雉》，刺衛宣公也。淫亂不恤國事，軍旅數起，大夫久役，男女怨曠，國人患之而作是詩。」此詩是婦人思念遠行服兵役而久久不歸的丈夫的詩篇。鄭玄注解說：「國人久處軍役之事，故男多曠，女多怨也。」孔穎達則注解說：「曠，空也，謂空無室家，故苦其事。」綜合二人的注解，「怨曠」的意思就是：丈夫在外服役，空無家室，而妻子則在家中思念，怨恨不已。如此則「怨女」指怨恨的女子。

但這一解釋很奇怪，「曠夫」和「怨女」形成對文關係，那麼就絕不可能「曠」用作形容詞「空」，而「怨」卻用作動詞「怨恨」。

我們再來看《韓非子．外儲說右下》篇中管仲的一句話：「畜積有腐棄之財，則人饑餓；宮中有怨女，則民無妻。」如果「怨女」是指怨恨的女子，那麼百姓沒有妻子跟宮中有怨恨的女子又有什麼邏輯關係呢？

由以上可知，「怨女」絕對不能解釋為怨恨的女子。

原來，「怨女」之「怨」，不是怨恨的意思，而是指蘊積。《荀子．哀公》篇中記載了一段孔子對魯哀公說的話：「所謂賢人者，行中規繩而不傷於本，言足法於天下而不傷於身，富有天下而無怨財，布施天下而不病貧：如此則謂賢人矣。」唐代學者楊倞注解說：「怨讀為蘊，言雖富有天下，而無蘊蓄私財也。」

《晏子春秋．內篇雜下》中晏子的一段話也可為證：「凡有血氣者，皆有爭心，怨利生孽，維義可以為長存。」意思是人人都有爭競之心，但蘊蓄私財過多就會產生災禍，只有以「義」約束才可以長存。「怨利生孽」在《左傳．昭公十年》中寫作「蘊利生孽」，可見「怨」因為音近而成為「蘊」的假借字。

清末民初學者章太炎先生在《膏蘭室箚記》一書中總結道：「怨與積同義。怨讀為怨利生孽之怨，怨利，謂蘊利也。《荀子．哀公篇》曰：『富有天下而無怨財。』怨財，謂滯財也。惟女有蘊蓄於宮中者，則民乃無妻，不論女之情怨與不怨也。即使千人同御，女無怨情，民之無妻，何以異於不怨哉？故知怨非怨恨義也。下云：『內無怨女，外無曠夫。』曠者，虛也，與怨相對。內過實則外虛，理勢必然。」

綜上所述，「內無怨女，外無曠夫」的意思就是：宮內沒有蓄積多餘的青年女子，宮外也就不會有空無家室的青年男子。這才是「曠夫怨女」的本義，同時，「怨女」指蓄積的女子，不正是今日「剩女」一詞的生動寫照嗎？

從漢代開始，「怨女」之「怨」就被誤解為怨恨，從而使「曠夫怨女」成為一個不可索解的詞彙，同時又催生了「怨婦」的稱謂，將未婚女子和已婚的「婦」等同起來，真是可憐了待嫁的「怨女」！

•「拮据」原來是鳥兒腳爪之病——•

「拮据」一詞，今天只用來形容經濟困難，比如手頭拮据即手頭無錢的意思。從字面上來看，這是一個非常奇怪的詞，它是怎麼跟金錢扯上關係的呢？

鮮為人知的是，「拮据」這個詞起初並不是形容經濟困難，而是形容鳥類的腳爪之病。

此詞出自《詩經．鴟鴞》一詩，這首詩以一隻孤立無援的母鳥的口吻，控訴貓頭鷹一類的鴟鴞這種惡鳥，不僅奪走了我的幼鳥，而且還洗劫了我的鳥巢，我含辛茹苦，早已經為養育幼鳥生病了。緊接著，這隻母鳥描述了自己營造鳥巢的艱苦歷程，其中吟詠道：「予手拮据，予所捋荼，予所蓄租，予口卒瘏，曰予未有室家。」

捋（ㄌㄨㄛ），用手握著東西，朝著一個方向抹取；荼（ㄊㄨˊ），茅草、蘆葦之類的小白花；租，積蓄，一說指田中禾類植物的莖稈；瘏（ㄊㄨˊ），因疲勞而生病。

至於「拮据」一詞，鄭玄箋注引《韓詩》云：「口足為事曰拮据。」所謂「口足為事」，是指鳥類用口銜、用爪抓取茅草和莖稈營造鳥巢。這幾句詩描寫鳥兒作巢之苦：我用手爪持草，我用手爪捋取茅草花，我用積蓄的禾稈，我的鳥喙也累病了，只為了我還沒有造好的鳥巢。

孔穎達引《毛傳》：「予手口盡病，乃得成此室巢。」又引鄭玄所說：「手口盡病，以勤勞之故。」按照孔穎達的解釋：「予手拮据」是手病；「予所捋荼」不言手，那麼就是口病；「予所蓄租」手口並兼之，那麼就是手口之病；「予口卒瘏」是口病。總而言之，這幾句詩描寫的就是這隻鳥因為營造鳥巢而生手口之病；鳥之足即鳥之手，因此，「拮据」即指鳥兒用腳爪持草築巢，因辛勞過度而致腳爪之病。

杜甫有一首題目很長的五言排律《秋日荊南送石首薛明府辭滿告別奉寄薛尚書頌德敘懷斐然之作三十韻》，其中吟詠道：「文物陪巡守，親賢病拮据。」「文物」指文士，「巡守」指皇帝出行視察各地。這裡的「拮据」一詞，南宋學者蔡夢弼箋注：「謂皇子流離多辛苦也。」正是用的本義。

「予手拮据」，我辛辛苦苦築的巢，還被鴟鴞這種惡鳥給毀了，由此引申出「手頭拮据」之類的說法，形容人用雙手辛辛苦苦工作，到頭來如同這隻鳥兒一樣兩手空空，還是一文錢都沒有。

●「拾人牙慧」拾的到底是什麼？——●

「拾人牙慧」是指拾取別人的說詞當作自己的話，形容那些沒有自己獨立見解，只知道人云亦云發表些老套觀點的人。

「牙慧」一詞屬於最典型的俗語誤用，很多辭典都把「牙慧」解釋成牙齒裡面的殘渣，「拾人牙慧」即拾取別人牙齒裡面的殘渣，這真是天大的笑話！

「牙慧」一詞出自《世說新語．文學》：「殷中軍云：『康伯未得我牙後慧。』」這句話因為沒有上下文而被很多人誤解，常常被解釋為：「康伯連我牙齒縫裡咀嚼後的殘渣都沒有拾到。」

唉，望文生義真是害死人！這明明是一句表揚的話，卻被誤解為批評的話了。

殷中軍即殷浩，曾經擔任過中軍將軍的官職，故稱殷中軍；康伯即韓伯，康伯乃其字。兩人都是東晉著名的玄學家，殷浩是韓伯的舅舅。殷浩這個人很有意思，他和當時的權臣桓溫不和，被免官放逐到了信安郡（今浙江衢州），他每天都拿手指在空中虛畫字形，這叫「書空」，就是在空中寫字的意思。人們很奇怪，不知道此舉何意，有人暗中觀察，結果發現殷浩每次「書空」寫的都是同樣四個字，這四個字是「咄咄怪事」，原來殷浩借此表達對自己免官的不滿。「咄咄怪事」這個成語即出於此。

韓伯小時候就很聰明，舅舅殷浩稱讚他「能自標置，居然是出群之器」。對外甥既然有這麼高的評價，殷浩怎麼可能批評他拾自己的牙慧呢！「牙後慧」的「慧」不是指殘渣，而是智慧、見解；「牙後慧」即表達出來的觀點。

「康伯未得我牙後慧」這句話的正確解釋應該是：「康伯沒有亦步亦趨地模仿我的見解來發言，他有自己獨立的見解。」因此這是一句表揚的話。後人把這句話的意思加以變通，便形成了「拾人牙慧」這個成語，當做貶義詞來使用了。

●「指南」為什麼不叫「指北」？

「指南」這個詞很奇怪，「南」相對的方向是「北」，明明有「南」和「北」兩個相對的方向，可是為什麼偏偏叫「指南」，而不叫「指北」呢？

原來，這跟中國古代測定方向的儀器有關。

在指南針發明之前，春秋戰國時期最早用來指示方向的儀器叫「司南」。「司南」的發明跟磁石密切相關。古人早就發現山上有一種能夠吸引鐵的神奇石頭，這就是天然的吸鐵石。古人管這種石頭叫「慈石」，在東漢以前的古籍中一直寫作「慈石」，因為觀察到吸鐵石能夠吸引鐵，古人就認為吸鐵石為母，鐵為子，兩者之間的吸引關係就像母子之間的吸引關係一樣，故稱「慈石」，後來才改稱「磁石」。

工匠們把磁石雕琢打磨成一把湯勺的形狀，磁石的「S極」也就是南極磨成勺柄，然後再用青銅製成一面光滑如鏡的底盤，把湯勺放在底盤上，在底盤上刻出代表方向的紋路，轉動湯勺，湯勺靜止下來之後，勺柄指向的方向就是南方。湯勺轉動的時候，人們當然都盯著長長的勺柄轉動眼珠，當它靜止下來指向南方的時候，人們終於吁出一口長氣，於是將這個儀器命名為「司南」。「司」是職掌、主管的意思，「司南」就是今天指南針的始祖。

《韓非子・有度》篇中解釋了制「司南」之初衷：「夫人臣之侵其主也，如地形焉，即漸以往，使人主失端，東西易面而不自知，故先王立司南以端朝夕。」陳奇猷先生說：「司南其制蓋如今羅盤針，故可以正朝夕也。朝夕猶言東西，日朝出自東，夕入於西，故以朝夕為東西也。」其實

「司南」是先定南北，王充在《論衡》一書中解釋「司南」的形制：「司南之杓，投之於地，其柢指南。」從這時候開始，「司南」也開始叫「指南」，演變到今天，人們只知道「指南」一詞，而不知道「司南」一詞了。

●「指桑罵槐」原來是對官府的刻骨詛咒——●

「指桑罵槐」這個成語的意思是：表面上罵的是這個人，實際上罵的卻是那個人。但為什麼偏偏是指著桑樹罵槐樹，而不是相反？又為什麼不是指著別的樹來罵呢？這麼一問，我們就會發現所有的辭典都沒有解釋，也就意味著這個成語的真正語源從來沒有被發掘過。

之所以「指桑罵槐」，原來跟桑樹和槐樹這兩種樹木在古代的象徵意義密切相關。

先說槐樹。古有「三槐九棘」之說，出自《周禮》。周代有朝士一職，職責是「掌建邦外朝之法」，即天子處理朝政的禮儀。按照規定，天子處理朝政的時候，大臣們所站的位置分別是：「左九棘，孤、卿、大夫位焉，群士在其後；右九棘，公、侯、伯、子、男位焉，群吏在其後；面三槐，三公位焉，州長、眾庶在其後。」

「棘」就是帶刺的酸棗樹，樹九棘為標識，是為了區分等級和職位。鄭玄解釋說：「樹棘以為位者，取其赤心而外刺，象以赤心三刺也。槐之言懷也，懷來人於此，欲與之謀。」「三槐九棘」

遂用作三公九卿的代稱。

唐代學者吳兢所著《貞觀政要．刑法》篇中，記載了唐太宗的這句話：「古者斷獄，必訊於三槐九棘之官，今三公九卿，即其職也。」已經散佚的西漢末年的緯書《春秋元命苞》中說：「槐之言歸也。古者樹槐，聽訟其下，使情歸實也。」可見古人認為在槐樹下聽訟，可使案情歸實。槐樹從三公的代稱遂引申而為斷獄的官府之稱。而中國古代一句眾所周知的諺語則是：「八字衙門朝南開，有理沒錢莫進來。」老百姓有理沒錢就打不起官司，這句諺語濃縮了人們對斷獄的官府的痛恨之情。但是畢竟官大於民，老百姓又不敢指名道姓地罵官府，遂發明了「指桑罵槐」這個成語，用罵桑樹來隱晦地表達對官府的代稱槐樹的痛恨。

那麼，又為什麼指著桑樹來罵呢？有人認為桑樹乃是古人生活中非常重要同時也隨處可見的植物，古人隨手就把桑樹拿來「指桑」。這種解釋並沒有挖掘出桑樹在中國古代的象徵意義。

《漢書．地理志》：「衛地有桑間濮上之阻，男女亦亟聚會，聲色生焉，故俗稱鄭衛之音。」鄭國和衛國之間的濮水之上有一個叫桑間的地方，既名「桑間」，可想而知桑樹眾多，兩國的年輕男女經常在此地幽會，因此「桑間濮上」就用來形容男女幽會的地方。《禮記．樂記》又載：「桑間濮上之音，亡國之音也。」鄭玄解釋說：「濮水之上，地有桑間者，亡國之音於此之水出也。」之所以稱「亡國之音」，首先正是因為桑間濮上男女幽會所奏的音樂乃是淫靡之樂的緣故。既為淫靡之樂，那麼「其政散，其民流，誣上行私而不可止也」就成為兩國亡國的必然結果。

這就是桑樹在中國古代的象徵意義。老百姓借著桑樹來罵，正是對不公正官府的刻骨詛咒，詛咒這個不公正官府的滅亡。這是深深地隱藏在「指桑罵槐」這個成語中的民間心聲。明清吏治腐敗，「指桑罵槐」也正是在這個時期才開始流行起來，但是為什麼「指桑罵槐」，後人已經不清楚桑樹和槐樹的象徵意義，因此對其語源也就大惑不解了。

●「挑釁」原來跟祭祀有關●

「挑釁」是尋釁生事，蓄意引起爭鬥、衝突或戰爭的意思。「挑」可以理解為挑起、引起，那麼「釁」是什麼意思？「挑釁」組合在一起，為什麼可以當作這個意思講呢？相信很多人都不知道，「挑釁」一詞原來跟古代的祭祀制度密切相關。

「釁」，這個字非常繁複，但也非常有意思。就訛變為小篆之前的字形分析，是一個人雙手端著一盆水倒入下面的器皿中，然後沐浴。這個字反映的是古人祭祀之前舉行的一項儀式，稱作「釁浴」。鄭玄解釋說：「釁浴，謂以香薰草藥沐浴。」據《國語·齊語》記載，管仲初見齊桓公，「三釁三浴之」，可見是用香草薰身，並用湯沐浴潔身，以示誠敬。除了「釁浴」，還有「釁屍」的儀式，用香草製成的鬯（ㄔㄤˋ）酒塗抹、擦洗屍體，也是潔身之意。

除了用於人，新製成的器物也要殺牲以祭，用牲血塗抹在器物的縫隙處，就像人用香草塗身一樣。比如宗廟初成，要「釁廟」；鐘鼓製成，要「釁鐘」、「釁鼓」。「釁」是一種祭祀的儀式，這就是「釁」的本義。

「釁」太過繁複，後來又造出一個「衅」字，會意為用牲血塗抹一半的縫隙之處，因此「釁」又引申為縫隙之意。這個縫隙可不僅僅指器物的縫隙，也可以指人與人之間的裂痕或者禍亂。有裂痕可乘，因此才可以「尋釁」生事；發動禍亂的首領稱作「釁首」。

「挑」的本義其實不是挑起、引起，而是撥弄。比如《史記》載項羽對劉邦說「願與漢王挑戰決雌雄」，這是項羽單方面的願望，「挑戰」意為戲弄劉邦，誘劉邦出戰。因此「挑釁」一詞分為兩個步驟：先發現對方有隙可乘之縫隙，此之謂「尋釁」；然後加以「挑」之，即撥弄、戲弄對方，誘使對方生氣，從而達到應戰的目的。舉例而言，比如今天一方挑釁另一方，常常會說「你不是拳頭厲害嗎？」」，「拳頭厲害」就是尋到的對方的「釁」。

古人只將「釁」用於沐浴和祭祀，後人卻擴而大之用於「尋釁」然後「挑釁」，人心之不古，信然！

●「春夢」從來不用於男女情欲——●

在今天的日常口語中，常常把男女所做的跟性有關的夢稱作「春夢」。春天到來，萬物生長，一個多麼美好的意象，卻屢屢被後人比附於情欲。《詩經》中「有女懷春，起士誘之」的名句，也只是形容女子到了婚嫁的年齡，起士向她求婚。少女懷春，自然又正常的美好情懷，到了後人口中，甚至生出「懷春之女對夾柏而含酸」的猥瑣聯想。

比如「買春」一詞，唐人呼酒為「春」，「買春」即買酒。郭紹虞先生解釋說：「春有二解。《詩品注釋》：春，酒也。唐《國史補》：酒有郢之『富水春』，烏程之『若下春』，滎陽之『上窟春』，富平之『石東春』，劍南之『燒春』。此一義也。楊廷芝《詩品淺解》：春，春景。此言載酒遊春，春光悉為我得，則直以為買耳。孔平仲詩：『買住青春費幾錢。』楊萬里詩：『種柳堅堤非買春。』此又一義也。竊以為二說皆通。」

「買春」一詞在今天的意思卻是指花錢購買性服務。這個優雅的古代詞彙，竟然被現代人抹黑成了嫖娼，不知道是今人的悲哀還是古人的悲哀。相對於「買春」，甚至還生造出「賣春」一詞，指出賣性服務，只能說是現代社會粗俗化和道德墮落的表現。

沈佺期〈雜詩〉：「妾家臨渭北，春夢著遼西。」岑參〈春夢〉：「枕上片時春夢中，行盡江南數千里。」這都是形容春天的夢。宋人趙令畤在《侯鯖錄》中講述了一則蘇東坡的趣事：「東坡老人在昌化，嘗負大瓢行歌於田間，有老婦年七十，謂坡云：『內翰昔日富貴，一場春夢。』坡然之。里人呼此媼為春夢婆。坡被酒獨行，遍至子云諸黎之舍，作詩云：『符老風情老奈何，朱顏減盡鬢絲多。投梭每困東鄰女，換扇唯逢春夢婆。』」

蘇東坡以六十歲的高齡被貶海南昌化，自負灑脫，「負大瓢行歌於田間」，七十老媼一語點破他的一生：做翰林學士時的昔日富貴，不過一場春夢耳。世事無常，轉眼已成空；榮華富貴，春日一場夢。這就是中國文化中獨有的人生觀，正如唐代詩人盧延讓吟詠的：「詩侶酒徒消散盡，一場春夢越王城。」

對人生如夢的動人感喟，對韶華易逝的哀婉嘆息，竟然被後人粗俗化為男女情欲的隱語，真是令人徒喚奈何！

•「洞房」原來並不是指婚房——•

唐朝詩人朱慶餘有一首著名的詩〈近試上張籍水部〉：「洞房昨夜停紅燭，待曉堂前拜舅姑。妝罷低聲問夫婿，畫眉深淺入時無。」其中，「洞房昨夜停紅燭」的「洞房」當然是指新婚夫婦的婚房，但是「洞房」是從什麼時候開始作為婚房的代稱呢？

漢樂府民歌《孔雀東南飛》中有這樣的詩句：「其日牛馬嘶，新婦入青廬。」「青廬」是青布搭成的帳篷，東漢至唐代的婚俗是搭起一座青廬，供新婚夫婦交拜，因此最早的洞房就叫「青廬」。至於「洞房」，原本並不指婚房。「洞房」一詞最早出自《楚辭．招魂》：「姱容修態，絙洞房些。」意思是美人有著俏麗的容貌，美妙的體態，在洞房中緩緩走動。此處的「洞房」是指深邃而豪華的內室。東漢桓譚所著《新論》一書中寫道：「居則廣廈高堂，連闥（ㄊㄚˋ）洞房。」「連闥」是一重接一重的門，和「洞房」的意思一樣，都是形容深邃的內室，因此「洞房」常常和「高堂」、「廣廈」連用，用來指稱王公貴族們豪華的宅第，和普通人沒有任何關係。

魏晉南北朝時期，「洞房」一詞仍然沿襲了最原始的語義。西晉文學家陸機在〈君子有所思行〉中有「甲第崇高闥，洞房結阿閣」的詩句，北周文學家庾信在〈和詠舞詩〉中有「洞房花燭明，燕餘雙舞輕」的詩句，這是「洞房」第一次和「花燭」聯繫起來，但是此處的「洞房」仍然跟婚房無關，而是指舞者在幽深的內室裡舞蹈的場景。

從唐朝開始，「洞房」開始頻頻出現在詩文中，但仍然不是特指新婚之夜的婚房。除了原始語義之外，也用來形容女人所居的閨房，比如王建〈秋夜曲〉：「秋燈向壁掩洞房，良人此夜直明光。」或者指男歡女愛的場所，甚至更多的是指倡家的場所，比如喬知之〈倡女行〉：「莫吹羌笛驚鄰里，不用琵琶喧洞房。」王琚〈美女篇〉：「遙聞行佩音鏘鏘，含嬌欲笑出洞房。」都是指娼妓所居的地方。「洞房」因其幽深，有時還用來指代僧人的山房，比如王維〈投道一師蘭若宿〉：「洞房隱深竹，清夜聞遙泉。」

大約到了中唐時期，「洞房」才開始指新婚之夜的婚房。比如劉禹錫〈苦雨行〉：「洞房有明燭，無乃酣且歌。」顧況〈宜城放琴客歌〉：「新妍籠裙雲母光，朱弦綠水喧洞房。」就是形容新娘的裝束和洞房行樂的情景。從此之後，「洞房」取代了「青廬」，成為新婚之夜婚房的代名詞。

●「狡猾」原來是一項罪名

「狡猾」是什麼意思不用再解釋了，人人都明白。「狡猾」還有一個同義詞「狡獪」，兩詞的來歷一併在本文中詳加解釋。

「狡」的本義是小狗，《說文解字》：「狡，少狗也。匈奴地有狡犬，巨口而黑身。」不過，《山海經》中還有不同的說法：「有獸焉，其狀如犬而豹文，其角如牛，其名曰狡。」這種叫「狡」的獸大概後來滅絕了，因此應當以許慎的解釋為準。「獪」的本義就是今天說的狡猾，不過「獪」含有詭計多端但是又容易敗露的意思。「猾」的本義是亂，比如「蠻夷猾夏」，蠻夷擾亂中原。揚雄的《方言》中注解說：「小兒多詐而獪，或謂之猾。」《正字通》中記載了一種海獸的名字叫「猾」，這種海獸滑溜溜的沒有骨頭，老虎把牠吃到口中，卻無法下嘴去咬；相反地，吞到肚子裡之後，「猾」反而從裡面把老虎的內臟全吃光了！

鮮為人知的是，三國以前，「狡猾」是一項罪名，學者賈麗英指出：「指惑亂主上、傾亂朝政、貪汙受賄、營私舞弊以及為脫己之罪而誣告他人等具有『詭詐性』的犯罪行為。但是，如同漢朝其他罪名一樣，『狡猾』之罪又具有罪名模糊、不易操作等特點，隨著法律的進步，在三國時期此罪被更加具體的條文所替代，『狡猾』之罪從刑法典中消失。」罪名模糊、不易操作的特點恰恰符合「狡猾」這個俗語的語義：狡猾的傢伙雖然看起來很壞，可是又滑得像條泥鰍，抓不住他的罪證。

「狡」既然指小狗，那麼「狡獪」順理成章地就跟小兒有關。「狡獪」最早是指小兒遊戲，出自曹丕所作《列異傳》：「北地傅尚書小女，嘗拆荻作鼠，以狡獪，放地。荻鼠忽能行，徑入戶限土中。又拆荻更作，咒之云：『汝若為家怪者，當更行，不者不動。』放地，便復行如前，即掘限內覓，入地數尺，了無所見。後諸女相繼喪亡。」「荻」是蘆葦。這種用蘆葦編成的小老鼠居然能跑能動，傳尚書的小女兒真是心靈手巧。

陸游曾經寫過一首〈示子遹〉的詩，其中有「詩為六藝一，豈用資狡獪」的句子，自注道：「晉人謂戲為狡獪，今閩語尚爾。」從這些早期含義中，「狡猾」和「狡獪」才慢慢引申出今天的語義，即詭詐多端。

●「皇親」和「國戚」的地位原來差別非常大——●

古代話本小說或者戲曲中常見「皇親國戚」的說法，人們多習焉不察，以為「皇親」和「國戚」本來是一回事，孰知大謬不然，「皇親」和「國戚」不僅有區別，而且地位判若雲泥。

欲講解清楚「皇親國戚」，要先從「親戚」一詞入手。簡單來說，「親」是指和自己有血緣關係的人，「戚」是指和自己有婚姻關係的人。但是古人也常常混淆二者的區別，比如有六親、六戚的說法，常見的解釋都是指父、母、兄、弟、妻、子。不過，從「戚」的造字本意可以分析出這個字的原始含義和引申義。

《說文解字》：「戚，戉也。」戉（ㄩㄝˋ）是兵器名，斧的一種，也寫作「鉞」，是隨身攜帶的武器，因此引申為親近的人，正如段玉裁所說：「親戚亦取切近為言。」那麼，把有婚姻關係的人稱作「戚」，正是取其外來而衛護之意，因此不可能有血緣關係。比如「外戚」的稱謂，指皇帝的母族和妻族。

「親戚」既明，我們來看「皇親國戚」。毫無疑問，「皇親」就是指和皇帝同一宗族的人，也叫「宗人」，即同宗同族之人。明清兩代都設有「宗人府」，職責是「掌皇九族之屬籍」，清清楚楚，是掌管皇帝同族的各種事務。

和「皇親」相比，「國戚」的地位就低微得多了。既然是皇帝的母族和妻族，那麼就不能列入皇帝私人範疇的「宗人」，而只能列入「國」，母族和妻族都屬於「國」的範圍，故稱「國戚」，「外戚」的「外」字更點明了區別於「內」（「皇」）的身分歸屬。

在一個朝代之內，「皇親」的人數是相對穩定的，而「國戚」可就大不一樣了：王子成婚，增加了王妃的「外戚」一族；公主出嫁，增加了駙馬的「外戚」一族；皇帝的舅氏也是「外戚」一族……諸如此類，「國戚」的數量簡直可說呈爆炸式增長，因此外戚作亂的可能性大大增加。在人們的心目中，皇室內鬥即使再激烈再血腥，似乎也都可以理解；但是國戚作亂，那就是大逆不道了，原因就在於此。

不過隨著時間的推移，皇親、國戚連用，統稱與皇室有血緣關係和婚姻關係的人，二者的區別也就沒有過去那麼嚴格了。

•「相公」為什麼變成男妓的稱謂？——•

古代白話小說和戲曲中常常出現「相公」這一稱謂，因為白話小說和戲曲的通俗性，因此民間對「相公」這一稱謂耳熟能詳。直到民國期間，「相公」還是人們的口頭語。「相公」多用於對讀書人的敬稱，或者是妻子對丈夫的敬稱，比如元朝武漢臣《玉壺春》：「相公，你不思進取功名，只要上花臺做子弟。」明朝凌蒙初《二刻拍案驚奇》：「店家道：『原來是一位相公，一發不難了。』」這是對讀書人的敬稱。元朝無名氏《舉案齊眉》：「梁鴻云：『夫人請穿上者。』正旦云：『相公，我不敢穿。』」《二刻拍案驚奇》：「這人姓魏，好一表人物，就是我相公同年。」這是妻子對丈夫的敬稱。

「相公」最早是對曹操的稱謂，而且特指曹操一人。西漢的丞相封侯不封公，東漢的丞相不封侯，到了曹操，以丞相的官職封魏公，因此稱為「相公」。這當然是對曹操的敬稱。這一稱謂最早出自王粲的詩中。王粲依附曹操後，曾經隨曹操出征，作了五首〈從軍行〉，雖然氣象壯闊，格調蒼勁，既寫書生抱負，也抒發亂世悲慨，但也充斥著對曹操的溢美之詞。其中第一首中寫道：「從軍有苦樂，但問所從誰。所從神且武，焉得久勞師。相公征關右，赫怒震天威。」王粲恭維曹操「神且武」，尊稱他為「相公」。王粲又在〈羽獵賦〉中寫道：「相公乃乘輕軒，駕四駱。」這是「相公」一詞的最早來歷。後來就把所有的丞相都敬稱為「相公」，南宋吳曾的《能改齋漫錄》中記載了這一源頭：「丞相稱相公，自魏已然矣。」指的就是曹操。明末清初著名學者顧炎武的《日知錄》則記載了這一稱謂的流變：「前代拜相者必封公，故稱之曰相公。」可見「相公」早已從對曹操的特殊稱謂演變成了對所有丞相的敬稱。

「相公」因為是尊稱，所以在崇尚做官的中國古代，凡是當官的後來都被稱作「相公」，以至於有學者不平：「今凡衣冠中人，皆僭稱相公，或亦綴以行次，曰大相公、二相公，甚無謂也。」「相公」這一稱謂的擴大解釋是從嶺南開始的。南宋無名氏的《道山清話》一書中追根溯源：「嶺南之人見逐客，不問官高卑皆呼為相公，想是見相公常來也。」逐客即被貶謫到嶺南的官員，嶺南乃化外之地，無法分清逐客的真實身分，乾脆一概稱之為「相公」了事。從此，「相公」就成為了官吏的通稱。

這一對官吏的敬稱，到了清朝，竟然成了男妓的代名詞。實際的演變也許是從北京、天津一帶的傳統戲劇開始的，這些傳統戲劇將小旦稱作「相公」，清朝小說家文康的《兒女英雄傳》中寫道：「他們當著這班人，敢則不敢提『小旦』兩個字，都稱相公。」小旦是由男演員扮演年輕美眉，因此小旦一定要長得漂亮，中國歷來又有蓄養男色的傳統，漂亮的小旦們當然是達官貴人們蓄養的首選，久而久之，「相公」就用來指稱男妓或者男娼了。清朝的《朝市叢載》中收錄了一首詠「相公」的詩，非常傳神地描繪了這種男妓或者男娼的做派：「曲巷趨香車，隱約雛伶貌似花，應怕路人爭看殺，垂簾一幅子兒紗。」男妓或者男娼的寓所也就順理成章地被稱作「相公堂子」。

●「相撲」原來出自「角抵」之戲——●

風行日本的「相撲」運動，最早起源於中國，至遲到晉代已有「相撲」之名。《太平御覽》卷七百五十五引王隱《晉書》曰：「潁川、襄城二郡，班宣相會，累欲作樂。襄城太守責功曹劉子篤曰：『卿郡人不如潁川人相撲。』篤曰：『相撲下伎，不足以別兩國優劣；請使二郡更對論經國大理人物得失。』」劉子篤很看不起「相撲」，認為乃「下伎」，那麼，古時候的相撲跟今天有何區別呢？

「相撲」最初稱作「角抵」或「角牴」、「角觝」，寫法不同而已。據《漢書．刑法志》載：「春秋之後，滅弱吞小，並為戰國，稍增講武之禮，以為戲樂，用相誇視。而秦更名角抵，先王之禮沒於淫樂中矣。」這是說「角抵」之戲起源於戰國時期，秦代更名為「角抵」。

北宋高承在《事物紀原》中說：「今相撲也。《漢武故事》曰：『角觝，昔六國時所造。』《史記》：『秦二世在甘泉宮作樂角觝。』注云：『戰國時增講武，以為戲樂相誇，角其材力以相觝鬥，兩兩相當也。漢武帝好之。』白居易《六帖》曰：『角觝之戲，漢武始作，相當角力也。』誤矣。」

高承所引用的「秦二世在甘泉宮作樂角觝」，今本《史記》並沒有這段文字；高承據此認為白居易「角觝之戲，漢武始作」的說法錯誤。不過，據《漢書．武帝紀》載：「（元封）三年春，作角抵戲，三百里內皆觀。」東漢學者應劭認為「角抵」之名起於秦代，漢武帝「大復增廣之」，其說可信。

那麼，「角抵」到底是一種怎樣的遊戲呢？顏師古注引應劭曰：「角者，角技也；抵者，相抵觸也。」與今日之相撲沒有區別。不過，顏師古又注引文穎曰：「名此樂為角抵者，兩兩相當角力，角技藝射御，故名角抵，蓋雜技樂也。巴俞戲、魚龍蔓延之屬也。漢後更名平樂觀。」按照文穎的說法，「角抵」之戲並非像摔跤一樣相對抵觸，角力的是「技藝射御」等各項技能，如此一來「角抵」的範圍就非常大了，因此稱之為「雜技樂」。「巴俞」指蜀地巴州和俞水之人的舞蹈，「魚龍」指能變化成魚和龍的雜耍，「蔓延」指長達八十丈的巨獸蜿蜒而前的雜耍。「角抵」則與此類百戲雜耍類似。顏師古贊同這種說法。

晉代之後，「角抵」又稱作「爭交」、「相撲」，顧名思義，已經變成純粹的摔跤遊戲了。「角抵」和「相撲」這兩個名字則交相使用，直到進入現代社會，「角抵」之名才廢棄不用，導致今人但知「相撲」而不知起源的「角抵」之戲了。

「省油燈」原來是真的燈

中國民間俗語中常常說某某人「不是省油的燈」，這句俗語具備褒、貶兩方面的含義：褒者，形容其精明幹練，腦子不簡單；貶者，形容其老謀深算，陰險狡詐。不過更常使用的還是貶義的一方面。這句俗語的語源顯然從「省油燈」而來，那麼，到底有沒有「省油燈」？「不是省油的燈」

作為貶義的詈詞，又含有怎樣惡毒的詛咒？

「省油燈」一語出自南宋著名詩人陸游所著《老學庵筆記》一書：「宋文安公集中有《省油燈盞》詩，今漢嘉有之，蓋夾燈盞也。一端作小竅，注清冷水於其中，每夕一易之。尋常盞為火所灼而燥，故速乾，此獨不然，其省油幾半。邵公濟牧漢嘉時，數以遺中朝士大夫。」

宋文安公指宋初大臣宋白，漢嘉指蜀地的嘉州，宋白曾於此地為官，因此對這裡的特產「省油燈」念念不忘，作有《省油燈盞》一詩，可惜詩已不傳。陸游所說的「夾燈盞」，其實就是指兩層的燈盞，上面一層是油池，下面一層是儲水的盤子，一端有小孔，可以注入冷水降溫。

現代考古也驗證了陸游的記載，四川的邛崍和涪陵等地出土了大量的「省油燈」，年代最早可上溯到晚唐，而且「省油燈」的形制跟陸游的描述一模一樣。「省油燈」在當時可謂稀罕物，因此邵博（字公濟）在漢嘉做官時，居然以此作為禮物，贈送給朝中的大臣們。

「省油燈」原來是真的燈，後來陸游又在《齋居紀事》中寫道：「照書燭必令粗而短，勿過一尺。粗則耐，短則近。書燈勿用銅盞，惟瓷盞最省油。蜀有瓷盞注水於盞唇竅中，可省油之半。」可見愛讀書的陸游對蜀地「省油燈」的心儀。

既有蜀地的「省油燈」，那麼蜀地以外的燈皆為「不省油的燈」。這個稱謂以其生動性和琅琅上口的特點，進入民間俗語是遲早的事，不過何時進入民間俗語已不可考，但極有可能源自於蜀人對其他地區的人的蔑稱，而且這種蔑稱近似於一種詛咒。俗話說「油盡燈枯」，一盞「不省油的燈」，最後的結果就是油耗盡了，燈也滅了；比附於人，則形容人的氣血耗盡，一命嗚呼。如此生動而又惡毒的詛咒，一直傳至今日，理固宜然。

●「秋老虎」原來是「秋老火」之誤——●

在民間俗語中，「秋老虎」是形容立秋之後仍然炎熱的天氣。但這句俗語非常令人費解，為什麼偏偏要拿兇猛的老虎來比喻呢？

當然，也許會有讀者朋友問：「苛政猛於虎」這句成語也是拿兇猛的老虎來作比。不過，出自《禮記．檀弓下》的這句成語，倒確實是因為虎患的緣故。「孔子過泰山側，有婦人哭於墓者而哀，夫子式而聽之。使子路問之曰：『子之哭也，一似重有憂者。』而曰：『然，昔者吾舅死於虎，吾夫又死焉，今吾子又死焉。』夫子曰：『何為不去也？』曰：『無苛政。』夫子曰：『小子識之，苛政猛於虎也。』」

由此可見，「苛政猛於虎」確實因虎患有感而發。但「秋老虎」跟老虎有什麼關係呢？

原來，「秋老虎」乃是「秋老火」之誤。韓愈有〈納涼聯句〉詩：「金柔氣尚低，火老候愈濁。」在五行學說中，秋屬金，初秋的時候，金還屬柔弱，故稱「金柔氣尚低」；夏日已盡，火氣已衰老，故稱「火老候愈濁」。王安石〈病起〉一詩開篇就吟詠道：「稚金斆新涼，老火灺殘濁。」稚金，初秋之氣；灺（ㄒㄧㄝˋ），燭盡。「火老」和「老火」同樣是指五行之中火的衰退。

清人福申所輯《俚俗集》中說：「至夏土王金相，迨三庚之後，金畏火而自伏。」立秋之後，金雖生而尚顯稚嫩，火雖老而猶有餘威，故稱「秋老火」。民間不解「老火」的確切含義，而用更具象更兇猛的老虎代替，「火」和「虎」也是一音之轉。這就是「秋老虎」這個稱謂的來歷。

●「紅杏出牆」為什麼是比喻女子不貞？——●

南宋詩人葉紹翁〈遊園不值〉：「應憐屐齒印蒼苔，小扣柴扉久不開。春色滿園關不住，一枝紅杏出牆來。」這是一首名篇，詩人訪友遊園，恰逢主人不在家，叩了半天門也沒人來應，正在掃興的時候，抬頭一看，只見滿園的春色根本關不住，那不，一枝紅杏探頭探腦地伸出了牆頭。多麼旖旎的春日景象！

「紅杏」和「牆頭」是中國傳統文化的兩個著名意象。先說「紅杏」。唐代詩人高蟾有「天上碧桃和露種，日邊紅杏倚雲栽」的名句。最有名的「紅杏」詩句是北宋文學家宋祁的〈玉樓春〉，其中寫道：「綠楊煙外曉寒輕，紅杏枝頭春意鬧。」這都是吟詠自然界裡的紅杏。將妙齡女子和紅杏聯繫起來，唐詩中就已經出現了。李洞：「兩臉酒醺紅杏妒，半胸酥嫩白雲饒。」張泌：「隔江紅杏一枝明，似玉佳人俯清沼。」紅杏的花期是早春，花兒開得又熱鬧，因此用來比喻那些大膽追求愛情的妙齡女子。

宋代話本《西山一窟鬼》中如此形容女主人公：「如撚青梅窺小俊，似騎紅杏出牆頭。」元代維吾爾作家貫雲石在《題情》的小令中寫道：「自然體態溫柔，可意龐兒奈羞。看時節偷眼將人溜，送與人些風流徵候。蜂媒蝶使空迤逗，燕子鶯兒不自由。恰便似一枝紅杏出牆頭，不能夠折入手，空教人風雨替花羞。」很明顯，「紅杏出牆」的意象已經脫離了自然界的春色，具有了妙齡女子思春的意味。

再說「牆頭」。早在戰國時期，「牆頭」就已經有了男女愛慕之意。宋玉在〈登徒子好色賦〉

中的那段著名描寫就是明證：「天下之佳人莫若楚國，楚國之麗者莫若臣里，臣里之美者莫若臣東家之子。東家之子，增之一分則太長，減之一分則太短；著粉則太白，施朱則太赤；眉如翠羽，肌如白雪；腰如束素，齒如含貝；嫣然一笑，惑陽城，迷下蔡。然此女登牆窺臣三年，至今未許也。」這位楚國第一美眉竟然爬牆頭偷窺了宋玉三年！可見牆頭承載著該美眉的思春情懷。

唐代詩人于鵠〈題美人〉：「秦女窺人不解羞，攀花趁蝶出牆頭。」白居易〈井底引銀瓶〉：「妾弄青梅憑短牆，君騎白馬傍垂楊。牆頭馬上遙相顧，一見知君即斷腸。」語意都很明白，男女相互愛慕的味道很濃厚。元代劇作家白樸根據白居易的詩意寫成名劇《牆頭馬上》，敘述李千金與裴少俊相愛私奔的故事，更是將「牆頭馬上」這一意象固定了下來。

古時候的禮教對女子的要求是大門不出二門不邁，深居閨閣，拋頭露面便是傷風敗俗，而「出牆」的「紅杏」那種招搖的姿態，恰恰跟不守婦道的輕浮女子相像，因此才生出「女子不貞」的含義。

●「美男」、「美女」原來都是周代的間諜——●

大概很多人都以為「美男」是近些年才出現的網路用語，其實不然，「美男」這一稱謂非常古老，而且，和同樣古老的「美女」的稱謂相伴而生；更加鮮為人知的是，「美男」和「美女」竟然都是周代的間諜！

《逸周書》是西周王室的文件彙編，歷代學者們雖然對其真偽多有爭議，但其中保存了很多西周的原始文獻乃是不爭的事實。《逸周書》中的〈武稱解〉一篇記錄了當時的一句流行語：「美男破老，美女破舌。」這句流行語一定出自西周的原始文獻，因為《戰國策．秦策》中引用了這句話。

陳軫是戰國時期著名的縱橫家，為秦惠王辦事，楚國派另一位著名的縱橫家張儀前去離間陳軫和秦惠王的關係。田莘聽到這個消息後，趕緊先遊說秦惠王。在這一篇遊說詞中，田莘分別講了「美女破舌」和「美男破老」的故事：

「夫晉獻公欲伐郭，而憚舟之僑存，荀息曰：『《周書》有言，美女破舌。』乃遺之女樂，以亂其政。舟之僑諫而不聽，遂去。因而伐郭，遂破之。」晉獻公準備征伐虢國，但忌憚虢國大夫舟之僑，大臣荀息引《周書》「美女破舌」的諺語，勸說晉獻公給虢君送去漂亮的歌舞伎，亂其朝政。結果虢君沉溺於女色，不聽舟之僑的勸諫，被晉國所滅。

「美女破舌」，南宋學者鮑彪注解說：「破，壞其事。舌，指諫臣。」也就是說，美女間諜的作用是惑亂國君，使他疏遠直言勸諫的大臣。

「又欲伐虞，而憚宮之奇存。荀息曰：『《周書》有言，美男破老。』乃遺之美男，教之惡宮之奇。宮之奇以諫而不聽，遂亡。因而伐虞，遂取之。」晉獻公又準備征伐虞國，但忌憚虞國大夫宮之奇，荀息又引《周書》「美男破老」的諺語，勸說晉獻公給虞君送去「美男」，讓他在虞君面前說宮之奇的壞話。結果虞君不聽宮之奇的勸諫，同樣被晉國所滅。

「美男破老」之「老」，鮑彪注解說：「老成人。」所謂「老成人」指德高望重的長者。清末學者朱右曾注解說：「美男，外寵。」清人潘振則注解說：「美男，頑童。」頑童即孌童。也就是說，美男間諜的作用是中傷老成練達的大臣。

明代學者楊慎在《升庵集》卷四十六中總結說：「《汲塚周書》云：『美男破老，美女破舌。』蓋頑童昵比，則犁老播棄；豔妻煽處，則忠臣結舌。」楊慎是大學問家，即使對這一流行語的解釋都引經據典：前一句出自《尚書．泰誓中》：「今商王受，力行無度，播棄犁老，昵比罪人。」播棄，背棄；犁老，老人；昵比，親近朋比。後一句出自《詩經．小雅．十月之交》：「豔妻煽方處。」豔妻，美色之妻；煽，熾熱。美色之妻有寵，熾盛方甚，忠臣結舌不敢進諫。

不過，為《說文解字》作注的清代學者段玉裁認為「美女破舌」乃「美女破后」之誤，這是因為「舌」、「后」二字形近的緣故。《左傳．閔公二年》中有「內寵並后，外寵二政」的話，意思是內寵（妾）的地位比於王后，外寵（孌童）的地位比於正卿。

以上即為「美男破老」和「美女破舌」的由來，同時也是「美男」和「美女」這兩個稱謂的出處。「美男」指孌童、男色、外寵，「美女」指內寵，而且還都是有意進獻的間諜，真是令人大跌眼鏡！

●「背井離鄉」的「井」原來不是指水井——●

不得已而離開家鄉叫做「背井離鄉」。這個「井」字到底指什麼，相信很多人都不清楚，甚至有人以為這個「井」是水井，但是離開家鄉的水井，怎麼能說得通呢？難道因為喝不到家鄉的井水而悲傷嗎？

《說文解字》：「井，八家一井，象構韓形。罋之象也。」「韓」是井上的木欄，「罋（ㄨㄥˋ）」是汲水之器。許慎所說的「八家一井」，來源於井田制。井田制是西周時期盛行的土地制度，以方圓九百畝為一個單位，劃為九區，形狀就如同一個「井」字，八家共一「井」，最中間是八十畝公田，八家各一百畝私田，剩下的二十畝，各家占兩畝半用來蓋房子居住。按照規定，八家要共同供養公田，只有把公田裡的活兒先幹完了才能幹私田裡的活兒。有很多帶「井」字的成語都跟井田制有關，比如「井井有條」、「井然有序」等等，其中的「井」都是指的井田制的「井」，而不是水井。「背井離鄉」當然也不例外。

其實，不光「井」字有講究，「鄉」字也有講究。《周禮》中規定：「令五家為比，使之相保；五比為閭，使之相受；四閭為族，使之相葬；五族為黨，使之相救；五黨為州，使之相賙；五州為鄉，使之相賓。」

五家叫「比」，設比長一名，使之互相擔保不犯罪；五比叫「閭」，二十五家為一閭，設閭胥一名，宅舍破損者使之相受寄託；四閭叫「族」，一百家為一族，設族師一名，有喪事時使之互相幫助；五族叫「黨」，五百家為一黨，設黨正一名，有災禍時使之互相救援；五黨叫「州」，二千五百家為一州，設州長一名，賙（ㄓㄡ），周濟，有急難時使之互相周濟；五州才叫「鄉」，也就是說一萬二千五百家為一鄉，設鄉大夫一名，職責是要以賓客之禮對待鄉里的賢者，並負責向朝廷推薦，此之謂「使之相賓」。

「鄉黨」一詞即由此而來，同「井」一樣，也作為家鄉的代名詞。古人講究無一字無來歷，信乎其言不誣也，從「井」和「鄉」這兩個字就可以看得非常清楚。

•「苦酒」原來是醋的別名•

今天人們的日常口語中使用的「苦酒」一詞，無一例外都是用其比喻義，即用來比喻痛苦的生活感受，比如「喝下生活的苦酒」之類表述方式。苦味在白酒的香味中所占的比例極其微小，因此不可能有真正的「苦酒」。古人將舌頭感知到的味道分為五種：酸、苦、辛、鹹、甘。酒可以有酸、辛（辣）、甘（甜）三種味道，但絕不可能有苦和鹹這兩種味道。那麼，「苦酒」到底是什麼酒呢？

原來，「苦酒」就是指酸酒。東漢學者劉熙所著《釋名．釋飲食》中解釋說：「苦酒，淳毒甚者，酢苦也。」「不澆曰淳」，「不澆」指不兌水以保持味道醇正；「毒」即苦；「酢（ㄗㄨㄛ）」則指酸。由劉熙的解釋可知，「苦酒」最重要的味道在於「酢」，即酸，雖然也有「毒」和「苦」

的描述，但都是用來輔助酸味的，因此「苦酒」的本義是指酒味發酸的劣質酒。

《太平御覽》卷八百六十六引《魏名臣奏》：「劉放奏云：『今官販苦酒，與百姓爭錐刀之末，宜其息絕。』」這段奏章說得非常明白，官府與百姓爭利，也從事販賣苦酒的行當，可見「苦酒」就是劣質的酸酒。貧苦百姓喝不起優質酒，只好喝劣質的「苦酒」來解饞。

正因為「苦酒」乃是發酸的劣質酒的緣故，後人於是就把「苦酒」作為醋的別名。《晉書·張華傳》講過一個有趣的故事：「陸機嘗餉華鮓，于時賓客滿座，華發器，便曰：『此龍肉也。』眾未之信，華曰：『試以苦酒濯之，必有異。』既而五色光起。機還問鮓主，果云：『園中茅積下得一白魚，質狀殊常，以作鮓，過美，故以相獻。』」

「鮓（ㄓㄚˇ）」是用鹽和米粉醃製的魚。陸機送給張華這種醃魚，張華打開蓋子就說：「這是龍肉。」見眾人不信，張華又說：「請用『苦酒』澆在魚身上，必定有異象出現。」一澆之下，果然有五色光升起。陸機回去問送給自己醃魚的主人，那人說是白魚。白魚就是白鰷，俗稱白條魚，腹白鱗細。古人認為龍是「鱗蟲之長」，因此稱大魚為龍，張華所說的龍肉即指這條大魚的肉。

陸機和張華都是西晉名臣，不可能喝劣質酒，因此這個故事中的「苦酒」就是醋。《太平御覽》卷八百六十六又引《吳錄·地理志》：「吳王築城以貯醯醢，今俗人呼苦酒城。」古人管醋叫「醯（ㄒㄧ）」，「醯醢（ㄏㄞˇ）」是指用鹽和醋等調料調製而成的肉醬，「苦酒城」的稱呼即由此而來，吳王當然不可能專門築一座城來貯藏劣質酒。

這就是「苦酒」的來歷。先用來稱呼酒味發酸的劣質酒，再引申作為醋的別名。今人但知其比喻義，而實不知並無味道苦澀的酒。

●「英雄氣短」原來是譴責科舉考試——●

俗話說英雄氣短，兒女情長，或者說英雄氣短，美人遲暮。總之，無論如何都要讓英雄跟美人或愛情扯上關係。殊不知英雄氣短，短的可不是兒女之情的「氣」。

據明人廖用賢所編《尚友錄》記載，宋代時，青州人蘇丕「有高行，少時一試禮部不中，即拂衣去，曰：『此中最易短英雄之氣。』因築室淜水之濱，五十年不踐城市。歐陽修言於朝，賜號『沖退居士』」。

「英雄氣短」一詞，後世用來形容有才能或者有志向的人因遭遇困厄或者沉溺於兒女私情而喪失進取心。氣短正是比喻意氣沮喪。不過在蘇丕的眼中，科舉考試卻「最易短英雄之氣」，而他的英雄觀則是隱居不仕，甚至連城市都不入。

與蘇丕的英雄觀遙相呼應的，則是唐太宗李世民。據五代學者王定保所著《唐摭言．述進士》篇載：「文皇帝修文偃武，天贊神授，嘗私幸端門，見新進士綴行而出，喜曰：『天下英雄入吾彀中矣！』」文皇帝指李世民；端門指皇宮的正南門，在這裡公布考試成績，並審核成績的真實性，因此唐太宗才會私訪端門；「彀（ㄍㄡˋ）」意為張弓，「彀中」則指弓箭的射程所及的範圍。

唐太宗將考中進士的讀書人稱作英雄，正與蘇丕相同。不過「天下英雄入吾彀中矣」的喜悅卻未免有些一廂情願，因為唐代一科取士多不過五六十人，怎麼可能將天下英雄一網打盡呢？況且即使在唐代，肯定也會有如同蘇丕這樣視科舉考試為「最易短英雄之氣」之所在的人，並拂衣而去以示不屑。

這就是「英雄氣短」這句俗語的由來，原來是對科舉考試的譴責，「英雄」也並非是指勇武之士，而是形容參加科舉考試的讀書人。王定保評價唐太宗這種與眾不同的英雄觀時說：「若乃光宅四夷，垂祚三百，何莫由斯之道者也。」唐代之所以鼎盛，享國三百多年，全拜這種招攬人才的辦法所致。

後人不解其出處，一說到英雄就聯想起項羽這樣「力拔山兮氣蓋世」的武士，因此才會把英雄氣短跟美人遲暮或兒女情長並列起來。

●「要領」原來是指腰斬和梟首之刑●

「要領」一詞，今天的意思是問題的要點或基本要求，但是鮮為人知的是，這個詞在古代竟然指斬刑！

「要」是「腰」的本字，「領」就是脖子。《禮記．檀弓下》：「晉獻文子成室，晉大夫發焉。張老曰：『美哉輪焉，美哉奐焉！歌於斯，哭於斯，聚國族於斯。』文子曰：『武也得歌於斯，哭於斯，聚國族於斯，是全要領以從先大夫於九京也。』北面再拜稽首。君子謂之善頌善禱。」

晉獻文子即趙武，晉國的正卿。趙武的新居落成，晉國的大夫們紛紛前往祝賀。張老讚歎道：

「真是美輪美奐啊！既可以歌哭於斯，又可以宴國賓、聚宗族於斯。」趙武回答說：「我能夠歌哭於斯，聚國族於斯，也就可以保全腰和脖子，跟隨先祖、先父一起長眠於九原了！」九原是晉國卿大夫的墓地所在。

鄭玄解釋說：「全要領者，免於刑誅也。」孔穎達進一步解釋說：「古者罪重腰斬，罪輕頸刑也。」可見「要領」一詞的本義即是腰斬和梟首之刑。

東漢范曄所著《吳越春秋》中，越王勾踐準備服事吳王夫差之前，對子貢說：「孤雖知要領不屬，手足異處，四肢布陳，為鄉邑笑，孤之意出焉。」「要領不屬」，即腰和脖子都不屬於我了，即是斬刑的婉詞。北宋司馬光在給皇帝的《辭修起居注第五狀》中說：「臣要領如草芥，不足以待斧鉞；軀命如螻蟻，不足以脂鼎鑊。」意思更加顯豁：我的腰和脖子就像草芥一般，不值得加以斧鉞來施斬刑；我的身體就像螻蟻一般，不值得以油脂潤鼎鑊。

這就是「要領」一詞的本義。現在人們常說的「不得要領」，其實本來指斬刑的時候找不準腰和脖子，後來才引申指抓不住重點。

•「郎中」為什麼是尊稱醫生？——•

俗話說「急驚風撞著慢郎中」，患急病遇到慢吞吞的醫生，真是急死人了。

「郎中」本來是官名，始於戰國時期，秦漢沿襲，掌管門戶、車騎等事；內充侍衛，外從作戰。自隋唐到清代，朝廷各部皆設郎中，分掌各司事務，為尚書、侍郎之下的高級官員，直到清末才廢除了這個官職。為什麼稱「郎中」呢？郎中最原始的職責是護衛陪從，隨時建議，備顧問差遣，「郎」是「廊」字的古寫，指宮殿的廷廊，皇帝的侍衛人員都在這裡值班，隨時聽候調遣，「郎中」意為以皇帝為中心而分居左右，故稱「郎中」。

古代對醫生的稱呼很複雜，《周禮》將醫生分為四類：食醫，疾醫，瘍醫，獸醫。供職於宮廷的醫生分為三等：侍醫，御醫，太醫。至於民間的行醫者，稱謂就更加五花八門了：走方醫，遊醫，江湖醫，草醫，諸如此類。唐代之前沒有「醫生」這一稱謂，到唐代時方才設置專門的學醫的學校，凡學醫之人都稱「醫生」，唐代的太醫署裡常備的醫生為六十人。

北方俗稱醫生為「大夫」，源於宋徽宗政和年間重訂官階時，在醫官中設置了「大夫」這一官階，相沿成俗，故稱醫生為「大夫」，是表示尊敬的意思。

南方則俗稱醫生為「郎中」，南宋學者洪邁的《夷堅志》中已經出現這一稱謂。這是因為當時郎中和員外郎的官銜氾濫，富戶人家甚至可以花錢捐買，明朝此風更甚，朱元璋還曾經下詔，嚴禁官民使用「郎中」的官名，也因此南方習俗尊稱醫生為「郎中」，一直沿用到了今天。

•「面首」為什麼是指男寵？

中文裡日常俗語的演變很有意思，有一些以前本來不是貶義詞，是中性詞或者甚至就是褒義詞的，經過漫長的演變變成了口語中的貶義詞，「面首」就是其中的典型例子。

「面首」本義指面部和頭臉，引申為容顏、面貌的意思，此時還沒有褒貶之分，比如「面首端正」指容貌端莊，僅僅是客觀地描述相貌而已。

到了南北朝時期，「面首」一詞開始密集出現，而且褒和貶的含義都非常明顯。奇特的是，這時候的「面首」一詞兼作褒貶之用。劉宋王朝的大將臧質率兵討伐山蠻，打了一場大勝仗，非但沒有升官，反而被免了官，原因是他「納面首、生口」，沒有送到朝廷有關部門統一調配。這裡的「面首」指年輕力壯的健美男子，「生口」指俘虜。「面首」一詞此為褒義。宋孝武帝有一次出去打獵，「選白衣左右百八十人，皆面首富室」，這裡的「面首」也是指健美的男子。

還是劉宋王朝，後來被廢的皇帝劉子業的姐姐山陰公主是位有名的淫婦，有一次她對弟弟發脾氣，說：「我跟陛下您雖然男女不同，但都是先帝的骨肉，可是如今陛下您有數萬後宮，我卻只有一位駙馬，太不公平了！」

劉子業哪裡能夠讓姐姐受委屈，於是「帝乃為主置面首左右三十人」。請注意，這裡的全稱是「面首左右」。這句話經常被人斷句為：「帝乃為主置面首，左右三十人。」著名語言學家呂叔湘先生早就指出這樣斷句是錯誤的，因為「面首左右」類似於一種職稱，「以『某某左右』為侍從的職名，創於江南，延及北朝」。皇帝賞賜給姐姐的男寵當然要由朝廷供養，也要有一定的官銜或者職稱，故稱「面首左右」，後來才省略作「面首」。這是「面首」一詞第一次用來指男寵，跟臧質事件中的含義剛好相反。

胡三省解釋「面首」：「面，取其貌美；首，取其髮美。」從山陰公主之後，「面首左右」這個高級職稱簡化成了「面首」，成為所有男寵的代稱。

•「風箏」原來是間諜工具•

明人陳沂所著《詢芻錄》載：「風箏，即紙鳶，又名風鳶。初五代漢李業於宮中作紙鳶，引線乘風為戲。後於鳶首以竹為笛，使風入作聲如箏，俗呼風箏。」可見「風箏」最早的名字叫做「紙鳶」或「風鳶」。《續博物志》的記載甚至說風箏還有醫學用途：「今之紙鳶，引采而上，令小兒張口望視，以泄內熱也。」

關於「風箏」的起源，最特別的說法是「風箏」乃是一個間諜工具。劉邦建立漢朝後不久，當時被封陽夏侯的陳豨（丅一）自立為代王，起兵造反。劉邦親自帶兵討伐，終於滅掉了陳豨。陳豨的造反牽連到了大名鼎鼎的韓信。韓信和陳豨私交很深，當年陳豨被任命後，曾向淮陰侯韓信辭行。韓信拉著陳豨的手在庭院裡漫步，仰望蒼天，滿腹幽怨地說：「您管轄的地區，是天下精兵聚集的地方；而您，是陛下信任寵幸的臣子。如果有人告發說您反叛，陛下一定不會相信；再次告發，陛下就懷疑了；三次告發，陛下必然大怒而親自率兵前來圍剿。我認為您應該早作防備，如果您對朝廷有什麼想法的話，我願意為您在京城做內應，這樣，天下就是我們的了。」

為了替陳豨做內應，韓信派人製作了紙鳶，放到空中，想用這玩意兒測量劉邦居住的未央宮的遠近距離，以方便帶兵闖進宮中捉拿劉邦。這就是《事物紀原》所記載的：「風箏，古今相傳，云是韓信所作。高祖之征陳豨也，信謀從中起，故作紙鳶放之，以量未央宮遠近，欲以穿地隧入宮中。」韓信測量未央宮的遠近，是為了挖掘地道通往未央宮，攻劉邦一個措手不及。當然這項計謀沒有得逞，陳豨和韓信都被殺身亡。不過「風箏」這一項發明創造卻就此流傳了下來。

「風調雨順」原來是四大金剛

「風調雨順」是指風雨適合農時，豐收之年無一例外皆為「風調雨順」之年。這是中國人盡皆知的一個成語。可是，「風調雨順」還有一個鮮為人知的含義。

佛經中有「四大天王」，即佛教護法神之一的帝釋（又稱帝釋天）的四員護法外將，分別居住在須彌山的四陲。須彌山原為古印度神話中的山名，後來被佛教採用，指一個小世界的中心。山頂為帝釋天所居，四面的山腰為四天王所居，因此稱四大天王為外將。居於東方的持國天王叫多羅吒，身體白色，披甲，手持琵琶；居於南方的增長天王叫毗琉璃，身體青色，手執寶劍；居於西方的廣目天王叫毗留博叉，身體紅色，手中纏繞一條龍；居於北方的多聞天王叫毗沙門，身體綠色，手持寶傘。

中國的佛教寺廟山門兩旁大多都塑有四大天王的塑像，他們身形高大，面目猙獰，俗稱四大金剛。清人梁章鉅在《浪跡續談》「風調雨順」一條中引明人王業《在閣知新錄》說：「凡寺門金剛，各執一物，俗謂『風調雨順』：執劍者風也，執琵琶者調也，執傘者雨也，執蛇者順也。獨順字思之不得其解。」王業的意思是說，手執寶劍的增長天王司風，手持琵琶的持國天王司調，手持寶傘的多聞天王司雨，手中纏繞一條龍（蛇）的廣目天王司順，故稱「風調雨順」。可是王業不知道「順」是什麼意思。同書又引明人楊升庵《藝林伐山》說：「所執非蛇，乃蜃也，蜃形似蛇而大，字音如順。」「蜃」是傳說中的一種蛟龍，據說吐氣即能化作海市蜃樓。楊升庵認為，廣目天王手中纏繞的既不是龍也不是蛇，而是蜃，「蜃」的讀音和「順」相似，因此用諧音指「順」。這一解釋非常牽強，就像「調」就是「調和」一樣，「順」當然就是「理順」的意思，將風和雨調和理順，是之為「風調雨順」。

《金瓶梅詞話》第八十九回〈清明節寡婦上新墳永福寺夫人逢故主〉中就有這四大金剛的描寫：「山門高聳，梵宇清幽。當頭敕額字分明，兩下金剛形勢猛。五間大殿，龍鱗瓦砌碧成行；兩下僧房，龜背磨磚花嵌縫。前殿塑風調雨順，後殿供過去未來。」「風調雨順」就是指這四大金剛。

●「風靡」原來是形容廚刀太鋒利——●

今天的成語和日常口語中都經常使用「風靡一時」這個詞，形容著裝、愛好等各種時尚在一個時期內非常流行。「靡」的本義是散亂、倒下，比如「望風披靡」是形容草木隨風倒伏之態；「風靡」即風行，也是形容風吹倒草木的樣子，引申而指競相效仿和傾慕。但是，鮮為人知的是，「風靡」一詞最初的用法卻令人跌破眼鏡！

《韓非子．內儲說下》記載了晉平公的一個故事，不僅有趣，而且含有古人關於疾病的獨特禁忌。「晉平公觴客，少庶子進炙而髮繞之。平公趣殺炮人，毋有反令。炮人呼天曰：『嗟乎！臣有三罪，死而不自知乎！』平公曰：『何謂也？』對曰：『臣刀之利，風靡骨斷，而髮不斷，是臣之一死也；桑炭炙之，肉紅白而髮不焦，是臣之二死也；炙熟，又重睫而視之，髮繞炙而目不見，是臣之三死也。意者堂下其有翳憎臣者乎？殺臣不亦蚤乎！』」

少庶子，戰國時對年輕家臣的稱謂；炙，烤肉；趣，通「促」，催促；炮人，廚師；反令，赦免；桑炭，桑木所燒的上等木炭；重睫，睫毛相重，形容瞇著眼仔細查看；翳憎，暗中憎恨；蚤，通「早」。

這幾個詞解釋清楚之後，這個故事就非常好懂了。其中炮人所說的「臣刀之利」竟至於「風靡骨斷」，像一陣風吹過去，骨頭就砍斷了。此處的「風靡」雖然是形容詞，但卻由此可見炮人的這把廚刀之鋒利。炮人為自己辯解，說如此鋒利的廚刀能砍斷骨頭卻砍不斷頭髮，桑炭能把肉烤得紅白白卻燒不焦頭髮，瞇著眼仔細觀察烤好的肉卻看不到頭髮，顯然不合常理，而是有人暗中憎恨我才陷害我的。

一根纏繞在烤肉上的頭髮就讓晉平公憤怒到要殺人的地步，如果不瞭解古人關於頭髮和疾病的關係，就會覺得非常費解。李時珍在《本草綱目》中說：「髮者血之餘。埋之土中，千年不朽，煎之至枯，復有液出。誤食入腹，變為症蟲。煆治服餌，令髮不白。此正神化之應驗也。」晉平公之所以大動肝火，看似因為小事，其實正是出於頭髮「誤食入腹，變為症蟲」的認識所致。

「風騷」原來是褒義詞

在今天的語義中，「風騷」毫無疑問是一個貶義詞，而且通常都用於形容女人舉止放蕩輕佻。但是在古代，至遲在明清之前，「風騷」一直都是一個褒義詞。

最早的時候，「風」和「騷」其實是兩部文學作品的簡稱：「風」是指《詩經》中的《國風》，《國風》共分十五部，分別是周代各個不同地區的民間歌謠的彙集，「風」即是歌謠之意；「騷」是指屈原的《離騷》，《離騷》是屈原的代表作，因此後世就用來指代屈原的全部作品，「騷」是憂愁的意思。「國風」是中國古代詩歌現實主義傳統的源頭，「離騷」是中國古代詩歌浪漫主義傳統的源頭，後人於是就用「風騷」來借指詩歌和文學，比如高適：「晚晴催翰墨，秋興引風騷。」即秋日的情懷和興會激發了詩人寫出詩文。

清朝詩人趙翼在《論詩》中寫道：「李杜詩篇萬口傳，至今已覺不新鮮。江山代有才人出，各領風騷數百年。」其中「江山代有才人出，各領風騷數百年」早已成為膾炙人口的千古名句，意思當然就是說李白和杜甫的詩篇到了現在已經不覺得新鮮了，一代代都會有天才出現，各自引領著數百年的文學潮流。趙翼當然僅僅是一種「與時俱進」的雄心和美好願望，真的要想「各領風騷數百年」可不是那麼容易的，比如李杜，至今還是無法超越、無法忽略的文學高峰。

在漫長的語言流變中，到了明清時期，「風騷」一詞漸漸引申出風光、光彩，進而又引申出風流放蕩，再引申出舉止輕佻的意思。這是因為隨著商業及經濟的發展和繁榮，明清時期的市井社會已經成型，人們的生活水準日益提高，對精神文化的追求也就日益增長。加上印刷術的普及，大量的通俗話本小說開始湧現。同時，市井社會的粗口俚語和不健康的觀念也開始影響文學作品。而「風騷」一詞中，「風」這個字有形容男女情愛的一重語義，與「騷」這個自有形容賣弄風情的一重語義，開始在市井社會的俚語中凸顯出來，因此這一時期的通俗小說中大量出現「風騷」的貶義成分，比如明朝馮夢龍《醒世恒言》中〈一文錢小隙造奇冤〉故事中寫道：「那老兒雖然風騷，到底老人家，只好虛應故事，怎能勾滿其所欲？」明朝梁辰魚《浣紗記．見王》中寫道：「我為人性格風騷，洞房中最怕寂寥。」都含有貶義。

但此時「風騷」的貶義語義還沒有用來專指女性，還是一個男女通用的貶義詞。大約到了十九世紀末二十世紀初，隨著西風東漸，「風騷」一詞才開始多用於女性。茅盾在小說《動搖》中寫道：「金鳳姐已經走到跟前，依舊臉上搽著雪白的鉛粉，嘴唇塗得猩紅，依舊乜著眼，扭著腰，十分風騷。」可見這時已經用「風騷」來專門形容女性放蕩輕佻的舉止了。

「飛毛腿」是長滿腿毛的腿嗎？

民間管跑得飛快的人叫「飛毛腿」，甚至還把前蘇聯的一種戰術彈道飛彈稱作「飛毛腿飛彈」，取其速度極快之意。「飛毛腿」這個稱呼究竟是怎麼來的呢？

「飛毛腿」一詞來自古代的郵驛制度。郵驛制度是現代郵政的前身，它的起源很早，不過到了秦代才以律令的形式正式確定下來，形成了中國最早的郵驛法。郵驛在先秦時期也叫「置郵」，置、郵、驛三個字都是傳送文書的意思，用人步行傳遞叫「郵」，用馬傳遞叫「置」，傳送文書期間休息的地方叫「驛」。漢代承襲了秦代的郵驛制度，統一名稱叫「郵驛」。

郵驛制度只限於傳送官方的文書或者軍事情報。官府選用一些善於奔跑的人來作「郵人」，這些人被稱作「健步」，後來也稱作「急腳子」或「快行子」，類似現在的快遞員，不過，現代的快遞員至不濟也有自行車可騎，古時候的「健步」們可完全是憑兩條腿。

緊急的軍事文書，要在上面插上一根鳥羽，叫做「羽檄」。當年陳豨（ㄒㄧ）謀反的時候，漢高祖劉邦就「以羽檄征天下兵」。裴駰（ㄧㄣ）注解道：「以鳥羽插檄書，謂之羽檄，取其急速若飛鳥也。」羽檄也叫羽書，不過到了宋代，就只有其名而無其實了，沈括《夢溪筆談》一書記載：「驛傳舊有三等：曰步遞，馬遞，急腳遞。急腳遞最遽，日行四百里，惟軍興則用之。熙寧中，又有金字牌急腳遞，如古之羽檄也。」可見這時已經不真用鳥羽了。

到了清代，軍事文書上又重新開始插鳥羽以示緊急。清人傳說曾國藩乃巨蟒轉世，蟒蛇類的動物最怕焚燒雞毛後產生的味道，據說聞到這種氣味就會死去，所以曾國藩最害怕「羽檄」，文書一到，不敢自己拆開，需要別人代拆。由此可見，那時的「羽檄」上面插的不是鳥羽，而是雞毛！這就是「雞毛信」的起源。

「健步」、「急腳子」、「快行子」後來就被民間更通俗化為「飛毛腿」。人們總是對「飛毛腿」中的這個「毛」字不解，甚至望文生義，以為是這位飛毛腿先生的腿毛呢，真是讓人笑掉大牙！這是因為不懂得「羽檄」的緣故，「毛」就是指羽檄上插著的鳥類的羽毛。

●「食指大動」為什麼是形容口福？——●

在日常生活中，人們用「食指大動」預示將有口福，好東西快要送到口邊了。為什麼偏偏是「食指」，而不是其他四根指頭呢？而且，第二根指頭為什麼命名為「食指」呢？這個來源可就太早了，一直可以追溯到春秋時期。

這個典故出自《左傳．宣公四年》。鄭國宗室的兩位大臣子公和子家上朝的時候，子公的第二根手指頭突然莫名其妙地動了起來。子公神祕地把它伸給子家看，對子家說：「今天咱們有口福了。以前我第二根手指頭每次動起來的時候，一定能嚐到美味佳餚。」

進朝堂時，果然聽見內侍傳令讓廚房裡的大師傅宰殺一隻黿（ㄩㄢˊ）。「黿」是鱉科動物中最大的一種，這隻黿是楚國人送給鄭國國君鄭靈公的。子公和子家不由得相視而笑，鄭靈公看兩人笑得如此神祕，很好奇，詢問兩人，子家把剛才發生的事情告訴了鄭靈公。

鄭靈公一聽很不高興，於是在召集群臣享用美味的時候，獨獨不給子公吃。這一下子公的預兆落了空。子公大怒，心想我再怎麼說也是國君的宗室，豈能如此羞辱於我！子公跑到鄭靈公面前，以迅雷不及掩耳之勢，用第二根手指頭在鄭靈公盛肉和湯的鼎中撈了一把，放在嘴裡嚐了嚐，然後揚長而去。這一動作被稱為「染指」，也就是「染指」一詞的由來，第二根指頭也因此被命名為「食指」。

子公目無國君的舉動激怒了鄭靈公，鄭靈公準備殺掉子公。不料子公得知消息，先和子家謀劃廢掉國君。子家一聽嚇得連連擺手，說：「自家的牲畜養的時間長了還捨不得殺牠呢，何況國君？」子公說：「你要不就跟我一起動手，否則我就先告你謀反。」子家沒有辦法，只好跟子公一起出兵殺了鄭靈公。鄭靈公因為一個玩笑而喪命，子公也因為一個玩笑創造了「染指」和「食指大動」這兩個俗語。

值得一提的是，「食指」一詞還指家庭人口，比如「食指浩繁」，指家庭中賴以撫養、依之為食的人口眾多。

「食指」的來源明白了，那麼，其他幾個指頭呢？

中指和小指不用解釋，含義很清楚，不過在古代中指還有一個稱謂「將指」，因為中指最長，可以將領別的四根指頭，故稱「將指」。

「拇指」的「拇」字從手，母聲，「母」是本源之意，古人認為拇指是五根指頭的本源，故稱「拇指」。喝酒時划拳稱作「拇戰」，就是因為拇指的使用率最高。

「無名指」是人類最不靈活的手指，平時根本用不著，因此古人不屑給它取名字，隨口就叫它「無名指」。孟子在〈告子上〉中講過這根指頭的故事：有個人的無名指伸不直，雖然不是多麼痛苦的事，也不妨礙工作，可還是到處求醫，即使像秦國和楚國那麼遠的國家，聽說有人能治，不遠千里也要趕去。孟子因此批評說：只因為自己的一根指頭不如別人，就討厭得不得了，心性不如別人卻安之若素，真是不知道輕重啊！

「首級」為什麼是指腦袋？

為什麼把人的腦袋稱為「首級」？很多人都不知其詳。

這一稱謂非常古老，最早可以追溯到商鞅變法時期。商鞅輔佐秦孝公變法時，為了獎勵軍功，設置了二十等爵制，即根據軍功的大小授予爵位，官吏從有軍功爵的人中選用。《漢書》記載：「商君為法於秦，戰斬一首賜爵一級，欲為官者五十石。」意思是戰爭中斬一個敵人的頭顱授予一級爵位，做官的話可做五十石之官；斬兩個敵人的頭顱授予二級爵位，做官的話可做百石之官……以此類推。

一首一級，後來乾脆簡稱作「首級」。這就是「首級」一詞的來源。

首級制度本來是為了鼓勵軍功，沒想到一實施反而帶來了後遺症。將卒們為了爭功，常常為一個首級爭奪起來，竟至於互相殘殺。項羽在烏江邊自刎前，看見了漢軍陣營中自己以前的故人呂馬童，就對呂馬童說：「既然你是我的故人，我就成全你，把我這顆大好頭顱送給你去請賞吧。」呂馬童不敢看他，背對著項羽對大將王翳說：「這就是項王。」項羽拔劍自刎而死。王翳喜滋滋地拿到項羽的人頭，沒想到爭搶功勞的將士一擁而上，互相殘殺的達數十人之多。

首級制度直到北宋才徹底廢除。大將狄青有一次凱旋，忽然有一個持首級的人來討賞。狄青大怒，說：「激戰的時候哪來的時間去割首級？這肯定是事後去割下來的！誰知道那是誰的首級！」於是狄青向宋仁宗上書說：「首級制度不僅導致軍士相殺，而且還有人把首級出售給不出戰、無軍功的人，弊端太多，請予以廢除。」

至此，首級制度終於廢除。

●「首飾」原來是指男人戴的帽子●

「首飾」一詞今日專指女人佩戴的裝飾品，可是在古代，「首飾」的意思卻是專指男人所戴的帽子。《後漢書．輿服志》：「秦雄諸侯，乃加其武將首飾為絳袙（ㄆㄚˋ），以表貴賤。」「袙」是古人戴的頭巾。秦代的時候，給武將戴的帽子上增加了紅色的頭巾，用來區分貴賤。古代男子到了二十歲就要舉行冠禮，要戴上帽子了，可見在秦代之前，人們就已經把帽子稱作「首飾」了。

周代時，女人頭上的冠戴服飾叫「首服」或「首伏」，還專門設置一個「追師」的官職，「掌王后之首服」。後來女人頭上的裝飾品也叫「翠翹」。翠是翠鳥，翹是鳥兒尾巴上的長羽毛。韋應物〈長安道〉：「麗人綺閣情飄颻，頭上鴛釵雙翠翹。」白居易〈長恨歌〉：「花鈿委地無人收，翠翹金雀玉搔頭。」

大約西漢末年開始，「首飾」一詞開始通用於男女，男女頭上所佩戴的裝飾品一律稱作「首飾」。《漢書．王莽傳》：「百歲之母，孩提之子，同時斷斬，懸頭竿杪，珠珥在耳，首飾猶存。」曹植著名的〈洛神賦〉中也寫道：「戴金翠之首飾，綴明珠以耀軀。」劉禹錫的名篇〈浪淘沙〉：「日照澄洲江霧開，淘金女伴滿江隈。美人首飾侯王印，儘是沙中浪底來。」由此可知，唐代時「首飾」一詞已經專指女人頭上的裝飾品了。

「員外」原來是個官銜

古代通俗小說中常常出現「員外」的稱謂，一提起「員外」，人們腦中就浮現出一個大腹便便、笑面團團、衣著華麗的地主紳士形象，為什麼會有這樣的聯想呢？

「員外」的稱謂出自「員外郎」的官名。「員外」是指正員之外增設的副職官員，這種正額之外的官員通常擔任郎官，故稱「員外郎」。三國魏末設置了散騎常侍的官職，職責是在皇帝左右規諫過失，以備顧問。晉以後增加員額，稱員外散騎常侍或員外散騎侍郎，簡稱「員外郎」。南北朝時期，又有殿中員外將軍、員外司馬督等，都在官名上加「員外」。隋代時，又為尚書省的二十四司各配備一名員外郎，擔任各司的次官。唐代以後沿襲了這一制度，以員外郎擔任六部各司的正副主官，簡稱為「員外」，不過此時已經屬於正員的編制之內了。

唐代貞觀時期之前，科舉考試的主考官都是由員外郎出任，稱「考功員外郎」。後來唐玄宗覺得員外郎官職低微，威望不高，無法彰顯科舉的嚴肅性，於是改由禮部侍郎主持，之後就成為定制。大約從元代開始，員外郎漸漸成為一個閒職，而且可以花錢捐買，除了朝廷官員之外，最有錢的莫過於地主和商人了，這批人有了錢當然還希望有個頭銜，花錢捐買員外郎的結果是員外郎浮濫成災，因此民間就把地主富商們通稱為「員外」。元代雜劇作家李行道所作《包待制智勘灰闌記》就解釋得非常明白：「不是什麼員外，俺們這裡有幾貫錢的人，都稱他做員外，無過是個土財主，沒品職的。」可見至遲從元代開始，「員外」已經是一個泛稱了。

「哭喪棒」原來有竹杖和桐杖之分

「哭喪棒」是古時父母過世後，出殯時孝子所持表示悲哀之杖，今天有些地方的農村尚有此遺制。不過今天口語中使用的「哭喪棒」一詞，更多的是取其象徵意義，用來詛咒持棒人父母雙亡，屬於民間詈罵之詞。

「哭喪棒」是古代喪禮中的必備物品之一。為什麼孝子必須手持此棒呢？《禮記．問喪》解釋得非常清楚：「或問曰：杖者以何為也？曰：孝子喪親，哭泣無數，服勤三年，身病體羸，以杖扶病也。則父在不敢杖矣，尊者在故也。堂上不杖，辟尊者之處也。」原來，父母過世後，孝子悲痛欲絕，還要服喪三年，身體羸弱，所以居喪期間一定要「以杖扶病」。不過如果為母親守喪而父親還健在的話，那麼「不敢杖」；在堂上也不能扶杖，因為堂上是尊者所處之地。

《禮記．問喪》又說：「或問曰：杖者何也？曰：竹桐一也。故為父苴杖，苴杖，竹也；為母削杖，削杖，桐也。」父喪要持竹杖，又叫苴杖；母喪要持桐杖，又叫削杖。苴（ㄐㄩ）者，黯也，父親過世，心中非常悲痛，表現在面色上，即為黯淡無光，故稱「苴杖」；削者，削奪也，母親過世，其悲痛不能超過父喪，因此要削奪去臉上的苴色，故稱「削杖」。

之所以父喪用竹杖，母喪用桐杖，東漢《白虎通》解釋說：「以竹何？取其名也。竹者蹙也，桐者痛也。父以竹，母以桐何？竹者陽也，桐者陰也。竹何以為陽？竹斷而用之，質，故為陽；桐削而用之，加人功，文，故為陰也。」「竹者蹙也，桐者痛也」，這是取其同音：蹙，愁苦，故用竹；痛，悲痛，故用桐。又說「竹者陽也，桐者陰也」，這是取其陰陽：竹斷而為杖，順其本性，故曰「質」，本來的秉性，屬陽；桐必須人工砍削而為杖，故曰「文」，人工的紋飾，屬陰。

這就是「哭喪棒」的由來。不過最初的時候叫做苴杖或竹杖，削杖或桐杖，名稱何其古雅！到了明清世俗社會發達的時代，這種古雅的名稱已經不適合粗俗化的日常生活，因此才用「哭喪棒」這個字面意思一望便知，同時又極其粗俗的名字代替，一直流傳到今天。

•「宴爾新婚」是祝福語嗎？•

「宴爾新婚」是指新婚夫妻度蜜月，如膠似漆，透著甜蜜和幸福。但是很多人不知道「宴爾」是什麼意思。在長期的流傳過程中，因為「宴」和「燕」同音，被誤寫作了「燕爾」，從此人們就更不明白它的含義了。

「宴」是喜樂、歡樂的意思，「爾」是你（們）的意思。「宴爾新婚」就是歡慶著你們的新婚。如此一來這個詞就讓人看不懂了：明明是「我們」新婚，歡慶的是「我們」的新婚，怎麼變成了歡慶「你們」的新婚？原來這裡面埋藏著一個悲苦的故事。

「宴爾新婚」最早的出處是《詩經．邶風．谷風》。這首詩是寫一個棄婦被趕出家門時傾訴自己的不幸命運。棄婦和丈夫原本務農，剛結婚的時候家裡很窮，婚後兩個人共同努力，家境慢慢好了起來。最能幹的是妻子，修築了捕魚的水壩，編織了捕魚筐到水壩裡捕魚，拿到市場上去賣。妻子的心地非常善良，鄰居家有了什麼難事，立刻就趕去幫忙。

但是沒想到家境好了，丈夫卻變了心，以前「及爾同死」的海誓山盟全都拋到了腦後，他看上了別的更美麗的女子，喜新厭舊，對妻子拳腳相加，苦活重活全壓在妻子身上。更可惡的是，丈夫在娶新妻子的那一天把前妻趕出了家門，而且連一步都不願多送，僅僅送到家門口就止步不前。棄婦孤苦伶仃地一個人離開家門，走上了回娘家的路。

棄婦的耳邊傳來家裡正在舉行婚禮的喜慶之聲，不由得滿懷怨恨，吟出了這樣的詩句：「宴爾新婚，如兄如弟」，意思是：歡慶著你們的新婚，你們親密得就像兄弟一樣。接著，棄婦發出了最沉痛的控訴：「宴爾新婚，不我屑矣」，就是說你們儘管歡慶你們的新婚吧，但是不要誹謗我，不要到我修築的捕魚的水壩去，也不要碰我的捕魚筐；「宴爾新婚，以我御窮」，就是說你們歡慶你們的新婚，卻享用著我辛辛苦苦的積蓄，一點兒都不顧念以前的感情，說什麼「你愛我」全是放屁！

看！「宴爾新婚」本來是棄婦的血淚控訴，後來卻變成了蜜月的甜蜜，但詞義的變化永遠也掩蓋不住棄婦的悲苦啊！

●「家累」原來是指家財萬貫

「家累」一詞在今天的意思是指沉重的家庭負擔，但是在古代，「家累」卻剛好相反，非但不是指家庭負擔，反而是指家庭財產豐厚。

《史記．魏其武安侯列傳》載：「（灌夫）家累數千萬，食客日數十百人。」灌夫的家庭財產有數千萬之多。南朝宋檀道鸞《續晉陽秋》載：「（殷仲文）性甚貪吝，多納賄賂，家累千金，常若不足。」因為「家累」是指家庭財產，由此引出了「家累千金」一語，「家累千金」當然是用來形容家中財產豐盈。東晉文學家殷仲文性情貪婪，收受了很多賄賂，家累千金卻還不知足，常常哀嘆：「哎呀！我的錢實在是太少了！」據《漢書．司馬相如傳》記載：漢武帝喜歡打獵，而且喜歡親自上陣追逐野獸，司馬相如於是上疏給漢武帝，裡面有這樣幾句話：「蓋明者遠見於未萌，而知者避危於無形，禍固多藏於隱微而發於人之所忽者也。故鄙諺曰：『家累千金，坐不垂堂。』此言雖小，可以諭大。」聖明的人在事情還沒有萌發時便能夠預見到，智者能夠在無形中就避開了危險，災禍本來都是隱藏在細微之中，人們疏忽的時候就會發生。因此俗話才說：「家累千金，坐不垂堂。」

從司馬相如的上疏中可以看到，「家累千金」後面往往跟著一句「坐不垂堂」，而且是司馬相如家鄉蜀地的諺語，很早就已經在民間流傳了。「垂」是指堂檐下靠階的地方，「垂堂」是指靠近堂屋的檐下，張揖注解說「畏檐瓦墮中人也」，坐在檐下害怕檐上的瓦掉下來傷人，因此才「坐不垂堂」，不坐在檐下。顏師古反駁道：「垂堂者，近堂邊外，自恐墜墮耳，非畏檐瓦也。言富人之子則自愛深也。」意思是「垂堂」指坐的地方過於靠外，害怕摔到臺階下，不是害怕檐上的瓦掉下來砸到頭上。《漢書．爰盎傳》載：「千金之子不垂堂，百金之子不騎衡。」「衡」是車轅前端的橫木，千金之子坐不垂堂，百金之子不能騎在車前的橫木上，家財富有的人常自珍愛，不自蹈險地。

除了這個意思，「家累」還有一個意思，是指家屬、家眷、家中的人口。《晉書．戴洋傳》載：堂邑令孫混「欲迎其家累」，想把家眷接來，擅長算卦的戴洋對他說：「此地到了臘月就要出事了，不能把家眷移來！」陶淵明去當彭澤令的時候，「不以家累自隨」。妻子和兒女被稱為「家累」，自己說自己的妻妾兒女叫「賤累」，稱呼別人的妻妾兒女叫「尊累」，子女多叫「累重」。近代以後，「家累」才具備家庭負擔沉重的意思。

「家賊」原來是豢養的刺客

俗話說「堡壘最容易從內部攻破」，這個「內部」指的就是家賊。沒有家賊就引不來外鬼，欲要拒外鬼，必先揪家賊。這是千古不易的定律。

「家賊」一詞出自東漢著名天文學家張衡，不過張衡對這個詞的用法跟今天剛好相反。張衡在他的著作《論衡．感類》中講了一個故事：華臣是春秋時期宋國的將軍，他的侄子叫華臯比。華臣對侄子虎視眈眈，想削弱侄子的勢力，侵奪他的財產。於是派出六名「家賊」，先殺了侄子的管家華吳，殺人的地點是在宋國執政官向戍家的屋後，使用的武器是短劍。向戍認為華臣是殺雞儆猴，意圖警告自己，因此很痛恨華臣。華臣生怕向戍發動突襲報復，而時時刻刻有所防備。有一天，街上有一群人鼓噪著追逐一條瘋狗，瘋狗像無頭蒼蠅一樣到處亂跑，跑進了華臣的家門，追趕的人大呼小叫向著華府奔來。華臣心裡有鬼，以為向戍終於動手了，趕緊翻牆逃跑。

故事中華臣派出的六名「家賊」是指家裡豢養的刺客，豢養刺客是為己所用；而現今「家賊難防」的「家賊」意思則是內奸，是內部的敗類，是損害自己利益和性命的壞蛋，這兩個意思剛好相反。

此後，史書上出現的「家賊」就多不勝數了，意思也都跟今天的一樣，皆指隱藏在內部的敵人，例如安祿山就死於「家賊」之手。安祿山稱帝後，原來患的眼疾漸漸加重，幾乎到了失明的地步，又加上患有毒瘡，脾氣越發暴躁，對身邊的隨從動不動就打罵，連兒子安慶緒也不例外。有天深夜，安祿山的心腹嚴莊夥同安慶緒和宦官李豬兒摸進安祿山的大帳，李豬兒手持大刀瘋狂砍斫安祿山。安祿山床頭常備一把刀，此時眼睛看不見，伸手就去摸刀，沒想到摸了一個空，刀早就被李豬兒等人偷走了。安祿山心中雪亮，大呼一聲：「是我家賊！」氣絕身亡。

宋代最有名的「家賊」是呂嘉問。王安石變法時，呂嘉問的堂祖父呂公弼是堅決的反對派，他寫了一封奏疏準備上呈宋神宗，依附王安石的呂嘉問看到這份奏稿後，竟然偷了出來，交給了王安石，王安石看後，向宋神宗上疏彈劾呂公弼，宋神宗十分惱怒，立刻將呂公弼調出朝廷，外放太原知府。從此，呂家的人就把呂嘉問稱作「家賊」，將他從家族除名。

宋代禪宗史書《五燈會元》中有段對話很有趣。有人問禪師：「家賊難防時如何？」禪師回答道：「識得不為冤。」禪師認為，「家賊」對主人造成了危害，但是主人豢養出了一個「家賊」卻對他沒有任何防備，不能說是冤枉，說得更刻薄一點，甚至是活該！這是對「家賊」和主人關係的深刻認識。

「差強人意」原來是誇讚之詞

「差強人意」這句成語，現今的意思是勉強還能讓人滿意，雖然不能說是貶義詞，但也絕不是褒義詞。殊不知這句成語誕生的時候，卻恰恰是一個褒義詞！

「差強人意」一詞出自《後漢書．吳漢傳》。吳漢是東漢中興名將，在著名的「雲臺二十八將」中排名第二。吳漢的性格強悍有力，「諸將見戰陣不利，或多惶懼，失其常度。漢意氣自若，方整厲器械，激揚士吏。帝時遣人觀大司馬何為，還言方修戰攻之具，乃歎曰：『吳公差強人意，隱若一敵國矣！』」

吳漢時任大司馬，戰爭不利的時候，他還能夠意氣自若，一點兒不驚慌，因此光武帝劉秀才會稱讚他「差強人意」。這裡的「差」是甚、殊的意思，「強」是勸勉、振奮的意思，「差強人意」的意思就是非常能夠勸勉、振奮人的意志。由此可見，「差強人意」乃是一個地地道道的褒義詞，否則劉秀也不會用這個詞來讚揚他。

不過，「差強人意」一詞慢慢加以演變，「差」演變為稍微、大致、比較的意思，「強」演變為勉強的意思，順理成章的，「差強人意」的意思就演變為大致、勉強還能讓人滿意，成了一個勉強強、窩窩囊囊、不情不願的詞，離貶義詞只有一步之遙。

細細玩味一下《周書·李遠傳》的記載，我們就能看出「差強人意」一詞的演變軌跡。

高仲密是權臣高歡控制的東魏的北豫州刺史，想把北豫州獻給權臣宇文泰控制的西魏政權，但中間隔著高歡的大軍，宇文泰很為難。宇文泰的手下官員李遠，字萬歲，獻計道：「按照常理，確實難以救援高仲密，但俗話說不入虎穴，焉得虎子，出奇兵或許可以奏效；如果失敗了，那也是兵家常事。」宇文泰喜道：「李萬歲所言，差強人意。」在沒有更好的辦法的情況下，只能依此計而行，故曰「差強人意」，勉強還能讓人滿意；至於能否成功，那就只能看天意了！

「弱冠」是指幾歲的男子？

《禮記．曲禮上》載：「二十曰弱，冠。」孔穎達注解說：「二十成人，初加冠，體猶未壯，故曰弱也。至二十九，通得名弱冠，以其血氣未定故也。」

不過，「弱冠」的時間節點就是二十歲，因此「弱冠」更多還是形容二十歲的男子。男孩子到了二十歲，就要舉行加冠之禮，挽起頭髮，戴上帽子，表示成人。冠禮就是男孩子的成人禮。

《禮記．冠義》篇中如此強調冠禮的重要性：「冠而後服備，服備而後容體正、顏色齊、辭令順。故曰：『冠者，禮之始也。』是故古者聖王重冠。」

至於冠禮的具體過程，我們先來看《禮記．冠義》的記載：「古者冠禮筮日筮賓，所以敬冠事，敬冠事，所以重禮，重禮，所以為國本也。故冠於阼，以著代也。醮於客位，三加彌尊，加有成也。已冠而字之，成人之道也。見於母，母拜之，見於兄弟，兄弟拜之，成人而與為禮也。玄冠玄端奠摯於君，遂以摯見於鄉大夫鄉先生，以成人見也。」

「筮（ㄕˋ）」指用蓍（ㄕ）草占卜；「阼（ㄗㄨㄛˋ）」指大堂前東西的臺階；「醮（ㄐㄧㄠˋ）」的意思是尊者為卑者酌酒，卑者接受敬酒後飲盡，不需要再回敬；玄冠，黑色冠名；玄端，黑色禮服；摯，見面時饋贈的禮物；奠摯，相見時，卑者將饋贈的禮物放在地上。

李學勤先生在《古代的禮制和宗法》一文中對此過程有詳細的描述：「冠禮在宗廟舉行。將加冠的青年的父親先用筮（一種占卜方法）決定行禮的日期，並且用筮決定請哪一位賓來為青年加冠。確定後，把日期通知賓家。到行禮那一天，早晨將一切準備好，將加冠的青年立於房中。其父請賓進門，入廟就位，將加冠的青年出房就位，然後行禮。賓把規定的服飾加於青年，共行三次，稱為始加、再加、三加，於是以酒祝青年。青年由西階而下，去拜見他的母親。見母後，回到西階以東，由賓給他起一個字（名字的字）。於是禮成，青年之父送賓出廟門。被加冠的青年見他的兄弟姑姊，隨後再見君和鄉大夫、鄉先生等。其父以酒款待所請的賓，送他束帛、儷皮，最後敬送出家門。」

「束帛」指捆成一束的五匹帛，「儷皮」指成對的鹿皮。這都是古人聘問、饋贈的常用禮物。

在上述的冠禮儀式當中，最重要的環節是取「字」，即《禮記．冠義》所說：「已冠而字之，成人之道也。」加冠之後還要取一個「字」，這才表示正式成人。

舉行完冠禮之後，男孩子就可以稱為「男人」，也可以言婚嫁之事了。

相對應地，女孩子的成人禮稱作「笄禮」。「笄（ㄐㄧ）」就是簪子，盤髮結笄，表示成人了，此即《禮記．內則》所說「十有五年而笄」，說明女孩子的成人禮要在十五歲的時候舉行，比男孩子提早了五年。因此女孩子十五歲又稱「及笄之年」。

因為重男輕女的緣故，女孩子的成人禮「笄禮」遠遠比不上男孩子的成人禮「冠禮」那樣隆重。後世這一成人禮漸趨式微，但「笄禮」的遺意還在，比如女孩子出嫁之前的上頭和開臉儀式。

所謂「上頭」，其實也就是束髮插笄的意思。五代十國時期，後蜀末代皇帝孟昶的寵妃花蕊夫人是一位著名的女詩人，寫有〈宮詞〉百首，其中一首吟詠道：「年初十五最風流，新賜雲鬟便上頭。」就是十五歲時「上頭」的生動寫照。

所謂「開臉」，是指女孩子出嫁前，要用線繩絞淨臉上、脖子上的汗毛，修齊鬢角，表示要嫁為人婦，不能再像女孩子那樣隨便了。

•「徒步」原來是指平民老百姓

今天「徒步」一詞的意思就是步行走路，不管是有車階級還是無車階級，只要步行走路一概稱作「徒步」。古代可不一樣，「徒步」是平民老百姓的專稱，古代的平民外出沒有車，故稱「徒步」。

「徒步」一詞出自《戰國策．齊策》。齊國有個人的名字很少見，叫顏斶（ㄔㄨˋ），有一天，齊宣王召見他，呼喝道：「斶前！」顏斶上前來！

沒想到顏斶此人很有個性，也呼喝道：「王前！」齊宣王上前來！

齊宣王很不高興，左右指責顏斶說：「你這樣太不禮貌了！」

顏斶回答道：「斶前乃趨炎附勢，王前乃禮賢下士。與其讓我趨炎附勢，不如讓王禮賢下士。」

齊宣王的臉色頓時變了，質問道：「你說說看到底是王尊貴還是士尊貴？」

顏斶回答道：「士比王尊貴。」

齊宣王一聽更加生氣，說：「你倒講講這個道理，如果講得不對，小心腦袋！」

顏斶不慌不忙地說：「過去秦國攻打我國，下命令道：『有敢去那位坐懷不亂的柳下惠的墓地五十步之內砍柴的，立刻處死！』接著又下了一道命令：『誰要能先得到齊王的頭顱，封萬戶侯，賞賜一千鎰黃金！』由此可知，活著的齊王的頭顱，還比不上死去的賢士的墓地尊貴呢。」

齊宣王一聽，登時啞口無言。左右訓斥顏斶道：「顏斶你過來！過來！我告訴你，咱們齊王擁有廣大的土地，天下之士都來投奔，四方諸侯誰敢不服，齊王想要什麼東西立刻就會得到，全國人民個個都擁護齊王。可是所謂高潔之士，不過是稱作匹夫和徒步的下賤人等，怎能跟齊王相提並論呢！」

顏斶聽了這番話，深不以為然，就拿農民出身的帝舜作對比，說帝舜深知士的可貴，才把天下治理得井井有條。這一番大道理講完，齊宣王心服口服，請顏斶收自己為弟子，願以豐厚的俸祿供養顏斶，顏斶嚴詞拒絕，回到家鄉繼續當自己的農民去了。

漢武帝時期的大臣公孫弘年輕的時候家裡貧寒，靠給人在海邊放豬維持生計，七十多歲時被漢武帝拜為丞相並封侯，歷史上丞相封侯者就是從公孫弘這個人開始的。公孫弘認為自己「起徒步」，也就是平民出身，卻榮登高位，因此專門蓋了一座別墅，用以延攬同樣「徒步」的賢士。既然「徒步」就是沒有車坐，因此古代的步兵也稱「徒步」。

●「旁門左道」為什麼是指邪道？——●

「旁門左道」猶如說「歪門邪道」，泛指不正當的方法。「左道」為什麼會指邪道呢？這跟古人關於方位的尊卑有關。

關於古人是尊左還是尊右的問題，歷代學者有過非常多的爭論，直到今天還是眾說紛紜。大致來說，秦漢之前古人以右為尊，因為大多數人都是使用右手，從生理習慣上來說右手方便，故以右為尊。唐代學者孔穎達在為《左傳》作的注疏中解釋說：「人有左右，右便而左不便，故以所助為右，不助為左。」「左道」出自《禮記・王制》：「執左道以亂政，殺。」孔穎達疏：「左道謂邪道。地道尊右，右為貴，故正道為右，不正道為左。」這就是「旁門左道」一詞的最早來源和解釋。

眾所周知的「負荊請罪」的故事，起因就在於藺相如比廉頗的功勞大，封官的時候，拜藺相如為上卿，「位在廉頗之右」，廉頗非常生氣，才尋隙滋事。

可見官職也是以右為尊，貶官則叫「左遷」。連居住的方位也是以右為尊。皇帝面南背北而坐，因此地理上便以東為「左」，以西為「右」。在同一座城市中，高官和貴族住在右尊的西邊，普通百姓住在左卑的東邊，陳勝、吳廣起義時率領的九百名戰友，入伍前都居住在「閭左」，即閭巷的東邊（左側），都是地位最低的普通百姓。「無出其右」這個成語是指沒有人能夠戰勝或者超過，也是以右為尊的意思。

不過也有特殊的情況，比如車上的位置是以左為尊，空著左邊的座位準備接待貴賓稱「虛左以待」，這是因為坐車時，趕車的人要坐在右邊，右手執鞭、駕馭都方便。國君出行時，同車三人，國君坐在左邊，中間是御者，右邊是一位勇士，勇士隨行的目的是防備不測事件發生，一旦有人行刺國君，勇士從右邊下車方便，便於隨時採取行動保衛國君的安全。這是根據車乘的特性所決定的。

春秋戰國時期，楚國被稱為「楚夷」，相對於黃河流域的中原民族來說屬於南蠻之人，楚人的方位尊卑剛好跟中原相反，「楚人尚左」，以左為尊。孔子曾經感歎道：「微管仲，吾其披髮左衽矣。」在中原地區，人們衣服的前襟都要向右，只有死人的前襟向左，表示永遠不需要脫衣服了，而邊遠地區的蠻夷民族剛好相反，是「左衽」，因此孔子感歎說，如果沒有管仲的教化，我們就要等同於蠻夷之邦了。

漢朝之後，左、右的尊卑變化很多，沒有定論，此處不贅述。值得說明的是，今天的人們常常把「男左女右」和「男尊女卑」的觀念聯繫起來，這是陰陽五行學說附會的結果。陰陽五行學說認為天左旋為陽，地右周為陰，陽左陰右，男陽女陰，陽尊陰卑，故曰「男左女右」，跟因為方便而以右為尊觀點形成了鮮明的對立。

•「殊死」原來是身首分離之刑•

「殊死」一詞，今天更多用於「殊死搏鬥」、「殊死決戰」之類的場合，通常只是表達一種必勝的決心，但最早的時候，「殊死」則是死刑的一種。

據《漢書．高帝紀》載，劉邦統一天下之後，下令曰：「兵不得休八年，萬民與苦甚，今天下事畢，其赦天下殊死以下。」韋昭解釋說：「殊死，斬刑也。」顏師古解釋說：「殊，絕也，異也，言其身首離絕而異處也。」「殊死」就是斬刑，從戰國時期開始，死刑犯分為殊死刑和非殊死刑，以犯人是否身首分離為區別。

「殊死」之所以身首分離，是因為「殊」字是絕、斷之意。正如清末法學家沈家本在《歷代刑法考》中說：「後魏大辟四等，殊死在腰斬、棄市之間，自當為斷首之刑……殊者訓絕，而死有斬、絞，故或云殊死，或云死。但云死者，絞縊刑也。云殊死者，身首分離，死內之重也。」北齊年間的《齊律》載：「一曰死，重者轘之；其次梟首；其次斬刑，殊身首；其次絞刑，死而不殊。」「轘」是車裂之刑。沈家本解釋說：「此以殊、不殊為斬、絞之分，義甚明顯。」

至此就可以明白了，身首分離的「殊死刑」，引申而為戰爭時對士卒的威脅之詞，意思是如果不拚死戰鬥，就會被判「殊死刑」，進而引申為表達必勝的決心，但已經跟身首分離的死刑無關了。

「烏賊」為什麼用「賊」來命名？

烏賊又叫墨魚。墨魚的得名人盡皆知：此魚體內的囊狀物能分泌黑色液體，遇到危險時放出，以掩護逃避，故稱墨魚。古人認為此魚分泌的黑色液體是腹中有墨，「懷墨而知禮」，文墨可為法則，故又稱烏鰂，「鰂（ㄗㄜˊ）」通「則」。因此古人又附會它是河神河伯的度事小吏，類似於文書。

烏賊還有一個有趣的別名，叫「算袋魚」。算袋是古時百官隨身攜帶，放置筆硯等的袋子。宋人蘇易簡所著《文房四譜》中載：「陶隱居云：烏賊魚腹中有墨，今作好墨用之。海人云：烏賊魚，即秦王算袋魚也。昔秦王東遊，棄算袋於海，化為此魚，形一如算袋，兩帶極長，墨猶在腹，人捕之，必噴墨昏人目也。」

那麼，烏賊又為什麼用「賊」來命名呢？據唐人徐謙益《初學記》所引南朝沈懷遠所著《南越志》載：「烏賊魚，常自浮水上，烏見以為死，便啄之，乃卷取烏，故謂烏賊魚。」意思是「言為烏之賊害也」。

還有一種說法出自宋人周密所著《癸辛雜識續集》，其中「烏賊得名」一條說：「世號墨魚為烏賊，何為獨得賊名？蓋其腹中之墨可寫偽契券，宛然如新，過半年則淡然如無字。故狡者專以此為騙詐之謀，故諡曰賊云。」正因為烏賊腹中之墨過時則淡，易於用來行騙的這種特性，所以《文房四譜》說：「其墨人用寫券，歲久其字磨滅，如空紙焉，無行者多用之。」

按照周密的說法，烏賊之得名就是人類對烏賊的誣衊，烏賊的腹中之墨為人所用而作偽詐騙，關烏賊何事？烏賊又何辜焉？人心之壞而移之於烏賊之名，嗚呼！可發一嘆！

「狼狽」原來不是兩種動物

「狼狽為奸」這個成語通常的解釋是：狼和狽是兩種野獸，狽的前腿極短，趴在狼的身上才能夠行走，狼和狽常常勾結在一起捕捉牲畜，因此用來比喻互相勾結幹壞事。

這一釋義出自唐代博物學家段成式所著《酉陽雜俎》一書，在該書的〈廣動植之一〉篇中，段成式寫道：「或言狼、狽是兩物，狽前足絕短，每行常駕於狼腿上，狽失狼則不能動，故世言事乖者稱狼狽。」李時珍在《本草綱目》中也寫道：「狽足前短，知食所在，野狼足後短，負之而行，故曰野狼狽。」據此則狼、狽是兩種野獸。宋代字書《集韻》中說：「狽，獸名，狼屬也。生子或欠一足二足者，相附而行，離則顛，故猝遽謂之狼狽。」

狼和狽真的是兩種野獸嗎？《昭明文選》收錄有西晉潘岳〈西征賦〉，其中吟詠道：「亦狼狽而可滑。」唐代學者李善注引南朝阮孝緒《文字集略》：「狼狽，猶狼跋也。」這是一筆很重要的記載。

《詩經》中有〈狼跋〉一詩，篇幅很短，全文照錄：「狼跋其胡，載疐其尾。公孫碩膚，赤舃幾幾。狼疐其尾，載跋其胡。公孫碩膚，德音不瑕。」胡，頸下的垂肉；疐（ㄓˋ），絆倒；公孫，諸侯之孫；碩膚，心寬體胖的樣子；舃（ㄒㄧˋ），重木底的鞋子；德音，好名聲。這首詩栩栩如生地描述了老狼行走時的窘態：前行時踩到了頸下的垂肉，後退時又被尾巴絆倒了。這種窘態被濃縮成一個成語「跋胡疐尾」，形容進退兩難的樣子。

原來狼和狽並非兩種不同的野獸，「狼狽」只不過是「狼跋」的一音之轉而已，而且最初是比喻進退兩難，艱難窘迫，後人已經不解「狼跋」的本義，不僅將「狼跋」訛為兩種野獸的「狼狽」，又畫蛇添足地添加了「為奸」二字，遂定型為「狼狽為奸」這個成語。可憐的並不存在的「狽」，就這樣被釘在了歷史的恥辱柱上！

●「破天荒」為什麼是形容新鮮事？●

「破天荒」是形容開天闢地以來頭一遭或者頭一次出現的新鮮事。這個詞出自唐宣宗時期的劉蛻。

劉蛻是荊南人（今湖南長沙一帶），在唐朝的科舉考試中，荊南地區五十多年來從無一人中舉，這一狀況被當時的人們稱為「天荒」，意思是天生的蠻荒之地。唐宣宗大中四年（西元八五〇年），劉蛻終於考中了進士，荊南人士無不額手稱慶，稱為荊南爭光的劉蛻為「破天荒進士」。當時的荊南節度使崔鉉特地獎勵劉蛻七十萬貫錢，以表彰他的「破天荒」行為，此錢於是稱作「破天荒錢」。劉蛻收到錢後，給崔鉉寫了一封答謝信，其中有這樣的句子：「五十年來，自是人廢；一千里外，豈曰天荒。」意思是五十年來只因為荊南人不爭氣才沒有中進士；況且荊南地區離首都長安也只有一千里的路程，怎能稱為「天荒」？

自劉蛻之後，「破天荒」一詞就流傳開來。宋初以來，江西一直沒有人考中過狀元，直到宋哲宗紹聖四年（西元一〇九七年），何昌言登進士一甲第一名，欽定狀元。蘇軾的朋友謝民師寫了一首詩給他，祝賀他得中狀元，其中有這樣的詩句：「萬里一時開驥足，百年今始破天荒。」

●「紙錢」原來最初用的是真錢——●

「紙錢」即冥幣，燒紙錢是漢人民間習俗中非常重要的一個程序，起源極其古老，最晚到漢代時就已經有了這一習俗，不過，那時陪葬的可是真正的錢幣。

據《史記‧酷吏列傳》載：「會人有盜發孝文園瘞錢。」裴駰集解引述如淳的解釋說：「瘞埋錢於園陵以送死。」「瘞（ㄧˋ）」的本義是埋物祭地，「瘞錢」則指將真的錢幣埋在墓葬裡，供死者到陰間享用。

但這一習俗弊端很大，正如同南宋學者朱翌在《猗覺寮雜記》中的分析：「漢、晉人葬，多瘞錢，往往遭發掘之禍，如盜發孝文園瘞錢是也。後人偶掘地得錢，謂之掘著窖子。今之五銖，世謂之古老錢，皆漢所瘞者，唐鑒發掘之禍，易以楮錢，亡者之幸也。」

貴為皇帝，漢文帝的墓葬尚遭盜掘，更別說普通的墓葬了。後人偶爾掘地掘出了錢幣，就稱作「掘著窖子」，窖子即墓穴。五銖錢乃漢武帝始鑄，因為重五銖，故有此稱。在朱翌的時代，還能夠見到五銖錢，都是漢代的墓葬中所埋下的瘞錢。「楮（ㄔㄨˇ）」即楮樹，樹皮可用來造紙，因此用為紙的代稱；「楮錢」即用楮樹皮所造的紙幣。

朱翌認為從唐代開始才使用紙錢陪葬，其實並不準確，據《新唐書‧王璵傳》載：「漢以來葬喪皆有瘞錢，後世里俗稍以紙寓錢為鬼事。」這裡的「後世」當指魏晉以後，唐人封演所著《封氏聞見記》中有「紙錢」一條，載之甚詳：「紙錢，今代送葬為鑿紙錢，積錢為山，盛加雕節，舁以引柩。按古者享祀鬼神有圭璧幣帛，事畢則埋之，後代既寶錢貨，遂以錢送死。《漢書》稱盜發孝文園瘞錢是也。率易從簡，更用紙錢。紙乃後漢蔡倫所造，其紙錢魏晉已來始有其事。今自王公逮於匹庶，通行之矣。凡鬼神之物，其象似亦猶塗車、芻靈之類。古埋帛金錢，今紙錢皆燒之，所以示不知神之所為也。」

這段話裡的「塗車」指泥車，「芻靈」指用茅草紮成的人和馬，都是送葬之物，今天的喪葬儀式中也還在使用。

北宋學者司馬光曾經貶斥過燒紙錢等習俗，他在《司馬氏書儀》卷五「賻襚」一條中寫道：「衣衾曰襚，車馬曰賵，貨財曰賻，皆所以矜恤喪家，助其斂葬也。今人皆送紙錢贈作，諸物焚為灰燼，何益喪家？不若復賻襚之禮。」

「襚（ㄙㄨㄟˋ）」指贈送給喪家的衣被，「賵（ㄈㄥˋ）」指贈送給喪家用於送喪的車馬，「賻（ㄈㄨˋ）」指贈送給喪家的錢財。此即先秦的「賻襚之禮」，司馬光認為將紙錢等物燒成灰燼於喪家毫無益處，主張恢復「賻襚之禮」，但燒紙錢的陋俗還是一直延續到了今天。

「耗子」為什麼變成老鼠的別稱？

老鼠就是老鼠，為什麼又叫「耗子」呢？各種辭典都語焉不詳，僅僅把這個稱謂歸結為某地方言。這是一個誤解，「耗子」得名的由來其實很清楚。

老鼠在十二生肖中排名第一位，跟十二地支配對為「子鼠」，這是「耗子」稱謂中「子」的來源。「耗」是古代徵收錢糧時，官府以損耗為名，在應交的錢糧之外強行攤派的附加部分，即所謂苛捐雜稅。尤其是戰亂年間，官府財力損耗很大，附加稅之外還另立了各種苛捐雜稅的名目。

據《梁書．張率傳》載，南朝齊、梁文學家張率性情寬厚，有一次派遣家僮為家中送去三千石米，到了家裡一秤，竟然少了一大半！張率詢問家僮為什麼少了這麼多，家僮回答道：「雀鼠耗也。」張率聞言大笑道：「壯哉雀鼠！」意思是說這些麻雀和老鼠也太厲害了，居然消耗了一千多石米！不過張率笑過之後，並沒有追究家僮的貪汙行為。後來人們就把正稅之外附加的錢糧戲稱為「雀鼠耗」。「耗子」這個稱謂中的「耗」即由此而來。民間由於痛恨苛捐雜稅，因而把老鼠稱作「耗子」，希望牠們嘴下留情，不要「耗」得太多，以免「雀鼠耗」全都轉嫁到百姓頭上。

道教中有一顆大耗星，主破財，因此古代民間在每年的正月二十五日都要祭祀大耗星君，祈求祂不要使糧倉中的存糧損耗過多，這個節日叫「填倉節」。大耗星君是倉神的配神，清朝《燕京舊俗志》載：「相傳倉神為西漢開國元勳韓信，俗稱之曰韓王爺……尚有配享之神四尊：一老者，兩壯者，據稱為掌管升斗之神；另有一面目獰惡者，則係為流年星宿中之大耗星君，所以配享此君者，係傳掌管倉中之耗子。」由此可知，大耗星君的職責是掌管糧倉中的耗子，因此人們才會把牠作為倉神的配神來祭祀。

•「胭脂」的稱謂是怎麼來的？

「胭脂」原本寫作「燕脂」，五代時人馬縞所著《中華古今注》一書中講述了它的起源以及命名原因：「燕脂蓋起自紂，以紅藍花汁凝作燕脂，以燕國所生，故曰燕脂，塗之作桃花妝。」原來，殷紂王的時候就已經有「燕脂」這種化妝品了，猜測最早的使用者就是那位著名的美眉妲己了。因為產自燕國，故稱「燕脂」。這時的「燕脂」只能用來化桃花妝，因為只有紅藍的花汁，比起今天的胭脂來，未免過於簡易了。

「紅藍」不是指紅色和藍色兩種顏色，而是一種草的名字。這種草屬於菊科一年生草本植物，高三四尺，夏季開紅黃色花，葉子藍色，故稱「紅藍」，又叫「燕支」。東晉史學家習鑿齒博學多聞，在《與燕王書》中，他和燕王討論了這種植物：「山下有紅藍，足下先知不？北方人採取其花染緋黃，採取其上英鮮者作煙支，婦人採將用為顏色。吾少時再三過煙支，今日始親紅藍，後當足致其種。匈奴名妻作閼氏，今可音煙支，想足下先亦不作此讀《漢書》也。」

習鑿齒這封書信牽連的干係重大。匈奴首領稱單于，皇后稱閼氏，為何稱「閼氏」？習鑿齒這封信中解釋得非常清楚：「閼氏」的讀音正是「ㄧㄢ ㄓ」，跟「燕支」、「燕脂」、「煙支」、「焉支」同音。習鑿齒所說的「山下」是指焉支山，在今天的甘肅省山丹縣東南。此山盛產紅藍，因此此地的風俗是婦女擠出紅藍的花汁製成化妝品。匈奴人把皇后稱作「閼氏」就是用這種美麗的顏料來比喻，這就是「閼氏」的得名。由此可見，遊牧民族比漢人浪漫多了，漢人就只知道叫皇后，遊牧民族卻懂得用美麗的花朵來稱呼皇后。漢武帝元狩二年（西元前一二一年），匈奴被漢朝名將霍去病擊敗，失去了祁連山和焉支山，因而作了一首著名的悲歌：「亡我祁連山，使我六畜不蕃息。失我焉支山，使我婦女無顏色。」歌裡的祁連山是牧場，失去了祁連山，牲畜們無法放牧；而焉支山盛產紅藍，失去了焉支山，婦女們再也無法化妝了。

北魏賈思勰的名著《齊民要術》介紹了提取胭脂的方法：先用從草木灰中提取的鹼性溶液浸泡花朵，使勁揉，用布袋絞出花汁，再用從醋石榴中提取的酸性溶液中和，反覆攪拌，便可將其中的黃色素全部除盡，得到顏色純正、極為豔麗的紅色素，捻成小餅就成了胭脂，可以化桃花妝了。

現在的胭脂不再是從紅藍花中提取的，好的胭脂是從胭脂蟲中提取的。胭脂蟲原產於墨西哥和中美洲，是一種昆蟲，成蟲體內含有大量的洋紅酸，可以作為理想的天然染料，廣泛地應用於食品、化妝品和藥品等多種行業。

「臭味相投」原來是褒義詞

「臭味相投」這個成語，今天是一個不折不扣的貶義詞，只有壞人才「臭味相投」地聚在一起。但這個成語古時卻是一個道道地地的褒義詞！

「臭味相投」古今詞義相反的根源在於「臭」字的演變。「臭」讀作「ㄒㄧㄡˋ」，《說文解字》：「禽走，臭而知其跡者犬也。」意思是禽獸脫逃，狗能夠嗅著氣味發現它們的蹤跡。宋代字書《廣韻》則解釋說：「臭，凡氣之總名。」所有的氣味都可以叫「臭」。比如《易經．繫辭》有言：「二人同心，其利斷金；同心之言，其臭如蘭。」同心同德之言，它的氣味就像蘭花那樣馥郁芳香。

《左傳．襄公八年》載，晉國國卿范宣子訪問魯國，即席朗誦了《詩經》中的〈摽有梅〉一詩。摽（ㄆㄧㄠˇ），墜落，「摽有梅」即梅子紛紛墜落。這首詩吟詠一位女子於暮春時分看到梅子落地，深感青春將逝，希望及時婚嫁。范宣子吟誦這首詩，意思是寄望於魯國及時出兵，一同伐鄭。魯國國卿季武子回應道：「誰敢哉？今譬於草木，寡君在君，君之臭味也。歡以承命，何時之有？」誰敢不及時出兵？拿草木作比的話，你們晉國國君是花和果實，我們魯國國君只是花和果實散發出來的氣味而已。欣喜以承擔命令，哪裡敢不及時呢？

臭味，杜預注解說：「言同類。」既言同類，季武子當然不會把兩國國君比作壞人，因此這裡的同類之稱乃是褒義詞。東漢學者蔡邕在《玄文先生李休碑》中，描述品行高潔的李休死後，「凡其親昭朋徒，臭味相與，大會而葬之，鼎俎之禮，節文曲備」。親昭，親屬；鼎俎，祭祀時盛載動物牲體的禮器；節文，禮節，儀式。「臭味相與」即指與李休思想、情趣相同的親屬和朋輩聚在一起，為他舉行隆重的葬禮。這個詞哪裡有絲毫的貶義？恰恰相反，是對李休及其親屬、朋輩的稱頌之詞。

明代著名文學家馮夢龍所著《醒世恆言》第二十六卷〈薛錄事魚服證仙〉，描寫青城縣縣尉薛偉與兩位同僚相處甚歡，「這三位官人，為官也都清正，因此臭味相投。每遇公事之暇，或談詩，或弈棋，或在花前竹下，開樽小飲，彼來此往，十分款洽」。「臭味相投」，正是讚揚三位清正官員的褒詞。

後世讀「臭」為「ㄔㄡˋ」，將「臭」的含義縮小為香臭之臭，「臭味相投」遂一變而為專指惡臭的氣味，也就順理成章地從褒義詞變成了貶義詞，又可惜了一個好詞！

●「荒誕」原來是一種愛說大話的怪獸——●

「荒誕」一詞的意思是極言其虛妄而不可信。那麼，「荒」和「誕」組合在一起為什麼可以表示這樣的意思呢？「荒」容易理解，「誕」到底是什麼東西？

鮮為人知的是，「誕」竟然是一種怪獸，「荒誕」一詞就跟這種怪獸密切相關。

《隋書．經籍志》著錄有「《神異經》一卷，東方朔撰，張華注」，但其實是託名東方朔的著作。這本書中記載道：「西南荒中出訑獸，其狀若兔，人面能言。常欺人，言東而西，言惡而善。其肉美，食之言不真矣。」

「訑」這種人面兔身的怪獸最大的特點就是欺騙人，如果人吃了訑獸的肉，自己也會開始說假話。古人因此組成了「訑詐」一詞，形容藉故敲詐。既要「藉故」，當然就要用嘴說出來，用語言來敲詐對方，即「言東而西，言惡而善」。「訑」的本義即「偽言」，不真實的話。《詩經．沔水》中有這樣的詩句：「民之訑言，寧莫之懲。」詩人感嘆民間謠言亂飛，卻沒有人來制止。

「訛」還有更強悍的解釋，即常常跟「妖」聯繫在一起：「世以妖言為訛。」「妖訛橫興。」在這樣的例子中，「訛」的語感就更加重了。這個「妖」就令人聯想起訛獸。

《神異經》還說訛獸「一名誕」，還有一個名字叫「誕」，那麼毫無疑問，「誕」的本義也是說大話。《說文解字》：「誕，詞誕也。」即說大話，言詞虛妄不實。人們既然用「訛」組成了「訛詐」一詞，順理成章地也就用「訛」的別名「誕」組成了「荒誕」一詞，意為西南荒中的誕獸。這種愛說大話的誕獸本來誰都沒見過，因此不光誕獸的話不可信，而且連「誕」這種怪獸的存在也是極其虛妄而不可信啊！

李白在〈大獵賦〉中吟詠道：「哂穆王之荒誕，歌白雲之西母。」據《穆天子傳》記載，周穆王西征昆侖丘，會見西王母，並作白雲之歌，李白認為此事實屬荒誕。西王母正是居住在西荒，誕獸出沒之地，李白以此作比嘲諷，真是妥帖！

「討厭」原來是巫術用語

在日常生活中，我們常常用「討厭」一詞來表達厭惡的心情。「討厭」為什麼會具備這個含義？「討」和「厭」又是怎麼組合在一起的呢？。

想要釐清「討厭」一詞，必須先從「厭」字說起。鮮為人知的是，「厭」是古時的一種祭祀方式，分為陰厭、陽厭兩種。這兩種祭祀方式記載在《禮記．曾子問》中。

孔子向曾子解釋何為陰厭何為陽厭時，說了一大篇今人不易理解的話：「宗子為殤而死，庶子弗為後也。其吉祭，特牲。祭殤不舉肺，無肵俎，無玄酒，不告利成，是謂陰厭。凡殤與無後者，祭於宗子之家，當室之白，尊於東房，是謂陽厭。」

宗子，指嫡長子；殤，未成年而死；庶子，指嫡長子以外的眾子；吉祭，下葬後拜祭，然後再哭祭一次完成祭禮，稱之為「吉祭」；特牲，祭禮只使用一種牲畜；肺，周代人使用牲畜的肺來祭祀；肵俎（ㄑㄧˊ ㄗㄨˇ），祭祀時盛放牲畜心、舌的器具；玄酒，祭祀時當作酒使用的清水，其色黑，故稱「玄酒」；利成，供養之禮完成；凡殤，指嫡長子以外的眾子之殤。

以上疑難字詞既明，然後來解釋孔子的這一段話。這段話是講解嫡長子之殤和庶子之殤後祭禮的區別。

嫡長子未成年而死，不得將庶子立為後，祭祀的時候只使用一種牲畜。古時成年人死後，祭祀的時候要把死者的孫子立為「尸」，代表死者受祭，古人認為祭祀的目的在於和祖先的靈魂感通，用孫子來代表死去的先祖受祭，可以凝聚先祖之氣，這種祭祀稱作「尸祭」。周代人尸祭的時候要使用牲畜的肺，還要有「肵俎」，還要使用玄酒，祭祀完畢的時候，還要告知代表死者受祭的「尸」供養之禮已經完成。但是嫡長子未成年而死，當然不能像祭祀成年人一樣，因此孔子說「祭殤不舉肺，無肵俎，無玄酒，不告利成」。這種祭祀就叫「陰厭」。嫡長子身份尊貴，因此要在房間最尊貴的西南角祭祀，西南角乃陰暗之處，陽光照不到，故稱「陰厭」。

嫡長子以外的眾子或者沒有後代的庶子之殤，要在嫡長子家裡的祖廟之內祭祀，祭祀的時候要在陽光明亮的西北角，故稱「陽厭」。

「厭」為什麼會作為祭祀方式呢？鄭玄說：「厭，厭飫（ㄩˋ）神也。」讓神吃飽的意思。其實「厭」的本義是覆壓，當作祭祀方式屬於借用。由覆壓的本義引申為壓制，比如秦始皇常常說「東南有天子氣」，因此「東遊以厭之」，要鎮服這股天子之氣。由此而產生了古代一種叫做「厭勝」的巫術，指使用詛咒的方法制勝，壓服對自己有威脅的人或物。對自己有威脅，當然非常「討厭」，「討」是招致、招來的意思，招來這種厭勝的巫術，壓服令自己討厭的人或物，是之為「討厭」。後人遂組成「討厭」一詞，一直使用到今天，但是「厭」的本義卻漸漸消失了。

●「陛下」為什麼是對皇帝的敬稱？——●

「陛下」是臣子對皇帝的敬稱。「陛」是自低升高的臺階，尤其指帝王宮殿的臺階。《說文解字》：「陛，升高階也。」中國的古代建築都建在一個高出地面的臺基之上，所以必定要有臺階。要進入堂屋必定要「升階」，一級一級臺階登上去，所以必先「登堂」才能「入室」，所以才有「升堂」之稱。普通的臺階就叫「階」，帝王宮殿的臺階才叫「陛」。舊制，「天子之陛九級」。而陛上面的空地用朱砂塗成紅色，叫做丹墀（ㄔˊ）。

陛下兩側有執兵器的武士隨時進行戒備。據蔡邕《獨斷》的解釋：「陛下者，陛，階也，所由升堂也。天子必有近臣執兵陳於階側，以戒不虞。謂之陛下者，群臣與天子言，不敢指斥天子，故呼在陛下者而告之，因卑達尊之意也。」百官奏事，不敢直接對天子說話，要呼叫在陛下的侍衛替自己轉達。《呂氏春秋．制樂》：「臣請伏於陛下以伺候之。」臣子和皇帝之間隔了九級臺階，得用多大聲說話皇帝才能聽見啊！

「陛下」也是外國使節所能接近皇帝的最近距離。《戰國策．燕策》載：「秦舞陽奉地圖匣，以次進，至陛下，秦舞陽色變振恐，群臣怪之。」荊軻能刺秦王是因為秦王特許他「升階納陛」，來到自己跟前的緣故。

由「陛下」一詞又引申出「陛見」，表示臣子拜見皇帝。

「殿下」本來和「陛下」的意思一樣，都用作對皇帝的敬稱，但後來「陛下」一詞專用於皇帝，「殿下」一詞就慢慢降級使用了。漢魏以後，對諸侯王、太子、諸王稱「殿下」，唐代以後對皇太后、皇后亦稱「殿下」。

●「馬虎」為什麼用馬跟虎連在一起形容粗心？——●

我們常常用「馬虎」這個俗語形容人辦事草率或者處理事情粗心大意。為什麼要用馬和虎這兩種動物連用來表達這個意思呢？最流行的說法是宋代有位畫家，作畫時往往隨心所欲，別人都不知道他畫的到底是什麼。有一次，他剛畫完一個虎頭，有人來請他畫馬，他隨手就在虎頭後面畫了一個馬的身子。來人很疑惑，問他你這畫的到底是馬還是虎，畫家很乾脆地回答道：「馬馬虎虎！」大兒子也來問父親畫的是什麼，畫家說是虎，小兒子來問，他又說是馬。

畫家對兩個兒子「馬馬虎虎」的回答不久就遭到了報應。大兒子外出打獵，看到一匹馬，誤以為虎，一箭就射死了馬，畫家不得不賠償馬主人的損失；小兒子更慘，見到一隻老虎，誤以為是馬，上去就要騎，結果當然被虎吃掉了。畫家非常傷心，對自己的「馬虎」答案非常自責，於是燒了畫，寫了一首詩：「馬虎圖，馬虎圖，似馬又似虎，長子依圖射死馬，次子依圖餵了虎。草堂焚毀馬虎圖，奉勸諸君莫學吾。」「馬虎」一詞就此流傳了下來。

這個故事在古籍中找不到出處，推想也許是哪個地方的民間故事，不能作為「馬虎」這個俗語真正的詞源。倒是《聊齋志異》中有個故事，也許是「馬虎」一詞的真正源頭。

這個故事在《聊齋志異》卷十一，篇名是〈牛犢〉。故事講的是：楚地有一個農夫去趕集，回來的路上遇到了一位算命術士，兩人寒暄了一會兒，算命術士忽然說：「我看你氣色不對，三天內既失財又會被官府懲罰。」農夫很生氣，回答說：「我生平從來不和人爭鬥，而且稅也納完了，怎麼可能受刑呢！」算命師說：「那我就不清楚了。不過氣色這玩意兒是不會說謊的，還是謹慎一點為好。」

第二天，農夫趕著水牛犢到野外放牧，剛好有一匹驛馬經過，這隻水牛犢大概眼睛近視，遠遠望見還以為是隻老虎呢，勇猛地衝了上去，結果將驛馬牴死了。騎馬的差役把農夫抓到官府裡去，官府打了農民一頓，又讓他掏錢賠償，果然應了算命師的預言。

這個故事很奇怪，因為我們從來沒聽說過牛見了老虎就要衝上去搏鬥，蒲松齡生怕我們不相信，在故事的結尾還說：楚地的水牛見了老虎就會搏鬥，因此牛販子夜晚露宿的時候，就躲在水牛圍成的圈子裡，老虎來了就會被水牛趕走。看來楚地的水牛不怕老虎。

蒲松齡沒有說這個故事就是「馬虎」的來源，不過把馬認作虎確實很「馬虎」，後人也許就是從這個故事中得到的靈感，才發明了「馬虎」這個俗語。

•「馬桶」為什麼用馬來命名？——•

漢朝的時候，馬桶叫「虎子」，雕刻成老虎的形狀。據說「飛將軍」李廣射死了一隻猛虎，讓人用銅製成猛虎狀的便器，以示對猛虎的蔑視。不過這種說法沒有找到出處，聊備一說吧。

據《西京雜記》記載，「漢朝以玉為虎子，以為便器，使侍中執之行幸以從。」皇帝的「虎子」是玉製的，由侍中掌管，皇帝走到哪兒跟到哪兒，內急的時候端過來就用。到了唐朝，唐高祖李淵的祖父名叫李虎，為了避諱，把「虎子」改稱「馬子」。「馬子」流傳到民間之後，多用木製，又稱「木馬子」。北宋著名文學家歐陽修在《歸田錄》卷二中記載道：「燕王好坐木馬子，坐則不下，或饑則便就其上飲食，往往乘輿奏樂於前，酣飲終日。」這位燕王不知道為什麼如此偏愛「木馬子」，坐上去就不願下來了，而且還喜歡在上面吃吃喝喝，高歌一番。

到了宋朝，「馬子」始稱「馬桶」。南宋吳自牧所著《夢粱錄》記載：「杭城戶口繁夥，街巷小民之家多無坑廁，只用馬桶。」

因為女性特有的生理特徵，馬桶更適合女性使用，男人則多使用壺狀的便器，稱作「便壺」、「夜壺」、「溺壺」、「尿壺」、「尿鱉」等。元朝戲曲家施惠的《幽閨記》中寫道：「打掃兩間房，鋪下兩張床，兩個短枕頭，一個小馬子，一個小尿鱉。」其中「馬子」供女人使用，「尿鱉」供男人使用。

清朝著名文學家袁枚在《續子不語》中講了一個關於尿壺的有趣故事。西部人張某有個幕友是杭州人，兩人同船出門，夜裡，幕友內急，用了張某的尿壺，張某得知後大怒，說道：「我西人俗例以溺壺當妻妾，此口含何物，而可許他人亂用耶？先生無禮極矣！」立刻命令手下杖打溺壺三十下，扔到了水裡，然後把幕友的行李扔到岸上，揚帆而去。

「以溺壺當妻妾」並不僅僅是西部人的陋俗，古代民間把女人叫作「馬子」，現在的北京話和港臺電視劇裡還延續著這個稱呼。將女人視同馬桶，意味著女人像馬桶一樣，同樣是承載男人排泄物的工具，這是對女性極大的侮辱，反映了男權社會的男尊女卑。

至於現代的抽水馬桶是由英國人發明的，後來才傳入亞洲國家。

「馬路」是專供馬走的路嗎？

曾經有位美國記者在一場記者招待會上，問中國的國務總理周恩來：「在你們中國，明明是人走的路為什麼卻要叫馬路呢？」周恩來回答道：「我們走的是馬克思主義道路，簡稱馬路。」這當然是周恩來的幽默，但是不能不承認美國記者所疑惑的問題確實是一個問題。為什麼要叫作「馬路」呢？

現在的各種辭典上都把「馬路」解釋為古代可以供馬馳行的大路，並舉《左傳．昭公二十年》中的一句話作例子：「褚師子申遇公於馬路之衢，遂從。」這種解釋屬於望文生義，並沒有理解「馬路」之「馬」到底是什麼意思。

原來，此處的「馬」是「大」的意思。明朝醫學家李時珍在《本草綱目》中說：「凡物大者，皆以馬名之。」民國學者章太炎在《新方言》一書中解釋道：「古人於大物輒冠馬字。」可見「馬」可以作為形容詞來使用，意思就是「大」。

為什麼「馬」字有「大」的含義呢？這是因為遠古時期的人們根據自己的需要和對動物世界的認識程度，選擇了六種動物作為馴養對象，稱為「六畜」，分別是馬、牛、羊、雞、犬、豬。漢朝著名的匈奴悲歌「失我祁連山，使我六畜不蕃息」中的「六畜」即此意。「六畜」當中馬居首，因為馬的形體最大，古人因此用「馬」來指稱大的物體。比如「馬蜂」就是大蜂，《爾雅．釋蟲》郭璞注：「今江東呼大蜂，在地中作房者為土蜂，啖其子即馬蜂。」「馬船」就是大型官船，明朝詩人李東陽〈馬船行〉：「南京馬船大如屋，一舸能容三百斛。」「馬棗」就是大棗，章太炎〈新方言〉：「今淮南、山東謂大棗為馬棗。」

因此，「馬路」即大路，而不是專供馬馳行的路。

●「骨瘦如柴」原來是由「骨瘦如豺」而來——●

「骨瘦如柴」這個成語用來形容人消瘦到了極點。《說文解字》：「柴，小木散材。」古人把大塊可以劈開的叫做「薪」，小捆合束的叫做「柴」。那麼形容人瘦得像一捆細小的木柴，倒也非常形象。不過鮮為人知的是，這個「柴」字卻是從「豺」而來。

宋代學者陸佃在《埤雅・釋獸》篇中如此解釋民間俗語「瘦如豺」：「又曰瘦如豺。豺，柴也。豺體細瘦，故謂之豺棘；人骨立謂之柴毀，義取諸此。」中國古代的訓詁方法之一是同音即同意，因此「豺」、「柴」互訓。但是按照陸佃的說法，「人骨立謂之柴毀」很顯然是從形容「豺體細瘦」的「豺棘」一詞而來。「棘」的本義是指叢生的酸棗樹，引申而泛指帶刺的荊棘。「豺」身上的毛酷似針狀刺，恰如帶刺的荊棘，因此而把細瘦的豺比作「豺棘」。人瘦得就像只有骨頭站立著一樣，跟「豺棘」的形狀一模一樣，因此而把細瘦的人比作「柴毀」。

《詩經・巷伯》中詛咒造謠誣陷者「取彼譖人，投畀豺虎；豺虎不食，投畀有北」。「譖（ㄗㄣˋ）人」即進讒言的人，「畀（ㄅㄧˋ）」是給予之意，「有北」指極北寒冷荒涼之地。由此詩可見豺和虎在古人的心目中都是凶惡的猛獸，「貪殘之獸」，拿來比喻人非常不恰當，尤其是用細瘦之豺來比喻細瘦之人更是不妥，因此轉而用同音同意的「柴」字來比喻人，這就是「骨瘦如柴」一詞由「骨瘦如豺」而來的輾轉過程。

古時兒子為父母守喪，在周年祭之前，要「疏食水飲，不食菜果」，加上悲哀過度，一看上去就顯得「柴毀骨立」，這是古代孝子的典型形象。這個成語如果按照原始含義寫成「豺毀骨立」，豈非是對孝子形象的玷汙？

「高足」原來跟馬有關係

最優秀的弟子和學生被稱為「高足」。這一稱謂直到今天還在使用。但是何謂「高足」，為什麼用「高足」來指優秀學生時，人們就語焉不詳了。原來此中大有講究。

《古詩十九首》之四：「何不策高足，先踞要路津。」這裡的「高足」是指駿馬。「高足」一語源於漢朝的驛傳制度。

「驛傳」是中國歷朝政府供官員往來和遞送公文用的交通機構，用馬傳送稱「驛」，用車傳送稱「傳」，步行傳送稱「郵」，這三種傳送方式都可統稱為「置」。

驛傳制度係根據官職的高低、任務的輕重和時間的緩急分為不同的等級，四馬高足稱為「置傳」，這是用四匹駿馬所拉的驛車，乃大夫以上的等級所用，行走舒緩，但是速度較慢；四馬中足稱為「馳傳」，這是用四匹中等馬所拉的驛車；四馬下足稱為「乘傳」，這是用四匹下等馬所拉的驛車；一馬二馬稱「軺傳」，「軺（一ㄠˊ）」指輕便的小馬車，「軺傳」即兩匹馬所拉的驛車；特別緊急的公事不用驛車，而是乘一匹馬飛馳。

在漢朝，一般最緊急的事情也僅僅使用「四乘傳」，即四輛驛車。但是超出常規的破格例外仍然存在，在漢朝就出現了兩例「六乘傳」和一例「七乘傳」！當年呂后死後，以周勃為首的大臣們發動軍事政變，擁立代王劉恒做皇帝。劉恒從代地趕往長安，乘坐的就是「六乘傳」，一路上累死很多馬匹。漢景帝時吳楚「七國之亂」，漢景帝命周亞夫出兵平叛，也是乘坐「六乘傳」。漢昭帝劉弗陵駕崩後無子，在霍光的輔政下，選立了昌邑王劉賀為帝，宣召劉賀進京，竟然使用了「七乘傳」！這可是從未有過的先例，由此可見朝中事態緊急。所以，驛傳制度的破格往往是朝廷政治鬥爭的晴雨錶。

「高足」一語即出自四馬高足的「置傳」，從駿馬引申為優秀的弟子或者學生。

「鬼見愁」原來是一味中藥

日常用語中常常使用「鬼見愁」這句俗語，用來形容人或物某一方面之厲害，以至於連鬼見了都要發愁，比如有些山的頂峰就被稱作「鬼見愁」。鮮為人知的是，「鬼見愁」原來是一種樹木的果實，可做中藥，也是佛教的重要道具。

「鬼見愁」其實是無患子的俗稱，無患子是無患木的果實。無患木為什麼稱「無患」呢？為什麼又和鬼有關係呢？最早的記載出自晉人崔豹所著《古今注》一書：「拾櫨木一名無患者，昔有神巫，名曰寶眊（ㄇㄠˋ），能符劾百鬼，得鬼則以此為棒殺之。世人相傳以此木為眾鬼所畏，競取為器用，以卻厭邪鬼，故號曰無患也。」原來，將拾櫨木製成棍棒可以用來殺鬼。

唐代著名博物學家段成式在《酉陽雜俎續集》中也記載了這種神奇的樹木：「無患木，燒之極香，辟惡氣，一名噤婁，一名桓。昔有神巫曰瑤眊，能符劾百鬼，擒魑魅，以無患木擊殺之。世人競取此木為器用卻鬼，因曰無患木。」

無患木的果實無患子「黑如漆珠」，非常堅硬，除了入藥之外，據宋代藥物學家寇宗奭（ㄕˋ）《本草衍義》載：「今釋子取認為念珠，出佛經。惟取紫紅色，小者佳。」寇宗奭所說的「出佛經」指《佛說木患子經》，其中說：「若欲滅煩惱障報障者，當貫木患子一百八，以常自隨。」

在李時珍之前，民間已經俗稱無患子為「鬼見愁」，佛教用作念珠正取此意。李時珍在《本草綱目》中說：「俗名為鬼見愁，道家禳解方中用之，緣此義也。釋家取為數珠，故謂之菩提子。」道、佛兩家都使用無患子，用意是一樣的。

明清著名思想家王夫之甚至作有一首〈鬼見愁贊〉，介紹說：「鬼見愁，亦草木之實，生武當山谷。或采令童子佩之，云辟鬼魅。狀類粵西所產豬腰子，而圓小精潤，茶褐色，有深黑文緣其間。」其詞曰：「鬼愁不愁，人亦不知。如彼明王，守在四夷。爾不我佩，鬼愁何有。使爾今存，人胥疾首。」

「鬼見愁」一詞進入人們的日常俗語，正是由無患子的這種功能而來。

•「唯唯諾諾」原來是古人應答的聲音——•

「唯唯諾諾」這個成語的意思，各種成語詞典的解釋都是：順從而無所違逆。與「俯首貼耳」、「唯命是從」、「唯命是聽」等成語詞義相近。但是「唯唯諾諾」為什麼會有這樣的意思，各種辭典都沒有解釋這個成語的語源。原來，這個成語所反映出來的，乃是古代男子對尊長呼召而應答的兩種聲音，即「唯」和「諾」。

《禮記．曲禮上》篇中有這樣的規定：「父召無諾，先生召無諾，唯而起。」意思是說，父親召喚的時候，不可用「諾」來應答；先生召喚的時候，也不可用「諾」來應答。父親和先生召喚的時候，都應該用「唯」來應答，同時要站起身來。《禮記．玉藻》篇中同樣規定：「父命呼，唯而不諾。」

「唯」和「諾」到底有什麼區別呢？鄭玄注解說：「唯」和「諾」都是應詞，也就是應答之詞，但「唯恭於諾」。孔穎達則進一步注解說：「古之稱唯，則其意急也。」用「唯」來應答，語氣短促，就像急著應答父親和先生的召喚一樣。因此張舜徽先生在《說文解字約注》一書中概括說：「此蓋少者幼者應對之禮，故古人重之。」

而「諾」呢，孔穎達注解說：「其稱諾，則似寬緩驕慢。」用「諾」來應答，語氣寬緩，因而顯得驕慢。張舜徽先生概括說：「蓋應答之聲，唯速而禮恭，諾緩而意慢。」事實也正是如此，「諾」一般用於尊對卑的場合，《戰國策．趙策》中的名篇〈觸龍說趙太后〉一文，觸龍向趙太后進言之後，趙太后回答道：「諾，恣君之所使之。」即為明證。

《禮記．曲禮上》篇中還有這樣的規定：「毋踐屨，毋踖席，摳衣趨隅，必慎唯諾。」這是講的客人進入主人家的禮節。「屨（ㄐㄩˋ）」是用麻或葛製成的鞋子，「踖（ㄐㄧˊ）」是踐踏之意。古人進門必脫鞋，客人到主人家，進門前要先觀察一下別的客人脫下的鞋子，以免踩到；進入自己坐席的時候，不能直接跨過去就坐，而是應當提起下衣，從坐席的下角慢慢走向坐席，再往前坐下；坐下之後，不能自己先說話，要根據主人的問話謹慎地「唯諾」，即視具體情況而用「唯」或者用「諾」來應答。這一記載說明，「諾」也可以用於平輩之間。

這就是「唯」和「諾」作為應答之詞的區別：唯恭於諾。而「唯唯」、「諾諾」連用，可想而知乃是連聲應答之詞，更加顯得恭敬而順從。司馬相如的名篇〈子虛賦〉中，齊王讓子虛描述一下楚國大澤的見聞，子虛即以「唯唯」應答，這是臣子表示對國君的極度恭敬和順從。《史記．商君列傳》中則有「千人之諾諾，不如一士之諤諤」的諺語，「諤諤」是形容直言無諱的樣子，針對的是千人連聲應答的情形。

這就是「唯唯諾諾」這個成語之所以可以用來形容順從而無所違逆的緣故。需要說明的是，「唯」和「諾」都是古代男子的應答之詞，女子的應答之詞則是「俞」。《禮記．內則》篇中規定：「能言，男唯女俞。」這是說，小孩子會說話的時候，要教他們應答尊長的禮節之詞，男孩子用「唯」來應答，女孩子用「俞」來應答。

「堂皇」原來是指盛大的廳堂

「堂皇」一詞，如今多用於「富麗堂皇」和「冠冕堂皇」。「富麗堂皇」是褒義詞，形容宏偉華麗，氣勢盛大；「冠冕堂皇」則是貶義詞，形容表面上莊嚴正大，其實徒有其表，虛張聲勢，裝腔作勢而已。在今天的語境中，「堂皇」毫無疑問是形容詞，但鮮為人知的是，「堂皇」最初卻是名詞，指盛大的廳堂。

據《漢書．胡建傳》記載，漢武帝時，胡建在禁衛軍中擔任主管軍法官員的低階下屬。雖然職位低微，又很貧窮，但他關心愛護士卒，因此頗得人心。時有監軍御史將北軍軍營的垣牆打通，與外面做生意，敗壞軍紀。胡建想殺了他，於是跟士卒們約定：「我欲與公有所誅，吾言取之則取，斬之則斬。」「於是當選士馬日，監御史與護軍諸校列坐堂皇上，建從走卒趨至堂皇下拜謁，因上堂皇，走卒皆上。建指監御史曰：『取彼！』走卒前曳下堂皇。建曰：『斬之！』遂斬御史。」

這則記載中，「堂皇」一詞凡四見，顏師古注解道：「室無四壁曰皇。」「皇」的本義是燈火輝煌，引申指大、盛大，「室無四壁」，當然非常寬闊；「堂」的本義是殿堂。因此「堂皇」就作為一個名詞使用，指盛大的廳堂。《廣雅》：「堂皇，合殿也。」即是此意。《西京雜記》說「文帝為太子立思賢苑以招賓客，苑中有堂隍六所」，「堂隍」即「堂皇」。《太平御覽》引《洛陽記》：「洛陽宮有桃間堂皇、杏間堂皇、柰間堂皇、竹間堂皇、李間堂皇、魚梁堂皇、醴泉堂泉、百戲堂皇。」柰（ㄋㄞˋ）是一種類似李子的水果，魚梁是攔截水流捕魚的設施。又引《晉宮闕名》：「洛陽宮有水碓堂皇、擇果堂皇。」水碓（ㄉㄨㄟˋ）是用水力舂米的器械。可見漢晉時期的宮中有各種各樣用途的「堂皇」。

「冠冕」代指官宦，與「堂皇」組合在一起成了貶義詞，比喻徒有其表。但是「冠冕堂皇」的組合最初卻是褒義詞，官宦們坐在盛大的「堂皇」之上，那是何等的莊嚴正大！太平天國時期，朱翔庭在〈建天京於金陵論〉中議論道：「較之妖穴罪隸，其冠冕堂皇之盛，不更判以天淵乎？」與「妖穴罪隸」作對比，正是用的「冠冕堂皇」一詞的本義。

「張冠李戴」的「張」和「李」究竟指誰？

把姓張的人的帽子戴到了姓李的人頭上，這叫「張冠李戴」，比喻認錯了對象或者弄錯了事實。為什麼非得拿姓張、姓李的人來說呢？各種辭書都沒有解釋清楚，僅僅舉了一些例子，比如明人田藝蘅所著《留青日札》中有一篇〈張公帽賦〉：「諺云：『張公帽掇在李公頭上。』有人作賦云：『物各有主，貌貴相宜；竊張公之帽也，假李老而戴之。』」因此就把「張冠李戴」的出處安在了田藝蘅頭上，可是人家田藝蘅明明說「諺云」，可見在他之前早就有了這個說法，田藝蘅只不過轉述「諺云」而已。如此不求甚解，真是典型的「張冠李戴」！

其實，這個成語出自武則天時的俗語「張公吃酒李公醉」，記載在張鷟的《朝野僉載》一書中：「天后時，謠言曰：『張公吃酒李公醉。』張公者，斥易之兄弟也；李公者，言李氏大盛也。」張昌宗、張易之兩兄弟是武則天最寵愛的面首，此時，李姓王朝已經易姓，武則天改國號為周，篡奪了李姓的天下，她的兒子唐中宗李顯也被廢黜。「張公吃酒李公醉」這句當時的民謠，張鷟解釋為「李公者，言李氏大盛也」，這種解釋沒有任何道理；「張公吃酒李公醉」一語非常刻薄，是諷刺李顯無法撼動母親的地位，奪回李姓的天下。在陪伴母親飲酒的宴會上，那頭「二張」飲酒飲得興高采烈；這頭李顯獨自一人悶悶不樂，懷有無限的心事，悶酒喝著喝著就喝醉了。這才是「張公吃酒李公醉」的真正含義。

相似的說法還有李商隱的詩〈龍池〉：「龍池賜酒敞雲屏，羯鼓聲高眾樂停。夜半宴歸宮漏永，薛王沉醉壽王醒。」薛王是唐玄宗李隆基的弟弟李業，壽王是李隆基的第十八子李瑁。楊玉環本來是壽王妃，被李隆基看中，用了一些陰謀手段搶奪而去，變成了著名的楊貴妃，一躍而為李瑁的繼母。唐玄宗李隆基在龍池舉行盛大的酒宴，薛王沒有任何心事，喝至沉醉，盡歡而回，可是李瑁呢？就如同當年的李顯一樣，心事重重，老婆都被當爹的奪去了，而且還在酒宴上顧盼生輝，他能不鬱悶嗎？不過跟李顯不一樣的，李瑁的悶酒再喝也喝不醉，酒宴歸來，李瑁仍然醒著，而且徹夜不眠。此之謂「薛王沉醉壽王醒」，同「張公吃酒李公醉」如出一轍。

唐朝時，又從「張公吃酒李公醉」演化出另外一個俗語「張公帽兒李公戴」。這句俗語就更刻薄了，此處的「李公」指武則天早已死去的老公高宗李治，「二張」的帽子戴到了李治頭上，不是綠帽子是什麼！這才是「張冠李戴」這個成語的真正語源。

到了宋朝，從「張冠李戴」的語源又演化出其他相似的諺語，比如「張三有錢不會使，李四會使卻無錢」，比如「張三李四」，等等。後來凡是一個成語或者俗語中同時出現張姓和李姓的，幾乎都源出於「張公吃酒李公醉」。

●「得過且過」原來是鳥叫聲●

「得過且過」是一個成語，人們都知道這個成語的意思是只要能夠過得下去，那就這樣過下去吧。比喻人胸無大志，過一天算一天地混日子。也用來形容工作馬馬虎虎，敷衍了事。

人們口頭上說「得過且過」，卻很少有人知道這個成語是怎麼來的。原來，「得過且過」來自一種鳥的寓言故事，這種鳥叫寒號鳥。寒號鳥還有另外三個名字，一個叫鶡鴠（ㄏㄜˊ ㄉㄢˋ），另一個叫鶡旦，還有一個叫獨舂。李時珍在《本草綱目》中如此定義：「鶡鴠，夜鳴求旦之鳥。夏月毛盛，冬月裸體，晝夜鳴叫，故曰寒號。」寒號鳥夏天羽毛豐盛，冬天毛都褪盡了，晝夜鳴叫，像一個苦孩子，因此稱為「寒號」——寒冷的時候還在號叫，感覺非常可憐。

寒號鳥確實也很可憐，它的外形像蝙蝠，但比蝙蝠要大，在巖穴中冬眠。睡覺的時候倒懸身體，只靠吃甘蔗和芭蕉等的汁液為生。明朝文學家陶宗儀在《南村輟耕錄》一書中記載了這種鳥的種種情形。

五臺山的寒號鳥有四隻腳，背上長有肉翅，但是卻不能飛，其糞便是一種中藥，叫五靈脂。五靈脂的意思是形狀如凝脂，受五行之氣而形成。此藥性味甘溫，無毒，入肝經，具有疏通血脈、散瘀止痛的功效，主治血滯、經閉、腹痛、胸脅刺痛、跌撲腫痛和蛇蟲咬傷等症。盛夏的時候，寒號鳥羽毛豐盛，文采絢爛，因此常常自鳴得意地叫道：「鳳凰不如我！鳳凰不如我！」到了深冬嚴寒之際，寒號鳥的羽毛全部脫落了，就像初生的小鳥兒一樣，悲鳴道：「得過且過！得過且過！」

雖然鮮少有人見過寒號鳥，也沒有人聽過寒號鳥的叫聲，但是就像鷓鴣的叫聲像「行不得也哥哥」一樣，也許寒號鳥的叫聲的確像「得過且過！得過且過」。一種鳥的叫聲卻演變成人類的成語，這也是非常好玩的一件事吧。

●「得饒人處且饒人」原來是指下棋讓先——●

「得饒人處且饒人」的「饒」字，今天一概解釋為寬恕、容忍，意即能夠寬恕、容忍對方的地方不要死揪住不放，要留有餘地，事情不要做絕。如此一來，「得饒人處且饒人」就成了一種事後行為，即事情發生之後要寬恕別人。但其實，「饒」是「讓」的意思，讓人在先，是事情發生之前的行為。

「得饒人處且饒人」這句俗語原來是指下圍棋的讓先。南宋學者姚寬所著《西溪叢語》中有「善棋道人」的條目，載之甚詳：「蔡州褒信縣有棋師閔秀才說：嘗有道人善棋，凡對局，率饒人一先。後死於褒信，托後事於一村叟。數年後，叟為改葬，但空棺衣衾而已。道人有詩云：『爛柯真訣妙通神，一局曾經幾度春。自出洞來無敵手，得饒人處且饒人。』」

「率饒人一先」，意思是讓人先走一步，當然屬於事情發生之前的行為，跟今天的理解剛好相反，後來才引申出寬恕、容忍之意。

不過，「得饒人處且饒人」還有一個有趣的解釋，出自陸游所著《老學庵筆記》：「紹興末，朝士多饒州人，時人語曰：『諸公皆不是癡漢。』又有監司發薦京官狀，以關節欲與饒州人，或規其當先孤寒，監司者憤然曰：『得饒人處且饒人。』時傳以為笑。」

饒州今屬江西上饒市，南宋的偏安小朝廷裡多此地人，以至於薦舉京官的時候，有人勸監司當先薦舉孤寒之輩，同為饒州人的監司卻憤怒地說道：「得饒人處且饒人。」能夠用饒州人的一定要先用饒州人！

此監司真可謂是「惡搞」成語的前輩，佩服！

●「授人以柄」原來是指彗星

《漢書．梅福傳》中收錄了梅福給漢成帝的上書，其中寫道：「至秦則不然，張誹謗之罔，以為漢驅除，倒持泰阿，授楚其柄。故誠能勿失其柄，天下雖有不順，莫敢觸其鋒。」顏師古注解道：「泰阿，劍名，歐冶所鑄也。言秦無道，令陳涉、項羽乘間而發，譬倒持劍而以把授與人也。」

「倒持泰阿，授楚其柄」即「授人以柄」的最初形式，此處的「柄」指劍柄。主動將劍柄交給別人，當然用來比喻將權力交給別人或者讓別人抓住自己的弱點和錯誤，從而陷入被動。《三國志．王粲傳》中，何進召四方猛將進京，欲誅滅宦官，陳琳勸諫道：「大兵合聚，強者為雄，所謂倒持干戈，授人以柄。必不成功，只為亂階。」此處的「授人以柄」是指授人以干戈等兵器之柄。

不過，這還不是「授人以柄」這句成語的最早記載，而且最早記載的「授人以柄」並非是授人以兵器之類的柄，而竟然是授人以彗星之柄！

《淮南子．兵略訓》中記載了一則周武王伐紂時的奇異天象：「武王伐紂，東面而迎歲，至汜而水，至共頭而墜，彗星出而授殷人其柄。」周伐殷，乃是由西向東進發，恰好太歲（木星）在東方，逆太歲而行，這是不吉利的徵兆；到了汜水遇到大雨；到了共頭山遇到山崩。「彗星出而授殷人其柄」，高誘注解道：「時有彗星，柄在東方，可以掃西人也。」彗星柄在東而尾西指，就像上天將彗星的柄授給了殷人，以掃滅來犯的西人即周人。

這則記載是在強調紂王的統治「積怨在於民也」，所以即使武王伐紂遇到了這麼多不利的天象，但仍然足以滅商：「當戰之時，十日亂於上，風雨擊於中，然而前無蹈難之賞，而後無遁北之刑，白刃不畢拔而天下得矣。」

「彗星出而授殷人其柄」，據已故的南京紫金山天文台台長張玨哲推算，這顆彗星就是著名的哈雷彗星，而且此次出現是在西元前一〇五七至西元前一〇五六年，武王伐紂也是在這個時期。最早的「授人以柄」居然讓天文學家推算出了哈雷彗星出現和武王伐紂的具體年分，也算是意外的收穫了。

•「掛羊頭賣狗肉」原來是掛牛頭賣馬肉——•

「掛羊頭賣狗肉」這句民間俗語，字面的意思是招牌上掛著羊頭，實際上賣的卻是狗肉，比喻表裡不符，狡詐欺騙，也比喻用好的名義做幌子，實際上幹的卻是壞事。鮮為人知的是，在這句俗語的原始形態中，掛的卻是牛頭，賣的卻是馬肉。

記載春秋時期齊國政治家晏嬰言行的《晏子春秋．內篇雜下》中講述了一個有趣的故事：「靈公好婦人而丈夫飾者，國人盡服之，公使吏禁之，曰：『女子而男子飾者，裂其衣，斷其帶。』裂衣斷帶相望，而不止。晏子見，公問曰：『寡人使吏禁女子而男子飾，裂斷其衣帶，相望而不止者何也？』晏子對曰：『君使服之於內，而禁之於外，猶懸牛首於門，而賣馬肉於內也。公何以不使內勿服，則外莫敢為也。』公曰：『善。』使內勿服，踰月，而國莫之服。」

這段古文並不深奧，淺顯易懂，大意是說：齊靈公喜歡讓宮中的婦女穿上男人的服飾陪著他尋歡作樂，上行下效，齊國的婦女都把這當作一種時髦，爭相穿上男人的服飾招搖過市。齊靈公一看這股風氣有點控制不住的勢頭，嚴重影響齊國的國際形象，趕緊下令禁止，撕破她們的衣服，扯斷她們的衣帶，讓她們當場出醜。可是沒想到令行卻禁不止，於是向晏子請教，晏子回答道：「您讓宮中的婦女穿上男人的服飾，卻禁止宮外的婦女穿戴，這就像『懸牛首於門，而賣馬肉於內』，表裡不一，怎麼可能有用？您先在宮中煞住這股歪風，宮外自然也就不會再效仿了。」齊靈公一聽有道理，照著晏子的辦法一實行，過了一個月就見了成效。

晏子的這個說法被繼承了下來。《後漢書．百官志》注引《決錄注》，記載了光武帝劉秀和漢中太守丁邯的一段交鋒：「妻弟為公孫述將，收妻送南鄭獄，免冠徒跣自陳。詔曰：『漢中太守妻乃繫南鄭獄，誰當搔其背垢者？懸牛頭，賣馬脯，盜蹠行，孔子語。以邯服罪，且邯一妻，冠履勿謝。』」

公孫述割據蜀地，自立為帝，而丁邯的妻弟擔任公孫述的將領，於是丁邯將妻子押送到漢中郡南鄭縣的監獄，自己則脫帽、赤足，向光武帝謝罪。劉秀下了一道極富幽默感的詔書：「漢中太守的妻子關押在南鄭縣的監獄，那麼誰為太守搔抓後背的塵垢呢？」馬脯是馬肉乾；盜蹠（ㄓˊ）是著名的強盜，曾與孔子辯論過。劉秀戲謔地諷刺丁邯的行為是懸牛頭，賣馬脯，幹的是盜蹠的強盜行徑，說的卻是孔子冠冕堂皇的語言。丁邯的行為不過是作出一種姿態，而劉秀心領神會，為了收買人心而赦免了丁邯。

從宋代開始，這句俗語中的牛和馬被羊和狗所替代。兩宋間大型禪宗史書《五燈會元》中，

「懸羊頭賣狗肉」的比喻說法出現過三次，比如清滿禪師在和僧人的對話中說：「有般名利之徒，為人天師，懸羊頭賣狗肉，壞後進初機，滅先聖洪範。」

清代學者錢大昕在《恆言錄》一書中寫道：「今俗語小變，以羊狗易牛馬，意仍不易也。」但是他並沒有解釋為什麼會「以羊狗易牛馬」。其實，這一更替深刻地反映了古代肉食的變遷歷史。

牛、馬、羊、狗再加上豬和雞，稱作「六畜」，乃是中國先民們最早馴化的六種動物。其中牛是祭祀時最尊貴的祭牲，美稱為「一元大武」，孔穎達解釋說：「牛若肥則腳大，腳大則跡痕大，故云一元大武也。」也由此可見祭祀後被人們分食的牛肉之肥美。

而馬是武獸，用於騎乘，肉質較粗。兩周以迄春秋時期，馬肉也供人食用，比如《禮記．內則》中有關於食用馬肉的禁忌：「馬黑脊而般臂，漏。」「黑脊」指馬脊發黑；「般臂」指前脛有雜斑；「漏」通「螻」，即螻蛄，螻蛄有臭味。馬如果背脊發黑，前小腿有雜斑，牠的肉就會散發出像螻蛄一樣的臭味，此即潰瘍之肉。

馬肉的肉質遠遠比不上牛肉的肉質，因此才會出現肉鋪中「懸牛首於門，而賣馬肉於內」的欺詐現象，凝練而為「懸牛首賣馬肉」的民間俗語。

馬肉較粗，而且隨著中原地區和周邊游牧民族的戰爭日益加劇，馬匹更顯珍貴，因此馬不再作為肉食動物；牛的情況也是一樣，隨著農耕日益精細，經濟日益發達，耕牛的需求量越來越大，因此，羊作為肉食動物的地位直線上升。這就是「羊頭」取代「牛首」的原因所在。

而中國古人吃狗肉的風氣，周代時就已經大盛，以至於先秦時期有以屠狗為職業者。這一風氣至唐代方才結束，不再屠狗而食，因此才會出現「掛羊頭賣狗肉」的欺詐現象。

古人講究無一字無來歷，同時，風俗史的變遷也深刻地影響到民間俗語或諺語的嬗變，從「懸牛首賣馬肉」漸變而為「掛羊頭賣狗肉」，就像一面鏡子，清楚地映射出這一變遷過程。此外，之所以有懸掛獸首的行為，是因為古時候的市集必須以類陳列，不許雜亂無章，而賣何肉，又必須以其首懸於門，正如尚秉和先生在《歷代社會風俗事物考》一書中所說：「當時賣何獸肉，即懸其首於門以為標識也。」

「採花」原來是比喻美好的愛情

《三俠五義》第六十二回〈遇拐帶松林救巧姐〉：「細細打聽，方才知道是個最愛採花的惡賊，是從東京脫案逃走的大案賊。」《三俠五義》是清代小說，可見至遲到清代，「採花」一詞已經成為夜入民宅、姦汙婦女的代名詞。現代武俠小說中屢屢出現的採花賊、採花大盜等稱謂，也正是使用的這個意義。鮮為人知的是，「採花」原來是古代民間一項極其美好的習俗。

宋人郭茂倩所輯《樂府詩集》中收錄了無名氏的一首《于闐採花》：「山川雖異所，草木尚同春。亦如溱洧地，自有採花人。」描述西域的于闐如同中原的溱洧（ㄓㄣ ㄨㄟˇ）之地一樣也有採花人。溱洧指鄭國的溱水和洧水。《詩經．鄭風》中有《溱洧》一詩，吟詠鄭國的青年男女結伴春遊之樂，兩段的結句分別是：「維士與女，伊其相謔，贈之以芍藥。」和「維士與女，伊其將謔，贈之以芍藥。」每年仲春，鄭國的少男少女們齊集溱洧河畔遊春，並互相贈送芍藥，芍藥因此成為男女愛慕之情的象徵。

這樣一首表達美好愛情的詩篇，竟然被《毛傳》稱之為「刺亂也」，孔穎達甚至進一步發揮說：「維士與女，因即其相與戲謔，行夫婦之事。及其別也，士愛此女，贈送之以芍藥之草，結其恩情，以為信約。男女當以禮相配，今淫泆如是，故陳之以刺亂。」此詩因此被後世的道學家們誣為淫詩，採芍藥之花並相贈的「採花」原來是比喻美好的愛情美好習俗從此成為淫佚的象徵。這就是「採花」比喻姦汙婦女的最早語源。

「于闐採花」是陳、隋間的曲名，後來李白也寫過一首同名詩篇：「于闐採花人，自言花相似。明妃一朝西入胡，胡中美女多羞死。乃知漢地多名姝，胡中無花可方比。丹青能令醜者妍，無鹽翻在深宮裡。自古妒蛾眉，胡沙埋皓齒。」此詩吟詠王昭君的美貌，並抒發自古以來美人多遭嫉妒的情感。將王昭君比作美麗的花兒，這是對王昭君的讚美之詞，並無後世「採花賊」行徑的骯髒。

從「贈之以芍藥」的美好的「採花」習俗，一變而為淫亂的「採花」行徑，人心之不古，在這個詞的演變中可以看得清清楚楚。道學家們極其骯髒的內心，玷汙了這朵美麗的芍藥花。

●「掩耳盜鈴」盜的原來是一口大鐘●

捂住耳朵去偷鈴，只能欺騙自己，卻欺騙不了別人，是為「掩耳盜鈴」。但仔細追究「掩耳盜鈴」這個成語，會發現一個不可索解的問題：鈴之所以會響，是因為鈴鐺中空，裡面置有銅珠的緣故，只需將銅珠固定住，不與鈴壁撞擊就不會發出聲音，而鈴鐺很小，想做到這一點非常容易，可是盜賊為什麼偏偏要「掩耳」偷竊呢？

原來，這個成語的原型並不是「盜鈴」，盜的是一口大鐘，出自《呂氏春秋·自知》篇：「范氏之亡也，百姓有得鐘者，欲負而走，則鐘大不可負，以椎毀之，鐘況然有音。恐人聞之而奪己也，遽掩其耳。惡人聞之，可也；惡己自聞之，悖矣。」

范氏是晉國大夫，在晉國內亂中被滅。在這個故事中，得鐘的百姓因為鐘太大，於是想毀掉後再背走，可想而知毀鐘的聲音巨大。如果說這個人不知道毀鐘會發出巨響，於情於理不合，《呂氏春秋》講的這個故事其實是想隱喻一個道理，即高誘所解釋的：「為人主而惡聞其過，非猶此也？」是用於勸諫國君，不要捂住耳朵，怕聽到別人說自己的過錯。

而且這個故事也沒有「盜鐘」的說法，只說「得鐘」，這個人捂住耳朵只是「恐人聞之而奪己」，怕別人搶奪。到了《淮南子·說山訓》篇中，方才出現「竊」字：「范氏之敗，有竊其鐘，負而走者，鎗然有聲，懼人聞之，遽掩其耳。憎人聞之可也，自掩其耳，悖矣。」

清代學者鄭志鴻在《常語尋源》一書中合理地解釋說：「鈴小器，鐘大器，大則有聲，故情急掩耳。訛鐘為鈴，自隋已然，由來久矣。」由此可知，「掩耳盜鈴」的原型是「掩耳盜鐘」，自隋代開始訛變為「掩耳盜鈴」，卻不知盜鈴易而盜鐘難，於是這個成語也就變得不可索解了。

●「望洋興嘆」的「望洋」原來是一種眼病——●

當無力完成一件事情或者追趕不上的時候，人們都會感嘆上一句「望洋興嘆」。這句成語的字面意義是如此顯豁，以至於人們一看到它，理所當然地就會認為是遠遠地望著海洋而嘆息的意思。殊不知大錯而特錯！看完本文，瞭解了「望洋興嘆」的本來含義，相信你定會深感震驚！

眾所周知，「望洋興嘆」這句成語出自《莊子．秋水》篇：「秋水時至，百川灌河，涇流之大，兩涘渚崖之間不辨牛馬。於是焉河伯欣然自喜，以天下之美為盡在己。順流而東行，至於北海，東面而視，不見水端，於是焉河伯始旋其面目，望洋向若而嘆曰：『野語有之曰，聞道百，以為莫己若者，我之謂也。』」

「洋」是水大之貌，當作海洋講是宋元之後的事了。但是如果認為此處的「洋」是形容北海水大之貌，也說不通，因為河伯「望洋向若而嘆」，既「望洋」（望著北海）又「向若」（向著北海），屬於毫無意義的詞義重複，莊子斷不會犯這種低級錯誤。那麼「望洋」到底是什麼意思呢？

一般認為「望洋」是一個連綿詞，又寫作「望羊」、「望陽」、「望佯」。《釋名．釋姿容》：「望佯，佯，陽也，言陽氣在上，舉頭高，似若望之然也。」王肅注《孔子家語》：「望羊，遠視也。」按照這種解釋，「望洋」等音同的詞，意思就是遠視的樣子。河伯轉過臉來，遠視著北海之神而嘆息，是為「望洋向若而嘆」；但既然已經「旋其面目」跟北海之神面對面，又如何稱得上遠視呢？

我們再來看看其他例子中的「望洋」等詞。據《晏子春秋》載，晏子上朝的時候，發現「杜扃望羊待於朝」，晏子問他為什麼不上朝，杜扃說齊景公夜裡聽新歌而變齊音，早上又起不來，因此自己才作「望羊」之態。《論衡》、《白虎通義》等書均形容周武王「望陽」或「望羊」，都是形容人的眼部特徵。

其實，「望洋」等詞的本義是眼部疾病，這種眼部疾病有一個專用字叫「矙（ㄒㄧㄢˊ）」，許慎解釋說：「矙，戴目也。」徐鍇進一步解釋說：「戴目，目望陽也。」段玉裁更進一步解釋說：「戴目者，上視如戴然，《素問》所謂『戴眼』也，諸書所謂『望羊』也，目上視則多白。」這種眼部疾病的特徵是「目上視則多白」，眼瞳不轉動，向上仰視，因而眼白顯得多。古人認為羊乃「畜之遠視者也」，因此「望羊」就是「望羊視也」，以羊為喻來指稱這種眼部疾病，「陽」、「洋」、「佯」則都屬於同音字假借使用。

如此，「望洋」等詞的意思就很明白了。顏師古說：「戴目者，言常遠視，有異志也。」這是由「目上視則多白」的眼部疾病引申而來的意思。杜扃之所以「望羊待於朝」，是因為不滿齊景公的所作所為，因而故意作出這種奇怪的樣子，以示抗議。至於周武王「望羊」，只不過是對聖人奇異相貌的附會而已。

再回到《莊子．秋水》篇，語言學家黃金貴先生斷句為：「於是焉，河伯始旋其面，目望洋，向若而嘆。」並譯為：「這個時候，河伯開始回轉他的面孔，眼睛定定地上視的樣子，朝著海神慨嘆……」這就是「望洋而嘆」或「望洋興嘆」的本義。你不覺得震驚嗎？

●「棄市」原來不是指死刑

「棄市」乃古代刑罰之一種，今天當然已經不再使用，不過這個詞在古書中出現的頻率非常高，因此有必要講解一下這種刑罰的來龍去脈。

今天的各種辭典無一例外都把「棄市」稱作死刑，比如中華民國教育部《重編國語辭典修訂本》的釋義為：「古代於鬧市執行死刑，並將屍體棄置街頭示眾。」這一解釋固然不錯，但卻並不是「棄市」的本義。

據《周禮》記載，周代有「掌戮」一職，顧名思義，就是掌管刑罰、殺戮的官員。「掌戮」的職責之一是：「凡殺人者，踣諸市，肆之三日。」「踣（ㄅㄛˊ）」是向前仆倒的意思，形容犯人被執行死刑時的狀態；「肆」是陳列的意思。凡是殺人犯，都要在街市執行死刑，然後將屍體陳列三天。這樣做當然是為了發揮震懾作用。此乃殺人於市並曝屍三日的傳統，但並非就是指「棄市」。

各種辭典都把「棄市」的語源歸之於《禮記．王制》，那麼我們就來看看這一篇中的原文：「刑人於市，與眾棄之。是故公家不畜刑人，大夫弗養，士遇之塗弗與言也。屏之四方，唯其所之，不及以政，亦弗故生也。」

「刑人於市，與眾棄之」，是為「棄市」一詞的出處，意思是：在街市之中對犯人用刑，然後大家都拋棄他。但各種辭典引用這一條目時卻都忘了後面的一段話，這段話是對「棄」的詳細規定。到底怎樣才算拋棄受刑的犯人呢？「公家」指天子、諸侯之家，天子、諸侯之家不得蓄養受刑之人，大夫之家也不得育養，士在途中遇到受刑之人，不得跟他說話。將他流放到四方政令教化所達不到的化外之地，任憑他去哪兒，也不用賦役等政令約束他。這樣做的目的是不讓他生存下來，自生自滅。

這才是「棄市」的本義：「市」指「刑人於市」；「棄」指「與眾棄之」，把受刑之人流放驅逐。

不過此屬「殷法」，即殷商時代的法令不允許蓄養刑人，而周代則開始允許蓄養刑人，因此「掌戮」的職責還有：「墨者使守門，劓者使守關，宮者使守內，刖者使守囿，髡者使守積。」「墨」指墨刑，刻面塗墨，作為懲罰的標記，用墨刑之人把守宮門；「劓（ㄧˋ）」指割鼻的劓刑，用劓刑之人把守關門；「宮」指閹割的宮刑，用宮刑之人在宮內擔任宦官；「刖（ㄩㄝˋ）」指斷足的刖刑，用刖刑之人管理養禽獸的園林，不用太急速奔跑；「髡（ㄎㄨㄣ）」指剃髮的髡刑，屬於王族犯人的輕刑，用他們管理積貯錢物的倉庫。

從秦代開始，「棄市」之刑不再將犯人流放驅逐，而成為死刑的代名詞。據《史記．秦始皇本紀》載：丞相李斯建議秦始皇燒書，「有敢偶語詩書者棄市，以古非今者族」，將「棄市」與滅族對舉，可見必是死刑無疑。秦律嚴苛，這也是一個旁證，不復有商、周時期相對溫和的「棄市」流放之刑了。

《漢書・景帝紀》載：「改磔曰棄市，勿復磔。」這是漢景帝中元二年（西元前一四八年）的事。「磔（ㄓㄜˊ）」即車裂之刑，也就是俗話說的「五馬分屍」。應劭注解說：「先此諸死刑皆磔於市，今改曰棄市，自非妖逆不復磔也。」顏師古注解說：「棄市，殺之於市也。」漢承秦律，「棄市」也屬死刑。

這就是「棄市」一詞的演變過程，從流放驅逐到死刑，深刻地展示了法律漸漸變得嚴酷的歷史事實。

●「欲蓋彌彰」想要掩蓋的到底是什麼壞事？——●

想要掩蓋自己幹的壞事，卻暴露得更加明顯，此之謂「欲蓋彌彰」。今天只是使用其比喻義，泛泛而言一切壞事，但是這個成語剛剛誕生的時候，這個想要掩蓋的壞事一定是非常具體的壞事。那麼這個想要掩蓋的到底是什麼壞事呢？相信很多人都不清楚。

「欲蓋彌彰」這個成語出自《左傳・昭公三十一年》：「冬，邾黑肱以濫來奔，賤而書名，重地故也。」

這一筆記載隱藏著很多資訊。邾國和魯國相鄰，春秋末期，邾國政治敗壞，大夫黑肱叛國投魯，並將邾國的濫邑獻給了魯國。「賤而書名，重地故也」，杜預解釋說：「黑肱非命卿，故曰賤。」黑肱不是由周天子任命的卿，因此稱「賤」；但既然地位低賤還書寫他的名字，是因為看重他獻給魯國土地的緣故。

緊接著，《左傳》記載了一大段君子針對此事的評論：「君子曰：『名之不可不慎也如是。夫有所有名，而不如其已。以地叛，雖賤，必書，地以名其人，終為不義，弗可滅已。是故君子動則思禮，行則思義，不為利回，不為義疚。或求名而不得，或欲蓋而名章，懲不義也。』」

這段話的意思是：名聲不可不慎重就像黑肱這樣，有名聲還不如沒有名聲。黑肱帶著土地叛國，雖然地位低賤，也一定要書寫下地名，以便記錄下黑肱的名字，最終因為他的不義而無法磨滅他的壞名聲。因此君子動就要想到禮儀，行就要想到道義，不為圖利而違背禮儀，不為不義而內疚。有的人求取名聲反而得不到，有的人想掩蓋反而惡名遠揚，就是為了懲罰不義之舉。

「或欲蓋而名章」，「章」通「彰」，顯揚。「欲蓋彌彰」即由這句話而來。

針對與黑肱相類似的行為，這位君子繼續評論道：「齊豹為衛司寇，守嗣大夫，作而不義，其書為『盜』；邾庶其、莒牟夷、邾黑肱以土地出，求食而已，不求其名，賤而必書。此二物者，所以懲肆而去貪也。」

這段話的意思是：衛國的司寇齊豹保有世襲大夫的地位，所行卻不義，因此被《春秋經》書為「盜」；邾國的庶其、莒國的牟夷和邾國的黑肱都是帶著土地出逃，他們這樣做僅僅是為了謀取食祿，而不是為了求名，但他們雖然地位低賤，《春秋經》卻一定要記錄下他們的名字。這兩種情況都被《春秋經》記載了下來，就是為了懲罰放縱而去除貪婪。

這就是「欲蓋彌彰」這個成語的由來，「欲蓋」的是一件非常具體的壞事，就是黑肱叛國，將土地獻給魯國的行徑。但「欲蓋」卻「彌彰」，黑肱的惡名就此釘在了歷史的恥辱柱上。

「添丁」原來是凶兆

能負擔賦役的成年男子稱「丁」，「添丁」當然就指家裡添了一個男孩。這個典故來自唐代詩人盧仝。

盧仝不到二十歲就隱居少室山，號玉川子，極其貧窮，但因詩作奇崛，為韓愈所激賞。這一年他添了一個男孩，盧仝給他取名「添丁」，意思是為國家添了一個可以服役的壯丁，由此可見盧仝志存高遠而且為國著想。韓愈有一首《寄盧仝》的詩，其中寫道：「去年生兒名添丁，意令與國充耘耔。」「耘耔」指除草培土，泛指田間勞作。

盧仝的志向當然不是讓兒子充當一名農夫，但清貧的生活卻在他的詩篇中反映得淋漓盡致。他寫有〈示添丁〉一詩，全詩如下：「春風苦不仁，呼逐馬蹄行人家。慚愧瘴氣卻憐我，入我憔悴骨中為生涯。數日不食強強行，何忍索我抱看滿樹花。不知四體正困憊，泥人啼哭聲呀呀。忽來案上翻墨汁，塗抹詩書如老鴉。父憐母惜摑不得，卻生癡笑令人嗟。宿舂連曉不成米，日高始進一碗茶。氣力龍鍾頭欲白，憑仗添丁莫惱爺。」

雖然有「添丁」的喜悅和兒子調皮所帶來的天倫之樂，但「數日不食」，盧仝之貧窮可見一斑。不過盧仝雖窮，卻好茶成癖，「一碗喉吻潤，兩碗破孤悶。三碗搜枯腸，惟有文字五千卷。四碗發輕汗，平生不平事，盡向毛孔散。五碗肌骨清，六碗通仙靈。七碗吃不得也，唯覺兩腋習習清風生」，〈走筆謝孟諫議寄新茶〉詩中這著名的「七碗茶」的概括，使日本人對他推崇備至，被尊為日本茶道的始祖之一。

雖然一生未仕，但盧仝還是捲入了朝廷的政治鬥爭，並成為犧牲品。據《唐才子傳》記載，唐文宗設計準備誘殺宦官頭領仇士良等人，結果事敗，當朝官員幾乎被宦官集團屠殺一空，史稱「甘露之變」。宰相王涯也被殺身亡，事發時，剛好盧仝和諸客會食留宿於王涯的書館之中，因此被抓。盧仝辯解道：「我盧山人也，於眾無怨，何罪之有？」抓捕的吏卒回答說：「既云山人，來宰相宅，容非罪乎？」行刑時，「仝老無髮，奄人於腦後加釘。先是生子名『添丁』，人以為讖云。」「丁」是「釘」的古字，所以人們才會認為「添丁」的名字即為盧仝受刑之讖。

盧仝為國添一丁的美好願望雖然沒有實現，自己也「腦後加釘」而亡，但「添丁」的典故卻就此流傳了下來，成為生男孩的代名詞。

「烽火」原來是兩種信號

杜甫有詩：「烽火連三月，家書抵萬金。」「烽火」代指戰亂。古代邊防舉火報警的高臺叫「烽火臺」。「烽火」的稱謂如此常見，但很多人不知道「烽火」並非一種報警的信號，而是兩種，即「烽」和「燧」。

《墨子．號令》中說：「出候無過十里，居高便所樹表，表三人守之，比至城者三表，與城上烽燧相望，晝則舉烽，夜則舉火。」這段話中的「候」指斥候，是瞭望敵情的高臺；「表」指豎立的標識；「晝則舉烽，夜則舉火」，可見白天的報警信號稱「烽」，夜間的報警信號稱「燧」。

《史記．司馬相如列傳》中有「烽舉燧燔」之說。所謂「烽舉」，指類似汲水的桔槔（ㄐㄧㄝˊ ㄍㄠ）一類的用具，低處堆滿薪柴，有敵人到，則點燃後升高，因此烽火臺又稱「桔槔烽」。所謂「燧燔」，燔（ㄈㄢˊ），焚燒，焚燒薪柴必出煙，因此嚴格意義上來說「燧燔」的說法是錯誤的，因為「晝則舉烽，夜則舉火」，白天的時候升起的應該是煙，夜間的時候則舉火。從「燧」的字義也可看出「燧燔」之誤。「燧」是取火器，分兩種：金燧是取火於太陽的銅鏡；木燧是取火之木，所謂「鑽燧取火」是也。因此「燧」出火，「烽」出煙，白天用煙示警，夜晚舉火示警。

「烽」又有一個眾所周知的名字叫「狼煙」。唐人段成式《酉陽雜俎》載：「狼糞煙直上，烽火用之。」北宋陸佃《埤雅》載：「古之烽火用狼糞，取其煙直而聚，雖風吹之不斜。」陸佃又說：「狼腸直，其糞煙直，為是故也。」「狼煙」的說法甚為荒誕，屬於以訛傳訛的附會之言。之所以稱「狼煙」，乃是出於對屢屢侵邊的匈奴等少數民族的蔑稱，學者多有論證，此不贅言。

「猜枚」原來是出自「藏鉤」之戲

「猜枚」是酒令的一種，盛行於全國各地，用來為飲酒助興。不過古今「猜枚」的方法不同。今天的猜枚完全簡單化了，僅僅靠吆喝和手勢來決勝負，比如兩人伸出手指喊數字，手指相加，符合誰喊出的數字就算誰勝了，這種方式也叫划拳。當然還有許多大家耳熟能詳的別種方式，但都不出吆喝和手勢的範圍，因此顯得粗俗。但古時候的猜枚則完全不一樣。

清人阮葵生所著《茶餘客話》「猜枚」一條載：「元人姚文奐詩云：『曉涼船過柳洲東，荷花香裡偶相逢。剝將蓮子猜拳子，玉手雙開不賭空。』猜拳賭空，皆詩料也；即今酒令之猜枚，前後不放空也。」「枚」是遊戲時的籌碼，「猜枚」即將籌碼握在掌心裡，讓對方猜單雙、數目、顏色，或者乾脆猜有沒有，「猜拳賭空」就是這個意思。這個籌碼也可以是各種物品，比如詩中的蓮子。

「猜枚」是元代之後的說法，其實這項遊戲起源極早，最初稱作「藏鉤」。南朝學者宗懍所著《荊楚歲時記》載：「歲前，又為藏鉤之戲。」杜公瞻注引三國時吳人周處《風土記》曰：「進清醇以告蠟，竭恭敬於明祀。乃有藏鉤，俗呼為『行鉤』，蓋婦人所作金環，以鎝指而纏者。臘日祭後，叟、嫗各隨其儕，為藏鉤之戲，分為二曹，以較勝負。得一籌者為勝，其負者起拜謝勝者。」「鎝（ㄊㄚˋ）」指女人所戴金環前端的金屬套，「二曹」指分為兩組。按照周處的描述，「藏鉤」之戲是在歲終臘祭之後舉行的遊戲，所猜者乃是女人的金環，猜的是金環藏在對方哪一人的手中。

唐代段成式所著《酉陽雜俎》的引文略有不同。在該書續集的「貶誤」一節中，段成式引周處

《風土記》：「藏鉤之戲，分二曹以校勝負，若人偶則敵對，若奇則使一人為遊附，或屬上曹，或屬下曹，名為飛鳥。」「偶」指兩組人數相當，「奇」指多出一人，那麼這多出的一人根據兩組的勝負情況再確定歸屬哪一組，這個人的名字很好聽，叫「飛鳥」。這種遊戲以猜完三次為一輪，因此又稱「飛鳥三籌」。

「藏鉤」猜的明明是金環或別的物品，為什麼叫做「藏鉤」呢？據各書所引《辛氏三秦記》所載：「漢昭帝母鉤弋夫人，手拳有國色，世人藏鉤起於此。」鉤弋夫人即漢武帝的寵妃趙婕妤，據《漢書．外戚傳》記載：「孝武鉤弋趙婕妤，昭帝母也，家在河間。武帝巡狩過河間，望氣者言此有奇女，天子亟使使召之。既至，女兩手皆拳，上自披之，手即時伸。由是得幸，號曰拳夫人。」鉤弋夫人雙手握拳，就像藏著什麼東西一樣。《列仙傳》則進一步附會說：「武帝披其手，得一玉鉤。」「藏鉤」之名即由此而來，漢代之後成為民間非常喜愛的遊戲，唐代也十分盛行，李商隱有「隔座送鉤春酒暖」的著名詩句，描述的就是「藏鉤」之戲。可惜今人已經忘卻「猜枚」這項遊戲的起源，但知吆喝和手勢，而不知極其雅致的「藏鉤」了。

•「眼中釘」的「釘」是比喻兩個壞蛋•

「眼中釘」常常和「肉中刺」一詞連用，比喻最痛恨的人或事。「肉中刺」好理解，肉裡面扎了一根刺，可以想見有多疼、多麼急著拔出來。那「眼中釘」又是什麼意思呢？

「眼中釘」的典故出自兩個壞蛋。一個是五代十國時期後晉的趙在禮。趙在禮是歷史上有名的大貪官，凡他所到之處，無不大肆搜刮。在宋州（今河南商丘）做官時，因為太過貪婪，因此當百姓得悉他即將調到永州的時候，無不歡欣鼓舞，奔相走告道：「眼中拔卻釘矣，可不快哉！」把趙在禮視為扎進眼中的釘子，可見百姓們對這個大貪官有多麼痛恨！沒想到趙在禮器量狹小，聽到百姓這般說法後大怒，竟向朝廷申請留任宋州。獲准留任後，第一件事就是布告全州，強令每戶每年交納一千文錢，稱「拔釘錢」，當年就搜刮了一大筆錢進賬。

另一個壞蛋是北宋時期的丁謂。宋真宗時，寇準是宰相，丁謂對寇準畢恭畢敬，有一次大臣們一起吃飯，寇準一不留神，鬍鬚被羹湯浸染，丁謂立刻站起來，小跑步到寇準面前，用手慢慢地拂拭寇準的鬍鬚。拂拭乾淨之後，寇準大笑著說：「參政，國之大臣，乃為官長拂鬚邪？」意思是參政是國家的大臣，不是讓你來為長官拂拭鬍鬚的。在座的大臣們都笑了起來，丁謂面紅耳赤，羞愧難當，從此對寇準懷恨在心。這就是「溜鬚」一詞的來歷。真宗朝有五個小人，號稱「五鬼」，丁謂即其中之一，不僅壞事做絕，還進寇準的讒言，導致寇準罷相。因為丁謂姓丁，所以京師中的民謠說：「欲得天下寧，當拔眼中釘；欲得天下好，莫如招寇老。」人民的眼睛是雪亮的，丁謂和寇準生前身後的評價就是這麼鮮明。

「笨蛋」原來並不笨

今天的「笨蛋」一詞是個語感非常重的日常用語，一個人被別人罵作「笨蛋」，一定會勃然大怒。在某種程度上，「笨蛋」等同於白癡，都是罵人智商極其低下的意思。

不過在古代，稱呼一個人「笨蛋」卻和智商毫無關係，「笨」這個字甚至還是一種造紙的原材料呢。

《說文解字》說：「笨，竹裡也。從竹，本聲。」徐鍇進一步解釋道：「笨，竹白也。」《廣雅．釋草》解釋得更加詳細：「竹其表曰笢（ㄇㄧㄣˇ），其裡曰笨，謂中之白質者也。其白如紙，可手揭者，謂之竹孚俞。」綜合以上注釋，可見「笨」是竹子的裡層，是竹子削去青皮後留下的部分，是一層白色的薄膜，像紙一樣又薄又白，可作造紙的原材料。東漢蔡倫造紙，最早的原料非常簡陋，計有樹皮、破漁網、破布、麻頭等，後來的人才使用「竹白」當作原材料。因為史書要在用「竹白」製造的紙上書寫，因此後人就把史書稱為「竹白」，即「笨」。

「笨」字的這一原始語義到了魏晉時期發生了巨大的改變，據《晉書．羊曼傳》記載，當時人選出了「四伯」：大鴻臚江泉因為能吃，是為「穀伯」；豫章太守史疇「大肥」，是為「笨伯」；散騎郎張嶷狡妄，是為「猾伯」；而羊聃個性狼戾，是為「瑣伯」。這是比擬上古時期的「四凶」。其中「大肥」是指身體肥大，行動不靈巧，這類人被稱作「笨伯」，可見此時的「笨」已經轉義成了笨重的意思，但是仍然沒有和智商低下聯繫在一起。

到了東晉時期，著名的道教領袖葛洪的門人向他請教天下的惡人都有哪些種類，葛洪列舉了

「悖人」、「逆人」、「虐人」等數十種惡人的種類，其中說：「杖淺短而多謬，闇趨舍之臧否者，笨人也。」在葛洪看來，笨人是指那種見識淺陋，謬誤百出，又不懂得善惡得失的人。這種人當然是愚蠢的人。直到這時，「笨」才和智商低連結起來。

清人李鑒堂所編《俗語考原》一書中說：「山東人謂粗魯人曰体漢，体與笨同。」「体」在古代和身體的「體」字是兩個字，意思是「劣」，又指粗笨。笨漢當然智力低下，可見民間俗語已經把「笨」的意思定型了，以致慢慢和「蛋」組合在一起，形成了今天的「笨蛋」一詞。

「袈裟」原來是指雜色

袈裟是和尚披在左肩的衣服，也是和尚的禮服，而且有等級之分。大紅袈裟只有一寺之主才能穿（也有的寺廟裡退休後的住持，也就是長老也可以穿著）；木棉袈裟則是少林達摩始祖所披，後來少林寺歷代住持都以此袈裟和一個缽為證。

袈裟的由來有幾種說法，一是源於跪拜達摩十天之久的慧可。達摩初來，許多人都想拜他為師，慧可也希望能跟隨達摩，但達摩一見之下認為他行為舉止有欠真誠，慧可乃於寒風大雪中跪拜十日，但達摩還是無意收其為徒弟，並說除非風停下來，天降紅雨。慧可一聽，就揮刀將自己的左臂砍了下來以示決心。被感動的達摩於是收他為徒，並縫製了一件衣物披在他身上，這就是後來的袈裟。

還有一種說法是，袈裟本是達摩帶到中土來的禪宗開山祖師傳下來的一件布衣服。考察起來，袈裟是梵文的音譯。原來的意思是不正色，也就是雜色。

佛門規矩，染衣和剃髮都是為了表示從此捨棄美好的裝飾，安於平淡的生活，所以，僧服就沒有了青、黃、藍、赤、白「五正色」，以及緋、紅、紫、綠、碧「五間色」，只剩下銅青、泥褐、木藍色的「袈裟色」，因為這三色才算「三如法色」。

僧人所著的袈裟原規定只有三衣，其一是五條布縫製而成的五衣（襯衣），其二是七條布縫製而成的七衣（上衣），其三是九條或更多的布縫製而成的祖衣（大衣）。但這些規定並沒有嚴格遵守，東南亞一帶的僧人都是深淺不同的黃色。袈裟之外，還有常服。

•「訛詐」的「訛」是一種神獸？——•

今天口語中的「訛詐」一詞仍然保存了本來的語義——藉故敲詐。既要「藉故」，當然就要用嘴說出來，用語言來敲詐對方。「訛」的本義即「偽言」，不真實的話。《詩經・沔水》中有這樣的詩句：「民之訛言，寧莫之懲。」詩人感嘆民間謠言亂飛，卻沒有人來制止。「訛」還有更嚴重的用法，即常常跟「妖」聯繫在一起：「世以妖言為訛。」「妖訛橫興。」在這樣的例子中，

「訑」的語感就更加重了。

有趣的是，「訑」還是一種神奇的野獸。在託名西漢著名博物學家東方朔所著《神異經》一書中，有這樣的記載：「西南荒中出訑獸，其狀若兔，人面能言。常欺人，言東而西，言惡而善。其肉美，食之言不真矣。」就像《山海經》中的許多神獸一樣，「訑」這種人面兔身的神獸也早已滅絕了。按照東方朔的說法，訑詐之徒大概都是吃了「訑」的肉才變得會藉故敲詐。看來人類非常聰明，把人性中種種惡的成分轉嫁到動物身上，如同伊甸園裡的亞當和夏娃被蛇引誘一樣。人藉此脫罪，種種神獸因此滅絕，嗚呼！

順便說一句，「訑」這種怪獸還有一個名字叫「誕」，因此「誕」的本義同樣是說大話，荒誕、怪誕、誕妄等用「誕」字組合而成的辭彙都是由「誕」的這個本義而來。

「連理」原來是兩棵樹

古詩詞裡常常出現「連理」這一意象，比如白居易「願作深山木，枝枝連理生」，孟郊「昔為連理枝，今為斷弦聲。連理時所重，斷弦今所輕」。人們都知道「連理」指婚姻，「喜結連理」即成婚的意思，但為什麼要把結婚稱作「連理」？

春秋時期，宋國的國君宋康王有個門客叫韓憑，韓憑的妻子何氏是個漂亮美眉，宋康王垂涎已久，終於把何氏搶到了自己身邊。韓憑當然很生氣，宋康王怕韓憑不利於自己，就把韓憑發配去修城牆。何氏偷偷給丈夫寫了一封信，只有十二個字：「其雨淫淫，河大水深，日出當心。」宋康王得到了這封信，但不懂是什麼意思，於是遍示左右，沒有人懂得其中的意思，只有大臣蘇賀解釋道：「其雨淫淫，是說她愁思很深；河大水深，是說夫妻倆不得往來；日出當心，是指心有死志。」果然不久韓憑就自殺了。

韓憑死後，宋康王以為去掉了心腹大患，就帶著何氏登上樓台遊玩。何氏暗中早已將自己的衣服埋在地裡令其腐爛，登台後一躍跳了下去，宋康王的左右趕緊去拉，卻因為何氏的衣服已經朽爛而沒有拉住。從何氏的遺體還找到一封遺書，上面寫道：「王利其生，妾利其死，願以屍骨賜憑合葬。」表達了夫妻兩人合葬的願望。漂亮美眉就這樣死了，美人既逝，宋康王沮喪之餘大怒，堅決不讓兩人合葬，還故意將韓憑和何氏的墓修在一起，近在咫尺，「塚相望也」。宋康王還在兩座墓前發狠道：「既然你倆相愛，你們就自己動手把墓合在一起吧！」

不料一夜之間，兩座墓就長出了兩棵巨大的梓樹，十天後長得連人都無法合抱，而且兩棵樹同往一處長，根交於下，枝錯於上，又有雌雄兩隻鴛鴦棲息在樹上，交頸悲鳴。這兩棵樹的狀態就被稱為「連理」，「理」是紋理的意思，指樹的紋理相連交錯在一起。宋國人同情韓憑夫妻，又把這兩棵樹叫做「相思樹」，這就是「相思」一詞的最早來源。南方人聽說了這件奇事，紛紛傳說這兩隻鴛鴦是韓憑夫妻的精魂所變。

從此之後，人們就把成婚稱作「連理」。

白居易「枝枝連理生」的詩句是更深一層的誓言，恨不得每一根樹枝都相連在一起。同樣著名的詩句也出自白居易手下，就是著名的〈長恨歌〉：「七月七日長生殿，夜半無人私語時。在天願作比翼鳥，在地願為連理枝。天長地久有時盡，此恨綿綿無絕期。」順便說一下，比翼鳥是中國古代傳說中的一種鳥，又叫鶼鶼（ㄐㄧㄢ）、蠻蠻，長得像野鴨，青赤色，只有一隻眼睛一隻翅膀，必須雌雄兩隻一起比翼而飛，因此人們用來形容夫妻恩愛。

●「野狐禪」原來是佛教用語●

「野狐禪」這個日常俗語今天的意思是指歪門邪道，邪魔外道，也指異端。既然帶了一個「禪」字，那就肯定跟佛教有關了。「野狐禪」最早出自禪林慣用語「野狐精」，原指野狐之精魅能變幻以欺誑他人，用以比喻自稱見性悟道而欺瞞他人者。

「野狐精」既為慣用語，當然很常見，比較有名的是唐肅宗時被稱作「國師」的慧忠禪師的故事。據《景德傳燈錄》載，當時從西天來了一位叫大耳三藏的高僧，自稱擅長「他心通」的神通，就是可以得知別人的心在何處。於是慧忠禪師問他：「此刻我心在何處？」大耳三藏回答：「和尚是一國之師，何得卻去西川看競渡？」看得很準。慧忠禪師再問：「這次呢？」大耳三藏回答：「和尚是一國之師，何得卻在天津橋上看弄猢猻？」又看得很準。慧忠禪師三問：「這次呢？」大耳三藏這次抓耳撓腮，回答不出來了。慧忠禪師大喝一聲：「這野狐精！他心通在什麼處！」原來第三次慧忠禪師把心藏在了大耳三藏的鼻孔裡，因為太近反而看不見了。

禪宗史書《五燈會元》中記載了一樁著名的公案，更明白地揭示了「野狐禪」這一俗語的含義，原文明白如話，照錄於下：

師每上堂，有一老人隨眾聽法。一日眾退，惟老人不去。師問：「汝是何人？」老人曰：「某非人也。於過去迦葉佛時，曾住此山，因學人問：『大修行人還落因果也無？』某對云：『不落因果。』遂五百生墮野狐身，今請和尚代一轉語，貴脫野狐身。」師曰：「汝問。」老人曰：「大修行人還落因果也無？」師曰：「不昧因果。」老人於言下大悟，作禮曰：「某已脫野狐身，住在山後，敢乞依亡僧津送。」師令維那白椎告眾，食後送亡僧。大眾聚議，一眾皆安，涅槃堂又無病人，何故如是？食後師領眾至山後岩下，以杖挑出一死野狐，乃依法火葬。

這是唐朝著名的百丈懷海禪師點化野狐身老人的故事。佛教主張「修因證果」，因果律乃佛家精髓，可是這位老人居然妄稱「不落因果」，完全違背了佛教教義，當然要受到野狐身的報應了。百丈懷海禪師以「不昧因果」代下轉語，老人幡然醒悟，這才得以脫卻野狐身，而以亡僧的身分下葬。

「不落因果」和「不昧因果」，「落」和「昧」僅只一字之差，後果卻迥異，此之謂「古人錯只對一轉語，墮五百生野狐身」。後來的禪林用語中，就作為對一些妄稱開悟實則流入邪僻者的譏刺語和警語，漸漸流入民間，成為使用率極高的日常用語了。

•「閉門羹」原來是出自妓女之手——•

「閉門羹」是指拒絕客人進門的意思。但是，拒絕客人進門還有一杯羹招待，這就有點匪夷所思了。

「羹」是一個會意字，從羔，從美。在古代，羊肉是古人的主要食物，因此用「羔」和「美」會意，表示羊肉的味道鮮美。《說文解字》解釋道：「五味和羹。」用羊肉調和五味做成的帶汁的羊肉叫作「羹」，後來煮熟帶汁的蔬菜也叫「羹」。請注意：這裡的「羹」跟湯沒有任何關係，是帶汁的羊肉或蔬菜。後來才把肉或菜調和五味做成的湯叫「羹」。

現在把所有拒絕客人上門的行為叫作吃「閉門羹」，但是古代卻專指妓女拒絕接客。

「閉門羹」一詞出自唐朝馮贄的《雲仙雜記》一書。馮贄這個人很有意思，誰都不知道他的身世，他輯錄的《雲仙雜記》，自稱家裡藏了很多異書，於是把這些異書裡的異說取其精華攢成了這本書，但是書裡引用的大部分異書的書名卻是任何有學問的人都沒聽說過，任何書上也都沒有提到過。而且記事造詞，全都像出自一人之手，根本不像他所宣稱的出自很多異書。因此學者考證說馮贄這個人根本不存在，是別人託名馮贄偽造的這本書。

《雲仙雜記》載，宣城名妓史鳳是個勢利眼，接客的時候是根據客人的地位和財力而分為三六九等，接待的規格也不一樣，最高等的有迷香洞、神雞枕、鎖蓮燈，次等的有鮫紅被、傳香枕、八分羊，諸如此類不同的名目。這些都是色情行業的專用術語。史鳳還把這些服務項目全都寫成了詩，而且全都流傳了下來，引用於下，其中的色情意味就請讀者自行揣摩了。

〈迷香洞〉云：「洞口飛瓊佩羽霓，香風飄拂使人迷。自從邂逅芙蓉帳，不數桃花流水溪。」
〈神雞枕〉云：「枕繪鴛鴦久與棲，新裁霧轂鬥神雞。與郎酣夢渾忘曉，雞亦留連不肯啼。」
〈鎖蓮燈〉云：「燈鎖蓮花花照罍，翠鈿同醉楚臺巍。殘灰剔罷攜纖手，也勝金蓮送轍回。」
〈鮫紅被〉云：「紅被當年僅禦寒，青樓慣染血猩紈。牙床舒卷鵷鸞共，正值窗櫺月一團。」
〈傳香枕〉云：「韓壽香從何處傳，枕邊芳馥戀嬋娟。休疑粉黛加鋌刃，玉女旃檀侍佛前。」
〈八分羊〉云：「黨家風味足肥羊，綺閣留人漫較量。萬羊亦是男兒事，莫學狂夫取次嘗。」

這六等色情服務項目之外就屬於最低等了。史鳳對待最低等的客人也很客氣，不是直接驅逐出門，而是不見面，派妓院人員在外廳裡給每個客人端上一杯「閉門羹」，說：「請公夢中來。」給客人吃上一杯「閉門羹」是撫慰，但是「請公夢中來」的囑咐就有些刻薄了。估計史鳳是想耍耍小幽默。史鳳還把對待最低等客人的行徑也寫成了一首詩，詩名就叫〈閉門羹〉：「一豆聊供游冶郎，去時忙喚鎖倉琅。入門獨慕相如侶，欲撥瑤琴彈鳳凰。」最幽默的是史鳳居然吟詠道：想來嫖我的客人啊，我給您提供一碗羹，您喝了之後就離開吧，離開後我會趕緊吩咐工作人員鎖上妓院大門，您就別回頭了。哈哈哈！

有一個叫馮垂的客人，帶了三十萬銅錢，全部給了史鳳，這才得以進入迷香洞中，後來在屏風上題了「九迷詩」。

古人真是風雅，連妓女接客都本著「來的都是客」的原則，不會冷落了客人，即使不能接待你，最低程度也會給你一杯羹吃。可是今天給客人吃「閉門羹」的主人，大門一關了事，或者根本就不開門，或者電話裡直接就拒絕了，多麼缺乏風度啊！

「魚水」原來不是形容男女歡愛

「魚水之歡」，今人多用作男女歡愛之詞，殊不知「魚水」一詞古時並沒有這個義項，甚至還可用於男人與男人之間！

《管子．小問》中記載了一個有趣的故事。齊桓公派管仲前去請求賢士寧戚輔佐自己，寧戚對著管仲來了一句「浩浩乎」，管仲回家後百思不得其解，婢女問他因何事為難，管仲輕蔑地說：「非婢子之所知也。」這位婢女不服氣了，一口氣講了兩個少者和賤者成大事的故事，得出結論說：「由是觀之，賤豈可賤，少豈可少哉？」管仲一聽，不由得刮目相看，於是向婢女請教寧戚為何嘆息「浩浩乎」，婢女說：「《詩》有之：『浩浩者水，育育者魚，未有室家，而安召我居？』寧子其欲室乎？」

這位婢女可真厲害，隨口引用的都是《詩經》中的句子，不過這幾句詩是《詩經》的逸詩，今本已不存。尹知章解釋說：「水浩浩然盛大，魚育育然相與而游其中，喻時人皆得配偶，以居其室中。寧子有伉儷之思，故陳此詩以見意。」可見寧戚口中的「魚水」乃是求偶之意。

從三國時期開始，「魚水」一詞也開始用於君臣之間，比喻君臣之間親密和諧的關係。這種用法最早出自《三國志》，劉備和諸葛亮的關係越來越親密，關羽和張飛不高興了，劉備勸解說：「孤之有孔明，猶魚之有水也，願諸君勿復言。」

「魚水」本是極其古雅的比喻，但是在市民社會和通俗文學興起之後，這個詞開始變得粗俗化，與男女之間的性愛連在了一起。比如《西廂記》描寫張生和崔鶯鶯的段落：「小生到得臥房內，和姐姐解帶脫衣，顛鸞倒鳳，同諧魚水之歡，共效于飛之願。」同「魚水」一樣，「于飛」也是出自《詩經》的典故，用「黃鳥于飛，集于灌木，其鳴喈喈」來比喻夫妻恩愛，但是同樣也被粗俗化為男女性愛的隱語，一直使用到今天。今人但知男歡女愛的「魚水之歡」，而不知「魚水」的古意了。

「博弈」原來是兩種不同的遊戲

今天人們常常說的「博弈」，是指為了獲取各自的利益而爭鬥。現代應用數學中的「博弈論」，同樣是指各主體根據所掌握的資訊和對自身能力的認知，從而做出有利於自己的決策的一種理論。

《論語．陽貨》中記錄了孔子的一段話：「子曰：『飽食終日，無所用心，難矣哉！不有博弈者乎？為之，猶賢乎已。』」孔子說：「飽食終日，無所用心，太難了！不是有博戲和圍棋嗎？幹這個也要好一點啊！」這就是「博弈」一詞的出處。邢昺解釋「博」指局戲，「弈」指圍棋。據此則「博弈」是兩種不同的遊戲。但是「博」的範圍要遠遠大於圍棋的「弈」，所謂「局戲」，包括圍棋在內的所有弈棋類的遊戲。

《漢書．游俠傳》描述陳遵的父親與漢宣帝君臣相得，「相隨博弈」。顏師古解釋說：「博，六博；弈，圍棋也。」因為「博」也是弈棋的遊戲，後人往往以「博」為「弈」，這是錯誤的。漢代以前，博戲稱作「六博」，即邢昺所說「六箸十二棋也」，「箸」是竹製的籌碼，今天使用的筷子即其遺制。「六博」這種遊戲用六根箸和十二枚棋子，「箸」用來投擲，棋子六黑六白，兩人各自行棋。不過這種遊戲至宋時已經失傳。

漢代以後，「六博」多稱「樗蒲」，用「樗（ㄕㄨ）」這種樹的木材製成籌碼，投擲以決勝負，今天的骰子即其遺制。因為一具五枚，故又稱「五木」。

還有一種博戲叫「彈棋」，據《西京雜記》載：「成帝好蹴踘，群臣以蹴踘為勞體，非至尊所宜，帝曰：『朕好之，可擇似而不勞者奏之。』家君作彈棋以獻，帝大悅。」《西京雜記》一書，新、舊唐書著錄為東晉葛洪所著，但葛洪卻聲稱作者是西漢的劉歆，劉歆的父親即是著名學者劉向，因此劉歆稱「家君作彈棋以獻」。這種遊戲出自劉向的發明，原本是為了防止漢成帝踢足球過於勞累，那麼「彈棋」之戲一定是仿照蹴踘之戲，這種棋局中間高兩邊低，棋子六黑六白，輪流向中間彈出棋子，正如同踢球。不過這種遊戲也早已失傳。

此外，博戲還有雙陸、格五、意錢、象棋等等。「博弈」包括的各種遊戲，除了圍棋和象棋保留下來以外，其餘盡數失傳，不過「博弈」這個詞卻流傳了下來，直到今天還活躍在人們的日常用語之中，但它的內涵卻已不為人所知了。

●「喬裝」原來是踩高蹺的表演——●

在漢語詞庫中，「喬裝」或「喬裝打扮」是一個非常令人費解的詞彙。「裝」本來寫作「妝」，這很容易理解，化妝，妝扮，引申為假裝，那麼「喬」指什麼？為什麼可以和「妝（裝）」組合在一起，從而形容假裝、改扮（喬裝），或者形容改變服飾、面貌，進行偽裝，隱藏真實身分（喬裝打扮）？

「喬」這個字很有意思，《說文解字》的釋義為：「喬，高而曲也。」並舉《詩經．國風．漢廣》中「南有喬木」的詩句為例；但喬木乃是高大挺直的樹種，主幹尤其筆直，為什麼說喬木的上部彎曲呢？因此，這個解釋不通。

「喬」的金文字形是認清其本義的一把鑰匙：從止從高，「止」是腳，「高」是城樓，因此「喬」會意為人登上高樓。谷衍奎所編《漢字源流字典》則釋義為：「金文從止（腳），從高，會踩高蹺之意。篆文改為從夭（低昂起舞之人），從高省，也是表示高高地踩高蹺舞蹈的意思。」這個解釋也不正確，踩高蹺的人踩的明明是兩根帶有木托的長木，可不是一座高高的城樓！

「喬」的本義是人登上高樓，順理成章地引申為高的意思。由於人登高的舉動跟踩高蹺的動作極為相似，因此又順理成章地把踩高蹺的人稱作「喬人」。《山海經．海外西經》載：「長股之國在雄常北，被（披）髮，一曰長腳。」晉代學者郭璞注解說：「或曰有喬國，今伎家喬人，蓋象此身。」也就是說，最晚到了晉代，已經把民俗活動中踩高蹺的人稱為「喬人」。清代學者吳任臣進一步解釋說：「喬人，雙木續足之戲，今曰躧蹻。」清代時稱作「躧蹻（ㄒㄧˇ ㄑㄧㄠ）」，「躧」

是踩、踏之意，「蹻」通「蹺」，正是高蹺的古稱。

郭璞又寫道：「或曰長腳人常負長臂人入海中捕魚也。」這句話牽涉到踩高蹺這一技藝的由來，很有可能是生活在海邊的漁民在淺海處捕魚時，綁紮著長木蹺，手持長木杆捕魚的生動寫照。

踩高蹺的技藝早在春秋時期就已經出現，不過那時的表演者還不叫「喬人」。據《列子．說符》篇記載：「宋有蘭子者，以技干宋元。宋元召而使見。其技以雙枝，長倍其身，屬其脛，並趨並馳，弄七劍迭而躍之，五劍常在空中。元君大驚，立賜金帛。」宋元君看到的高蹺之戲，非但能夠踩著雙木趨馳自如，竟然還可以雙手拋接七把劍，真是炫人眼目！

南宋時期的《西湖老人繁勝錄》一書，記錄了都城臨安（今杭州）市民的遊藝活動以及各類藝人的姓名和事蹟，其中著錄的雜戲有「喬謝神、喬做親、喬迎酒、喬教學、喬捉蛇、喬焦錘、喬賣藥、喬像生、喬教象」等等名目，顯然，這些雜戲都是踩著高蹺進行的表演，南宋末人吳自牧所著《夢粱錄》中稱之為「踏蹺」。

眾所周知，表演踩高蹺時，踩高蹺的人還要裝扮成各種角色，而且多以漁翁、媒婆、傻公子、小二哥、道姑、和尚等下九流人物為主，這是為了扮相滑稽，逗笑取樂，博觀眾歡心，正如吳自牧的描述：「村落野夫，罕得入城，遂撰此端，多是借裝為山東、河北村叟，以資笑端。」

正是因為喬人表演的踩高蹺之戲，「喬」才由此引申出假裝、改扮的意思，吳自牧描述說雜劇中有專門的角色「發喬」，即假裝憨愚之態。這就是所謂「喬妝」或「喬裝」。

「喬裝」的角色既然都是下九流，可想而知不僅扮相滑稽，而且表演的還都是這些人物日常生活中令人憎惡的品行，才能夠引人發笑，因此「喬」在宋、元時期就變成了一個詈詞，凡罵人壞者皆稱為「喬」。劉福根先生在《漢語詈詞研究》一書中總結道：「『喬』是一個含義寬泛的詈詞，隨文有壞、古怪、虛假、惡劣、刁滑等。《夷堅丙志》卷十四『黃烏喬』：『邑人以其色黑而狡譎，目之曰烏喬。』《合汗衫》四折：『母親，你好喬也，丟了一個賊漢，又認了一個禿廝那。』」此外還有「喬才」、「喬男女」等詈詞。

綜上所述，「喬妝」、「喬裝」或「喬裝打扮」都是由踩高蹺的表演而來，因此即使在今天，這些詞仍然含有輕微的貶義成分在內，與「喬」用於罵人一脈相承。

•「喬遷」不能用在自己身上——•

一家商店開業，門前海報赫然寫著：「慶賀本店喬遷新址，特舉辦買一送一活動。」這個「喬遷」用得可真是錯到家門口了。

「喬遷」一詞，源自《詩經．小雅．伐木》：「伐木丁丁，鳥鳴嚶嚶，出自幽谷，遷於喬木。」詩的意思是：鳥兒飛離深谷，遷到高大的樹木上去，也就是說從陰暗狹窄的山谷之底，忽然躍升到大樹之頂。由該詩可知，「喬遷」之「喬」，即高大的樹木，屬名詞。因此，古人又將「喬遷」寫作「遷喬」，如劉孝綽〈百舌詠〉：「遷喬聲迴出，赴谷響幽深。」李嶠〈詠鶯〉：「寫轉清弦裡，遷喬暗木中。」鄭燮〈詠鶯〉：「高風不借便，何處得遷喬。」從這些詩句，我們就可以比較準確地理解「喬遷」的意思。

現在人們用「喬遷」一詞，比喻人搬到好的地方去住，常常用於祝賀別人，比如「喬遷之喜」。但這個詞用在自己身上不很妥當，就像「令尊」一詞，只能用於對方的父親，用來稱呼自己的父親就貽笑大方了。

另外，「喬遷」一詞還可以表達「官職升遷」之意。比如，唐代張籍就曾經有詩寫道：「滿堂虛左待，眾日望喬遷。」要注意的是，無論是「遷喬」還是「喬遷」，都是不及物動詞。正確的用法是只說喬遷，如「喬遷之喜」，「祝賀喬遷」，而不能說「喬遷新居」，「喬遷新址」，「喬遷新店」。若一定要跟新居連用，可說「喜遷新居」。

●「報復」原來也可以指報恩●

「報復」一詞，今天只用於報仇，所謂「冤冤相報」是也。但是在古代，這個詞卻既可指報恩，又可指報仇。這就是漢語中一個有趣的語言現象——反義同詞，一個詞兼有正反兩個義項。

據《漢書．朱買臣傳》載，朱買臣五十歲之前極其貧困，妻子也棄他而去。被漢武帝拜為會稽太守後，朱買臣穿上過去穿的衣服，懷裡揣上太守的印綬，來到以前常常寄食的會稽守邸者的府中。眾人對他視如不見，照舊痛飲喧嘩。不料守邸偶然瞥見他的印綬，大驚，趕緊告知輔助太守的守丞，「相推排陳列中庭拜謁」。朱買臣衣錦還鄉，到了會稽之後，看到前妻和她丈夫在清道迎接的人群之中，遂令後車載其夫妻，到太守府養了起來。一個月之後，前妻羞愧得上吊自殺。朱買臣「悉召見故人與飲食諸嘗有恩者，皆報復焉」。這裡的「報復」即指報恩。

據《三國志．蜀志．法正傳》載，劉備拜「善奇謀」的法正「為蜀郡太守、揚武將軍，外統都畿，內為謀主。一餐之德，睚眥之怨，無不報復」。法正發跡之後的行為跟朱買臣一樣，「一餐之德」為報恩；「睚眥之怨」為報仇。「報復」兼具報恩和報仇兩義。

隨著時間的流逝，「報復」漸漸失去了報恩這一層含義，而專指報仇了。古人在「報復」一詞中同時蘊含的善意和惡意，前者被刻意忽略，後者被刻意凸顯，人心之不古，一嘆！

•「媒妁之言」的「媒」和「妁」原來是不同的人——•

《孟子．滕文公下》：「丈夫生而願為之有室，女子生而願為之有家。父母之心，人皆有之。不待父母之命，媒妁之言，鑽穴隙相窺，逾牆相從，則父母國人皆賤之。」不等父母的意見和媒人的說合，就鑽洞互相偷看，翻牆私會，那麼父母、國人都會看不起。

人人都知道「媒妁之言」是指媒人來撮合，但到底什麼是「媒」，什麼是「妁（ㄕㄨㄛ）」？相信很多人都不清楚。

《說文解字》：「媒，謀也，謀合二姓。」「媒」的職責是謀合二姓以成婚姻，由此可見，先秦時期就已經「同姓不婚」了。《說文解字》：「妁，酌也，斟酌二姓也。」所謂「斟酌二姓」，就是說要理清二姓男女的姓名、年齡等事項，後來又加上了生辰八字，以驗證是否相合。由此可見，「媒」和「妁」最初乃是兩人，「媒」負責謀合，「妁」負責驗證，職分判然有別，後來合二為一，不再細分，而統稱為「媒妁」了。還有一說認為男家的媒人叫「媒」，女家的媒人叫「妁」。

今天的媒人角色，都是出於熱心自願撮合的，但是在古代，媒人都是官媒，也稱作「官媒婆」，也就是經過官府批准從事做媒這一行業的婦女。周代還設立了「媒氏」這一官職，職責是「掌萬民之判」，判者，半也，主合其半為夫婦。「媒氏」的職責分得很細，比如「凡男女，自成名以上，皆書年月日名焉」，子女生下三個月要取名，從這個時候起，「媒氏」就要負責記錄男女的出生年月日和姓名。比如「男三十而娶，女二十而嫁」，可見古人並不提倡早婚，「媒氏」要負責年齡的鑒別。比如「中春之月，令會男女，於是時也，奔者不禁」，春天要命男女相會，「奔者不禁」的意思是嫁娶而六禮不備，這是為了增加人口而採取的一項特殊措施，屬於權變之策。比如「司男女之無夫家者而會之」，撮合鰥夫或寡婦成家。

男女成婚，為什麼不能自由戀愛，非得要經由「媒妁之言」呢？《白虎通義》的解釋是：「男不自專娶，女不自專嫁，必由父母，須媒妁何？遠恥防淫佚也。」古人認為青年男女自由戀愛容易導致「淫佚」，從而敗壞民風。《詩經．南山》中有這樣兩句詩：「娶妻如之何？必告父母。」「娶妻如之何？匪媒不得。」可見這是當時的一般社會現象，此之謂「明媒正娶」。今天看來誠不可思議也，但在重視「禮」的古代，卻是人人必須遵守的行為規則，甚至如《禮記．曲禮上》所言：「男女非有行媒，不相知名。」沒有往來的媒人傳達婚姻之意，青年男女甚至連互相知道對方名字的機會都沒有！

「尋常」原來是度量單位

很多人都不知道，「尋」和「常」都是古代的度量單位。古人最早的度量方法是伸開雙臂，雙臂之間的距離稱作一尋，一尋乃八尺。同樣的度量單位還有「仞」，一仞也是八尺。古書中常常形容高山為「萬仞」，讀者們可以自行換算一下高度。「倍尋謂之常。」也就是說，「常」是「尋」的一倍，即一丈六尺。

中文裡有個反義同詞現象，即一個詞既可以指正面，又可以指它的反面。「尋常」連用就是這樣，既可以比喻短或小，又可以比喻長或多。《左傳．成公十二年》載：「諸侯貪冒，侵欲不忌，爭尋常以盡其民。」杜預注：「言爭尺丈之地，以相攻伐。」楊伯峻注：「尋常意謂尺寸之地。」《國語．周語下》載：「其察色也，不過墨丈尋常之間。」韋昭注：「五尺為墨，倍墨為丈，八尺為尋，倍尋為常。」這裡的「尋常」是比喻短或小。《淮南子．主術訓》：「於此毫末，於彼尋常矣。」這裡的「尋常」又用來比喻長或多了。

因為「尋」和「常」是最普遍使用的度量單位，因此「尋常」一詞引申為平常、普通的意思，比如劉禹錫「舊時王謝堂前燕，飛入尋常百姓家」的名句。同時「尋」和「常」又是經常使用的度量單位，因此又引申出經常、平時的意思，比如杜甫「岐王宅裡尋常見，崔九堂前幾度聞」的名句也是。

●「尋短見」為什麼用來比喻自殺？——●

自殺俗稱「尋短見」或「自尋短見」。這是一個非常奇特的說法，自殺就是自殺，為什麼稱作「尋短見」？「見」是看見，自殺又為什麼跟「見」扯上了關係呢？迄今為止，所有的辭典都沒有具說服力的解釋。

其實，這個日常俗語跟古代的葬禮制度有關。上古時期實行的是簡葬，用木柴把屍體厚厚地包起來，埋到野外，既不封土為墳，也不植樹立碑。後來慢慢開始厚葬，人死後，棺材外面還要再套上一層大棺，這叫「槨（ㄍㄨㄛˇ）」。停殯尚未下葬的時候，「槨」上要用帷幕覆蓋起來；棺木將要葬入墓穴的時候，還要用帷幕將「棺」覆蓋起來，這個覆蓋「棺」的帷幕就叫做「見」，是用死者生前所使用的帷幕製成的，亦稱「棺飾」，顧名思義，是棺木的裝飾品。

為什麼稱作「見」呢？在為《周禮》所作的注疏中，賈公彥解釋說：「見，謂道上帳帷荒，將入藏以覆棺。言見者，以其棺不復見，唯見帷荒，故謂之『見』也。」「帷荒」也是棺飾之一，是用布帛製成的棺罩。參加葬禮的人看不見棺木，只能看見覆蓋的棺飾，因此這種棺飾就叫做「見」。

在「尋短見」這個日常俗語中，「短」指壽命短，鄭玄說：「未冠曰短。」男子二十歲舉行冠禮，表示成年，未滿二十歲死亡，就稱作「短」。既未成年，則身量矮小，使用「見」這種棺飾自然就比成年人的要短小，故稱「短見」。「尋」是極其生動又刻薄的點睛之筆，自己去尋找「短見」的棺飾，不正是壽命短、自尋死路的典型象徵嗎？因此「尋短見」或「自尋短見」就用來比喻自殺尋死。

•「惡客」原來專指不飲酒的客人——•

「惡客」現在常用來形容那些庸俗不堪或者不受歡迎的客人，但是鮮為人知的是，「惡客」最早是專指受邀而來卻不飲酒的客人。

唐代詩人元結有〈將船何處去〉一詩：「將船何處去，送客小回南。有時逢惡客，還家亦少酣。」元結嗜酒如命，生怕讀者不懂何為「惡客」，於是非常可愛地自己注解：「非酒徒，即為惡客。」不飲酒的客人為什麼被元結稱作「惡客」呢？明人周夢暘在《常談考誤》一書中解釋道：

「古人飲必盡歡，故以不飲為惡客耳。」「惡」的本義是過錯，段玉裁說：「有過而人憎之亦曰惡。」受邀而來的客人不飲酒，因掃人酒興而使人厭憎，因此而被稱作「惡客」。

宋代著名詩人黃庭堅繼承了元結對「惡客」的定義，他寫有〈戲招飲客解酲〉一詩：「破卯扶頭把一杯，燈前風味喚仍回。高陽社里如相訪，不用閒攜惡客來。」對受邀而來卻不飲酒的「惡客」的厭惡可見一斑。

但是「惡客」專指不飲酒的客人這個本義，後來卻奇妙地演變成了酗酒的客人的反義！明代著名文學家陳繼儒在《群碎錄》一書中說：「元結以不飲者為惡客，後人以痛飲者為惡客。」「古人飲必盡歡」的古意不存，古風不再，以至於「惡客」的定義發生了天翻地覆的變化，因此周夢暘萬般感慨地評價道：「古今人不相及，觀此可知。」「惡客」也就順理成章地引申為庸俗不堪或者不受歡迎的客人了。

•「掌上明珠」原來是形容情人——•

「掌上明珠」這個成語很有意思，今天特指愛女，絕不能用來稱呼兒子。但這個稱謂的演變軌跡卻是：最早用來形容情人，然後用來稱呼兒子，最後才特指愛女。

西晉文學家傅玄作有〈短歌行〉一詩，模擬一位女子的口吻，懷念棄她而去的情人。在詩的結尾，這位女子哀嘆道：「昔君視我，如掌中珠，何意一朝，棄我溝渠。昔君與我，如影如形，何意一去，心如流星。昔君與我，兩心相結，何意今日，忽然兩絕。」「昔君視我，如掌中珠」，這就是「掌上明珠」的最早出處，男子把自己心愛的女人稱作「掌中珠」。

到了南北朝時期，南朝梁文學家任昉在《述異記》中記載：「凡珠有龍珠，龍所吐者；蛇珠，蛇所吐者。南海俗諺云：『蛇珠千枚，不及玫瑰。』亦蛇珠賤也。越人諺云：『種千畝木奴，不如一龍珠。』」晉人稱柑橘樹為「木奴」。

東晉學者習鑿齒所著《襄陽記》載，三國時期吳國文官李衡在治家的問題上和妻子有矛盾，於是祕密派人種了千株柑橘，臨死前對兒子說：「汝母每惡我治家，故窮如是。然吾州裡有千頭木奴，不責汝衣食，歲上一匹絹，亦可足用耳。」原來，李衡遵從的是司馬遷在《史記‧貨殖列傳》中「蜀、漢、江陵千樹橘……此其人皆與千戶侯等」的教導。後來李家果然大富，「木奴」的稱謂就此流傳了下來。「種千畝木奴，不如一龍珠」，可見龍珠之珍貴。

任昉接著寫道：「越俗以珠為上寶，生女謂之『珠娘』，生男謂之『珠兒』。吳越間俗說『明珠一斛貴如玉』者。」不過，簡稱「珠」的時候，無一例外都是指男孩兒。南朝梁文學家江淹的第二個兒子不幸去世，江淹作〈傷愛子賦〉，其中吟詠道：「曾憫憐之慘淒，痛掌珠之愛子。」唐人亦如此使用。白居易在〈哭崔兒〉一詩中寫道：「掌珠一顆兒三歲，鬢雪千莖父六旬。」王宏〈從軍行〉：「兒生三日掌上珠，燕頷猿肱穠李膚。」「掌珠」、「掌上珠」都是形容男孩兒。

明人也不例外，《明成化說唱詞話叢刊》中形容包拯「他嫂嫂惜似掌中珠」。直到清代，「掌上明珠」才開始特指愛女，比如查慎行有〈中山尼〉一詩，其中寫道：「自言生長本名家，阿父才名宋玉誇。千里飄飄隨遠宦，一家迢遞入三巴。養成嬌女嬌無偶，掌上明珠唾隨口。」從此之後，「掌上明珠」就成為愛女的特定稱謂，再也不能用來稱呼情人和兒子了。

●「揮霍」原來是形容雜技表演——●

「揮霍」一詞，今天是形容生活豪奢，以至於任意浪費財物。但有趣的是，這個詞最早卻是用來形容雜技表演。

《後漢書．張衡列傳》載：「時天下承平日久，自王侯以下，莫不逾侈。衡乃擬班固《兩都賦》，作《二京賦》，因以諷諫。精思傅會，十年乃成。」〈西京賦〉中描寫了許多長安城裡的雜技表演，其中有「跳丸劍之揮霍，走索上而相逢」的吟詠，薛綜注解道：「揮霍，謂丸劍之形也。索上長繩繫兩頭於梁，舉其中央，兩人各從一頭上，交相度，所謂舞組者也。」

「丸劍」指表演時使用的鈴和劍。薛綜說「揮霍，謂丸劍之形也」，張銑說「揮霍，鈴劍上下貌」，李善說「揮霍，疾貌」，可見「揮霍」乃是形容鈴和劍迅疾舞動的動作。「索」是扯起的繩索，兩人分別從兩頭走上繩索，在繩索中間碰面，同時迅疾舞動鈴和劍。這種雜技又稱為「舞絚」，「絚」是大繩索，在繩索上「跳丸劍」，故稱「舞絚」。

「揮霍」由迅疾舞動鈴和劍的雜技動作，引申為浪費財物之迅速，從此就由美妙的雜技動作變成了一個貶義詞。

更為有趣的是，「霍亂」這個病名也跟「揮霍」一詞有關。「霍亂」其名早在《黃帝內經》的〈靈樞〉篇中就已出現，岐伯告訴黃帝人體有五亂：亂於胸中，亂於心，亂於肺，亂於腸胃，亂於臂脛，亂於頭。其中亂於腸胃就叫「霍亂」。

隋代醫學家巢元方在《諸病源候論》一書中解釋為何稱作「霍亂」：「言其病揮霍之間，便致撩亂也。」此處「揮霍」一詞仍然是形容迅疾之貌，「其亂在於腸胃之間者，因遇飲食而變發，則心腹絞痛」，飲食不潔，「揮霍之間便致撩亂」，發病極為迅速、突然，故稱「霍亂」。

●「湯餅會」原來吃的是湯麵 ——●

我以前住在雲南大理洱海邊的白族農村，這些村落完整地保存了從古代中國傳承而來的各種節慶及其書寫形式。比如「湯餅之慶」，同行的朋友詫異不解，不知道慶的是什麼，原因就在於不瞭解什麼叫「湯餅」。

古代關於麵食的稱謂和今天截然不同，今天一概稱作「麵」，而古代卻一概稱作「餅」。當作麵食之「麵」，僅僅指「麥末」，麥子磨成的粉末；而「餅」呢，《說文解字》：「餅，麵餈也。」「餈（ㄘˊ）」指稻餅，即用稻粉製成的餅。張舜徽先生在《說文解字約注》一書中描述得非常清楚：「湖湘間以軟米蒸熟，搗之成餅，名曰糍粑。音讀如慈，即餈也。俗以中秋節為之。又或粉軟米為小餅，復蒸之使熟，名曰年粑。俗以改歲時為之。二者皆易黏箸，以生米粉傅之。」

那麼，所謂「麵餈」，就是用麵粉製成的餅。東漢學者劉熙所著《釋名・釋飲食》中解釋說：「餈，漬也，烝燥屑使相潤漬餅之也。」這同我們今天所說的餅是一樣的。劉熙接著又解釋說：「餅，並也，溲（ㄙㄡ，用水調和）麵使合併也。胡餅，作之大漫沍也，亦言以胡麻著上也。蒸餅、湯餅、蠍餅、髓餅、金餅、索餅之屬，皆隨形而名之也。」

「沍（ㄏㄨˋ）」是凝固之意，「胡餅」就是今天所說的燒餅，有時上面也撒上芝麻。

「蒸餅」就是今天所說的饅頭，或者上面劃出十字，即開花饅頭。

「蠍餅」又稱「截餅」、「蠍子」，南北朝時期著名農學家賈思勰所著《齊民要術・餅法》中記載了「蠍餅」的做法：「截餅一名『蠍子』。皆須以蜜調水溲麵，若無蜜，煮棗取汁。牛羊脂膏亦得，用牛羊乳亦好，令餅美脆。截餅純用乳溲者，入口即碎，脆如凌雪。」這種餅聽起來就覺得美味！之所以稱為「蠍餅」，是指截成頭大尾尖的蠍子形狀。

所謂「髓餅」，賈思勰寫道：「以髓脂、蜜合和麵，厚四五分，廣六七寸，便著胡餅爐中令熟。勿令反覆。餅肥美，可經久。」

所謂「金餅」，唐代詩人李郢有詩〈酬友人春暮寄枳花茶〉：「金餅拍成和雨露，玉塵煎出照煙霞。」據此則「金餅」為茶葉餅。

所謂「索餅」，又稱「水引」，賈思勰寫道：「挼（ㄋㄨㄛˊ，搓揉）如箸大，一尺一斷，盤中盛水浸，宜以手臨鐺上，挼令薄如韭葉，逐沸煮。」其實就是像筷子一樣粗細的麵條。

現在來說「湯餅」。《世說新語．容止》篇記載了三國時期魏國著名玄學家何晏的一則趣事：「何平叔美姿儀，面至白。魏明帝疑其傅粉，正夏月，與熱湯餅。既啖，大汗出，以朱衣自拭，色轉皎然。」

何晏字平叔，是著名的美男子，史書形容他「性自喜，動靜粉白不去手，行步顧影」。魏明帝曹睿懷疑他往臉上搽粉，特意在酷暑盛夏突然宣召何晏進宮，賜給他一碗熱湯餅。何晏吃得大汗淋漓，撩起大紅色的官服擦汗，只見「色轉皎然」，臉龐更加潔白明亮。

顯然，這碗「熱湯餅」就是熱湯麵。宋人黃朝英所著《緗素雜記》中有「湯餅」一條，其中寫道：「凡以麵為食具者，皆謂之餅，故火燒而食者，呼為燒餅；水瀹而食者，呼為湯餅；籠蒸而食者，呼為蒸餅；而饅頭謂之籠餅，宜矣。」水煮為「瀹（ㄩㄝˋ）」，可見「湯餅」確為麵條之稱。

清代文學家文康所著《兒女英雄傳》第二十八回〈畫堂花燭頃刻生春寶硯雕弓完成大禮〉中描述得更為清楚：「那兩碗熱湯兒麵，便是玉鳳姑娘方才添的那一爐子火那一鍋水煮的。但是熱湯兒麵又怎麼算得羹湯呢？要作碗三鮮湯、十錦羹吃著，豈不比麵爽口入臟些？他講的是：羹湯者，有湯餅之遺意存焉。古無『麵』字，凡是麵食一概都叫作『餅』。今之熱湯麵，即古之湯餅也。所以如今小兒洗三下麵，古為之『湯餅會』。」

這就是「湯餅會」或「湯餅之慶」的來歷。所謂「小兒洗三」，是指嬰兒出生三天後給他洗澡，同時還要為賀客下麵條，此之謂「湯餅會」，最晚到宋代就已經有了這個習俗，後來發展到嬰兒滿月也要舉行「湯餅會」。今天雖然已經不叫這個稱謂，但過生日時都要下長壽麵的習俗即由此傳承而來。

•「無賴」原來不是浪蕩子

「無賴」在今天的語義中，當形容詞用時是指放刁、撒潑、蠻不講理，比如「耍無賴」；當名詞則是指遊手好閒、刁滑強橫的浪蕩子，比如「地痞無賴」。但是在古代，這個詞有非常豐富的含義。

《史記》中一共出現了兩處「無賴」一詞。第一處是〈高祖本紀〉，漢九年（西元前一九八年），漢高祖劉邦在未央宮大宴群臣，劉邦舉著一杯酒為父親祝壽，說：「始大人常以臣無賴，不能治產業，不如仲力。今某之業所就孰與仲多？」劉邦的意思是說，父親您以前常常說我是「無賴」，認為我不能置辦產業，比不上老二，那麼現在請問：我置辦的產業和老二相比，誰的更多些？「賴」的本義是得益、贏利，《說文解字》注解道：「賴，贏也。」因此劉太公認為劉邦「無賴」，是指劉邦沒有正當的產業可從事，因而無法置辦家業的意思，並非今天語義中遊手好閒的浪蕩子，更不是指劉邦是一個地痞流氓。「賴」由此引申出「依靠」之意，也就是《史記》中第二處〈張釋之馮唐列傳〉中的用法：漢文帝有一次去參觀皇家動物園，向上林尉（官名，動物園園長）詢問登記在冊的禽獸的情況，上林尉嘴笨，一問三不知。旁邊負責掌管虎圈的嗇夫（官名）代上林尉回答了這些問題。漢文帝很欣賞嗇夫的口才，說：「吏不當若是邪？尉無賴！」意思是當官就應該像嗇夫這樣，上林尉不可依靠！

在《史記》的這兩處用法中，「無賴」都沒有浪蕩子的語義。後來古詩文中開始大量使用「無賴」一詞的引申義，比如無聊、沒有道理：「唯憎無賴汝南雞，天河未落猶爭啼」（徐陵〈烏棲曲〉）；比如無心、無意：「花鬚柳眼各無賴，紫蝶黃蜂俱有情」（李商隱〈二月二日〉）。

古文中有一個常見的現象──「反義同詞」，即同一字詞在不同的語境裡，表達兩個截然對立的意義，比如「受」同時有接受和授予兩個對立的意義。在「無賴」一詞的演變中，也慢慢開始表達對立的意義了。杜甫〈絕句漫興九首〉：「眼見客愁愁不醒，無賴春色到江亭。」〈送路六侍御入朝〉：「劍南春色還無賴，觸忤愁人到酒邊。」楊巨源〈與李文仲秀才同賦泛酒花詩〉：「若道春無賴，飛花合逐風。」陸游〈廣都道中吳秀辰〉：「江水不勝綠，梅花無賴香。」在這些詩中，詩人們將自然景色擬人化了，用「無賴」來表達春色、梅花等自然景色令人似惱實喜的心理活動。誰會真的惱怒春色、梅花呢？詩人們無非是用一種嗔怪的口氣來表達喜愛之極的情感罷了。最有名的是徐凝〈憶揚州〉中的名句：「天下三分明月夜，二分無賴是揚州。」在這裡，「無賴」簡直就是可愛極了的意思：明月夜天下共有三分，其中二分都在揚州，難道詩人會真的惱怒揚州的明月嗎？想當然一定是喜愛極了！

辛棄疾〈清平樂．村居〉一詞膾炙人口：「茅簷低小，溪上青青草。醉裡吳音相媚好，白髮誰家翁媼。大兒鋤豆溪東，中兒正織雞籠。最喜小兒無賴，溪頭臥剝蓮蓬。」「最喜小兒無賴」，是形容小兒頑皮之意，這種頑皮非但不會讓大人反感，反而蘊含著滿腔的喜愛之情。

至遲到元朝，「無賴」一詞開始具備今天的語義了，明朝詩人高啟在〈書博雞者事〉一文中記載了元朝至正年間的一位鬥雞者：「博雞者袁人，素無賴，不事產業，日抱雞呼少年博市中，任氣好鬥，諸為里俠者皆下之。」這裡的「無賴」一詞雖然仍有「不事產業」的意思，但已具備了「任氣好鬥」、刁滑強橫的詞義，非常接近今天所說的「浪蕩子」了。

•「猩紅」跟猩猩有關係嗎？——•

「猩紅」是一種顏色，即鮮紅色。為什麼用「猩」來命名這種鮮紅的色彩呢？難道跟猩猩這種動物有關係嗎？答案的確跟猩猩有關。

在中國古籍中，猩猩是一種神奇的動物，早在《山海經》裡就有記載，說牠是獸身人面。參考各種古籍，可以得知古人對猩猩特性的綜合認識：猩猩會說話；會笑；會像小孩兒一樣啼叫；猩猩知道未來的事情；猩猩知道人叫什麼名字；猩猩喜歡飲酒，喝醉了才會被人捉住；猩猩最好吃的部位是牠的嘴唇。這些特性在今天看來簡直匪夷所思，也許那時候的猩猩跟人的差距比現在要小很多吧。

「猩紅」最早是蜀人對色彩的稱呼。據蜀地地方誌《華陽國志》記載：「猩猩獸，能言，其血可以染朱罽（ㄐㄧˋ）。」「罽」是羊毛織物，後泛指毛織物。用猩猩的鮮血染成的「罽」叫朱罽，「朱」就是大紅色，是古代五種正色（青、赤、黃、白、黑）之一。可見，正因為猩猩的鮮血染出的色彩恰是正色之一的「朱」，蜀人才使用它的鮮血染織，並且把朱罽的顏色命名為「猩紅」。

無獨有偶，《酉陽雜俎》中記載，靈長類中僅次於猩猩的狒狒「血可染緋（ㄈㄟ）」。「緋」也是紅色，當然也就是正色，古代的紅色官服叫做「緋衣」或「緋袍」。

至唐朝末年，猩紅色已經通用，唐詩中就有許多描寫。名妓趙鸞鸞〈纖指〉：「纖纖軟玉削春蔥，長在香羅翠袖中。昨日琵琶弦索上，分明滿甲染猩紅。」韋莊〈乞彩箋歌〉：「留得溪頭瑟瑟波，潑成紙上猩猩色。」韓偓〈已涼〉：「碧闌干外繡簾垂，猩血屏風畫折枝。」徐夤〈荔枝〉：

「何人刺出猩猩血，深染羅紋遍殼鮮。」李中〈紅花〉：「紅花顏色掩千花，任是猩猩血未加。」南宋陸游的〈花下小酌〉也使用了猩紅的色彩詞：「柳色初深燕子回，猩紅千點海棠開。」

「猩紅」的色彩定型之後，人們開始用「猩紅」作為色譜。明代名醫李時珍在《本草綱目》中記載銀朱這種藥物時，就把它的色相形容為猩紅，故銀朱別稱猩紅。

有趣的是，美國漢學家謝弗在其名著《唐代的外來文明》中猜測猩紅是從胭脂蟲提煉出來的顏色。胭脂蟲原產於墨西哥和中美洲，這種蟲子提煉出的紅色是天然的染料，這種染料早在唐代之前就經由絲綢之路傳入中國。謝弗的猜測有一定的道理，可是他卻解釋不了為什麼胭脂蟲的紅色稱為「猩紅」。

•「畫地為牢」原來是形容刑律寬鬆——•

「畫地為牢」今天是一個不折不扣的貶義詞，意思等同於故步自封、作繭自縛，比喻自己的行動限制在一定的小範圍內。但是這個成語在古代卻是一個不折不扣的褒義詞。

司馬遷在〈報任少卿書〉中寫道：「士有畫地為牢勢不入，削木為吏議不對，定計於鮮也。」畫地而為牢獄，節操之士絕不肯進去；刻木而為獄吏，節操之士絕不受其審訊。意思是節操之士一定要在受刑前自殺，以免受辱。

為什麼要畫地為牢、削木為吏呢？這是因為在風俗淳樸的時代，法令寬鬆，只需畫地為牢、削木為吏就可以治理好國家，而不需要建立真正的監獄，設置凶惡的獄吏。宋元話本小說《武王伐紂平話》中頌揚周文王「畫地為牢，刻木為吏，治政恤民，囹圄皆空」，就是這一制度的生動寫照。據《漢書．路溫舒傳》記載，漢宣帝初即位，路溫舒就上書，其中引用當時流傳的俗語：「畫地為獄，議不入；刻木為吏，期不對。」這是描述刑律嚴苛、獄吏凶惡的情形：即使畫地而為牢獄，人們議論著也不敢踏入；即使用木頭刻成獄吏的樣子，人們也一定不敢面對。因此顏師古評價道：「畫獄木吏，尚不入對，況真實乎！」畫出來的監獄尚且不敢進入，木頭刻成的獄吏尚且不敢面對，更何況真實的監獄和獄吏呢！路溫舒以此請求漢宣帝「省法制，寬刑罰」。

「畫地為牢」從形容刑律寬鬆演變成形容故步自封，從褒義詞演變成貶義詞，令人浩嘆！

●「登基」原來是「登極」之誤

皇帝就任或繼任王位稱作「登基」。這個詞殊不可解。基，始也，因此而有牆基、基礎，都是指建築物的根腳、起始部分。西漢學者揚雄所著《方言》：「基，據也。在下，物所依據也。」雖然是「物所依據」，但「基」的本義至為低下，皇帝至高無上，如何能夠登上低下之位呢？如果說皇帝由此基礎而登上高位，那又能登得多高？雖然也有「萬世基業」之說，但基業乃是作為根基的事業，由開國之君所創，後代君主可以登，開國君主如何登呢？

細考詞義和古代典籍，原來「登基」一詞乃「登極」之誤，而且一誤千年！

《說文解字》：「極，棟也。」徐鍇進一步注解說：「極，屋脊之棟也。」房屋的正樑稱作「極」。莊子在〈則陽〉篇中說：「孔子之楚，舍於蟻丘之漿，其鄰有夫妻臣妾登極者。」這是「登極」一詞的最早出處。西晉學者司馬彪注解道：「極，屋棟也，升之以觀也。」孔子這些鄰居「登極」登上的是由正樑支撐的屋頂，最高處。

《後漢書・蔡茂傳》中記蔡茂做的夢：「夢坐大殿，極上有三穗禾，茂跳取之。」主簿郭賀替他解夢：「大殿者，宮府之形象也。極而有禾，人臣之上祿也。」這裡的「極」當然是指大殿正樑的最高處。

「極」由此引申為最高處，最高的地位。《尚書・洪範》中有「皇建其有極」之句，孔穎達注解道：「皇，大也；極，中也。施政教，治下民，當使大得其中，無有邪僻。」孔穎達的意思是大中至正之道乃是帝王統治天下的最高準則，後人遂用「皇極」指代皇帝和皇位。「登極」一詞即由此而來，指皇帝登上最高之位。和誤用的「登基」相比，孰高孰低，一目了然。而且正史和其他典籍中描述皇帝登上帝位一概使用「登極」一詞，元明清通俗小說和戲曲中方才出現「登基」之說，顯而易見屬於誤用。

「窗戶」原來是指窗和門

今天的「窗戶」僅僅指窗，但古代的「窗戶」卻是指窗和門。

最早的時候並沒有「窗」這個字，而是用「囪」這個字來稱呼「窗」。在小篆字形中，「囪」的形狀就像一個天窗，在屋頂上鑿個洞，既可以透光，又可以出煙，所以就把灶突也叫「囪」。（古人把煙囪叫做「灶突」）。後來在「囪」字上加了一個「穴」字頭，變成了形聲字「窗」，用來稱呼天窗。

先秦時期，人們很少使用「窗」這個字，稱呼窗的字眼是「牖」。《說文解字》：「牖，穿壁以木為交窗也。」段玉裁注：「交窗者，以木橫直為之，即今之窗也。在牆曰牖，在屋曰窗。」在牆上鑿的洞叫「牖」，在屋頂上鑿的洞叫「窗」。古人用「牖下」一詞指窗下，同時因為有「牖」必有室，也就是有家，對中國人來說，死在家裡而不是死在野外才叫做壽終正寢，因此「死於牖下」即代表壽終正寢。

老子《道德經》：「鑿戶牖以為室。」「戶」是象形字，在甲骨文中的字形像「門」的一半，「戶」的本義就是半扇門。《字書》：「一扇曰戶，兩扇曰門。」老子的意思是說開鑿了戶和牖以後才叫做室。

久經演變，到了今天，「窗戶」一詞就僅僅指窗了。

●「虛有其表」原來出自唐玄宗之口——●

虛有其表，顧名思義，意思就是空有華麗的外表，卻沒有實質內涵。這個成語常常用來諷刺那些沒有真才實學的人。鮮為人知的是，此詞原來出自唐玄宗之口。

唐人鄭處誨所著《明皇雜錄》記載了一則趣事：「玄宗嘗器重蘇頲，欲倚以為相，禮遇顧問，與群臣特異。欲命相前一日，上祕密不欲令左右知，迨夜將艾，乃令草詔，訪於侍臣曰：『外廷直宿誰？』遂命秉燭召來，至則中書舍人蕭嵩。上即以頲姓名授嵩，令草制書。」

蘇頲（ㄊㄧㄥˇ）和張說（ㄩㄝˋ）都以文章顯名，張說封燕國公，蘇頲封許國公，因此時人並稱二人為「燕許大手筆」，極為唐玄宗所倚仗，欲拜蘇頲為相，恰逢值夜班的為中書舍人蕭嵩，就命他起草詔書。中書舍人掌制誥，職責就是為皇帝起草詔書，蕭嵩可謂最恰當的人選。

「既成，其詞曰『國之瑰寶』。上尋讀三四，謂嵩曰：『頲，瑰之子，朕不欲斥其父名，卿為刊削之。』上仍命撤帳中屏風與嵩，嵩慚懼流汗，筆不能下者久之。上以嵩抒思移時，必當精密，不覺前席以觀，唯改曰『國之珍寶』，他無更易。嵩既退，上擲其草於地曰：『虛有其表耳。』左右失笑。上聞，遽起掩其口曰：『嵩雖才藝非長，人臣之貴，亦無與比，前言戲耳。』」

蕭嵩第一次草詔，內有「國之瑰寶」一語，蘇頲的父親名叫蘇瑰，按理應當避諱，因此唐玄宗命他重新起草。這一下蕭嵩大為緊張，以至於「慚懼流汗，筆不能下者久之」。第二次草詔，唐玄宗一看，蕭嵩僅僅把「國之瑰寶」改成了「國之珍寶」，其餘一仍其舊，因此等他退下後，唐玄宗才評價他「虛有其表」。

蕭嵩，《舊唐書》稱他「美鬚髯，儀形偉麗」，《新唐書》稱他「貌偉秀，美鬚髯」，可見是一位長髯高大的美男子。唐玄宗實屬有感而發，看到他具備如此「偉秀」的外表，卻連一通詔書都起草不好，脫口而出的評價就產生了「虛有其表」這個成語。不過，唐玄宗立刻醒悟過來，不能這樣赤裸裸地評價。蕭嵩出身顯貴，一門三拜相，因此唐玄宗才說他「人臣之貴，亦無與比」，這也是唐玄宗謹慎之處。

「買春」原來是去買酒

幾年前教育部的網路版辭典，把「買春」這個詞條解釋為「買酒」，引起軒然大波。有媒體批評說，如果小朋友理解這樣的話，可能會跟別人說『我們去買春』。」

這些批評其實暴露出記者的無知。「買春」一詞出現於唐朝，其本意就是「買酒」的意思。辭典裡解釋「買春」為「買酒」，是原意。「買春」一詞在今天的語意是指花錢購買性服務，只能說是道德墮落的表現。「買春」這個優雅的古代辭彙，竟然被現代人抹黑成了嫖娼，不知道是今人的悲哀還是古人的悲哀。

晚唐詩論家司空圖所著《二十四詩品》一書，在「典雅」條目下列出了以下堪稱「典雅」的詩境：「玉壺買春，賞雨茅屋，坐中佳士，左右修竹。白雲初晴，幽鳥相逐，眠琴綠陰，上有飛瀑。

落花無言，人淡如菊，書之歲華，其曰可讀。」其中「人淡如菊」成為近幾年的流行詞。

關於「玉壺買春」，現代語言學家郭紹虞先生解釋得非常清楚，原文明白如話，照錄於下：「春有二解：《詩品注釋》：春，酒也。唐《國史補》：酒有郢之『富水春』，烏程之『若下春』，滎陽之『上窟春』，富平之『石東春』，劍南之『燒春』。此一義也。楊廷芝《詩品淺解》：春，春景。此言載酒游春，春光悉為我得，則直以為買耳。孔平仲詩：『買住青春費幾錢。』楊萬里詩：『種柳堅堤非買春。』此又一義也。竊以為二說皆通。」

除了這兩個意思之外，「買春」還有兩種解釋，其一為「買春錢」，指科舉考試時親友給落選者提供的酒食費。晚唐馮贄所著《雲仙雜記》載：「進士不第者，親知供酒肉費，號買春錢。」其二指清代春天的一種娛樂遊戲。康熙年間的《豆棚閒話》載：「有愛聽南腔的，有愛聽北腔的，有愛看文戲的，有愛看武戲的，隨人聚集，約有萬人。半本之間，恐人腹枵散去，卻抬出青蚨三五十筐，喚人望空灑去。那些鄉人成團結塊，就地搶拾，有跌倒的，有壓著的，有喧嚷的，有和哄的，拾來的錢，都就那火食擔上吃個饜飽，謂之買春。」這是形容演社戲的場景，非常生動。

可見，「買春」一詞在古代從來沒有今天的下流意思，記者不去批判今天的「買春」現象，卻拿今人之心度古人之腹，真乃無知者無畏啊！

•「買路錢」原來是出喪時撒的紙錢——•

「買路錢」一詞，今天的意思是盜賊攔截商旅，以「買路」為名索要錢財。舊話本小說和戲曲中常見這樣的場景。但是，鮮為人知的是，「買路錢」一詞卻從出喪而來。

據《禮記．檀弓下》載：「季子皐葬其妻，犯人之禾，申祥以告曰：『請庚之。』子皐曰：『孟氏不以是罪予，朋友不以是棄予，以吾為邑長於斯也，買道而葬，後難繼也。』」

高柴是孔子的弟子，又稱季子皐，擔任魯國孟氏家族的封地成邑的長官。高柴的妻子死後，出葬時踩踏了地裡的禾苗，申祥勸他賠償，高柴卻說：「孟氏不會因為這件事而加罪於我，朋友不會因為這件事而離棄我，這是因為我是成邑的長官。如果我掏錢賠償，買道而葬，太過於清廉，那麼後人就難以繼承這種作風。」這當然是高柴的強詞奪理，因此鄭玄評價他「恃寵虐民」。

這就是「買道」一詞的出處。明人田藝蘅所著《留青日劄》中說：「今人出喪柩行之道，於前拋金銀紙錢，名曰買路錢，即買道之遺意也。」不過這個意義上的「買路錢」和高柴的「買道而葬」顯然不同，乃是取一個彩頭，為過世的親人買路，求得在黃泉路上平安通過之意。元雜劇《包龍圖智賺合同文字》第一折〈那吒令〉中寫道：「念不出，消災的善言；烈不得，買路的紙錢。」「烈」是焚燒的意思，可見元代時「買路錢」仍是指紙錢。

清人翟顥所著《通俗編》中又提供了另外一種說法：「按日本考，凡殯出，殯前設香亭一座，名曰設孤台。令一人在前撒銅錢而行，名曰買路錢，任其貧乞也拾之。似此俗又自日本流及中國矣。」其實日本此俗仍然自中國而出。

隨著詞義的演變，「買路錢」的本義漸漸消失，同時因為強盜攔路劫取商旅財物的行徑跟「買路」實在太過相像，後人於是就用「買路錢」來形容這一行徑。「買道而葬」，「買路的紙錢」，這個有趣的詞源從此再也不為人所知了。

●「貼身」原來是陪嫁的妾

俗語中的「貼身」一詞泛指跟隨在身邊侍奉的人，因為時刻跟在身邊，就像貼在身上一樣，故稱「貼身」。如《紅樓夢》：「戴權看了，回手遞與一個貼身的小廝收了。」鮮為人知的是，「貼身」最早是指陪嫁的妾。古時諸侯和貴族的女兒出嫁，必須要由妹妹和侄女陪嫁。這些陪嫁的妾稱作「媵（ㄧㄥˋ）」，也叫小妻，跟正妻共事一夫。後來用「媵妾」泛指所有的姬妾。

「貼身」一詞至遲北宋時期就已經通用了。北宋學者莊綽在《雞肋編》中解釋了各地方言對「媵妾」的稱謂：「古所謂媵妾者，今世俗西北名曰『祗（ㄓ）候人』，或云『左右人』，以其親近為言，已極鄙陋。而浙人呼為『貼身』，或曰『橫床』，江南又云『橫門』，尤為可笑。」莊綽認為這些稱謂都非常「鄙陋」，因為這是民間的稱謂，免不了粗俗一點。其中西北的稱呼「祗候人」，「祗候」是恭候之意，也可見媵妾地位之低下，必須時刻恭候主人的呼喚。「貼身」是浙江一帶的稱謂。「橫床」、「橫門」的稱謂則更加惡俗，橫在床邊，橫在門口，隨時聽喚。

由此可知，「貼身」最早只能用於姬妾或者婢女，比如「貼身丫鬟」之類的稱呼。後來才男女通用，小廝和親近的隨從也都可以稱作「貼身」了，比如「貼身護衛」之類的稱呼。今天的官場上也把官員左右的隨從呼為「貼身」，是把古代的糟粕當成精華，實在可笑！

「開天窗」原來是比喻侵吞財物

今天日常俗語中的「開天窗」一詞，是指有些國家實施新聞檢查，某些報導或言論禁止發表，報紙版面上只好留下成塊的空白，稱之為「開天窗」。但是在明清的民間諺語中，這個詞卻是用來比喻侵吞財物的行徑。

明代著名藏書家郎瑛在所著《七修類稿》的「奇謔類」中講了一個有趣的故事，是為「開天窗」這一俗語的出處。作者描述他和眾文士會飲，約定以盜賊之事對對子來行酒令。一人說：「『發塚』可對『窩家』。」發塚指盜墓，窩家指窩贓。另一人說：「『白晝搶奪』對『昏夜私奔』。」眾文士笑稱私奔非盜，這人強詞奪理地說雖然名目不像，但是推究情由卻與盜無異。第三人說：「『打地洞』可對『開天窗』。」眾文士又稱「開天窗」也非盜，這人笑辯道：「今之斂人財而為首者克減其物，諺謂『開天窗』，豈非盜乎？」眾人哄堂大笑。可見大家都聽說過這句諺語，是比喻「斂人財而為首者克減其物」。

什麼叫「斂人財而為首者克滅其物」？我們再來看清人孫錦標所著《通俗常言疏證》中的解釋：「以夥計多開花帳者，謂之開天窗。」花帳指虛報的帳目。所謂「斂人財者」，是指在別人那裡供職的人；「克滅其物」，是指利用職務便利，以多開或虛報的名目侵吞財物。這就是「開天窗」的本義，因為是使用不正當的手段，就像打開天窗，從庫房裡偷盜財物一樣，因此郎瑛他們才會將之等同於盜。

●「開門七件事」是哪七件事？——●

古人很有趣，不知道為什麼總喜歡把事情定為七件事，比如周禮規定治國有七件事：祭祀、朝覲、會同、賓客、軍旅、田役、喪荒。唐朝的武官要隨身佩戴七樣東西，也稱作七件事：佩刀、刀子、礪石（磨刀石）、契苾真（雕鑿所用的楔子）、噦厥（解錐）、針筒、火石。這七樣東西都掛在腰帶上，是武官的必備物品。

至遲到了宋朝，人們也開始用「開門七件事」這句俗語來指稱日常生活的必需品。元朝《湖海新聞夷堅續志》中有「俗諺試題」的條目，描述宋朝的太學生們平時閒坐聊天，經常以玩笑話做題、破題。有一位是這樣說的：「湖女豔，莫嬌他，平日為人吃，烏龜猶自可，虔婆似那吒！早晨起來七般事，油鹽醬豉薑椒茶，冬要綾羅夏要紗。君不見，湖州張八仔，賣了良田千萬頃，而今卻去釣蝦蟆，兩片骨臀不奈遮。」可見宋朝的「七件事」乃是「油鹽醬豉薑椒茶」，「豉」是用豆類發酵製成的調味佐料，相當於今天的豆豉。

南宋吳自牧的《夢粱錄》一書有不同的說法。該書的第十六卷有個條目叫「鮝鋪」，「鮝」（ㄒㄧㄤˇ）是醃臘食品，這個條目就是描寫南宋都城臨安（今杭州）的醃臘鋪子，其中寫道：「蓋人家每日不可缺者，柴米油鹽醬醋茶，或稍豐厚者，下飯羹湯，尤不可無，雖貧下之人，亦不可免。」「開門七件事」自此定型，直到今天仍然是指「柴米油鹽醬醋茶」。

元朝的各種雜劇中經常出現「開門七件事」這個俗語，無一例外都是指「柴米油鹽醬醋茶」。在普通百姓眼中，具備了這七件事，日子就堪稱小康了，如果沒有了這七件事，日子就不知道該怎麼過了。有位無名氏所作的詩，描述了這種淒涼境況：「柴米茶鹽醬醋油，而今件件費綢繆。吞聲不敢長嗟嘆，恐動高堂替我愁。」此人窮到這種地步還在擔心雙親為自己發愁，真可謂孝子。不過也有風雅之人，將「開門七件事」視作庸俗之事，唐伯虎有首〈除夕口占〉的詩：「柴米油鹽醬醋茶，般般都在別人家。歲暮清閒無一事，竹堂寺裡看梅花。」唐伯虎是名士，寧願餓著肚子也要去賞梅花，普通人是不敢跟他比的。袁枚在《隨園詩話》中引了一首有趣的詩〈戲題〉：「書畫琴棋詩酒花，當年件件不離他。而今七事都更變，柴米油鹽醬醋茶。」「書畫琴棋詩酒花」風雅之極，可是沒有「開門七件事」墊肚子，哪裡還能夠有雅興去風雅？這首詩可以視作對唐伯虎的諷刺之作。

最好玩的是有一位家庭主婦寫給納妾的丈夫的〈開門諸事〉詩：「恭喜郎君又有她，儂今洗手不當家。開門諸事都交付，柴米油鹽醬與茶。」該主婦顯然對丈夫納妾十分不滿，可是又不敢明吐怨言，只好借此詩發牢騷，七件事中唯獨少了「醋」，該主婦的意思是把醋留下來自己吃了！

•「陽臺」原來是指男女歡會的場所•

樓上房間外面的平臺叫「陽臺」，因為伸到外面，向陽，故稱「陽臺」。古代早就有「陽臺」這一稱謂，不過跟今天的意思卻大相逕庭，係指男女歡會的場所。

這一詞出自戰國時期楚國著名辭賦家宋玉所作〈高唐賦〉。在這篇賦的序文中，宋玉描寫了他和楚襄王一起去雲夢澤遊玩的故事。君臣二人登高望遠，忽然之間，雲氣大作，變化無窮。楚襄王詢問宋玉這是什麼氣，宋玉回答說是「朝雲」之氣。楚襄王又接著問他「朝雲」是什麼東西，宋玉回答道：「昔者先王嘗遊高唐，怠而晝寢，夢見一婦人曰：『妾，巫山之女也，為高唐之客，聞君遊高唐，願薦枕席。』王因幸之。去而辭曰：『妾在巫山之陽，高丘之阻，旦為朝雲，暮為行雨，朝朝暮暮，陽臺之下。』旦朝視之，如言，故為立廟，號曰朝雲。」

原來「朝雲」不是什麼東西，而是巫山神女，來到雲夢澤做客，喜歡上了先帝，跟先帝發生了「一夜情」－不，是「一晝情」，因為先帝「晝寢」，大白天睡覺。朝雲離去的時候，告訴先帝自己住在巫山南麓的陽臺，希望先帝經常去和自己雲雨。

這個故事衍生了兩個直到今天還常用的成語：朝朝暮暮、朝雲暮雨；同時也引出了「陽臺」一詞，用來比喻男女歡會的場所，朝雲因此也被稱作「陽臺女」，用她來比喻多情的女子。朝雲的確夠多情的，自己送上門去跟人「一晝情」。

楚襄王聽了宋玉講的這個傳奇故事，非常豔羨，就問宋玉：「我能跟朝雲一起遊玩嗎？」宋玉回答說可以，楚襄王於是命令宋玉先給自己寫篇賦，於是宋玉就作了這篇〈高唐賦〉。至於楚襄王有沒有跟朝雲「朝雲暮雨」，那就誰也不知道了。

唐朝詩人岑參在〈醉戲竇子美人〉一詩中吟詠道：「細看只似陽臺女，醉著莫許歸巫山。」岑參將竇美人比作朝雲，喝醉之後不放她回巫山了，比楚國的先帝還要過分，竟然想長期霸佔包養！

●「雅量」原來是形容酒量很好——●

宏大寬容的氣度稱作「雅量」，《世說新語》中有「雅量」這一篇目，就是記述當時人的這種氣度。最能說明這種氣度的是嵇康。嵇康被判處死刑，行刑的地點是在首都洛陽的東市。臨刑前，嵇康抬頭目測了一下日影，估計離午時三刻還有一會兒工夫，於是氣定神閒地要來琴，為湊熱鬧的圍觀人群彈奏了一曲，即著名的〈廣陵散〉。一曲彈完，嵇康廢琴而嘆：「過去袁孝尼請求我傳授〈廣陵散〉，我謹守誓言，沒有傳給他，可惜於今絕矣！」然後從容就死。這就叫「雅量」。

「雅」這個字本來是指一種鳥類，《說文解字》：「雅，楚烏也。」即楚國的烏鴉。因此，「雅」其實是「鴉」的異體字，後來用作借字，文雅、高雅、雅俗都是借字，借字反而通用，「雅」當做「文雅」解變成了常用義。

即使在「雅量」這個詞中，「雅」也是一個借字，當作酒器的名稱。三國時魏文帝曹丕所著《典論》中記載：「荊州牧劉表，跨有南土，子弟驕貴，並好酒，為三爵，大曰伯雅，次曰仲雅，小曰季雅。伯受七升，仲受六升，季受五升。」劉表好酒，甚至把酒器都按照伯、仲、季的排行排列，而且每件酒器盛的酒量也不一樣。因此，「雅量」最早的意思是指人善飲。當然啦，不管是七升、六升還是五升，實在都夠多的，能喝下這麼多酒的人，當然就是「雅量」了。清人翟灝因而在《通俗編》中說：「按世稱雅量，謂能飲此器中酒，不及醉也。」這才是「雅量」一詞的本義。

據北宋教育家溫革所著《隱窟雜誌》載：「宋時閬州有三雅池，古有修此池，得三銅器，狀如酒杯，各有篆文曰：伯雅，仲雅，季雅。當時雖以名池，而不知為劉表物也。吳均詩云：『聯傾三雅卮。』劉夢得詩云：『酒每傾三雅。』」由此亦可知，「雅量」最初是形容的酒量，善飲才能稱作「雅量」。後來這個借用的「雅」字既然作文雅、高雅解，自然而然，「雅量」也就變成了氣度的形容詞。

•「集腋成裘」原來集的是狐狸的腋毛——•

「集腋成裘」是一個成語，字面意思是集了許多腋毛製成皮衣，比喻積少成多，集眾資而成一事。「腋」指腋毛，而且在這句成語中專指狐狸的腋毛。

「集腋成裘」一語出自戰國時期法家代表人物慎子所著《慎子》一書。在〈知忠〉篇中，慎子寫道：「粹白之裘，蓋非一狐之皮也。」在別的版本中，這句話也寫作：「狐白之裘，蓋非一狐之腋也。」狐裘是古代社會上層人士的服飾，《詩經》中屢有「彼都人士，狐裘黃黃」、「取彼狐狸，為公子裘」、「君子至止，錦衣狐裘」的詩句，朱熹解釋說：「錦衣狐裘，諸侯之服也。」《禮記．玉藻》：「君衣狐白裘，錦衣以裼之。」狐狸只有腋毛是純白的，因此最為貴重，為國君所服。古人穿裘，毛必向外，因此還要在裘外加一件罩衣，叫裼（ㄒㄧˊ）衣，否則會被視作不敬。裼衣和裘的顏色還要搭配，《論語．鄉黨》中記載了相關的規定：「緇衣羔裘，素衣麑裘，黃衣狐裘。」緇（ㄗ）衣，黑色的衣服；麑（ㄋㄧˊ），幼鹿。黑色的衣服配黑色的羔羊皮衣，白色的衣服配白色的幼鹿皮衣，黃色的衣服配黃色的狐狸皮衣。相應的，國君的狐白裘要配彩色的錦衣，對比鮮明。

在中國文化中，狐是非常神祕的動物，狐皮當然也就非常珍貴，古人甚至認為「狐皮出天外」，也因此而有「千羊之皮，不如一狐之腋」的俗語。白居易有詩「柔如狐腋白似雲」，這就是吟詠的狐白裘，柔和白是其最明顯的兩大特徵。「集腋成裘」這句成語，當然也就順理成章地用狐狸的腋毛來作比。

●「黃瓜」原來叫「胡瓜」●

「黃瓜」明明是綠色的，為什麼偏偏要叫「黃瓜」呢？這個問題很多人都問過，而且媒體和網路上最為流行的答案卻屬於無稽之談。

李時珍在《本草綱目》中記載了「黃瓜」其名的兩個出處：「藏器曰：北人避石勒諱，改呼黃瓜，至今因之。」陳藏器是唐代著名醫學家，石勒是五胡十六國時期後趙的開國皇帝。石勒屬於「五胡」之一的羯族，因此避諱「胡」字，而按照李時珍的說法：「張騫使西域得種，故名胡瓜。」因石勒避「胡」諱而改名「黃瓜」。

李時珍又記載：「杜寶《拾遺錄》云：『隋大業四年避諱，改胡瓜為黃瓜。』與陳氏之說微異。」唐人杜寶還著有《大業雜記》一書，其中寫道：「（隋煬帝大業四年）九月，自漠北還至東都，改吳床為交床，胡瓜為白路黃瓜，改茄子為昆侖紫瓜。」「吳床」當為「胡床」之誤。

唐代史學家吳兢在《貞觀政要．慎所好》篇中也有記載：「貞觀四年，太宗曰：『隋煬帝性好猜防，專信邪道，大忌胡人，乃至謂胡床為交床，胡瓜為黃瓜，築長城以避胡。』」載明「胡瓜」改名為「黃瓜」乃是隋煬帝所為。

媒體和網路上有一個廣為流傳的說法，先引錄於下：「石勒制定了一條法令：無論說話寫文章，一律嚴禁出現『胡』字，違者問斬不赦。有一天，石勒在單于庭召見地方官員，當他看到襄國郡守樊坦穿著打了補丁的破衣服來見他時，很不滿意。他劈頭就問：『樊坦，你為何衣冠不整就來朝見？』樊坦慌亂之中不知如何回答是好，隨口答道：『這都怪胡人沒道義，把衣物都搶掠去了，害得我只好襤褸來朝。』他剛說完，就意識到自己犯了禁，急忙叩頭請罪。石勒見他知罪，也就不再指責。等到召見後例行『御賜午膳』時，石勒又指著一盤胡瓜問樊坦：『卿知此物何名？』樊坦看出這是石勒故意在考問他，便恭恭敬敬地回答道：『紫案佳餚，銀盃綠茶，金樽甘露，玉盤黃瓜。』石勒聽後，滿意地笑了。自此以後，胡瓜就被稱做黃瓜，在朝野之中傳開了。」

這個故事雖然生動，但卻屬於無稽之談，因為根本沒有出處，不知道是哪位的隨意杜撰，竟然成為流行答案，今人讀書之不求甚解，於此可見一斑。

《晉書．石勒載記》中有一個故事：「勒以參軍樊垣清貧，擢授章武內史。既而入辭，勒見垣衣冠敝壞，大驚曰：『樊參軍何貧之甚也！』垣性誠樸，率然而對曰：『頃遭羯賊無道，資財蕩盡。』勒笑曰：『羯賊乃爾暴掠邪！今當相償耳。』垣大懼，叩頭泣謝。勒曰：『孤律自防俗士，不關卿輩老書生也。』賜車馬衣服裝錢三百萬，以勵貪俗。」

上面的故事當是由此演義而來，但將「樊垣」誤為「樊坦」，將「章武內史」誤為「襄國郡守」，可見純屬杜撰。

相對於「北人避石勒諱，改呼黃瓜」的說法，杜寶和吳兢的記載更為可信。隋王室有鮮卑血統，統一中國之後，「諱胡」乃是理所當然之事，因此隋煬帝才將涉「胡」的字眼一律更換。不過「黃瓜」是綠色，隋煬帝為何改為黃色呢？這是因為在古代的五種正色即「五色」系統中，「黃」屬於中央之色，隋煬帝正是為了宣示隋王室統治的正統性，才無視「黃瓜」之綠色而改為黃色。這才是「胡瓜」之所以改為「黃瓜」這一稱謂的真正語源。

「黑暗」原來是犀牛角的別名

「黑暗」一詞，今天多用作比喻義，比如說政治黑暗等等，反義詞是「光明」。不過「黑」和「暗」連在一起組詞則很晚，唐詩中大多用作地獄的形容詞，比如「黑暗獄」、「黑暗坑」。李商隱所著《雜纂》「十戒」條有「不得黑暗獨行」，則「黑暗」乃是黑夜之意。鮮為人知的是，「黑暗」竟然還是犀牛角的別名，這一稱謂的記載出自與李商隱同時代的著名博物學家段成式之手。

在中國古人的心目中，犀牛是最神奇的動物之一，圍繞著它有許多神奇又有趣的說法。據段成式《酉陽雜俎．卷十六．廣動植之一》「毛篇」記載：「角之理，形似百物。或云犀角通者是其病，然其理有倒插、正插、腰鼓插。倒者，一半已下通；正者，一半已上通；腰鼓者，中斷不通。故波斯謂牙為白暗，犀為黑暗。」

這一段話是講犀牛角上的紋路。有一種犀牛被古人稱作「通天犀」，據說通天犀的角上有一條白色的線貫通首尾，靈異無比，因此稱「靈犀」，李商隱的著名詩句「心有靈犀一點通」即由此而來，形容兩人的心像通天犀角上的那條白線一樣彼此相通。

段成式說犀牛角上的紋路有倒插、正插、腰鼓插。所謂倒插即指下半部犀角的紋路貫通；所謂正插即指上半部犀角的紋路貫通；所謂腰鼓插即指上下紋路貫通，到中間部分斷開，就像兩頭大腰細的腰鼓的形狀一樣。

按照段成式的說法，象牙和犀角上面都有「形似百物」的奇特紋路。象牙是白的，因此象牙上面的紋路稱作「白暗」；犀角是黑的，因此犀角上面的紋路稱作「黑暗」，意思是黑色而不易辨識的紋路。

後代詩人多稱杜甫寫過「黑暗通蠻貨」的詩句，但現存的杜詩中卻查無此句，倒是蘇軾有一首〈送喬施州〉詩，其中有「雞號黑暗通蠻貨，蜂鬧黃連采蜜花」之句，自注云：「胡人謂犀為黑暗。」「蠻貨」指南方出產的貨物。可見到這一時期，兩湖地區的施州尚有犀角的交易。

這就是「黑暗」一詞的有趣稱謂，其對應詞則是象牙的「白暗」。

●「亂點鴛鴦」原來是做好事

俗話說「亂點鴛鴦」、「亂點鴛鴦譜」，這個「亂」字今天的理解是胡亂，胡亂配合姻緣叫「亂點鴛鴦」，因此這兩句俗語是地地道道的貶義詞。豈知這兩句俗語古時候的含義竟然完全相反，非但不是貶義詞，而且是地地道道的褒義詞！

明代著名文學家馮夢龍所著《醒世恒言》中有〈喬太守亂點鴛鴦譜〉一篇故事，最具體地描述了「亂點鴛鴦譜」這句俗語的本義。這篇故事情節非常複雜，此處不贅述，感興趣的讀者朋友可以自行找來一閱。單錄下喬太守「亂點」的一段判詞：「奪人婦人亦奪其婦，兩家恩怨，總息風波；獨樂樂不若與人樂，三對夫妻，各諧魚水。人雖兌換，十六兩原只一斤；親是交門，五百年絕非錯配。以愛及愛，伊父母自作冰人；非親是親，我官府權為月老。已經明斷，各赴良期。」

這樁案子判決後各方的反應是：「眾人無不心服，各各叩頭稱謝。」「此事鬧動了杭州府，都說好個行方便的太守，人人誦德，個個稱賢。」馮夢龍並在文末讚揚道：「又有一詩，單誇喬太守此事斷得甚好：鴛鴦錯配本前緣，全賴風流太守賢。錦被一床遮盡醜，喬公不枉叫青天。」由此可見，喬太守並非胡亂配合姻緣，而是針對三對夫妻進行「錯配」，交錯配合。因此，「亂點」的「亂」字就不是胡亂的意思，而是交錯之意。「亂點鴛鴦」或「亂點鴛鴦譜」，即交錯配合夫妻之意。

清初文學家褚人獲所著《隋唐演義》第六十三回中有一段話仍用本義：「唐帝亂點鴛鴦的，把幾個女子賜與眾臣配偶，不但男女稱意，感戴皇恩，即唐帝亦覺處分得暢快。」這哪裡有批評的意思？分明被「亂點」、被「錯配」的眾人感恩戴德。

不知道從什麼時候起，人們已經不理解「亂點」乃是交錯配合之意，望文生義，以至於將「亂點」誤解為胡亂配合，好端端將一個褒義詞硬生生給變成了貶義詞，實在令人浩嘆！

•「傻瓜」的「瓜」是什麼瓜？•

「傻」是宋代才出現的後起字，將「傻」字置於「瓜」的前面，也一定是宋代之後才出現的稱謂。事實也正是如此，元代無名氏所作元曲《十探子大鬧延安府》，「傻瓜」一詞凡兩見：「他扣聽打我一頓，想起來都是傻瓜。」「俺兩個是元帥府裡勾軍的，一個是喬搗碓，一個是任傻瓜。」

但是，「傻瓜」的「瓜」到底是什麼瓜？為什麼可以用作罵人話呢？這是個非常有趣的疑問。

原來，「傻瓜」的「瓜」是指瓜州。《左傳》中「瓜州」的地名出現過兩次，一次是〈襄公十四年〉，晉國將要逮捕姜戎氏的首領駒支，晉國國卿范宣子譴責說：「來！姜戎氏！昔秦人迫逐乃祖吾離於瓜州，乃祖吾離被苫蓋，蒙荊棘，以來歸我先君。我先君惠公有不腆之田，與女剖分而食之。」

這段話牽涉到姜戎氏的遷徙史。姜戎氏乃是西戎的一支，原居於瓜州，姜戎氏之祖吾離遭到秦國的迫逐，被迫離開瓜州，「被苫（ㄕㄢ）蓋」，披著茅草編成的遮蔽物，「蒙荊棘」，一路艱難地來到晉國，晉惠公將本來就不豐厚的南部土地分給了姜戎氏，作為棲身之所。「腆（ㄊㄧˇㄢ）」是豐厚的意思。

另外一次是〈昭公九年〉，周、晉爭地，晉國大夫率領陰戎前來攻伐。陰戎也是西戎的一支，與姜戎氏同宗不同姓，姜戎姓姜，陰戎姓允，一起遷徙到了晉國。周天子派大臣指責晉國大夫說：「允姓之奸，居於瓜州，伯父惠公歸自秦，而誘以來，使逼我諸姬，入我郊甸，則戎焉取之。戎有中國，誰之咎也？」周天子指責晉惠公將陰戎「誘以來」，誘騙到晉國居住，因此才成為晉國的爪牙。

那麼，「瓜州」到底在哪裡？《漢書・地理志》「敦煌郡」注解說：「杜林以為古瓜州地，生美瓜。」杜林是東漢大儒，曾經客居河西，即甘肅、青海一帶黃河以西的地區，因此熟知當地風物。顏師古的注解則很奇特：「其地今猶出大瓜，長者狐入瓜中食之，首尾不出。」顏師古是極力形容瓜州出產的美瓜之大，老狐狸鑽進瓜中，竟然都看不到頭和尾巴。

著名歷史學家顧頡剛先生在《史林雜識》一書中則認為瓜州在今秦嶺高峰之南北兩坡。不管是敦煌之瓜州還是秦嶺之瓜州，總之是姜戎氏和陰戎的故地，被秦國迫逐而遷徙到了晉國南部生存。

顧頡剛先生還記載了自己的兩則親身經歷：「一九四八年，予在皋蘭，九月五日遊於西北師範學院，與其教授林冠一同志談。師範學院由陝西城固遷來，冠一居城固久，為言洋縣之北，秦嶺之中，有民一族，號曰『瓜子』。其人甚誠愨，山居艱於自給，多出外賣其身，作耕種、推磨諸事，極苦不辭。每有勞役，雖胼胝困頓，而操作終不輟。以其愨也，人謬謚之曰『傻瓜』，而『瓜子』之族號反隱。其人之所以『傻』者，大漢族主義壓迫下之結果也。」

愨（ㄑㄩㄝˋ），厚道、樸實；胼胝，手掌、腳底因長期勞動而生的繭子，比喻勞苦。

顧頡剛先生又記：「一九五一年十一月，得西北農學院辛樹幟院長來函，云：『今日偶閱吾校森林系學生上期畢業論文，得任世周同志《秦嶺北坡林區社會調查報告》，謂北坡地勢陡峻，人煙稀少。調查所及，當寶雞之西，天水之東，麥積山之南，至朱家後川、紅岩子二村，見有瓜子。其人行動遲鈍，體小，口大，舌圓，常露笑靨而少言語，發音異常人。朱家後川人口二百六十，瓜子二十，占百分之八點五；紅岩子人口一千二百十九，瓜子二百二十六，占百分之二十強。聞山中瓜子數尚不少也。』」

顧頡剛先生只記載這兩則見聞，卻沒有分析「瓜子」作為族名的由來。姜戎氏和陰戎自瓜州遷來，《詩經．大雅．綿》中有「綿綿瓜瓞」的詩句，大者稱「瓜」，小者稱「瓞（ㄉㄧㄝˊ）」，「綿綿瓜瓞」因此比喻子孫繁衍，相繼不絕。「瓜子」可以理解為從瓜州遷出的後代。還有一種可能：「子」指爵位。古時爵位分為五等，公、侯、伯、子、男，夷狄之國的國君只能封為「子」，比如楚國國君稱「楚子」。姜戎氏和陰戎遷徙到晉國之後，很有可能被封為「子」，故稱「瓜子」。這種解釋僅僅是猜測，因為並沒有相關史料支持。

清人黎士宏《仁恕堂筆記》載：「甘州人謂……不慧之子曰瓜子，殊不解所謂。後讀《唐書》，賀知章有子，請名於上，上曰：『可名為孚。』知章久乃悟上謔之曰以不慧，故破『孚』字為瓜子也。則是瓜子之呼，自唐以前已有之。」

甘州即今甘肅省張掖市一帶。至今甘肅、四川兩省還把不聰明的人、愚蠢的人稱為「瓜子」、「瓜娃子」。顧頡剛先生總結說：「知『瓜子』一名，自秦嶺而南傳至四川，自秦嶺而北傳至甘肅。若今華北平原，譏人之愚，惟有連系形容詞之『傻瓜』，不聞有言『瓜子』者。此對於少數民族侮辱性之言辭，所急應予以糾正者也。」

這就是「傻瓜」這句罵人話的由來。即使從元代算起來，也已經流傳了將近一千年。

「塞責」原來是盡責的意思

「塞責」一詞，今天常用作書面語，報刊等書面媒體上也常常使用，是一個道道地地的貶義詞，意思等同於敷衍了事。「塞」讀作「ㄙㄜˋ」，搪塞、應付，「塞責」即對自己應盡的責任加以搪塞、應付。相同的片語還有聊以塞責、敷衍塞責、潦草塞責、推諉塞責等等，都不是什麼好詞。

可是，「塞責」實在太冤枉了，因為它是一個不折不扣的褒義詞！

「塞責」一詞出自《韓詩外傳》卷十中的一個故事：「卞莊子好勇，母無恙時，三戰而三北，交遊非之，國君辱之，卞莊子受命，顏色不變。及母死三年，魯興師，卞莊子請從，至，見於將軍曰：『前猶與母處，是以戰而北也，辱吾身！今母沒矣，請塞責。』」

卞莊子是魯國的著名勇士，可是三戰皆敗北，以至於被朋友非議，被國君羞辱，卞莊子面不改色心不跳，這是因為他的老母親還健在，還需要他養老送終的緣故。等到母親去世，卞莊子為母親守喪三年期滿，魯國與齊國發生戰爭的時候，卞莊子主動請纓，要洗雪前辱。「請塞責」，這裡的「塞」不是搪塞、應付，而是盡、補救、抵償，意思是：請讓我盡責，盡我以前應盡的責任，補救我以前應盡卻沒有盡到的責任。

「遂走敵而鬥，獲甲首而獻之：『請以此塞一北。』又獲甲首而獻之：『請以此塞再北。』將軍止之，曰：『足。』不止，又獲甲首而獻之，曰：『請以此塞三北。』將軍止之，曰：『足，請為兄弟。』卞莊子曰：『夫北以養母也，今母歿矣，吾責塞矣。吾聞之，節士不以辱生。』遂奔敵，殺七十人而死。」

當卞莊子三獲甲士的首級，他感嘆道：「夫北以養母也，今母歿矣，吾責塞矣。」卞莊子的意思是說母親已經去世，自己作為人子的責任已盡，但此前三次敗北的羞辱卻還在，「節士不以辱生」，節操之士不能帶著羞辱活著，因此「殺七十人而死」。

這就是令今日國人慚愧的先秦之士的榮譽觀，可是當時的君子們還不滿足，繼續評論道：「三北已塞責，又滅世斷宗，士節小具矣，而於孝未終也。」批評卞莊子雖然已「塞責」，作為士的小節已具備，但斷子絕孫，在「孝」這一方面的責任卻又沒有盡到。

卞莊子「塞責」的行為既是盡責又是補責，令人動容，「塞責」因此而是一個褒義詞。後人將盡責、補責之「塞」偷換為搪塞、應付之「塞」，「塞責」遂一變而為貶義詞，真是可惜！

「奧援」原來是指神靈暗中保佑

「奧援」即內援，指暗中支持的力量。各種辭典裡都舉明朝遺民文秉所著《先撥志始》中對明末亂象的描述為例：「大慝巨奸，或燕處於園亭，或潛藏于京邸，奧援有靈，朝廷無法。」「慝（ㄊㄜˋ）」是邪惡之意。「奧援」的含義非常明顯，形容魏忠賢的黨羽皆為奸邪之輩，躲在暗處，互為內援，禍亂朝政。

那麼，「奧援」為什麼可以表示內援呢？「奧」字到底是什麼意思？

原來，「奧」指室內的西南角。室內有四角，各有專名。《爾雅．釋宮》載：「西南隅謂之奧，西北隅謂之屋漏，東北隅謂之宧，東南隅謂之窔。」

「宧（ㄧˊ）」是養育之意，按照陰陽五行理論，東北方「陽始起，育養萬物」，因此古人進食都在東北角，而廁所則都設在東北角的房屋之外，乃是方便的緣故，如廁稱「登東」，廁有臺階，故稱「登」。「頤和園」的命名也是由此而來，飲食養生，方能頤養天年。

「窔（一ㄠˇ）」是幽深之意，東南角太陽照射不到，故以為名。

最有趣的就是西北角和西南角。西北角名為「屋漏」，不是指屋子漏了，「屋」通「幄」，小帳，「漏」是隱藏的意思，祖先的牌位要放置在西北角，但又不能讓外人看到，於是就用一面小帳子遮擋、隱藏起來，故稱「屋漏」。

古代房屋朝南，門偏東，因此西南角最為幽暗，日常的祭祀就在這裡舉行。從西北角「屋漏」把祖先的牌位恭敬地移到西南角「奧」，祭祀完畢之後，再恭敬地移回西北角安置。因為西南角最為尊貴，因此《禮記．曲禮上》中規定：「為人子者，居不主奧。」必須由父母或尊者所居。

關於「奧」作為祭祀之處，日本著名漢學家白川靜先生在《常用字解》一書中的釋義最為有趣。白川靜先生認為上面的屋頂「形示祭祀之場所的屋宇」；屋頂下面的一撇為爪形，「米」字形為掌紋，一撇加「米」字形表示「獸掌之形」；最下面的「大」其實是篆文雙手之訛，表示「左右雙手並舉之態」。整個字形會意為「雙手捧獸掌之肉，供獻於室內角落的祭臺」。因此，「此處為家室的深處，家中最神聖的場所，故而『奧』有深處、深奧之義」。

「奧援」一詞即由此而來，形容隱藏得最隱祕，最居於內部的援助力量。不僅「奧援」如此，所有以「奧」字組成的詞彙都從這個幽暗的西南角的名稱而來，比如「堂奧」，用室內最幽暗的西南角來比喻含義深奧的意境、事理或學問，比如歷代祕書監所掌管的圖書稱「祕奧」，比如宮廷中機密的地方稱「禁奧」，比如國君又稱「奧主」等等。

因此，文秉所描述的「奧援有靈」最接近於「奧援」的本義：祭祀祖先，當然是請求祖先或神靈的保佑；既然「有靈」，當然就是指祖先或神靈的保佑見效了。今天把出頭露面的援助力量也一概稱之為「奧援」，則完全失去了「奧」的本義。

•「愁眉」原來是女子美麗的眉妝——•

漢語詞庫中有愁眉苦臉、愁眉不展、愁眉淚眼、愁眉蹙額、愁容慘澹等等形容憂愁表現在臉上的成語或詞彙。不過，在中古之前，「愁」字從來沒有直接形容面部表情的憂愁，這和「愁」從心的造字法是相一致的，形容的是「心」中憂愁。

魏晉南北朝以迄隋唐的中古時期開始，「愁」字開始作為面部表情的修飾，最早的就是「愁眉」一詞。今天的各種辭典都把「愁眉」解釋為眉頭緊皺或者緊鎖，這一解釋固然不錯，但是我們知道，眉頭即眉尖，是指雙眉中間的部分，緊皺或者緊鎖的只能是這個部位，而不是兩條眉毛。「愁」既然用來修飾「眉」，最初修飾的當然就是兩條眉毛，那麼，到底什麼才叫做「愁眉」呢？

鮮為人知的是，「愁眉」這個詞的語源，竟然是指女子的眉妝，而且還是一種非常美麗的眉妝！

東晉干寶所著《搜神記》中完整地記載了「愁眉」這種眉妝：「漢桓帝元嘉中，京都婦女作愁眉、啼妝、墮馬髻、折腰步、齲齒笑。愁眉者，細而曲折。啼妝者，薄拭目下，若啼處。墮馬髻者，作一邊。折腰步者，足不在下體。齲齒笑者，若齒痛，樂不欣欣。始自大將軍梁冀妻孫壽所為，京都翕然，諸夏效之。天戒若曰：『兵馬將往收捕，婦女憂愁，踧眉啼哭，吏卒掣頓，折其腰脊，令髻邪傾，雖強語笑，無復氣味也。』到延熹二年，冀舉宗合誅。」

《後漢書．五行志》在重複了上述的記載後評價道：「此近服妖也。」古人把奇裝異服和怪異的妝飾視為「服妖」。「啼妝」指用粉在眼睛下面薄薄地塗拭一層，看起來就像啼痕；「墮馬髻」也稱「墜馬髻」，將髮髻偏於一側，就像騎馬時從一側墜落的樣子；「折腰步」是形容走路時腰肢扭捏，好像雙腳撐不住身體一樣；「齲齒笑」是故意模仿牙痛而笑的樣子。

這些妝飾的發明者乃是東漢外戚、權臣梁冀的妻子孫壽，《後漢書》形容她「色美而善為妖態」。漢桓帝延熹二年（西元一五九年），梁冀全族被誅，因此干寶將孫壽的這些妖態發明稱之為「天戒」，上天的警戒。

至於「愁眉」，李賢注引《風俗通》的解釋為：「愁眉者，細而曲折。」這個解釋很奇怪，干寶明明說梁冀家族被捕的時候「婦女憂愁」，對應「愁眉」的讖語，但是「細而曲折」的眉妝跟憂愁有什麼關係呢？

原來，「愁眉」之「愁」，和憂愁毫無關係！

我們來看看《禮記．鄉飲酒義》中關於「愁」字的描述：「西方者秋，秋之為言愁也，愁之以時察，守義者也。」在五行體系中，西方是秋天的位置，秋天萬物肅殺，因此要體察時令，這就叫守義（守節）。鄭玄注解說：「愁，讀為『揫』，揫，斂也。」「愁」通「揫（ㄐㄧㄡ）」，聚斂、收斂之意，秋天是收斂的季節，緊接著冬天就是蟄伏的季節，此之謂「秋收冬藏」。

西漢學者揚雄在《方言》一書中寫道：「斂物而細謂之揫。」凡物體收縮則為小為細，因此，「愁眉」實為「揫眉」，樣式乃是剃去多餘的眉毛，眉梢上勾，眉形細而曲折。這就是「愁眉」的來歷，直到唐代仍然流行，白居易有詩「風流誇墮髻，時世鬥愁眉」，權德輿有詩「叢鬢愁眉時勢新，初笄絕代北方人」，牛嶠有詩「綠雲鬢上飛金雀，愁眉斂翠春煙薄」，吟詠的都是這種眉妝，哪裡有半點憂愁的意思！

干寶雖然知道「愁眉者，細而曲折」的樣式，但卻沒有深究「細而曲折」的眉妝與憂愁能扯上什麼關係，因而妄作解語，將「愁眉」望文生義地解釋作「婦女憂愁」，從而開啟了憂愁之「愁」修飾面部表情的先河，「愁眉」也就順理成章地用來形容眉頭緊皺的憂愁之態，真是可惜了這種美麗的眉妝！

●「愛屋及烏」是愛屋子嗎？●

很多人望文生義，以為「愛屋及烏」這個成語的意思是愛一座屋子，也愛上了這座屋子上的烏鴉。其實這樣理解是錯的。

「愛屋及烏」的原句是「愛人者兼其屋上之烏」，意思是愛一個人就會連帶著愛他屋上的烏鴉，愛的是人，而不是房子。

這句話最早出自秦朝博士伏勝所著《尚書大傳》一書，該書的〈大戰篇〉記載：武王伐紂，紂王死後，天下未定，武王很惶恐，於是召來大臣們問計。姜太公說：「臣聞之也，愛人者兼其屋上之烏，不愛人者及其胥餘，何如？」「胥餘」指村落的角隅。姜太公的意思是說：愛一個人就會連帶著愛他屋上的烏鴉，不愛一個人甚至連帶著憎恨他居處的角落，乾脆把殷商舊人全殺掉算了。

武王一聽，趕緊否決。召公接著建議：「臣聞之也，有罪者殺，無罪者活。咸劉厥敵，毋使有餘烈，何如？」召公在姜太公的意見上退了一步，意思是說：無罪的人赦免，有罪的人統統殺掉，不要留下任何殘餘。武王一聽，同樣趕緊否決。看看其他人鋪墊得差不多了，周公這時才站出來，慢悠悠地說：「臣聞之也，各安其宅，各田其田，毋故毋私，惟仁之親。」周公圖窮匕見，最終拿出方案來，那就是讓殷商舊人各自歸家，該種田種田，該幹什麼就幹什麼，實行仁政的目的。武王聞後大喜，按照周公的意見行事，結果天下大治。

武王和周公的這段對話在《韓詩外傳》、劉向《說苑》等書中也都有相關的記載，「愛屋及烏」的表述也幾乎大同小異，「愛人者兼其屋上之烏」的表述很清晰，並非因愛屋子而移情愛烏。

明朝思想家王陽明寫過一篇著名的〈象祠記〉，記述苗夷之地有一座為舜的弟弟－象而建的祠，王陽明起初很奇怪，因為象對父母不孝順，對哥哥不敬重，屢屢謀殺舜，這樣的人怎麼還會有人為他建祠呢？後來他才恍然大悟：「君子之愛若人也，推及於其屋之烏，而況於聖人之弟乎哉！」苗人被舜的德行感化，甚至連舜那個不成器的壞弟弟也愛上了。這個壞弟弟可是比烏鴉壞多了啊！

●「感冒」原來是官場用語

「感冒」是常見的流行病，可是沒有任何一部中醫典籍中有記載「感冒」一詞。原來，「感冒」這個常用語最初不是醫學術語，而是來自官場，是一個官場專用語。

宋朝有專門的機構分掌圖書經籍和編修國史等事務，這些機構是昭文館、史館、集賢院三館和祕閣、龍圖閣等閣，通稱「館閣」。按照規定，館閣中每天晚上要留一位官員值夜班，以防圖書被盜，如果因故不能值夜班，就要在請假簿上寫上這麼一句：「腹肚不安，免宿。」當然不一定是真的「腹肚不安」，而是一種相沿成習的藉口。請假不能連續超過四天。因此館閣的官員們俗稱這本請假簿為「害肚曆」。這一則記載出自北宋著名科學家沈括所著的《夢溪筆談》一書，原文是：「館閣每夜輪校官一人直宿，如有故不宿，則虛其夜，謂之『豁宿』。故事，豁宿不得過四，至第五日即須入宿。遇豁宿，例於宿曆名位下書：『腹肚不安，免宿。』故館閣宿曆，相傳謂之『害肚曆』。」

南宋時期，時為太學生的陳鵠也在館閣中供職，陳鵠喜歡別出心裁，他在《耆舊續聞》一書中記載了自己的發明：「余為太學諸生，請假出宿，前廊置一簿，書云『感風』，則『害肚曆』可對『感風簿』。」陳鵠偏偏不願意寫「腹肚不安，免宿」，而是寫上「感風」，還沾沾自喜地聲稱「感風簿」跟「害肚曆」可謂一聯絕對。

陳鵠創造的「感風」一詞其實是有來歷的。與他同時期有個中醫學派，史稱「永嘉醫派」，創始人叫陳無擇，他寫了一部醫書《三因方》，將複雜的疾病按照病源分為內因、外因和不內外因三種：外因稱「六淫」，即風、寒、暑、濕、燥、火；內因稱「七情」，即喜、怒、憂、思、悲、恐、驚；不內外因指虎狼毒蟲等意外疾病。陳鵠於是很具創意地把外因之首的「風」信手拈來，前面冠上一個「感」字，「感」者，受也，故稱「感風」。「感風簿」一詞從此開始風靡官場。

到了清朝，「感風簿」演變成了「感冒假」，成為官員請假休息的託辭。清朝學者俞樾在《茶香室叢鈔》一書中說：「按今制官員請假，輒以感冒為辭，當即宋時『感風簿』之遺意。」清朝官員的創意在於將「感風」變成了「感冒」，「冒」是透出的意思，「感冒」即是感風之後仍然帶病堅持工作，終於病情全面爆發了！

從官場發源，「感冒」一詞開始進入人們的日常口語。人人都會感冒，人人都會說「感冒」這個俗語，可是它有趣的來歷卻全被遺忘了。

「搖錢樹」原來是形容妓女

各種辭典都把「搖錢樹」解釋為神話傳說中的一種寶樹，搖一搖錢就會掉下來，因此用來比喻能夠藉以生財的人或物。但是神話典籍中卻並沒有「搖錢樹」的記載，至於民間傳說，也沒有有力的文獻支持。追根溯源，鮮為人知的是，「搖錢樹」最初竟然是對妓女的稱謂！

唐代音樂理論家段安節所著《樂府雜錄》中有一篇歌序，開篇就講了金吾將軍韋青和歌女永新的故事：「開元中，內人有許和子者，本吉州永新縣樂家女也，開元末選入宮，即以永新名之，籍於宜春院。既美且慧，善歌，能變新聲。韓娥、李延年歿後千餘載，曠無其人，至永新始繼其能。」

有一次唐玄宗在勤政樓大擺筵席，觀者如堵，喧嚷聲蓋過了百戲之音。唐玄宗大怒，就想罷宴，高力士趕緊上前獻計：「命永新出樓歌一曲，必可止喧。」然後「永新乃撩鬢舉袂，直奏曼聲，至是廣場寂寂，若無一人，喜者聞之氣勇，愁者聞之腸絕。」由此可見，永新原來是一位女高音歌唱家。

不過永新的命運很淒慘，恰逢安史之亂，「六宮星散，永新為一士人所得。韋青避地廣陵，因月夜憑闌於小河之上，忽聞舟中奏水調者，曰：『此永新歌也。』乃登舟與永新對泣久之。」永新最後的結局是：「後士人卒，與其母之京師，竟歿於風塵。及卒，謂其母曰：『阿母，錢樹子倒矣！』」

永新「歿於風塵」，當了妓女，臨死前自稱母親的「錢樹子」，後人即以「錢樹子」稱娼妓。明代市民文學發達，更加朗朗上口的「搖錢樹」一詞便取代了古雅的「錢樹子」的稱謂，比如馮夢龍的著名小說《杜十娘怒沉百寶箱》，妓女杜十娘被李公子占住，老鴇罵道：「別人家養的女兒便是搖錢樹，千生萬活，偏我家晦氣，養了個退財白虎！」可見「搖錢樹」此時已是對妓女的通稱。

•「斟酌」原來是兩種倒酒方法——•

「斟酌」是反覆考慮，然後再決定取捨的意思。「斟酌」的組詞跟酒有關，「斟」和「酌」雖然都是倒酒的意思，不過二者還有細微的區別：酒倒得不滿叫「斟」，倒得溢了出來叫「酌」，所謂「斟酌損益」是也。因此，倒酒的時候，「斟」得不滿了要再加一點，「酌」得過多了要再減一點，貴在適中，所以需要反覆掂量，把酒倒得恰到好處，故稱「斟酌」。這就是「斟酌」一詞的本源。

「斟酌」一詞最早出自《國語．周語》。跟「斟酌」有關的這段話非常有名，因為從這段話裡還衍生了兩個成語。周厲王暴虐無道，國人做了很多民謠罵他，邵公告知了厲王這種民怨沸騰的情況，厲王非但不改過，反而派了些密探監視國人，結果誰都不敢發牢騷了，連路上碰到也不敢互相說話，只能「道路以目」。這是衍生的第一個成語。

厲王一看大見成效，喜滋滋地對邵公說：「你看，再也沒有人說我的壞話了！」

邵公回答說：「防民之口，甚於防川。」這是衍生的第二個成語。接著邵公又勸厲王不能採取堵百姓之口的辦法，而應該去疏導，文武百官都有各自的職責，應該盡其所用，只有這樣百姓才會安定下來。其中有一句話：「耆艾修之，而後王斟酌焉，是以事行而不悖。」「耆艾」乃尊長、師長、長老，是對老年人的尊稱，「耆艾」的職責是修正百官的作為，提供給國君，國君再加以「斟酌」，這樣才不會作出悖謬的舉動。

荀子的〈富國〉篇中也是這個意思：「故明主必謹養其和，節其流，開其源，而時斟酌焉。」

順便說一下，「開源節流」的成語就出自荀子這番話。古人真是太了不起了，隨口說一句話就變成了風行兩千多年的成語！

●「新郎」原來是指新科進士●

今天的「新郎」一詞，只能用在新婚男子身上，屬於特指。這個稱謂從古至今的演變饒有趣味。

明代學者胡應麟所著《少室山房筆叢．莊岳委談上》中記載：「今俗以新娶男稱新郎……新郎君，唐人自稱新獲第者，不聞主新娶者言。惟宋世詞有〈賀新郎〉，或當起於此時，大抵國朝世俗稱謂，率循習宋、元，世近故也。」

胡應麟說「新郎君，唐人自稱新獲第者」，其來有自。唐五代間王定保所著《唐摭（ㄓˊ）言》一書，記載了一個有趣的故事。薛逢晚年仕途不順，抱病入朝，「值新進士榜下，綴行而出。時進士團所由輩數十人，見逢行李蕭條，前導曰：『回避新郎君！』」「新郎君」這一稱謂，正是指新科進士。薛逢大笑，派隨從去對前導說：「報導莫貧相！阿婆三五少年時，也會東塗西抹來。」你開道的時候不要以貧寒相人！老太婆十幾歲的時候，也曾經會塗脂抹粉。薛逢的意思是說自己當年也曾中過進士，還是第三名呢。今昔對比，不免淒涼之感。

「郎」是古代官名，戰國時設置，是帝王的侍從官。到了漢代，兩千石以上官員的兒子可以出任「郎」，後來門生故吏就稱長官或師門的子弟為郎君，再後來泛指男子。對於新婚的男子，民間為了表達祝福或恭維之意，就把他比作新科進士，省去「君」字而稱「新郎」；而「新郎官」的稱謂，祝福或恭維的意味就更加濃厚了。

至於胡應麟所說的〈賀新郎〉詞牌名，原名〈賀新涼〉，始見於蘇軾詞，因蘇軾詞中有「乳燕飛華屋，悄無人，桐陰轉午，晚涼新浴」之句，故名〈賀新涼〉。後人將「涼」字誤為「郎」。不過由此也可見，至遲到了宋代的時候，「新郎」已經定型為新婚男子的世俗稱謂，一直延用到了今天。

●「暗送秋波」為什麼是「秋波」？——●

現在把男女之間用眼神傳達愛慕之情叫作「暗送秋波」，其實，「秋波」本來專指女人的眼波，如果男人擠眉弄眼也稱作「秋波」，就會讓人笑掉大牙。

為什麼要用「秋」來形容女人的眼波呢？這是因為秋天的時候天空高遠，所謂「秋高氣爽」，秋風吹拂著水面，水中漣漪蕩漾，清澈無比。這樣的水被稱作「秋水」，「秋水」清澈到什麼程度呢？可以一眼望到底，是為「望穿秋水」。因此，古人就用「秋水」、「秋波」來比喻女人清澈明亮又流轉蕩漾的眼波。這一比喻實在是太傳神了！

「秋波」又稱「橫波」。李善注解道：「橫波，言目斜視，如水之橫流也。」人們都有這樣的體會：漂亮美眉看人不會一直盯著看，尤其是看帥哥的時候更要看一眼再旁視一眼，用眼睛的餘光偷偷審美。這跟傳統文化要求女子含蓄有關。其實「橫波」很厲害，橫著瞧就把帥哥全身上下全都打量完了。跟「橫波」相對的就叫「縱目」。縱目遠眺一定要集中眼睛的注意力，盯著遠處的一個方向看，否則根本就看不清楚。

「秋水」比「秋波」的出現早得多，《莊子》中就有一篇〈秋水〉，不過那是形容自然界的秋水。最早使用「秋波」一詞的應該是那位著名的詞人皇帝、南唐後主李煜了，李煜在寫給小周后的情書〈菩薩蠻〉中吟詠道：「眼色暗相鉤，秋波橫欲流。」這是把「秋波」和「橫波」一起用了。白居易在〈箏〉一詩中寫道：「雙眸剪秋水，十指剝春蔥。」李賀〈唐兒歌〉：「骨重神寒天廟器，一雙瞳人剪秋水。」文學作品中至此開始大量使用「秋水」、「秋波」這些意象了。

晉朝有位名士叫謝鯤，字幼輿，鄰居高氏家裡有位美眉，謝鯤常常去調戲她。有一次，該美眉正在織布，謝鯤又來油嘴滑舌，該美眉隨手把織布的梭子向謝鯤扔去，謝鯤的兩顆門牙應聲而落。別人嘲笑他，謝鯤傲然說道：「掉了兩顆門牙算什麼！一點兒不影響我繼續引吭高歌。」蘇東坡把這個典故寫進了〈百步洪〉一詩，其中兩句是：「佳人未肯回秋波，幼輿欲語防飛梭。」這是說想讓美眉「回秋波」而不能如願。

「回秋波」最有名、而且最終如願以償了的就是《西廂記》中的張生了：「餓眼望將穿，饞口涎空咽，空著我透骨髓相思病染，怎當他臨去秋波那一轉！休道是小生，便是鐵石人也意惹情牽。」這段描寫太有名了，以至於崔鶯鶯「臨去秋波那一轉」成為中國愛情史上最著名的秋波事件，影響所及，清朝學者徐震在《美人譜》中就把它作為美人七項「韻」標準的壓卷選項。這七項「韻」的標準是：「簾內影，蒼苔履跡，倚欄待月，斜抱雲和（雲和是絃樂器），歌餘舞倦時，嫣然巧笑，臨去秋波一轉。」

不過，今天也把獻媚取寵、暗中勾結稱作「暗送秋波」，未免太殺風景了。

●「楷模」原來是兩棵樹

「楷模」就是榜樣的意思，值得學習的人或事被稱為「楷模」。鮮為人知的是，「楷」和「模」原本是兩種樹的名字。

唐朝著名的博物學家段成式所著《酉陽雜俎續集．支植下》載：「蜀中有木類柞，眾木榮時如枯枿（ㄋㄧㄝˋ），隆冬方蔭芽布陰。蜀人呼為楷（ㄎㄞˇ）木。」蜀中有一種樹很像柞（ㄗㄨㄛˋ）樹，它的特點是別的樹茂盛的時候它反而像一個枯樹樁子，到了隆冬時節，別的樹都落光了葉子，它反而發芽長出了茂盛的枝條。蜀地之人稱作「楷木」。《太平廣記》引《述異記》：「魯曲阜孔子墓上，時多楷木。」清朝的《廣群芳譜》引《淮南草木譜》：「孔木生孔子塚上，其幹枝疏而不屈，以質得其直故也。」楷樹的這種特性很容易讓人聯想起「眾人皆醉我獨醒」的境界，這種樹不同流俗，眾樹茂盛，它隱退，眾樹枯萎了，它茂盛，直道而行，這不正是聖人的寫照嗎？怪不得孔子的墓上都種滿了楷樹呢。其實楷樹就是黃連木，是原產於中國的一種落葉喬木，因其木材色黃而味苦，故名「黃連木」或「黃連樹」。

明人葉盛所著《水東日記》載：「吳澄問吳正道曰：模楷二字假借乎？吳舉淮南王安《草木譜》以對曰：昔模樹生周公塚上，其葉春青，夏赤，秋白，冬黑，以色得其正也；楷木生孔子塚上，其餘枝疏而不屈，以質得其直也。若正與直可為其法則，況在周公孔子塚乎？」模樹生長在著名的周公的墳上，模樹的葉子在春天是青色的，夏天是紅色的，秋天是白色的，冬天是黑色的，這四種顏色加上黃色都是古代的正色，稱「五色」。葉盛緊接著說：「模樹和楷樹的正和直可作為法則，況且這兩種樹還生長在周公和孔子的塚上呢，更是萬世之『楷模』了！」

從此之後，楷樹和模樹以樹喻人，把人的模範行為、榜樣作用以及為人師表的風範稱為「楷模」了。

●「滑稽」原來是一種酒器——●

如果我要再跟讀者朋友們解釋什麼叫「滑稽」，相信一定會被罵作神經病。不過，鮮為人知的是，今天形容言語、動作令人發笑的「滑稽」一詞，在古代可完全不是這個意思，而是指一種盛酒器。

屈原所作《楚辭．卜居》中就已經使用了「滑稽」一詞，其中如此控訴這個黑暗的世道：「將突梯滑稽，如脂如韋，以潔楹乎？」「突梯」是形容圓滑的樣子；「滑稽」是形容圓滑隨俗的樣子；「脂」指動植物的油脂，「韋」指動物的軟皮，油脂和軟皮可想而知也都非常圓滑；「楹」是廳堂前部的柱子；「潔楹」有兩說，一說楹為圓柱，要用脂、韋來打磨清潔，一說「潔」通「絜（ㄒㄧㄝˊ）」，用繩子來度量粗細，「潔楹」即意為用繩子將屋柱圍起來，度量粗細，引申而為善於揣度權貴者之所好。

因此，這句詩就是指責貴族大臣們就像油滑的脂韋一樣，對國君婉轉順從，阿諛奉承，而自己絕不能也像他們一樣。

《史記》有《滑稽列傳》，專門記載詼諧之人，司馬貞索隱：「滑，亂也；稽，同也。言辨捷之人言非若是，說是若非，言能亂異同也。」

「滑稽」為什麼會具備這樣的含義呢？屈原和司馬遷都沒有做出解釋。西漢學者揚雄寫有一篇〈酒箴〉，收錄於《漢書．陳遵傳》，其中有「鴟夷滑稽，腹大如壺，盡日盛酒，人復借酤」的句子，「鴟夷」和「滑稽」都是盛酒器，不過「鴟夷」是皮革所做的皮袋子，用以盛酒。這幾句話是說人們常常從這兩種盛酒器中取酒飲用。

司馬貞索隱同時引用了北魏學者崔浩的解釋：「崔浩雲：滑音骨。滑稽，流酒器也，轉注吐酒，終日不已。言出口成章，詞不窮竭，若滑稽之吐酒。故楊雄酒賦云『鴟夷滑稽，腹大如壺，盡日盛酒，人復藉沽』是也。」北宋大型類書《太平御覽》卷七百六十一引述的崔浩的話稍有不同：

「崔浩《漢記音義》曰：『滑稽，酒器也，轉注吐酒，終日不已，若今之陽燧樽。』」

原來，「滑稽」這種酒器是一種流酒器，裡面裝有虹吸管，利用虹吸現象將酒倒出。虹吸管通稱「過山龍」。清人文康所著《兒女英雄傳》第三十回〈開菊宴雙美激新郎　聆蘭言一心攻舊業〉中寫道：「這滑稽是件東西，就是掣酒的那個酒掣子，俗名叫作『過山龍』，又叫『倒流兒』。因這件東西從那頭把酒掣出來，繞個彎兒注到這頭兒去，如同人的滑串流口，雖是無稽之談，可以從他口裡繞著彎兒說到人心裡去，所以叫作『滑稽』，又有個『乘滑稽留』的意思。」

古代中國早就發明了虹吸管，稱作「渴烏」。在為《周禮》所作的注中，鄭玄寫道：「益之者，以飲諸臣，若今常滿尊也。」「常滿尊」中之所以酒常滿，就是因為裡面裝了類似「渴烏」的虹吸管。唐代大型類書《藝文類聚》引東晉詩人孫綽〈樽銘〉：「晉孫綽〈樽銘〉曰……詳觀茲器，妙巧奇絕，酌焉則注，受滿則側，吐寫適會，未見其竭。」這件酒器就是《太平御覽》所稱的「陽燧尊」。「陽燧」是利用日光取火的凹面銅鏡，「陽燧尊」則為模仿陽燧的形狀而制，腹部向內凹，故有此稱。

綜上所述，「滑稽」這種盛酒器又稱常滿尊、陽燧尊，後世則稱酒過龍、倒流兒、酒注子、執壺、公道杯等等。而且正如崔浩所言：「滑音骨。」作為盛酒器的「滑稽」之「滑」應讀作「ㄍㄨˇ」，而不能讀作「ㄏㄨㄚˊ」。

那麼，「滑稽」又為什麼用作盛酒器之名呢？「滑」的本義是「通利往來」，因此可以「調和四味」，正符合酒器中虹吸管的工作原理；「稽」的本義是停留、貯滯，用以形容酒器中酒常滿的狀態。《兒女英雄傳》的上述引文中「乘滑稽留」是最好的描述。正是因為「滑稽」的這種特性，崔浩才把詼諧之人形容為「出口成章，詞不窮竭，若滑稽之吐酒」。

不知道是哪位天才的古人用「滑稽」這兩個字為帶有虹吸管的盛酒器命名，真該向他致敬！

●「痴人說夢」原來是對著痴人說夢話●

「痴人說夢」這個成語的意思是愚昧的人口出妄誕之言，毫無疑問是一個貶義詞。但是它最早的含義可不是這樣，而是對著痴人說夢話，痴人竟然信以為真。

此語最早出自北宋釋惠洪所撰《冷齋夜話》一書。在該書卷九「痴人說夢夢中說夢」一條中，釋惠洪講了一個非常好玩的故事：「僧伽，龍朔中游江淮間，其跡甚異。有問之曰：『汝何姓？』答曰：『姓何。』又問：『何國人？』答曰：『何國人。』唐李邕作碑，不曉其言，乃書傳曰：『大師姓何，何國人。』此正所謂對痴人說夢耳。李邕遂以夢為真，真痴絕也。」

僧伽是西域名僧，唐高宗龍朔初年入唐。在江淮間遊歷時，有人問他：「汝何姓？」（你姓什麼？）他就依著對方的話回答道：「姓何。」再問：「何國人？」他又依著對方的話回答道：「何國人。」書法家李邕為他作碑，不懂得他的話，根據他的回答寫道：「大師姓何，何國人。」釋惠洪的評價是：僧伽是對著痴人說夢話，李邕居然信以為真，更是痴絕。

不過更痴絕的還在後面呢，釋惠洪繼續把這個故事往下講：「僧贊寧以其傳編入《僧史》，又從而解之曰：『其言姓何，亦猶康會本康居國人，便命為康僧會。詳何國在碎葉東北，是碎葉國附庸耳。』此又夢中說夢，可掩卷一笑。」僧人贊寧把僧伽的傳記編入《僧史》，為了把「何姓何國人」的訛傳說圓，乾脆想當然地胡編亂造，說什麼「就像康會本是康居國人，故稱康僧會一樣；僧伽本是何國人，故稱『姓何』」。接著贊寧考證說「何國在碎葉東北，是碎葉國的附庸」，其實根本沒有這個國家。釋惠洪繼續評價道：「比起僧伽對著痴人說夢話李邕信以為真，贊寧更是夢中說夢啊！」

從這個故事可知，「痴人說夢」原來是指對著痴人說夢話，說話的人很清醒，聽話的人卻是痴人；今天的意思卻完全相反，是一個痴人說著夢話，一個愚昧的人口出妄誕之言。

「睥睨」原來是女牆的代稱

「睥睨（ㄅㄧˋ ㄋㄧˋ）」是一個書寫用語，斜視的樣子，形容厭惡、輕蔑或高傲之意。比如睥睨一切、睥睨眾生、睥睨千古等詞，簡直高傲到了極點。但是令人不可思議的是，這個詞最早卻是名詞，而且特指女牆！

女牆也叫女兒牆、女垣，是古時城牆上面呈凸凹形連續排列的齒形矮牆，作用是守城士兵瞭望來犯之敵，同時又可作掩體。今天很多古城的城牆上還完好地保留著「女牆」的形制。

《左傳．宣公十二年》：「守陴者皆哭。」陴（ㄆㄧˊ），《說文解字》：「城上女牆俾倪也。」孔穎達注解道：「陴、堞、俾倪、短牆、短垣、女牆，皆一物也。」「睥睨」又可寫作「俾倪」，《墨子．守城門》中說「俾倪廣三尺，高二尺五寸」。睥睨的不同寫法，段玉裁解釋得最清楚：「俾倪疊韻字，或作睥睨，或作埤堄，皆俗字。城上為小牆，作孔穴可以窺外，謂之俾倪。」

那麼，為什麼女牆又稱作「睥睨」呢？孔穎達說：「俾倪者，看視之名。」東漢學者劉熙在《釋名．釋宮室》中說：「城上垣曰睥睨，言於其孔中睥睨非常也；亦曰陴，陴，裨也，言裨助城之高也；亦曰女牆，言其卑小，比之於城，若女子之於丈夫也。」明清之際著名才子李漁在《閒情偶寄》一書中引《古今注》：「女牆者，城上小牆。一名睥睨，言於城上窺人也。」

「於其孔中睥睨非常」，是指從女牆的孔中窺伺敵人的動靜；「言於城上窺人也」亦是此意。顯然，這種窺伺之狀跟「睥睨」之斜視的樣子非常相像，女子則更善於「睥睨」之態，故把女牆稱作「睥睨」。至於劉熙所謂「言其卑小，比之於城，若女子之於丈夫也」，不過是男尊女卑的比附而已。斜視的樣子很容易跟厭惡、輕蔑或高傲聯想起來，因此「睥睨」由此而引申為此類義項。

李漁在《閒情偶寄》一書中提出質疑：「凡戶以內之及肩小牆，皆可以此名之。蓋女者，婦人未嫁之稱，不過言其纖小，若定指城上小牆，則登城禦敵，豈婦人女子之事哉？至於牆上嵌花或露孔，使內外得以相視，如近時園圃所築者，益可名為女牆，蓋仿睥睨之制而成者也。」

揣摩李漁的意思，大概是說「女牆」之得名，蓋出於防止深閨女子與外界接觸的矮牆；「牆上嵌花或露孔，使內外得以相視」，則女子睥睨之態，紅杏出牆之意呼之欲出矣！

「禁臠」是什麼東西？

「禁臠」是比喻那些珍美的、獨自佔有而不容別人分享、染指的東西。「臠（ㄌㄨㄢˊ）」是切成小塊的肉。這個比喻在晉朝的時候跟今天的意思不大一樣，乃是專指皇帝的女婿。

這個稱謂最早見於《晉書．謝混傳》和《世說新語》。司馬睿是東晉的開國皇帝，西晉滅亡後，他在建業稱帝，即晉元帝，改建業為建康（今南京）。國家初建，百廢待興，人們的生活水準極低，連皇帝和大臣們都很少能夠吃到肉。古人認為羊肉是所有肉類中味道最好的，可是此時根本就吃不到羊肉，連豬肉都成了稀罕的美食。每次得到一頭小豬，大臣們就把小豬脖子下最肥美的一塊兒獻給晉元帝，當時人稱之為「禁臠」，即專供皇帝食用的部分。「禁臠」如此之肥美，以至於宋朝的美食大師蘇東坡詠歎道：「嘗項上之一臠，如嚼霜前之兩螯。」將「禁臠」同霜前螃蟹的第一對大鉗子似的蟹腳相提並論。

到了晉孝武帝司馬曜當政的時候，孝武帝為公主選女婿，徵詢大臣王珣的意見，王珣向他推薦了謝混。謝混是謝安的孫子，著名文學家。不料婚事還沒有成，孝武帝就駕崩了。另一位大臣袁山松也想要謝混做女婿，剛巧也來徵詢王珣的意見，王珣回答道：「卿莫近禁臠。」把謝混比作皇帝碗裡的肉。後來謝混果然娶了公主。從此之後，「禁臠」就成為皇帝女婿的專用稱謂。

唐朝學者劉知幾在《史通》中寫道：「江左皇族，水鄉庶姓，若司馬、劉、蕭、韓、王，或出於亡命，或起自俘囚，一詣桑乾，皆成禁臠。」根據《魏書》的記載，司馬、劉、蕭、韓、王諸家族降魏後，家族中的子弟很多都娶了公主，因此皆稱「禁臠」。

唐朝詩人孫元晏在詠史詩中如此吟詠謝混：「尚主當初偶未成，此時誰合更關情。可憐謝混風華在，千古翻傳禁臠名。」就是吟詠的謝混的這段故事。

唐朝時「禁臠」一詞的意涵有所擴大，雖然不專指皇帝的女婿了，但還是跟皇帝有關。武則天寵幸的上官婉兒，有一次跟武則天的男寵張昌宗調笑，被武則天撞個正著，武則天大怒，拔出金刀刺向了上官婉兒的前鬢，刺傷了左額，武則天怒罵道：「汝敢近我禁臠，罪當處死！」幸虧張昌宗跪下求情，才赦免了上官婉兒。

●「筷子」的稱謂是怎麼來的？——●

在官方的稱謂譜系中，筷子最初叫「箸（ㄓㄨˋ）」，此外還有梜、梜提、筯等等。殷紂王已經使用象箸，即象牙所製的筷子，由此可知普通筷子的使用歷史更為悠久。

「筷子」的俗稱起源於明代，陸容在《菽園雜記》中記載了吳中（今蘇州一帶）的各種諱稱：「民間俗諱，各處有之，而吳中為甚。如舟行諱『住』，諱『翻』，以『箸』為『快兒』，『幡布』為『抹布』；諱『離』、『散』，以『梨』為『圓果』，『傘』為『豎笠』；諱『狼籍』，以『榔槌』為『興哥』；諱『惱躁』，以『謝灶』為『謝歡喜』。此皆俚俗可笑處，今士大夫亦有犯俗稱『快兒』者。」

原來，「箸」和「住」同音，船家最怕船拋錨停住，因此諱稱「箸」而改為「快兒」，意為讓船快行。這是一種討口彩、圖吉利的常見現象，各地方言中都有類似的忌諱。

明人李豫亨在《推篷寤語》中說得更加明白：「有諱惡字而呼為美字者，如『傘』諱『散』，呼為『聚立（笠）』；『箸』諱『滯』，呼為『快子』；『灶』諱『躁』，呼為『歡喜』之類。今因流傳之久，至有士夫間亦呼『箸』為『快子』者，忘其始也。」

日本人沒有這種忌諱，因此日本現在還把筷子稱作「箸」。筷子乃竹子所制，久而久之，後人就把「快」加了個竹字頭，稱作「筷子」了。

雖然官方並不承認「筷子」的叫法，比如《康熙字典》中居然沒有收入「筷」這個字，但是民間流傳的速度實在太快，影響實在太大，至清代已經廣泛使用這個稱謂了。這是一個非常有趣的現象：民間俗稱的「筷子」，徹底取代了官方話語的「箸」，竟然從此成為了惟一的稱謂。

•「衙門」跟「衙內」原來是「牙門」跟「牙內」——•

水滸傳裡，林沖的妻子遭人調戲，林沖趕到後恰待下拳，一看是高太尉之子高衙內，只好隱忍。這時的民間早已把高官的子弟統稱為「衙內」了。

「衙內」本來寫作「牙內」，起源於一種官職。五代和北宋初年，藩鎮的親衛官的官銜是牙內都指揮使和牙內都虞侯，因為是藩鎮的貼身護衛，職責是保護藩鎮的安全，因此不敢隨便用人，都起用官宦人家的子弟擔任，只有這樣才能放心。慢慢地，後人就把官僚子弟稱作「牙內」。

「牙門」之所以演變成「衙內」，跟「衙門」一詞一樣。「衙門」其實是「牙門」，後來大概覺得「牙」這個字不好看，於是採用同音字「衙」來替代了。「牙」特指象牙，古時候天子出行，要建「牙旗」，即在旗上飾以象牙，然後豎立起來，代表「門」，稱「牙門」。牙旗遠較其他的旗高大，以顯示權威。這一制度始見於漢，張衡的〈東京賦〉中寫道：「戈矛若林，牙旗繽紛。」後來牙旗逐漸從天子專用轉而成為軍營的大旗，「牙」也不再專只限定象牙，別的猛獸的牙也可以裝飾在旗上。牙旗是軍營中最具有權威性的旗幟，傳達和聽取號令的時候，一定要聚集在牙旗下。

從隋唐時期開始，「牙門」一詞的使用開始寬泛起來。封演的《封氏聞見錄記》有記載：「近俗尚武，是以通呼公府為公牙，府門為牙門。字謬訛變，轉而為衙也。」從此之後，「牙門」變成了「衙門」，軍事性質的「牙門」轉變為官府的代稱。

「衙門」雖然是官府的代稱，但只是民間的俗語，正式的官府從來沒有使用過「衙門」這一稱謂，惟一的例外出現在晚清，一八六一年咸豐皇帝批准成立了「總理各國事務衙門」，簡稱「總理衙門」，是清政府為辦理洋務及外交事務而特設的中央機構。

同理，衙門裡的差役稱「衙役」，也是由「牙役」訛變而來。

●「裙帶關係」原來專指因夫人得官——●

今天人們日常口語中的「裙帶關係」一語，泛指通過跟自己有關係的官員圖謀私利的一種腐敗行為，多用於官官之間、官商之間。顧名思義，「裙帶」當然是女人的著裝，「裙帶關係」最早乃是指的「夫人裙帶」，專指通過夫人獲取官職。

南宋學者周煇在《清波雜誌》中講述了一個有趣的故事：「蔡卞之妻七夫人，頗知書，能詩詞。蔡每有國事，先謀之於床第，然後宣之於廟堂。時執政相語曰：『吾輩每日奉行者，皆其咳唾之餘也。』蔡拜右相，家宴張樂，伶人揚言曰：『右丞今日大拜，都是夫人裙帶！』譏其官職自妻而致，中外傳以為笑。」

蔡卞是奸臣蔡京之弟，不過極富才華，王安石因此將女兒嫁給了他，即故事中的七夫人。蔡卞每每拿國事向妻子請教，所謂「謀之於床第」。「第（ㄗˇ）」是竹子編的床席。《左傳．襄公二十七年》載：「床第之言不逾閾。」「閾（ㄩˋ）」指門檻，夫妻之間在床上說的話不能超出臥房的門檻。蔡卞卻「先謀之於床第，然後宣之於廟堂」，也難怪同僚們引以為恥。

蔡卞拜為右相之後，開家宴慶賀升遷，伶人借做戲之機諷刺他：「右丞今日大拜，都是夫人裙帶！」「夫人裙帶」一語即由此而來，而且從此就流傳了開來。

晚於周煇的學者趙升在《朝野類要》一書中記載了當時的俗語：「親王南班之婿，號曰西官，即所謂郡馬也，俗謂裙帶頭官。」「親王」指皇帝的兄弟和皇子封為王者；「南班」則指賜予皇族子弟的官爵，「班」是爵祿，最初由宋仁宗在南郊舉行大祀時所封，故稱「南班」；宋代宗室之女亦可封為郡主，郡主的丈夫即為郡馬。民間叫不慣「西宮」、「郡馬」這些正式稱謂，而是徑直呼之為「裙帶頭官」，因郡主所得之官。這一稱謂直指本質，正是從蔡卞伶人的諷刺之語而來。

從此之後，「裙帶」、「夫人裙帶」就進入了漢語詞彙庫。不過到了今天，得官或得私利的方式已不僅僅限於夫人，遂籠而統之稱之為「裙帶關係」了。

●「跳槽」原來是青樓用語

《說文解字》：「槽，畜獸之食器。」顧名思義，跳槽，就是指從一個食槽跳到另一個食槽。這個詞毫無疑問是形容牲口吃食時的景象。想像一下馬廄裡的馬匹，在槽裡吃食時擾動不安，時而伸出嘴去搶吃別的槽裡的馬食，就知道這個詞是多麼的生動了！但是在今天，「跳槽」卻是更換工作的代稱：明年，你準備跳槽嗎？

鮮為人知的是，「跳槽」原來竟是青樓用語！明人張存紳所著《雅俗稽言》中有「跳槽」一條，解釋說：「今俗以宿娼無恆主謂之跳槽，乃自家妃妾以新間舊亦曰跳槽。魏明帝初為王時，納虞氏為妃，及即位，毛氏有寵而黜虞氏。元人傳奇以明帝為跳槽，俗語本此。」元人傳奇中本來用「跳槽」來形容魏明帝不斷地寵此黜彼，引申而為青樓用語，指妓女和一個嫖客纏綿多時之後，轉而移情別的更有錢的嫖客，或者指嫖客厭倦了一個妓女，轉而移情別的妓女，所謂「宿娼無恆主」

是也。

馮夢龍所輯明代江南豔曲《掛枝兒》中，有兩首〈跳槽〉小曲，其中唱道：「你風流，我俊雅，和你同年少。兩情深，罰下願，再不去跳槽。恨冤家瞞了我去偷情別調。」「姊妹們苦勸我，權饒你這遭。誰想你到如今又把槽跳。」可見明代時「跳槽」已是民間的常用語。明代民間俗語還有「母狗不掉尾，公狗不跳槽」之語，牲畜發情交配，母狗稱「掉尾」，公狗稱「跳槽」，也可見「跳槽」一詞之粗俗。

到了清代，「跳槽」一詞同樣使用得十分廣泛，而且詞義固定為妓女或嫖客的換槽行為。沈復的自傳體散文《浮生六記》中有一章〈浪遊記快〉，其中寫道：「秀峰今翠明紅，俗謂之跳槽，甚至一招兩妓；余則惟喜兒一人。」秀峰是沈復的朋友，「今翠明紅」，這就是「跳槽」行為。近人徐珂所著《清稗類鈔》中有「跳槽」一條，其中寫道：「跳槽頭，原指妓女而言，謂其琵琶別抱也，譬以馬之就飲食，移就別槽耳；後則以言狎客，謂其去此適彼。」解釋得非常明白。

因「跳槽」一詞極為具象，因此從明清一路沿襲下來，老詞煥發了新義，大約從二十世紀中葉開始，成為更換工作的代名詞，以至於到了今天，已經沒有人知道這個極為粗俗的青樓用語的原始含義了。

●「遇人不淑」原來只能出自已婚女性之口——●

「遇人不淑」是一句日常口語，甚至有些男人也會感嘆自己「遇人不淑」，感嘆自己沒有遇到合適的淑女。這真是天大的誤會！「遇人不淑」只能出自女性之口，而且還必須是已婚女性，只有她們才能嘆息「遇人不淑」，沒有嫁給一個好丈夫。

「淑」是善良、美好的意思，偏重於道德界定。在今人的概念中，淑女是指那種氣質優雅、性格文靜的女子，殊不知這是誤解，「淑女」其實是指善良的女子。古代對官員妻子的誥封有「淑人」的封號，屬三品，即是肯定其道德、心地善良，跟相貌沒有任何關係。

「遇人不淑」一詞出自《詩經．中谷有蓷》，原詩為：「中谷有蓷，暵其乾矣。有女仳離，嘅其嘆矣。嘅其嘆矣，遇人之艱難矣。中谷有蓷，暵其脩矣。有女仳離，條其歗矣。條其歗矣，遇人之不淑矣。中谷有蓷，暵其濕矣。有女仳離，啜其泣矣。啜其泣矣，何嗟及矣。」

「蓷（ㄊㄨㄟ）」是益母草；「暵（ㄏㄢˋ）」是晾曬；「仳（ㄆㄧˇ）離」特指婦女被遺棄而離去；「嘅」通慨，嘆息；「脩（ㄒㄧㄡ）」本指乾肉，此處意為乾燥；「條」是長的意思；「歗（ㄒㄧㄠˋ）」通嘯，號呼哀痛的聲音。這首詩是對一位棄婦的同情之作，略譯如下：山谷中有一棵益母草，曬得都乾枯了。有一個被拋棄的女子在聲聲嘆息，嘆息嫁人的艱難有誰知道，嘆息「遇人不淑」，沒有嫁給一個好丈夫，如今追悔莫及，終究已經晚了。

這就是「遇人不淑」的原始出處，並非可以用在任何人身上，或用在任何場所。

•「過街老鼠」原來是「過街兔子」之誤——•

俗話說「過街老鼠，人人喊打」，這句話說起來很痛快，但是仔細一想問題就出來了：第一，老鼠與人相伴而生，有人的地方就一定會有老鼠，老鼠不過是小打小鬧，對人類的危害遠不止於到「人人喊打」的程度；第二，老鼠怕人，體型又小，過街的時候一溜煙兒就跑過去了，哪裡能夠人人都看見從而喊打呢？

清代學者翟灝所著《通俗編》一書中提出了一個合理的猜想：「《慎子》：『一兔過街，百人逐之。』按，流俗有過街老鼠語，似承此而訛。」慎子是戰國時期法家思想的代表人物，他所著的《慎子》一書大多已失傳，不過，《呂氏春秋．慎勢》篇中記載了一則非常有趣的逸文，用淺顯的話講述了一個簡單的道理。

慎子曰：「今一兔走，百人逐之，非一兔足為百人分也，由未定。由未定，堯且屈力，而況眾人乎？積兔滿市，行者不顧，非不欲兔也，分已定矣。分已定，人雖鄙，不爭。故治天下及國，在乎分定而已矣。」

慎子說：「如今有一隻兔子在奔跑，上百人在後面追趕，這並不是因為一隻兔子能夠分給一百個人，而是因為這隻兔子無主，所有權尚未確定的緣故。這種情況連堯這樣的聖人都沒辦法解決，更何況眾人呢！市場上堆滿了兔子，但過路的人一眼都不去看，這並不是因為他們不想要兔子，而是因為這些兔子的名分已定，已經有主了。名分已定，即使人們再貪婪也不會去爭。因此治理天下和國家，就在於定名分而已。」

「一兔走，百人逐」，不是比「過街老鼠，人人喊打」更生動且更合理嗎？翟灝「流俗有過街老鼠語，似承此而訛」的猜想很有道理，後來大概因為人們覺得「百人逐兔」的場景未免過於不雅，將人類逐利的本性描寫得淋漓盡致，因此才將兔子換成更常見的老鼠，同時又將「逐兔」的情節偷換為打老鼠，遂演變成今天這個俗語，老鼠被賦予了害人的色彩，替代了「一兔走，百人逐」的對人類逐利的刻薄嘲諷。

「雷同」為什麼跟打雷有關？

隨聲附和或者觀點與人相同皆稱「雷同」。跟字面上的意義一樣，這個詞確實跟「雷」有關係。

「雷同」最早出自《禮記．曲禮》：「毋剿說，毋雷同。」這是針對席間有長者在場時的禮儀規定，要求晚輩要正容恭聽長者說話，不要像個跟屁蟲一樣隨聲附和，否則就是不尊敬。「剿」通「鈔」，抄襲，「剿說」即抄襲別人說的話。鄭玄注：「雷之發聲，物無不同時應者；人之言當各由己，不當然也。」鄭玄的意思是說打雷的時候萬物無不同時應聲，而人發言必須自說自話，不能像萬物相應雷聲一樣，隨聲附和別人的言論。

宋玉《楚辭．九辨》中也使用了這個詞：「世雷同而炫耀兮，何毀譽之昧昧。」意思是世人只知道一味雷同地互相誇耀，結果弄得是非不明，毀譽不分。到了東漢時期，「雷同」已經進入了人們的日常口語，《後漢書．桓譚傳》：「略雷同之俗語，詳通人之雅謀。」李賢注：「雷之發聲，眾物同應，俗人無是非之心，出言同者謂之雷同。」可見「雷同」這個詞一出現就是一個貶義詞。

不過，再仔細研究的話，還有更有趣的說法。「雷同」的「雷」字明白了，那麼「同」呢？「同」就是簡單的相同的意思嗎？其實不然，「同」是古代土地的面積單位，方圓百里為「同」。《左傳．襄公二十五年》：「天子之地一圻，列國一同。」方圓千里稱「圻（ㄑㄧˊ）」，天子直接管轄的地盤是方圓千里，諸侯直接管轄的地盤方圓百里。東漢章帝時，由於地方經費不足，有大臣向皇帝建議對食鹽等日用品實行專賣制度，遭到尚書僕射朱暉的堅決反對，認為這是與民爭利。漢章帝非常生氣，朱暉卻對眾大臣說：「如果明明知道不能實行這項政策還『順旨雷同』，有負臣子的職責。」在朱暉的堅持下，這一政策最終沒有實行。李賢解釋「順旨雷同」說：「打雷的時候，雷聲能夠震驚百里，而百里稱『同』，故稱『雷同』。」

杜甫〈前出塞〉一詩中寫道：「眾人貴苟得，欲語羞雷同。」古人尚且引「雷同」以為羞恥，況今人乎？

「鼓噪」原來是軍事術語

「鼓噪」在今天多用作貶義詞，意思是起鬨、喧嚷、煽動，不過這個詞最初卻是一個軍事術語。

周代有大司馬一職，掌邦政。仲冬（冬季第二個月）的時候，大司馬負責「大閱」，大規模地檢閱軍隊，檢閱完畢後，按照軍隊的建制前往野外狩獵。

《周禮》中有兩句話生動地描繪了「鼓噪」的場景：「及所弊，鼓皆駴，車徒皆譟。」弊，弊止，百姓打獵所止之處，也就是專供天子或諸侯打獵的場所；駴（ㄒㄧㄝˋ），迅猛如雷地擊鼓；譟，通「噪」，眾人一起大呼。這兩句話的意思是：到了打獵之處，鼓聲如雷響起，兵車上的士卒和步卒們一起大聲呼叫。鄭玄注解說：「吏士鼓噪，像攻敵剋（ㄑㄧˊㄥ）勝而喜也。」

《左傳．成公五年》中則記述得更清楚：「宋公子圍龜為質於楚而歸，華元享之。請鼓噪以出，鼓噪以復入，曰：『習攻華氏。』」宋國大夫華元在楚國作人質，後來讓公子圍龜代替自己，公子圍龜回到宋國後，華元請他吃飯，公子圍龜對華元恨之入骨，於是要求鼓噪以出，鼓噪以入，並且公然宣稱：「我是在演習進攻華氏。」如此肆無忌憚的挑釁行為，使公子圍龜付出了生命的代價，「宋公殺之」。由此可見，古人出戰之前一定要「鼓噪」，擊鼓呼叫，長自己威風，滅敵人士氣。

「鼓噪」從一個軍事術語，從一個對客觀事實的描述，漸漸演變成一個貶義詞，原為長自己威風滅敵人士氣的舉動，竟然演變成聚眾起鬨、煽動的行為，又可惜了一個好詞！

「僥倖」為什麼會有意外的意思？

今天「僥倖」一詞只有一個意思，即意外獲得成功或者意外免除災禍，即幸運之意。不過，這個詞最早是企求非分的意思。

「僥」的本義是貪求不止，皇帝親臨曰「幸」。「僥倖」一詞即出自皇帝親自駕臨某地的場景。皇帝駕幸某地，會見當地的官民代表，還要奏樂與民同樂，賜給官民各種各樣的物品，甚至還會減免當地的賦稅。這些優惠政策出於當地百姓的意料之外，並非按照常規制度應該得到的，故稱「僥倖」。因此古人云：「民之多幸，國之不幸也。」意思是說百姓的非分所得越多，國家的收入就隨之而減少。

「僥倖」連用，最早見於《莊子．在宥》：「此以人之國僥倖也。」憑藉統治國家的權力而貪求個人的僥倖。陸德明解釋說：「僥倖，求利不止之貌。」司馬光在〈論財利疏〉中把「僥倖」一詞說得更加清楚：「凡宗室、外戚、後宮、內臣以至外廷之臣，俸給賜予，皆循祖宗舊規，勿複得援用近歲僥倖之例。其逾越常分，妄有干求者，一皆塞絕，分毫勿許，若祈請不已者，宜嚴加懲譴，以警其餘。」可見，「僥倖」乃是「逾越常分，妄有干求」，不可不戒。

梁啟超在《新民論》中把內亂時的國民性之一定義為「僥倖性」：「才智之徒，不務利群，而惟思用險鷙之心術，攫機會以自快一時也。」「僥倖」一詞的語義漸漸擴大，早已失去了皇帝「幸」而百姓「僥」的原始含義了。

「嗾使」原來是使喚狗

「嗾使」的意思是教唆指使別人去幹壞事。這個詞雖然不是人們的日常用語，但在書面語中的使用頻率還是很高。那麼，「嗾使」為什麼會具備這樣的義項？「嗾」又是什麼意思呢？

「嗾」讀作「ㄙㄡˇ」，《說文解字》：「嗾，使犬聲。」「嗾」原來是指使狗去咬人時發出的聲音。西漢學者揚雄所著《方言》中說：「秦晉之西鄙自冀隴而西使犬曰哨。」「哨」和「嗾」乃一音之轉。

《左傳．宣公二年》中講述了一個嗾狗的故事：「秋九月，晉侯飲趙盾酒，伏甲將攻之。其右提彌明知之，趨登曰：『臣侍君宴，過三爵，非禮也。』遂扶以下，公嗾夫獒焉。明搏而殺之。盾曰：『棄人用犬，雖猛何為。』鬥且出，提彌明死之。」

趙盾是晉國的正卿，屢屢勸諫晉靈公，晉靈公就想殺掉他。擔任趙盾車右的勇士提彌明發現了埋伏的甲士，快步走上大殿，以「過三爵，非禮」的名義扶著趙盾下堂。按照禮制規定，臣下陪國君小飲，只能飲三爵，三爵則退。晉靈公「嗾夫獒焉」，「獒」是長達四尺的猛犬，晉靈公的嘴裡發出的就是「嗾」的聲音，以此指使獒去咬趙盾。提彌明殺了這隻獒。趙盾不屑地說：「國君您棄人而用犬，即使是猛犬又有什麼用呢。」二人與甲士且鬥且出，提彌明戰死。

「詩鬼」李賀有〈公無出門〉一詩，其中寫道：「嗾犬狺狺相索索，舐掌偏宜佩蘭客。」主人對犬發出「嗾」聲，唆使犬去咬人，犬以「狺狺（ㄧㄣˊ）」的兇猛吠叫之聲回應。「索索」是形容內心不安的樣子，這隻犬一邊吠叫一邊不安地到處嗅著前進。「佩蘭客」指志趣高潔之士，「舐掌」則是形容狗飢餓時自舔其掌的樣子。這隻被主人唆使的狗，要去咬佩蘭之客，當然是用來比喻佩蘭客面對的現實之險惡。

「嗾犬狺狺相索索」，這只被唆使的狗的兇惡模樣如在眼前。從此之後，人們將那些被權勢者豢養和唆使的豪奴比之於犬和獒，因此誕生了「嗾使」這個詞。被「嗾使」的人就像晉靈公「嗾夫獒焉」一樣去幹壞事，可見這是一個表達極其厭惡之情的詈詞。

「嘍囉」原來是讚美的詞

舊小說和戲曲中常常可見「嘍囉」的稱謂，比如《水滸傳》第一回，李吉告訴九紋龍史進：「如今山上添了一夥強人，紮下一個山寨，聚集著五七百個小嘍羅，有百十匹好馬。」這是指強盜的部下。「嘍囉」一詞常見的還寫作「嘍羅」、「僂羅」、「婁羅」、「摟羅」等等，都是同音詞。今天的口語和書面文字中也還常常使用這個稱謂，拿來稱呼壞人的隨從，是一個地地道道的貶義詞。

可是，鮮為人知的是，「嘍囉」最早的時候卻是一個讚美人的褒義詞！

據《舊唐書．回紇傳》載，唐代宗冊封回紇可汗，稱號極長，叫做「登里頡咄登密施含俱錄英義建功毗伽可汗」，並解釋說：「『頡咄』，華言『社稷法用』；『登密施』，華言『封竟』；

『含俱錄』，華言『婁羅』；『毗伽』，華言『足意智』。」既然作為回紇可汗的稱號，那麼一定是褒義詞。

唐人蘇鶚所著《蘇氏演義》中解釋說：「婁羅，幹辦集事之稱也。世傳謂婁敬、甘羅，甚非理。」所謂「幹辦集事」，是指辦事伶俐幹練。蘇鶚順便指出「婁羅」一詞並非漢初謀士婁敬和秦國少年政治家甘羅二人的合稱。

宋人高承所著《事物紀原》中作了更詳細的解釋：「言人善當荷幹辦於事者，能樓攬羅綰，遂謂之樓羅。」所謂「樓攬羅綰」，指做事能夠包攬張羅，精明能幹。據《宋史．張思均傳》載：「思鈞起行伍，征討稍有功。質狀小而精悍，太宗嘗稱其『樓羅』，自是人目為『小樓羅』焉。」張思均因為征討有功而被譽為「小樓羅」。

綜上所述，可見「嘍囉」一詞原本是讚美之詞，後來才漸漸引申為綠林之卒。南宋學者羅大經所著《鶴林玉露》中說：「僂儸，俗言狡猾也。」然後羅大經感慨道：「歐史間書俗語，甚奇。」「歐史」指歐陽修所著的《新五代史》。由此可見，至遲到南宋時，「嘍囉」的稱謂已經演變為貶義詞。

明代著名才子徐渭在《南詞敘錄》中說：「摟羅，矯絕也。唐人語曰：『欺客打客當摟羅。』今以目綠林之從卒。」之所以「以目綠林之從卒」，也正是從伶俐能幹、狡猾等義項漸漸引申而來，「嘍囉」從此就由讚美人的褒義詞演變成了一個徹頭徹尾的貶義詞。

「嘍囉」及其各種同音詞，是中文裡一個非常引人注目的現象，一千多年來學者們聚訟紛紜，解釋層出不窮，迄今尚無定論。因非關本文主旨，茲不贅述。

「墊背」原來是往死人身下墊錢

今天口語中的「墊背」一詞，用來比喻讓別人為自己分擔過失或罪責，比如「死了也要拉個墊背的」之類。為什麼會有這樣的意思呢？原來，這跟過去的喪葬習俗有關。

元人鄭廷玉所作雜劇《看錢奴買冤家債主》第四折〈收尾〉：「笑則笑賈員外一文不使。單為這口銜墊背幾文錢，險送了拽布拖麻孝順子。」這裡的「口銜墊背」就是古代的喪葬習俗。《紅樓夢》第七十二回：鳳姐道：「我又不等著銜口墊背，忙了什麼。」那麼，到底什麼叫做「口銜墊背」或者「銜口墊背」呢？

先說「口銜」或「銜口」，又叫「含口」或「口含錢」，指死人入殮時放在死人嘴裡的錢。東漢學者何休說：「孝子所以實親口也，緣生以事，死不忍虛其口。」這是古人一項獨特的習俗，死者入殮時口中要含著一些東西，所謂「死不忍虛其口」是也（請參看本書上冊「口實」詞條）。這項習俗發展到後來，徑直將錢放在死人口中了事，也不再有珠、玉、璣、貝、穀等更多的講究了。

再說「墊背」，這是指死人入殮時撒在棺底的錢，墊在死者背下，故稱「墊背」，同樣也是讓死者到了另一個世界裡有錢可花。由死人的「墊背錢」加以引申，「死了也要拉個墊背的」，因此比喻讓別人為自己分擔。

民間的「墊背錢」可想而知極其微薄，因此「墊背」的比喻義也就不可能是什麼重量級的人物，隨隨便便拉一個人「墊背」而已。

•「墓木已拱」原來是詛咒之詞

「墓木已拱」，後世用作感慨人逝去已久之詞，今天在書寫文章時也還在使用。但是很多人不知道這個詞的本義，因此會產生誤解，比如就曾有人將「墓木已拱」誤解為棺材已經朽了。

拱，合手曰拱；墓木，墓地上種的樹。「墓木已拱」的意思因此是：墓地上種的樹，大到已經可以兩手合抱了。上古的時候，「古之葬者不封不樹」，不封土為墳，墓上也不種樹，採取的是薄葬制度。但先秦時期已改此制，《白虎通義》引《禮緯含文嘉》曰：「天子墳高三仞，樹以松；諸侯半之，樹以柏；大夫八尺，樹以欒；士四尺，樹以槐；庶人無墳，樹以楊柳。」則此時既「封」又「樹」，「封、樹者，所以為識」，作為標識。而且墓地上種的樹還有嚴格的等級制區分。

據《左傳．僖公三十二年》記載，這一年秦國準備攻打鄭國，秦穆公詢問上大夫蹇叔，蹇叔勸諫道：「勞師以襲遠，非所聞也。師勞力竭，遠主備之，無乃不可乎？師之所為，鄭必知之。勤而無所，必有悖心。且行千里，其誰不知？」秦穆公不聽。秦軍出師前夕，蹇叔哭道：「吾見師之出而不見其入也！」秦穆公很生氣，派人對蹇叔說：「爾何知？中壽，爾墓之木拱矣。」

秦穆公這句話乃是一句惡毒的詛咒之詞。孔穎達稱「上壽百二十歲，中壽百，下壽八十」；莊子在〈盜跖〉篇中則稱「人上壽百歲，中壽八十，下壽六十」；此外還有中壽七十、六十之說。對還活得好好的蹇叔說「中壽，爾墓之木拱矣」，意思是你如果中壽的時候就死了，那麼今天你墓上的樹已經可以兩手合抱了。秦穆公的言下之意，當然是說蹇叔老而不死，昏悖而不可用。

蹇叔「吾見師之出而不見其入也」的預言果然應驗，秦軍在崤山被秦鄭兩國間的晉國伏擊，全軍覆沒，秦穆公悔之無及，雖然向蹇叔謝罪，但是「墓木已拱」的詛咒還是流傳了下來，而且變成了一個慣用語，再無詛咒之意，相反地卻成為對逝去已久的感慨之詞了。

●「壽比南山」的「南山」並不是一座山——●

我們給老人家祝壽時常常說「福如東海，壽比南山」，還有的說法是「福如東海長流水，壽比南山不老松」。這都是吉慶用語。古時候指的東海不是今天的東海，而是指渤海，因為渤海的海水一望無際，呈青蒼色，因此也叫「滄海」。「滄海桑田」的「滄海」就是渤海。曹操〈觀滄海〉詩中的名句「東臨碣石，以觀滄海」，就是登上渤海岸邊的碣石山（在今河北省昌黎縣）眺望渤海。

東海的含義明白了，可是「南山」是什麼山呢？辭典上都把「南山」解釋成終南山，這是不對的。「壽比南山」出自《詩經．天保》，最後一段是：「如月之恆，如日之升。如南山之壽，不騫不崩。如松柏之茂，無不爾或承。」「恆」指月到上弦；「騫」是損壞。這段詩的意思是：像上弦月那樣漸漸圓滿，像太陽一樣東升。像南山之壽，不因風雨而剝蝕，也不會崩塌。像松柏那樣茂盛，子子孫孫傳承。這裡的「南山」應該解釋為山的南面。中國位處北半球，南面比北面有更多的日照，因此房子的朝向都是面南背北。南面也是尊位，皇帝統治天下也稱「南面」，即皇帝要面南背北而坐。山南水北叫「陽」，山北水南叫「陰」。山的南面陽光充足，降水也豐富，因此松柏長勢旺盛，「南山之壽」，「松柏之茂」，正是用山南的松柏來比喻長壽，所謂「壽比南山不老松」是也。

「南山」指山的南面還有一個證據，就是俗語中的「馬放南山」。「馬放南山」比喻天下太平，最早寫作「馬入華山」，出自《尚書．武成》：「乃偃武修文，歸馬於華山之陽，放牛於桃林之野，示天下弗服。」周武王滅商後，以文治天下，不再動刀兵，因此把馬放到華山的南面，把牛放到華山東邊的桃林。孔穎達解釋說：「山南曰陽，桃林在華山東，皆非長養牛馬之地，欲使自生自死，示天下不復乘用。」解釋得很明白，不再贅述。

因為「歸馬於華山之陽」，後人就把「馬入華山」也叫做「馬放南山」。北周文學家庾信在〈賀平鄴都表〉中寫道：「當今鹿臺已散，離宮已遣，兵藏武庫，馬入華山。」「鹿臺」是殷紂王貯藏珠玉錢帛的地方；「離宮」是正宮之外供帝王出巡時居住的宮室；「武庫」是未央宮中藏放兵器的地方。「兵藏武庫，馬入華山」被後人改造成「刀槍入庫，馬放南山」，這麼一改，「南山」的詞義就不明了。

「壽比南山」至遲在南北朝時期就已經成為官方和民間祝壽用的俗語了。《南史．齊豫章文獻王嶷傳》：「嶷謂上曰：『古來言願陛下壽比南山，或稱萬歲，此殆近貌言。如臣所懷，實願陛下極壽百年亦足矣。』」「貌言」即假話。王嶷堪稱拍馬屁的高手，皇帝能活一萬歲，人人都知道是假話，但還是照說不誤，惟獨王嶷說自己只希望皇帝活一百歲已經於願足矣，這是從反面來拍皇帝的馬屁。王嶷說「壽比南山」是「古來言」，可見這一俗語早就在民間流傳了。

•「壽終正寢」的「正寢」是什麼地方？——•

形容老年人安然逝世的「壽終正寢」這句成語，「壽終」容易理解，《釋名．釋喪制》：「老死曰壽終。壽，久也；終，盡也。生已久遠，氣終盡也。」「正寢」則不容易理解，很多人以為就是安然睡去的意思，其實大謬，「正寢」是指具體的處所。

那麼，「正寢」究竟是指什麼地方呢？這要從古代帝王的宮寢制度說起。古代帝王的宮寢制度稱作「六寢」。《禮記．玉藻》中規定：「君日出而視朝，退適路寢聽政，使人視大夫，大夫退，然後適小寢釋服。」國君聽政要在「路寢」，議事的大夫退下之後，國君才能夠回到「小寢」脫下朝服休息。由此可見，路寢是議事的地方，小寢是休息娛樂的地方。路寢只能有一座，小寢則可以有五座，因此合稱「六寢」。路寢又叫正寢、大寢，小寢又叫燕寢。這就是「正寢」一詞的由來，原指天子、諸侯治事的正廳，後來凡是房屋的正廳或正屋一概都泛稱「正寢」。

因此，「壽終正寢」的正確解釋應該是「壽終於正寢」，年老時在家中的正屋安然逝世。

陸游在《老學庵筆記》卷十中曾辨析過為什麼要「壽終於正寢」，他說：「古所謂路寢，猶今言正廳也。故諸侯將薨，必遷於路寢，不死於婦人之手，非惟不瀆，亦以絕婦寺矯命之禍也。」原來，古時諸侯死後，不能停屍於小寢，因為這是休息娛樂的地方，諸侯的妃嬪們都在此地，容易矯諸侯之命以干涉朝政或繼承人，因此一定要「遷於路寢」；議事的地方是士大夫們聚集之處，可以有效杜絕後宮之禍，此之謂「不死於婦人之手」。

清末平步青在《霞外捃（ㄐㄩㄣˋ）屑》一書「正寢」條中說：「近世文集中鮮云正寢，而訃告則必云壽終正寢，據放翁說，則二字不可率用。」「不可率用」的原因在於今人早已經不明白「正寢」一詞的本義，而是將它泛用，用來形容所有人的「壽終正寢」了。

●「慘綠少年」為什麼是形容風度翩翩的男子？——●

「慘綠少年」這個詞很奇怪，竟然用來形容風度翩翩的男子！慘者，淒慘也。既然淒慘，還有何翩翩風度可言？

我們先來看看這個詞的出處。唐人張固所著《幽閒鼓吹》記載了一則有趣的故事：「子孟陽初為戶部侍郎，夫人憂惕，謂曰：『以爾人材而在丞郎之位，吾懼禍之必至也。』戶部解喻再三，乃曰：『不然，試會爾同列，吾觀之。』因遍招深熟者。客至，夫人垂簾視之。既罷會，喜曰：『皆爾之儔也，不足憂矣。末坐慘綠少年何人也？』答曰：『補闕杜黃裳。』夫人曰：『此人全別，必是有名卿相。』」

潘孟陽是禮部侍郎潘炎之子，他的母親是宰相劉晏的女兒，極有見識。潘孟陽剛剛升為戶部侍郎，俗話說知子莫若母，潘母非常害怕，對兒子說：「憑你的這一點微末本事，竟然當上了戶部侍郎，我擔心不久就會有禍事了。」潘孟陽再三解釋，潘母於是說：「那就把你的同僚都叫來給我看看。」潘孟陽就把最熟悉的同僚都叫到家裡做客，潘母躲在簾子後面一一打量。宴會結束之後，潘母喜孜孜地告訴兒子：「這些人都是你的同類，我就不擔心了。不過坐在最後面的那位慘綠少年是誰啊？」潘孟陽答道：「是任補闕的杜黃裳。」潘母說：「此人跟你們都不一樣，以後一定會是有名的卿相。」

此處的「慘綠少年」，是形容杜黃裳風度翩翩，有卿相之才。為什麼用「慘綠」來形容呢？原來，這裡的「慘」不是淒慘之意，而是通「黲」，本義為淺青黑色，北宋著名學者沈括在《夢溪筆談‧故事二》中寫道：「近歲京師士人朝服乘馬，以黲衣蒙之，謂之『涼衫』。」「黲衣」即淺黑色的衣服。「黲」引申而指淺色，所謂「慘綠」即「黲綠」，即淺綠色。杜黃裳身著淺綠色的衣服，是因為他當時擔任補闕一職，按照唐代官服制度，補闕屬於從七品，應著淺綠色官服。潘母看人的眼光極準，杜黃裳這位「慘綠少年」後來果然做了唐憲宗的宰相，由「慘綠」一躍而為大紅官服。

這就是「慘綠少年」一詞的出處，原指地位低微、只能穿七品官服的杜黃裳這位少年。但這位少年雖「慘綠」卻大有前途，因此「慘綠少年」引申用來形容風度翩翩的男子。

•「敲門磚」原來是應付科考的文章——•

在今天的口語中，「敲門磚」比喻謀求名利的手段，比如「金錢是升官的敲門磚」，但在古時候，「敲門磚」專用於科舉考試。

清朝學者俞樾在《茶香室叢鈔》中寫道：「今人以時文為敲門磚，宋人已如此矣。」俞樾說「敲門磚」從宋朝就出現了，說得一點兒沒錯。說起來這個俗語的來歷還跟蘇東坡有關係呢。

南宋筆記小說家曾敏行在《獨醒雜誌》中繪聲繪色地講了這麼一個故事：「一日，沖元自窗外往來，東坡問：『何為？』沖元曰：『綏來。』東坡曰：『可謂奉大福以來綏。』蓋沖元登科時賦句也。沖元曰：『敲門瓦礫，公尚記憶耶！』」蘇東坡的朋友沖元從窗外走過，蘇東坡問他最近怎樣，沖元說很好啊，很平安。「綏」就是平安的意思。沖元這一句「綏來」讓蘇東坡想起了沖元登科時所作的賦中的一句，於是隨口念了出來：「可謂奉大福以來綏。」即平安而來乃是上天賜予的福氣啊。這一句剛念完，沖元立馬就說：「哇噻！這是當年敲門的瓦礫，您居然還記得！」蘇東坡是大名人，發生在他身上的故事都會立刻傳遍全國，於是「敲門瓦礫」從此就用來比喻士人藉以獵取功名的工具，一達目的，即可拋棄。

到了明朝，「敲門瓦礫」正式演化成了「敲門磚」。田藝蘅在《留青日劄》中寫道：「《錦囊集》一書，抄錄七篇，偶湊便可命中，子孫祕藏以為世寶。其未得第也，則名之曰『撞太歲』；其既得第也，則號之曰『敲門磚』。」說得明明白白，為了應付科舉考試所作的文章被稱作「敲門磚」。

魯迅先生在〈准風月談．吃教〉一文中也寫到了清朝這一俗語的意思：「清朝人稱八股為『敲門磚』，因為得到功名，就如打開了門，磚即無用。」科舉廢除之後，「敲門磚」這一專用於科舉考試的俗語卻流傳了下來，泛指一切謀求名利的手段。

「漢子」原來是罵人的話

今天所謂的「漢子」只有一個意思，即男子漢大丈夫、英雄好漢，可是在古代，「漢子」一詞卻是個不折不扣的貶義詞，賤男人才被稱為「漢子」。

此語出自《北齊書・魏蘭根傳》。魏愷從別的官職被調去作青州長史，堅辭不就。文宣帝高洋大怒，說：「何物漢子，我與官不肯就！」高洋很生氣，給魏愷官作他居然不願意！這裡的「漢子」是北方少數民族對漢人的蔑稱。第二天高洋宣魏愷覲見，對魏愷說：「你從賜死和長史的官職中任選一個吧。」魏愷也是個槓子頭，回答道：「有權力殺我的是陛下，不接受長史的是我這個愚臣，我一切聽從您的詔令。」弄得高洋哭笑不得，只好對別的大臣說：「何慮無人作官職，苦用此漢何為，放其還家，永不收采。」這是第一次出現「漢子」一詞，毫無疑問是貶稱。陸游在《老學庵筆記》中考證道：「今人謂賤丈夫曰『漢子』，蓋始於五胡亂華時。」指的就是這個故事。

唐朝文學家段成式在《廬陵官下記》中記載了一個有趣的故事。韋皋任四川節度使時，彭州刺史被縣令祕密舉報，韋皋調查過後，查清了刺史是被冤枉的。韋皋卸任時，刺史專程到韋皋府中致謝。回到彭州後，所有的縣令都遠遠地去迎接，祕密舉報刺史的縣令還走在最前面，大聲對刺史說：「使君今日可謂朱研益丹矣。」（「刺史您今天可以說是將紅色研磨得更紅了。」）刺史笑著回答道：「則公便是研朱漢子也。」（「那麼您就是研磨紅色的漢子了。」）意思是說：「我的『研朱』是拜您這位『漢子』所賜的啊！」這裡的「漢子」仍然是貶義詞。唐朝詩僧寒山寫過一首詩：「二儀既開闢，人乃居其中。迷汝即吐霧，醒汝即吹風。惜汝即富貴，奪汝即貧窮。碌碌群漢子，萬事由天公。」這裡的「漢子」同樣是對男人的貶稱。

到了宋朝，「漢子」一詞才開始用作男子的通稱。陸游在《老學庵筆記》中講過一個故事：有一個皇家宗室叫宗漢的，非常厭惡別人說「漢」這個字，因此凡是稱「漢子」的一律改作「兵士」。兵士當然都是男丁，可見此時「漢子」已經是男子的通稱了。他的妻子供奉羅漢，兒子請老師傳授《漢書》，宮裡的人開玩笑道：「今日夫人召僧供十八阿羅兵士，大保請官教點兵士書。」所有的「漢」字一律改稱「兵士」，傳為笑談。

至於市井之間「漢子」作為「丈夫」的稱呼，是在明清從民間發展出來的。

「漫畫」原來是一種鳥的名字

在中國，「漫畫」這個稱謂到底是誰最先使用的，說法不一。有的說是一九〇四年上海《警鐘日報》以「時事漫畫」為題，陸續連載漫畫；有的說是一九二五年上海《文學週報》主編鄭振鐸以「子愷漫畫」為題，陸續發表豐子愷的畫。

日本漫畫家片寄貢在《日本近代漫畫史》中則認為「漫畫」一詞是從《漫畫隨筆》一書中得來的。鈴木煥香所著《漫畫隨筆》出版於一七一七年，裡面提到一種名為「漫畫」的鳥，片寄貢據此認為日本的「漫畫」一詞即由此而來。

其實「漫畫」一詞中國古已有之，可以遠遠上溯到宋代，而且正如鈴木煥香所說，確實是一種鳥的名字，不過絕非出自日本人的命名。

兩宋間學者朱翌有《信天緣堂記》一文，開頭就寫道：「朱子北遊於瀛、莫之境，徘徊於塘濼之上，睹二禽有感焉。一類鵠，色正蒼而喙長，凝立水際不動，魚過其下則取之，終日無魚，終不易地，其名曰信天緣。一類鶩，奔走水上，不問草腐泥沙，唼唼然必盡索乃已，無一息少休，其曰謾畫。信天緣若無能者，乃與謾畫均度一日，無饑色，視謾畫加壯大。」

宋代的瀛洲和莫洲都位於今日的河北境內，「信天緣」和「漫畫」這兩種鳥就生活在二洲的「塘濼之上」。「塘濼（ㄆㄛˋ）」是北宋時期在河北地區修建的大型水利工程，利用地勢低窪的自然條件，開溝築堤，引水截流，建成密密麻麻的水網系統，目的是為了阻止契丹人的入侵，同時又能發展種植業。

「信天緣」還有一個更為人熟知的名字叫「信天翁」，信天翁屬於大型海鳥，因此朱翌才說它像「鵠（ㄏㄨˊ）」，即天鵝。信天翁的覓食活動都在水面上進行，常常安靜地佇立不動，古人因此誤解這種鳥不能捕魚。

「謾」通「漫」，「漫畫」就是今天所說的白琵鷺，大型水鳥，嘴巴長直、扁闊，在淺水處覓食，張開嘴巴在水中不停地划動，就像彈琵琶一樣，故稱「白琵鷺」。朱翌說這種鳥像「鶩（ㄨˋ）」，即野鴨。為什麼叫「漫畫」呢？朱翌說得並不清楚。

朱翌的這段話被稍晚的學者洪邁收錄進了著名的《容齋隨筆》的「五筆」之中，並將「謾畫」更名為「漫畫」，因此人們誤以為「漫畫」一詞最早就是出自洪邁的記載。其實「漫畫」一詞最早也不是出自朱翌筆下，而是出自北宋學者晁說之。

晁說之有《嵩山文集》二十卷，卷四的詩題寫道：「黃河多淘河之屬，有曰漫畫者，常以嘴畫水求魚；有曰信天緣者，常開口待魚。慼之賦三詩。」其中一首詩即題為〈漫畫〉，開篇即吟詠道：「漫畫復漫畫。」原來，「漫畫」其名是因為這種鳥「以嘴畫水求魚」而來。「漫」者，無拘束，「漫畫」即無拘束地、散漫地畫水。這種鳥今天稱之為「鵜鶘（ㄊㄧˊ ㄏㄨˊ）」，古時俗稱「淘河」或「逃河」，北宋高承所著《事物紀原》中說：「《本草》曰：身是水沫，唯胸前兩塊肉如拳。云昔為人竊肉，入河化為此身，今猶有肉，因名逃河。」也有人說這種鳥捕魚就像在河中淘洗一般。

這才是「漫畫」一詞的最早出處。「揚州八怪」之一的清代畫家金農在《冬心先生雜畫題記》中寫道：「今追憶昔遊風景，漫畫小幅。」「漫畫」方始接近今天的含義。日本人將此詞借去命名今日之「漫畫」，但它的真正語源卻不為人所知了。

●「禍水」原來是指趙飛燕的妹妹趙合德

宋太祖趙匡胤半是取悅、半是炫耀地向後蜀皇帝孟昶的寵妃花蕊夫人詢問後蜀敗亡的原由，花蕊夫人口占一絕：「君王城上豎降旗，妾在深宮哪得知。十四萬人齊解甲，更無一個是男兒。」中國朝代滅亡的原因，古代的男權社會一概推諉到女人頭上，卻被花蕊夫人一語道破天機。「十四萬人齊解甲，更無一個是男兒」正是對「紅顏禍水」論最沉痛的反駁。

南朝梁陳間詩人徐陵〈和王舍人送客未還閨中有望〉一詩吟詠道：「倡人歌吹罷，對鏡覽紅顏。拭粉留花稱，除釵作小鬟。綺燈停不滅，高扉掩未關。良人在何處，光唯見月還。」「紅顏」形容女子美麗的容貌。那麼，「禍水」之語，最初又到底出自誰之口呢？

中國古代最大的官修圖書目錄、清代編纂而成的《四庫全書總目提要》錄有《飛燕外傳》一書，題為漢代人伶玄所著，書中記載漢成帝寵幸趙飛燕的妹妹趙合德之後：「宣帝時披香博士淖方成，白髮教授宮中，號淖夫人，在帝後唾曰：『此禍水也，滅火必矣！』」

「披香」是漢武帝時的宮殿名，「披香博士」是後宮的女職。《飛燕外傳》的這一筆記載被司馬光收入《資治通鑑》一書，遂成為「禍水」一詞公認的語源。《資治通鑑》卷第三十一：「其後，上微行過陽阿主家，悅歌舞者趙飛燕，召入宮，大幸；有女弟，復召入，姿性尤醲粹，左右見之，皆嘖嘖嗟賞。有宣帝時披香博士淖方成在帝後，唾曰：『此禍水也，滅火必矣！』」淖方成感嘆「此禍水也，滅火必矣」，「禍水」一詞的來源與「滅火」密切相關。那麼，什麼叫「滅火」？

《史記．秦始皇本紀》載：「始皇推終始五德之傳，以為周得火德，秦代周德，從所不勝。」陰陽家以金、木、水、火、土五行為「五德」，認為歷代王朝按照五行相生相剋的順序交互更替。所謂「秦代周德」，周為火德，因此秦為水德。漢高祖時，丞相張蒼「推五德之運，以為漢當水德之時」，因此漢代繼秦亦為水德。漢武帝時「色尚黃」，當然是土德。王莽篡位之後，自居為黃帝之後為土德，方才改漢為火德。因此學者們認為王莽之前的西漢漢成帝時絕無「禍水滅火」一說，伶玄《飛燕外傳》乃是唐宋人所作的偽書。

即使如此，但「禍水」一語卻就此流傳了下來。「禍水滅火」，《飛燕外傳》稱漢成帝正是因為寵幸趙氏姊妹而縱欲身亡，後人遂以趙合德為「禍水」，進而將所有使國家滅亡的女子稱作「禍水」或「紅顏禍水」，從而造就了男權社會最無恥的謊言。

「翡翠」原來是一種鳥

人們都知道「翡翠」是一種玉，這種玉又叫緬甸玉，是出產於緬甸的硬玉，比別的國家硬玉的品質都好、產量都多。至遲到五世紀時，中國人已經把這種玉稱作「翡翠」了，不過大規模輸入中國則是在清朝中葉以後。

在中國古代，「翡翠」本來是一種鳥的名字。《說文解字》：「翡，赤羽雀也。雄赤曰翡，雌青曰翠。」可見翡翠本來是一種鳥，因顏色不同而區分雌雄，雄性的叫赤羽雀，雌性的叫青羽雀。這種鳥的嘴長而直，生活在水邊，吃魚蝦之類，羽毛可做裝飾品。據《南方異物志》載：「翡大於燕，小於烏，腰身通黑，惟胸、前背、翼後有赤毛也；翠通身青黃，惟六翮上毛長寸餘，其飛，即羽鳴翠翠翡翡，因以名焉。」「翮（ㄏㄜˊ）」是羽毛。翡翠有多麼漂亮，從《南方異物志》的描寫就可以看出來。按照該書的說法，這種鳥鳴叫的聲音就是「翠翠翡翡」，因此命名為「翡翠」。《後漢書．西南夷列傳》載：「（哀牢）出……孔雀、翡翠、犀、象、猩猩、貊獸。」哀牢，即現在雲南和緬甸北部山區一帶；貊（ㄇㄛˋ）獸是古代的一種野獸，早已滅絕。

《逸周書．王會》載：「倉吾翡翠，翡翠者所以取羽。」《楚辭．招魂》：「翡翠珠被，爛齊光些。」中國人很早就被翡翠的羽毛所眩惑，可以想像，紅色的和青色的羽毛該是何等美麗，用來做裝飾足以誇耀於人。《楚辭．招魂》：「翡帷翠帳，飾高堂些。」《漢書．賈山傳》：「被以珠玉，飾以翡翠。」都是以翡翠的羽毛作裝飾品。女人的首飾也有用翡翠命名的，比如「翠翹」，形似翠鳥尾上的長羽而得名。金庸小說《書劍恩仇錄》中的霍青桐，最惹眼的裝束就是「翠羽黃衫」，插上一根翡翠的青色羽毛，再配上一襲黃衫，多麼亮麗！

當緬甸玉傳入中土後，人們一看到緬甸玉的極品，即含有鉻元素因而呈現出柔潤豔麗的淡綠和深綠色的玉時，腦子裡立刻呈現出翡翠這種美麗的鳥和牠美麗的羽毛，於是便把緬甸玉的極品命名為「翡翠」。張衡的〈西京賦〉中就出現了這種玉的倩影：「翡翠火齊，絡以美玉。流懸黎之夜光，綴隨珠以為燭。」翡翠的光澤竟至於堪比明燭，雖然是過譽之辭，但由此可見人們對緬甸玉的喜愛之情。「翡翠」從此成為中國人最喜愛的玉。

中國古代就形成了一種「玉文化」，玉被比作有道德的器物，《說文解字》：「玉，石之美者，有五德，潤澤以溫，仁之方也。」《禮記》：「君子比德如玉。」「君無故玉不去身。」玉同時還是祭祀的必備祭品。中國人在玉的身上附加了太多的想像，「翡翠」以其美麗的顏色和形體成為玉中極品，清朝時甚至被封為「皇家玉」。人們不僅佩戴翡翠，而且很早就用「翡翠」做成各種物什，徐陵〈《玉臺新詠》序〉：「琉璃硯匣，終日隨身；翡翠筆床，無時離手。」謝朓〈落梅〉：「用持插雲髻，翡翠比光輝。」翡翠身上，實在寄託了中國人的審美情趣和理想品德，以至於到今天，人們對「翡翠」的喜愛依然如故，「翡翠」也一直是玉中極品。

●「與虎謀皮」原來是「與狐謀皮」●

「與虎謀皮」是指跟老虎商量，要剝下牠的皮，比喻所謀求的物件跟對方有利害衝突，絕不可能成功，後來多指跟惡人商量，要對方犧牲自己的利益，結果一定辦不到。

「與虎謀皮」本來寫作「與狐謀皮」，也就是說，一開始是跟狐狸商量要剝下牠的皮，而不是老虎。這個成語出自《符子》一書。

魯國國君想讓孔子做司徒，想召來三桓（魯國大夫季孫氏、叔孫氏、孟孫氏三家世卿，因為是魯桓公的三個孫子，故稱「三桓」，當時魯國的政權實際掌握在他們手中）商議這件事。還沒有商議之前，魯侯先詢問雙目失明的著名史學家左丘明：「寡人想任用孔丘為司徒，讓他掌管魯國的朝政，我準備把這件事跟孟孫、叔孫和季孫商議看看，聽聽他們的意見。」

左丘明回答道：「孔丘是聖人，聖人主政，犯有過失的官員就會被他貶黜。您和這些馬上就會離位的官員商議，能有什麼結果呢？」

魯侯說：「您怎麼這麼肯定呢？」

於是，左丘明講了這麼一個寓言故事：周代有一個人，喜歡穿皮衣，喜歡美食。他想做一件千金之裘，於是去跟狐狸們商量說想得到牠們的皮縫製千金裘，話還未說完，狐狸們嚇得全都逃進了山裡。這人又想舉行少牢（古代祭祀用羊和豬做祭品稱少牢）的祭祀，去跟羊們商量想得到牠們的肉，話還未說完，羊們嚇得互相呼喊著躲進了森林中。結果這位周人十年也沒有縫製成一件皮衣，五年也沒能舉辦少牢。為什麼呢？因為他找錯了商量的對象。如今您想讓孔丘做司徒，卻去跟孟孫、叔孫和季孫商議，這不就是與狐謀裘，與羊謀饈嗎！

於是，魯侯遂不再找孟孫、叔孫和季孫商議，直接任命孔丘為司徒。但沒過多久，孔子跟三桓的矛盾進入了白熱化，孔子被迫離開魯國，開始了周遊列國的生涯。

因為老虎比狐狸凶猛得多的緣故，後人於是用「虎」替代了「狐」，「與狐謀皮」才變成了「與虎謀皮」。

•「說項」原來是誇讚姓項的人——•

「說項」這個俗語，今天的意思是替人求情或者替人說好話，比如「代人說項」。「說項」為什麼會有這樣的意思呢？其中的「項」字又作何解？

原來，「說項」的「項」是指一個名叫項斯的人，是唐代中晚期詩人。項斯生性疏曠，隱居三十餘年，就松陰，枕白石，飲清泉，縱情山水，吟詩為樂。據南宋計有功《唐詩紀事》載：「斯，字子遷，江東人。始未為聞人，因以卷謁楊敬之，楊苦愛之，贈詩云：『幾度見詩詩盡好，及觀標格過於詩。平生不解藏人善，到處逢人說項斯。』未幾詩達長安，明年擢上第。」

楊敬之時任國子祭酒，愛才如命，因此一讀到項斯的詩就驚為天人，以至於「到處逢人說項斯」。以楊敬之的地位，如此褒獎項斯，項斯的詩名理所當然地傳遍長安城，第二年又高中進士。項斯的運氣極好，又遇上水部員外郎張籍也欣賞他的詩，時人遂有「項斯逢水部，誰道不關情」的詩句。楊敬之和張籍都對項斯有知遇之恩。

項斯官至吉州刺史，死後被敕封為安定王，寫詩也很勤奮，《全唐詩》存一百零二首，是錄詩最多的詩人之一。「說項」這個俗語即從「到處逢人說項斯」化用而來，非常生動地描述了楊敬之褒揚項斯之詩的情景，後人因以用作替人說好話的典故。

●「銅臭」原來是買官錢

「銅臭」之「臭」，本來的讀音是「ㄒㄧㄡˋ」，但如今已經約定俗成讀「ㄔㄡˋ」。「臭」的本義並不是臭味，而是氣味的總稱，香氣、穢氣皆名為「臭」。其實「銅臭」僅僅指銅錢上的一種氣味，這種氣味並不一定發臭，只因為惟利是圖的人眼中只有錢，才用銅錢上的臭氣來加以諷刺。

鮮為人知的是，「銅臭」最早是買官之錢，而且，世界上第一聲「銅臭」的罵聲，竟然是兒子罵老子！

據《後漢書．崔寔（ㄕˊ）傳》載，漢靈帝時期，朝政昏庸，公開賣官鬻爵。崔烈透過漢靈帝的保母程夫人，花費五百萬，買到了三公之一的司徒。三公可是最高的官銜，天子要親自出席拜官儀式。「及拜日，天子臨軒，百僚畢會。帝顧謂親倖者曰：『悔不小靳，可至千萬。』程夫人於傍應曰：『崔公冀州名士，豈肯買官？賴我得是，反不知姝邪？』」

這一幕真是醜態百出。漢靈帝竟然恬不知恥地說：「我後悔沒有愛惜司徒之職，否則就可以賣上一千萬了。」旁邊的程夫人厲聲呵斥道：「崔公乃冀州名士，怎肯買官？拜司徒乃朝廷美事，怎能誣衊說是因為我得官的呢！」什麼叫此地無銀三百兩？此之謂也。

崔烈買官，心中不安，有一次假裝從容地問兒子崔鈞：「吾居三公，於議者何如？」崔鈞說：「大人少有英稱，歷位卿守，論者不謂不當為三公；而今登其位，天下失望。」崔烈奇怪地問：「為什麼失望？」崔鈞回答道：「論者嫌其銅臭。」此言一出，崔烈大怒，舉杖擊之，崔鈞趕緊逃跑。崔烈怒罵道：「死卒，父檛而走，孝乎？」檛（ㄓㄨㄚ），擊打。崔鈞邊跑邊說：「舜之事父，小杖則受，大杖則走，非不孝也。」「烈慚而止」。崔鈞之所以「小杖則受，大杖則走」，是怕被父親的大杖打死之後，父親要承擔殺子之責，反而陷父親於不義。「烈慚而止」，古人尚有廉恥之心，視諸今日買官「銅臭」者，復有此「慚」乎？

•「骯髒」原來是讚美的詞——•

「骯髒」一詞在今天只有一個意思：不潔淨。但是在古代，不僅讀音不一樣，而且意思也完全不一樣，簡直是天差地別。

「骯髒」最早由「肮」和「臟」兩字而來。它們各自的詞義原先並沒有不潔淨的意思。「肮」讀作「ㄏㄤˊ」，本義是咽喉，比如古人有種死法叫作「絕肮」，即割斷咽喉而死。「臟」讀作「ㄗㄤˋ」，本義是身體內部器官的總稱，比如內臟、五臟。「肮」和「臟」組成一個聯綿詞「肮臟」，讀音為「ㄎㄤˇㄗㄤˇ」，有兩個意思，一個意思是高亢剛直的樣子。東漢趙壹的〈疾邪詩〉中寫道：「伊優北堂上，骯髒倚門邊。」「伊優」是逢迎諂媚的樣子，《康熙字典》解釋「骯髒」為「婞直之貌」，「婞直」即倔強、剛直。小人善於逢迎諂媚，因而得以升堂為權勢的座上客，而高亢剛直的君子不受重視，只能倚在門邊。南宋文天祥的〈得兒女消息〉一詩中也有同樣的用法：「骯髒到頭方是漢，娉婷更欲向何人！」意思是不屈不撓、堅持剛直的品格才是真正有為的人。

「骯髒」的另外一個意思是身軀肥胖的樣子。北周庾信的〈擬連珠〉中寫道：「骯髒之馬，無復千金之價。」就是指身軀發胖的馬不再值千金之價了。

大約從元明開始，「骯髒」一詞逐漸演變出糟蹋、卑鄙醜惡的意思，尤其在戲曲和話本小說中使用得非常頻繁，後來又慢慢演變出不潔淨的意思。至遲到了清朝，「骯髒」已經定型為今天的語義，清人李鑒堂所編《俗語考原》一書中說：「骯髒，俗為不潔者為骯髒。」這一語義一直延續到了今天，而「骯髒」最原始的語義則慢慢湮滅，不再為人所知了。

•「魂飛魄散」的魂為什麼會飛？魄為什麼會散？

「魂飛魄散」是形容人驚恐的樣子，那麼，「魂」和「魄」分別是什麼東西？為什麼「魂」會「飛」，而「魄」只能「散」呢？

「魂」是形聲字，從鬼，云聲，古人想像中能離開人體而存在的精神，即靈魂。既然可以離開人體，當然就可以「飛」了。

「魄」也是形聲字，從鬼，白聲，指依附於人的身體而存在的精神。既然依附於人的身體，人死的時候當然只能「散」了。

中國古代的陰陽理論也反映在「魂魄」身上。《說文解字》說：「魂，陽氣也。魄，陰神也。」《左傳．昭公七年》說得更清楚：「人生始化為魄，既生魄，陽曰魂。」意思是人一生下來就具有了「魄」，有了「魄」之後才有「魂」；「魄」相當於人的形體，所以有「體魄」、「魄力」這樣的詞描述人的身體；而「魂」相當於人的精氣，所以有「精魂」、「鬼魂」這樣的詞描述人死後的情景。

簡單地說，「魄」就是人的身體，「魂」就是人的靈魂。人死了「魄」就散了，「魂」也就可以遠遠地飛走了。

「魂」和「魄」都以「鬼」為形，那麼「鬼」到底是什麼東西？《說文解字》：「鬼，人所歸為鬼。」《說文解字》把「鬼」和「歸」混為一談，但是卻沒有解釋清楚為何二者一體，且看《禮記．祭文》的解釋：「眾生必死，死必歸土，此之謂鬼。」這個說法跟基督教的《聖經》驚人地相似，《聖經》上說：「你本是塵土，仍要歸於塵土。」

「鬼」和「神」也有區別，而且區別很大。《禮記．祭文》也有解釋：「氣也者，神之盛也；魂也者，鬼之盛也。」「鬼」和「神」的區別就在於活人有氣，死人有魂；活人有氣因此叫「神氣」，死人有魂因此叫「鬼魂」。

還有一個成語叫「失魂落魄」，跟「魂飛魄散」的用法一樣：「魂」可以飛，飛得太遠了就找不著了，故曰「失魂」；「魄」是人的身體，飛不到天上去，只能在地面上玩，玩不好就「落魄」了。

講到這裡，其實「魂魄」好玩的故事還沒有完呢。道教把「魂」分為三種：胎光，爽靈，幽精。把「魄」分為七種：屍狗，伏矢，雀陰，吞賊，非毒，除穢，臭肺。合稱「三魂七魄」。「三魂」是人與生俱來的生命之光，「七魄」是人身體中的「濁鬼」，會拖累人往更高的層次昇華，即所謂臭皮囊是也。僅僅從三魂七魄的名字上就可以看出高下之分，可見，從古至今，精神就遠遠高於肉體啊！

•「鼻祖」為什麼跟鼻子有關？——•

最早的時候沒有「鼻」這個字，那麼用什麼來表示「鼻子」呢？用「自」這個字。「自」是象形字，在小篆中，「自」的字形就是鼻子的形狀，因此用「自」來表示鼻子。而且，「自」最早的讀音就是「鼻」。後來，「自」慢慢引申出「始」、「開頭」的意思，再後來又引申出「自己」的意思。

當「自」指稱「自己」時，人們在「自」的下面加了一個聲符「畀」來表示鼻子。「畀」讀作「ㄅㄧˋ」，是給予、付出的意思。「自」和「畀」合在一起表示一呼一吸，自相給予，於是用來指稱鼻子了。

直到這時，「自」和「鼻」才開始分道揚鑣，各有各的解釋。不過人們仍然沒有完全忘記「自」的本義，因此，說到自己的時候，總是指著自己的鼻子，以表示最早時候的「自己」是用鼻子來指代的。

《說文解字》還記載：「今俗以始生子為鼻子。」原來，「鼻子」最早的古義是指第一個兒子！也就是長子、大兒子。至今陝北方言中還把別人的子女稱作「鼻子」，比如說「這是誰家的鼻子」。自此，「鼻」這個字又引申出了第一、初始、發端的意思。

揚雄《方言》載：「鼻，始也。獸之初生謂之鼻，人之初生謂之首。梁、益之間謂鼻為初，或謂之祖。」原來，「鼻」這個字更早的時候專用於剛剛出生的野獸！後來才引申用於人身上。「鼻」和「祖」都是「始」的意思，因此，順理成章地，最早的祖師、創始人就稱為「鼻祖」。

「鼻祖」這個詞最早也是揚雄開始使用的。在〈反離騷〉這篇賦中，揚雄敘述家世寫道：「有周氏之蟬嫣兮，或鼻祖於汾隅。」「蟬嫣」是連續不斷的意思，這句話的意思是：和周氏有族親，始祖在汾水之濱。

從「鼻子」的本義可以判定民間為什麼叫道士為「牛鼻子老道」。一般的解釋大約有三種：一是道士頭上的髮髻像牛鼻子的形狀；二是老子出函谷關的時候騎的是一頭青牛；三是道士帽的前邊有簷，上翹如同牛鼻子的形狀。

這些都是似是而非的解釋，之所以似是而非，就在於不懂得「獸之初生謂之鼻」的本義：「牛鼻子」是一種貶義的稱呼，借初生的牛來打趣道士。

•「噴嚏」原來是被人想念——•

中國民間有「打噴嚏，有人想」的諺語。鮮為人知的是，這句諺語並非今天才發明出來，而是古已有之，而且古老的程度絕對超出今人的想像。

《詩經．終風》是一首棄婦思念丈夫的詩篇，其中吟詠道：「寤言不寐，願言則嚏。」寤（ㄨˋ），睡醒；寤言，睡醒後自言自語，但卻無人回應；願，思念；願言，殷切思念的樣子。

鄭玄解釋說：「我其憂悼而不能寐，汝思我心如是，我則嚏也。今俗人嚏，云：『人道我。』此古之遺語也。」鄭玄的意思是說：「寤言不寐」是指這位棄婦半夜醒來自言自語，然後再也睡不著了；「願言則嚏」是指這位棄婦心中揣想，我這麼想念你，你是不是也在想念我？如果你也想念我的話，那麼我就會打噴嚏。

可見至遲到春秋時期，打噴嚏就被古人認為是有人想念才會出現的生理現象，因此東漢時期的鄭玄才說「此古之遺語也」。孔穎達又如此解釋鄭玄的話：「稱『俗人云』者，以俗之所傳，有驗於事，可以取之。《左傳》每引『諺曰』，《詩》稱『人亦有言』，是古有用俗之驗。」孔穎達認為，人打噴嚏之所以會說「人道我」，是「有驗於事」，被過去很多事所驗證過的。

可不要覺得孔穎達是信口胡說，「有驗於事」於史有徵。《漢書．藝文志》所載書目中有「嚏、耳鳴雜占十六卷」，李零先生在《蘭臺萬卷》中說：「占嚏、占耳鳴，與占目瞤（眼跳）是一類。」「瞤（ㄕㄨㄣ）」即指眼皮跳動。東晉葛洪所著《西京雜記》載，西漢開國功臣樊噲向陸賈詢問：「自古人君皆云受命於天，云有瑞應，豈有是乎？」陸賈回答道：「有之。夫目瞤得酒食，燈火華得錢財，乾鵲噪而行人至，蜘蛛集而百事嘉。小既有徵，大亦宜然。」眼皮跳動會得酒食，燈燭結花會得錢財，喜鵲叫會來客人，蜘蛛聚集則百事順利。可見在古人看來，這些徵兆都是經過了驗證的。

不過，正如兩宋間學者馬永卿在所著雜記《嬾真子》中的感嘆：「然則嚏、耳鳴皆有吉凶，今則此術亡矣。」看來打噴嚏並不僅僅指被人想念，其中還有吉凶之分，因此古人才有占嚏之術，可惜的是此術早已失傳，令人徒喚奈何！

•「墳墓」在古今有什麼差別？

安放棺木的坑穴叫「墓」，墓上面的封土堆叫「墳」，合稱「墳墓」。《禮記》中記載了一則孔子的故事，從中可以看出當時以及之前的墳墓樣式：

孔子在「防」這個地方為父母修建了一座合葬墓，修完後說：「我聽說古時候墓而不墳，我孔丘乃是東西南北四處漂流之人，不能不作一個標記。」於是修了一個高四尺的墳頭。修完後孔子先回了家，跟他一塊修墓的弟子們回來晚了，孔子問道：「你們怎麼回來得這麼晚啊？」弟子們回答說：「您走了之後下大雨，墓被雨淋壞了，我們重新將它修好，因此花了一些時間。」孔子聽了這番話，半天沒有回應，弟子們說了三遍，孔子才流著眼淚說：「我聽說古時候是不修墓的。」

從這個故事中可以得知，在春秋時期之前，第一，「墓而不墳」，只有墓而不立墳頭；第二，「古不修墓」，墓壞了也不會再修好。根據《周易》的記載，上古時期實行的是簡葬，用木柴把屍體厚厚地包起來，埋到野外，既不封土為「墳」，也不植樹立碑。這種簡葬方式後來改成了棺葬，但是仍然只有「墓」而沒有「墳」，而且墓壞了也不會去修，任其自然。上古時期並沒有那麼多繁雜的禮節，人們對待死亡的態度很超然，不需要後來的一整套埋葬制度。

不過，孔子感慨的是上古時期的埋葬方式，事實上周朝時已經出現了「墳墓」。周朝有大司徒的官職，職責之一要遵從六種風俗以安定百姓，這六種風俗分別是：「一曰美宮室，二曰族墳墓，三曰聯兄弟，四曰聯師儒，五曰聯朋友，六曰同衣服。」可見這時的民間風俗中已經有了「墳墓」制度。

需要說明的是，皇帝的墳墓不能稱「墳墓」，而是有一個專門的稱呼叫「陵」。「陵」的本義是高大的土山，因其高而引申為皇帝的專用稱呼。皇帝駕崩叫「山陵崩」，皇帝埋葬之處叫「陵」，「十三陵」等稱謂就是這樣來的。

今天的墳墓越來越趨於豪華，跟古人的教誨早已經背道而馳了。

●「嬌客」原來是指秦檜的女婿——●

中國民間把女婿暱稱為「嬌客」，顧名思義，女婿很嬌貴。而且，古代把女子出嫁叫「歸」，《詩經．桃夭》中有「之子于歸，宜其室家」的名句。女子「歸」到夫家，那麼未歸之前，女兒就作為「客」居住在娘家；已歸之後，女婿再來娘家也叫「客」。女婿的地位在古代中國可見一斑。

「嬌客」這一稱謂，文獻中最早有記載的，出自北宋詩人黃庭堅〈次韻子瞻和王子立風雨敗書屋有感〉一詩，開篇就寫道：「婦翁不可撾，王郎非嬌客。」「婦翁」即妻父，「撾（ㄓㄨㄚ）」是擊打之意。「撾婦翁」的典故出自東漢大臣第五倫。據《後漢書》載，光武帝劉秀有一次戲問第五倫：「聞卿為吏撾婦公，不過從兄飯，寧有之邪？」聽說你曾擊打岳父，不讓堂兄跟你一起吃飯，有這回事嗎？第五倫答道：「臣三娶妻皆無父；少遭饑亂，實不敢妄過人食。」我娶的三任妻子都無父，何來撾婦公之說？小時遭遇饑荒，現在實在不敢隨便請人吃飯。「撾婦翁」因此成為無故受人誹謗的典故。

王適字子立，是蘇軾的弟弟蘇轍的女婿，跟隨蘇轍學習，二人亦婿亦友，因此黃庭堅才說「王郎非嬌客」。北宋學者任淵為這句詩所作的注中說：「今俗間以婿為嬌客。」可見宋代民間早已稱女婿為「嬌客」了。

既然「王郎非嬌客」，那麼我們來看看更有趣的關於「嬌客」的記載。南宋著名詩人陸游在《避暑漫抄》中有這樣的記錄：「秦檜之有十客：曹冠以塾師為門客，王會以婦弟為親客，吳蓋以愛婿為嬌客，施全以剸刃為刺客，李季以章醮為羽客，龔釜以治產為莊客，丁杞以通家為食客，曹詠以獻計取林一飛還子為說客，郭知運以離婚為逐客。初止有此九客耳。秦既死，葬於建康，有蜀人史叔夜者，懷雞黍，挈生芻，號慟墓前，其家大喜，因厚遺之，於是謂之弔客，以足十客之數。」

曹冠教秦檜的孫子秦塤（ㄒㄩㄣ）讀書，家塾的塾師稱「門客」；

王會是秦檜的妻弟，故稱「親客」；

吳蓋是秦檜的女婿，故稱「嬌客」；

剸（ㄓㄨㄢˋ）刃，用刀劍刺殺。岳飛死後，施全激於義憤刺殺秦檜未遂被殺，居然也被秦家列為十客之一的「刺客」；

章醮（ㄐㄧㄠˋ）指道士設立道場祈福消災，此類道士稱「羽客」；

龔釜為秦檜經營田產，故稱「莊客」；

丁杞跟秦家為世交，經常出入，故稱「食客」；

秦檜的妻子王氏性妒忌，秦檜與妾生有一子，怕王氏責罵，送給福建一戶姓林的人家撫養，名林一飛，侍郎曹詠獻計，使林一飛回歸秦家，故稱「說客」；

秦檜的孫女秦童嫁給郭知運，但秦檜卻要求郭知運入贅，理由是這樣才能束縛住丈夫，後來兩人還是離了婚，故稱「逐客」；

「雞黍」指殺雞用黍子做飯，「生芻」指鮮草，用作弔祭的禮物，史叔夜用這些東西在秦檜墓前上供，故稱「弔客」。

這就是奸臣秦檜的「十客」之說。開個玩笑，知道了「吳蓋以愛婿為嬌客」，今日的岳父，還敢稱呼自己的女婿為「嬌客」嗎？

•「窮鬼」原來並不窮•

「窮鬼」如今多用作詈詞，罵人貧窮謂之「窮鬼」。而且中國民間還有「送窮鬼」的習俗，日期不一。

唐代詩人姚合有〈晦日送窮〉詩：「年年到此日，瀝酒拜街中。萬戶千門看，無人不送窮。」唐末五代時人韓鄂在《歲華紀麗》一書中記載：「孟春晦日，餔聚行樂，送窮。」孟春晦日指正月的最後一天，「餔（ㄆㄨˊ）」指國君特賜臣民聚會大飲酒。據此則唐代時「送窮」日在正月的最後一天。

南宋陳元靚編撰的《歲時廣記》引《圖經》：「池陽風俗，以正月二十九日為窮九日，掃除屋室塵穢，投之水中，謂之送窮。」據此則正月二十九日為「送窮」日。

《歲時廣記》又引北宋呂原明所著《歲時雜記》：「人日前一日，掃聚糞帚，人未行時，以煎餅七枚覆其上，棄之通衢以送窮。」「人日」是正月初七，那麼據此則正月初六為「送窮」日。

清人顧祿所著《清嘉錄》載：「《遠平志》：正月三日，人多掃積塵於箕，並加敝帚，委諸歧路以送窮。」據此則清代時正月三日為「送窮」日。

韓愈在著名的《送窮文》「三揖窮鬼而告之」，那麼這些「送窮」日送的這位窮鬼到底有無其人？如果有的話，他到底真的窮嗎？

原來，「窮鬼」真的實有其人，而且並不是真的窮。《荊楚歲時記》杜公瞻注引《金谷園記》：「『高陽氏子瘦約，好衣敝衣食糜，人作新衣與之，即裂破以火燒穿著之，宮中號曰窮子，正月晦日巷死。』今人作糜棄破衣，是日祀於巷，曰送窮鬼。」

「糜」是粥。高陽氏即傳說中的五帝之一的顓頊，既為帝王之子，怎麼可能窮呢，看來穿破衣、食粥僅僅是此子的愛好，而宮人就此稱之「窮子」，正月的最後一天死於巷中。「送窮鬼」的風俗即由此而來。窮鬼乃是帝王之子，因此明清時期又稱「窮鬼」為「窮神」。

●「蝸居」原來不是形容居室窄小——●

今天的口語和書寫用語中還常常使用「蝸居」一詞，比喻自己的居室就像蝸牛殼一樣窄小，也用作自謙之詞，比如家裡來了客人，主人常常自謙地說「蝸居生輝」，跟「蓬蓽生輝」的意思一樣。

「蝸居」為什麼會形容居室窄小呢？晚清藏書家徐時棟在《煙嶼樓筆記》卷六中也提出了這個疑問，並且作了解答：「余嘗問友人，物之小者甚多，何必以屋小為蝸居？皆不能答。餘後見蝸，始悟。蓋凡殼蟲不一，大小亦不等，然蟲身長大，則殼與之俱長。惟蝸牛，始生時在殼中，及稍長，即脫殼而去，殼不與其身俱長也。以譬人家屋小，不能容多人耳。」

晉人崔豹所著《古今注》一書中說：「野人結圓舍，如蝸牛之殼，故曰蝸舍，亦曰蝸牛之舍也。」按照崔豹的說法，「蝸居」指「圓舍」，即圓圓的屋子。徐時棟就此又提出了疑問：「物之圓者，何獨蝸牛？且蝸牛亦何嘗圓也。」

徐時棟的疑問看似有道理，但「蝸居」一詞最早確實是「圓舍」之意，用來形容居室窄小只不過是漫長的演變過程中的詞義改變。

裴松之在為《三國志．管寧傳》所作的注中，先是引述了隱士焦先的事蹟：「自作一瓜牛廬，淨掃其中，營木為床，布草蓐其上。」然後裴松之考證說：「以為『瓜』當作『蝸』。蝸牛，螺蟲之有角者也，俗或呼為黃犢。先等作圜舍，形如蝸牛蔽，故謂之蝸牛廬。」「圜舍」即「圓舍」。可見「蝸廬」、「蝸牛廬」最初只是形容房屋的形狀，跟大小毫無關係。

到了唐代，「蝸廬」、「蝸舍」開始演變為居室窄小的義項。比如白居易有詩：「冷似雀羅雖少客，寬於蝸舍足容身。」「蝸舍」已經形容窄小。李商隱有詩：「自喜蝸牛舍，相容燕子巢。」「蝸牛舍」和「燕子巢」並舉，當然是極言其窄。

「蝸居」一詞從此失去了「圓舍」的本義。魯迅先生在《二心集》序言中說：「蝸牛廬者，是三國時所謂『隱逸』的焦先曾經居住的那樣的草窠，大約和現在江北窮人手搭的草棚相仿，不過還要小。」連魯迅先生都已經不知道「蝸居」的本義了！

●「學究」原來是指科舉考中者●

大約從明代開始，「學究」已經成為一個貶義的稱謂。藏書家郎瑛所著《七修類稿》中有「嘲學究」一條：「近世嘲學究云：『我若有道路，不做猢猻王。』本秦檜之詩也，秦檜還沒顯貴的時候為童子師，仰束脩自給，故有『若得水田三百畝，這番不做猢猻王。』」如果此詩真的是秦檜所作，那麼「學究」成為貶義詞還可以上溯到南宋時期。今天就更不用說了，「學究」、「老學究」、「學究氣」更是不折不扣的貶義詞，用來稱呼、嘲笑那些迂腐的讀書人。

「學究」最早是唐代科舉考試中的一個科目，屬於明經一科。所謂「明經」，是指通曉儒家的經書。明經一科還有通曉五經、三經、二經和一經之別，其中通曉一經的，即稱作「學究一經」。

「究」是窮盡之意，「學究一經」的意思就是窮盡了這一部經書的學問。

五代時人王定保所著《唐摭言》中有一則記載：「許孟容進士及第，學究登科，時號『錦襖子上著莎衣』。」許孟容是唐德宗時的大臣，年輕時以文詞知名，遂考中以詞賦為主要內容的進士科，稱之為「進士及第」。許孟容家學淵源，精通《易經》，後來又以《易經》考中「學究一經」之科，稱之為「學究登科」。「進士及第」已經是很高的榮譽了，許孟容偏偏又「學究登科」，而且還只考「學究一經」的《易經》，因此當時人就嘲笑他是「錦襖子上著莎衣」，「莎衣」即防雨的蓑衣，錦繡的襖子上又披了一件蓑衣，遮掩了錦襖子的光輝，真乃多此一舉！

「學究」從「學究一經」的科目引申為考中此科的人。司馬光《涑水記聞》記載了范仲淹的一則軼事。范仲淹幼年失怙，隨母親改嫁朱氏，改姓朱，「與朱氏兄弟俱舉學究」。跟許孟容一樣，范仲淹同樣長於《易經》，因此考中的「學究一經」應該也是《易經》。他曾經和眾多客人一起去拜訪諫議大夫姜遵，眾客退後，姜遵獨獨把范仲淹留下來，並引入中堂，鄭重地對妻子說：「朱學究年雖少，奇士也。他日不唯為顯官，當立盛名於世。」後來當范仲淹二十多歲的時候，果然進士及第。「朱學究」的稱謂哪裡有什麼貶義，分明是對學究登科者的尊稱。

後世的讀書人多死讀經書而不通事務，給人們留下了迂腐淺陋的印象，因此「學究」才漸漸演變為貶義詞，可惜了一個學問精通的好詞！

●「橫死」是什麼樣的死法？——●

「橫死」跟「死於非命」的意思一樣，都是指因意外的災禍而死亡。「非命」的反義詞是「正命」，儒家認為順應天道，得其天年而死為「正命」，孟子在〈盡心〉這一篇中解釋道：「盡其道而死者，正命也；桎梏死者，非正命也。」

「橫」的本義是門框下部的橫木，當作形容詞、副詞時引申為不順理、不尋常，因此「橫死」就解釋為不尋常的死、意外之死。這裡的「橫」讀作「ㄏㄥˋ」，比如「橫財」意為僥倖獲得的財物，「橫禍」指意外的災禍，等等。

「橫死」這一俗語出自唐玄奘之手，是他翻譯《藥師經》的用語。《藥師經》中共羅列了九種橫死，分別是：「若諸有情，得病雖輕，然無醫藥，及看病者，設復遇醫，授以非藥，實不應死，而便橫死。又信世間邪魔外道妖孽之師，妄說禍福，便生恐動，心不自正，卜問覓禍，殺種種眾生，解奏神明，呼諸魍魎，請乞福佑，欲冀延年，終不能得。愚癡迷惑，信邪倒見，遂令橫死，入於地獄，無有出期，是名初橫。二者，橫被王法之所誅戮。三者，畋獵嬉戲，耽淫嗜酒，放逸無度，橫為非人奪其精氣。四者，橫為火焚。五者，橫為水溺。六者，橫為種種野獸所啖。七者，橫墮山崖。八者，橫為毒藥，厭禱咒詛，起屍鬼等之所中害。九者，饑渴所困，不得飲食，而便橫死。是為如來略說橫死有此九種。」除此之外，「其餘復有無量諸橫，難可具說」。按照佛教的說法，橫死屬於惡業招致的惡果。

很多佛教用語一旦進入人們的日常口語，立刻就被廣泛使用。據《宋書》記載，南北朝宋孝武帝劉駿殘暴非常，連德高望重、頗受禮遇的柳元景私下裡都惴惴不安，時刻擔心著哪一天禍延己身。幸好劉駿很快就駕崩了，柳元景和當朝大臣相互慶賀：「今日始免橫死！」這是對「橫死」這一俗語最直接同時也是最讓人心酸的解釋了。

●「燈紅酒綠」的酒原來真是綠色的——●

「燈紅酒綠」這個形容奢侈豪華、紙醉金迷的享樂生活的成語讓很多人困惑不已：燈當然是紅的，但是酒為什麼用「綠」來形容呢？

讓我們重溫一下白居易的著名詩篇〈問劉十九〉：「綠蟻新醅酒，紅泥小火爐。晚來天欲雪，能飲一杯無。」很顯然，詩中的「綠蟻」指美酒。為什麼叫「綠蟻」？有的學者認為這是用各種青色的草藥兌製而成的酒，呈綠色。這種理解是錯誤的。剛剛釀出來、還沒有過濾掉酒糟的酒稱「醅（ㄆㄟ）」，白居易明明說飲的是「新醅酒」，而草藥泡酒是需要一定時間的，將各種草藥兌製的酒調到一起，絕對不能稱之為「新醅酒」。

李時珍在《本草綱目》中認為蒸餾酒「自元時始創其法」，在沒有蒸餾技術的中古時期，新酒釀熟，飲用時要將酒糟分離，李白〈金陵酒肆留別〉一詩中的名句「風吹柳花滿店香，吳姬壓酒勸客嘗」，所謂「壓酒」，就是指吳姬壓糟而取酒，李白所飲的，也正是「新醅酒」。

相對於「新醅酒」，久放的酒稱「舊醅」，杜甫〈客至〉一詩中有「樽酒家貧只舊醅」的詩句，就是指久放的酒，毫無疑問，這種酒的味道比不上「新醅酒」，才會讓杜甫感嘆乃是「家貧」的緣故。

「綠蟻」之「蟻」字也可以說明白居易飲的是「新醅酒」。用「蟻」字來形容酒，始出東漢學者張衡的〈南都賦〉，其中有「醪敷徑寸，浮蟻若萍」的句子，這是指用米釀製而成的酒，「醪（ㄌㄠˊ）」即指尚未濾去酒糟，想一想我們都吃過的醪糟就明白了。尚未濾去的酒糟很稠，浮在酒面上，同時還生成了許許多多的泡沫，這些泡沫就被古人風雅地以「浮蟻」相稱，因為看起來就像一隻隻螞蟻的形狀，只有新釀的酒才會產生「浮蟻」。

據《周禮》記載，周代酒分五等，第一等叫「泛齊」，鄭玄注解說：「泛者，成而滓浮泛泛然，如今宜成醪矣。」賈公彥則進一步解釋說：「言泛者，謂此齊熟時，滓浮在上，泛泛然。」東漢學者劉熙在《釋名．釋飲食》中也同樣寫道：「泛齊，浮蟻在上，泛泛然也。」由以上這些解釋可知，「浮蟻」乃是「新醅酒」產生的特有現象。

那麼，螞蟻明明是黑色的，為什麼稱之為「綠蟻」呢？這是因為古人只取了螞蟻的形狀來形容新酒的泡沫，而新釀的酒則呈綠色，張衡「浮蟻若萍」的比喻，不僅形容新酒的泡沫像浮萍，而且用「萍」字點明了新酒的顏色，即綠色。

古代真有綠色的酒嗎？答案是：有。這種酒有個極其美麗的名字「醽醁（ㄌㄧㄥˊ ㄌㄨˋ）」，據南朝宋的文學家盛弘之所著《荊州記》載：「長沙郡有酃湖，取湖水為酒，極甘美。淥水出豫章康樂縣，其間烏程縣有井，官取水為酒，與湘東酃酒常年獻之。」所謂「醽醁」，即這兩種酒的合稱，不過將醽、渌二字都改為了「酉」字旁而已。

盛弘之並沒有記載醽醁酒的顏色。釀製醽醁酒的水好，用黍米剛剛釀製出來的時候，酒的顏色呈淡淡的碧綠色，因此醽醁又稱「醽綠」、「綠酒」、「碧酒」，正符合張衡「浮蟻若萍」的形容。

從魏晉開始，文人們的詩詞中屢屢出現綠酒的倩影。比如陶淵明〈諸人共遊周家墓柏下〉：「清歌散新聲，綠酒開芳顏。」杜甫〈送率府程錄事還鄉〉：「素絲挈長魚，碧酒隨玉粒。」最為雄辯的描述分別出自杜甫和唐末詩人李咸用之手。杜甫〈宴戎州楊使君東樓〉：「重碧拈春酒，輕紅擘荔枝。」「重碧」與荔枝的「輕紅」對舉，即為酒的綠色的寫照。李咸用〈短歌行〉：「一樽綠酒綠於染，拍手高歌天地險。」綠酒的碧綠之色竟至於「綠於染」！

除此之外，綠酒的別名還有很多，無一不是用「綠」來比喻的：綠杯，綠樽，綠觴素蟻，綠酎（ㄓㄡˋ），綠醅，綠醑（ㄒㄩˇ），綠醪，碧香，碧醪……

李時珍在《本草綱目》中總結了各種顏色的酒：「紅曰醍，綠曰醽，白曰醝。」淺紅色的酒稱「醍（ㄊㄧˊ）」，綠色的酒稱「醽」，白色的酒稱「醝（ㄘㄨㄛ）」。

以上就是「綠酒」的出處。蒸餾酒的技法發明之後，酒呈白色，人們再也喝不到「綠蟻新醅」和吳姬現場所壓的綠酒，因此也就完全不理解「燈紅酒綠」這個成語對美酒的形容了。

「縣官」原來是稱呼皇帝

今天所說的「縣官」當然是指一縣的最高行政長官，但是在古代，「縣官」最早卻是天子的稱號。

天子稱「縣官」這一稱謂出自《史記．絳侯周勃世家》。漢景帝時期，丞相周亞夫因為屢屢和漢景帝作對，最後只好稱病免相。周亞夫年老體衰後，兒子開始為父親準備後事，在皇家專賣店為父親買了五百件殉葬用的盔甲盾牌。周亞夫是一員武將，死後用這些東西殉葬，本來無可厚非，可他兒子為了讓父親死得風光，千不該萬不該買的竟然是天子所用的東西！這一來逾越了朝廷禮制，偏偏他兒子貪小便宜，又拖欠搬運工的工錢。搬運工數次討薪未果，一怒之下上告了朝廷，周亞夫被捕入獄。官吏審訊他，周亞夫閉口不言。漢景帝本來還想饒恕周亞夫，一看這老頭如此頑固，動了肝火，將周亞夫當作刑事犯交給廷尉處理。廷尉責問說：「你貴為君侯，難道還想謀反嗎？」這項指控過於嚴重，周亞夫這回不敢再沉默，反問道：「我買的全是殉葬用的器具，怎麼能說是想謀反呢？」那廷尉卻來了一句黑色幽默：「你縱然不在地上造反，也必定會在地下造反！」聽到這句政治定罪，周亞夫瞠目結舌，啞口無言，五天沒有吃飯，結果嘔血餓死了。

在周亞夫兒子買天子所用的器具這個情節裡，《史記》寫道：「庸知其盜買縣官器，怒而上變告子，事連汙條侯。」「庸」是雇工，「條侯」即周亞夫。司馬貞索隱：「縣官謂天子也。所以謂國家為縣官者，夏王畿內縣即國都也。王者官天下，故曰縣官也。」按照夏朝的規制，王城周圍千里的地域稱為「王畿（ㄐㄧ）」。「畿」的本義是國都四周的廣大地區，《說文解字》：「畿，天子千里地。以逮近言之則曰畿也。」即古代國都所領轄的方千里地面，後泛指京城所管轄的地區。四海之內分為九州，其一為畿內，由天子親自管轄，「王畿」和「畿內」又稱作「縣」或者「縣內」，國君居住在國都，又「官天下」，故稱「縣官」。章炳麟在《官制索隱》中辨析道：「有以疆域號其君者，如漢世稱天子為縣官。」章炳麟所說漢朝稱天子為「縣官」，其實起源還要遠遠早於漢朝。周人崇尚赤色，周武王斬殺殷紂王用的就是一把赤刀，因此就把周天子直接管轄的千里王畿稱作「赤縣」，並成為中國的代稱。

「天子」的稱呼很多，除了「縣官」之外，特異的稱呼還有「官家」。宋太宗曾經向杜鎬詢問天子為何稱為「官家」，杜鎬回答道：「五帝官天下，三王家天下。」「五帝」是指黃帝、顓頊、帝嚳、唐堯、虞舜，「三王」是指夏禹、商湯、周武王。「五帝」實行的是禪讓制，「三王」實行的是世襲制，杜鎬於是把二者合併起來稱為「官家」，結果恭維得宋太宗龍顏大悅。

●「錙銖必較」的「錙銖」到底有多重？

「錙銖必較」和「睚眥必報」是同義詞。「睚眥（ㄧㄚˊ ㄗˋ）」指瞋目怒視，瞪眼看人，借指極小的怨恨，連極小的怨恨都要報復。而「錙銖必較」這個成語的意思是：對極少的錢都要計較，引申指對極小的事都要計較。那麼，「錙銖」到底有多重呢？

《說文解字》：「錙，六銖也。」「兩，二十四銖為一兩。」「錙（ㄗ）」和「銖」都是古代重量單位，「錙」是一兩的四分之一，「銖」是一兩的二十四分之一，可見其重量或數量之微，古人因此就用「錙銖」來比喻極其微小的重量或數量。

《禮記．儒行》篇借孔子和魯哀公的對話，描述了孔子心目中真正的儒者到底是什麼樣子的，其中孔子說：「儒有上不臣天子，下不事諸侯；慎靜而尚寬，強毅以與人，博學以知服；近文章，砥厲廉隅；雖分國如錙銖，不臣不仕。其規為有如此者。」

「上不臣天子」，孔穎達說不食周粟的伯夷、叔齊就是這種人；「下不事諸侯」，孔穎達說春秋時期楚國的隱士長沮、桀溺就是這種人；「雖分國如錙銖」，孔穎達解釋說：「言君雖分國以祿之，視之輕如錙銖，不貴重也。」即使分國作為俸祿，也視之輕如錙銖，這才是真正的儒者的「規為」。所謂「規為」，孔穎達解釋說：「謂不與人為臣，不求仕官，但自規度所為之事而行。」

「輕如錙銖」，當然是表示重量；「錙銖」還可用來表示數量。《莊子．達生》篇中記載了一個有趣的故事。

孔子去楚國，從林中出來，看到一個駝子在捕蟬，像在地上撿拾一樣容易。孔子問道：「您的手太巧了！有什麼訣竅嗎？」駝子回答說：「我有道也。五六月累丸二而不墜，則失者錙銖；累三而不墜，則失者十一；累五而不墜，猶掇之也。」練習五六個月，在竿頭堆迭起兩顆彈丸而不墜落，那麼失手的時候就很少；堆迭三顆而不墜落，那麼失手的時候十之有一；堆迭五顆而不墜落，就像在地上撿拾一樣容易了。

駝子接著描述自己的狀態：「吾處身也，若厥株拘」，我站定身子，像折斷下墜的枯樹根；

「吾執臂也，若槁木之枝」，我舉竿的手臂，像枯木枝；「雖天地之大，萬物之多，而唯蜩翼之知」，雖然天地很大，萬物眾多，而我的注意力只在蟬翼上。

孔子聽完這番話，讚歎道：「用志不分，乃凝於神，其痀僂丈人之謂乎！」運用心志而不分散，精神就會高度凝聚，說的不就是這位駝背老丈嗎！這裡的「錙銖」一詞表示極少的數量、次數。

「隨和」原來是兩件寶物的並稱

日常生活中，形容一個人脾氣好，為人謙和，常常用「隨和」這個詞。隨，隨從，依順；和，相應，和諧。這樣的解釋倒也符合這個詞的意思，但是鮮為人知的是，「隨和」一詞的來源並不是出於「隨」與「和」的字面意思，而是古時候兩件寶物的並稱。

這兩件寶物的名字叫隨侯珠、和氏璧，是春秋時期最眩人眼目的寶物，合稱「春秋二寶」。

《藝文類聚》引《搜神記》載：「隨侯行，見大蛇傷，救而治之。其後蛇銜珠以報之，徑盈寸，純白而夜光，可以燭堂，故歷世稱焉。」隨國是周的同姓諸侯國，後為楚所滅。

和氏璧的故事則盡人皆知，《韓非子》載之甚詳：「楚人和氏得玉璞楚山中，奉而獻之厲王。厲王使玉人相之，玉人曰：『石也。』王以和為誑，而刖（ㄩㄝˋ）其左足。及厲王薨，武王即位，和又奉其璞而獻之武王。武王使玉人相之，又曰：『石也。』王又以和為誑，而刖其右足。武王薨，文王即位，和乃抱其璞而哭於楚山之下，三日三夜，淚盡而繼之以血。王聞之，使人問其故，曰：『天下之刖者多矣，子奚哭之悲也？』和曰：『吾非悲刖也，悲夫寶玉而題之以石，貞士而名之以誑，此吾所以悲也。』王乃使玉人理其璞而得寶焉，遂命曰『和氏之璧』。」

有趣的是，這兩件寶物都跟楚國有關：楚滅隨後，將隨侯珠據為己有；和氏璧本來就產自楚國。西漢學者劉向所著《新序．雜事》篇中記載：「秦欲伐楚，使使者往觀楚之寶器。楚王聞之，召令尹子西而問焉：『秦欲觀楚之寶器，吾和氏之璧，隨侯之珠，可以示諸？』」可見「春秋二寶」其時都已歸楚所有。秦滅楚後，將此二寶俱收入囊中，李斯在著名的〈諫逐客書〉中對秦始皇說：「今陛下致昆山之玉，有隨和之寶，垂明月之珠，服太阿之劍，乘纖離之馬，建翠鳳之旗，樹靈鼉之鼓。此數寶者，秦不生一焉。」「隨和之寶」即此二寶，李斯特意點明「秦不生一焉」，可見都是由秦始皇擄掠而來。

秦始皇將和氏璧製為玉璽，並一直傳了一千多年，五代時不知所蹤；隨侯珠則自秦始皇之後即無影蹤。「春秋二寶」的命運令人嗟嘆。不過，此二寶並稱的「隨和」一詞卻流傳了下來，並進入了後人的日常口語。「隨和」因為是二寶，因此用來比喻高潔的品德，凡是具備高潔品德的君子都很謙和，因此又慢慢演變成謙和、和氣之意。

「餞行」原來是要先祭路神

「餞行」一詞今天還在使用。親友遠行，要為之餞行，擺一桌酒宴，大吃大喝一頓了事。雖然尚有遠古遺意，但餞行的禮儀卻早已缺失了。

《說文解字》：「餞，送去也。」為遠行之人送別。徐鍇解釋說：「以酒食送也。」餞行一定要有酒食。這種解釋過於簡單，事實上古人餞行的禮儀要複雜得多，而且深刻體現了祭祀在古人日常生活中的重要性，無時無刻不能缺少。

《詩經．泉水》是一首描寫出嫁的衛國女子懷念親人、思慕祖國的詩篇，其中吟詠道：「出宿於泲，飲餞於禰。」這是該女子回憶出嫁時的情景，「泲（ㄐㄧˇ）」和「禰（ㄋㄧˇ）」都是地名。《毛傳》如此解釋「飲餞」之禮：「祖而舍軷，飲酒於其側曰餞，重始有事於道也。」這段話包含著豐富的禮儀細節，不太好理解，我們先來看看孔穎達進一步的解釋：「言祖而舍軷，飲酒於其側者，謂為祖道之祭，當釋酒脯於軷舍。軷即釋軷也。於時送者遂飲酒於祖側，曰餞。餞，送也。所以為祖祭者，重已方始有事於道，故祭道之神也。」

祭祀路神稱「祖」，又稱「祖道」。之所以叫「祖」，一說認為「祖」通「徂（ㄘㄨˊ）」，前往；還有一說認為「祖」是始的意思，遠行之始，因此要祭祀路神。「軷（ㄅㄚˊ）」也是路神之祭，道路艱險，遠行之人或者堆土成山，或者將祭牲放置在土堆上，祭祀完畢後，再用車輪輾過祭牲，表示行道已無艱險。

綜上所述，根據《毛傳》和孔穎達的解釋，餞行之禮必須在郊外舉行，首先要設置一個簡易的神壇來祭祀路神，或者用酒脯，也就是酒和肉乾，或者用祭牲，然後眾人在神壇之側飲酒，為遠行之人送別。這整個一套禮儀才能稱作「餞行」，不祭祀路神而只管大家飲酒吃肉，那是因為祭祀在後人的日常生活中早已失去了重要性而已。「國之大事，在祀與戎」，這就是古人和今人的區別所在。

「鴛鴦」原來是指兄弟

我們都知道「鴛鴦」是用來形容夫妻，但「鴛鴦」最早卻是用來形容兄弟。

古人很早就發現了鴛鴦的特性，晉朝的崔豹在《古今注》中說：「鴛鴦，水鳥，鳧類也。雌雄未嘗相離，人得其一，則一思而死，故曰匹鳥。」說的就是鴛鴦不能落單，否則就會相思而死。中國現存最早的詩文總集《昭明文選》收錄的蘇武與李陵詩中吟詠道：「骨肉緣枝葉，結交亦相因。四海皆兄弟，誰為行路人。況我連枝樹，與子同一身。昔為鴛與鴦，今為參與商。昔者長相近，邈若胡與秦。惟念當離別，恩情日以新。鹿鳴思野草，可以喻嘉賓。我有一罇酒，欲以贈遠人。願子留斟酌，敘此平生親。」蘇武形容自己和李陵以前是像鴛鴦一樣的好兄弟，如今卻如同參星和商星，一顆在西，一顆在東，此出彼沒，永遠不能再相見了。曹植的〈釋思賦〉是贈給弟弟的，「以兄弟之愛，心有戀然，作此賦以贈之」，其中寫道：「樂鴛鴦之同池，羡比翼之共林。」也是用鴛鴦比喻兄弟。三國時期嵇康寫有十八首〈四言贈兄秀才入軍詩〉，前兩首中一直用「鴛鴦于飛」來比喻兄弟之情。同一時期的鄭豐在〈答陸士龍詩四首鴛鴦六章〉的序中寫道：「鴛鴦，美賢也。有賢者二人，雙飛東嶽，揚輝上京。」陸士龍即陸雲，和其兄陸機齊名，時稱「二陸」。鄭豐讚美陸雲陸機兄弟就像鴛鴦一樣「美賢」。

到了唐朝，詩人們開始用鴛鴦比喻恩愛夫妻。盧照鄰的〈長安古意〉一詩最早使用了這個比喻：「得成比目何辭死，願作鴛鴦不羨仙。比目鴛鴦真可羨，雙去雙來君不見。」自此之後，詩人們開始爭相吟詠鴛鴦這一愛情的意象。最有名的是溫庭筠所作〈南歌子〉：「手裡金鸚鵡，胸前繡鳳凰。偷眼暗形相。不如從嫁與，做鴛鴦。」從鴛鴦的這一愛情意象演變出許許多多男歡女愛的意象，比如「鴛侶」、「鴛盟」、「鴛衾」、「鴛枕」、「鴛鴦偶」、「鴛夢重溫」等等。

「壓歲錢」原來是要趨吉避凶

每逢過舊曆年時，大人要給孩子發「壓歲錢」，這一習俗至今猶存。「壓歲錢」幾乎是每個孩子夢寐以求的東西，不管貧富，大人都會用「壓歲錢」來滿足孩子們的渴求。「壓歲錢」就像西方的孩子們，在耶誕節的第二天早上起床時，盼望看到聖誕老人裝著禮物的那雙襪子。

「壓歲錢」這一民間習俗的起源，可以追溯到漢代。不過漢代不叫「壓歲錢」，而叫「厭勝錢」或者「壓勝錢」。在古文中，「厭」就是「壓」的意思，「勝」是克制的意思。「厭勝」是一種巫術，用詛咒來制服妖魔鬼怪。杜甫在〈石犀行〉中寫道：「自古雖有厭勝法，天生江水向東流。」可見厭勝之法流傳深遠。漢代的「厭勝錢」鑄有「脫身易、宜子孫」的字樣，還有的正面銘文是「辟兵莫當」，背面銘文是「除凶去央（殃）」，顯然是為避凶致吉而特意製造的。

唐朝出現了「洗兒錢」。《資治通鑒》第二一六卷記載了一場鬧劇。安祿山拜楊貴妃為媽，楊貴妃用錦繡做的大襁褓包裹著安祿山取樂，唐玄宗「自往觀之，喜，賜貴妃洗兒金銀錢」。王建〈宮詞〉中也有類似的描寫：「妃子院中初降誕，內人爭乞洗兒錢。」不過「洗兒錢」是送給新生嬰兒的。

宋朝出現了一種「壓歲盤」，除夕之夜，家裡有小孩的，人們就用盤子或者盒子盛滿各種果品食物互相贈送。清朝人富察敦崇所著的《燕京歲時記》中有一個「壓歲錢」的條目，其中寫道：「以彩繩穿錢，編作龍形，置於床腳，謂之壓歲錢。尊長之賜小兒者，亦謂之壓歲錢。」清朝人吳曼雲寫有一首叫〈壓歲錢〉的詩：「百十錢穿彩線長，分來再枕自收藏。商量爆竹談簫價，添得嬌兒一夜忙。」

「壓歲錢」為什麼稱作「壓歲」，有很多種說法，最廣為人知的說法是「歲」就是「祟」，指鬼神製造的災禍，「壓歲」就是將這種種災禍壓服住。不過我倒認為，「歲」的本義是指歲星，就是木星，古人把木星稱為「太歲」，認為衝撞了太歲不吉利。「壓歲」可能是指壓住太歲的地宮，不讓它出來作祟。

•「嬰兒」原來分指女孩、男孩——•

初生的幼兒稱「嬰兒」。今天使用這個稱謂的時候，不分男孩、女孩一概都可稱「嬰兒」，不過在造字之初，「嬰」和「兒」這兩個字卻有著嚴格的區別。作一個簡單區分的話，「兒」可泛稱男孩、女孩，「嬰」則專指女孩。

先說「兒」。《說文解字》：「兒，孺子也。從兒，象小兒頭囟未合。」「孺子」即小孩子；「囟（ㄒㄧㄣˋ）」指嬰兒的頭頂骨尚未合縫之處，俗稱「囟門」。明代學者魏校說：「頂門也。子在母胎，諸竅尚閉，唯臍內氣，囟為之通氣，骨獨未合。既生，則竅閉，口鼻內氣，尾閭為之洩氣，囟乃漸合，陰陽升降之道也。」

小孩兒頭頂那個一呼一吸的囟門，人們都看到過，乃是生理學的常識。不過，「兒」上面的那個「臼」真的指小孩兒的囟門嗎？張舜徽先生在《說文解字約注》一書中提出了不同意見：「孺子以生齒毀齒辨其長幼，故造文者取象焉。頭囟未合，不見於外，無由象形，固非所從得義也。」所謂「生齒」，指幼兒長出乳齒；所謂「毀齒」，指幼兒乳齒脫落，更換為恆齒。他據此認為「臼」裡面的短筆劃乃是牙齒的象形，用新長出的兩顆或四顆牙齒表示幼兒；因為除非貼到頭頂仔細辨別，否則囟門從外面是看不見的，小孩兒新長的牙齒則一眼就可以看到，因此才以此取象。這個觀點更接近造字者的本義。

再說「嬰」。在甲骨文中，「嬰」字表現為一位女子用手抓取玉或貝製成的項圈，因此《說文解字》釋義為：「嬰，頸飾也。」後來的字形中，上面定型為兩個貝，表示相連的兩個貝所製的項圈，女孩用這種項圈作為裝飾。

殷商時期的這一習俗一直沿承了下來，《禮記．內則》中記已經嫁到夫家的女子要「衿纓」，鄭玄注解說：「衿猶結也。婦人有纓，示繫屬也。」「衿（ㄐㄧㄣ）」指衣服的交領，在交領上繫纓帶，表示已經有所歸屬，也就是已經嫁人的意思。

據《儀禮．士昏禮》載，女子出嫁前夕，「母施衿結帨」。「帨（ㄕㄨㄟ）」是佩巾，用以擦拭不潔。母親將佩巾繫在女兒的交領上，表示嫁到夫家之後，就成為主持家務的主婦了。這種佩巾在女孩出生的時候就已經有了，《禮記．內則》中規定：「子生，男子設弧於門左，女子設帨於門右。」「弧」是木弓，古人對男孩和女孩未來的期望由此可見區別。

雖然《禮記．曲禮上》篇中有「女子許嫁，纓」的規定，但這已經是周代的習俗，而且許嫁佩的纓以五彩絲線製成，也不同於殷商形制，還是張舜徽先生在《說文解字約注》一書中的釋義最為準確：「繫頸飾者，惟女為然，故其字從女。」

到了戰國時期，「嬰」和「兒」的稱謂更是進行了明確的區分，秦丞相李斯在統一六國文字的《倉頡篇》中寫道：「男曰兒，女曰嬰。」從這時起，這兩個稱謂就不能再混用了，「兒」也因此引申為指雄性牲畜，比如「兒馬」即公馬，「兒貓」即公貓。

以上就是「嬰」和「兒」初造字時的本義及其演變，後來的混用就導致「嬰」的本義不再為人所知了。

•「應酬」原來是飲酒的禮節

交際往來俗語叫做「應酬」。「應酬」一詞使用得很早，比如南宋詩人陸游〈晚秋農家〉一詩中就有「老來萬事懶，不獨廢應酬」的句子，跟今天「應酬」的意思一樣。

「應酬」一詞來自「酬酢」，主人向客人敬酒叫「酬」，客人回敬，向主人敬酒叫「酢」。因為一來一往，因此借用為交往、應對的含義。《周易．繫辭》中就已經使用這個詞了：「顯道神德行，是故可與酬酢，可與佑神矣。」著名學者南懷瑾先生用白話文翻譯了這句話：「故《易經》可使道術顯明於天下，使德行神妙莫測，所以可以應酬於人間之世，而如獲得神明之助了。」這裡的「酬酢」就是應對的意思。

《新唐書．卓行傳》講過一個有趣的「酬酢」的故事。陽城是唐德宗時期一位著名的隱士，學問淵博，隱居於中條山，官府屢屢請他出山做官，陽城一概拒絕。後來唐德宗親自拜他為右諫議大夫，陽城沒辦法，只好出山。陽城的名氣實在太大了，諫議大夫又是個諫官，人們都以為陽城一定會對看不慣的事情用激烈的言詞進諫，沒想到陽城從來不開口進諫，每天都跟二弟一起請客飲酒，晝夜不息，天天喝得酩酊大醉。官員們都看不慣陽城這種尸位素餐的舉動，韓愈還專門寫了一篇〈爭臣論〉來諷刺他，陽城一概置之不理。有位客人來到陽城府上，想勸他為天下百姓著想，盡諫官的本分。還沒開口，陽城就猜到了他的心思，強逼著客人飲酒，客人想告辭而去，陽城就把手中的酒一飲而盡，這叫「酬」，按照禮節，客人不得不「酢」。於是，主人「酬」，客人「酢」，你來我往，須臾之間客人就喝得大醉，身子溜到桌子底下起不來了，再也沒辦法勸說陽城了。

陽城就這樣當了八年諫官，一點兒建設性的意見都沒提出，跟他的聲望完全不相稱，人們漸漸對他失望了。等到弄臣裴延齡構陷宰相陸贄的時候，滿朝文武無一人敢說話，這時陽城挺身而出，極力為陸贄等忠直大臣辯護，惹得德宗大怒。德宗要拜裴延齡為宰相，陽城揚言道：「如果裴延齡當了宰相，我一定披麻戴孝，到朝堂上哭喪。」德宗還真的被嚇住了，裴延齡最終沒有當上宰相，而陽城也被貶了官。

●「應聲蟲」原來真是一種怪蟲●

在今天的口語中，「應聲蟲」是指那些毫無主見，只知道一味應和別人、隨聲附和的人。但在唐代，「應聲蟲」卻是一種怪蟲引發的一種怪病，而且這種病還很常見。這種病的特徵是：患者腹內生蟲；人說話，蟲即小聲應之，這種病被命名為「應病」。

據劉餗所著《隋唐嘉話》記載：「有患應聲病者，問醫官蘇澄，云：『自古無此方。今吾所撰《本草》，網羅天下藥物，亦謂盡矣。試將讀之，應有所覺。』其人每發一聲，腹中輒應，唯至一藥，再三無聲。過至他藥，復應如初。澄因為處方，以此藥為主，其病自除。」

張鷟（ㄓㄨㄛˊ）所著《朝野僉載》中也有類似的記載：「洛州有士人患應病，語即喉中應之。以問善醫張文仲，經夜思之，乃得一法，即取《本草》令讀之，皆應；至其所畏者，即不言。仲乃錄取藥，合和為丸，服之應時而愈。」

但兩書中均未提及「應聲蟲」之名，也沒提到具體是哪味藥可治此病。到了宋代，陳正敏在《遯（ㄉㄨㄣˋ）齋閒覽》中提到了這味藥。陳的朋友曾經遇見過一個叫楊勔（ㄇㄧㄢˇ）的人，此人就得了「應病」，一開始腹中的應聲很小，幾年後應聲越來越大。有一位道士見了楊，吃驚地說：「此應聲蟲也，久不治，延及妻子，宜讀《本草》，遇蟲所不應者，當取服之。」楊依言讀到了雷丸這味藥，應聲蟲果然不再應聲，服下雷丸，「應病」立馬痊癒。雷丸是味中藥，主治殺蟲，看來「應聲蟲」害怕的正是殺蟲劑！

後來陳正敏遊歷到福建長汀，遇見了一個身患「應病」的乞丐，當眾在街頭表演腹中「應聲蟲」的應和之聲。陳正敏出於好心，傳授給他雷丸療法，不料乞丐回答道：「某貧無他技，所以能求衣食於人者，唯藉此耳。」這名乞丐居然奇貨可居，把「應聲蟲」當作飯碗了。

正是因為「應聲蟲」的這個特點，後人因此把隨聲附和的人稱作「應聲蟲」。清代著名詩人袁枚在《隨園詩話》中評論道：「楊用修笑今之儒者，皆宋儒之應聲蟲；吾以為孔穎達真鄭康成之應聲蟲也。」楊慎，字用修，明代文學家；鄭玄，字康成，東漢末年的經學大師；孔穎達，唐代經學家。正如楊慎嘲笑明代儒者都是宋代儒者的應聲蟲一樣，袁枚也嘲笑孔穎達乃是鄭玄的應聲蟲。

「戴綠帽」為什麼是男人的奇恥大辱？

作為罵人的話，大概再也沒有比「戴綠帽」的語感更嚴重的了。哪個男人如果被別人罵作「戴了一頂綠帽子」，一定會勃然大怒拚命。這是因為只有妻子跟別的男人通姦的丈夫才會被民間稱為「戴綠帽」。

這個稱謂非常奇怪，為什麼戴的非得是綠帽子，而不是別的顏色的帽子呢？

首先必須得明白綠色在古代中國顏色譜系中的地位。《說文解字》：「綠，帛青黃色也。」綠色是指青中帶黃的顏色。古代中國的顏色譜系分為正色和間色兩類：正色指青、赤、黃、白、黑五種純正的顏色，間色則為不純正的雜色。

何為間色？說法不一，一種說法是指綠、紅、碧、紫、流黃（褐黃色），另一種說法是指紺（ㄍㄢˋ，紅青色）、紅（淺紅色）、縹（ㄆㄧㄠˇ，淡青色）、紫、流黃。正色和間色是明貴賤、辨等級的工具，要求非常嚴格，絲毫不得混用。

作為間色的一種，可想而知綠色的地位之低下。《漢書．東方朔傳》記載了一則趣事：漢武帝的姑媽館陶公主死了丈夫，這時她已五十多歲，養了一位名叫董偃的十八歲的小白臉，號曰董君。有一次漢武帝駕臨公主府第，坐下就說：「願謁主人翁。」館陶公主嚇得趕緊去掉簪子和耳環，脫掉鞋子，跪下頓首謝罪。漢武帝恕罪之後，公主「之東箱自引董君，董君綠幘傅韝，隨主前，伏殿下」。

「韝（ㄍㄡ）」本是皮革所制的臂套，射箭時套於兩臂，方便拉弓。「幘（ㄗㄜˊ）」是頭巾，蔡邕《獨斷》中說：「幘者，古之卑賤執事不冠者之所服也。」因此顏師古注解說：「綠幘，賤人之服也。」董偃頭上戴著綠色的頭巾，兩臂上套著青色的臂套，來向漢武帝謝罪，可見這都是代表低賤身份的裝束。漢武帝很喜歡董偃，於是「賜衣冠」，董偃退下回房，換上所賜的品級高的衣冠，再來見漢武帝。

此後，綠色的低賤地位一直沒有改變過，比如《舊唐書．輿服志》載：「六品、七品服綠，八品、九品服以青。」

唐人封演所著《封氏聞見記》在「奇政」一條中記載道：「李封為延陵令，吏人有罪，不加杖罰，但令裹碧頭巾以辱之。隨所犯輕重，以日數為等級，日滿乃釋。吳人著此服出入州鄉，以為大恥，皆相勸勵，無敢僭違。」「碧」即青綠色，「碧頭巾」即綠頭巾。李封讓有罪的吏人戴上碧頭巾，顯然是故意貶低吏人的身份。

明人郎瑛在《七修類稿．辯證類》「綠頭巾」一條中解釋了李封何以要用碧頭巾來羞辱吏人：「今吳人罵人妻有淫行者曰綠頭巾，及樂人朝制以碧綠之巾裹頭，皆此意從來。但又思當時李封何必欲用綠巾？及見春秋時有貨妻女求食者，謂之倡夫，以綠巾裹頭，以別貴賤。然後知從來已遠，李封亦因是以辱之，今則深於樂人耳。」

郎瑛聽到的「綠頭巾」的源頭更早，甚至可以追溯到春秋時期。用他的話說，春秋時期賣妻女求食的男人稱為「倡夫」，必須戴上綠頭巾來表明低賤的身分。

到了元明兩代，娼妓的丈夫要帶綠帽子成為常例。《元典章》在「服色」一條中規定：「娼妓之家多與官員士庶同著衣服，不分貴賤。今擬娼妓各分等第，穿著紫皂衫子，戴著冠兒，娼妓之家家長並親屬男子裹青頭巾。」並規定娼妓的家人不得穿金服，戴笠子，騎坐馬，被發現後要捉拿到官，把馬匹獎賞給舉報者。

《明史．輿服志》中也有規定：「教坊司伶人，常服綠色巾，以別士庶之服。」伶人和娼妓屬親緣性非常接近的行業，因此這兩個行業都必須戴綠頭巾以作區別。不過對娼妓行業來說，「娼妓之家家長並親屬男子裹青頭巾」，這才是民間把妻子有外遇的丈夫稱為「戴綠帽」或「戴綠頭巾」的由來，並一直流傳到了今天，「奪妻之恨」和「殺父之仇」同時成為中國男人們最忍無可忍的兩件事。

明人謝肇淛所著筆記《五雜俎》中說：「有不隸於官，家居而賣奸者，謂之土妓，俗謂之私窠子……今人以妻之外淫者，目其夫為烏龜。蓋龜不能交，而縱牝者與蛇交也。隸於官者為樂戶，又為水戶。國初之制，綠其巾以示辱。」

「戴綠帽」者又稱龜，引申而指妓院裡的男僕，比如龜奴、龜子的稱謂，今天也仍然還有龜兒子的罵人話。許慎在《說文解字》中說：「天地之性，廣肩無雄。龜鱉之類，以它為雄。」「它」即蛇。許慎所處的東漢時期就已經有了這樣的誤解：龜有雌無雄，只能與蛇交配才能產子。這也就是謝肇淛所說的「龜不能交，而縱牝者與蛇交也」，用來比喻妻賣淫而夫不聞不問，因此將賣淫女人的丈夫或者妓院的掌櫃稱之為龜或烏龜。

「濫觴」原來是指浮起酒杯

「濫觴」比喻事物的起源和發端。為什麼可以這樣比喻呢？這跟「觴」字密切相關。

「濫觴」一詞出自《孔子家語》，該書最早著錄於《漢書．藝文志》，歷來頗多爭議，有人認為是偽書，但後來的考古發現，證明該書早在西漢就已經存在和流傳。

《孔子家語．三恕》篇講述了一個有趣的故事。子路盛裝去見孔子，孔子一見之下大為不滿，說：「你為何如此倨傲？夫江始出於岷山，其源可以濫觴，及其至於江津，不舫舟不避風則不可以涉，非唯下流水多耶？」孔子告誡子路要像大江的下流水多一樣，虛心接納意見，而不是一開始就以盛裝拒人於千里之外。

王肅解釋說：「觴可以盛酒，言其微。」「濫」是浮起的意思，「觴（ㄕㄤ）」則是盛酒器，因此「濫觴」一詞的意思就是浮起酒杯。大江的源頭「可以濫觴」，可以浮起酒杯，則水量之小可想而知，「濫觴」因此用來比喻事物的起源和發端。

北魏酈道元所著《水經注．江水》篇中，「濫觴」一詞凡兩見。「《益州記》曰：大江泉源，即今所聞，始發羊膊嶺下，緣崖散漫，小水百數，殆未濫觴矣……江水自此已上，至微弱，所謂發源濫觴者也。」也都是這個意思。

那麼，為什麼用浮起酒杯來作比喻呢？原來，古人雅集，有個例行的娛樂活動：在水邊宴飲，將「觴」放入水中，順水漂流，到自己面前，取而飲之，這種娛樂活動就叫「曲水流觴」，王羲之的〈蘭亭集序〉就是在一次曲水流觴的活動之後所作。曲水，取水流彎彎曲曲之意。古人見到水就想到「流觴」，甚而至於要把「觴」放到大江的源頭去測水量，真是可愛！

發源處水量極小，「濫觴」之後，再往下流，水量越來越大，因此「濫觴」一詞又可以引申為波及或氾濫。比如南宋學者魏慶之評論盛唐詩：「盛唐人詩，亦有一二濫觴晚唐者。」這是波及、影響的意思。元明間學者葉子奇議論時事有這樣的比喻：「所入之溝雖通，所出之溝既塞，則水死而不動，惟有漲滿浸淫，而有濫觴之患矣。」這是氾濫的意思。

•「膽小如鼠」的「鼠」原來是指鼷鼠——•

如果我再煞有介事地來解釋「膽小如鼠」這個成語的意思，想必一定會被讀者朋友們罵得狗血噴頭。但凡事較不得真，如果真要較真地問上一句：「膽小如鼠」的這個「鼠」，到底是泛泛而言的老鼠，還是指具體某一種鼠？相信大多數人立刻就會瞠目結舌回答不上來了。

原來，「膽小如鼠」的「鼠」還真不是指泛泛而言的老鼠，而是鼠類中最小的一種，名為鼷（ㄒㄧ）鼠。據《魏書．汝陰王列傳》記載，時任北魏東豫州刺史的拓跋慶和，被梁武帝蕭衍的大將圍攻，拓跋慶和舉城投降，蕭衍封他為北道總督、魏王。後來在項城遭遇北魏軍隊，拓跋慶和卻「望風退走」，蕭衍因此諷刺他「言同百舌，膽若鼷鼠」。

「百舌」即百舌鳥，善鳴。《淮南子．說山訓》載：「人有多言者，猶百舌之聲。」高誘解釋說：「百舌，鳥名，能易其舌效百鳥之聲，故曰百舌也。以喻人雖多言無益於事也。」蕭衍諷刺拓跋慶和就像百舌鳥一樣說得天花亂墜，但是一上戰場就「膽若鼷鼠」。

鼷鼠這種鼠類很有趣，據《左傳．成公七年》載：「七年，春，王正月，鼷鼠食郊牛角，改卜牛。鼷鼠又食其角，乃免牛。」古時在郊外祭祀天地，稱作「郊祭」。郊祭前要先選擇一頭牛占卜，如果卜得吉兆就把這頭牛養起來，然後再占卜郊祭的日期。這一年鼷鼠先後吃了兩隻郊祭之牛的角，《左傳》中記載的鼷鼠食郊牛角共有三次，鼷鼠似乎特別愛吃郊祭的牛角。

我們來看看這種體型最小的鼠類的特性。《爾雅．釋獸》：「鼷鼠。」郭璞注：「有螫毒者。」西晉學者張華所著《博物志》載之更詳：「《春秋》書：『鼷鼠食郊牛，牛死。』鼠之類最小者，食物當時不覺痛。世傳云：亦食人項肥厚皮處，亦不覺。或名甘鼠。」宋代學者陸佃所著《埤雅》也說：「鼷鼠有螫毒者，甘口齧人及鳥獸皆不痛。」李時珍《本草綱目》又記載了鼷鼠的別名「甘口鼠」：「鼷乃鼠之最小者，齧人不痛，故曰甘口。」又引陳藏器之說：「鼷鼠極細，卒不可見，食人及牛馬等皮膚成瘡，至死不覺。」

由此可知，鼷鼠最重要的特性是：體型細小，咬人不覺痛，但危害極大，以至於成瘡而死。因此蕭衍才用「膽若鼷鼠」來嘲諷拓跋慶和，表示極端看不起他。《三國志．魏志．杜襲傳》中有「千鈞之弩不為鼷鼠發機，萬石之鐘不以莛撞起音」之句，「莛（ㄊㄧˊㄥ）」是草莖，以莛撞鐘，鐘如何能響？千鈞之弩也不會只為一頭小鼷鼠發射，極言對鼷鼠之輕視，古人因此用「膽若鼷鼠」來形容人極端膽小怕事。今人博物知識匱乏，已經不瞭解鼷鼠之特性，因此才泛泛而言「膽小如鼠」，雖然也能夠形容膽小，但鼷鼠之危害性，古人對鼷鼠的厭憎之情卻統統被忽略了。

「蟊賊」原來是兩種害蟲

今天的「蟊賊」一詞，是指危害人民或國家的人，毫無疑問是對人的形容，但是在古時候，「蟊賊」卻是危害禾苗的害蟲，而且「蟊（ㄇㄠˊ）」、「賊」分別是兩種害蟲。這個詞的古今變遷，再一次鮮明地反映出古人無一字無來歷的命名方式。

《詩經．大田》：「去其螟螣，及其蟊賊，無害我田稚。」此處出現了四種危害禾苗的害蟲：螟，螣，蟊，賊。《爾雅．釋蟲》詳細解釋了這四種害蟲的區別：「食苗心，螟；食葉，螣；食節，賊；食根，蟊。」螟專食禾苗的心，螣（ㄊㄥˊ）專食禾苗的葉子，賊專食禾苗的枝幹，蟊專食禾苗的根部。這幾句詩的意思是：除掉危害禾苗的螟螣和蟊賊，不要傷害我的幼苗。

這四種害蟲各自蠶食禾苗的一個部位，那麼為什麼命名又不一樣呢？孔穎達的注疏中引述了李巡的說法：「食禾心為螟，言其奸冥冥難知也；食禾葉者，言假貸無厭，故曰螣也；食禾節，言貪很，故曰賊也；食禾根者，言其稅取萬民財貨，故云蟊也。」原來，其命名方式仿照當政者之貪而來。陸機則解釋得更有趣：「螟似子方而頭不赤。螣，蝗也。賊似桃李中蠹蟲，赤頭身長而細耳。或云：『蟊，螻蛄也，食苗根，為人患。』」許慎則解釋為：「『吏犯法則生螟，乞貸則生螣。』舊說螟螣蟊賊一種蟲也，如言寇賊奸宄，內外言之耳。」

古代中國是農業社會，因此古人對這四種害蟲的認識非常深刻，《詩經》中屢屢出現「蟊賊」的影子。〈瞻卬〉：「蟊賊蟊疾，靡有夷屆。」害蟲瘋狂吃禾苗，沒有滿足停止的時候。〈召旻〉：「天降罪罟，蟊賊內訌。」罪和罟（ㄍㄨˇ）都是網。上天降下罪網，蟊賊們內訌。這裡開始將壞人比作蟊賊。

《後漢書．岑彭傳》記載了一則當時的民謠，稱頌岑彭的後人：「我有枳棘，岑君伐之；我有蟊賊，岑君遏之。狗吠不驚，足下生犛。含哺鼓腹，焉知凶災？我喜我生，獨丁斯時。美矣岑君，於戲休茲！」枳（ㄓˇ）棘，多刺的枳木與棘木，比喻惡人；犛，長毛，狗沒有賊可追，以至於腳上都生了長毛；含哺，口含食物；鼓腹，飽食，形容百姓生活安樂。李賢注解道：「蟊賊，食禾稼蟲名，以喻奸吏侵漁也。」正式將奸吏比喻為「蟊賊」，也從此將「蟊賊」釘上了歷史的恥辱柱。

●「舊雨新知」為什麼是指朋友？——●

有一句很雅的俗語叫「舊雨新知」，舊雨指老朋友，新知指新朋友。「新知」容易理解，「舊雨」是什麼意思呢？老朋友跟下雨有什麼關係？

這個典故出自杜甫。杜甫四十歲前後，過的是「朝扣富兒門，暮隨肥馬塵，殘杯與冷炙，到處潛悲辛」的生活。先是到長安應試，落第，然後向權貴人家投贈詩文，最後才得到一個看守兵器庫的小官兒。四十歲這一年，杜甫向唐玄宗獻上了《三大禮賦》，得到唐玄宗的賞識，一些趨炎附勢之輩認為杜甫前途不可限量，紛紛登門巴結，一時間門庭喧囂。到了秋天，還是沒有發派杜甫官職的消息，此時杜甫又得了瘧疾，臥病在床，貧病交加。秋雨綿綿，過去那些巴結他的「老朋友」再也不登門了，以至於門可羅雀。這時，一位姓魏的進士冒雨前來探望杜甫的病情，並告訴杜甫自己即將出外做官，特意來辭行。客人走了之後，杜甫思前想後，非常感動，於是寫了一篇〈秋述〉，諷刺人情冷暖，世態炎涼，又悲嘆自己懷才不遇。在此文開頭，杜甫寫道：「秋，杜子臥病長安旅次，多雨生魚，青苔及榻。常時車馬之客，舊雨來，今雨不來。」意思是說過去下雨的時候那些老朋友也來探望我，而今遇雨卻都不來了。這是一句多麼沉痛的話啊！

從此之後，「舊雨」就成為老朋友的代稱，「今雨」或者「新雨」成為新朋友的代稱。宋人張炎〈長亭怨〉：「故人何許？渾忘了江南舊雨。」范成大〈丙午新正書懷〉：「人情舊雨非今雨，老境增年是減年。」

●「豐碑」原來是下葬的工具●

今天的「豐碑」一詞，指的是紀功頌德的高大石碑，但是在古時候，「豐碑」卻是下葬時的專用工具。

「碑」的本義是豎石，也就是豎立起來的石頭。這種豎石本來不是用來在上面刻字的，大約秦代開始才在上面刻字，作為紀念物或標記，也用以刻文告，但這時刻字的豎石還不叫「碑」，而叫「刻石」，漢以後才稱作「碑」。

「碑」最早的用途有三：一是立於宮廟前，用來觀日影以辨時刻，即鄭玄所說：「宮必有碑，所以識日影，引陰陽也。」；二是豎立於宮廟的大門之內，用來拴供祭祀用的牲口；三是用來下棺的工具。《禮記．檀弓下》載：「公室視豐碑，三家視桓楹。」鄭玄解釋道：「豐碑，斲大木為之，形如石碑。於槨前後四角樹之，穿中於間為鹿盧，下棺以綍繞。」其中，槨（ㄍㄨㄛˇ）是棺材外面套的一層外棺，綍（ㄌㄩˋ）是粗繩子。因為棺材太重，所以要用大木豎在槨的四角，木上有孔，穿上粗粗的繩子，製成轆轤，用來牽引棺材安放到墓坑裡面。按照禮制，天子用六綍四碑，即六根粗繩子和四根大木；諸侯用四綍二碑；大夫用二綍二碑；士用二綍無碑。由此可見，「豐碑」本來指的是下棺的大木。

這本來是一種嚴格的等級制規定，絲毫不得僭越，可是當禮崩樂壞的時候，這種禮制卻屢屢被僭越。所謂「公室視豐碑」，意思是諸侯下棺，也開始視同天子用豐碑下棺的禮制了；所謂「三家視桓楹」，三家即指魯國掌管國政的三家大夫，桓楹專指天子和諸侯下棺使用的大木，大夫下棺，也開始視同諸侯用桓楹下棺的禮制了。

介紹至此，我們可以知道，「豐碑」本來是一種特殊的葬禮規格，經歷了周王室的衰落，以及春秋戰國的亂世之後，禮崩樂壞，這種嚴格等級制的葬禮規格漸漸被人遺忘，人們開始在親人的墳前豎起了石碑，稱之為「豐碑」，卻忘了「豐碑」僅只是下棺的工具而已。再後來，又開始在這塊碑上刻字紀念，而形成了今天的墓碑。

「雞姦」原來跟雞毫無關係

漢語中把男性與男性之間發生的性行為稱作「雞姦」，法律也用這個詞來界定男性強姦男性的犯罪行為。我一直對這個詞大惑不解：男性與男性之間發生的性行為跟雞有什麼關係？如果說是因為性行為的姿勢相同的緣故，那麼大多數動物都採取這種後入的方式，非獨雞為然，為什麼偏偏要用雞來比喻呢？

原來，「雞姦」跟雞毫無關係，這個字本來寫作「娎」，最早出自明代學者陸容所著《菽園雜記》，也就是說，這個字是明代的人造出來的，而且造得極其有趣，堪稱天才！陸容在該書卷十二中記載了這個字的讀音和含義：「娎，音少，杭人謂男之有女態者。」

不過，這個字還有另外一個讀音，出自比陸容年代更晚的學者楊時偉所著《正韻箋》，這本書是對明太祖洪武八年（西元一三七五年）編成的官方韻書《洪武正韻》的補箋，書中記載：「明律有娎奸罪條，將男作女也。」清代學者吳任臣在《字彙補》中釐定了讀音：「娎，古溪切，音飢。」

雖然有兩個讀音，但字義是一樣的，即男人而有女人之態。我們看這個字的上部是「男」的一半，下部則是「女」，不正是「將男作女」的意思嗎？引申到明代法律的條文中，則把「將男作女」（男性與男性之間的性行為）規定為「娎奸罪」。

比楊時偉稍早的學者沈德符在著名的《萬曆野獲編．補遺》「契兄弟」一條中記載得更為詳細：「閩人酷重男色，無論貴賤妍媸，各以其類相結，長者為契兄，少者為契弟。其兄入弟家，弟之父母撫愛之如婿，弟後日生計及娶妻諸費，俱取辦於契兄。其相愛者，年過而立，尚寢處如伉儷，至有他淫而告訐者，名曰契奸。契字不見韻書，蓋閩人所自撰。」

至於「契」為什麼會寫成後來的「雞」，清代學者袁枚在《隨園隨筆．辨訛類》中「契奸之訛」一條中寫道：「楊氏《正韻箋》：『律有契奸之條，契音雞，將男作女也。』今男淫為雞姦，誤矣。」

按照袁枚的理解，「契奸」之所以誤為「雞姦」，是因為「契音雞」的緣故，也就是說，二字音同，但「契」字要麼不好認，要麼過於直露，因此人們才以「雞姦」取而代之，從而使得今人完全不知道這個詞的來歷了。

•「鞭策」原來都是指馬鞭

「鞭策」是督促、激勵的意思，是一個動詞，除此之外再無他意。可是這種用法卻無法解答「策」這個字是什麼意思。

其實最初「鞭策」不是動詞，而是名詞。「鞭」自然是馬鞭子，「策」呢？「策」不是策馬，「策」的本義是頭上有尖刺的竹製馬鞭，引申為駕馭馬匹的工具。《禮記．曲禮》：「僕執策立於馬前。」「鞭」和「策」都是名詞，都是馬鞭子，那麼二者有什麼區別呢？皮製的馬鞭子叫

「鞭」，不是皮製的叫「策」。《禮記．曲禮》：「乘路馬，必朝服，載鞭策。」為國君駕車的馬稱為「路馬」，這段話是說如果乘坐國君的車馬，一定要穿上朝服，攜帶馬鞭子，以示對國君的敬重。作為名詞的「鞭策」合指馬鞭子，在這個例子中很清楚。李白〈日出入行〉中寫道：「誰揮鞭策驅四運，萬物興歇皆自然。」手裡揮著的「鞭策」當然也是馬鞭子。

經過漫長的演變過程，「鞭策」一詞逐漸當作動詞用，跟今天的用法一樣了。

•「疆場」的「場」原來是錯別字——•

俗話說「喋血疆場」，疆場就是戰場。人們順口就念出了這個詞，可是很少有人知道，這個詞竟然被誤用了數百年！

「疆場」的「場」是個錯別字，正確的字是「埸」，讀作「ㄧˋ」，右邊是個「易」，而不是「場」的右半。「埸」和「場」的區別很大。「場」的本義是平坦的空地，《說文解字》解釋為：「祭神道也。」祭神的時候，築起的土堆叫「壇」，闢出的空地叫「場」。而「埸」的本義是田界，孔穎達解釋道：「以田之疆畔至此而易主，名之為埸。」「疆」和「埸」的區別是：大的田界叫「疆」，小的田界叫「埸」，因此只能「疆埸」兩字連用，而不能把「疆場」連用。

「疆埸」是一個同義連綿詞，本義就是田界、田邊。《詩經》中的〈信南山〉一詩吟詠道：

「疆場翼翼，黍稷彧彧。」「翼翼」是形容田界修理得很整齊的樣子，「彧彧（ㄩˋ）」是形容莊稼長得很茂盛的樣子。接著又吟詠道：「中田有廬，疆場有瓜。」中間的田裡種的有蘿蔔，田地邊上種的有瓜。「疆場」因為是田界，於是引申為兩國的邊境。《左傳》中屢屢出現這個稱謂。據〈桓公十七年〉載，齊國人侵略魯國的邊境，守衛邊境的官吏告知魯桓公，魯桓公說：「疆場之事，慎守其一，而備其不虞。」〈成公十三年〉載：「鄭人怒君之疆場。」鄭國人侵犯秦國的邊境。「疆場」一詞都是這樣的用法。

「疆場」既為邊境，當然容易發生戰事，因此「疆場」又引申為戰場，直到元朝之前，意指戰場的向來就只有「疆場」一詞，比如杜牧的上表：「陛下用仁義為干戈，以恩信為疆場。」王安石的書信中有：「將帥之臣，出乘疆場，而有執敵捍患之材。」大約從元朝開始，出身平民的作家們開始眼花，把「場」字看成了「埸」字，「疆場」也就自然而然變成了「疆埸」，一直誤用到了今天。

●「癡呆」原來是對吳人的貶稱

「癡呆」一詞，形容人遲鈍、愚蠢，直到今天還活躍在人們的日常口語中。那麼，嘲笑人「癡呆」的這個詞到底是怎麼來的？這要先從「呆子」的稱謂講起。

南宋人張仲文在所著筆記《白獺髓》中講述了一則著名詩人范成大的趣事：「石湖范參政初官

參州，在客位，其同參者聞為吳郡人，即云『獃子』。」范成大號石湖居士，吳縣（今蘇州）人，同僚一聽他是吳郡人立刻呼為「呆子」，可見吳人素有「呆」名。

果然，直到明代還有這樣的記載。明代學者陸容所著《菽園雜記》中說：「蘇州人謂無智術者為獃，杭州以為懛。」「獃」、「懛」都通「呆」。明代藏書家郎瑛在《七修類稿》中也說：「蘇杭呼癡人為懛子。」陸容還講了一個有趣的故事：「同年吳俊時用，美姿容，而不拘小節，杭人呼為吳阿懛。嘗自云：我死，大書一名於墓前，云『大明吳阿懛之墓』。若書官位，便俗矣。」可發一笑。

還是這個范成大，寫有《臘月村田樂府》組詩，其中〈賣癡呆詞〉一詩活靈活現地描述了家鄉吳郡除夕夜的一項風俗：「除夕更闌人不睡，厭禳鈍滯迫新歲。小兒呼叫走長街，云有癡呆召人賣。二物於人誰獨無？就中吳儂仍有餘。巷南巷北賣不得，相逢大笑相揶揄。櫟翁塊坐重簾下，獨要買添令問價。兒云翁買不須錢，奉賒癡呆千百年。」詩前小序中寫道：「其九〈賣癡呆詞〉：分歲罷，小兒繞街呼叫云：『賣汝癡！賣汝呆！』世傳吳人多呆，故兒輩諱之，欲賈其餘，益可笑。」

為什麼「世傳吳人多呆」呢？元人高德基在《平江記事》一書中提出了獨到的解釋：「吳人自相呼為呆子，又謂之蘇州呆。每歲除夕，群兒繞街呼叫，云賣癡呆：『千貫賣汝癡，萬貫賣汝呆。見賣盡多送，要賒隨我來。』蓋以吳人多呆，兒輩戲謔之耳。吳推官嘗謂人曰：『某居官久，深知吳風。吳人尚奢爭勝，所事不切，廣置田宅，計較微利，殊不知異時反貽子孫不肖之害，故人以呆目之。謂之蘇州呆不亦宜乎？』」

明人錢穀所輯《吳都文粹續集．補遺》中也記載了這位原名叫吳樵的平江節度推官（掌獄訟之官）的話，說得更清晰：「樵居官既久，深知吳風。吳人尚奢而爭勝，所事不切：寧棄百萬錢嫁女，不能拚十萬錢教子弟；寧捨十萬錢遺婢妾，不能以一萬錢延好師友，故使子弟不知書識字。但廣置田宅，計較微利，殊不思異時反貽子孫不肖之害。」

由此可知，同僚一見到吳郡人范成大就呼為「呆子」，其來有自。至於「癡」字，據揚雄《方言》所載，早在漢代就是揚越一帶侮人無知的方言。因此大約從宋元時期開始，「癡呆」連用，同時也進入了北方語言，一直使用到今天。

●「穩操勝券」操的原來是左券

很多漢語詞彙都禁不起認真一問，比如在「穩操勝券」這個使用頻率極高的成語中，到底什麼是「券」？什麼又是「勝券」？如此認真一問，相信絕大多數人都會瞠目不知所對。

其實，「穩操勝券」更準確的寫法應該是「穩操左券」。《說文解字》：「券，契也。券別之書，以刀判契其旁，故曰契券。」「券」的本義是用於買賣或債務的契據，在紙張沒有發明之前，通常用竹片或木片製成，書寫後用刀剖成兩半，雙方各執一半以為憑證。左半稱「左券」，由債權人收執；右半稱「右券」，由債務人收執。債權人到了規定期限就可以手執「左券」前往索取債務，因此「左券」稱得上「勝券」，勝券在握，永遠立於不敗之地。

「左券」也稱「左契」，老子曾經說過一句話：「聖人執左契而不責於人，故有德司契，無德司徹。」這句話的意思是：聖人雖然手持「左契」，卻從來不催促人還債，因此有德之人就像掌管契約的聖人一樣寬宏大量，無德之人就像掌管收稅的人一樣斤斤計較。由此也可見債權人所持的「左券」或「左契」實乃「穩操勝券」。

不過也有例外。《史記．田敬仲完世家》中蘇秦遊說田軫後說：「公常執左券以責於秦韓。」意思是田軫有恩於秦韓兩國，如同持左券，可以穩操勝券地教訓兩國。這是「執左券」。《史記．平原君虞卿列傳》：「且虞卿操其兩權，事成，操右券以責；事不成，以虛名德君。」這是指虞卿會像債主一樣「操右券」來責難平原君。「勝券」通常指「左券」，在一些特殊的情況下也可以指「右券」，應該視乎契券的具體內容而定。

陸游有一首題為〈禽言〉的詩，其中寫道：「人生為農最可願，得飽正如持左券。」「持左券」引申為最有把握之意，即如今常用的成語「穩操勝券」。

•「籌碼」原來跟「馬」大有關係•

「籌碼」一詞，過去指賭博時用以計勝負的物品，沿用下來稱可以代替貨幣的票據，再延伸用來比喻取決勝負的標準。最後一個義項今天使用得最多。不過，「籌碼」最初寫作「籌馬」，而且真的跟「馬」大有關係呢！

「籌馬」來自於古時宴會的禮制，同時也是一項娛樂活動。這項娛樂活動叫投壺，賓主依次用箭矢投向盛酒的壺口，以投中多少決勝負，輸者飲酒。明人謝肇淛評論說「投壺視諸戲最為古雅」，可見起源之早。

投壺這項活動是模仿射箭而設，所以用來投擲的東西就叫「矢」，即箭矢，又稱作「籌」，《說文解字》：「籌，壺矢也。」投壺所用之壺就是席間的盛酒器，長頸，裡面裝有小豆，以防止投入的矢躍出來。計算投中次數的籌碼叫「算」，竹製，長六寸。盛算的器皿叫「中」，木刻而成，刻成兕（ㄙˋ）（犀牛）或鹿的形狀，背上鑿有小孔以盛算。勝算叫「馬」，也是木刻而成。鄭玄解釋說：「馬，勝算也。謂之馬者，若云技藝如此，任為將帥乘馬也。」鄭玄的意思是說投壺由射箭而來，將勝者比作將帥，因此刻成馬形。投壺禮三次為一輪，每勝一輪則立一馬，表示所勝的次數。所謂「立馬」，是指投完一輪後，勝者罰負者飲酒，飲完後，司射的人取一支「馬」插立於勝方前的地面上。孔穎達進一步解釋說：「必謂『算』為『馬』者，馬是威武之用，為將帥所乘。今投壺及射，亦是習武，而勝者同表堪為將帥，故云『馬』也。」這就是為什麼叫「籌馬」的由來，「勝算」一詞也是由此而來。

據《晉書·袁耽傳》載，桓溫年輕時嗜賭，欠了很多錢，求袁耽幫他撈本。袁耽「投馬絕叫」，這個「馬」就是指「籌馬」。隨著時間的流逝，投壺之禮越來越簡單，馬形的這種「勝算」也漸漸消亡，「籌馬」一詞遂演變為「籌碼」，與「馬」有關的本義就此失去，以至於今人但知

「籌碼」，卻不知道跟「馬」有什麼關係了。

•「爛醉如泥」的「泥」原來是種蟲子——•

《後漢書．儒林列傳》記掌理宗廟禮儀的太常周澤「清潔循行，盡敬宗廟。常臥疾齋宮，其妻哀澤老病，窺問所苦。澤大怒，以妻干犯齋禁，遂收送詔獄謝罪。當世疑其詭激。時人為之語曰：『生世不諧，作太常妻，一歲三百六十日，三百五十九日齋。』」

李賢注：「《漢官儀》此下云：『一日不齋醉如泥。』」「詭激」的意思是指詭奇偏激，不合於中正之道。周澤的妻子擔心丈夫，去齋宮探望，周澤竟然以「干犯齋禁」的罪名將妻子下獄，這一行為確實不符合人情之常，因此民間才用這個歌謠來譏諷他。

「醉如泥」的說法從此風行，全唐詩中屢見不鮮。比如李白〈贈內〉：「三百六十日，日日醉如泥。雖為李白婦，何異太常妻。」杜甫〈將赴成都草堂途中有作，先寄嚴鄭公五首〉：「豈藉荒庭春草色，先判一飲醉如泥。」白居易〈北樓送客歸上都〉：「不獨別君須強飲，窮愁自要醉如泥。」元稹〈寄樂天〉：「安得故人生羽翼，飛來相伴醉如泥。」

「泥」的本義是水名。既有水，就有泥，因此「泥」引申指「水和土也」。「醉如泥」當然就是形容喝醉的人就像一攤爛泥一樣扶不起來的狀態。不過，「醉如泥」之「泥」真的只有這一種釋義嗎？

《爾雅．釋獸》篇中記載有一種名為「威夷」的動物，特點是「長脊而泥」。郭璞注解說：「泥，少才力。」邢昺進一步解釋說：「泥，弱也。威夷之獸，長脊而劣弱，少才力也。」也就是說，威夷是一種類似於蛇的動物，身軀極長，但卻無脊柱，因此只能劣弱爬行。這是很多爬行類動物的共同特徵。

南宋吳曾所著《能改齋漫錄》有「醉如泥」一條，其中寫道：「《稗官小說》：『南海有蟲，無骨，名曰泥。在水中則活，失水則醉，如一堆泥然。』」

就像委婉曲折、蛇形而前之獸命名為「威夷」一樣，南海的無骨之蟲也命名為「泥」。「長脊而泥」正是這兩種動物的共同特徵。因此，「醉如泥」很有可能不是形容醉如爛泥，而是形容醉如「失水則醉」的「泥」蟲。這種怪蟲太幸福了，不用花錢沽酒，只需離開水就能達到一種醉的狀態。

•「犧牲」原來是指祭品

在今天，「犧牲」一詞特指為了正義的目的而獻出生命，但在古時候，「犧牲」最早是指用於祭祀的祭品。

犧，本義是做祭品用的毛色純一的牲畜，比如「犧牛」、「犧羊」分別指祭祀用的純色牛和純色羊。牲，本義是祭祀用的身體完整的全牛。《周禮·庖人》鄭玄注：「始養之曰畜，將用之曰牲，是牲者，祭祀之牛也。」這裡說得很明白：牛被養著的時候叫「畜」，將要用於祭祀的才叫「牲」。還有一種說法是：用於祭祀的全牛叫「牲」，不全的才能叫「牛」。《周禮》中的「六牲」是指牛、馬、羊、豕（豬）、犬、雞。春秋時期還規定「小事不用大牲」，只能用犬和雞這樣的小牲。

「犧牲」合稱，即指供祭祀用的純色、完整全體的牲畜。

《左傳·莊公十年》載，這一年春天，齊國將要攻打魯國，魯莊公準備迎戰之前，曹劌請求覲見魯莊公。鄉人對他說：「打仗這種事是那些吃肉的達官顯貴們該擔心的，你白操什麼心呢？」曹劌回答道：「做大官的人見識短淺，不能深謀遠慮。」

見到魯莊公後，曹劌問道：「您憑藉什麼跟齊國交戰呢？」

魯莊公回答道：「衣食之類用來安身的物品，我不敢獨自一人享用，一定要分給其他人一起享用。」

曹劌說：「這是小恩小惠，況且並不是所有的民眾都能享用，他們不會跟從您的。」

魯莊公又說：「犧牲玉帛，弗敢加也，必以信。」祭祀用的「犧牲」、玉器和絲織品，從來不敢誇大數目，一定做到誠實可信。

曹劌說：「這點誠意太少了，神是不會保佑您的。」

魯莊公又說：「大大小小的案件，雖然不是每件都體察得清清楚楚，但一定要辦得合情合理。」

這回曹劌回答道：「這是對民眾盡本職的事，可以憑藉這一點去打仗了。」「犧牲玉帛」，這些都是祭祀所用的牲畜和物品，而不是捨棄玉帛。

大約到了晚清，「犧牲」開始引申出捨棄的語義，比如曾樸的《孽海花》中寫道：「他既犧牲了一切，投了威妥瑪，做了漢奸，無非為的是錢。」因為是祭祀用品，「犧牲」要恭恭敬敬地獻上，含有莊嚴的意味，「犧牲」才慢慢演變出為正義獻身的含義。

•「露馬腳」露的為什麼是馬腳？•

真相敗露，俗語叫做「露馬腳」，為什麼偏偏露的是馬腳而不是別的動物的腳呢？有一種常見的解釋非常可笑，說是朱元璋的老婆馬氏，因為出身平民之家，從小就要幹活兒，因此沒有纏足。朱元璋登基後，馬氏為皇后，常常為自己的一雙大腳害羞，總是穿上一襲曳地長裙，把兩隻腳遮掩起來。不料有一次出門，大風吹起了長裙，露出了馬氏的一雙大腳，一下子轟動全國，成為大明朝最聳人聽聞的娛樂新聞，因此衍生出「露馬腳」這個俗語，意為露出馬氏的大腳。

前述關於「露馬腳」的說法純屬望文生義的編派，如果朱元璋的老婆不姓馬而姓牛，興許還會編派出個「露牛腳」的說法。事實上，早在明代之前的元雜劇《陳州糶米》中就已經出現了這個俗語：「這老兒不好惹，動不動先斬後聞，這一來則怕我們露出馬腳來了。」再往上追溯，北宋《續傳燈錄》中有這樣的說法：「佛手難藏，驢腳自露。」驢腳的影子若隱若現，顯然跟「馬腳」有扯不斷的關係。

再往上追溯到唐代，可以發現真正的「馬腳」和「驢腳」都「露」出來了。唐代著名文學家張鷟（ㄓㄨㄛˊ）在《朝野僉載》一書中講了「初唐四傑」之一楊炯的故事。楊炯恃才傲物，誰都看不起，見了當朝官員就叫他們「麒麟楦（ㄒㄩㄢˋ）」。「楦」是製鞋時所用的模型，稱「鞋楦子」。「麒麟楦」是唐代人演戲的時候，把驢子或馬裝扮起來假充麒麟。楊炯為什麼把官員叫做「麒麟楦」呢？當時的人也都很覺得奇怪，楊炯回答道：「今哺樂假弄麒麟者，刻畫頭角，修飾皮毛，覆之驢上，巡場而走。及脫皮褐，還是驢馬。無德而衣朱紫者，與驢覆麟皮何別矣！」楊炯指斥當朝穿著朱紫服飾的高官都是無德之輩，就像演戲時假充麒麟的驢子或馬一樣，雖然維妙維肖，但是揭掉覆蓋在驢子或馬身上的皮毛，原來不是麒麟，仍然是一隻驢子或馬！

「假弄麒麟」本是一種遊戲，麒麟這種動物本來就是神話傳說中的動物，因此古人只好用驢或者馬來假充麒麟。假充麒麟的上半身好辦，只需「刻畫頭角，修飾皮毛」即可，可是四條腿卻無法遮掩得盡善盡美，演戲時常常就露了出來，此之謂「露馬腳」。「露馬腳」本來是指人或物徒有其表，總有敗露的一天，而敗露的這一天就叫做「露馬腳」，真相終於掩飾不住了。

●「戀棧」為什麼是比喻貪戀官位？——●

「戀棧」一詞，古時比喻貪戀祿位，今天發給官員們的薪資不再稱作俸祿，因此用來比喻貪戀官位。那麼，「戀棧」的「棧」是什麼意思？當官的為什麼會貪戀「棧」呢？

這是一個非常刻薄的比喻，因為「棧」的本義是牲口棚。為什麼會貪戀牲口棚呢？因為牲口棚裡有「棧豆」。「棧豆」特指馬棚裡的豆料，僅僅是一口吃的，因此「棧豆」用來比喻所顧惜的小利。陸游有詩：「孤松摧折老澗壑，病馬淒涼依棧豆。」病馬什麼都幹不了，只能在馬棚裡吃上一口「棧豆」，這是多麼淒涼的景象啊！

「戀棧」一詞出自三國時期曹爽的故事。曹爽乃曹魏權臣，專權弄政，排擠司馬懿。西元二四九年，司馬懿趁曹爽前往高平陵拜祭魏明帝的機會，發動政變，一舉占據了洛陽。大司農桓範逃出洛陽城，投奔曹爽，勸曹爽前往許昌，以皇帝的名義擁兵對抗司馬懿。

據干寶《晉書》中的記載，當桓範投奔曹爽的時候，司馬懿對大臣蔣濟說：「智囊往矣。」蔣濟卻不屑地說：「範則智矣，駑馬戀棧豆，爽必不能用也。」桓範固然是智囊，但是曹爽屬於「駑馬戀棧豆」之輩，一定不會採用桓範的計策。

事實果然如此，司馬懿承諾不殺曹爽，僅僅免去他的官職而已，曹爽一聽大喜，恬不知恥地說：「我不失作富家翁。」面對不爭氣的曹爽，桓範痛哭道：「曹子丹佳人，生汝兄弟，犢耳！何圖今日坐汝等族滅矣！」曹真，字子丹，曹爽是其長子。桓範嘆息曹真勇猛一世，卻生出如此犢子一樣的兒子。最終的結果是曹爽連富家翁都沒能做成，而是應驗了桓範「族滅」的預言。

蔣濟所說的「駑馬戀棧豆」，駑馬是不堪大用的劣馬，貪戀的就是那一口「棧豆」，用在曹爽身上，實在是太貼切了！

●「體無完膚」原來是形容身上的刺青——●

「體無完膚」，遍體上下沒有一處完好的皮膚。這個成語的意思從字面上就看得清清楚楚，而且人們多理解為此乃古代酷刑所致。但事實上卻並非如此。

據《三國志．魏書．鄧艾傳》載，魏國傑出將領鄧艾和其子鄧忠滅蜀，師纂是其部將。鄧艾居功自傲，野心家鍾會趁機向司馬昭進讒言，導致鄧艾父子被殺。裴松之注引《世語》曰：「師纂亦與艾俱死。纂性急少恩，死之日體無完皮。」「性急少恩」，這是形容師纂性格暴躁，對下刻薄寡恩，因此行刑前遭到士卒報復，施以酷刑，以至於「體無完皮」。

從唐代開始，將「體無完皮」改為「體無完膚」，含義卻迥然不同。

唐代著名博物學家段成式所著《酉陽雜俎》卷八名為「黥」，「黥（ㄑㄧㄥˊ）」本是古代一種肉刑，在犯人臉上刻字，用墨塗黑，以防止犯人逃跑，後來引申把人體上的刺青也稱為「黥」。《酉陽雜俎》這一卷記載的全是各種各樣的人體刺青，其中「體無完膚」一詞凡兩見。

「荊州街子葛清，勇不膚撓，自頸已下，遍刺白居易舍人詩。成式常與荊客陳至呼觀之，令其自解，背上亦能暗記。反手指其箚處，至『不是此花偏愛菊』，則有一人持杯臨菊叢；又『黃夾纈林寒有葉』，則指一樹，樹上掛纈，纈窠鎖勝絕細。凡刻三十餘處，首體無完膚，陳至呼為『白舍人行詩圖』也。」

「街子」即街卒，掌管街道治安、掃除等事的差役；「膚撓」指肌膚被刺而屈服；「箚（ㄓㄚˊ）」，針刺。唐朝真是一個不可思議的時代，連一個街卒都對白居易的詩愛不釋手，竟至於到了將白詩渾身刺青、「首體無完膚」的地步！

「楊虞卿為京兆尹，時市里有三王子，力能揭巨石，遍身圖刺，體無完膚。前後合抵死數四，皆匿軍以免。一日有過，楊令五百人捕獲，閉門杖殺之，判云：『鏨刺四支，只稱王子，何須訊問，便合當罪。』」

「鏨（ㄗㄢˋ）」，雕刻。楊虞卿時任唐文宗時的京兆尹，京師的最高長官，他殺三王子的判詞非常有趣：四肢刺青就能被賦予「王子」的綽號，還用訊問什麼，一定有罪！

這就是「體無完膚」這個成語的原始含義，原指渾身上下沒有一處皮膚不刺青。不過，後人使用這個成語的時候，又返回到「體無完皮」的最初形態，用來形容酷刑所致的後果。隨著肉刑的消亡，今天的「體無完膚」一詞只用於比喻義，比如辯論時被駁得體無完膚，或者文章被刪改得體無完膚等等。

「靈柩」原來不是棺材

「靈柩」乃古語，今天的口語中已經很少使用，但是在喪葬的莊重場合，書面文字中還常常使用。試想一下，埋葬親人或者有身分的人，訃告或者報章中如果使用「棺材」一詞，那是多麼煞風景的事，也是對死者的大不敬。甚至有人附庸風雅，賺到錢之後，打算重新安葬祖輩，要為祖輩換一副上好的「靈柩」。這是對「靈柩」一詞的嚴重錯用，蓋因為不懂得「靈柩」和「棺材」的區別。

「靈柩」和「棺材」最根本的區別在於：「虛者為棺，實者為柩。」沒有裝屍體叫「棺」，死者已入殮的棺材叫「柩」。上述附庸風雅之人，打算為祖輩換的其實是棺材，「靈柩」乃是已經裝有屍體的棺材，去買來一副裝有屍體的棺材幹嘛？實屬荒唐。

《禮記．曲禮下》：「在床曰屍，在棺曰柩。」為什麼叫「柩」呢？《釋名．釋喪制》解釋說：「柩，究也，送終隨身之制皆究備也。」《白虎通義》解釋說：「柩之為言究也，久也，久不復變也。」其義甚明。「靈」則是敬詞，是對死者的敬稱。「靈柩」，「靈」在「柩」中，當然是指已經入殮死者的棺木。此外還有更多的講究，《小爾雅．廣名》：「空棺謂之櫬，有屍謂之柩。」空著的棺材叫「櫬（ㄔㄣˋ）」，因為死者的屍身將來要躺在裡面「以親近其身」，因此「櫬」從木從親，跟「棺」是同一個意思。

棺材以木料製成，故稱「棺材」或「棺木」。從古至今，對棺木的選擇都非常講究。帝王將相的棺木專用金絲楠木，不僅百蟲不侵，而且埋在地下長達幾千年都不會腐爛；富貴之家則用杉木，由十三根圓杉木拼成，稱為「杉木十三圓」。二〇〇七年江西靖安東周墓葬出土的四十七具棺材，都是由產於原始天然林的杉木製成，可見東周時已經廣泛使用杉木製作棺材了。

古時棺材外面還要再套一層大棺，叫「槨（ㄍㄨㄛˇ）」，合稱「棺槨」。這就是表示死者身份和等級的棺槨制，當然只能由帝王、貴族和官員享用，庶民是沒有資格享用的。

●「靈犀」原來是一種神獸——●

唐朝著名詩人李商隱最有名的詩就是無題詩，這些無題詩歧義紛紜，歷來讓詮釋者猜測不已。比如這首〈無題〉：「昨夜星辰昨夜風，畫樓西畔桂堂東。身無彩鳳雙飛翼，心有靈犀一點通。隔座送鉤春酒暖，分曹射覆蠟燈紅。嗟余聽鼓應官去，走馬蘭臺類轉蓬。」此詩意象紛繁，相當生動。詩人回憶起「昨夜星辰昨夜風」的那天晚上，在一戶貴族人家華美的桂堂裡參加一場盛大的宴會，席間不期然遇見了自己的意中人，彼此的目傳心會讓詩人感慨，雖然兩人不像彩鳳那樣身有雙飛翼，但是卻「心有靈犀一點通」。「身無彩鳳雙飛翼」是指兩人的愛情之間有著巨大的阻隔，因而導致兩人無法結合，或者無法像正常人那樣相愛。惟其如此，這種愛情才更加動人：兩人心意相通，眷戀之心在兩人心中形成了雙向的默契。在這場盛大的宴會上，詩人和意中人參與了種種遊戲：藏鉤，射覆，蠟燈下意中人那微紅的面頰閃耀著愛情的光芒。但是可嘆的是良宵苦短，催促上班的更鼓敲響了，詩人要去祕書省開始又一天無聊的校書生涯，就像隨風飄蕩的蓬草一樣身不由己。意中人啊，何時再能與你相遇？恐怕後會無期了。

這僅僅是一種解釋。此詩到底是不是詠歎和意中人的相會的，到底是和哪位意中人的邂逅，詩中並沒有提供更多的資訊，因而才會引人猜測。同時，也正因為李商隱無題詩的這種隱晦生澀的情感，欲言又止、欲語還休的述說方式，才使得這些無題詩具備了永恆的魅力，千詠百歎，令人無法釋懷。

「身無彩鳳雙飛翼，心有靈犀一點通」，哪個中國人不會背誦這一聯千古名句？但是「靈犀」到底是什麼東西，卻很少有人說得清楚。

中國古代有一種犀牛叫通天犀，只需得到牠一尺多長的角，將角刻成魚的形狀，銜著入水，水就會自動分開。《金瓶梅詞話》中就寫道：「水犀號作通天犀。你不信取一碗水，把犀角安放在水內，分水為兩處，此為無價之寶。」通天犀的角上有一條白色的線貫通首尾，靈異無比，因此稱「靈犀」。「心有靈犀一點通」正是形容兩人的心像通天犀角上的那條白線一樣彼此相通。

今天的人們聽著通天犀的神通，會覺得不可思議，認為這是古代的傳說，但是歷史上卻真的有這種犀牛。據《舊唐書》記載，唐德宗貞元九年（西元七九三年）冬十月，環王國獻了一隻犀牛，三年後的冬天，長安城下了一場大雪，這隻犀牛被凍死了。這隻犀牛就是通天犀，白居易曾經寫過一首〈馴犀〉詩，詩的開頭就說：「馴犀馴犀通天犀，軀貌駭人角駭雞。」可見歷史上通天犀真真實實地存在過，後來這個物種滅絕了，就像今天也有很多物種處於滅絕邊緣，並且最終也會滅絕一樣。那麼如此說來，「靈犀」也真的存在過，古人有幸看到過「靈犀」的神通，才會吟詠出「心有靈犀一點通」的千古名句，今人卻再也看不到這種珍異的動物了，只好吟誦著詩句，追懷那些神奇的動物和那些神奇的時代了。

「齷齪」原來不是指卑鄙

「齷齪」一詞在今天的日常用語中多用於卑鄙醜惡、骯髒的意思，是一個徹頭徹尾的貶義詞，但是在古代，它的貶義卻並沒有這麼嚴重，中間經過了長期的演變過程。

「齷齪」讀作「ㄨㄛˋ ㄔㄨㄛ」，「齪」的本義是局促、拘謹，和「齷」組成的雙音詞「齷齪」本義是形容牙齒排列的樣子，因為牙齒排列得很緊，幾乎沒有任何空間，因此引申而形容一個人器量狹隘，拘於小節。張衡的〈西京賦〉中有這樣的句子：「獨儉嗇以齷齪，忘蟋蟀之謂何。」注解道：「齷齪，好苛局小之貌。」「齷齪，小節也。」都是指拘於小節的意思。南朝宋鮑照的〈代放歌行〉中寫道：「小人自齷齪，安知曠士懷？」曠士是胸襟開闊之士，正好是「齷齪小人」的反面。李白有「齷齪東籬下，淵明不足群」的詩句，同樣是形容陶淵明居住在狹隘的東籬下，不足以效仿之意。

詞義更明顯清楚的是清朝著名文學家袁枚的一段文字，他在《隨園詩話》中這樣評價詩人：「如其胸境齷齪，相對塵俗，雖終日咬文嚼字，連篇累牘，乃非詩人矣。」此處「齷齪」即是指胸中境界狹小、拘於小節的詩人。

「齷齪」一詞入詩，最有名的是孟郊〈登科後〉：「昔日齷齪不足誇，今朝放蕩思無涯。春風得意馬蹄疾，一日看盡長安花。」此處「齷齪」跟登科後的春風得意相比照，活脫脫地描繪出尚未登科時困頓的情形。

在這些用法中，卑鄙和骯髒的意思還都沒有出現，大約從宋朝開始，才漸漸引申出後來的意思。比如宋朝的方勺曾經如此抒發對當朝者的不平之氣：「當軸者皆齷齪邪佞之徒，但知以聲色土木淫蠱上心耳。」「齷齪」和「邪佞」並舉，可見有多麼的卑鄙醜惡。到了元明時期，「齷齪」開始進入人們的口語，戲曲和話本小說中屢屢出現，元朝高文秀的劇作《黑旋風》：「他見我風吹的齷齪，是這鼻凹裡黑。」《古今小說·沈小霞相會出師表》：「賃房盡有，只是齷齪低窪，急切難得中意的。」都是骯髒的意思。近代「齷齪」完全進入了日常用語，詞義也隨之定型了下來。

這個詞，原來是這個意思【全新修訂精選輯365+1】

作　　者　許暉
文稿編輯　林芳妃
責任編輯　何維民

版　　權　吳玲緯
行　　銷　吳宇軒　陳欣岑　林欣平
業　　務　李再星　陳紫晴　陳美燕　葉晉源
副總編輯　何維民
總 經 理　陳逸瑛
總 編 輯　劉麗真
發 行 人　涂玉雲
出　　版　麥田出版
104台北市中山區民生東路二段141號5樓
電話：（886）2-2500-7696　傳真：（886）2-2500-1967
發　　行　英屬蓋曼群島商家庭傳媒股份有限公司城邦分公司
104台北市中山區民生東路二段141號11樓
書虫客服服務專線：(886)2-2500-7718；2500-7719
24小時傳真服務：(886)2-2500-1990；2500-1991
服務時間：週一至週五09:30-12:00；13:30-17:00
郵撥帳號：19863813　戶名：書虫股份有限公司
讀者服務信箱E-mail：service@readingclub.com.tw
麥田部落格：http://blog.pixnet.net/ryefield
麥田出版Facebook：http://www.facebook.com/RyeField.Cite/
香港發行所　城邦（香港）出版集團有限公司
香港灣仔駱克道193號東超商業中心1樓
電話：852-2508-6231
傳真：852-2578-9337
馬新發行所　城邦（馬新）出版集團【Cite (M) Sdn Bhd.】
41-3, Jalan Radin Anum, Bandar Baru Sri Petaling,
57000 Kula Lumpur, Malaysia.
電話：(603) 9056-3833 傳真：(603) 9057-6622
Email：service@cite.my

印　　刷　前進彩藝有限公司
電腦排版　洸譜創意設計股份有限公司
書封設計　巫麗雪

初版一刷　2021年12月
初版二刷　2023年2月
定　　價　499元
I S B N　978-626-310-148-7

國家圖書館出版品預行編目(CIP)資料

這個詞,原來是這個意思【全新修訂精選輯365+1】/許暉著.
-- 初版. -- 臺北市 : 麥田出版 :
英屬蓋曼群島商家庭傳媒股份有限公司城邦分公司發行, 2021.12
576面 ; 15×21公分
ISBN 978-626-310-148-7(平裝)

1.漢語 2.詞源學

802.18　110018898